AMON ADAMANTOS

Léthe

© 2021 Amon Adamantos, CH-5000 Aarau

Layout & Illustration: Amon Adamantos
Reinzeichnung: Angela Laely
Alle Rechte vorbehalten.

Druck & Verlag: BoD – Books on Demand, Norderstedt
ISBN: 978-3-75432293-2

WIDMUNG

Für die, die nie ankommen.

»GEBOREN, UM ZU VERGESSEN. DAS SEID IHR ALLESAMT. GEBOREN, UM ZU VERGESSEN. HÖRT IHR MICH DENN NICHT?!«, SPRACH EINST DER ALTE MANN MIT HEISERER STIMME, ALLEIN VOM HINTERSTEN TEIL DER BAR, UMGEBEN VON LAUT DRÖHNENDER MUSIK. IRRITIERT SAH ER UM SICH. DAS ZITTERN SEINER HÄNDE WURDE IHM NUN BEWUSST. UNSICHER, OB DIE ANDEREN GÄSTE IHN NICHT HÖREN KONNTEN ODER OB SIE IHN KOLLEKTIV IGNORIERTEN. SEINE FAUST SCHLUG HART AUF DEN HOLZTISCH, DOCH KEIN MENSCH DREHTE SICH UM. SEIN RECHTES BEIN WIPPTE NERVÖS. SIE ALLE WAREN ZU BESCHÄFTIGT, DEN ABSCHLUSS DER ARBEITSWOCHE ZU FEIERN, MIT GELÄCHTER, GETRATSCHE SOWIE DEM BLINDEN FÜLLEN UND SOFORTIGEM ENTLEEREN IHRER GROSSEN UND KLEINEN GLÄSER.

ER SCHLUCKTE DEN SICH ANBAHNENDEN RÜLPSER RUNTER UND WÜNSCHTE SICH, IHRE GLÄSER WÄREN NICHT MIT GETRÄNKEN GEFÜLLT, DIE DAS VERGESSEN, DAS VERFLUCHTE VERGESSEN, SOGAR NOCH BEFEUERN WÜRDEN.

PROLOG – DER ANFANG VOM ENDE

Laurent konnte nicht mehr schlafen. Zu lange war er in diesem Bett gelegen und nun schmerzten sein Rücken und Nacken. Also stand er nach geschlagenen elf Stunden endlich auf und zog sich den Morgenmantel über die nackte Haut. Das gebrauchte Kondom, das er vergangene Nacht achtlos Richtung Zimmertür warf, war nicht mehr da. Er hatte Hunger, doch nach einem kurzen Blick in den prall gefüllten Kühlschrank war ihm nicht nach fester Nahrung. Und das, obwohl seine Liebste für ihn am Vortag diverse seiner Lieblingsspeisen besorgt hatte. Frisch gebackenes Brot und Trockenfleisch höchster Qualität lagen gemeinsam mit einem kleinen Notizzettel auf dem Tresen:

»Iss was, damit du wieder etwas zu Kräften kommst. Bin um sechs wieder zurück. Dann machen wir aus dir einen richtig sexy Polizisten, der seine Ehrenauszeichnung verdient hat. Es wird wundervoll, glaub mir. Ich liebe dich.«

Er schlenderte zum kleinen, dunkelbraunen Möbel im Wohnzimmer und griff nach der halb leeren Flasche Whisky und einem der Kristallgläser. Nach dem ersten großen Schluck wurde ihm speiübel. Doch statt gleich direkt ins Badezimmer zu rennen, nahm er Flasche und Glas mit und gab sich große Mühe, diesen kurzen Gang mit Fassung zu nehmen. Wenige Stücke halb verdauter mit reichlich Magensäure versetzter Nahrung spuckte er in die WC-Schüssel. Spülen tat er nicht. Dafür schenkte er zitternd noch mehr Whisky ins Glas, bis es randvoll war und eine kleine Menge der teuren, gebrannten Flüssigkeit auf das breite Waschbecken kullerte. Er nahm einen weiteren Schluck, hielt inne, unterdrückte den Würgreflex und bemerkte mit einem sanften Anflug von Stolz, dass der Konsum ihm nun schon leichter fiel. Sein Körper gehorchte ihm. Mit noch größerer Zufriedenheit stellte er fest, dass in der linken Tasche seines Morgenmantels noch immer eine bereits geöffnete Schachtel Zigaretten gemeinsam mit seinem silbrigen Zippo-Feuerzeug lag. Sogleich zündete er sich einen dieser Sargnägel an.

Sein Spiegelbild sah grässlich aus. Die ungekämmten Haare kombiniert mit seinem ungepflegten Kinnbart ließen ihn wie einen Obdachlosem wirken. Tiefe Augenringe verstärkten das Bild.

»Sieh dich bloß an. Du siehst echt beschissen aus. Beschissener als sonst.«, hörte er in seinem Kopf. Sein Blick glitt zurück zum Whisky-Glas, aus dem er einen weiteren, diesmal kleineren Schluck nahm.

Laurent ließ die Asche seiner Zigarette in die Mitte des Spülbeckens fallen. Für einen kurzen Moment dachte er darüber nach, was er sich alles anhören müsste, wenn seine Liebste erst mal herausfand, dass er neuerdings in der Wohnung rauchte. Doch er legte den Gedanken schnell wieder beiseite und zog ein weiteres Mal, nun etwas fester an der Zigarette. Es war sowieso scheißegal, wahrscheinlich wusste sie es ohnehin schon längst und hatte sich aus Rücksicht ihm gegenüber einfach noch nicht dazu geäußert. Über so was würde er sich nun nicht mehr den Kopf zerbrechen, beschloss er und rauchte weiter, bis die Glut den hellbraunen Filter erreichte.

Da er keinen Aschenbecher zur Hand hatte, warf er die Kippe einfach ins WC. Ihm war zwar durchaus bewusst, dass dies eine ökologische Schandtat war. Aber eben, es war sowieso alles scheißegal. Also zündete er sich eine weitere Zigarette an, diesmal ohne sich auf die Inschrift des Feuerzeugs zu achten und nahm nochmals einen Schluck Whisky. Er hatte seine Kontaktlinsen nicht drin und deswegen lehnte er sich nach vorne, um seine Reflexion im Spiegel vor sich genauer betrachten zu können. Dabei fiel ihm auf, dass er den Fokus jeweils nur auf eines der Augen richten konnte. Vielleicht lag es ja daran, dass seine Konzentrationskraft geschwächt war. Zu viele Bilder schossen ihm durch den Kopf. Bilder dessen, was alles geschehen war. Gedanken an die vergangenen elf Jahre. Seine Augen versuchten alle Details seiner Gesichtszüge genau zu mustern.

»Du bist es schuldig…«, hallte eine fremde Stimme durch seinen Kopf.

Seine Augen wurden feucht, doch Laurent nahm einen kleinen Schritt zurück, hob den Kopf und blinzelte mehrmals. Nein. Tränen würde er sich keine einzige erlauben. Es wäre falsch. So falsch. Das hatte er nicht verdient.

Ein weiterer Zigarettenstummel fiel in die WC-Schüssel und Laurent spülte den Inhalt des halb leeren Glases in einem Zug seine Kehle hinunter und schüttelte, ähnlich wie ein nasser Hund, aber leicht torkelnd seinen Kopf, bevor er einen widerlich riechenden Rülpser von sich gab. Der Gedanke sich die Zähne zu putzen war ihm weit entfernt.

Es war Zeit, allerhöchste Zeit.

Nachdem er sich stehend erleichtert hatte, ging Laurent zurück ins Schlafzimmer, wo er sich etwas zum Anziehen suchte. Früher hätte es ihn gestört, zwei ungleiche Socken anzuziehen. Heute schenkte er dem ungeschickten Umstand nicht einmal den winzigsten Gedanken. Was seine Kleidung betraf, so war ihm nur eine Sache wichtig. Sein Kapuzenpullover. Er hatte ihn schon länger nicht mehr getragen und deswegen musste er für ein paar Minuten nach ihm suchen. Als er ihn schließlich unter anderen, mehr oder weniger nachlässig gefalteten Pullovern fand, fiel ihm auf, dass das Ding ein paar kleine Löcher aufwies. Dass er Motten im Schrank hatte, war ihm neu. Nichtsdestotrotz zog er sich den Pullover über. Anschließend montierte er sein Pistolenholster, welches er darauf unter seiner braunen Lederjacke verdeckte.

In der untersten der drei Schubladen seines Nachttischs lag seine private Waffe. Eine antike, doch sorgfältig gepflegte *Ortgies* (Kaliber 7.65, acht Schuss). Routinemässig prüfte er den Munitionsstand, bevor er die Pistole ins Holster steckte. Selbstverständlich war das Magazin voll. Für den Notfall. Laurent sah aus dem Fenster. Als er den Schneeflocken zusah, überlegte er sich, ob er eine Notiz hinterlassen sollte. Aus Anstand. Doch wer würde all das schon verstehen. Um die Sache zu erklären, bräuchte es tausende Zettel. Und selbst dann hätte er keine Gewissheit darüber, ob andere Leute auch nur ansatzweise begreifen oder zumindest anerkennen könnten, was geschehen war. Er fühlte sich von der Welt losgelöst. Fremd. Dieser Umstand machte es für ihn leichter, die Wohnung endlich zu verlassen. Bevor er aus der Wohnung ging, befüllte er seinen Flachmann noch mit ein wenig Whisky. Weitaus mehr als nur ein paar Tropfen gingen daneben. Laurent gab sich keine Mühe, die Sauerei wegzuputzen. Es war sowieso alles egal.

Er zog sich nicht primär der Kälte wegen die Kapuze über den Kopf, sondern weil er möglichst nicht erkannt werden wollte. Mit leicht gesenktem Haupt ging er Richtung Westen. Dort, wo die Sonne unterging. Gehen fiel ihm immer noch nicht leicht. Sein rechter Oberschenkel schmerzte noch immer und es bereitete ihm in diesem Moment große Mühe, nicht an diese eine Nacht zurückzudenken. Mit dem Blick auf seine Füße gerichtet summte er eine kleine Melodie vor sich hin, bis schließlich genau das passierte, was er nicht wollte.

»Hey, Laurent! Laurent!«

Na, super. Selbstverständlich muss mich irgend ein Arschloch erkennen und ansprechen. Es war Paul, dieser nervtötende

Wichser, mit dem er bis vor einem Jahr noch bei der Polizei sporadisch zusammengearbeitet hatte. *Was macht der überhaupt hier um diese Uhrzeit? Hat der Urlaub, oder was?*, fragte er sich.

»Laurent! Was machst du denn hier um diese Uhrzeit? Hast du noch immer Urlaub?«, fragte Paul, der von seinem Fahrrad stieg und auf Laurent zuging. Letzterer unterband den Drang, die Augen zu verdrehen.

»Hi Paul. Ach, ich muss ein paar Besorgungen machen.«

»Okay... Und für Besorgungen läufst du in Richtung Wald? Was willst du denn dort besorgen? Beeren? Im Winter? Haha! Du bist schon ein komischer Typ. Das warst du schon immer. Nein, aber jetzt ernsthaft. Wenn du Einkäufe machen musst, kann ich dir gerne was nach Hause bringen. Okay? Was brauchst du? Ist wirklich gar kein Problem für—«

»Danke, Paul. Aber...« Laurent sammelte die Überreste seiner gesellschaftskonformen Integrität zusammen und meinte mit überaus ruhiger Stimme: »Ehrlich gesagt, wollte ich nur alleine einen kleinen Spaziergang machen. Klingt komisch, ich weiß. Aber ich muss mich ein wenig sammeln, bevor das grosse Theater heute Abend losgeht. Du hast es sicher auch mitbekommen wegen der Zeremonie, oder?«

»Hey kein Problem, mein Freund. Für mich wär so was auch Stress pur. Besonders in Anbetracht dessen was passiert ist... Wie will man so einer Sache überhaupt gerecht werden? Ähm sorry, tut mir leid. Ich will mir nicht anmaßen, Bescheid zu wissen. Ich kenn ja nur die Story aus der Zeitung. Und das Geschwätz in der Kantine halt. Kannst es dir ja denken? Aber ich glaub, ich kann mir schon vorstellen, dass das keine leichte Sache ist...«

Laurent presste seine Lippen zusammen und erwiderte nur mit einem knappen »Ja«. Sein Blick war seitlich zu Boden gerichtet. Er verbarg nun nicht mehr, dass er nicht mit Paul reden wollte.

»Okay, weißt du was? Ich muss dann mal weiter. Ich hoffe, du findest wonach du suchst. Viel Glück heute Abend. Das wird grandios. Hast es dir echt verdient, mein Guter!« Somit beendete Paul das für Laurent unangenehme Gespräch und innerhalb weniger Sekunden war er auch nicht mehr in Sichtweite.

Am Rand der *Stadt*, in einer schmalen Seitengasse vernahm er Musik. Folklore aus einer längst vergessenen Zeit, wie es ihm schien. Wie durch Magie angezogen, sah er von seinem geplanten Weg ab und näherte sich der dort versammelten Menschengruppe. Es schien eine Art winziger Mittelaltermarkt zu sein, gemessen an den unüblichen Stofffetzen aus Leinen und gegerbtem Leder, welche die Leute dort trugen. In der Mitte der Gasse befand sich eine Art Marktstand aus dunklem Holz mit der verschnörkelten Aufschrift: »Le THE Artisanal«. Der süßliche Geruch, der von dort ausging, kam ihm bekannt vor und doch konnte er ihn nicht zuordnen. Zwei alte Damen standen hinter dem

Tresen und winkten ihm zu. Ihr Aussehen befremdete ihn, als er sich ihnen näherte. Ihre Körper schienen wohlgenährt dicklich. Gleichzeitig wirkten ihre beiden Gesichter abgemagert – ein höchst sonderbarer Anblick.

»Hallihallo, großer Mann! Was darf's denn sein?«

Er versuchte etwas zu stammeln, doch seine Zunge weigerte sich klare Worte zu formen. Gemessen an seinen Kopfschmerzen und dem klebrigen Geschmack von Alkohol in seinem Mund, überraschte dies wenig.

Die beiden Frauen lachten. Nicht herablassend, sondern verständnisvoll warm. »Wir haben genau das Richtige für dich.«

»Ich will nichts.«

»Doch sicher willst du etwas. Sonst wärst du nicht hier.«

»Nein, wirklich. Schon gut. Tut mir leid. Ich war bloß neugierig.«, stotterte er und wandte sich ruckartig ab.

»Warte! Hier, probier unseren Haus-Tee!«

Er drehte sich zurück und sah, wie eine der beiden ihm einen dampfenden Ton-Becher entgegenhielt. Schon bloß wegen der Musik, die ihm zutiefst missfiel, wollte er nicht mehr länger hier verbleiben. Die anderen Leute um ihn herum wippten mit ihren lächerlichen Ledersandalen wie Zombies zu den Dudelsackklängen, die sich aus beschädigten Lautsprechern tinnitusähnlich in seine empfindlichen Ohren bohrten. Doch das Lächeln der einen alten Frau schien ihm so unerwartet warm und fürsorglich, es fühlte sich zutiefst unhöflich an, ihr Angebot auszuschlagen. Also griff er in seine hintere Hosentasche und grub seinen Flachmann hervor, den er zu Hause eingesteckt hatte. Nachdem er einen winzigen Schluck Whisky zu sich genommen hatte, der sich als erschreckend bitter erwies, schüttete er den Rest auf den gepflasterten Boden und hielt ihn der Frau entgegen: »Ich muss weiter. Können Sie mir den Tee bitte hier reinschütten?«

Sie erhob kurz fragen eine Augenbraue, gab seinem Wunsch aber nach. Sachte goss sie das Gebräu in die winzige Öffnung des Flachmanns und strich die wenigen Tropfen, welche dennoch daneben geraten waren, mit einem dunkelbraunen Stofftuch weg. Nervös griff er zu seinem Geldbeutel und fragte: »Was schulde ich euch?«

»Schuld? Was für ein lustiges Wort. Sowas kennen wir hier nicht. Dieser Tee geht für dich aufs Haus. Wir sind nicht hier, um Profit aus dir zu ziehen. Nicht wahr, Schwesterherz? Wir sind hier, um verlorenen Seelen wie dir etwas Gutes zu tun.«, sprach die andere Frau sanft.

Die Frau, die seinen Flachmann aufgefüllt hatte, trat nun seitlich hinter dem Tresen zu ihm, hielt seine kalten Hände mit ihren, die ganz warm waren fest und flüsterte ihm etwas ins Ohr. Sein Gesicht verzerrte sich. Er kniff seine Augen so fest zusammen wie er nur konnte und presste seinen Kiefer schmerzhaft aufeinander, bevor er losließ, wodurch ihre Worte sanft zischend in ihn eindringen konnten. Sie entfernte sich wieder von seinem Ohr und lächelte, bevor er sie erschrocken von sich stieß. Alle Anwesenden hielten inne, ohne ihn dabei anzusehen. Sie alle starrten blind und regungslos zu Boden, als wären sie Spielfiguren, denen jemand die Batterien entfernt hatte. Das Geräusch seines eigenen Atems schien ihm so laut wie ein greller Schrei.

Vollkommen unberührt lachte sie ihm lauthals mit durchdringendem Blick ins Gesicht: »Gute Reise, großer Mann!« Beide Frauen winkten ihm euphorisch, mit weit aufgerissenen, strahlenden Augen hinterher, als er wie von einem Rudel wilder Wölfe gejagt davonrannte.

Knapp eine Viertelstunde später war Laurent am Waldrand, oben an einem Hügel nahe der Stadt angekommen. Sein rechtes Bein ließ ihn nun brennende Schmerzen spüren. Er lehnte gegen einen einzeln stehenden Baum und zündete sich eine Zigarette an. Er zitterte merkbar, als er gedankenverflossen in die Ferne zu den Häusern der *Stadt* blickte. Die Luft war so kalt, dass jeder Zug Nikotin in der Kehle schmerzte. Zwei Zigaretten später waren seine Mundhöhle und Speiseröhre schmerzhaft trocken und er konnte die Kälte bis auf die Knochen spüren.

»Wie lange willst du denn noch zaudern?«, fragte er sich.

BEENDE ES JETZT, SOLANGE DU NOCH KANNST.
DIR LÄUFT DIE ZEIT DAVON, DAS WEISST DU GENAU.

Und doch: Weitere, endlos lang wirkende, stille Momente körperlicher Qual vergingen. Seine Nase lief und seine Augen tränten. Schlussendlich hat er dem Drang zu weinen doch noch nachgegeben. Aber Laute gab er dabei praktisch keine von sich.

Er nahm seine Pistole aus dem Holster, zog den Schlitten zurück, um sie durchzuladen und entsicherte die glänzende Waffe mit einer Daumenbewegung. Er steckte das kalte Metall in seine Mundhöhle, ignorierte das unangenehme Gefühl des Schabens an seinen Zähnen und strich sich mit dem linken Zeigefinger vom Ohr bis zum Mund. Gleichzeitig passte er den Winkel des Pistolenlaufs so an, dass das Projektil bei Betätigung des Abzugs sein Kleinhirn durchbohren würde – was einen sofortigen Tod bedeutete. Scheitern war keine Option.

Laurent schloß die Augen.

KAPITEL EINS

Die Pistole gab einen ohrenbetäubend lauten Knall von sich und seine flinken Schritte klatschten laut durch die dreckigen Pfützen, als er in die dunkle Seitengasse rannte, aus der er einen schmerzerfüllten Schrei vernahm. Laurent ging hinter einem großen Abfallcontainer in Deckung, bevor er einen kurzen Blick nach vorne wagte. Léna, seine Partnerin, lag mit zitterndem Körper zusammengekauert am Boden. Der Mann stand mit einem Fuß auf ihrer Hüfte und richtete seine Waffe mit beiden Händen auf ihren Kopf. Léna gab keinen Laut von sich. Minuten zuvor hatten sie diesen Typen, dessen Alter sie auf ungefähr 20 Jahre schätzten, vernehmen wollen, nachdem sie ihn bei der Entnahme eines verdächtigen Rucksacks aus einem Briefkasten beobachtet hatten. Dass die Situation dermassen eskalieren könnte, hätten weder er noch sie in Erwägung gezogen – trotz jahrelanger Erfahrung. Egal, wie oft man als Polizist schon mit direkter Waffengewalt bedroht wurde, man gewöhnte sich nie daran. Es war jedes Mal auf dieselbe Art beängstigend. Neben der Nässe unter seinen beiden Achseln und einem schier unerträglichen Knoten in der Magengrube spürte Laurent auch einige Tropfen Urin in seinem Schritt. Er ließ das Magazin aus seiner Dienstwaffe gleiten, um zu kontrollieren, wie viel Schuss ihm noch zur Verfügung standen. Drei Patronen, sowie diejenige welche bereits im Lauf steckte, hatte er noch. Seine zwei Ersatz-Magazine lagen schon leer irgendwo in den Strassen hinter ihm. Der Mann in der Gasse könnte noch viel mehr Munition haben. Mit jeder Sekunde, die er verstreichen ließ, verschmälerten sich seine Chancen, heil aus dieser Situation herauszukommen, glaubte Laurent.

»Hör auf, Mann. Verpiss dich einfach. Es ist vorbei, okay? Es ist vorbei, kapierst du?! Hau ab! Hau ab oder ich mach die Kleine kalt, ich schwör!«, schrie der junge Verdächtige laut keuchend mit der Waffe, nun zitternd auf Laurent gerichtet. Man konnte selbst in dieser fahl beleuchteten dreckigen Seitengasse erkennen, dass er stark schwitzte. Über ihnen verdunkelte sich ein Fenster nach dem anderen. Wie gewohnt in dieser Stadt, wollte keiner der Anwohner involviert werden. Sie alle hatten mehr als genug eigene Probleme und überließen die Polizei gewöhnlicherweise lieber sich selbst. So hüllte sich die Gasse stückweise in nahezu vollkommene Finsternis. Nur noch das Licht am anderen Ende der Straße schien noch fahl auf die Szene.

Laurents Herz hämmerte, denn lange konnte er so nicht mehr ausharren. »Nein, *du* verstehst nicht. Hör jetzt gut zu, okay? Es ist vorbei, aber für dich. Du siehst, ich bin nur ein Polizist. Warum bin ich hier? Weil du Scheiße gebaut hast. Ich habe nichts gegen dich. Das Gesetz habe nicht ich gemacht. Aber ich habe einen Job. Und du kannst mich

nicht davon abhalten, diesen zu erledigen. Erschieß mich und du kommst vielleicht heute Abend davon. Wenn du Glück hast. Aber spätestens morgen werden meine Kollegen dich jagen, wie Wölfe ein einsames Schaf. Von überall her und ohne Erbarmen. Vielleicht bist du ein sehr flinkes Schaf. Das ändert aber nichts an der Tatsache, dass auch dir irgendwann die Puste ausgehen wird. Allen geht irgendwann die Puste aus. Ausnahmslos. Es ist nur eine Frage der Zeit. Du kannst dich also nun entscheiden. Entweder ich nehme dich jetzt fest und du kriegst vielleicht nur ein paar Jahre Knast. Wenn du dich gut benimmst, kommst du vielleicht sogar etwas früher aus dem Bau. Oder du kannst dich jetzt dazu entscheiden, Polizistenmörder zu werden. Wenn du bei deiner Festnahme nicht erschossen wirst, kannst du den Rest deiner erbärmlichen Tage in einer grauen Zelle verbringen. Dies sind deine beiden Optionen. Andere gibt es nicht. Das ist kein blöder Hollywood-Film. Die Entscheidung liegt bei dir, Junge. Na? Was soll es denn sein?«
Er atmete tief durch bevor er einen weiteren Blick an der schützenden Mülltonne vorbeiwagte. Augenblicklich fielen ihm mehrere Schüsse entgegen und er spürte, wie einer davon zischend durch sein Haar streifte. Bevor er reagieren konnte, hörte er plötzlich mehrere Klickgeräusche. Die Waffe des anderen war leer. Laurent atmete aus, um seinem zitternden Körper einen Hauch zusätzlicher Stabilität zu verleihen, bevor er das Feuer eröffnete und der Mann zu Boden sackte. Drei Patronen hatte er verschossen. Mit

der Pistole vorwärts gerichtet, schritt er hastig nach vorne und kreischte: »Bleib am Boden! Bleib am Boden!« Der Verdächtige blieb am Boden. Leise gurgelnd, schnappte er nach Luft, als immer mehr tiefschwarzes Blut aus seiner zerfetzten Kehle quoll.

Léna wimmerte laut, als Laurent ihren Körper auf den Rücken drehte. Ihre Schutzweste hatte zwei Patronen auf ihrer Brust abgefangen, doch ein Schuss hatte ihre linke Schulter durchdrungen. Er zitterte noch immer, als er auf sie einsprach: »Du bist okay, Léna, du bist okay! Alles ist gut! Es ist vorbei!« Gleich, nachdem er Verstärkung mit einer Ambulanz gerufen hatte, zog er sie zur Wand, damit sie sich anlehnen konnte. Die aufrechte Position sollte verhindern, dass sie das Bewusstsein verlor. Er zog sein Hemd aus und wickelte es fest um ihre offene Wunde, um die Blutung zu verringern. Weder sie noch er sprach ein Wort. Trotz der warmen Sommertemperaturen schlotterte er, als er sich eine Zigarette anzündete und gierig Zug um Zug inhalierte. Er bemerkte, wie seine Unterhose sich nun heiß und komplett durchnässt anfühlte, als er mit zusammengepresstem Kiefer gegen die Feststellung ankämpfte, dass er vor wenigen Momenten nicht nur um eine Haaresbreite dem Tod entgangen war, sondern auch zum erstmals einen Menschen getötet hatte.

— I —

Das leere Schnapsglas knallte laut auf den hölzernen Tisch. Lou schüttelte wild den Kopf und schrie laut in die Runde. »LET'S GET IT STARTED! LET'S GET IT STARTED IN HERE!«, riefen die *Black Eyed Peas* euphorisch aus den Lautsprechern in Georges' Bar. Der einzigen Bar, in der man noch rauchen durfte. Für diesen Komfort sahen die Gäste noch so gerne über die geschmacklos kitschige Dekoration hinweg, welche aus uralter Weihnachtsbeleuchtung, verstaubten Tiki-Figuren sowie verschiedenen kleinen Landesflaggen aus vergilbter Pappe bestanden. Es war ein frostiger Donnerstagabend im Dezember, kurz nach Mitternacht, und die Stimmung war ausgelassen. Sein bester Freund Alexandre und seine schwulen Freunde, Patrice und Benoît, sassen mit ihm an einem Tisch, während andere bekannte und weniger bekannte Menschen prächtig gut gelaunt drumherum standen.

Der glatzköpfige Benoît drückte seinen Zigarettenstummel im Aschenbecher auf dem Tisch aus und kündigte an: »Lou, du weißt, was nun kommt! Das Fläschchen Mezcal ist nun leer, also bleibt nur noch eine Sache! Traust du dich oder traust du dich nicht?«

»Laber nicht blöd herum und reich mir die verdammte Scheiße!«

Benoît schob Lou die leere Flasche Mezcal rüber und dieser schüttelte daraus einen kleinen toten Skorpion, der über Monate im Alkohol konserviert war, auf seine Handfläche. Giftig war er längst nicht mehr. Die Leute um ihn herum schauten ihm dabei mit einer Mischung aus Ehrfurcht und Ekel zu. Das Publikum begann im Chor zu singen und zu klatschen: »Lou! Lou! Lou! Lou! Lou! Lou! Lou!« Dieser packte das tote Viech am Schwanz, schnalzte provokativ mehrmals mit der Zunge, bevor er das Tier in seinem Mund verschwinden ließ. Er verdrängte erfolgreich alle sich anbahnenden Gedanken darüber, was er gerade tat; kaute dreimal kurz und schluckte den zermalmten Chitin-Panzer runter, bevor er den Menschen um ihn herum mit herausgestreckter Zunge bewies, dass er sich den Skorpion erfolgreich einverleibt hatte. Alle drehten durch und applaudierten zustimmend. Nur Alexandre, der zwar auch lachte, schüttelte den Kopf. Noch kein einziges Mal hatte er dieses Ritual mitgemacht. Er meinte nickend: »Ihr seid wirklich verdammte Schweine.«, bevor er anfügte: »Und dafür liebe ich euch! High five!« Lou zündete sich eine Zigarette an, bevor er zur Bar ging, um sich ein großes Bier zu bestellen.

»Sowas habe ich ja noch nie gesehen.«, verkündete eine Stimme rechts von ihm. Eine kleine schwarzhaarige Frau lächelte ihn an. Sie fuhr fort:

»Also ich hätte ja sofort gekotzt, wenn ich so einen Skorpion essen müsste.«

Lou lachte und versicherte ihr: »Es ist viel harmloser, als es aussieht. Das Ding schmeckt nach nichts und hat die Konsistenz von Corn Flakes. Das Geheimnis liegt darin, nicht darüber nachzudenken.«

Sie kam einen Schritt näher und fragte: »Hm, weißt du, was komisch ist? Irgendwie wirkst du gar nicht so betrunken.«

»Ich mache das nicht zum ersten Mal, weißt du.«

»Ach, wirklich? Hast du auch noch andere Tricks drauf?«, fragte sie ihn.

»Na ja, meine Freundinnen und Freunde nennen mich einen Zauberkünstler.«, log er sie an. Kein Mensch hatte ihn jemals Zauberkünstler genannt. Schon bloß deswegen, weil er in seinem Leben noch nie einen einzigen Zaubertrick zu Unterhaltungszwecken erlernt hatte. In seinem betrunkenen Hochmut empfand er die Aussage dennoch als korrekt. In diesem Moment fühlte er sich tatsächlich wie ein berühmter Entertainer, und dass diese hübsche Frau ihn und nicht die anderen Männer in der Bar anschaute, bestärkte sein Gefühl umso mehr. Trotz der hohen Lautstärke in der Bar vernahm er, wie sie langsam aber tief atmete. Er strich sich kurz durch die Haare und stellte sich vor, wie hoch die Temperatur zwischen ihren Schenkeln wohl gerade war. Ohne ein Wort zu sagen, sah er ihr tief in die Augen, lächelte und nahm einen weiteren Schluck Bier. Sie brach das Schweigen: »Ich glaube, hier ist nun gleich Feierabend. Wollen wir noch ein Haus weiter?«

Er lachte und gab sich alle Mühe, so cool wie nur möglich zu wirken: »Nur, wenn ich dort auch übernachten und duschen kann, Schätzchen.«

»Na, wenn es nur das ist.«

Er hielt kurz inne, stellte sein Bier ab und wandte sich ihr nun direkt zu, bevor er sagte: »Das kann ich nicht garantieren.« Verspielt fuhr er mit der Hand ihrer Wange entlang, worauf er schließlich sanft ihr Kinn ergriff und sie küsste. Erst zögerlich, dann zunehmend hemmungsloser, streichelten sich ihre beiden Zungen. Sie brach den Kuss und lächelte. Ihre Hand strich über seine Brust, während er mit der seinen ihren Rücken streichelte. Beide tranken das restliche Bier in ihren Gläsern, ohne dabei den Augenkontakt zu verlieren, in einem Zug aus, bevor sie seine Hand ergriff und Richtung Ausgang schritt. Lou konnte nur grinsen, als er sah, wie Alexandre ihm von der Seite, grinsend und nickend gleich beide Mittelfinger entgegenstreckte. Bevor er aus der Tür war, rief er dem Mann hinter der Bar zu: »Ich zahle morgen, Georges!« Dieser schüttelte nur den Kopf und meinte: »Ja, ja. Immer das Gleiche mit dir, Lou! Immer das gleiche!«

Lou war erleichtert, dass der gemeinsame Marsch durch den tiefen Schnee zu ihrer Wohnung keine Viertelstunde dauerte. Auf dem ganzen Heimweg sprachen die beiden kein einziges Wort, stattdessen sahen sie sich nur hin und wieder in die Augen und kicherten. Wenige Minuten später in ihrer Wohnung angekommen, steckte Lou nach zwei bemühten Anläufen, seine halbherzige Erektion wenige Male in ihre feuchte Spalte, bevor er ächzend seinen Körper auf den ihrigen fallen ließ um nur Sekunden später, ohne gekommen zu sein, schnarchend einschlief. *Spaghetti-Teller-Fick* nannte man das in seinem Umfeld: Eine kurze, beiläufig erfahrene Freude, die nicht der Rede wert und somit bald wieder vergessen war. Nicht zuletzt auch deswegen, weil gekochte Nudeln nunmal höchstens *al dente* waren, statt ordentlich hart, wie man es von einem erigierten Penis erwarten würde. Sie kroch unter ihm zur anderen Bettseite durch und rubbelte ihre Klitoris stumm zu einem unaufgeregten Orgasmus, um nicht vollkommen frustriert einschlafen zu müssen.

Um 7:35 Uhr, eine halbe Stunde später als an gewöhnlichen Wochentagen, ertönte Lous Handy. Sein Kopf fühlte sich schwer an, doch er ließ den Wecker nicht länger als drei Sekunden klingen. 25 Sekunden später quälte er sich so langsam und geräuschlos wie möglich aus dem Bett. Zufrieden stellte er rasch fest, dass die Frau von letzter Nacht nicht aufgewacht war, bevor er seine zusammengeknüllten Kleider packte und sich beinahe geräuschlos ins Badezimmer zurückzog. Dort stellte er sich für nicht länger als zwei Minuten unter die Dusche, in der er seine Achselhöhlen und Genitalien kurz einseifte und gleich wieder abspülte. Mehr wäre nicht nötig, befand er. Hastig rieb er seinen Körper mit dem nächstbesten Tuch halbwegs trocken, bevor er sich anzog. Darauf bedacht, keine Zeit zu verlieren, spritzte er sich das penetrant floral riechende Deo in der rosaroten Dose unter die Arme. *Besser als nichts*, dachte er sich. Statt sich die Zähne zu putzen, nahm er mehrere kleine Schluck Leitungswasser zu sich, spuckte den gelben Nikotin-Schleim, der nachtsüber aus der Lunge in seiner Kehle hochgewandert war, ins Spülbecken. Dann grub er eine zerknüllte Packung Kaugummi aus seiner Hosentasche und steckte sich die drei letzten Dragees rasch in den Mund. Nur mit den Socken an den Füßen verließ er sachte die Wohnung. Er setzte sich auf die Treppe im Flur und schlüpfte danach in seine Schuhe. Schließlich hastete er aus dem Gebäude in Richtung Bushaltestelle, um zur Arbeit zu kommen. Dass er die Frau, mit der er gestern geschlafen hatte, nie wieder sehen würde, wusste er zu diesem Zeitpunkt noch nicht. Dass er noch nicht einmal ihren Namen kannte, beschäftigte ihn nicht. Viel wichtiger war ihm nun, den letzten Arbeitstag der Woche mehr oder weniger erfolgreich hinter sich zu bringen.

KAPITEL ZWEI

Schon seit mindestens einer halben Stunde nun saß Laurent unbehaglich auf der nackten, hölzernen Bank im untypisch menschenleeren weißen Korridor. Das laute Ticken der großen analogen Zeigeruhr direkt über ihm, machte ihn nur noch nervöser. Er wollte aufstehen und schauen, wie spät es nun schon war, hatte er doch sein Smartphone vorhin in der Hast auf seinem Schreibtisch vergessen und seit Jahren keine Armbanduhr mehr getragen. Doch Laurent blieb sitzen. Nachdem er bereits viermal nach der Zeit gesehen hatte, käme er sich nun langsam ein wenig lächerlich vor, ein fünftes Mal danach zu schauen.

Zeit spielt keine Rolle, es ist sowieso zu spät, flüsterte eine unsichtbare Stimme in sein Ohr, als er sich unterschiedlichsten Szenarien detailliert ausdachte, in denen er aufgrund der verschiedensten, ja teilweise gar irrwitzigsten Gründen seinen Job verlieren würde. Aus welch anderem Grund sollte der Abteilungschef seiner Abteilung ihn mit einem knappen E-Mail zu sich ins Büro beordern:

13:00 UHR, MEIN BÜRO.
NICHTS MITNEHMEN.

Endlich öffnete sich die Tür zu seiner Linken und sein direkter Vorgesetzter trat heraus und wies Laurent wortlos, nur mit einer Handgeste ins Büro hinein. Der Chef der Abteilung Drogenfahndung saß, in diverse Papiere vertieft, noch minutenlang wortlos hinter seinem großen Schreibtisch, nachdem die Tür hinter Laurent zugedrückt worden war. Neben all den Papieren und dem Computer stand zusätzlich noch eine weiße Kaffeetasse mit dem Aufdruck *BOSS* auf der Tischfläche. Laurent suchte nach Blickkontakt zu seinem Vorgesetzten. Dieser lehnte sich entspannt gegen die Wand, starrte Löcher in den Boden und zog sporadisch sein Smartphone aus der Hosentasche, um die Anzeige nach neuen Benachrichtigungen zu überprüfen. Laurent begann leicht zu schwitzen, als er erkannte, was auf dem Schreibtisch lag. Auf dem wirren Aktenstapel befand sich unter anderem auch der Bericht über seinen letzten Einsatz, der vor zwei Wochen war. Der Einsatz, bei dem er einen jungen Mann erschossen hatte. Ohne ihn anzusehen, fragte der Abteilungsleiter ruhig: »Wie geht es Ihnen?«

Er stammelte: »Gut, mir geht es gut.«

»Ist das so? Geht es ihnen wirklich gut, Laurent?«, fragte sein Vorgesetzter mit aufschreckend scharfem Ton von der Seite.

»Ähm ja…«, begann Laurent, bevor er laut unterbrochen wurde: »Also *mir* würde es nicht gut gehen! Mir würde es sogar richtig beschissen gehen, wenn ich *Sie* wäre!« Laurent erstarrte.

»Einen riesigen Haufen Scheiße haben Sie da letzte Woche angerichtet! Ist ihnen das überhaupt klar? Wissen Sie eigentlich, wie uns die Medien deswegen im Nacken sitzen? Haben Sie überhaupt eine Ahnung, wieviel Arbeit es kostet, um Ihren jämmerlichen Arsch anonym zu halten? Sie können von Glück reden, erkennt man Ihre Visage nicht auf dem viral gegangenen Video, auf dem Sie den Jungen regelrecht hinrichten! Ja, so nennen es nämlich die Medien. ›Polizist richtet Jugendlichen in Seitengasse hin.‹, so lautet die Schlagzeile. Wie blöd muss man eigentlich sein, um einem Verdächtigen auf den Kopf zu zielen, statt auf die Extremitäten? Und Sie nennen sich Polizist?«

Der Abteilungsleiter hielt ein Portraitfoto der Leiche hoch: »Joël Franck, siebzehn Jahre alt, gutes Elternhaus, keine Vorstrafen.«

»Schauen Sie genau hin, Laurent. Sie haben nicht nur Ihre eigene Karriere, sondern auch das Leben eines Minderjährigen beendet.«

Seine Beine begannen zu zittern, doch er ließ sich nichts anmerken. Keine Regung ging durch sein verhärtetes Gesicht, als er sich zu verteidigen versuchte: »Ich hatte keine Wahl. Meine Partnerin war angeschossen. Ich wurde selbst beinahe erschossen. Es war Notwehr im Affekt, das können Sie meinem Bericht entnehmen.«

»Na und? Auf dem Video sieht man nur Sie, der wie ein blöder Cowboy wild um sich herum ballert! Und Ihr Bericht? So eine lückenhafte und unprofessionelle Scheiße habe ich schon lange nicht mehr gelesen. Haben Sie noch nie was von deeskalierendem Vorgehen gehört? Wie zur Hölle kann man aus der Beobachtung eines scheinbar ›verdächtigen‹ Rucksacks in eine Leben-oder-Tod-Situation geraten? Erklären Sie mir das!«

»Man hat im Rucksack eine unüblich große Menge Drogen gefunden.«

»Und wenn schon! Sind Sie eigentlich schwer von Begriff?!«

Mit erhobener Hand wies der Abteilungschef Laurents Vorgesetzten vom Schreibtisch aus zur Seite. Seufzend hob er an: »Nun gut... Laurent, ich hoffe Ihnen ist klar, dass es für Sie leider so nicht weitergehen kann. Das verstehen Sie doch, nicht wahr?«

»Monsieur, es tut mir aufrichtig leid, ich habe nur versucht...« Mit einer weiteren Handgeste unterbrach ihn der Abteilungsleiter mit ruhiger Stimme: »Sie müssen verstehen, dass wir Sie unter den gegebenen Umständen nicht mehr als Polizist anstellen können. So leid es uns auch tut. Schließlich wissen Sie ja, dass es uns an Einsatzkräften fehlt. Auch wenn Sie, gemäß Ihrer Akte, in den vergangenen Jahren zuverlässige Arbeit geleistet haben. Wir haben es hier mit einem größeren PR-Desaster zu tun. Selbst wenn wir Sie für ein paar Wochen suspendieren würden, würde es unserem Image zu stark schaden, Sie später wieder in den Einsatz zu schicken. Sie sind, um es ganz offen auszudrücken, für die Polizei dieser *Stadt* untragbar geworden.«

Laurent starrte ein Loch in den Boden und vermochte nicht zu antworten.

»Aber gut. Setzen Sie sich erst mal hin. Kaffee?«, fuhr der Abteilungschef weiter.

Sein Vorgesetzter hielt ihm mit grimmiger Miene einen braunen Pappbecher hin. Milchkaffee, lauwarm. Sein Körper hatte zwar keine Mühe damit, Laktose zu verarbeiten, dennoch hielt er Milch im Kaffee für widerlich. Für ihn handelte es sich dabei um einen unnötigen Zusatz, der den Geschmack eines guten Produkts abschwächte. Unter anderen Umständen würde er nun eine Diskussion anzetteln, in der er erklären würde, warum nur Verlierer Milch in ihren Kaffee schütten. Stattdessen reagierte er nach dem ersten Schluck mit einem knappen »Danke« und presste seine Lippen zu einem schmalen Lächeln zusammen, als er sich langsam auf den kleinen Stuhl gegenüber des massiven Schreibtischs senkte.

»Wir möchten Ihnen helfen, Laurent.«, fuhr der Abteilungschef nun fort. »Aber dafür müssen wir mehr von Ihnen wissen.«

Verwirrt blickte Laurent auf, als sein Vorgesetzter eine andere, enorm dicke Akte vom Schreibtisch hob und darin zu blättern begann. »Hier steht, sie sind Alkoholiker. Stimmt das?«

»Nein!«, entgegnete er entschieden.

»Lügen Sie mich nicht an!«, bellte der Vorgesetzte zurück. Der Abteilungschef klopfte langsam mit einem Finger auf den Tisch, als er Laurent mit leicht zusammengekniffenen Augen musterte.

Laurent gab nach: »Ich habe früher viel getrunken, habe aber seit vielen Jahren keinen Tropfen Alkohol mehr zu mir genommen.«

»Also Alkoholiker.«, er machte sich eine kurze Notiz auf das Papier.

»Haben Sie mich nicht verstanden? Ich habe gesagt, dass ich seit Jahren keinen Alkohol mehr zu mir nehme. Nichts! Keinen einzigen Tropfen!«

»Umso klarer ist es, dass sie ein Scheißalkoholiker sind! Hier steht, dass Sie keiner Glaubensgemeinschaft angehören. Es gibt nur drei Typen Mensch, die sich so stark vom Trinken distanzieren. Religiöse, Kranke und Alkoholiker. Dass Sie körperlich vollkommen gesund sind, das wissen wir aufgrund der regelmäßigen Tests. Wissen Sie, so was wie einen Ex-Alkoholiker gibt es nicht in meinem Wortschatz. Entweder man ist noch zu jung oder bereits zu krank um zu trinken. Oder man genießt, wie jeder andere normale Mensch, zu gegebenen Anlässen mal ein Gläschen oder zwei. Aber Sie kennen das wohl nicht, oder? Hm? Den Unterschied zwischen trinken und saufen? Deswegen gehen Sie dem Alkohol aus dem Weg. Vermeidungsverhalten nennt man das.«

Laurent schwieg.

»Sehen Sie mich an. Oder wollen Sie mir erzählen, dass sie der Typ sind, der jeweils nach zwei Bier nach Hause gehen kann? Diese gequirlte Scheiße können Sie vielleicht Ihrer Oma erzählen, aber nicht mir. Sie sind doch ein elender Koma-Säufer, der mit dem Schauspiel der Abstinenz vorgibt, ein anständiger Mensch zu sein!«

»Was wollen Sie von mir?!«, schnauzte Laurent nun mit glühendem Blick zurück.

»Ich will von Ihnen wissen, wann Sie das letzte Mal Drogen konsumiert haben.«

»Das wissen Sie ganz genau.«

»Nein, das tun wir nicht! Unsere Testresultate gehen nur bis zu Ihrer Ausbildung an der Polizeiakademie zurück. Sie waren immer komplett clean. Was davor war, wissen wir aber nicht mit Sicherheit. Die Hintergrundprüfung Ihrer Kreditkarten hat lediglich ergeben, dass Sie regelmäßig dreistellige Summen in Bars und Nachtclubs ausgegeben haben. Aber damals war auch noch nicht alles digital. Wissen Sie, was ich glaube? Ich glaube, Sie haben Ihren Stoff einfach mit Scheinen bezahlt. Wir verfügen über umfassende Listen, die auf einige Transaktionen nach Mitternacht hinweisen. Sagen Sie mir, wofür braucht jemand spätnachts Bargeld, wenn er anschließend in der Kneipe oder beim Imbiss mit Kreditkarte zahlt? Erklären Sie es mir, Laurent!«

»Ich kann mich nicht erinnern. Das ist zu lange her.«

»Ficken Sie sich, Laurent! Mir machen Sie nichts vor!«

Laurent erhob sich, knallte den Kaffeebecher auf den Tisch und konfrontierte den Abteilungschef: »Worum geht es hier eigentlich?«

Dieser lehnte sich zurück und bat ihn ruhig darum, sich wieder hinzusetzen. »Wie erwähnt … Wir möchten Ihnen helfen, Laurent. Aber das können wir nur dann tun, wenn Sie sich bereit erklären, uns zu helfen.«

»Ich verstehe nicht.«

Auf der großen Projektion an der Wand hinter dem Schreibtisch erschien das Portrait eines Mannes. Dessen rundlicher Kopf präsentierte eine Halbglatze sowie eine makellose Rasur im Gesicht. Seine ungewöhnlich hellen Augen strahlten, doch das Grinsen im Gesicht offenbarte bräunliche Zähne. Das Bild verwirrte Laurent, denn er konnte sich nicht entscheiden, ob es sich um einen schönen oder hässlichen Menschen handelte. Eine seltsame Faszination erschlich ihn für diese gepflegte und zugleich heruntergekommen wirkende Gestalt. Hätte er das Alter dieser Person schätzen müssen, wäre er vollkommen überfordert gewesen. Rein optisch hätte der Mann entweder 23 oder genauso gut 53 Jahre alt sein können.

»Wissen Sie, wer das ist?«

»Nein.«, antwortete Laurent nun ruhig, noch immer das Foto fixierend.

»Wir genauso wenig. Das ist das Problem. Unsere biometrische Datenbank findet kein passendes Resultat zu diesem Foto. Das einzige, was wir über ihn haben, ist der Name *Étienne*. Nicht einmal seinen Nachnamen kennen wir.«

»Und?«

»Und wir wissen aus guter Quelle, dass er der Hersteller des *Stoffs* ist.«

Nun setzte sich Laurent langsam wieder hin. Der *Stoff* war eine neuartige Droge, die schrittweise im Verlauf der vergangenen Jahre andere illegale Substanzen vom Markt verdrängt hatte. Was den *Stoff* von Drogen wie Heroin, Kokain, Amphetamin, MDMA oder Cannabis unterschied war, dass die Substanz bereits beim Erstkonsum zu einer noch nie verzeichneten sofortigen körperlichen und psychischen Abhängigkeit führte. Interessanterweise gab es dennoch keinen einzigen dokumentierten Fall von tödlicher Überdosierung. Die in Pillenform konsumierte Droge wirkte bei den meisten Konsumenten für rund 120 Minuten. Anschließend stieß der Körper jede zusätzlich eingenommene Pille ohne jegliche Wirkung für 24 Stunden ab. Der *Stoff* hatte sich zu einem immer größer werdenden Problem entwickelt, weil sich die Pille auch in Flüssigkeiten auflösen ließ. Immer mehr Leute allen Alters und aus allen Gesellschaftsschichten wurden durch unfreiwillige Einnahme, wie etwa als heimliche Beigabe in ein Getränk, abhängig gemacht. Der Entzug stellte sich selbst bei einmaligem Konsum als mehrjähriges, schmerzhaftes und vor allem überaus teures Unterfangen heraus.

»Warum erzählen Sie mir das?«

»Was ich Ihnen jetzt erzähle, unterliegt der höchsten Geheimhaltungsstufe.«, fuhr der Abteilungschef fort, als nachfolgend mehrere Aufnahmen von Étienne auf dem

Display erschienen. Diese Person zeigte sich händeschüttelnd mit dem Bürgermeister und weiteren politisch einflussreichen öffentlichen Personen. »Wir glauben, wir haben die Schwachstelle von diesem Étienne identifiziert. Schauen Sie. Das sind alles Aufnahmen von Wohltätigkeitsanlässen. Étienne ist in den vergangenen Jahren durch philanthropische Gesten immer mehr ins öffentliche Rampenlicht gerückt. Obdachlosenunterkünfte, Frauenhäuser, grosszügige Spenden für die Krebsforschung und das letzthin neu erweiterte Kinderspital – überall dort gibt er Geld, viel Geld aus und lässt sich dafür feiern.«

»Und was hat das mit mir zu tun?«

Ohne auf Laurents Frage einzugehen, fuhr nun sein Vorgesetzter fort: »Unser Étienne hier ist nicht nur ein Philanthrop, sondern auch ein Lebemann, wie er im Buche steht. Sämtliche seiner bisher identifizierten Partner und Angestellten scheinen alle möglichen Substanzen zu konsumieren. Wie wir alle wissen, lockert Drogenkonsum die Zunge. Wir wollen, dass Sie diese Organisation infiltrieren, damit wir sie aushebeln können. Finden Sie für uns heraus, wo der *Stoff* hergestellt wird.«

Er schwieg, gemeinsam mit den anderen beiden Männern im Raum.

Man hätte die Augen des Abteilungschefs als mitfühlend und wohlwollend beschreiben können, als er seine nächsten Worte sachte formulierte: »Laurent, hören Sie jetzt gut zu. Wir wissen, was Sie sind. Verstehen Sie uns bitte nicht falsch, aber Sie sind kein Polizist. Sie waren nie ein Polizist. Was Sie sind, ist ein Ex-Junkie, der die Maske eines Polizisten trägt. Was wir Ihnen hier bieten, ist die einmalige Chance, nicht nur uns, sondern vor allem sich selbst zu beweisen, dass Sie vielleicht ja doch mehr als das sind. Sie verstehen es, anderen etwas vorzugaukeln. Sonst hätten Sie niemals eine Zulassung für die Polizeiakademie erhalten, auch wenn die Dinge vor einem Jahrzehnt noch einfacher waren. Das ist ein Talent, das nicht alle haben. Sagen Sie ja. Werden Sie für uns zum Wolf im Schafspelz.«

Unschlüssig darüber, wie ernst er diese Worte aufzufassen hätte, blieb er stumm.

Sein Vorgesetzter fuhr kaltschnäuzig fort, ohne eine Antwort abzuwarten: »Zum Dank erhalten Sie einen vollen Monat bezahlten Urlaub zugesprochen, sowie eine Erhöhung Ihres Gehalts um 12 %. Gemäß Ihrer Akte hatten Sie seit sechs Jahren keine Lohnerhöhung mehr. Aufgrund Budget-Kürzungen. Uff, unschön. Also *mir* müsste man so ein Angebot nicht zweimal machen. Und wer weiß... Wenn Sie einen ordentlichen Job machen, stehen Ihre Chancen ziemlich hoch, irgendwann wieder als Polizist arbeiten zu können. Vielleicht sogar in einer höheren Position als bisher. Vom ausführenden Angestellten zum leitenden Organ. Das wäre doch was, nicht? Aber dafür müssen Sie mitspielen. Verstehen Sie das?«

»Und wenn ich Nein sage?«, stammelte er nun endlich.

»Tja, dann viel Glück dabei, wieder einen Job mit ihrer Vorgeschichte zu finden!«, lachte ihm sein Vorgesetzter direkt ins Gesicht.

Er war in die Ecke gedrängt, wie im Schach. Nach kurzem Zögern schnaubte Laurent: »Wo muss ich unterschreiben?«

»Nirgendwo, Sie Schlaumeier. Diese Abmachung existiert offiziell nicht. Wenn Sie es verkacken, werden der Chef und ich beide nichts davon gewusst haben. In diesem Koffer ist alles, was Sie brauchen. Sobald Sie dieses Büro verlassen, gelten Sie ab Montagmorgen als gekündigt. Denken Sie sich eine passende Geschichte für die Leute in Ihrem Leben aus, die es vielleicht interessieren könnte.«

Er öffnete den Koffer und entdeckte einen Briefumschlag, eine unmarkierte Pistole mit zwei Ersatzmagazinen, Munition sowie einen schwarzen Beutel, den er sich genauer ansah.

»Ist das eine VB*-Maske? Die sind illegal.«

---

*VB steht für V.A.N.T.A. Black, was ausgeschrieben Vertically Aligned Nano Tube Array Black bedeutet. Im Jahr 2014 entwickelte die Firma Surrey NanoSystems mit Nanotechnologie eine tiefschwarze Oberflächenstruktur, die so gut wie kein Licht reflektiert. Zudem wird einfallendes Licht gleichmäßig in Wärme umgewandelt. Selbst Kameras mit Infrarot- oder Laser-Messtechnologie scheitern somit bei der Gesichtserkennung des Trägers. Der Kopf des Trägers erscheint in Aufnahmen als uniforme schwarze oder bei Systemen mit Wärmesensoren als rote Fläche. Die Herstellung solcher Masken wurde im Jahr 2029 international verboten.

»Na und? Ab Montag sind Sie offiziell kein Polizist mehr, sondern ein Krimineller. Merken Sie sich das. Sie werden die Maske immer dann tragen, sollte ein Treffen nötig sein. Und jetzt raus hier!«

– II –

Seine Schicht begann offiziell um Punkt acht Uhr. Doch Lou schlich sich sechs Minuten später wortlos in die gewaltige Lagerhalle und ging, ohne jemanden zu grüßen, direkt zur Umkleidekabine. Dort angekommen schlüpfte er in seinen Arbeitspullover (die Halle war stets gekühlt), Latzhose sowie seine mit Stahlkappen verstärkten Sicherheitsschuhe. In seinem Postfach lag ein dicker Stapel Papiere, welche die heute zu erledigenden Lieferaufträge, korrekt nach Dringlichkeit geordnet, dokumentierten. Schon bloß der Anblick des Stapels ließ ihn seufzen. Denn heute war dieser um ungefähr ein Drittel umfangreicher als an anderen Tagen. Es würde eine Herausforderung sein, früher als um fünf Uhr abends nach Hause zu gehen. Die Arbeit war an sich nicht sonderlich komplex. Doch es handelte sich um Fleißarbeit, welche eine hohe Konzentration erforderte und er war sich bewusst, dass der kleinste Fehler unangenehme Konsequenzen für ihn hätte. Zwar interessierten ihn die reklamierenden Kunden kaum, aber er hatte kein Interesse daran, sich von seinem Vorgesetzten oder sonst jemandem zurechtweisen zu lassen. Darin zeigte sich der Kern seiner Motivation: die Vermeidung unangenehmer Diskussionen. Er rühmte sich selbst mit der Tatsache, dass er zwar öfters einige Minuten zu spät zu seiner Schicht antrat oder im Falle eines exzessiven Vorabends schlicht nicht bei der Arbeit erschien – Fehler machte er aber, seiner Ansicht nach, eher selten. Und sollte ihm mal wirklich etwas durch die Lappen gehen, dann immer so, dass es sich in letzter Minute noch ausbügeln ließ, ohne dass die betroffenen Kunden Wind davon bekamen. Das verlieh ihm ein Gefühl von Gelassenheit, als er sich Mühe gab, für eine kurze Zeit seine Gedanken an andere, schönere Dinge zu blockieren und sich stattdessen auf die gegebenen Aufgaben zu konzentrieren.

Endlich zeigte die riesige Uhr am Ende der Halle neun Uhr an. Zeit für eine kurze Pause. Er liess sich vom sperrigen Vollautomaten im Aufenthaltsraum der Firma einen schwarzen Industriekaffee in einen Plastikbecher füllen. Der Kaffee war grässlich, selbst für ihn, der davon nicht viel verstand. Aber mit viel Zucker war das Gebräu vom Geschmack her erträglich. Außerdem kostete die Plörre nichts. Das Gerät war seiner Meinung nach nicht korrekt kalibriert. Deswegen war die Temperatur des Kaffees immer zu hoch, dass er erst nach einigen Minuten genießbar war, ohne dass man sich die Zunge und den Rachen damit verbrennen würde. Zu Beginn seiner Anstellung in dieser Firma befürchtete er, das sei lediglich deswegen, weil er körperlich zu sensibel war. Doch die Beobachtung, dass die meisten anderen Mitarbeitenden (mit Ausnahme der hart gesottenen Alten) ihren Kaffee ebenfalls vor dem Verzehr hundertfach anpusteten, versicherte ihm, dass es nicht an ihm, sondern an der Maschine lag. Lou stellte seinen Becher ganz hinten auf das Gerät, um das Gebräu auskühlen zu lassen, und schlenderte ins WC. Er begab sich in die hinterste Kabine, setzte sich und ließ auf dem kleinen Display einen Porno laufen. Es dauerte nur knapp zwei Minuten, bis er synchron mit dem Mann, der im Video einer scheinbar willigen Frau in den weit geöffneten Mund spritzte, seine Ladung auf den WC-Deckel ergoss. Einige Tropfen landeten auf dem dunkelgrauen Linoleum-Boden. Weitere zwei Minuten später hatte er die Kabine zumindest für das gewöhnliche Auge sauber verlassen und wusch sich die Hände. Zurück im Aufenthaltsraum hatte sein Kaffee, der noch immer unberührt auf der großen Maschine stand, die gewünschte Trinktemperatur erreicht. Zufrieden verließ er das Gebäude, um dazu routinemäßig eine Zigarette zu rauchen. So, wie er es praktisch jeden Tag zu tun pflegte.

Zurück an seiner Arbeitsstation prüfte er Bestellungsblätter und wies die geforderten Artikel der korrekten Folgestation zu. Währenddessen dachte er darüber nach, was er wohl tun, wenn er im Lotto gewinnen würde. Für ihn war klar, dass er seine jetzige Arbeit sofort an den Nagel hängen würde. Vielleicht würde er sogar seinem Vorgesetzten, den er aufgrund seiner pedantischen und arroganten Art auf den Tod nicht ausstehen konnte, zum Abschied mitten auf den Schreibtisch kacken. Der Gedanke lockte ein kleines stilles Grinsen aus ihm heraus. Er fantasierte weiter und stellte sich vor, wie er sich als Erstes eine luxuriöse Villa für sich und seine Kumpels kaufen würde. Inklusive hübscher Haushälterin, die am besten gleich noch sexuelle Dienste anbieten würde. Die klassische Idee einer Jacht für ausgelassene Partys mit hübschen Mädels verwarf er jedoch. Lou war Nichtschwimmer und fühlte sich eigentlich ausschließlich aus Hygienegründen mit dem Element Wasser verbunden. Die Vorstellung einer ausschweifenden Party mit einer erotischen Feuerspuckerin fand er hingegen höchst erregend. Er malte sich aus, wie er mit seinen Freunden drei Tage am Stück ununterbrochen feiern und sich alle möglichen bewusstseinserweiternden Substanzen einverleiben würde, bis er schlussendlich das Wort »Arbeit« an sich vergessen würde.

Denn er hasste seinen Job. Seine Ausbildung in dieser Branche war er vor ein paar Jahren nur deswegen angetreten, weil seine Lehrer ihn dazu gedrängt hatten. Schließlich solle man für solche Chancen dankbar sein, wurde damals gepocht. Was er anstelle der Lagerarbeit tun wollte, wusste er weder damals, kurz nach der Schule, noch heute. Doch ihm war von Anfang an klar, dass es nicht das war, was er für den Rest seines Lebens arbeiten wollte. Man versicherte ihm mehrfach, dass eine solide berufliche Grundbildung ein Sprungbrett in alle Richtungen war, die er sich erträumen würde. Auf dem Papier entsprach dies auch der Wahrheit. Doch selbst heute, Jahre später, wusste Lou noch nicht, was er denn gerne für einen Beruf ausüben wollte. Er wusste lediglich, dass es dieser Job hier definitiv nicht war. Regelmäßig tröstete ihn der Gedanke, dass immerhin die monatliche Entlohnung für ihn dieses monotone Theater vertretbar machte. Man bezahlte ihn nicht fürstlich, aber immerhin besser als einen Kellner oder Regalauffüller im Supermarkt, der gar keine Ausbildung im Lebenslauf aufzuweisen wusste. Nichtsdestotrotz machte er niemandem gegenüber, auch seinem Vorgesetzten nicht, einen Hehl daraus, dass ihn die Sache nicht sonderlich interessierte. Jeden Tag verrichtete er nur das Allernötigste und flüchtete, wann immer er konnte, aus dem Gebäude, um zu rauchen oder nutzte die Gelegenheit, ein paar Minuten früher nach Hause zu gehen. Deswegen schämte er sich auch nicht. Letztlich hatte das Leben doch so viel wichtigere Dinge zu bieten als Arbeit. Nicht zuletzt waren seine Aufträge immer pünktlich erledigt und kein Kunde hatte sich bis jetzt je darüber beklagt, dass eine Lieferung falsch oder gar nicht angekommen war. Er hatte seine Sache mehr oder weniger im Griff, befand er zufrieden.

Nach der gewohnten einstündigen Mittagspause begab er sich durch die Hintertür aus der Lagerhalle, um sich, wie jeden Tag nach dem Essen, eine Verdauungszigarette zu gönnen. Er kratzte sich mit dem Finger ein Überbleibsel Salat aus einem Zahnzwischenraum, bevor er sich eine Kippe anzündete und sein Handy aus der Brusttasche hervorholte, um zu sehen, was im Internet denn gerade so lief. Als er feststellte, dass der Newsfeed nichts Spannendes zu bieten hatte, besuchte er routinemäßig ein Newsportal. Mord, Totschlag und die immer wiederkehrenden Promi-Geschichten. Das Übliche eben. Nichts davon interessierte ihn wirklich. Doch das hinderte ihn nicht daran, jeden einzelnen Artikel kurz zu überfliegen und sich anschließend die Leserkommentare anzusehen. Den einen oder anderen Lacher gab es dort immer zu finden, wusste er. »Was für ein Haufen Vollidioten!«, dachte er sich ab und an grinsend bei besonders plumpen Beiträgen.

»Hey! Äh, Lou, richtig? Na, wie läufts so?«

Er wandte sich um. Es war der neue Mitarbeiter, der erst vergangene Woche hier angefangen hatte. Zwar hatten sich die beiden einander kurz vorgestellt, doch Lou hatte seinen Namen bereits vergessen. Statt sich die Blöße eines schlechten Gedächtnisses oder gar von Desinteresse zu geben, umging er den Namen, so wie er es bei zahlreichen anderen Mitarbeitern auch schon getan hatte: »Alles im grünen Bereich, Meister. Und bei dir so?«

Der Neuling zündete sich eine Zigarette an und zögerte einen kleinen Moment, bevor er antwortete: »Ehrlich gesagt, nicht so gut.«

»Was ist los? Hast du etwa jetzt schon die Nase voll von dem Job?«, schnaubte Lou mit einem spöttischen Lächeln auf dem Gesicht.

»Nein, nein! Das meine ich nicht! Bei der Arbeit läuft alles bestens! Alle sind sehr nett.«

»Alle?«, lachte Lou.

»Na ja, fast alle.«

»Unser Chef hat einen ziemlichen Stock im Arsch, findest du nicht? Der Typ war mal ein hohes Tier in der Armee, hab ich mal gehört. Links, zwo, drei, vier! Links, zwo, drei, vier! Links, zwo, drei, vier!« Lou äffte einen strammen Soldatenmarsch nach und salutierte mit seiner Rechten in alle Richtungen.

Sein neuer Mitarbeiter kicherte unbeholfen. »Äh, ja wie soll ich sagen? Ich glaube, als Abteilungsleiter gehört das wohl ein wenig zum Job, nicht?«

Lous Miene verfinsterte sich. »Vielleicht. Aber der Typ übertreibt's manchmal echt. Nimm dich in Acht, Kollege. Ich bin erst seit etwas mehr als einem Jahr hier, aber es fühlt sich jetzt schon an, als wären zehn vergangen.«

Er schwieg. Ihm war bei diesem Gespräch sichtlich nicht ganz wohl, bemerkte Lou sogleich. Schließlich war dies erst seine zweite Arbeitswoche. Sowas möchte vermutlich keiner jetzt schon hören, dachte er sich. Also wechselte er das Thema: »Sorry, ich labere nur. Nimm's locker. So schlimm ist es auch nicht, keine Sorge. Also, worum geht's? Was beschäftigt dich gerade, nebst deinem neuen glorreichen Job hier?«

Der neue Kollege stammelte: »Na ja, meine Freundin… Hast du 'ne Freundin, Lou?«

»Nö.«, antwortete dieser knapp. »Hab gerade keinen Bock auf Beziehung. Was nicht heißen soll, dass ich allein bin. Wenn du weißt, was ich meine?« Er zwinkerte dem Mitarbeiter selbstsicher grinsend zu.

»Ach so. Ja. Also ich weiß nicht.«, stammelte dieser weiter.

»Na komm schon. Spuck's aus! Wir haben nicht den ganzen Tag Zeit, Junge!«, lächelte Lou.

»Also es ist so. Meine Freundin möchte unbedingt wegziehen. In die *Stadt*.«

Lou blickte auf die große Uhr hinten in der Halle und seufzte. Es war bereits eine Viertelstunde verstrichen, seit er seine Pause angetreten hatte. Nichtsdestotrotz zündete er sich eine neue Zigarette an, bevor er sachte zu sprechen begann: »Und du willst das nicht. Sonst hättest du diesen Job nicht angenommen… Wieviele Bewerbungen hat es dich gekostet, um hier landen zu können?«

»68.«

»Achtundsechzig?! What the fuck?!«

»Ich habe meine Abschlussprüfung nur knapp beim zweiten Anlauf bestanden.«

»Und jetzt bist du froh, endlich einen Job zu haben.«

»Das hier ist eine echte Chance, Mann. Sie ist selbst arbeitslos und, ja, sie hat diesen dämlichen Traum eine berühmte Tänzerin im Rampenlicht zu werden!«

»Hast du ein Foto? Zeig mal her!«

Sein Kollege suchte sein Handy in der Hosentasche. Es dauerte einige Momente, bis er Lou ein Foto der jungen Frau entgegenstreckte.

»Die ist ja flach wie ein Brett! Also wenn sie nicht eine Ballerina oder so ist kann die sich den Traum knicken, haha!«, schoss es aus Lou heraus. Der andere schwieg betreten. »Sorry, war nicht so gemeint. Sie sieht doch ganz nett aus und ich bin mir sicher, sie hat Rhythmus im Blut.«, log Lou zur Beruhigung. In Wirklichkeit hielt er das Mädchen auf dem Foto für unterdurchschnittlich attraktiv. Jungenhaft, mit hauchdünnen Lippen und für eine junge Frau sonderlich eingefallenen Augen. »Also hör mal, Bruder. Erklär deiner Liebsten sanft aber bestimmt, dass das nichts wird. Ihr beide habt hier eine bessere Zukunft. Aber gleich danach musst du ihr auch was bieten. Biete ihr an, mit ihr in die Tanzschule zu gehen. Dort kann sie sich austoben. Wichtig ist dabei nur, dass du ihr zu spüren gibst, dass du derjenige mit dem Plan bist und nur ihr Bestes im Sinn hast. Schlimmstenfalls sagst du ihr einfach, sie soll noch ein Jährchen Geduld haben, bis du genügend Kohle auf der Seite hast, um euch beiden einen guten Start in eurem neuen Leben in der Stadt zu ermöglichen. Eine gewisse finanzielle Sicherheit ist auch irgendwie wichtig. Wir Männer müssen dominant sein, glaub mir. Ich heiße zwar nicht Don Juan, aber mit den Mädels kenne ich mich aus. Vertrau mir, das klappt schon! Das klappt sogar ganz wunderbar, wenn du's richtig machst! Die Kleine liebt dich, sonst wäre sie nicht mit dir zusammen. Nimm's locker, Mann, du machst das schon!« Lou stellte sich vor ihn hin und klopfte ihm mit den Händen ermunternd lächelnd auf beide Schultern.

»Ich werd's versuchen. Danke, Lou. Du bist ein guter Typ.«, lächelte er offensichtlich ein kleines Stück weit erleichtert.

»Also los jetzt! Wir haben heute noch viel zu tun. Und schließlich sind wir verantwortungsbewusste Männer, nicht?«

»Klar doch.«, lachte der neue Kollege.

KAPITEL DREI

Mittagszeit in der Kantine. Auf dem Menüplan standen Bratwurst mit Kartoffelpüree oder vegetarischer Nudelsalat. Vegane oder allergiebewusste Angebote suchte man hier noch immer vergebens. Und beim Blick auf die durch die jahrelange monotone Arbeit ohne jegliche finanzielle Anreize zerfurchten Gesichter und dunklen, leblosen Augen des Kantinenpersonals, wusste Laurent, dass sich an diesem Umstand auch nichts ändern würde. Nicht zu seinen Lebzeiten. Doch er hatte sich, für seinen Teil, an das Essen minderwertiger Qualität gewöhnt. Zumindest während er im Dienst war. Und als sein Blick über die Tische mit meist neutralen, teilweise sogar unbekümmert wirkenden Gesichtern anderer Polizisten schweifte, dachte er, dass er damit nicht der einzige war. Kaum jemand hier hatte die Zeit, geschweige denn die dafür nötige Leidenschaft, sich über das Essen hier ernsthaft Gedanken zu machen. Die Mahlzeiten waren zwar lieblos zusammengewürfelt, oft mangels professionellem kulinarischem Fachwissen zu schnell oder zu lange zubereitet, dies jedoch meist mit lokalen Zutaten. Ein Privileg, von dem sonst Kantinengänger in anderen Institutionen, aus Kostengründen, kaum profitieren könnten. Schließlich erfüllten die Mahlzeiten ihren

Zweck, dem durchschnittlichen, arbeitstätigen Polizisten genügend Energie für mindestens einen halben Tag zu schenken. Nicht zuletzt waren sie kostenlos, was die Angelegenheit natürlich automatisch sympathischer wirken ließ. Da Laurent ungern vom metallisch schmeckenden Leitungswasser trank und nicht jedes Mal für ein ungesundes Softgetränk aus dem Automaten bezahlen wollte, hatte er stets eine Thermosflasche mit Schwarztee dabei. Schon als kleines Kind hörte er, wie gesund dieser sei und die Aussage wurde über die Jahrzehnte nie öffentlich revidiert. Es musste also etwas daran sein, dachte er sich. Außerdem verfügte die Kantine über keine Kaffeemaschine, was er sich nie erklären konnte.

Léna setzte sich wortlos ihm gegenüber, beugte sich weit über ihren Teller und begann sogleich ihr fleischloses Menü zu verzehren: Statt der vegetarischen Option hatte sie den ersten Menüvorschlag einfach ohne Bratwurst bestellt. Er hatte seine in brauner Sauce getränkte Wurst und das Kartoffelpüree noch nicht angerührt und musterte Léna. Sie schaufelte jeweils winzige Mengen auf die vordere Hälfte ihrer Gabelschaufel aus zerkratztem Edelstahl und beförderte diese mit hoher Geschwindigkeit in ihren Mund. Ihr Kiefer bewegte sich unmenschlich schnell, ähnlich einem nervösen Nagetier.

Laurent wusste nicht genau wieso, aber er war angewidert. In diesem Moment hasste er sie abgrundtief. Von einem schwer definierbaren Ekel übermannt, empfand er nichts als Verachtung für seine Partnerin und er konnte sich in diesem Moment nicht präzise erklären warum. Dementsprechend sah er auf seine Partnerin hinunter. »Hat sie schon immer so gegessen? Ich weiß es nicht.«, überlegte er sich stumm.

»Ist was?«, fragte Léna, nachdem sie ihren animalisch wirkenden Fressvorgang unterbrochen hatte, um einen großen Schluck Wasser zu sich zu nehmen.

»Nein.«, erwiderte er, nun mit auf den Teller gesenktem Blick und begann schließlich sorgfältig die graubraune Wurst in mundgerechte Scheiben zu zerteilen.

Sie zuckte kurz mit den Schultern und setzte ihre hastige Nahrungsaufnahme fort, bevor er fragte: »Wie geht's der Schulter?«

»Glatter Durchschuss. Tut immer noch verdammt weh. Aber ein großzügiger Bekannter von mir arbeitet im Krankenhaus und hat mir ein Sonderrezept für Schmerzmittel besorgt. Ich habe darauf bestanden, so schnell wie möglich wieder in den Dienst zu können. Zu Hause halte ich es mit meinem Mann nie zu lange aus.«, lachte sie.

»Dann ist es ja gut.«

»Also ich habe eine Nachricht von oben erhalten.«, meinte sie nach einem weiteren Schluck Wasser, mit ernstem, nach unten gerichtetem Blick.

»Ach ja?«, erwiderte Laurent. Sein Blick war ebenfalls nach unten gerichtet, als er lieblos mit der Gabel in seiner Mahlzeit herumstocherte.

»Du weißt, dass ich in meiner Aussage alles getan habe, um dich zu entlasten? Das weißt du, nicht wahr? Es tut mir so leid, Laurent, bitte glaub mir.«

»Ist nicht so schlimm.«, antwortete er knapp.

»Warum feuern dich diese Schweine? Du hast nichts Falsches gemacht! Verdammt, hättest du nicht richtig gehandelt, wäre ich vielleicht tot! Was läuft hier?«

»Ich weiß auch nicht so recht. Möglicherweise geht es um etwas Politisches. Der Fall ist in den Medien. Und du weißt doch, wie das läuft. Imagepflege ist alles. Irgend ein Anwohner hat ein Video der Situation in der Gasse gemacht. Immerhin kann man keine Worte entziffern und man erkennt mich nicht. Trotzdem: scheiß Social Media.«

Léna legte ihre Gabel nieder. »Und was machst du jetzt?«

Laurent hielt kurz inne und hörte Lenny Kravitz' Stimme aus dem Lautsprecher des Kantinenradios zu, wie er davon sang davonzufliegen. »Keine Ahnung. Erst mal ausschlafen, würde ich sagen. Dann vielleicht irgendwo in die Ferien. Irgendwo ans Meer oder so.«

»Was? Du? Ans Meer? Sieh an, sieh an. Du steckst ja voller Überraschungen!«

Leicht verunsichert stach er nun das erste Stück Bratwurst an und steckte es sich in seinen Mund, bevor er kauend mit den Achseln zuckte.

»Also vielleicht bin ich ja verrückt, aber ich hätte dich eher als den Typen eingeschätzt, der sich mit Büchern in ein einsames Landhaus in eine kalte Region der Welt verzieht, um sich zu entspannen. Weg von all dem Stress und all den Menschen. Echt jetzt, die Vorstellung von einem braun gebrannten Laurent in Badehose inmitten von lauten Touristen wirkt auf mich total abstrakt! Und ich dachte, ich kenne dich.« Sie lachte über ihre eigenen Worte.

»Offenbar kennst du mich nicht so gut, wie du dachtest.«, erwiderte Laurent mit einem schmalen Lächeln.

»Ja, offenbar!«, kreischte Léna amüsiert. Sie nahm einen neuen Schluck Wasser zu sich, bevor sie, nun ein bisschen ruhiger, fortfuhr: »Nein, ernsthaft. Vielleicht ist das ja gar nicht so schlecht? Ein Neuanfang. Ich meine, ewig können sie ja kaum auf jemanden wie dich verzichten. Wir sind schon so lange unterbesetzt und du bist ein sauguter Polizist. Entspann dich mal. Lass den Stress für ein paar Wochen hinter dir und lehn dich zurück.«

Nun nahm er einen Schluck Schwarztee zu sich. »Ich werde es versuchen.«

»Schreibst du mir eine Karte? So richtig altmodisch analog?«, grinste sie.

»Ja, vielleicht.«

»Hast du Pflanzen oder Haustiere, auf die jemand während deiner Ferien aufpassen sollte? Ich würde das gerne machen, wenn du dafür jemanden brauchst.«

Ohne Léna irgendwelche (für sein Empfinden) zu privaten Details über seine pflanzenlose Wohnung, in der keine Haustiere lebten, verraten zu wollen, erklärte er ihr lächelnd, dass sich bereits ein Bekannter liebevoll und zuverlässig um alles kümmern würde. Die Wahrheit war letztlich, dass er seit geraumer Zeit keine Freundschaften mehr pflegte. Das würde er aber nicht mit ihr teilen. Sie nickte verständnisvoll und wandte sich wieder ihrem Essen zu, was Laurent dazu bewegte sich nun auch seiner Mahlzeit zu widmen.

Als Lénas Teller leer war, fragte sie: »Du musst deine Sachen offiziell erst am Montagvormittag abgeben, oder?«

»Dem ist so.«, schluckte er.

»Was hältst du davon, wenn wir Samstagnacht noch einmal zusammen auf Streife gehen?«

Laurent hob skeptisch die Augenbraue.

»Na komm schon! Zeigen wir denen da oben nochmals, was für ein gutes Team du und ich sind, damit sie dich möglichst schnell wieder herholen! Die sollen so richtig spüren, was sie an dir für einen tollen Polizisten hatten!«

– III –

Soweit Lou sich erinnern konnte, war der Winter dieses Jahr von den Temperaturen her garstiger als viele zuvor. Sicher darüber war er sich jedoch nicht. Er mochte den Winter nie, im Gegensatz zu vielen anderen Leuten. Das lag nicht allein am Umstand, dass er nie das nötige Kleingeld für freudige Wintersport-Aktivitäten hatte. Ihm schien stets, selbst wenn er unzählige Kleidungsschichten trug, die Kälte würde durch alles hindurch bis in seine Knochen dringen. Möglicherweise hatte das genetische Gründe, sinnierte er.

Seine Freunde – Alexandre, Benoît und Patrice – trafen sich am Bahnhof, wie sie es am vorherigen Abend vereinbart hatten. Es war Samstagabend, der 22. Januar 2016. Sie alle vier waren, so kurz vor Zahltag (im Normalfall am 25. des jeweiligen Monats), mehr oder weniger pleite. Nichtsdestotrotz entschlossen sie sich dazu, heute Abend etwas zu unternehmen. Deswegen trafen sie sich am Bahnhof, um ihr restliches Kleingeld zusammenzukratzen und zu Hause bei Alexandre einen den Umständen entsprechend ausgelassenen Abend zu verbringen. Sie hatten Glück: Das gesammelte Geld reichte für zwei große Fertig-Pizzen und eine Familienpackung extra fettiger Speckscheiben, mit der sie die rechteckigen Käsefladen zusätzlich belegen könnten. Der Rest des Geldes ging für je eine Packung Zigaretten sowie drei Eineinhalb-Liter-Flaschen billigen Rosé drauf. Ihnen war von Anfang an bewusst, dass die Zigaretten sich schon am frühen Abend zur Mangelware entwickeln könnten. Doch mehr konnten sie sich kollektiv nicht leisten und sie hatten sich vorgenommen, das Beste aus der Situation zu machen. Auf dem Fußweg zu Alexandres Wohnung lachten sie ausgiebig aus Vorfreude auf den kommenden Abend.

Nachdem Lou das dritte deftige Stück der Fertig-Pizza, das vor Fett triefte, runtergeschlungen hatte, lehnte er sich zufrieden auf der Couch zurück und streichelte sanft seinen Bauch. Seine Kumpels taten es ihm gleich, bevor Benoît nach einem tiefen Rülpser das Wort ergriff: »Bitches, ich habe eine Überraschung für euch!«

Ganz in sich versunken und mit geschlossenen Augen stöhnte Alexandre: »Dann lass mal hören, Ben.«

»Schaut her!«, grinste Benoît.

Die drei Jungs rieben sich die Augen, als sie sahen, wie er bis über beide Mundecken strahlend in seiner flach ausgestreckten Hand einen ungefähren Kubikzentimeter Haschisch präsentierte.

»Schatz, wo hast du denn das her?«, fragte Patrice.

»Keine Ahnung! Das Teil hab ich heute Nachmittag in der Tasche einer dreckigen Hose gefunden!«

Lou fasste sich an den Kopf und rief: »Wie geil! Glaub mir, wenn ich schwul wäre, würde ich dich jetzt knutschen!«

»Lass gut sein, mein Bedarf ist gedeckt.«, entgegnete dieser, bevor er Patrice einen kleinen Kuss auf die Wange gab. Dieser streichelte Benoît sanft über den Hinterkopf, bevor er fragte: »Hat jemand Papiere und Filter?«

»Kommt sofort!«, jubelte Alexandre, in sein Schlafzimmer rennend.

Es war für sie alle ungewohnt starkes Zeug. Selbst Benoît und Patrice, die im Freundeskreis am regelmäßigsten kifften, waren bereits nach wenigen Zügen des Joints überaus *stoned*. Alexandre schwieg mit halb verdrehten Augen. Keinem war es in den Sinn gekommen, wie sonst üblich, irgendwelche Musik spielen zu lassen.

Schließlich fragte Benoît, der nach vorne gebeugt war, mit rot gefärbten Augen: »Lou? Lou!«

»Äh was?«

»Was machst du da, Lou?«

»Was? Nichts!«

»Wir können dich sehen, Lou!«

»Was habt ihr denn für ein Problem?«

»Alter, hör auf, an deinen Nippeln rumzurubbeln. Warum machst du das? Das ist doch voll abartig.«

»Ich weiß doch auch nicht, warum! Aber es fühlt sich irgendwie total geil an! Das müsst ihr auch mal probieren!«

»Ähm, nein. Nein, Lou, ich spiele sicher nicht an meinen eigenen Nippeln rum!«

»Bro, jetzt hab dich nicht so. Probier's doch einfach mal.«

»Lou, ich bin zwar schwul. Aber im Moment bist du hier ganz klar die einzige Schwuchtel im Raum.«

»Jetzt halt mal deine blöde Fresse und probier's mal! Oder hast du etwa Angst, dir fallen sonst die Eier ab? Mann oh Mann! Ich weiß wirklich nicht, woran das liegt, aber ihr müsst mir glauben, dass sich das total geil anfühlt! Sowas habe ich noch nie erlebt!«, stammelte er mit verdrehten Augen.

Alexandre richtete sich auf und tat es Lou nach: »Verdammte Scheiße, was ist das denn? Was zur Hölle? Wow! Heilige Scheiße! Du hattest recht, Lou! Du hattest recht!« Er begab sich aufs Klo. Sekunden später vernahmen die Jungs lautes, theatralisches Stöhnen. Lou war so bekifft, er vermochte nicht zu deuten, ob diese Lustlaute echt waren oder nicht. Eine gefühlte Minute später schlug ihm Alexandre mit der flachen Hand auf den Hinterkopf, bevor er sich zu Boden fallen ließ und sich vor Lachen krümmte. Benoît und Patrice fanden die ganze Situation ebenfalls köstlich und konnten sich vor Lachen kaum halten.

»Ihr seid doch ein Haufen verfickter Arschlöcher!«, schnaubte Lou.

»Besser ein Arschloch, als ein kleiner Perversling!«, meinte Alexandre. Noch lauteres Gelächter.

Lou reichte es nun. Er trank sein noch fast volles Glas Rosé *auf ex* aus und präsentierte seinen Freunden beide Mittelfinger. Behutsam richtete er sich von der Couch auf und begab sich zum Flur, um sich dort anzuziehen. Sowas müsste er sich von niemandem gefallen lassen, nicht mal von seinen besten Freunden, befand er still.

Patrice versuchte ihn mit einer verzweifelten Handgeste zu besänftigen: »Yo Lou, nimm's nicht so schwer. Wir machen doch nur Spaß, Mann!«

Das war ihm durchaus bewusst. Und doch, mochte er nicht mehr bleiben. Der Spott seiner besten Freunde traf ihn an einer Stelle, mit der er nicht konfrontiert sein wollte. So freundschaftlich und ohne böse Absichten dieser auch gemeint war. Für heute hatte er genug von ihren Visagen, dachte er sich. Zudem hatte er Jacke und Schal bereits angezogen. Jetzt zurückzukrebsen könnte als Zeichen der Schwäche und somit als Grund für noch mehr Gelächter interpretiert werden, was für ihn zwingend zu vermeiden war. Deswegen setzte er sich ein gepresstes Lächeln aufs Gesicht, bevor er zur Verabschiedung nur knappe Worte von sich gab: »Schon easy. Man sieht sich.«

Schneeflocken so groß wie Münzen fielen auf seinen Heimweg herab. Die Luft war frostig, doch er freute sich darüber, dass es immerhin windstill und somit mehr oder weniger angenehm sein würde, eine zu rauchen. Er blieb stehen und beobachtete verzückt den Tanz des auf ihn herunterfallenden Schnees im Laternenlicht, als seine Hand in die leere Seitentasche seiner dicken Jacke glitt. »Fuck!« In verärgerter Eile hatte er seine Zigarettenschachtel bei Alexandre zu Hause liegen gelassen. Obwohl er genau wusste, dass in seiner Brieftasche kein Geld mehr war, konnte er es nicht lassen, sich dessen minutiös zu vergewissern. »Die Hoffnung stirbt zuletzt.«, dachte er sich mit einer gehörigen Portion Sarkasmus, bevor er auf den Boden spuckte und frustriert davon stampfte.

An der Bushaltestelle neben dem Bahnhof, die auf seinem Nachhauseweg lag, erblickte er dann eine Frau. Sie war in einen dicken Pelzmantel gehüllt. Und sie rauchte eine Zigarette. Es entsprach eigentlich nicht seiner Art, Fremde um irgendwas zu bitten. *Aber Fragen kostet nichts*, redete er sich, noch immer leicht bekifft, ein.

»Guten Abend. Verzeihung, wenn ich so frech frage, aber dürfte ich Sie um eine Zigarette bitten?«

»Der Kiosk dort drüben ist doch noch geöffnet, junger Mann.«, antwortete die Frau freundlich. Aus der Nähe betrachtet erkannte er, dass sie einige Jahre älter als er sein musste. Zwar konnte er kaum Falten in ihrem Gesicht erkennen, doch ihre Augen strahlten eine bedachte Sanftheit aus, die man mit einer gewissen Müdigkeit in Verbindung bringen konnte, welche nicht von körperlicher Anstrengung zeugte, sondern durch den Umstand, im Leben schon viel gesehen zu haben.

»Ich weiß.«, stammelte er mit gesenktem Blick und mit der Frage beschäftigt, ob und wie er ihr erklären könnte, dass er gerade keine Kohle mehr hat, ohne dabei das Gesicht zu verlieren.

Sie kam ihm entgegen und löste seinen Konflikt, ohne weiter nachzuhaken, indem sie aus ihrer eleganten kleinen Handtasche ein silbernes Etui hervorzog und ihm eine Zigarette mit weißem Filter entgegenstreckte: »Feuer hast du aber, oder?«

Peinlich berührt musste er verneinen. Auch sein Feuerzeug hatte er bei seinen Freunden zu Hause vergessen. Ohne die leiseste Spur von Hohn, lachte sie kurz, bevor sie ihm das ihrige entgegenstreckte und anzündete. Er verneigte sich dankend.

»Madeleine, freut mich.«, sprach sie, als sie ihm die Hand reichte.

Da sie keine Handschuhe trug, erachtete er es als angemessen, die seinigen auszuziehen, bevor er ihre Hand schüttelte. »Ich bin Lou.«

»Was machst du denn so ganz allein an diesem Samstagabend? Es ist noch lange vor Mitternacht. Müsste ein junger Mann wie du nicht mit Freunden feiern sein?«

Mit dem Blick zu Boden gerichtet, lachte er: »Nein, ich bin auf dem Nachhauseweg. Heute ist kein guter Abend, um zu feiern.«

»Wie kommst du denn auf so einen Unsinn?«, fragte sie.

»Ach, weiß nicht.«

Sie zog sanft ein letztes Mal an ihrer Zigarette, bevor sie diese im Aschenbecher neben ihnen mit einer eleganten Drehbewegung ausdrückte und mit dem Hauch eines Lächelns fortfuhr: »Du scheinst mir ein anständiger junger Mann zu sein, Lou. Weißt du, auch ich bin gerade auf dem Heimweg. Magst du Martini, Lou?«

»Klar.«, log er, unsicher darüber, wohin das führen sollte. Martini kannte er ausschließlich aus James-Bond-Filmen und Cocktails jeglicher Art trank er nur dann, wenn der Abend sich bis in die

Morgenstunden zog und Bier langsam durch die bereits verschlungenen Liter jeglichen Reiz verloren hatte. Oder wenn es irgend eine Form der Etikette beziehungsweise der Gruppenzwang von ihm erforderte. In der Regel wählte er in solchen Momenten eigentlich lieber einen möglichst günstigen Schnaps.

Die beiden wurden von einem Taxi zu Madeleine nach Hause gebracht. Ihr Haus befand sich in einem der *besseren* Quartiere im Dorf, welches Lou kaum kannte, obwohl es nur wenige hundert Meter entfernt von seiner Wohnung lag. Er blieb vor dem Gartentor abrupt stehen, weil dort ein prominentes Schild mit der Aufschrift »VORSICHT, BISSIGER HUND!« hing. Seit er als Kind einmal attackiert wurde, mied er jeglichen Kontakt zu Hunden. Mit einem sanften Griff an der Schulter versicherte sie ihm, dass sie keinen Hund besaß. Das Schild diente lediglich der Abschreckung von potenziellen Einbrechern, versicherte sie ihm mit einem koketten Augenzwinkern. In einem Quartier wie diesem, sei so was wichtig, erklärte sie.

Lou wusste nicht so recht wie ihm geschah, also folgte er wortlos all ihren Anweisungen, sobald sie im Hausinneren waren: Schuhe abklopfen und ausziehen, Pantoffeln anziehen, Jacke an einen ganz bestimmten Haken in der Garderobe hängen; Mütze, Handschuhe und Schal in einen speziell dafür bezweckten Korb legen, Hausmantel aus olivgrünem Samt anziehen, im beheizten Wintergarten auf dem linken und nicht auf dem rechten der beiden Sessel Platz nehmen, eine Zigarette rauchen und anschließend warten, bis sie zurückkehrte. Das alles war für ihn keineswegs unangenehm, jedoch vollkommen surreal. Seine Freunde würden ihm diese Geschichte nie und nimmer abkaufen, würde er ihnen jemals davon erzählen, dachte er sich, als er die Beine verschränkte und beide Arme breit auf die dick gepolsterten Lehnen des Ledersessels legte. Ganz kurz streifte ihn den Gedanken daran, dass Madeleine eine Serienmörderin sein könnte, die junge Männer wie ihn gerne zu ihren Opfern machte. Er verwarf den Gedanken jedoch, bevor dieser sich fertig zu formen vermochte, als sie mit zwei gefüllten *Coupettes* auf einem Silbertablett in den Wintergarten trat. Gleich mehrere neue Eindrücke schossen auf ihn ein: Die Musik, die nun aus dem Raum nebenan erklang; die beiden *Coupettes*, die offensichtlich mit Martini und einer einzelnen grünen Olive versetzt waren und die Tatsache, dass Madeleine offensichtlich unter ihrem Hausmantel nackt war. Sein Blick schweifte zu den Martini, von denen er jenen ergriff, der auf ihrer Seite des Tabletts stand. Sie kicherte. »C'est le temps de l'amour. Le temps des copains et de l'aventure.«, trällerte Françoise Hardy aus der Stereoanlage, als Lou mit Madeleine gemeinsam anstieß und sich für die unerwartet edle Gastfreundschaft bedankte. Nicht nur hatte Lou noch nie aus einer *Coupette* getrunken, er konnte den Geschmack von Gin vermischt mit Wermut nicht ausstehen, fiel ihm augenblicklich ein. Grüne Oliven entsprachen ebensowenig seinen Vorlieben. Er ließ es sich nicht anmerken, sondern zündete sich lächelnd eine neue Zigarette an, um dem ungewohnten Ekel in der Mundhöhle entgegenzuwirken. Um ein anderes Getränk zu bitten, schien ihm unhöflich. Die beiden sprachen nur wenig. Stattdessen verstrichen die Momente hauptsächlich damit, dass die beiden tranken, rauchten und einandern lächelnd in die Augen schauten. Zwei Martini später, störte ihn der ungewohnte Geschmack nicht mehr. Trotz seines Alkoholpegels entging ihm nicht, wie sich der Ausschnitt ihres Mantels schrittweise vergrößerte und wie sich ihre Schenkel sporadisch aneinander rieben. Er hatte kein Interesse daran, mit ihr ins Bett zu gehen. Ihre besten Jahre waren sichtlich hinter ihr und einzig ihre durchdringenden Augen übten auf der körperlichen Ebene eine gewisse Faszination auf ihn aus. Und doch ließ er es eine Stunde später geschehen. Im Gästezimmer entschuldigte er sich zunächst für seine anfängliche Schwierigkeit, eine volle Erektion zu erlangen. Zu viel Alkohol, beteuerte er flüsternd. Sie ging darauf nicht ein, sondern hielt ihn einfach nur schweigend, mit gespreizten Beinen, in ihren Armen und streichelte ihn gezielt an verschiedenen Stellen seines Rückens, während sie ihn sanft küsste und leise in sein Ohr hauchte. Sein Schwanz wurde schrittweise härter und härter…

Frei vom Gefühl eines schweren Katers (letzte Nacht flossen nebst Rosé einige Martini seine Kehle hinunter), öffneten sich am nächsten Tag langsam seine Augen und er fragte sich, ob das alles nur ein Traum gewesen war. Ein kurzer Blick in den Raum, erinnerte ihn daran, dass er sich die vergangene Nacht nicht eingebildet hatte. Auf dem Nachttisch stand ein Glas Wasser sowie ein handgeschriebener Zettel mit folgenden Zeilen:

»Danke für die schöne Nacht, Lou. Bitte weck mich nicht, sondern geh möglichst leise nach Hause, sobald du wach bist. Ich werde die Erinnerung an unser kleines Abenteuer für immer bei mir tragen. Madeleine«

Auf dem Weg nach Hause klang Françoise Hardys Gesang in seinem Kopf nach und er musste lächeln, als er beschloss, diesen unerwartet schönen Abend für immer in Erinnerung zu halten: »On s'en souvient.«

So schön diese Nacht in seinem Gefühl auch nachhallte, er hatte nicht vor, seinen Freunden jemals davon zu erzählen. Einerseits, weil er davon ausging, dass sie ihm ohnehin nicht glauben würden. Andererseits, weil er sich davor fürchtete, wie sie reagieren würden, wenn sie erfuhren, dass er Sex mit einer bedeutend älteren Dame hatte — und es ihm sogar gefiel.

KAPITEL VIER

Samstagabend in der *Stadt*. Dann, wenn sich die Leute aufführen, als würde am nächsten Tag die Welt untergehen und sie alle wie Kinder, die nah am Hungertod stehen, nach verzehrbarer Zuneigung suchen. Junge Menschen, die sich Fast Food in den Rachen schoben. Nicht bloß wegen des niedrigen Preises, sondern besonders aufgrund des hohen Fettgehalts. Fett erzeugte eine temporäre, scheinbare Alkoholresistenz, durch die man größere Mengen alkoholischer Getränke über eine längere Dauer zu sich nehmen konnte. Ein ineffizientes und kostspieliges Vorgehen, bedenkt man, dass die meisten nächtlichen Pläne und Illusionen zum Scheitern verurteilt sind. Alle waren sie hungrig nach Liebe, doch kaum einer von ihnen wusste überhaupt, was dieses Wort bedeutet. Schlussendlich, mit viel Glück, können einige von ihnen ihre körperlichen Triebe befriedigen, in dem sie den Körper eines ebenso verzweifelten Menschen zur Selbstbefriedigung nutzten. Gemäss einer nicht repräsentativen Studie gab es einen Aufwärtstrend zu »Sex im Dunkeln« und »doggy style« war die beliebteste Sexstellung unter den 20- bis 25-Jährigen. Logisch: So konnten beide Sexualpartner die Augen schließen, ihren eigenen Fantasien nachgehen und gleichzeitig einen emotionalen Sicherheitsabstand einhalten, ohne dass sich die oder der andere abgelehnt fühlen würde. *Win-Win*, dachten sich jene, die echte Intimität fürchteten und somit noch nie erlebt hatten. Laurent sah den, seiner Meinung nach, naiven Leuten bei ihren berechenbaren Balzspielchen zu. Für einen Moment tauchte der Gedanke auf, dass er selbst bereits so lange keinen körperlichen Kontakt zu einer Frau hatte, dass er sich nicht klar erinnern konnte, wie es sich anfühlte, berührt und geküsst zu werden. Von Sex ganz zu schweigen. Als er seinen Blick von der Strasse abwandte und zu Léna, die am Steuer sass, rüber sah, fragte er sich, wie ihr Sexleben wohl war. Sie war verheiratet, doch es war allgemein bekannt, dass ein Ring am Finger kein Garant für die Erfüllung der sexuellen Bedürfnisse war. Vor einigen Jahren hätte er solche Gedanken gleich im Keim abgetötet. Aber da seine Zukunft ungewiss war und die Möglichkeit bestand, dass dies ihre letzte gemeinsame Streifenfahrt war, legte er seine moralischen Bedenken zur Seite. Körperlich betrachtet, konnte er sich nur wenig bei ihrem Anblick vorstellen. Die Uniform ließ viel Interpretationsspielraum offen, was die körperlichen Merkmale von Frauen anging. Vermutlich war das auch besser so. Das einzige, was Laurent ausmachen konnte war, dass sie keinen ausgeprägt grossen Busen hatte. Aber was hieß das schon? Grösse allein bestimmte nicht über die Schönheit. So viel wusste er schon lange. Soweit er es zu beurteilen vermochte, hätte sich unter ihrem Overall alles Mögliche verbergen können. Er konnte noch nicht einmal erkennen, ob sie gertenschlank oder leicht mollig war. So formlos war die Uniform. Er kniff die Augen zusammen und versuchte, sich Léna beim Sex vorzustellen. Doch es gelang ihm nicht, ein klares Bild hervorzurufen. Vermutlich war es wirklich besser so.

Die Leute blieben die ganze Nacht wach, doch keiner von ihnen würde auch nur einen einzigen Stern am Himmel erblicken. Zusammen mit den hohen Gebäuden verschleierten der Smog wie auch die unzähligen ferngesteuerten Drohnen den Himmel. Alle, die es sich leisten konnten, trugen Aktivkopfhörer mit Noise-Cancelling-Technologie an oder in den Ohren. Die Straßen waren voller Menschen und doch schienen sie alle für sich allein, in ihrer eigenen Blase hier zu sein.

»Hey hey, my my. Rock and roll can never die.«, seufzte *Neil Youngs* Stimme leise aus dem kleinen Autoradio. Das Fahrzeug rollte im Schritttempo der Partymeile entlang, wo sich zahllose Jugendliche zusammen mit älteren Menschen, die in verzweifelter Verdrängung der eigenen Sterblichkeit sich jugendlich gaben, vor den sogenannt *hippen* Clubs sammelten, in denen billig produzierte elektronische Musik, nach seelenlos berechenbaren Mustern konstruiert, vor sich hin dröhnte. Gleich gegenüber standen die großen Tore einer modern gekleideten Kirche offen, aus der ebenfalls bunte Lichter und Stroboskop-Blitze drangen. Die Gäste dort suchten ebenfalls nach Rausch und Zuneigung, nur anders. Laurent, der schweigend die berauschte Meute beobachtete, vermutete, dass *Neil Young* schon damals, als der Song frisch publiziert wurde, in Wirklichkeit ahnte, dass dies nicht die Wahrheit war. »It's better to burn out, than to fade away.«, sang der gute alte Neil weiter. Ein seltsam trauriges Lächeln glitt über sein Gesicht. Denn auch das stimmte schlussendlich nicht, wie die Geschichte bewies. Rockmusik war nicht mit einem Knall verschwunden, sondern schleichend, über mehrere Jahrzehnte hinweg langsam in die Oldies-Kanäle verbannt und schließlich in Vergessenheit geraten. Er legte den Gedanken nieder und erinnerte sich an seine Aufgabe: Menschen, deren Hunger zu groß war, veralteten Gefühlsmustern wie »Sex, Drugs and Rock'n'Roll« nachzueifern, daran zu erinnern, dass dies das 21. Jahrhundert war und es keinen Platz für Exzesse gab, die nicht im Rahmen unserer demokratisch gewählten Gesetze lagen. Minuten später erspähte er bereits einen groß gewachsenen Mann, der einem jungen, höchstens 19 Jahre alten Mädchen ein winziges Säckchen in die Hand drückte. Es war Zeit, auszusteigen und dieser Party ein Ende zu bereiten. Irgendeiner musste schließlich der Spielverderber sein. Denn manche Leute musste man auf harte Weise zu ihrem Glück zwingen und ihnen den rechten Weg aufzeigen, indem man ihnen einen Eintrag ins Strafregister verpasste. Sonst würden sie es nie lernen. Dies war seine Realität.

Sie parkierten den Streifenwagen eine Straße weiter bevor sie sich trennten, um die besagten Drogenkonsumenten von zwei verschiedenen Seiten angehen zu können. Der große Mann erkannte Laurent bereits von der Ferne aus und lief, wie geplant, direkt in Lénas Arme. Mit ihrem Taser beendete sie geschickt seinen unbeholfenen Fluchtversuch und legte ihm gelassen Handschellen um die durch die Elektrizität verkrampften Handgelenke. Die junge Frau sah der Sache wie erstarrt zu und bemerkte Laurent erst, als er direkt neben ihr stand und sich mit einem sanften Lächeln vorstellte: »Guten Abend, Polizei. Ausweis und Drogen, bitte.«

Erstarrt und mit weit geöffneten Pupillen, offensichtlich hatte sie bereits etwas eingenommen, sah sie ihn schweigend an. Er war über einen Kopf größer und sie schien nicht nur high, sondern auch sichtlich verängstigt. Möglicherweise war dies ihre erste Erfahrung mit Drogen sowie der Polizei. *Umso besser*, dachte er sich. Sofern sie nicht *Stoff* zu sich genommen hatte, bestand somit vielleicht noch Hoffnung für Ihre Zukunft. Er rümpfte die Nase, denn die Umgebung roch nach billigem Parfüm und Geschlechtskrankheiten, empfand er. Das war keine Umgebung für kleine Mädchen, entschied er, als er sachte ihre dünnen Handgelenke ergriff und die Handschellen hervorholte: »Wir haben Sie soeben beim Austausch von illegalen Substanzen beobachtet. Sie sind verhaftet. Sie haben das Recht, zu schweigen. Alles, was Sie sagen, kann und wird vor Gericht gegen Sie verwendet werden. Sie haben das Recht, zu jeder Vernehmung einen Verteidiger hinzuzuziehen. Wenn Sie sich keinen Verteidiger leisten können, wird Ihnen einer gestellt.«

Als ihr verzögert endlich bewusst wurde, was gerade geschah, schrie sie: »Ihr verdammten Faschisten!«

»Du weißt doch gar nicht, was dieses Wort bedeutet.«, antwortete er entspannt.

»Klar, weiß ich das! Es bedeutet, ihr seid verdammte Arschlöcher!«

»Falsch, junge Frau. Wären wir Faschisten, dann würdet ihr morgen entweder hingerichtet oder in ein Arbeitslager verfrachtet werden. Du kannst also froh sein, wartet auf dich bloss eine beheizte Ausnüchterungszelle. Aber wenn du dich weiterhin weigerst zu kooperieren und mich weiter provozierst, kann das Ganze noch viel unangenehmer werden, glaub mir.«

»Du kleiner Wichser kannst mir gar nichts!«

Laurent drückte die Handschellen ein Stück enger zu und die junge Frau gab einen kurzen, schrillen Schrei von sich: »Du verdammtes Chauvinisten-Schwein!«

»Na na na, immer schön nett bleiben. Es geht noch enger, wenn du willst.«, lächelte er zurück.

Als er und Léna die beiden die Straße entlang zu ihrem Fahrzeug eskortierten, blieb Laurent kurz stehen und sah in die Menge vor dem Club-Eingang: »Bleibt sauber, Leute! Dann passiert euch so was auch nicht. Und vergesst bitte nicht, wir sehen euch immer und überall. Schönen Abend noch!« Mit erhobenem Zeigefinger, wies er die Meute auf die vielen Überwachungsdrohnen über ihnen hin. Léna verkniff sich ein herzhaftes Lachen.

Auf dem Weg zum Polizeirevier, in dem sich die Zellen für die Untersuchungshaft befanden, fuhren Sie durch eines der wohlhabenderen, ruhigen Viertel der Stadt. Er drehte die Lautstärke des Radios lauter, um das Schluchzen des Mädchens auf dem Rücksitz auszublenden. Léna und der junge Mann schwiegen. Anhand der angeforderten Personendaten wusste Laurent, dass der Mann bereits vorbestraft war. Er kannte das Prozedere bereits und war sich darüber im Klaren, dass jedes falsche Wort sein bevorstehendes Urteil nur noch schlimmer machen würde. Laurent war zufrieden. Es war lange her, seitdem eine nächtliche Streife sich so einfach gestaltete. Als er hinaus zu den nahen Fenstern der prächtigen Villen im Quartier schaute, erkannte er in einer der wenigen Wohnungen, in denen noch Licht brannte, wie ein Mann eine Frau gegen die Wand knallte und ihr mit der blanken Faust mehrmals direkt ins Gesicht schlug. Das Blut spritzte regelrecht aus ihr heraus. Seufzend wandte er seinen Blick wieder zurück auf die Straße. Häusliche Gewalt war nicht sein Zuständigkeitsbereich. Selbst wenn, sofern das Opfer nicht direkt Anklage erhob, ließ sich in den meisten Fällen rechtlich nicht gegen die Täter vorgehen. Von anderen Kollegen wusste er, dass dieser Bereich einer der frustrierendsten war, die es in der Polizeiarbeit gab. Selbst krankenhausreif geschlagene Leute nahmen ihre Partner in den meisten Fällen bei Befragungen in Schutz. Die meisten Verurteilungen konnten erst dann vollzogen werden, wenn der Täter oder die Täterin nach mehrfachen Wiederholungen den finalen Schritt zum Mord beging. Er schüttelte kurz seinen Kopf, um diese Vorstellung zu verdrängen. In der Drogenfahndung hatte er selbst zwar auch regelmässig mit menschlichem Abschaum zu tun, der oft noch gefährlicher war, als außer Kontrolle geratene Eheleute. Jedoch war auch sein Handlungsspielraum größer. Immerhin dafür durfte er dankbar sein, dachte er sich. Wahrscheinlich hätte Léna nicht weggesehen, säße sie an seiner Stelle im Beifahrersitz. Er verstand bestens, warum viele Frauen in solchen Angelegenheiten sensibler waren. Doch es war schon spätnachts und er hatte vieles zu verarbeiten. Für heute war genug, entschied er, als er sich mit dem Gedanken tröstete, dass man die Welt nicht zu zweit an einem einzigen Abend retten konnte.

Schließlich erreichten Sie den Polizeiposten und übergaben die beiden Jugendlichen ihrem gerechten Schicksal im Justizsystem. Zufrieden damit, dass er noch einmal mit seiner Partnerin einen kleinen Beitrag zur Besserung der Gesellschaft leisten konnte, bedankte er sich bei Léna und stieg langsam aus dem Fahrzeug aus.

»Du bist schwer in Ordnung, Laurent. Ich werde dich vermissen. Hier ...«, Sie kramte einen Zettel aus dem Fach neben ihr und notierte etwas. »Das ist meine private Nummer. Schreib mir, wenn du mal Lust hast, dich mit jemandem zu unterhalten.«

Er lächelte: »Verlass dich drauf. Pass auf dich auf, okay?«

»Okay.«

Das Auto fuhr mit quietschenden Reifen zurück zur Garage und Laurent stand alleine auf dem Platz mit dem Zettel in der Hand. Allmählich erschlich ihn ein dunkles Gefühl. An nur einem Tag hatte er mehr Lügen von sich gegeben als in den gesamten Jahren zuvor. So zündete er sich zum ersten Mal seit Tagen eine Zigarette an. Er rauchte nur noch selten und den meisten Leuten gegenüber versuchte er, seine heimliche Nikotinsucht zu verbergen. Nun spielte es ihm aber keine eine Rolle mehr. Morgen früh würde er seinen Job als Polizist offiziell ablegen.

– IV –

Nachdem die letzte Auseinandersetzung mit seinem Vorgesetzten ihm noch immer zu denken gab, hatte Lou heute entschlossen blau zu machen. »Warum eigentlich nicht? Soll sich der kleine Wichser doch ins Knie ficken und selbst zusehen, wie er seinen Scheiß erledigt bekommt.«, dachte er sich. Er hielt kurz inne und lächelte selbstgerecht vor sich hin, als ihm auffiel, dass bereits mehr als ein halbes Jahr vergangen war, seitdem er aus purer Unlust nicht zur Arbeit erschienen. Heute war Donnerstagmorgen, kurz nach sieben Uhr. Das Unternehmen, bei dem er angestellt war, forderte erst nach drei Tagen krankheitsbedingter Absenz eine ärztliche Bescheinigung. Die Bedingungen waren somit perfekt, um vier volle Tage nicht arbeiten zu müssen. Wie es die interne Weisung verlangte, rief er seinen Vorgesetzten direkt an, im Wissen, dass dieser um diese Uhrzeit kaum das Telefon beantworten würde. Mithilfe einer zu tief inhalierten Zigarette, hustete Lou theatralisch laut in den Hörer, als er seine listige Krankheitslüge auf die Mailbox seines Vorgesetzten absetzte und sich gleich im Anschluss selbstzufrieden wieder zurück ins Bett legte. Zuvor schaltete er aber sein Handy aus, um einer möglichen Konfrontation aus dem Weg zu gehen.

»Kranke Menschen brauchen in erster Linie ganz viel Ruhe.«, war sein letzter Gedanke, bevor er sich erneut in die warme Bettdecke kuschelte und zufrieden wieder einschlief.

Als Lou nach seinem Nickerchen wieder aufwachte, welches er für wohl verdient betrachtete, ging er direkt ins Badezimmer, um sich von seinem klar bemerkbaren Mundgeruch zu befreien. Anschließend gönnte er sich eine lange, warme Dusche, bevor er zurück im Schlafzimmer sein Handy wieder einschaltete. »Fuck!« Die digitale Anzeige auf dem Display zeigte bereits 14 Uhr sowie drei Anrufe in Abwesenheit von seinem Vorgesetzten an. Letzterer hatte ihm auch eine SMS hinterlassen:

DU WEISST GENAU, DASS DAS SO NICHT GEHT. MONTAGNACHMITTAG WILL ICH VON DIR EIN ARZTZEUGNIS SEHEN. SCHÖNEN TAG NOCH.

Lou verdrehte die Augen und ignorierte die milde Verkrampfung in seiner Magengrube. Er unterdrückte jegliche sich anbahnenden Ängste und Schuldgefühle und entschied sich, sich einen Kaffee zu kochen, bevor er sich auf die Couch legte und den Fernseher einschaltete. Wie gewohnt, war das Tagesprogramm auf den meisten Kanälen wenig interessant: Wiederholungen von Talkshows, Dauerwerbesendungen und Alltagsreportagen über Leute, die ihm noch versiffter vorkamen, als er sich selbst, durchzogen das Programm. Deswegen wich er, nicht zum ersten Mal in einer Situation wie dieser, auf den bewährten Kinderkanal zurück. Dort lief, zu seiner positiven Überraschung, gerade *Sponge Bob*. Er hatte die Folge, soweit er sich erinnern konnte, bereits mehr als einmal gesehen, doch das störte ihn nicht weiter. Es war angenehm süffige Unterhaltung, die keine Ansprüche an ihn als Zuschauer stellte. Außerdem sah er ohnehin nicht aktiv zu. Stattdessen drehte er sich einen Joint, den er genüsslich rauchte, währenddessen er sich ziellos auf seinem Handy in den unendlichen Weiten der verschiedenen sozialen Medien tummelte. Hin und wieder verteilte er *Likes* bei Fotos von entfernten Bekannten oder unbekannten hübschen Influencer-Mädels, die prominent ihre prallen Ärsche oder ihre zusammengepressten Décolletés gekonnt in Szene setzten. Das THC von seinem Joint lullte ihn wohlig ein, als er sich spontan entschied, sich zu einem Porno selbst zu befriedigen. *Sponge Bob* gab im Hintergrund, warum auch immer, einen schrillen Schrei von sich, als Lou wenige Minuten später auf seinen nackten Bauch ejakulierte. Vorsichtig zog Lou sein T-Shirt hoch und hielt es mit den Zähnen fest, als er sich vorsichtig erhob, um ins Badezimmer zu schleichen, wo er sich sein Sperma behutsam mit Klopapier von der Lende tupfte. Währenddessen hörte er eine Botschaft aus der offensichtlichen Werbeunterbrechung im Nachmittagsprogramm aus dem Wohnzimmer:

Die Zeit fließt unbemerkt an uns vorbei.
Erinnern Sie sich. Gezielt und relevant.
Mit Mnemosyne Services.

Er gab sich Mühe, doch es gelang ihm leider nicht, alle in seinem Schamhaar verklebten Reste mit dem nicht sonderlich saugfesten, zweilagigen Papier zu entfernen. Also verlieh er sich mithilfe eines feuchten Lappens und einigen Spritzern Deodorants ein grobes Gefühl von Sauberkeit. Zurück im Wohnzimmer fiel ihm auf, dass sich die vergilbte Tapete mit floralem Muster an der hinteren Ecke des Raums zu lösen schien. Er schenkte der Sache keine weitere Aufmerksamkeit, als er sich einen weiteren Joint zusammenbaute. Nun liefen im TV die *Teletubbies*. Lou legte sich zum Rauchen wieder hin und sinnierte über die Sendung auf dem Bildschirm vor ihm. Irgendwo, irgendwann hatte er einmal vernommen, dass *Tinky-Winky*, das violette Teletubby, eine erschreckende Körpergröße von über drei Metern aufwies. Die Sendung war nicht computeranimiert, deswegen fragte er sich, wie jenes Kostüm eigentlich aufgebaut war und wie der Schauspieler sich darin zu bewegen vermochte? Da er heute noch gar nichts gegessen hatte, setzte ihm sein Joint stärker zu, als sonst. Sein letzter Gedanke, bevor er benebelt auf der Couch einnickte war: »Wer würde wohl in einer Schlägerei gewinnen? Ich oder *Tinky-Winky*…?«

Kurz nach acht Uhr erwachte Lou, schweißgebadet und von dem Gefühl einer körperlichen Lähmung ummannt, wieder auf der Couch. Im TV lief ein Werbespot über Joghurt. Als sich sein Körper schleppend aus den Fängen der steinernen Müdigkeit befreite, sah er sich den Spot zu Ende und fragte sich kurz, wie man so viel Nichts-sagendes in einen Clip über ein simples Fruchtjoghurt hineinpacken konnte. Seine Gedanken wurden durch lautes Magenknurren unterbrochen. Langsam erhob er sich, um sich ein großes Glas Leitungswasser einzuschenken. Mit dem Glas noch in der Hand blickte er in den Kühlschrank: Ein Plastikcontainer mit Tomaten-Pasta mit Speck von vorgestern stand sofort verfügbar, um seinen Hunger zu stillen. Er könnte dessen Inhalt direkt kalt zu sich nehmen oder ihn für drei bis fünf Minuten in der Mikrowelle aufwärmen. In jedem Fall wäre die Sache zügig erledigt gewesen. Er schloss die Tür des Kühlschranks wieder, ohne besagten Container herauszugreifen. Das Spülbecken war randvoll mit schmutzigem Geschirr gefüllt und er hatte keine Lust, diesen Haufen heute noch zu vergrößern. Also zog er sich straßentauglich um und sprühte sich eine deftige Menge Deodorant unter die Achseln sowie in die Unterhose, bevor er die Wohnung verließ und sich auf den Weg zur nächsten Dönerbude machte. Er hatte noch genügend Bargeld bei sich, um nicht zuvor noch Geld an einem Automaten abheben zu müssen.

Als er die letzten Reste des von scharfer Soße triefenden Fladenbrots in seinen Rachen stopfte, hielt er kurz an einem öffentlichen Abfalleimer, um die verbleibende schmutzige Alufolie wegzuwerfen und die noch immer kühle Bierdose in seiner rechten Jackentasche hervorzukramen. Lou spülte, wohl gesättigt, die in seiner Mundhöhle kleben gebliebenen Partikel undefinierbarer Fleischmasse, nassem Teig und Salatresten mit dem erfrischend prickelnden goldenen Gebräu die nach Knoblauch riechende Kehle hinunter. Gierig nahm er zwei weitere Schluck zu sich, bevor er sich eine Zigarette anzündete und sich zu Fuß auf den Weg zu Georges' Bar machte. Er hatte sich heute mit niemand Spezifischem dort verabredet. Doch es spielte ihm auch keine Rolle. Irgend jemanden würde er sowieso kennen, egal an welchem Wochentag. Unangemeldete, spontane Geselligkeit. Das schätzte er als langjähriger Stammgast enorm.

»Salut, Maître!«, rief ihm Georges sogleich entgegen, als Lou die Bar betrat. Die beiden schenkten sich einen herzlichen Handschlag, bevor Lou ein großes Bier (0,5 Liter) von der Zapfsäule bestellte. Die Dose, die er in der Dönerbude gekauft hatte, lag bereits seit fünf Minuten in einem entfernten Abfalleimer und es dürstete ihn nach mehr. Er nahm den ersten kühlen Schluck zu sich und sah sich um. Keiner seiner Freunde war heute Abend anwesend. Trotzdem kannte er die meisten, die hier saßen, diskutierten und rauchten. Nicht alle mit Namen, aber zumindest vom Gesicht her. Die Bar hatte sich, nachdem Alexandre ihn vor einigen Jahren zum ersten Mal hierhin gebracht hatte, wie zu einem zweiten Zuhause für ihn entwickelt. Er kannte zwar auch die anderen sechs Bars im Dorf und von Zeit zu Zeit, sei es an besonderen Anlässen oder bloß aus gelegentlichem Überdruss, bewegte er sich auch an anderen Orten, als in Georges' Bar. Andere Bars hatten zwar teilweise qualitativ hochwertigeres, aber gleichzeitig auch teureres Bier, eine schönere Inneneinrichtung und aktuellere Musik, dafür jedoch oft hochnäsiges Personal oder Gäste, die sich für *etwas Besseres* hielten. Sein Blick schweifte durch den Raum und er glaubte, sich selbst in den meisten Gästen wiederzuerkennen: Alle irgendwie versifft und auf ihre eigene Weise kaputt, doch trotz all ihrer Makel mit Herzen aus reinstem Gold. Genau hier fühlte er sich am wohlsten. Aufgehoben unter Menschen, die nicht über ihn urteilten.

Lou runzelte seine Stirn ob der Musik. Er schätzte es grundsätzlich, verfügte Georges über einen vielfältigen Musikgeschmack und eine, trotz fortgeschrittenen Alters zwischen 40 und 50 Jahren, beinahe jugendliche Experimentierfreudigkeit. Dennoch hatte Lou hier noch nie asiatischen Sound gehört. Also wandte er sich zu Georges und fragte: »Alter, was ist das?«

»Ach, das? Das ist japanischer Funk. Mariya Takeuchi, Plastic Love. Neunzehnhundertvierundachzig. Großartig, nicht? Das offizielle Genre nannte sich damals *City-Pop*. Hat sich aber außerhalb von Japan nie wirklich durchgesetzt, da es mehr ein Mix aus westlichem Funk, Pop und Jazz mit japanischem Touch ist. Und weil das meiste davon nicht auf Englisch übersetzt wurde. Tolles Zeug, nicht?«

Lou lauschte und konnte es sich nicht verkneifen, dabei mit Fuß und Kopf zu wippen. Er verstand logischerweise kein Wort, das die Sängerin trällerte. Und doch konnte er nicht verneinen, dass der Song seine bereits entspannte Laune, zusammen mit einem weiteren Schluck kühlen Biers, leichtfüßig erweiterte. Sein Bierglas war schon wieder leer, doch statt Georges darum zu bitten, es erneut aufzufüllen, bat er ihn um ein Glas Weißwein. Es schien besser zur Musik zu passen, dachte er sich.

»Hey, Lou!«, strahlte ihn eine junge Frau mit zerzaustem Haar an. Er kannte sie. Bereits unzählige Male hatten sich die beiden bei diversen Getränken und viel zu vielen Zigaretten über alle möglichen Themen angenehm unterhalten. Leider erinnerte er sich beim besten Willen nicht mehr an ihren Namen. Deswegen verzichtete er bei der Begrüßung auf die Nennung ihres Namens: »Na du Hübsche? Wie geht's denn so?«

Er hörte sich geduldig ihre heutige Gefühlslage an. Ihr Ex-Freund entzog sich seiner Zahlungspflicht für das gemeinsame Kind, was für sie als alleinerziehende junge Mutter kein Zuckerschlecken bedeutete. Doch sie versicherte Lou, dass sie sich deswegen nicht unterkriegen lassen würde. Und schließlich sei die Hauptsache, dass sie ihrem Kind alle Liebe auf dieser Welt geben würde, auch wenn die Finanzen alles andere als rosig aussähen. Trotz allem sprühte sie von Optimismus, und Lou stellte mit einem warmen Lächeln in den Raum, dass sie eben eine richtige Kämpfernatur sei. Obwohl er sie nicht gut kannte und selbst auf holprigen Stelzen durchs Leben ging, bot er ihr großzügig einen Drink ihrer Wahl sowie jegliche Hilfestellung an – sollte sie jemals ernsthaft welche brauchen.

Sie nahm ihn in ihre warmen Arme und drückte so fest zu, wie man es sonst nur von Wiedersehen mit Geliebten kennt, und lächelte so sanft wie die Sonne zu Beginn des Frühlings: »Ich mag dich einfach, Lou. Weißt du das eigentlich?«

Gerührt und leicht verunsichert, fragte er: »Äh, danke. Aber wieso eigentlich?«

»Weiß nicht!«, sagte sie strahlend, mit angefeuchteten Augen. »Ich finde, du bist einfach ein herzensguter Typ!«

Lou stellte sein Glas Weißwein auf den Tresen und hielt kurz inne. Mit der Situation überfordert, wusste er nicht, wie er darauf reagieren sollte. Alexandre stürzte unverhofft, nun kurz vor Ladenschluss, noch in die Bar und rief sogleich nach ihm: »Hey Lou, du Penner, komm nach draußen eine rauchen! Das musst du dir anhören, Mann!« Die junge Frau gehörte zu den wenigen Stammgästen, deren Namen er nicht kannte – und auf eine Weise, die er sich selbst nicht erklären konnte, wollte er auch nicht danach fragen. Er wusste nur wenig über sie und soeben wurde ihm bewusst, dass ihn die Details auch nicht interessierten. Nicht, weil sie ihm unattraktiv schien oder sonst wie gleichgültig war. Ganz im Gegenteil empfand er sie als eine der schönsten Frauen, denen er je begegnet war. Obwohl sie theoretisch nicht seinem gewohnten Schönheitsideal entsprach. Er blockierte all die Gedanken und Fragen, die ihm durch den Kopf schossen und erwiderte kurz, nach einer flüchtigen Denkpause, mit einem Lächeln: »Ich mag dich auch. Sehr sogar.« Er verabschiedete sich mit einem sanften Kuss auf ihre Wange und verließ die Bar mit einem emotionalen Cocktail wohliger Wärme und Sicherheit. Was auch immer der heutige Abend bringen würde: Nichts auf dieser Welt würde seine Stimmung heute noch trüben können.

KAPITEL FÜNF

Laurent lag schon seit über einer Stunde im Bett und überflog mit finsterer Miene auf seinem Smartphone die mediale Berichterstattung über das PR-Desaster der Polizei, an dem er offenbar Schuld trug. Mit jeder verstrichenen Minute schmerzten ihn Nacken, Rücken und auch Hüfte ein kleines Stück mehr. Immer wieder schweifte sein Blick zum Koffer in einer Ecke des Schlafzimmers, den er letzte Woche von seinem Vorgesetzten erhalten hatte. Noch immer hatte er nicht in den Briefumschlag geblickt, der darin lag. Die ununterbrochene, sich stets wiederholende Konfrontation mit den Bildern, wie er den jungen Mann in der Gasse erschoss, belastete ihn stärker, als er es sich eingestehen wollte. Sein Vorgesetzter hatte nicht gelogen: Medienportale und Blogs hatten sich in der Tat darauf geeinigt, den Begriff *Hinrichtung* für das Narrativ zu verwenden. Seine Zähne knirschten. Der Typ hätte Léna und ihn ohne zu zögern kalt gemacht, davon war er überzeugt. Und doch hallten die Worte seines Vorgesetzten nach. Es wäre möglich gewesen, dem Jungen in die Schulter zu schießen, statt in den Kopf. Doch es ging alles so schnell. Zudem waren die Lichtverhältnisse mehr als bloß ungünstig. »Fuck«, zischte es aus ihm heraus, als er schließlich ruckartig das Bett verließ.

Es war kurz vor Mitternacht und es war still in den hohen Räumen seines Lofts, das sich einsam am Rand des Industriegebiets im Norden der *Stadt* befand, umgeben von größtenteils still gelegten, dunklen Fabrikgebäuden. Laurent hatte die Kleidung für den morgigen Tag vorsorglich frisch gewaschen und sorgfältig zusammengefaltet, wie jeden Abend, auf den Stuhl neben seinem großen Bett gelegt. Als sein Blick kurz abschweifte, fiel ihm auf, dass er seine Bettwäsche seit bereits seit über einer Woche nicht mehr gewechselt hatte. Nachlässigkeit im Haushalt entsprach ihm eigentlich nicht. Doch nachdem er sich kurz eine digitale Erinnerung notiert hatte, verschwendete er keinen Gedanken mehr daran. Es blieb ihm nicht mehr viel Zeit übrig, bevor er ins Bett müsste, um exakt sechs Stunden schlafen zu können. Obwohl er sich im Urlaub befand. Schließlich hatte er bereits vor vielen Jahren festgestellt, dass eine strikte Tagesroutine ihn körperlich wie auch geistig fit hielten. Bloß, weil er nun einen Monat nicht zur Arbeit gehen müsste, wäre dies kein Grund die Routine zu brechen. Er wusste zu gut, dass jede Ausnahme, die man sich sogenannt *gönnt*, den Wiedereinstieg umso schwerer gestalten würde. Weswegen er selbst an Sonntagen nie länger als exakt sechs Stunden schlief, um wie jeden Tag zur selben Uhrzeit (gemäß Schichtplan) aus dem Bett zu steigen.

Für heute er war noch nicht durch mit seinem Tagesprogramm. Also gab er seinem digitalen Heim-Assistenten einen Sprachbefehl, der die indirekte Hauptbeleuchtung entlang der nackten Betonwände im Wohn- und Schlafbereich des Lofts deaktivierte. Es blieb das Licht der einzelnen Deckenlampe im leeren Flur, direkt vor der metallischen Tür mit dreifacher Sicherheitsverriegelung, die den Ausgang aus der Wohnung markierte. Gleich neben dem Flur, zur rechten, befand sich das Badezimmer. Das Licht dort wurde durch einen Bewegungssensor gesteuert und erleuchtete automatisch den kompletten Raum, wann immer Laurent ihn betrat. Auf der Ablagefläche neben dem breiten, rechteckigen Spülbecken lag seine sorgfältig platzierte Trainingskleidung. Er hatte sie vor zwei Stunden bereitgelegt, nachdem er sich ein leichtes Abendessen aus geräuchertem Lachs (geprüfte, nachhaltige Zucht) auf Vollkorn-Toast (Bio) mit frischen Trauben (regional und mit zertifizierter Qualität) als Dessert *gönnte*. In diesem Zusammenhang verwendete er dieses Wort mit gutem Gewissen, waren Lebensmittel von höchster Qualität der kostspieligste Luxus, der monatlich über fast die Hälfte seines Salärs tilgte. Im vergangenen Jahrzehnt hatten sich die Preise natürlich hergestellter Lebensmittel jeglicher Art verdreifacht. Ihm war klar, dass die Mehrheit der Bevölkerung ihn anhand des Inhalts seines Kühlschranks zu den stark Privilegierten zählen würde. Doch, was die *dort draußen* so alles dachten, interessierte ihn schon seit langer Zeit nicht mehr. Wenn es ums Essen ging, bestellte er sich stets nur das Beste vom Besten. Dafür verzichtete er auf vielen anderen Alltagsluxus, den sich die meisten tagtäglich *gönnten*.

Laurent zog sich an und ging danach auf die Knie, um seine Turnschuhe zu binden. Anschließend zog er den Reissverschluss seiner dünnen, wasser- und windabweisenden Jacke zu und stülpte den knappen Stoff der Wollmütze, ähnlich einem Kondom, über den oberen Drittel seines Schädels und bedeckte sein Haar damit. Er ging zur Wohnungstür und machte ein paar kurze Kontrollgriffe. Smartphone mitsamt kabellosen Ohrhörern, sowie Wohnungsschlüssel hatte er dabei. Nicht mal eine Sekunde lang schenkte er dem tosenden Regen vom Fenster aus einen Blick. Wozu auch? Es nützte nichts. Und Ausreden gegen sein Training existierten für ihn nicht. Niemals.

Als er die schmalen Treppen hinunter zum Ausgang des Gebäudes stieg – der Architekt des Gebäudes sah die Stufen offensichtlich nur für Notfälle vor, deswegen waren auch die Wände im Treppenhaus kahl wie in einem Rohbau –, drückte er sich die Ohrhörer in die Öffnungen seiner Hörorgane. Er zog das kompakte Gerät aus seiner rechten Hosentasche, wählte in der Musik-App die Wiedergabeliste namens »Run«, öffnete die Tür des Hintereingangs am Ende des Treppenhauses und lief sofort los.

Die dumpfen, erbarmungslosen Bässe von *Leftfields* »Phat Planet« dröhnten in seinen Ohren. Noch erbarmungsloser klatschte ihm der kalte Regen in sein verhärtetes Gesicht. »Warum kommt der verfluchte Regen eigentlich nie von hinten?«, fragte er sich kurz. Mit jedem seiner schnellen Schritte stampfte er entweder direkt auf den Asphalt oder erst durch dreckige Pfützen. Er gab sich keine Mühe, letzteren auszuweichen. Joggen war mit Abstand die Tätigkeit, die er am meisten auf dieser Welt hasste. Trockene Socken würden daran nichts ändern. Auch nicht die sieben Jahre diszipliniertes, mehrwöchentliches Training bei jedem Wetter, die hinter ihm lagen. Sein Blick war exakt waagrecht nach vorne gerichtet, als er auf seiner Rennstrecke seinen Unmut wieder und wieder in den Boden stampfte. Laurent drehte seinen Kopf leicht nach rechts, um sich seines zunehmend bitter schmeckenden Speichels zu entledigen. Er war froh um die Noise-Cancelling-Technologie in seinen Ohrhörern, die ihn zumindest von dem immerwährenden, monotonen Lärm der *Stadt* akustisch abschirmte. Die Technologie hatte sich in der jüngeren Vergangenheit so stark im Massenmarkt durchgesetzt, dass er sich nicht mehr erinnern konnte, wann er das letzte Mal irgendwo selbst im niederen Preissegment Kopfhörer ohne Geräuschunterdrückungs-Funktion gesehen hatte. Allein das dauerhafte Summgeräusch aller Liefer- und Sicherheitsdrohnen, die den größten Teil des Himmels für sich beanspruchten, würde jeden normalen Menschen in kurzer Zeit in den Wahnsinn treiben, gäbe es diese Technologie nicht.

Jedes Mal, wenn er auf dem Weg aus der Stadt an einer der vielen Bars vorbeikam, erinnerte er sich, warum er trotz aller Unlust viermal wöchentlich rennen ging. Obwohl er sich stets vornahm, nicht hinzusehen, ertappte er sich hin und wieder dabei, wie er beim Vorbeirennen einen hastigen Blick in die Fenster der Gaststätten warf. Dort waren sie und dort würden sie auch immer sein: die Betrunkenen, mit ihren kurzsichtigen Illusionen der Glückseligkeit. Keine der unzähligen Pandemien vermochte es, sie in die eigenen vier Wände einzusperren und das Nachtleben letztlich auszumerzen. Die Einsamen und Nichtsnutze, die nicht wussten, dass sie Nichtsnutze waren und Nichtsnutze, die ihre Nichtsnutzigkeit im System ihrer infantilen Sklavenmoral als kitschige Tugend schmückten. »Fuck the System« und Ähnliches riefen sie von Zeit zu Zeit gerne. Ihre Gesichter konnte er nicht genau erkennen, doch das spielte auch keine Rolle. Sie waren austauschbar. Allesamt. Morgen würden andere Personen in der Bar sitzen, saufen, lachen oder streiten. Große, kleine, dicke und dünne Personen. Es würde keinen Unterschied machen. Ihre archetypische Austauschbarkeit hatte ihnen Unsterblichkeit verliehen. In ein paar Jahrzehnten (wahrscheinlicher wäre jedoch in wenigen Jahren), wenn die Asche ihrer Körper bereits konserviert oder irgendwo verschüttet sein würde, würden sie dennoch in anderen Menschen mit anderen Gesichtern weiterleben. Unbemerkt löste man sich gegenseitig ab. Und sollte irgendwann aus irgendwelchen Gründen die Bar schließen, so würde an einem anderen Ort eine neue eröffnen, wo sich die Taugenichtse wieder täglich treffen würden – um ihre Zeit zu verschwenden. Sie waren unsterblich und wussten sie es auch nicht, so kümmerte sie die Zeit auf unbewusst natürliche Weise nie ernsthaft...

Auf seiner Jogging-Tour kam er auch an kleinen Seitengassen vorbei, in denen vereinzelt Menschen standen. Die meisten von ihnen suchten temporären Schutz vor dem Wetter. Knutschende Paare, streitende Bekannte und zwischendurch auch Verdächtige, die möglicherweise Drogen oder Waffen verkauften. Leicht erkennbar waren junge Männer, die ohne Tasche oder sonstigem Gepäck rauchten, nur sporadisch um sich schauten und sichtbar keine Eile verspürten. Laurent hatte weder Zeit, Befugnis noch Lust, diese Leute heute auszuhorchen. Doch er würde sich ihre Gesichter für die Zukunft merken. Man begegnet sich immer zweimal im Leben, hieß es im Volksglauben.

Bei sportlichen Aktivitäten galt für ihn dasselbe Prinzip wie bei allen als unangenehm empfundenen Zuständen. Das wusste Laurent aus Erfahrung genau. Schon als Jugendlicher hatte er festgestellt, dass wenn man zum Beispiel das Hungergefühl lange genug ignoriert, folgt auf den Punkt des Unerträglichen ein merkwürdiger, körperlicher Zustand von Akzeptanz. Darum war er auch in der Lage, die negativen Signale, die sein Körper und Geist ihm jetzt gerade sendeten, in Form von brennendem Gefühl in den Muskeln und wiederkehrenden Schwalles psychisch belastender Erinnerungsfetzen, zu ignorieren. Einfach weitermachen. Durchbeißen und weitermachen, lautete sein erklärtes Motto. Bald würde er die Hälfte seiner routinemäßigen Strecke erreicht haben und sich eine kurze Pause von exakt 120 Sekunden gönnen, bevor er den Heimweg nochmals im selben Tempo laufen würde.

Auf halber Strecke, auf dem Hügel am Stadtrand, stand ein einsamer Baum am Rande des Wanderwegs. Weiter ging er nie. Einerseits, weil die Strecke an sich bereits lange genug war. Andererseits, weil er keine Lust empfand, nachts in den weitläufigen, finsteren Wald zu gehen. Wie immer hielt er hier an und sah auf die Lichter der *Stadt* herab, die gemeinsam mit den unzähligen Drohnengeschwadern jegliches Sternenlicht am Himmel abschirmten. Es präsentierte sich von diesem Punkt aus eine klare Übersicht der markantesten Gebäude und der verschiedenen Quartiere. Obwohl es in Strömen regnete, bildete er sich für einen Moment den Gestank aller Bürger ein, die um diese Uhrzeit noch dem sogenannten Nachtleben frönten, obwohl viele von ihnen zu regulären Bürozeiten wieder bei der Arbeit sein müssten. Mundgeruch, Schweiß, billiges Parfüm oder Deo – und vor allem Krankheit. In Fachkreisen wurde zwar behauptet, dass nur Tiere (insbesondere Hunde) Krankheiten, wie zum Beispiel Krebs, riechen konnten. Doch Laurent redete sich zwischendurch gerne ein, er könne das auch. Wenn nicht Krebsgeschwüre, dann zumindest ausgeprägte Charakterschwächen. Vom Gedanken angewidert, spuckte er auf den Boden und lief in sportlichem Tempo wieder nach Hause. Obwohl die Strecke seines Heimwegs mehrheitlich vom Terrain her abwärts ging, war es auch stets der schwierigere Teil. In den vergangenen zwei Minuten Pause hatten Muskelgewebe und Lunge sich bereits auf Erholung gefreut. Vergeblich. Umso erbarmungsloser ließen sie Laurent nun leiden. Dieser verdrängte jedoch alle Signale gekonnt. Stattdessen achtete er sich nun noch stärker auf seine Umgebung. Nun, da die halbseriösen Taugenichtse aufgrund der fortgeschrittenen Uhrzeit langsam ihren eigenen Heimweg aufsuchten, befanden sich mehr Leute auf den Straßen und in den Gassen. Sodass sie morgen mit Restalkohol und anderen Substanzen im Blut halbherzig in ihre austauschbaren Berufspositionen springen könnten. Sofern sie nicht kurz vor Arbeitsbeginn aufputschende Drogen zu sich nehmen würden, würde keiner von denen am morgigen Tag ernsthaft produktiv sein. Koffein und Vitamin C allein würden nicht reichen. Dessen war Laurent sich sicher. Es überraschte ihn also nicht, erblickte er an mehreren der ostasiatisch-orientierten* Fast-Food-Buden lange Schlangen berauschter Nachtvögel.

---

*Die geopolitischen und ökologischen Veränderungen im letzten Jahrzehnt hatten dazu geführt, dass über eine halbe Milliarde Menschen aus Ost-Asien zu Flüchtlingen wurden. Seit ihrer Ankunft verdrängten die Neuankömmlinge schleichend die etablierten Schnellimbisse mit ihren kulinarischen Angeboten aus Südeuropa oder dem Nahen Osten. Letztere etablierten sich folglich neu in der mittleren oder gehobenen Gastronomie.

Salz und Fett in konzentrierten Dosen waren gewiss nicht das Gesündeste nach einer durchzechten Nacht, aber es verlieh den Leuten *ein gutes Gefühl*, wie bereits so manches an solchen Abenden: die kurzatmige Illusion einer heilen Welt. Wie viele dieser Menschen wohl überhaupt in der Lage waren, das Wort *Langzeitschäden* zu buchstabieren? Am schlimmsten waren jene, die am Ende des Abends keine Credits mehr für eine nächtliche Mahlzeit übrig hatten. Davon gab es einige und er konnte ihre Frustration förmlich riechen. Warum diese Nichtsnutze, trotz leerer Taschen, immer zu den Letzten gehörten, die nach Hause gingen, blieb ihm über all die Jahre ein Rätsel. Er achtete sich darauf, ohne sein Tempo anzupassen, nicht in den sogenannten *Ansprech-Radius* letzterer zu geraten. Dass ihm immer wieder irgendwelche Idioten, die ihn beim Joggen erblickten, unhörbar dumme Sprüche hinterher jaulten, daran hatte er sich bereits seit einigen Jahren gewöhnt. Obwohl es ihm hin und wieder passierte, dass ihm ein Bild vor dem inneren Auge aufflackerte, in dem er stehen blieb, sich umdrehte und dem verdammten Säufer oder Junkie das Maul blutig schlug. Verdient hätte es jeder einzelne von ihnen, dachte er sich. Meistens half ihm jedoch sein tief verankertes Gefühl der Überlegenheit, die leeren, nach Aufmerksamkeit lechzenden Worte der Leute auf der Straße schnell und wirkungslos wie Regen über sich ergehen zu lassen. Die laute Musik, die aus seinen lärmunterdrückenden Ohrhörern dröhnte und der Gedanke daran, dass es nicht mehr weit nach Hause war, halfen natürlich ebenfalls. Er wollte nicht daran denken, dass das steile Treppenhaus vor seiner Wohnung, nach 20 Kilometern strengem Laufen, jeweils der unangenehmste Teil der ganzen Tour war. Das wäre Zeitverschwendung, die ihm nichts brachte. Diese letzte Hürde müsste er so oder so überwinden, also erhöhte er sein Tempo, um es möglichst schnell hinter sich zu bringen.

Schließlich schaltete er die Musik aus, öffnete die Wohnungstür, schritt langsam in den länglichen Flur, schloss die Tür hinter sich wieder zu, atmete graduell ruhiger ein und schlenderte mit geschlossenen Augen, völlig durchnässt, Richtung Badezimmer. Bevor er das große Badezimmer betrat, streifte er seine Schuhe ab und legte sie sauber in die am Boden liegende, offene Plastikbox, die hierfür bestimmt war. Dieses Vorgehen verhinderte Flecken auf dem Boden. Anschließend entledigte er sich seiner nassen Kleidung, die er auf dem an der Wand befestigten Heizkörper aufhing. Die Socken landeten unverzüglich in einem seiner beiden Wäschekörbe, nachdem er sie sorgfältig entknüllt hatte. Dasselbe tat er mit seinen Boxershorts und trat in die zwei Quadratmeter umfassende Duschkabine, die nach einem automatischen Countdown von fünf Sekunden perfekt temperierte Wasserstrahlen vertikal auf Laurent herabfließen ließ, während er sich einseifte. Kurz darauf trat er wieder aus der Kabine, trocknete seinen Körper ab und stützte sich mit beiden Händen auf das Waschbecken. Er dehnte die Muskulatur seiner Beine und beobachtete nun im Spiegel, wie sich seine Gesichtsmuskeln langsam aber sichtbar entspannten. Weder seine Lungenflügel noch sein Muskelgewebe schmerzten mehr. Und auch die schweren Gedanken schienen weggewischt zu sein. Nun, da sein athletischer Körper (7,3 % Körperfettanteil) sich nicht mehr anstrengen musste, schüttete sein Gehirn großzügig Endorphine aus. Er stieß einen leisen Seufzer der Erleichterung aus. Laurent hatte nun sein Ziel erreicht: Endlich spürte er gar nichts mehr. Der gewünschte Idealzustand. Ein schmerzfreier Körper und ein gedankenleerer Kopf. Ein guter Grund zu lächeln. Denn er wusste aus jahrelanger Erfahrung genau, was ihn als Nächstes erwarten würde: ein wohl verdienter, tiefer, traumloser Schlaf. Die Sorte Schlaf, die es einem ermöglichte, beim Erklingen des Weckers ordentlich erholt und mit unbelasteter Psyche, motiviert in einen produktiven Tag zu starten. Laurent legte sich ins Bett, deckte sich zu und schloss zufrieden seine Augen.

— V —

Bei Alexandre zu Hause war die Heizung ausgefallen, deswegen saßen die vier Freunde heute ausnahmsweise bei Lou im Wohnzimmer. Seine Stube war zwar kleiner und weniger komfortabel als jene von Alexandre, weil er nur ein kleines Zweiersofa besaß. Immerhin war der Raum aber angenehm beheizt und im Gegensatz zur Wohnung von Benoît und Patrice durfte man hier ungeniert rauchen. Lou und Alexandre saßen auf der alten Couch, während die anderen beiden auf Stühlen um den kleinen Tisch in der Mitte hockten. Da der Raum insgesamt kleiner und niedriger war als die gewohnte Stube, sammelte sich der Zigarettenrauch von vier Personen spürbar dichter, weswegen sporadisch einer der Jungs das Fenster zum Balkon für wenige Minuten öffnen musste – lange genug, um frische Luft einzulassen; kurz genug, damit die winterliche Kälte nicht zu tief in den Raum und ihre Glieder dringen konnte. Es war insgesamt keine gemütliche Angelegenheit, befanden alle. Aussprechen mochte es jedoch keiner. Denn Geld für den Besuch einer Bar hatten sie allesamt keines. So saßen sie also da und tranken Dosenbier, rauchten und hörten größtenteils schweigend Musik.

Lou, der sonst regelmäßig spannende Diskussionen initiierte, war heute besonders schweigsam und seine Freunde fragten ihn mehrfach, ob es wirklich okay sei, dass sie den Abend bei ihm zu Hause verbringen würden. Er bejahte es stets ausgesprochen, bevor er wieder mit Blick nach unten in düsteres Schweigen versank. Seine Freunde wussten aus Erfahrung, dass es keinen Zweck hatte, ihn nach den Gründen für seine miese Laune zu fragen. Man müsse nur etwas Geduld aufbringen. Nachdem Lou seine Bierdose geleert hatte, griff er nach den anderen ausgetrunkenen Dosen auf dem Tisch und entsorgte diese in der Küche. Im Kühlschrank lagen noch vier Dosen. Statt sich eine davon zu greifen, schloss er den Kühlschrank wieder und öffnete die quadratische Schranktür darüber. Nebst einem hart getrockneten Brot von letzter Woche, einer halben Packung Spaghetti und einem Karton Reis, dessen Alter ihm unbekannt schien, stand dort eine neue Flasche *Gordon's* Gin. Statt bei der Arbeit zu erscheinen, hatte er heute ausgeschlafen und sich mit zusammengeklaubten Münzen am Nachmittag diese Flasche gekauft. Des Weiteren hatte er mal wieder die Eiswürfelform, die monatelang unbenutzt in seiner Kühltruhe lag, aufgefüllt. Er füllte eines der sauberen Gläser mit zwei Eiswürfeln und schenkte sich drei Fingerbreit Gin ein. Der beißende Geruch von billigem Alkohol ließ ihn sein Gesicht verzerren. Nichtsdestotrotz nahm er einen kleinen Schluck zu sich und schloss die Augen, während die Wärme sich langsam von seiner Mundhöhle, die Kehle hinunter über den Rest seines

Körpers verbreitete und er innehielt. Als er heute Nachmittag erwacht war, erfuhr er zufällig über die lokalen Meldungen im News-Portal von Madeleines Ableben. Sie war verwitwet und schwer verschuldet gewesen. Eine Handvoll Pillen und eine zu hohe Menge Alkohol hatten ihr den ewigen Schlaf geschenkt. Er war sich darüber nicht im Klaren, doch spekulierte er, dass er der letzte Mensch war, den sie in ihrem Leben gesehen hatte. Der billige Gin vermisste merkbar die Begleitung von Wermut und doch rieselte die flüchtige Erinnerung an Martini durch Lous Gedächtnis, ähnlich kleiner Schneeflocken, die sich auflösten, sobald man sie zu greifen versuchte. Die Frage, ob er die Tragödie verhindern hätte können, marterte ihn, als er sich mit beiden Händen auf das Küchenmöbel stützte und einen langen Moment verharrte.

»Yo Lou! Was machst du hier ganz allein in der Küche?«, rief Alexandre, der plötzlich neben ihm stand.

»Was trinkst du da?«, fragte Benoît.

»Ist das Gin? Seit wann trinkst *du* denn Gin, Bruder?«, fügte Patrice hinzu.

Umgeben von seinen Freunden, sammelte er sich und gab vor, einfach mal Lust auf etwas Anderes gehabt zu haben. Mit aufgesetztem Lächeln bot er ihnen ebenfalls ein Glas an.

»Hat's denn kein Bier mehr?«, fragte Alexandre, bevor er gleich im Kühlschrank die vier unberührten Bierdosen vorfand. Mit dem Rücken zu den anderen Jungs verharrte er ungewöhnlich lange mit gerunzelter Stirn, bevor er sich ebenfalls ein Lächeln aufs Gesicht setzte und nach kaum merkbarem Zögern rief: »Wisst ihr was? Lou hat recht! Trinken wir doch mal zur Abwechslung was Anderes!« Ohne auf die Reaktionen der anderen zu warten, spülte er rasch drei schmutzige Gläser aus, die wohl schon seit Tagen im Waschbecken lagen, und füllte diese mit je zwei Fingerbreit Gin. Mit erhobener Hand stießen Sie an: »Auf die Abwechslung!« Alle vier verzogen das Gesicht nach dem ersten Schluck. Lou musste lachen: »Mit Eis schmeckt er besser.« Seine Freunde gaben ihm recht. Patrice fragte, ob es sich bei diesem Eis wirklich bloß um gefrorenes Leitungswasser handelte. Das tat es durchaus und nicht mal Lou, der für seine zufällig aufgeschnappten Wissensperlen bekannt war, konnte sich den augenblicklichen Unterschied im Geschmacksprofil des Schnapses erklären. Die physikalische Tatsache, dass Kälte generell Geschmack entzieht, war ihnen nicht bekannt.

»Lasst uns zurück ins Wohnzimmer gehen.«, schlug Lou vor.

»Ja, aber kann ich auch mal auf der Couch sitzen? Nichts für Ungut, Lou, aber deine Holzstühle sind verdammt unbequem.«, wandte Benoît ein.

»Bleib cool. Ich habe eine noch bessere Idee.«

Lou stellte die beiden Stühle in eine Ecke des Raums und zog den kleinen Tisch einen halben Meter vom Sofa weg. Anschließend ergriff er die vier nicht ganz gleich grossen Kissen, welche die Polstergruppe vervollständigten (zwei große für unterm Hintern, zwei schmalere für den Rücken) und legte sie um den Tisch herum, bevor er die Flasche Gin in die Mitte des Tischs stellte und sich auf eines der kleineren Kissen setze. Stolz auf sich zündete er sich eine Zigarette an. Seine Freunde setzten sich einer nach dem anderen und Benoît rief verzückt: »Boah voll geile Idee, Lou! Sitzen wir im Schneidersitz um den Tisch, wie fucking Kameltreiber in der Wüste!«

Mit einem scharfen Fingerschnippen nahe dessen Gesicht fauchte Lou: »Diesen rassistischen Kack-Spruch kannst du dir gleich tief in deinen unbehaarten Arsch stecken!« Er fügte betont hinzu: »Du blöde Schwuchtel!«

»Whoa! Was geht? Time-out! Krieg dich ein, Lou! Verdammt noch mal!«, rief Patrice.

»Nein, ich krieg mich nicht ein, Pat. Ben! Merkst du was? Hm? Ziemlich uncool, wenn man auf abwertende Art und Weise Leute für was benennt, wofür sie nichts können, findest du nicht?«

Alexandre zündete sich mit hochgezogenen Augenbrauen stumm eine Zigarette an, als Benoît die Hände, wie mit einer Polizei-Pistole konfrontiert, erhob und meint: »Okay, okay. Alles cool. Tut mir leid, Mann. Es war nicht so gemeint. Ich hab ja nichts gegen Leute aus dem Mittleren Osten. Mein Gott.«

»Und ich habe nichts gegen Schwule. Das weißt du ganz genau. Trotzdem ist es zum Kotzen, wenn man als schwuler Mann, wie du, als Schwuchtel bezeichnet wird, selbst im Witz. Ja?«

»Ja, Mann.«

»Gut, dann überleg dir in Zukunft bitte dreimal, ob du rassistische Kackscheiße von dir geben möchtest.«

»Ist ja gut, ich hab's verstanden! Sorry!«

»Hier, Lou. Dein Glas ist ja schon fast leer.«, wandte Alexandre ein, als er Lou Gin nachschenkte, ohne sich zum Thema zu äußern. Er wusste genau, dass noch mehr Alkohol in den meisten Fällen eine besänftigende Wirkung auf ihn hatte.

Eine Stunde später stand die Flasche Gin zu drei Viertel geleert auf dem Tisch. Die Gläser vor dem Nachschenken mit frischem Eis aufzufüllen, hatten die Jungs schon lange aufgegeben. Eine gewohnt entspannte Gleichgültigkeit hatte sie nach einigen

Gläsern umhüllt. Aus dem Lautsprecher spielte der Song »All I need« von *Air*. Alexandre und Benoît lehnte sich entspannt mit den Nacken nach hinten geknickt gegen den Korpus der Couch hinter ihnen. Ächzend erhob sich Benoît, um nach viel zu langer Zeit mal wieder das Fenster zu öffnen. Es dauerte keine Minute, bis die frische Luft die tief sitzende Lethargie in ihren Gliedern verscheuchte und ihnen allen neues Leben einzuhauchen schien. Das schenkte Lou die Energie, sich ebenfalls zu erheben. Leicht taumelnd begab er sich in die Küche und füllte dort eine alte leere Plastikflasche mit frischem Leitungswasser und den verbleibenden Eiswürfeln und stürzte beinahe über Benoît, als er seine Freunde aufforderte, ein paar Schluck davon zu nehmen: »Das tut gut! Zur Abwechslung!«

»Oh, ja! Hammer!«, meinte Patrice und reichte sie gleich weiter. Die Einliterflasche war innert kürzester Zeit leer. Alkohol dehydriert.

Seine Gelenke knackten hörbar, als Lou sich wieder setzte und rief: »Hey ich liebe euch!«

Mit verdrehten Augen lachten alle seine Freunde. Es war gewiss nicht das erste Mal, dass er in betrunkenem Zustand laut posaunte, alle jeweils anwesenden Menschen zu lieben. »Ist gut, Lou.«, antworteten sie belustigt im Kanon.

»Ey, fickt euch, ich mein's ernst. Ihr seid die besten Freunde, die man sich in dieser beschissenen Welt wünschen kann. Echt jetzt.«

»Ja, Lou. Wir lieben dich auch. Und wir sind auch besoffen.«, ächzte Alexandre, als er seine Zigarette im bereits weit überfüllten Aschenbecher auszudrücken versuchte.

»Denkst du etwa, ich mein's nicht ehrlich?«

Alexandre setzte sich mühsam auf das ungepolsterte Sofa und antwortete: »Bruder, alles gut. Ich sag ja nur, dass du besoffen bist und hier wohl der Alk stärker spricht als du. Alles easy, Mann.«

»Das stimmt so nicht!«, wandte Lou mit erhobenem Zeigefinger ein.

»Dann lass mal hören.«

Lou musste sich aufrichten, bevor er fortfuhr: »Okay, hört mir zu. Berauschte Liebeserklärungen sind keineswegs unehrlich. Nur nicht zu Ende gedacht. Zu viel überschwängliche Romantik, wie immer. Bla, bla. Als ob unsere Welt nicht schon damit überfüllt wäre. Aber das sehen die Leute nicht. Ihr wisst, was ich meine. Lasst mich euch ein Beispiel geben: Manchmal im Leben trennen wir uns von unseren Geliebten. Nicht, weil wir sie hassen. Sondern, weil das Leben sich weiterentwickelt hat und die Umstände sich geändert haben. Es ist nicht so, als würden wir diesen Menschen nicht mehr lieben. Doch wir erkennen, dass es so nicht mehr funktionieren kann. Richtig? Vielleicht sieht es nach einer gewissen Auszeit wieder anders aus, wer weiß? Seht ihr, im Rausch geht einfach alles viel schneller. Man verliebt sich rasch, doch schon wenige Stunden später folgt der Kater, auch wenn die wunderschöne, lustvolle Nacht ewig zu dauern schien. Mit schmerzendem Kopf und Übelkeit im Magen, nach einer Nacht komatöswirkendem, seichtem Schlaf möchte man am liebsten gar nichts mehr von jenem Menschen wissen. Und das, obwohl er in der Nacht zuvor scheinbar das Beste war, was einem jemals passieren konnte. Doch das macht die Empfindungen von gestern Nacht nicht *unwahr*. Die erlebten Emotionen passen einfach nicht in den jetzigen Moment. Nicht mit einem Kater in der Birne und den Pflichten vor sich, denen man nachgehen müsste. Wir leben immer nur im Moment. Auch wenn wir uns gerne etwas anderes einreden. Pläne und so einen Scheiß. Doch man muss schon ein ziemlich armes Schwein sein, um seinen Gefühlen nicht mehr trauen zu können. Die Fette, die du vor ein paar Monaten gevögelt hast–«

Alexandre zeigte mit dem Finger auf ihn: »Yo, komm jetzt nicht mit fucking Bodyshaming, wenn du vorher schon wie ein Kaiser gegen Rassismus und Homophobie gewettert hast!«

Benoît und Patrice nickten.

»Stimmt! Sorry! Jedenfalls, wer weiß? Jetzt möchtest du vielleicht nicht darüber nachdenken. Vor deinen coolen Freunden streitest du vielleicht sogar ab, dass du ihr je begegnet bist. Falls du dieser Typ Arschloch bist. Was du natürlich nicht bist, Alex. Egal. Fakt ist, in diesem Moment hast du sie geliebt. Auch wenn sie vielleicht nicht deinem typischen Schönheitsideal entsprach. Und das ist keine Lüge, die du auf deinen Konsum wovon auch immer schieben kannst. Deine Empfindungen sind Realität. Verstehst du, was ich meine? Es gibt keine ›echten‹ oder ›falschen‹ Emotionen. Nur Emotionen. Die Pillen, die du manchmal schluckst, machen dich zu zwar einem gemütlicheren Typen. Umgänglicher und toleranter. Und doch wirst du unter dem Einfluss der Droge deinem Erzfeind nicht sagen, dass du ihn liebst. Solltest du es doch tun, dann hast du ihn niemals wirklich gehasst.«

»Äh, was?«, fragte Patrice.

»Shh! Lass mich ausreden, bevor ich den Faden verliere! Vielleicht, vielleicht hast du ja bloß deinen Selbsthass auf diese Person projiziert. Wer weiß? Aber gut, das ist ein anderes Thema. Ich schweife ab. Dasselbe gilt für deine wahren Schandtaten, die du unter Substanzeinfluss begehst. Du kannst nicht durch die Welt gehen und behaupten, dass du ein anständiger Typ bist und dann einem anderen, der deine Frisur Scheiße findet, die Fresse polieren. Die Schuld für solchen Mist kannst du nicht auf die Drogen schieben. Unzurechnungsfähigkeit ist in diesem Sinn ein Mythos. Wenn du unter Drogeneinfluss in ein Casino gehst und all deine Ersparnisse beim Blackjack verzockst, hast du kein

Recht darauf, im Nachhinein zu jammern. Du kannst zwar behaupten, dass du bloß wegen der Drogen konstant weitergespielt hast. Doch die ursprüngliche Entscheidung, überhaupt spielen zu gehen, lag an dir. Nicht an den Drogen.«

Seine Freunde begriffen nicht im Detail, worauf er hinaus wollte. Und doch erschlich sie das schwierig zu deutende Gefühl, dass er an einem guten und wichtigen Gedanken dran war.

Er wurde zunehmend lauter: »Was ich sagen möchte: Ich wünschte mir, wir würden uns öfter sagen, dass wir einander gerne haben. Ohne Angst vor Konsequenzen wie Ablehnung. Und zu deinem Einwand, dass ich so was nur sage, weil ich besoffen bin: Muss es denn wirklich *echt* sein? Was heißt denn schon *echt*? Ist es weniger *echt*, wenn ich es zwar ganz stark fühle, aber nicht komplett durchdacht habe oder dazu noch berauscht bin? Fuck, nein! Noch einmal: Es gibt keine falschen Emotionen, nur Emotionen. Und besonders, wenns ums Saufen geht: Gerade wir müssten es doch wissen. Alkohol ist ein Verstärker, nichts anderes. Während sich andere besoffen auf die Fresse geben, bleiben wir stets gemütlich, ja sogar liebevoll. Und deswegen sag ich euch mit dem reinsten der reinen Gewissen: Ich liebe euch. Echt jetzt. Fuck, verdammt noch mal!«

Das Wohnzimmer war so stark verraucht, dass man die Luft mit einer Schere hätte schneiden können.

Als Lou seine Zigarette ausdrückte, erhoben sich seine Freunde um ihn alle gemeinsam mit breitem Lächeln auf dem Gesicht fest zu umarmen. Es spielte für sie keine Rolle, ob seine Worte der Wahrheit entsprachen oder ob es am Rausch lag. Sie liebten ihn.

KAPITEL SECHS

Laurent blieben drei Wochen Freizeit vor dem Antritt seines Infiltrations-Einsatzes. Er konnte sich nicht erinnern, wann er das letzte Mal im Ausland in den Ferien war. Schmunzelnd dachte er an das Gespräch mit Léna in der Kantine zurück. Ans Meer zu reisen, wäre vielleicht wirklich keine schlechte Idee, dachte er sich. Weit weg von allem. Raus aus dieser verfluchten Stadt. Raus aus diesem verfluchten Land. Warum zur Hölle eigentlich nicht? Also machte er es sich auf dem Bett gemütlich, büschelte seine vier großen Kopfkissen zusammen, um sich gegen die Wand zu lehnen und griff zu seinem Smartphone, bevor er den Sprachbefehl gab: »Aktiviere Projektor« Das kleine Gerät im Zentrum der Decke seines Schlafzimmers, welches Form und Größe eines konventionellen runden Aschenbechers aufwies, gab einen kurzen Piepton von sich, bevor die eingebaute Linse eine virtuelle Arbeitsoberfläche an die leere Wand gegenüber des Betts projizierte und ihm somit eine Auswahl an Applikationen präsentierte. Diese Art von Projektoren hatte in den vergangenen vier bis fünf Jahren in den meisten Mittelschicht-Haushalten jegliche klassischen Monitore oder TV-Geräte abgelöst, da sie sich nahtlos mit allen Smartphones verbinden ließ und die mechanische Beweglichkeit der Linse, mithilfe von *Augmented-Reality-Technologie* flexibel auf jede gewünschte Oberfläche im Raum die gewünschten Inhalte zu projizieren vermochte. Mit einem weiteren Sprachbefehl öffnete er den Browser und diktierte seine Suchanfrage: »Strandferien buchen.« Er nutzte das Display seines Smartphones als Instrument, um durch die verschiedenen Angebote zu scrollen. Wohin genau wollte er reisen? Er murmelte »Suche: schönste Strände der Welt« sogleich präsentierte ihm die Suchmaschine diverse Vorschläge: »Praia da Marinha« in Portugal, »Whitehaven Beach« in Australien, »Hidden Beach« in Mexiko, »Ishigaki-jima« in Japan, »Plantation Island« auf Fidschi, »Ile aux cerfs« auf Mauritius, »Baía do Sancho« in Brasilien, »Cala d'Hort« auf Ibiza oder »Balos« auf Kreta, um einige Beispiele zu nennen. Das globale Angebot schien gewaltig. Nachdem er eine Handvoll Reise-Blogs und Artikel überflogen hatte, kam er zum Schluss, dass sich rein optisch die meisten Strände sehr ähnlich waren. Die bedeutenden Unterschiede zeigten sich hauptsächlich in der Erreichbarkeit und der Besucherfrequenz. Laurent grauste der Gedanke an einem Strand, umgeben von tausenden anderen Touristen, zu liegen. Es war seine Überzeugung, dass in den meisten Situationen die Qualität des Erlebnisses proportional zur steigenden Anzahl anwesender Menschen abnähme. Ganz besonders dann, wenn Entspannung die höchste Priorität wäre. Also entschied er sich nach weiterer Recherche für die Malediven. Die hohe Preisklasse würde die Menschenmengen auf ein erträgliches Niveau reduzieren und weil die

Malediven eine Inselgruppe sind, würde er bestimmt auch den einen oder anderen ruhigen Fleck am Strand finden, dachte er sich. Er schloss seine Augen und lächelte bei dieser Vorstellung entspannt, bevor er sich aufbäumte, um zu seinem grossen Kleiderschrank zu gehen. Durch das Aufschieben der Schranktür und das zur Seite Schieben seiner Hemden offenbarte sich ein kleiner in die Wand eingearbeiteter Safe. Eine rasche Bewegung seines Daumens über einen optischen Sensor bewirkte, dass sich das Schloss öffnete. Ohne den restlichen Inhalt des kleinen Fachs zu beachten, griff er gleich zum kleinen weißen Umschlag, aus dem er eine Kreditkarte zog. Es war seine Notfall-Kreditkarte für die wenigen Situationen, in denen kein anderes Zahlungsmittel akzeptiert war. Wie zum Beispiel das Buchen eines Flugs im Internet. Diese Prepaid-Karte hatte stets einen mittleren fünfstelligen Betrag geladen. Für welchen Zweck genau wusste Laurent selbst nicht. Nur, dass der Umstand ihm ein angenehmes Gefühl der Sicherheit und der Unabhängigkeit verlieh. Er wollte nicht auf die Güte der Kreditinstitutionen angewiesen sein. Sich zu verschulden gehörte für ihn sowieso in die Kategorie der Dinge, die in seinen Augen schwache Menschen täten. Das war nichts für ihn. Er war stolz darauf, bereits seit einiger Zeit nur noch das Geld auszugeben, welches er effektiv besaß. Früher bedeutete dies Verzicht. Dank seines bescheidenen Lebensstils und einer kleinen Erbschaft vor ein paar Jahren müsste er mittlerweile auf kaum noch etwas verzichten. Doch er gönnte sich selten etwas, weil für ihn die meisten alltäglichen Konsumtätigkeiten lediglich temporäre Freuden brächten. Temporäre Freuden, die uns allen vorgaukelten, dass die Löcher in unserer Seele gestopft werden könnten. Er setzte sich zurück aufs Bett, wandte den Blick erneut auf die Projektion an der gegenüberliegenden Wand und lächelte, diesmal wegen seiner Gedankengänge. *Diese Ferien erfüllen ja eine Funktion. Das ist nicht blindes Konsumverhalten, so wie bei den meisten anderen Leuten*, dachte er. Statt auf einem der unzähligen Buchungsportale seinen Flug und das Hotel zu buchen, tätigte er die Buchungen direkt bei der Airline sowie dem Hotel seiner Wahl. Dass ihn das teurer zu stehen kam als bei einem der vielen Kombi-Angebote, interessierte ihn nicht. Diese beiden Unternehmen würden ohnehin seine Personalien benötigen. Das Geld war schließlich kein Problem. Es gab für ihn jedoch keinen Grund, seine persönlichen Angaben an eine dritte Firma, dem Buchungsportal, zu Werbezwecken zu schenken. Wenige Minuten später waren die Transaktionen erfolgreich getätigt und Laurent steckte die Kreditkarte sorgfältig wieder zurück in den kleinen Umschlag, bevor er diesen im Safe erneut sicher verschloss und durch die zugeschobene Schranktür schlussendlich für inexistent erklärte. Zeit zum Packen würde er auch noch morgen haben. Schließlich hatte er einen Flug am frühen Abend gebucht und mehr als minimales Handgepäck wollte er ohnehin nicht mitschleppen. Per Sprachbefehl deaktivierte er den Projektor und schlenderte der nun wieder nackten Sichtbetonwand entlang Richtung Küche, um sich irgendein Abendessen zuzubereiten. Sein hoher Kühlschrank mit stählerner Tür bot auf den ersten Blick nicht mehr viel an: Eier, Butter, eine kleine Restmenge Reibkäse sowie Würzsaucen wie Mayonnaise, Senf und Ketchup. *Na passt doch*, dachte sich Laurent und machte sich daran, sich ein leichtes französisches Omelett zusammenzustellen. Wenige Minuten später saß er bereits am schmalen Hochtisch, der in der Küche neben dem Fenster stand. Sorgfältig schnitt er sich kleine Stücke seines Omelettes, um sich diese mit Blick auf die *Stadt* in den Mund zu führen. Durch die abgeschrägten Jalousien beobachtete er den steigenden Wasserdampf der Fabriken, welcher zusammen mit den Farben von Signallichtern für Helikopter auf Hochhäusern und flimmernden Raumbeleuchtungen aus Büros und Privatwohnungen eine Stimmung erzeugte, die zugleich hektisch wie auch friedlich wirkte. Durch die Lichtverschmutzung sah man für gewöhnlich nie Sterne am Himmel. Stattdessen offenbarte sich beim Blick nach oben eine matte – je nach Quartier, in dem man sich befand – leicht bräunliche oder bläuliche, dunkle Fläche am Firmament. Bei manchen Menschen erzeugte das eine wohlige Atmosphäre der Sicherheit, ähnlich einem Mutterleib. Auf andere wirkte es erdrückend ähnlich einer Gefängniszelle. Laurent wischte sich mit einem Stück Haushaltpapier den Mund ab und warf das Knäuel anschließend auf seinen Teller, bevor er seinen Blick vom Fenster abwandte, die Jalousien komplett schloss und sich an den Abwasch machte. Er spülte die letzten Reste des Omelettes mit einem Glas kühlen Mineralwassers runter, bevor er sich seiner abendlichen Routine widmete: Duschen, Haare föhnen, Gesichtscrème auftragen, Zahnseide anwenden, Zähne putzen, Mundspülung benutzen, Stuhlgang, Hände waschen und den Boden mitsamt Armaturen von jeglichen Tropfen oder Haaren befreien, bevor er schlussendlich ins Bett ging. Dort angekommen, schloss er seine Augen und lächelte zufrieden vor sich hin. Vielleicht lag es daran, dass er heute keinen Sport getrieben hatte? Vielleicht aber auch einfach an der aufregenden Vorfreude? Er konnte auch nach beinahe einer Stunde nicht einschlafen. Unter anderen Umständen hätte dies bei Laurent zu innerlichem Stress geführt, was den Prozess des Einschlafens umso mehr erschwert hätte. Doch heute war er zu gut gelaunt. Also griff er auf seine altbewährte Methode zurück, um besser einschlafen zu können. Er griff auf dem kleinen Nachttisch neben seinem Bett nach seinem Smartphone, öffnete den Browser und tippte die Adresse einer Porno-Website ein. Anschließend drückte er ein paar Mal auf die Zufallstaste, bis ein Video erschien, welches ihn optisch ansprach. Da er fast nie auf solche Mittel zugriff, fiel es ihm auch unschwer, sich selbst in relativ kurzer Zeit einen Orgasmus zu bescheren. Mit einer flinken Daumenbewegung schloss das Browserfenster und legte das Gerät danach wieder auf den Nachttisch. Auf derselben Tischfläche stand auch eine kleine Schachtel Taschentücher, aus der er blind zwei Blätter zog, um sich das Sperma vom Bauch wegzuwischen. Mit einem dritten Taschentuch stellte er sicher, dass er sich auch wirklich komplett von seinen Samenspuren befreit hatte, bevor er die Tücher in dem kleinen Abfallkorb auf der anderen Bettseite entsorgte. Danach schlief er tatsächlich planmässig schnell ein.

Am darauffolgenden Morgen entschied er sich, ohne sich weiter den Kopf darüber zu zerbrechen, eine Reise auf die Malediven zu buchen. Last Minute. Dies kam ihn teurer zu stehen als zunächst geplant. Aber mit der bevorstehenden Gehaltserhöhung sowie seinen stolzen Ersparnissen der vergangenen Jahre, war dies finanziell durchaus zu verkraften. Bereits in zwei Stunden würde sein Flug gehen. Glücklicherweise waren seine Ansprüche an das Gepäck niedrig genug, dass er alles nötige innert wenigen Minuten ordentlich zusammenpacken konnte. Bloß eine halbe Stunde später, da er am Stadtrand, nahe dem Flughafen wohnte, stand er bereits am Schalter, um einzuchecken.

»Monsieur, es tut mir leid, aber Ihr Reisepass ist nicht mehr gültig.«

»Verzeihung?« Laurent war geschockt. Das konnte nicht sein. Er hatte alles behutsam bis ins Detail geplant. Dass ihm so etwas Peinliches entging, ergab für ihn keinen Sinn. Sowas durfte ihm nicht passieren.

»Hier.«, die Angestellte hinter der dicken Scheibe aus kugelsicherem Glas zeigte auf die Ziffer am Rand des Dokuments. »Ihr Pass ist seit über einem Jahr nicht mehr gültig. Mit diesem Dokument dürfen Sie leider nicht ausreisen.«

Er rieb sich die Augen und überprüfte die Ziffer genau. Sie hatte recht. So unwahrscheinlich es ihm erst schien, das Datum auf dem Reisepass zeigte glasklar, dass das Dokument nicht mehr gültig war. Ihm wurde heiß und kalt zugleich. Er spürte, wie er zu schwitzen begann und wie sein Hals anschwoll, was zu schwerfälliger Atmung führte. Seine Gedanken rasten und sein Mund wurde trocken. Er räusperte sich zweimal, sah der Frau aber nicht in die Augen als er zu stammeln begann: »Gibt ... Gibt es denn nicht irgend eine Möglichkeit so was wie einen, äh ... temporären Reisepass ausstellen zu lassen?«

»Diese Option gibt es jetzt schon seit mehreren Jahren nicht mehr. Wussten Sie das etwa nicht?«

Laurents Finger kniffen als instinktive Reaktion auf die verbale Provokation hart in das Holz der Theke vor ihm. Doch bevor er etwas sagen konnte, fuhr sie fort: »Ich kann Ihnen das offizielle Formular zur Passerneuerung geben oder Sie können es auf unserer Webseite herunterladen.«

Den Blick noch immer auf die Papiere gesenkt, welche auf der Theke lagen, fragte er mit schmalen Lippen: »Wie lange dauert es, einen neuen Reisepass zu erhalten?«

»Drei bis sechs Wochen. Je nachdem.«

»Je nach was?!«

»Je nach Zahlungsmethode, Personalauslastung, Verfügbarkeit der Lieferanten, und so weiter und so fort. Hören Sie, sollten Sie sonst noch Fragen haben, verweise ich Sie auf unsere Webseite. Würden Sie nun bitte Platz machen?

Sie sind nicht der einzige, der heute in die Ferien möchte.«

In dieser Nacht träumte er nach langer Zeit wieder. Das Meer küsste seinen Körper sanft und ein warmer Wind strich durch sein feuchtes Haar. Er wusste jedoch, würde er sich der See hingeben und weitergehen, bestände die Gefahr, dass sie sein Lebensfeuer ersticken würde. Zu mächtig war sie. Laurent schaute den mutigen Surfern zu und bewunderte sie. Diese Menschen fühlten eine Sehnsucht, die man beinahe *Heimweh* nennen könnte. Doch seine Bewunderung stieß dort an ihre Grenze, als er sich die Surfbretter ansah. Ohne diese Konstrukte hätten sie kaum Überlebenschancen inmitten der ungebändigten Wellen. Sie würden erbarmungslos verschlungen werden. Die Evolution hatte uns Säugetiere auf das Land *verbannt*. Sie würden nicht mehr in den Schoß ihrer Schöpfung zurückkehren können. Tiefseetaucher und Meeresbiologen würden es zwar versuchen, doch sie alle würden ab einer gewissen Zeit scheitern. Einst haben sie der See den Rücken gekehrt und nun würde das Wasser sie nicht mehr mit offenen Armen empfangen. Schluss bedeutet Schluss. Es gibt kein Zurück mehr für uns, dachte er sich. Unser aller Platz war nun auf dem Land, wo wir schonungslos allen weiteren Elementen sowie einer Unzahl von Parasiten ausgeliefert sind. Mutter Meer würde uns bloß von Zeit zu Zeit ein wenig Aufmerksamkeit in der Form von Regen schenken, welchen wir oft als unangenehm empfinden. Und diese Mutter bestrafen wir für unsere eigene Schuld, indem wir sie selbstgerecht ausbeuten. Wir wollen zeigen, dass wir nun erwachsen sind und sie nicht mehr brauchen. Deswegen sind unsere Geschenke an sie auch hauptsächlich Müll. Er drehte sich zurück zum Strand und sah zu den Menschen und ihren zu Untertanen gemachten Tieren. Zwar konnte er nur ein paar wenige Hunde sehen, doch würde sich sein Blick weiten, sähe er bestimmt noch andere Säugetiere, die dem Menschen zu nutzen hätten. Haustiere und Nutztiere. Niemand hier, weder Mensch noch Tier, würden seine Gedanken an das Meer teilen, vermutete er. Doch ihr Lachen und Frohlocken erinnerten ihn daran, dass es auf eine Art auch keinen Zweck hatte, deswegen traurig zu sein. Nicht heute, nicht hier. Er war schließlich in den Ferien und das Wetter war so schön, wie man es sich nur wünschen könnte. Also nahm er einen Schluck seines nicht mehr ganz so kühlen Biers und gesellte sich lächelnd zu seinen Freunden zurück. Seine Sonnenbrille schützte nicht nur seine Augen vor schädlicher UV-Strahlung, sondern verhinderte zugleich, dass irgendjemand seinen getrübten Blick erkennen könnte. Wie praktisch.

Er hielt für einige Momente inne, bevor er beschloss ins Meer zu steigen. Doch als er einen Schritt gen Wasser machen wollte, zog es sich zurück. Er machte einen weiteren Schritt nach vorne. Wieder zog sich das Wasser ein Stück zurück. Schließlich lief er vorwärts, doch das Wasser zog sich immer weiter und weiter zurück. Es offenbarte zunächst Algen, dann kleines Getier; Korallen, dann immer größer werdende Fische und alles war umgeben von menschlichem Abfall. Er war nun so weit gelaufen, dass er zurückblickte und davon rennende Menschen hinter sich sah. Als er sich wieder umdrehte, begriff er auch warum. Eine gewaltige Welle näherte sich dem Strand. Panik. Schreiende Menschen. Hupende Autos. Geräusche von berstendem Stahl und dem Zerstossen von Fleischkörpern. Sirenen in der Ferne und der Geruch von Feuer. Alles war in Bewegung. Nur Laurent stand still da. Frei von Angst. Wartend. Den Blick aufwärts nach vorne gerichtet, beide Fäuste geballt und die Zähne gefletscht.

ET LA MER AVAIT EMBRASSÉ MOI
ET ELLE A DÉLIVRÉ MOI DE MA CAILLE
ET RIEN NE PEUT M'ARRÊTER MAINTENANT

Schweißgebadet und nur zur Hälfte bedeckt, erwachte Laurent in seinem Schlafzimmer und hörte kein Geräusch mehr. Er verharrte einige Sekunden, ohne sich zu regen, bevor er sich aufrichtete und sich mit einer Ecke des Leintuchs sein nasses Gesicht abwischte. Ohne hinzusehen, griff er zur Wasserflasche auf seinem Nachttisch und nahm zwei, drei grosse Schluck, bevor er aufstand und zum Fenster ging. Fahle, dünne Lichtstrahlen drückten durch die Plastikjalousien. Laurent kniff die Augen zusammen, als mehr Licht in den Raum drang, weil er mit den Fingern die Öffnung der Jalousien vergrößerte. Es war helllichter Nachmittag. Doch statt der Sonne an einem blauen Himmel, präsentierte sich eine uniforme, hellgraue Fläche als Firmament über der Stadt. Er nahm seine Finger wieder aus dem Jalousienspalt und wandte sich ab, um in der Dusche die vergangene Nacht vom Körper zu waschen und den angebrochenen Tag in die Hände zu nehmen. Er fühlte sich bereit.

— VI —

Lou inhalierte den süßlich, aromatisch riechenden Rauch tief in seine Lungen und fragte, als er zum Nachthimmel sah nicht seine Freunde, sondern eigentlich sich selbst: »Warum hatten wir noch nie Kontakt zu Aliens?« Als einziger der Gruppe schien er Mühe mit der Kälte zu haben. Deswegen konnte er sich auch nicht entspannen und wippte ununterbrochen rhythmisch mit beiden seiner Beine, während er die Arme fest um seinen Oberkörper schloss. Alexandre hatte eine Stunde zuvor vorgeschlagen, zur Abwechslung mal nach draußen in den Garten sitzen zu gehen, statt den Abend im Wohnzimmer zu verbringen, wie sie es meistens taten. Auf der umgedrehten Holzkiste am Boden flackerte eine kleine Kerze. Lou hielt von Anfang an nichts davon. Schon gar nicht zu dieser Jahreszeit, während der die nächtlichen Temperaturen noch immer unangenehm nah an den Gefrierpunkt sanken. Auch wenn ihm die Idee, Sterne zu beobachten, statt in den TV zu glotzen, grundsätzlich nicht missfiel. Der verwilderte kleine Garten im Hinterhof von Alexandres Wohnung schien ihm zudem nicht der geeignete Ort für diese Aktivität. Seiner Meinung nach müsste man für so was schon einen Ausflug in die Berge oder zumindest auf einen nahegelegenen Hügel unternehmen. Mit entsprechend wärmender Kleidung sowie einem richtigen Feuer, statt einem traurigen kleinen Teelicht. Seine Freunde beharrten letztlich auf der Idee. Hier im Dorf war die nächtliche Lichtverschmutzung so gering, dass man von praktisch überall her ein ungetrübtes Bild des Sternenhimmels erblicken konnte, selbst vom schmutzigen kleinen Garten in diesem heruntergekommenen Hinterhof. Keiner hatte auf Lous Frage reagiert, weshalb er sie nun etwas lauter wiederholte: »Hey! Warum hatten wir noch nie Kontakt zu Aliens?«

Wie aus einem schweren Sekundenschlaf gerissen, horchten seine Freunde auf. »Alter, was laberst du da wieder?«, fragte Patrice, der gähnend die Arme und den Nacken streckte.

»Na, Aliens eben. Bei so vielen Sternen dort draußen, im unendlich grossen Universum, kann es doch unmöglich sein, dass wir die einzige intelligente Lebensform sind? Oder?«

»Intelligente Lebensform.«, kicherte Benoît mit hoch gestreckten Händen, die Anführungs- und Schlusszeichen formten.

»Wir sind sicher intelligenter als Ameisen.«, beteuerte Lou mit verdrehten Augen.

»Woher willst du das denn wissen?«, seufzte Alex.

Lou, der noch immer mit beiden Beinen wippte, kratzte sich am Kopf. »Keine Ahnung! Aber irgendwelche Wissenschaftler haben die genau unter die Lupe genommen. Und wenn sie gleich intelligent wie wir wären, dann würden sie vermutlich den Planeten beherrschen und nicht wir. Oder?«

»Beherrschen wir den Planeten?« Alexandre zog am Joint, der ihm soeben von Benoît gereicht wurde und fügte an: »Oder beherrscht der Planet uns?«

Patrice und Benoît reagierten mit improvisierten Explosionsgeräuschen: »Whoa, das ist *deep*! Sowas von *deep*!« Die Runde brach in kollektives Gelächter aus.

Lou gab auf. Für gewöhnlich ergab es nach so vielen Joints und bei solch kindischen Reaktionen keinen Sinn mehr, eine ernsthafte Diskussion anzuzetteln. Das Lachen verstummte diesmal aber schneller als sonst, weswegen er einen dritten Versuch startete: »Was ich sagen wollte… Aliens und so. Warum haben wir die noch nie gesehen oder gehört? Ich meine mit all den Satelliten und so, die wir ins Weltall geschickt haben? Na ja, egal.«

Benoît, dem Lous Frustration gegenüber der Kälte sowie der für ihn mangelhaften Aktivität nicht ganz entgangen war, wandte ein: »Nein, nein. Eigentlich hast du schon recht, Lou. Ist 'ne spannende Frage.«

Patrice und Alexandre richteten sich langsam auf ihren weichen Camping-Stühlen auf und setzten gleichzeitig zu einer Aussage an. »Sorry, du zuerst.«

»Nein, ist okay. Du zuerst, Pat.«

»Es ist wirklich 'ne spannende Frage.«, eröffnete Patrice. »Dazu hab ich vor ein paar Monaten mal eine Doku gesehen. Das nennt sich *Fermi-Paradoxon*. Sagt euch das was? *Fermi-Paradoxon*?«

»Wann hast du denn die Doku geschaut?«, fragte Benoît verblüfft, war er sich doch gewohnt, praktisch alles gemeinsam mit seinem Freund zu schauen.

»Das war, als du mit deinen Eltern an euer alljährliches Familientreffen das Wochenende weggingst.«, antwortete Patrice knapp, ohne ihn dabei anzusehen, bevor er fortfuhr. »Also das Ganze ist ungefähr so. Lass mich überlegen. Es gibt viele verschiedene Antworten auf deine Frage, Lou. Mal sehen, was waren die wichtigsten? Also, als Erstes haben wir mal das Problem des Reisens durch das Weltall. Das Weltall ist doch riesig. Das heißt, wenn du innert nützlicher Frist irgendwo hinreisen willst, also ich meine irgendwo außerhalb deiner eigenen Galaxie, dann brauchst du verdammt viel Energie und krasse Technik und so. Man vermutet, dass sich intelligente Lebensformen wohl selbst auslöschen, bevor sie überhaupt die Möglichkeiten entwickeln. Siehst es ja irgendwie auch bei uns. Schon vor der Atombombe haben wir uns gerne kaputt gemacht. Jetzt stell dir mal vor, wie es hier abgehen würde, wenn wir eine noch viel krassere Technologie in Sachen Energie zur Verfügung hätten? Boom!«

Benoît wiederholte die vorherige Geste: »Intelligente Lebensformen, hö hö.«

Vom thematischen Exkurs fasziniert, wippte Lou plötzlich nur noch mit einem seiner Beine. Er lehnte sich leicht nach vorne, zündete sich eine Zigarette and und wollte von Patrice mehr wissen.

»Andere Typen behaupten, das Reisen durch verschiedene Galaxien sei sowieso gar nicht möglich. Also, dass die Frage schon an sich blöd sei. Weil so ein Antrieb oder Raumschiff nach den Gesetzen der Physik gar nicht gebaut werden kann. Lichtgeschwindigkeit ist mit unseren Mitteln unerreichbar. Aber selbst wenn wir einen Antrieb für Lichtgeschwindigkeit bauen könnten, wäre er viel zu langsam, um damit irgendwo hinzukommen. Übrigens auch, weil sich das Universum ausdehnt. Sprich, die Galaxien entfernen sich mit jeder Sekunde weiter voneinander, dass die Distanzen schlicht unüberwindbar werden.«

»Shit.«, bemerkte Alexandre.

Patrice fuhr fort: »Ich bin noch gar nicht beim schlimmen Teil angekommen, Mann. Haltet euch fest. Ein weiteres Problem ist, dass das Leben an sich eigentlich verdammt zerbrechlich ist. 99% aller Lebensformen, die es seit Beginn der Erde überhaupt gibt, sind ausgestorben. Uns Menschen gibt es erst seit einem kurzen Augenblick, wenn man sich überlegt, dass die Erde seit Milliarden von Jahren existiert. Selbst wenn wir uns nicht selbst in die Luft jagen, kann irgendwas passieren, das uns einfach so verschwinden lässt. Und das, obwohl wir das Gefühl haben, die Erde sei ein geschützter Raum und wir wissen über alles Bescheid und so. Nun stellt euch mal vor, welche unbekannten Gefahren dort draußen, außerhalb der Milchstrasse wohl lauern? Das können wir uns doch gar nicht vorstellen.«

»Fuck.«, räusperte Benoît. Lou winkte Alexandre zu, er soll den Joint weiterreichen, um zwei tiefe Züge davon zu inhalieren. Als Patrice fortfahren wollte, sprang Alex ein: »Okay, okay. Ich denke, wir haben es kapiert. Danke, Pat. Aber das ist doch alles sehr technisch.«

»Wissenschaft ist technisch, Alex. Sonst wäre es keine Wissenschaft.«, gähnte Benoît, worauf alle lachen mussten.

»Ja ja, schon klar. Aber hör mir mal zu. Stell dir vor, irgend eine organische Lebensform ist so weit gekommen, dass sie sich das Wissen angeeignet hat, wie man die unfassbaren Distanzen im Universum innerhalb nützlicher Frist überwinden könnte. Wissen entwickelt sich niemals nur in eine Richtung. Diese Zivilisation müsste fast zwangsläufig noch andere, im wahrsten Sinne des Wortes *weltbewegende* Erkenntnisse gesammelt haben. Ich meine, schau dir doch uns mal an. Wir haben es knapp hinbekommen, ein paar Typen auf den Mond zu schießen und wir halten uns schon für die Geilsten, die es weit und breit gibt. Wie sich die anderen wohl fühlen müssten? Aber jetzt kommt der Knackpunkt. Seid ihr bereit? Was, wenn die Aliens in ihrem Forschungstrieb erschreckende Dinge herausgefunden haben? Dinge, die so schrecklich sind, dass sie es aufgegeben haben, Zeit und Ressourcen in die Raumfahrt zu investieren? Oder noch schlimmer, was wenn sie sich deswegen alle umgebracht haben? Ja, vielleicht ist es das Schicksal jeder Hochkultur, sich selbst zu vernichten? Ich meine, Idioten sind bei uns nicht die typischen Selbstmörder, oder? Na ja, zumindest abgesehen von den Darwin-Awards. Fuck, ich verliere den Faden.«, stammelte Alexandre.

Benoît warf ein: »Oder vielleicht ist es ganz anders! Vielleicht sind die Aliens nicht nur intelligenter, sondern auch weiser als wir. So weise, dass sie gar nicht ins Weltall rausgehen, um es zu erobern. So verdammt weise, dass sie all ihre Technologie nur dafür einsetzen, auf dem eigenen Planeten ein Paradies zu schaffen.«

Nun war Lou nicht mehr der einzige, der nachdenklich schwieg. Die Stille hielt aber nicht lange: »*Deep.*«, staunte Alexandre.

»Sowas von *deep*.«, doppelte Patrice nach.

Lou war zwar nicht mehr in der Lage, sich dazu zu äußern. Aber er setzte die verbleibende Kapazität seines vollbekifften Gehirns dazu ein, sich auf den Heimweg zu begeben und seine sich vermischenden Gedanken in einem inneren Monolog fertig zu spinnen:

Es gibt keinen Grund für die Aliens uns zu besuchen. Selbst, wenn Sie es könnten. Wer über derart großes Wissen verfügt, weiß vermutlich auch, wie man die Probleme auf dem eigenen Planeten löst. Und womöglich sind wir einzigartig, was unsere Neugierde angeht. Wir halten uns für so wichtig und toll, dass wir unbewusst davon ausgehen, dass außerirdische Lebensformen uns ähnlich sein müssten. Wir gehen davon aus, dass sie, ähnlich wie wir es von uns selbstgerecht behaupten, so etwas wie Mitgefühl für anderes Leben empfinden. Andererseits, was spielt es überhaupt für eine Rolle?

Bei sich Zuhause angekommen, blickte er nochmals zum Himmel. Für den Moment war er nicht nur froh, endlich wieder in eine beheizte Wohnung hineinzukönnen, sondern auch darüber, überhaupt als Mensch auf dieser Welt zu existieren und sich an der Schönheit der Sterne erfreuen zu können. Der weit über ihm ausgebreitete Orion-Gürtel gehörte zu den wenigen Sternbildern, die er augenblicklich erkannte. Er konnte sich noch schwach daran erinnern, dass irgendwo neben Orion, dem mächtigen Krieger, auch zwei Sternbilder seiner Hunde sichtbar sein müssten. Wie die meisten Sternbilder waren ihm diese aber zu abstrakt, um sie genau zu identifizieren. Er gab sich keine Mühe Orions Hunde zu finden und öffnete die Eingangstür zum Wohnblock, in dem er wohnte.

Damals in der Schule hatte man ihm nichts davon erzählt, dass der größere von Orions beiden Hunden, Sirius, für ein böses Omen stand.

KAPITEL SIEBEN

Sosehr es Laurent auch mit tiefem Unbehagen erfüllte, war schließlich der Tag gekommen, an dem er sich auf seinen Auftrag vorbereiten musste. Also ergriff er zum ersten Mal, seit der Übergabe im Büro seines Abteilungschefs, den Koffer, der noch immer unberührt in der Ecke seines Schlafzimmers lag und öffnete den sich darin befindenden Briefumschlag. Dieser enthielt einen Personalausweis, auf dem der Vorname »Lamar« stand. Lamar? Laurent begab sich mit dem Ausweis in der Hand vor den großen Spiegel im Badezimmer und fragte sich: »Sehe ich etwa aus wie ein Lamar? Was ging diesen Vollidioten eigentlich durch den Kopf?« Des Weiteren lag im Umschlag ein kleiner Zettel, auf dem zu seinem Schrecken keine klaren Instruktionen standen, sondern bloß Stichworte:

- LOGISTIKPARTNER
- EXPANSION/OPTIMIERUNG DES LIEFERRAUMS
- !!PROFITERHÖHUNG!!
- KONTAKTAUFNAHME: NATIONALFEIERTAG, 20:00 UHR, GRAND HOTEL OLYMPE, VIP-LOUNGE, PERSÖNLICHE EINLADUNG LIEGT BEI
- LASSEN SIE SICH ETWAS EINFALLEN.

KREATIV ABER NICHT ZU KREATIV. SIE HABEN
EINEN GANZEN MONAT ZEIT DAFÜR.
- CODEWORT: LYKANTHROPOS
- VERNICHTEN SIE DIESEN ZETTEL.

Shit, shit, shit, dachte Laurent panisch, *Das ist übermorgen! Diese Arschlöcher geben mir nichts, womit ich arbeiten kann! Wo ist das Briefing? Ich brauche ein richtiges Briefing, nicht beschissene, vage Stichwörter. Fuck!* Für einen kurzen Augenblick dachte er darüber nach, was wohl die schlimmste Konsequenz wäre, würde er einfach nicht erscheinen. Er verwarf den Gedanken sofort wieder. Absetzen könnte er sich auch nicht. Nicht mit abgelaufenen Reisedokumenten. Er verfluchte sich selbst darüber, hatte er den verdammten Koffer einen Monat lang unberührt gelassen. Verzweifelt lief er im Kreis durch den Raum, bis er durch stressbedingten Harndrang zum Toilettengang gezwungen wurde. Krampfhaft presste er den Urin in mehreren kurzen Spritzern aus sich heraus, als er aus dem Schlafzimmer seinen Wecker erklingen hörte. Eine solche Situation hatte er schon lange nicht mehr erlebt; in der scheinbar alles auf einmal auf ihn einstürzte. Ohne die Spülung zu betätigen, rannte er zurück ins Schlafzimmer und sah auf sein laut klingelndes Smartphone, auf dessen Display »Arzt« stand. Auch das noch. Er hatte bereits vergessen, dass er kurz nach seiner Entlassung den Termin für einen kompletten Gesundheits-Check organisiert hatte. Schließlich wusste er nicht, was sein Auftrag ihm körperlich alles abverlangen würde. Deswegen wollte er seine aktuellen Körperwerte kennen, um zu einem späteren Zeitpunkt einen Vergleich und somit eine körperliche Umkehrstrategie erarbeiten zu können. Da er seine Zeit immer sehr präzise einteilte, blieb ihm keine Zeit mehr, sich weiterhin den Kopf über das bevorstehende Vorhaben zu zerbrechen. Also zog er sich hastig an und verließ die Wohnung.

Etwas länger als eine Stunde später saß er im Zimmer seines Arztes und zog sich nach diversen Untersuchungen wieder an.

»Nun, Ihre Blutwerte sind in Ordnung. Ebenso die Leber- und Lungenwerte. Und das, obwohl Sie Raucher sind. Grundsätzlich sind Sie bei bester Gesundheit. Aber ich muss Sie schon fragen wegen diesem Ausschlag zwischen Ihren Schulterblättern... Wie lange haben Sie das schon?«

Laurent log: »Seit ein paar Tagen.« In Wahrheit hatte er den Ausschlag bereits seit Jahren, doch ließ er ihn nie untersuchen, weil er weder juckte noch ihn sonst wie beeinträchtigte.

»Aha.« Der Arzt ging zu seinem Schreibtisch zurück und tippte einige Worte in den Computer. Anschließend nahm er einen Zettel und händigte ihn Laurent aus. »Ich verschreibe Ihnen diese Salbe, die sie zweimal täglich einen Monat lang auftragen müssen. Danach machen wir eine Nachuntersuchung, in Ordnung?«

Reflexartig log er nochmals: »Selbstverständlich, Monsieur le Docteur.« Kaum aus dem Gebäude herausgetreten, zerknüllte er das Rezept und warf es in den nächstbesten Abfalleimer. Dafür war er nicht hergekommen.

Stunden später, bei einbrechender Dunkelheit, zog Laurent sich eine leichte Jacke über, bevor er seine Wohnung verließ und in Richtung Innenstadt trampelte. Bevor er in seiner Stammkneipe ankam, besorgte er sich an einem der wenigen übrig gebliebenen Automaten der *Stadt* physische Credits. Die große Mehrheit aller Bürger bezahlte heutzutage ausschließlich mit digitalen Credits, auf die sie mit ihren Smartphones zugriffen. Diese waren aber für alle möglichen Institute, inklusive der Polizei, nachverfolgbar. Obwohl Laurent keinen Alkohol konsumierte, verbrachte er regelmäßig einige Momente in dieser Bar: *La Fin*. Es war eines der wenig verbliebenen Gebäude, das noch eine klassizistische Fassadenarchitektur besaß, die vermutlich mehrere hundert Jahre alt war. Vor ein paar Jahren war er dort an drei Halbstarke geraten, welche die Besitzerin, Mathilde, ausrauben wollten. Einer von ihnen starb durch Blutverlust aufgrund einer Schnittwunde am Hals, welche ihm durch eine Glasscherbe zugefügt wurde. Nachdem die Polizei eine Stunde nach dem Notruf auftauchte und die verbleibenden beiden Kriminellen festnahm, wurde Laurent unter anderem mit einem Kieferbruch und einer gequetschten Niere ins Krankenhaus gebracht. Seither konsumierte Laurent im *La Fin* kostenlos. Heute würde er aber ausnahmsweise Credits benötigen – abgesehen des Trinkgelds, welches er jeweils aus Anstand hinterließ …

Mathilde zweifelte daran, dass die kostenlosen Getränke der Grund für seine regelmäßigen Besuche waren. Nachdem er ihrer Frage nach dem Grund dafür mehrfach mit einem knappen »Einfach so.« auswich, beließ sie es letztlich dabei. Sie wollte ihn nicht belästigen und somit rausekeln. Schließlich erzeugte seine regelmäßige Anwesenheit für sie ein angenehmes Gefühl der Sicherheit. Die wenigen alkoholfreien Getränke, die er jeweils stumm für sich allein konsumierte, belasteten die Kasse des Lokals nicht im Geringsten.

Unter den Stammgästen, welche die Geschichte hinter Laurents und Mathildes Einverständnis durch jahrelange, manchmal mehr, manchmal weniger ausgeschmückte Wiederholungen seitens Mathilde kannten; spekulierte man trotzdem über Laurents Motiv. Verstärkt wurde dies durch den Umstand, dass nebst seinem Namen auch nach Jahren niemand auch nur die trivialste Kleinigkeit über Laurent wusste. Er sprach ja nie. Die Möglichkeit, dass er sich zu Mathilde hingezogen fühlte, schlossen die meisten aus. Sexuell, weil Mathilde auf die Siebzig zu ging und die Jahre sichtlich ungnädig zu ihrem mittlerweile fettleibigen und mit unzähligen Warzen bedeckten Körper waren. Ob er sich aufgrund des gemeinsamen Erlebnisses auf irgendeine Weise freundschaftlich emotional zu ihr hingezogen fühlte, war genauso unklar. In den allermeisten Fällen würdigte er sie keines Blickes. Das einzige Wort, das er ihr gelegentlich entgegenbrachte, war ein trockenes »Merci«, wenn Sie ihm jeweils ein Getränk servierte. Keine Begrüssung, kein

Wort des Abschieds. Wüsste man nicht um die gemeinsame Geschichte, würde solches Verhalten kaum geduldet. Im Quartier, in dem das *La Fin* lag, wurden immer wieder Leute aus viel trivialeren Gründen verprügelt. Diese Ecke der Stadt war rau. Also zerbrachen sich die Stammgäste auch nach Jahren noch, je nach Uhrzeit und Alkoholgehalt in ihren Blutbahnen, darüber den Kopf, was Laurent regelmässig in dieses Loch hier zog? Denn anders konnte man *La Fin*, bei aller Liebe, die ein Stammgast aufbringen müsste, leider nicht nennen. Die alten Holzbalken, die den Raum stützten, schienen von Milben zerfressen. Statt dass man alle paar Jahre die Wände neu strich, hat man jedes Jahrzehnt neue Tapeten über die alten, nikotinverfärbten und pilzbefallenen geklebt. Abgestaubt wurde höchstens einmal im Jahr. Dass dieses Etablissement überhaupt in dieser Form existieren durfte, lag an Mathildes Beziehung zum Bürgermeister. Wie diese sich genau ergab, darüber konnte man nur munkeln. Die Geschichte ging mehrere Jahrzehnte zurück. Das vage, aber gängigste Gerücht war, dass der Bürgermeister, der interessanterweise den Jahrgang mit ihr teilte, für sie einen Sonderstatus einrichtete. Angeblich handelte es sich bei *La Fin* um ein juristisch nicht ganz korrektes Sozialprojekt: Die Bar hielt sich finanziell schon lange nicht mehr, aber da Mathilde sich aufgrund ihrer Selbstständigkeit in eine finanzielle Sackgasse manövriert hatte und es daher für den Steuerzahler günstiger kam, wenn man ihr die Bar überließ und sie dadurch nicht komplett von den Sozialwerken abhängig würde, ließ man sie gewähren. Genau wusste es aber keiner der Gäste und es machte sich auch keiner die Mühe, hier Nachforschungen anzustellen. Die Gäste des *La Fin* waren einfach froh, gab es den Ort noch. Ein Ort, an dem sich besonders Menschen, die sonst aufgrund ihres Auftretens nirgendwo geduldet wurden, willkommen fühlen durften. Vielleicht war Laurent gerne dort, weil es die einzige Bar der Stadt war, in der man noch im geschlossenen Raum rauchen durfte, sinnierten manche Stammgäste. Vielleicht war es auch bloß die antiquierte Jukebox, welche in dezenter Lautstärke immer wieder dieselben Songs aus dem vergangenen Jahrhundert nostalgisch ausspuckte? Oder vielleicht gefiel ihm ja das alte verstimmte Piano, an dem manchmal ein Betrunkener versuchte, ein trauriges Lied zu spielen? Vielleicht genoss er aber auch nur die Ruhe inmitten von Leuten? Niemand konnte sich gewiss sein, doch das Gemunkel hielt über die Jahre hinter vorgehaltener Hand an.

Sadé sang durch die Lautsprecher melancholisch von ihrem »Tar Baby«, als Mathilde, gewohnt wortlos, Laurent ein Tonic-Water mit einer Scheibe Zitrone hinstellte. Er legte seine brennende Zigarette in den Aschenbecher, nahm einen kleinen Schluck aus seinem Glas und ließ seinen Blick auf die große Sammlung verschiedenster Spirituosen hinter der Bar gleiten. Rum, Tequila, Gin, Whisky, Cognac und Likör. Alles Mögliche war da, vom dreckbilligen Fusel bis zum sauteuren Edeltropfen, der jedoch aufgrund der unter notorischem Geldmangel leidenden Klientel, hoffnungslos verstaubt war. Mit geschlossenen Augen zog er an seiner Zigarette und hielt inne. Seine rechte Hand klammerte sich beinahe schmerzhaft fest an den Rand der Bar. Sein Zeigefinger richtete sich zu einer Flasche Whisky, als er, ohne Mathilde anzuschauen, leise sprach: »Schenk mir bitte ein Glas *Johnny Walker* ein.«

Mathilde erstarrte und die anderen Gäste taten es ihr gleich. »Willst du mich verarschen oder was?«

»Mach es einfach, Mathilde. Bitte.« Es war das erste Mal seit Jahren, dass er ihr direkt in die Augen schaute.

Für Sprachlosigkeit war Mathilde nicht bekannt. Egal, wie unmöglich oder schlicht unerwartet ein Gast sich verhielt, Mathilde hatte immer eine messerscharfe, oft zynische Antwort bereit. Bis heute. Nicht nur wegen seines scharfen Blickes, sondern auch weil sie in ihren langen Jahren als Barinhaberin schon oft zusehen musste, was mit Menschen passiert, die nach langer Zeit wieder zum Alkohol greifen. »Laurent, ich weiß nicht, was in dich gefahren ist, aber ich schenke dir sicher keinen Schnaps ein. Hast du eigentlich den Verstand verloren?«

Sein Blick pflanzte sich tief in ihre Augen. »Ist es dir lieber, wenn ich dafür in eine andere, noch schäbigere Bar gehe? Sag es nur und ich bin weg, verdammte Scheiße!« Nun war Sadés leiser Gesang das einzig wahrnehmbare Geräusch im Lokal. Alle Blicke waren zur Bar gerichtet.

Sie schnaubte langsam, sichtbar aber lautlos. Ihre Augen wurden leicht feucht. Mathilde konnte sich nicht erinnern, wann das letzte Mal jemand so mit ihr gesprochen hatte. Doch sie schluckte ihren Stolz herunter. Es war Laurent. Laurent, dem sie sehr wahrscheinlich ihr Leben zu verdanken hatte. Ihr Gewissen ließ es nicht zu, ihm diesen Wunsch zu verwehren. Besser, er würde sich hier, in einem Umfeld das ihn respektiert, in den Abgrund stürzen. Also drehte sie sich zum Spirituosenregal um und holte eine verstaubte Flasche sowie ein mit Kalkflecken übersätes Tumblerglas, welches sie erst sorgfältig abspülte und von Hand abtrocknete. Laurents Kopf neigte sich schräg zur Seite und er kniff leicht verwirrt die Augen zusammen, als Mathilde ihm einschenkte. Das war kein *Johnny Walker*. Er sah zu ihr auf und bevor er seinen Mund öffnen konnte, sagte sie: »Hier. *Kavalan Solist.* Gereift in Sherry-Fässern. Ist ein Asiate, aber das tut nichts zur Sache. Der beste Tropfen, den du im Umkreis mehrerer Kilometer in irgendeiner Bar finden wirst. Ich hab ja keine Ahnung, wie sehr du dir die Kante geben möchtest. Aber wenn du schon ums Verrecken saufen willst, dann sicher nicht mit einem beschissenen Blend-Fusel, der dich komplett kaputt machen wird.« Laurent nahm das Glas langsam zu sich, als sie sich laut mit den Worten »Zum Wohl!« abwandte. In ihr wurden soeben zu viele Erinnerungen an gute alte Freunde aufgewühlt, die sie durch schleichend exzessiven Alkoholismus verloren hatte. Sie weigerte sich, diese Szene nicht mit eigenen Augen anzusehen.

Laurent nahm einen kleinen Schluck und stürmte sogleich aus der Bar hinaus, an die frische Luft. Seine Brieftasche und sein Smartphone lagen noch drinnen auf der Bar. Nichtsdestotrotz wäre er am liebsten in diesem Moment einfach sofort nach Hause gerannt. Die Strecke betrug in etwa neun Kilometer. Das würde ihm guttun, dachte er sich. Doch es war bereits zu spät. Es brannte bereits. Das Feuer, welches nicht erlöschen würde, ehe sein Körper nicht der Erschöpfung erläge. Das Feuer des Spiritus, tief in ihm drin. Nichts auf dieser Welt würde heute Abend dieses Feuer löschen können. Nicht bevor er das Bewusstsein verlieren würde. Dann, wenn sein Körper ihm zuflüstert, wie er nicht mehr kann, auch wenn die Seele laut heulend nach mehr dürstet. Er fletschte die Zähne und gab ein leises Knurren von sich.

VIELLEICHT IST ES NUR ENTZÜNDET? VIELLEICHT IST ES NUR ENTZÜNDET, WAS DA BRENNT? AN DER STELLE MEINER SEELE, AN DER STELLE MEINER SEELE …

Ein alter Mann, trotz milder Temperaturen, eingepackt in eine dicke Daunenjacke und mit einer viel zu großen Wollmütze über dem Schädel, fragte ihn torkelnd und mit einem von Lücken übersäten Gebiss: »He du, ist bei dir alles in Ordnung, Junge?«

Laurent fühlte dicke Regentropfen auf sein Gesicht fallen, als er zwischen den vorbeiziehenden Wolken den Halbmond erblickte und atmete tief ein. Der Wind schoss um seine Ohren. Dann setzte er sich ein schmales Lächeln aufs Gesicht, doch seine Augen blieben schwarz. »Alles in bester Ordnung. In bester Ordnung sogar, sag ich dir. Du wirst dich noch wundern, alter Mann.« Darauf wollte er zurück in die Bar. Dieser Mann, irgendwie kam er ihm bekannt vor. Doch war er auch bloß eines der vielen profillosen Gesichter ohne Bedeutung, denen er irgendwo, irgendwann mal im Vorbeigehen stumm begegnet war. Der Alte rief ihm nach: »Ich weiß nicht, was dich gerade so auffrisst. Aber mach dir keine Sorgen, Junge, das kommt schon alles wieder in Ordnung! Ich kenne dich doch von irgendwo her? Du bist einer von den *Guten!*« Da drehte sich Laurent, den Türgriff bereits in der Hand, schlagartig um und fauchte mit kratziger Stimme und weit aufgerissenem Blick: »Du kennst mich nicht, du kennst mich nicht!«

Er ignorierte Mathildes sichtlich besorgten Blick, als er wieder den Raum betrat und stürzte die verbliebenen drei Zentiliter des hochwertigen Whiskys auf einen Schlag seine Kehle hinunter. Schließlich setzte er sich auf den Barhocker und zündete sich eine neue Zigarette an. »Noch einen, Mathilde. Einen doppelten diesmal, bitte.«, sprach Laurent, mit stoischem Blick in die Leere, ohne Mathilde in die Augen zu schauen. Ihr urteilendes Starren war das Letzte, was er in diesem Moment gebrauchen konnte. Die anderen Gäste hielten inne und starrten auf ihre noch gefüllten Gläser, bevor sie zögerlich weiter tranken.

Wie ein Steinschlag überfielen Laurent Erinnerungen. Zu viele Erinnerungen. Wild zusammengewürfelt von schön bis grauenvoll. Er ließ alles wie einen Film an sich vorbeirauschen, ohne an einem einzigen Bildfetzen festzuhalten. Er schloss die Augen und lauschte der Musik, bevor er das Glas erneut ansetzte. »Scheiß drauf. Scheiß auf das alles.«, dachte er sich kurz. Glas um Glas verlor er kontinuierlich das Zeitgefühl. Die Trance, umringt von Gedanken, Musik und Erinnerungen, in der er sich befand, brach dann, als seine Schachtel Zigaretten plötzlich leer war. Kurz horchte er auf und schaute um sich. Mathilde, die ihn ständig im Auge behielt, trat an hin heran und legte ihm, ohne ein Wort zu sagen, eine neue Packung Kippen auf die Bar hin. Er brachte ein knappes »Merci.« über die Lippen, bevor er wieder ins Glas schaute und seine Gedanken weiterwandern ließ.

Laurent schwankte sichtbar, als er mal zur Toilette musste. Bisher war er noch nie im *La Fin* auf die Toilette gegangen. Die Tür schwang auf und er war schockiert. Schockiert darüber, wie sauber das Klo hier war. Das hatte er nicht erwartet, in Anbetracht dessen, wie der Hauptsaal und die Klientel aussah. Für einen kurzen Moment stellte er sich vor wie es wäre, wenn er nun absichtlich ins Waschbecken pissen würde. Dann würde es immerhin optisch wieder passen, wenn hier ein bisschen Chaos herrschen würde. Doch dann erblickte er für eine Sekunde lang sein Spiegelbild und sofort schossen ihm die Worte »Übertreibs nicht.« durch den Kopf. *Scheiße*. Also ging er zum befremdlich reinen und modernen Pissoir, um sich zu erleichtern. Die Hände wusch er sich bewusst nicht, obwohl einige

Tropfen Urin an seine Finger geraten waren, bevor er zurück in die Bar trat. *Fuck it!*

Er zündete sich eine weitere Zigarette an und spürte, wie ihm schwindlig wurde, als er den Kopf zu heben versuchte. Er hielt inne und bat Mathilde nach einem Glas Leitungswasser. Als er dieses seinen Rachen hinunterstürzte, freute sie sich, weil sie dachte, er sei endlich zu Sinnen gekommen. Sie irrte sich. Er ergriff die Flasche, die mittlerweile auf dem Tresen stand und schenkte sich mehr als großzügig ein. Für einen Moment bereute Mathilde schmerzhaft, ihm ihren teuersten Whisky gegeben zu haben. Doch sie verwarf den Gedanken, in dem sie sich einredete, dass es besser war, wenn jemand wie Laurent, das Zeug wegsäuft. Er wusste die hochwertige Qualität des gebrannten Getränks in diesem Moment vermutlich kaum zu schätzen. Aber es war Laurent. Nicht irgendein dahergelaufener Penner und auch kein neureicher Schnösel, der das Getränk bloß, um sich selbst zu profilieren, wählen würde. Und so trank er weiter, bis die Flasche nur noch knapp drei Fingerbreit der goldenen Flüssigkeit enthielt. Die Galle stieg ihm die Speiseröhre hinauf, doch zum Glück konnte er sie mit einer angestrengten Schluckbewegung wieder in seinen Magen zurückbefördern, bevor sie seine Mundhöhle erreichte. Es folgte ein obszön lauter Rülpser. Laurent fühlte sich nicht mehr wohl. Zu viele Augen lagen auf ihm. Also griff er nach seiner Brieftasche und klatschte unverhältnismäßig gleich drei Hunderterscheine auf die Bar, bevor er zum Ausgang torkelte. »Soll ich dir ein Taxi rufen?!«, rief Mathilde ihm hinterher. Doch er hörte sie bereits nicht mehr.

Die frische Luft tat ihm gut und doch war sein erster Reflex, sich eine neue Zigarette anzuzünden. Es misslang ihm und die Zigarette fiel mitsamt der Packung auf den nassen Asphalt. *Scheiße*, dachte er ein weiteres Mal, als er sich langsam und ungeschickt nach seiner Ware bückte. Bevor er ran kam, ergriff eine andere Hand die Schachtel und eine junge Männerstimme sprach: »Hey Monsieur, sie haben da etwas verloren!« Lautes Gelächter von allen Seiten. Zwei junge Männer, vermutlich zwischen 18 und 25 Jahre alt, standen grinsend vor ihm. Laurent bäumte sich schwankend auf und meinte mit ruhiger Stimme: »Das sind meine Zigaretten. Gib sie mir wieder.«

Der eine Junge flüsterte: »Shit, zieh dir das mal rein. Der Typ ist ja völlig hinüber.«, bevor der andere an Laurent herantrat und meinte: »Klar doch, aber was bezahlen Sie dafür?«

Noch im selben Moment stieß Laurent den Jungen mit aller Kraft mittels seiner flachen Handfläche gegen den Solarplexus, sodass dieser blitzartig in weitem Bogen zu Boden fiel. Darauf schrie der andere Jugendliche: »Hey Mann! Du hast ja keine Ahnung, mit wem du dich hier anlegst! Ich zeig dir gleich mal, was Schmerzen sind!«

Laurent, zurückgefallen in zu viele Erinnerungen, griff den anderen am Kragen gewaltvoll zu sich hin direkt ans Gesicht und knurrte: »Schmerzen?! Ich weiß sehr viel über Schmerzen! Und manchmal, ja manchmal teile ich mein

Wissen auch mit Leuten wie dir!« Der Junge befreite sich aus Laurents Griff, in dem er sich seiner Jacke entledigte und rannte mit seinem Gefährten davon. In der Ferne konnte Laurent die Worte »Verdammter Psychopath, du bist doch krank!« durch die Gassen hallen hören. Er ergriff die feuchte Packung Zigaretten vom Boden und zündete sich eine der wenigen noch trockenen Kippen an, bevor er seinen Nachhauseweg fortsetzte. Es fiel im gar nicht leicht. Zwar war seine Trunkenheit durch die vorherige Adrenalinausschüttung gedämpft, aber der Gedanke daran, nun noch beinahe neun Kilometer bei diesem unfreundlichen Wetter gehen zu müssen, ermüdete ihn enorm. In solchen Situationen half oft Musik. Er griff sein Smartphone aus der Hosentasche, ließ es beinahe fallen und versuchte mit unkoordinierten Fingern sein Passwort zur Entsperrung des Geräts einzutippen. Anders als die meisten anderen, war ihm nicht wohl bei der Erfassung biometrischer Daten, weswegen er diese antiquierte Eingabemethode bevorzugte. Nach dem dritten von zehn möglichen Versuchen klappte es dann auch. Aus der Jackentasche grub er seine kleinen Ohrhörer raus, die sich automatisch mit seinem Smartphone verbanden. Als er erkannte, dass es keinen Zweck hatte, jetzt gezielt einen passenden Song aus der Playlist herauszusuchen, entschied er sich für die Zufallstaste. *Fuck, ausgerechnet Radiohead*, dachte er sich, als er sein Smartphone wieder in die Hosentasche steckte und die Musik erklang. Das wollte er in diesem Moment gerade nicht hören. Doch er war zu faul, um sein Gerät nochmals zu entsperren. Also tat er sich den Song an. *Thom Yorke* jaulte erbarmungslos in seine Ohren, als er durch die nassen Straßen der *Stadt* nach Hause stampfte:

THE LIGHTS ARE ON BUT NOBODY'S HOME
EVERYBODY WANTS TO BE A FRIEND
NOBODY WANTS TO BE A SLAVE
WALKING, WALKING, WALKING, WALKING, WALKING,
WALKING, WALKING, WALKING, WALKING, WALKING,
WALKING, WALKING, WALKING ...

Laurent blendete es aus, denn er hatte morgen einen wichtigen Tag vor sich. Zu Hause würde er nochmals mindestens einen halben Liter Wasser zu sich nehmen und, sofern der Kühlschrank nicht leer war, noch eine Kleinigkeit essen. Alka Seltzer würde er noch, wie gewohnt, im Schrank haben. Vitamintabletten ebenso. Morgen würde es losgehen. Er hatte keine Vorstellung davon, wie alles ablaufen würde. Doch er war absolut davon überzeugt, dass er alles so hinbekommen würde, wie man es von ihm erwarten würde. *Leicht wird es nicht, aber du kannst das. Wenn das jemand kann, dann bist du es*, sprach die Stimme laut in seinem Kopf.

– VII –

Gemeinsam im Kreis sich gegenüberstehend, erhoben Lou, Alexandre, Patrice und Benoît ihre Bierdosen, um gemeinsam anzustossen. Jeder Einzelne gab ein befriedigtes kurzes Stöhnen von sich, nachdem er den ersten Schluck zu sich genommen hatte und ließ sich kurz danach auf die jeweilige Sitzgelegenheit in Alexandres Wohnzimmer sinken.

Lou schlug mit der flachen Hand auf den kleinen Tisch, der vor ihm stand und zitierte *Homer Simpson*: »Ein Hoch auf den Alkohol – dem Anfang und der Lösung aller Probleme!«

Seine Freunde applaudierten ihm elegant, mit abgewandten Gesichtern, hoch gestreckten Nasen und geschlossenen Augen. »Vielen Dank, Monsieur, für diese hochintellektuelle Einleitung des Abends!«, bemerkte Patrice.

Alexandre runzelte kritisch die Stirn und fragte in die Runde: »Ja, aber Moment, Monsieur. Mögen Sie dies vielleicht an einem praktikablen Beispiel erläutern?«

Lou nickte, erhob die Nase in die Höhe und entgegnete: »Selbstverständlich, Monsieur, selbstverständlich! Stellen Sie sich bitte die folgende Situation vor: Sie und eine holde Maid entscheiden sich nach einem langen Abend der kultivierten Konversation bei genüsslichem Trunk einvernehmlich dazu, den Koitus zu vollziehen. Das Problem äußert sich hierin, dass tragischerweise Ihr Phallus, Monsieur, nicht mehr über genügend Manneskraft verfügt, um vollständig zu erigieren. Die Lösung liegt darin, dass besagte holde Maid – man möge es Ihnen wohl tunlichst wünschen – ihrer selbst das eine oder andere Glas zu viel trank und sich aufgrund dessen nicht mehr in der Lage befindet, Ihr klägliches Scheitern mit allen Sinnen zu registrieren, geschweige denn sich klar daran zu erinnern. Die Konsequenz dessen möge man als Aufhebung der Problematik an sich begreifen.«

»Hört, hört! Ein Hoch auf den brillanten Monsieur Lou!«, rief Alexandre, worauf eine weitere Runde Applaus folgte, zu der Lou sich theatralisch verneigte, als wäre er der Dirigent eines klassischen Orchesters. Als der Applaus abbrach, tauschten Patrice und Benoît einen kurzen kritischen Blick aus, worauf letzterer fragte: »Okay, aber jetzt mal ernsthaft. Macht ihr beiden das so, wenn ihr besoffen an einer Party Chicks aufreißt?«

Alexandre wie auch Lou zuckten mit den Schultern, beantworteten aber nicht die Frage. Nach einigen Sekunden betretenen Schweigens meinte Alexandre:

»Weiß nicht. Manchmal.«

Nun meldete sich Patrice lachend zu Wort: »Du liebe Güte. Wisst ihr, was das Problem bei euch Heten ist? Ihr habt keine Ahnung von Kommunikation. Ich weiß nicht, aber vielleicht liegt es ja daran, dass ihr unterbewusst noch immer das Gefühl habt, ihr müsst bei jedem Fick ums Verrecken Kinder zeugen. Dass es um das Überleben der gesamten menschlichen Spezies geht oder so 'n Scheiß.« Benoît wandte ein: »Also unter uns: Bei uns ist das nicht so kompliziert. Wenn's nicht mehr geht, dann gehts nun mal nicht mehr. Ist echt kein Grund für Drama. Dann sag ich Pat direkt, er soll es sich gefälligst selbst machen und das Thema ist–« Die beiden anderen formten energisch mit ihren beiden Händen ein »T«, um zu symbolisieren, dass die gegebene Information für ihr Empfinden zu viel des Guten war und Benoît doch bitte mit Sprechen aufhören soll. Patrice sah seinen Partner Ben an, der mit ihm gemeinsam die Augen verdrehte und den Kopf schüttelte.

»Wie dem auch sei!«, rief Lou in die Runde, um das Thema zu wechseln, »Entgegen dem Volksglauben, macht Alkohol *nicht* die Birne hohl!«

»Das musst du uns jetzt aber erklären.«, wandte Alexandre ein.

Lou rieb sich die Hände und erläuterte: »Es ist ganz einfach. Würde Alkohol tatsächlich die Birne hohl machen, wäre es nicht die bevorzugte Droge der Intellektuellen!«

»Nenn mir einen.«, forderte Patrice.

»Winston Churchill!«, entgegnete Lou, wie aus der Kanone geschossen und fügte sogleich an: »Der war ein verdammter Säufer und hat trotzdem nicht nur einen Literatur-Nobel-Preis gewonnen, sondern auch die fucking Nazis besiegt!«

»Whoa, echt?«, fragten seine Kumpel alle zugleich.

»Echt jetzt. Könnt ihr gerne nachschauen, wenn ihr mir nicht glaubt.«, meinte Lou selbstgefällig grinsend.

»Ah ja, gut. Aber wieviele Möchtegern-Intellektuelle gab es vor oder nach ihm, die sich für ganz clever hielten, schlussendlich jedoch nur Pseudo-Philosophen waren, die zu viel soffen?«, konterte Benoît.

Alexandre stellte sein Bier zurück auf den kleinen Tisch und fügte hinzu: »Stimmt. Lou, du bist ja schon ein cleverer Bursche, aber ganz ehrlich, ich sehe dich nicht über die heutigen Nazis siegen oder einen Nobelpreis gewinnen, seien wir doch ehrlich.« Das kleine Zimmer füllte sich mit lautem Lachen.

»Darum geht es gar nicht! Was ich sagen will ist, dass Alkohol die schwierigste aller Drogen ist.« Lous Freunde kniffen die Augen fragend zusammen. »Wer trinkt, hat keine Garantie auf gute Laune! Denn Alkohol ist nichts anderes, als ein Verstärker von Emotion, die bereits vorhanden ist. Nehmen wir mal Koks oder MDMA als Beispiele. Ein paar Lines und du bist super geil drauf. Jedes Mal. Egal, wie du vorher drauf warst. Bier, Wein und Schnaps sind da anders. Da muss man schon aufpassen. Aber vor allem ist es kein Leistungssport, bei dem es um die Menge geht. Irgendwo ist beim Alkohol Schluss und man kippt um. Viel eher kann man es mit Surfen vergleichen. Derjenige, der es schafft, am längsten auf der perfekten Welle zu reiten, hat gewonnen. Dafür kann man zwei Bier oder zwanzig Schnäpse brauchen. Je nachdem, wie man gerade drauf ist. Balance und so, wisst ihr, was ich meine?«

Nach kurzem Schweigen ergriff Patrice erneut das Wort: »Also ich hatte schon ganz üble Trips von schlechtem Ecstasy. So ist es nun auch wieder nicht.«

»Ja, Lou. Du machst es dir da zu einfach.«, meinte Benoît.

»Gib's doch einfach zu, dass du ein kleiner Säufer bist, Lou.«, grinste Alexandre, als er auf das Bier in seiner Hand blickte.

»Ach, fickt euch doch, ihr Arschlöcher!«, schnaubte Lou, bevor er sich eine Zigarette anzündete, nachdem er einen großen Schluck Bier seine Kehle runterstürzte. Alexandre, Patrice und Benoît erhoben sich gemeinsam, um ihm lachend sanft über das Haar zu streicheln. Seine knappe Antwort war ein ausgestreckter Mittelfinger.

Die darauffolgenden Stunden verbrachten die Jungs damit alle möglichen Themen, welche ihnen spontan in durch den Kopf schossen, mit jeder weiteren Dose Bier zunehmend verzettelter zu besprechen. Lou versuchte zwanghaft immer wieder logische Argumente für die Überlegenheit von Alkohol, als bewusstseinserweiternde Substanz zu finden, scheiterte zur Erheiterung seiner Freunde jedoch stets kläglich und je mehr er sich dabei anstrengte, desto köstlicher wirkte seine offenbar zwanghafte Ernsthaftigkeit auf sie, was dieses Thema betraf. Es überraschte Alexandre umso mehr, kannte er Lou eigentlich als Jungen, der jeder Droge gegenüber als aufgeschlossen und euphorisch galt. Warum er heute ausgerechnet das Bier auf ein glänzendes Podest hob, schien ihm schleierhaft. Doch nach der gefühlt hundertfünfzigsten Tirade, in der Lou beteuerte, dass Alkohol beflügelte und Gras schwer machte, interessierte es ihn letztlich auch nicht mehr so brennend. Keiner der Jungs bemerkte wirklich, dass bereits seit einer halben Stunde immer wieder derselbe Track aus den Lautsprechern erklang: »Murder Man« von *The Gaslamp Killer*. Das Lied untermalte ihren gemeinsamen Gemütszustand perfekt.

Es war halb zwölf Uhr, als Benoît aus der Küche zurückkehrte und sich entgeistert auf die breite Couch fallen ließ. »Scheiße, das Bier ist alle.« Lou knallte seine soeben geleerte Dose auf den mit leeren Dosen geschmückten Tisch und rief mit voller Stimme: »Alle aufgestanden! Georges schließt erst in einer halben Stunde! Einer geht noch!« Sie alle mussten am nächsten Morgen früh aus dem Bett, um zu arbeiten, doch in ihrem berauschten Zustand hinderte dieses momentan noch bedeutungslos wirkende Detail sie daran, sich synchron zu erheben. »Ihr habt den Mann gehört! Einer geht noch! Einer ging noch immer!«, grölten sie im Einklang.

Wie von wilden Hunden gejagt, rannten sie ungefähr zehn Minuten lang zu Georges' Bar, welche an Wochentagen um Mitternacht schloss. An den meisten Abenden, sofern der Gastgeber auch entsprechend gut gelaunt war, wurde die gesetzliche Frist von 0 Uhr 00 um bis zu zwanzig Minuten überzogen, trotz richterlicher Androhung einer beträchtlichen Strafgebühr für jeden noch anwesendem Gast. Doch sie alle wollten ihr Glück nicht auf die Probe stellen. War Georges schlecht gelaunt, gab es jeweils bereits um zwanzig vor zwölf nichts mehr an der Bar. Hier kannte er auch bei gut zahlenden Stammgästen regelmäßig kein Pardon und die Jungs akzeptierten dies bedingungslos als sein gutes Recht. Schließlich wussten sie nicht nur seine im Dorf unangefochten tiefen Preise zu schätzen, sondern auch die Tatsache, dass er sie immer wieder anschreiben ließ, wenn sie mal wieder knapp bei Kasse waren. Kein anderer Wirt in ihrer direkten Umgebung tat dies.

Aber auch, weil sie zu Georges eine freundschaftliche Beziehung pflegen wollten. Im Gegensatz zu den anderen Wirten im Dorf, war er für Lous Truppe nicht nur ein von Herzen liebevoller und spannender Mensch, sondern auch einer der meist Verständnis für jene armen Seelen hatte, denen es im Leben nicht so gut ging. Sei es finanziell oder aufgrund anderer Umstände. Sie alle liebten den guten alten Georges.

»Ich wusste ganz genau, dass ich heute noch Besuch von der elenden Verlierer-Truppe bekommen würde!«, rief Georges laut über den Tresen mit einem Lächeln, das breiter als der Äquator war, als er Lou und seine Freunde eintreten sah. Sie alle wurden einzeln von ihm mit einer liebevollen Umarmung empfangen: »Letzte Runde war bereits, aber egal. Was darf ich euch *antun*, Jungs?«

Während die anderen sich den Kopf zerbrachen, ergriff Alexandre die Initiative: »Je zwei goldene Tequila! Einen zum hier trinken und einen für über die Gasse!«

Benoît würgte bereits beim Gedanken daran sichtbar und doch erhob er keinerlei Einspruch. Immerhin galt unter den Freunden der Grundsatz: Wer bestellt, bezahlt auch. Und einem geschenkten Gaul schaute man nicht ins Maul, das hatte man ihm bereits als Kind eingetrichtert. So lauteten die unausgesprochenen Regeln der Gesellschaft, gegen die er nicht zu rebellieren wagte.

Wie zu Beginn des Abends standen sich die Jungs alle gegenüber im Kreis und hoben ihre kleinen Gläser, um anzustossen, als ein Unbekannter in die Bar stürmte. Nachdem dieser beinahe über den Tisch gestolpert war, an dem ein Paar sich, offenbar schwer verliebt, tief in die Augen schaute, »Ich will einen verdammten Schnaps!«, schrie.

Lou ließ davon ab, seinen Tequila zu trinken, wandte sich dem neuen Gast zu und stellte sich freundlich vor: »Hey, wie geht's? Ich bin Lou!«

»Fick dich, du Schwuchtel. Ich will nicht labern, sondern trinken.«, entgegnete dieser.

Lou blieb ruhig und lächelte: »Letzte Runde ist schon vorbei, sorry. Hier, nimm meinen Tequila.«

»Ich hasse Tequila!«, rief der Neue.

Lou lachte und entgegnete: »Aber den hier hasst du nicht. Glaub mir. Das ist einer der besten. Hier, probier! Willst du eine rauchen?« Er streckte dem Unbekannten eine Zigarette entgegen, welche dieser wortlos an sich nahm. Mit sanfter Hand an dessen Schulter führte Lou den Eindringling wieder aus der Bar. Als sie sich beide draußen an die Schwelle auf der Außenseite des Fensters hinsetzten, forderte Lou entspannt: »Nimm erst einen kleinen Schluck Tequila. Du wirst sehen, dass er so verdammt gut ist, dass du ihn nicht runterstürzen brauchst.«

»Verdammte Scheiße… Der ist wirklich gut! Der geht runter wie Olivenöl!«, meinte der andere erstaunt.

Über zehn Minuten unterhielt sich Lou mit dem Unbekannten. Letzterer erklärte ihm, dass seine Freundin ihn verlassen hatte und er sich heute deswegen den Rest geben wollte. »Ja, die Bitches machen das manchmal, nicht wahr?«, fragte Lou, ohne die tieferen Gründe für den besagten Umstand zu hinterfragen. Das hatte ohnehin keinen Wert, um diese Uhrzeit und in diesem Zustand, dachte er sich. Schließlich bedankte sich der Andere bei Lou, betonte aber, dass er noch zwingend einen weiteren Drink brauche, bevor er nur daran denken konnte, nach Hause ins Bett zu gehen. Lou wies ihn sachte darauf hin, dass die letzte Runde nun schon vorbei war und dass die Bar eigentlich bereits geschlossen hatte. Aber er bot ihm an, ihm seinen bereits vorbereiteten Tequila zu schenken, der für den eigenen Heimweg vorgesehen war, sofern er sich ruhig und anständig zu verhalten wusste. Der Unbekannte versprach es ihm mit einem herzhaften Handschlag.

Die letzten verbliebenen Gäste verließen Georges' Bar und Lous Freunde fragten sich, wie er es denn hinkriegte die Situation zu entschärfen, als sie den Mann wortlos davonlaufen sahen. Lou warf seinen Freunden lässig mit einer Handgeste einen Kuss entgegen und rief laut, bevor er sich für den Heimweg abwandte: »Alkohol ist die beste aller Drogen – sofern man mit ihr umzugehen weiß! Denn sie trennt nicht, sie verbindet! Man muss es nur richtig machen!«

»Also MDMA verbindet auch, mein lieber Schluckspecht.«, murmelte Benoît leise, ohne dass der euphorisch davon stolzierende Lou es hören konnte. Die verbliebenen Jungs klopften Ben laut lachend auf die Schulter. Sie alle wussten, dass diese Diskussion mit Lou auch in hundert Jahren keine Früchte tragen würde.

KAPITEL ACHT

Heute war Nationalfeiertag und im *Grand Hotel Olympe* fand eine glamouröse Gala statt. Pompöse Stretch-Limousinen, glänzende Sportcabriolets und für die Stadt ungeeignete, protzig wirkende Geländewagen wurden reihenweise vom Personal in Empfang genommen und anschliessend ins hauseigene Parkhaus gefahren. Laurent fuhr den für den Anlass gemieteten grauen Kleinwagen zum gleissend erleuchteten Haupteingang, übergab den Schlüssel einem uniformierten *Valet* und betrat den breiten roten Teppich etwas ungeschickt von der Seite her. Sein Blick war auf den Boden gerichtet, als er mit erhöhtem Schritttempo versuchte, dem Blitzhagel dutzender Fotografen der Boulevardpresse auszuweichen. Alles, was Rang und Namen in dieser *Stadt* hatte, würde heute Abend hier mindestens für ein paar Stunden anwesend sein. Sehen und gesehen werden, Präsenz zeigen. Der schmächtige Garçon, der bei der weit geöffneten Hauptpforte stand und einen lächerlich dünnen Schnurrbart trug, schaute skeptisch auf Laurents Einladung, erkannte aber unter der kompakten UV-Taschenlampe und der damit ermöglichten Offenbarung fein verschnörkelter Schutzelemente im Papier, dass sein Ticket tatsächlich keine Fälschung war. »Monsieur

Lamar?«, fragte er, worauf Laurent nur stumm nickte. Innerlich wurde Laurent zwar nervös, doch sein stoischer Blick und seine durch die verschränkten Arme dominant wirkende Körperhaltung verrieten nichts dergleichen.

Schau an, schau an. Das Äffchen darf zur Abwechslung mal ein wenig Macht kosten und fühlt sich deswegen gleich sehr, sehr wichtig. Ach, fick dich doch, dachte Laurent als er dem arrogant blickenden Garçon auf sein halbherziges »Ich wünsche Ihnen einen schönen Abend, Monsieur.« mit einem knappen Kopfnicken entgegnete.

Laurent betrat das prunkvolle alte Gebäude, ließ sich den Mantel abnehmen und stieg sogleich auf der rechten der beiden Treppen zum grossen Ballsaal hinauf. Der mit hellem, weissgrau melierten Marmorstein bestückte Boden reflektierte das Licht der drei pompösen kristallbestückten Kronleuchter, welche den hohen Raum in seiner opulenten Eleganz erhellten. Niedrige Sessel aus feinstem Leder waren um kniehohe, mit filigraner Schrift auf gefalteten Zetteln nummerierte Glastische gleichmässig verteilt. In den Ecken sowie in der Mitte des Saals thronten mächtige, saftig grüne, makellos gepflegte Palmen wie auch Sukkulenten. Dienstpersonal in maßgeschneiderter Kleidung bewegte sich geschickt durch das illustre Publikum, während am Kopf des Raums, auf einer kleinen Bühne eine Jazz-Band in gedämpfter Lautstärke vor sich hin spielte. Aus den mindestens drei Meter hohen Fenstern offenbarte sich ein Blick auf das hell erleuchtete Stadtzentrum, welches von hier aus gepflegter wirkte als gewohnt. Konnte man von hier schließlich nicht die unzähligen weniger privilegierten und somit schmutzigeren Viertel erkennen.

Der Gesang der Jazzsängerin riss ihn schließlich aus dem Staunen. Sie sang einen uralten Rocksong, modernisiert und reingewaschen für eine gekünstelt kultiviertere, sauberere Abendgesellschaft:

> STUTTERING, COLD AND DAMP
> STEAL THE WARM WIND, TIRED FRIEND
> TIMES ARE GONE FOR HONEST MEN
> AND SOMETIMES FAR TOO LONG FOR SNAKES

Keiner der Anwesenden würde den Text wieder erkennen, selbst wenn sie auf die Worte achten würden. Dieses Publikum wuchs mit ganz anderer Musik auf und jene, denen das volle Ausleben einer rebellischen Phase in der Adoleszenz gegönnt war, hätten es mit aller Wahrscheinlichkeit nicht so weit nach *oben* geschafft, um heute hier anwesend sein zu dürfen. Davon war er überzeugt, als er um sich sah. Das laute Gelächter, die klirrenden Champagner-Gläser, das schamlose Verschlingen von Kaviar, die unverhältnismäßig teuren Kleider und Anzüge – für all diese Leute stellte dieser einst prägnante Song nichts anderes als bedeutungslose Hintergrundmusik dar. Die beeindruckend schönen Gemälde an den Wänden, auch sie dienten einzig der dekorativen Begleitung dieser kopflosen Dekadenz, die sich hier in ihrer vollen Selbstgefälligkeit offenbarte. Doch war das hier keineswegs eine Scheinwelt, sondern schlicht eine reale, hier und jetzt greifbare Welt von vielen; hierarchisch ganz weit oben; über den anderen Welten, die parallel in dieser *Stadt* existierten. Die meisten der anwesenden Gäste lebten nicht nur heute Abend, sondern tagtäglich in diesem pompösen Überfluss. Für sie war dies die *Normalität*, begriff er, als er sich als einziger beim Staunen über all dies ertappte. Die anderen Gäste schien dieser Luxus vollkommen kaltzulassen.

Nachdem er auf der opulenten Terrasse kurz nach frischer Luft geschnappt hatte, begab er sich rasch wieder in den Ballsaal und blickte forschend um sich. Dort stand er. Étienne. Keiner schein seinen Nachnamen zu kennen. Alle sprachen stets von *Monsieur Étienne*. Er war ein Mann von eher kleiner Statur und mit einer dezenten, aber klar erkennbaren Wölbung am Bauch, welche Laurent auf einen lässigen Lebensstil hinwies. Als einer der reichsten Männer, wenn nicht sogar der reichste Mann der Stadt, konnte man es sich ja auch gut gehen lassen. Auf den ersten Blick unterschied er sich optisch kaum von den anderen wohlbetuchten Gästen. Er wirkte so harmlos, es war kaum zu glauben, dass dies nicht nur der bedeutendste, sondern auch der einzig verbliebene Drogenbaron in der ganzen Region war. Nur sein aus der Ferne klar hörbares Lachen, welches die Lautstärke aller anderen Gäste übertraf, verriet, dass er in Wahrheit nicht zu dieser gepflegten Gesellschaft gehörte. Es war das überschwängliche Lachen eines Mannes, der hier streng genommen fehl am Platz war und dies auf genau die falsche Art und Weise, für alle Anwesenden offensichtlich, krampfhaft zu überspielen versuchte.

Laurent beobachtete ihn und achtete sich dabei auch, wer ihn begleitete: Eine Frau, deren langes Seidenkleid, im Vergleich zu den eher gedämpften Farben an den Leibern der anderen Gäste, *zu rot* war und somit unbeholfen *nuttig* aus der Menschenmenge herausstach; sowie ein Mann, der zwar Hemd und Fliege trug, jedoch von seiner bulligen Statur, grimmigen Miene und nicht zuletzt von seiner Lederjacke verraten wurde. Beide waren beinahe einen Kopf größer als Étienne und standen teilnahmslos hinter ihm, während er sich mit freundlich mit einer älteren Dame unterhielt. Als das Gespräch offenbar durch einen theatralischen Handkuss beendet wurde, bewegte sich Laurent zielbewusst auf ihn zu, setzte sich ein herzliches Lächeln auf das Gesicht und streckte seine Hand aus. »Monsieur Étienne! Mein Name ist Lamar. Wir haben gemeinsame Freunde. Ich denke, Sie wissen, wer ich bin?«

»Lamar? Ha! Du bist also Lamar! Siehst besser aus, als ich es mir vorgestellt hatte! Eine Freude, dich kennenzulernen! Und? Genießt du den Abend? Bist du zum ersten Mal hier?«, fragte Étienne und klopfte Laurent kräftig auf die Schulter.

»Ja. Dies ist ein sehr schöner Ort.«, antwortete Laurent zögerlich. »Ich finde—«

»Sorry, mein Freund. Ich bin gleich bei dir.«, unterbrach Étienne. »Herr Bürgermeister!« Schon wandte er sich wieder ab. Laurent wagte das Gespräch nicht zu unterbrechen und ließ sich deswegen erst einmal von einem vorbeiziehenden Kellner ein Glas Champagner reichen. Er nippte zögerlich und unterdrückte den Drang, das ganze Getränk in einem Zug hinunterzustürzen, als er die musternden Blicke der Frau im roten Seidenkleid und des Mannes mit Lederjacke an sich zu spüren begann. Sein Blick war zum glänzenden Marmorboden gerichtet, in dessen makellos spiegelnder Oberfläche er Étienne mühelos beobachten konnte, ohne dabei Verdacht zu schöpfen. Stoisch vor sich hin lächelnd, hin und wieder einen winzigen Schluck prickelnden Champagner nippend, mimte er einen kurz in sich versunkenen, aber gut gelaunten Gast. Sekunden nachdem Étienne und der Bürgermeister die Hände geschüttelt hatten, ergriff er erneut die Gelegenheit, ein Gespräch anzufangen.

»Monsieur Étienne—«

»Étienne allein reicht schon. Keine falschen Formalitäten. Wir sind hier schließlich unter Freunden, nicht wahr?«

»Natürlich. Étienne, haben Sie vielleicht—«

»Sie? Bleib mal locker, Mann! Wir sind hier alle per du!«, lachte Étienne.

Laurent räusperte und sammelte sich kurz, indem er sein Glas auf einen Tisch stellte, um bessere Worte zu finden: »Hast du nachher vielleicht ein paar Minuten Zeit, um über eine mögliche geschäftliche Kollaboration zu sprechen?«

Lautes Gelächter. »Seht her, Freunde! Wir haben es hier mit einem ganz seriösen Geschäftsmann zu tun, alle Achtung!«

Étiennes männliche Begleitperson grinste und die Dame dahinter kicherte.

»Bitte entschuldige meine Ausdrucksweise. Aber Mann o Mann, hast du einen dicken Stock im Arsch, Lamar! Entspann dich mal. Heute ist immerhin Nationalfeiertag!« Étienne ergriff elegant ein Glas Champagner vom Tablett des vorbeigehenden Kellners und hielt es Laurent direkt unter die Nase. »Trink einen mit uns! Genieß den Abend und die tolle Sicht! Schließlich sind wir ja nicht alle Tage an so einem wunderschönen Ort wie diesem hier. Du und ich werden noch genügend Zeit fürs Geschäft haben. Heute wird erst mal gefeiert!« Und so verschwand er wieder in der Masse privilegierter Bürgerinnen und Bürger.

Mehr als eine Stunde verging in der Laurent sich Étienne mehrfach näherte, sich letztendlich aber nicht traute, ihn aus seinen Gesprächen mit Politikern und Verwaltungsräten herauszureißen. Auch deswegen, weil der Gorilla an Étiennes Seite ihm immer wieder bedrohliche Blicke zuwarf. Andere Gäste zeigten kein Interesse an Laurent. Warum sollten sie auch? Diese Gattung Mensch war es gewohnt, dass man auf sie zuging und nicht umgekehrt. Den *ersten Schritt* musste von der bedürftigen Partei ergriffen werden, so die ungeschriebene Regel. Es war ihm mehr als Recht. Schließlich besass er nur grobe Anhaltspunkte zu seiner neuen Identität und das Letzte, was er nun brauchen könnte, war irgend eine illustre Person, der auffallen würde, dass er nicht der sei, für den er sich ausgab. Irgendwann verlor er die Übersicht darüber, wieviele Gläser Champagner er getrunken hatte und spürte schrittweise das sich anbahnende Schwindelgefühl im Kopf. Er hielt inne. *Schwindel*, dachte er sich mit auf den Boden gerichtetem Lächeln. Unsicher darüber, was er hier eigentlich machte, erkannte er sich als einen Schwindler. Als er wieder die geschäftigen Gäste erblickte, übermannte ihn ein Gefühl der Selbstgefälligkeit. »Du bist hier bestimmt nicht der einzige Schwindler.«, sprach die Stimme in seinem Kopf. Mindestens ein Drittel der Anwesenden hier hatten sich ihren Platz auf der Gästeliste dieses Anlasses auf die eine oder andere Weise *erschwindelt*, befand er mit missgünstigem Blick. Wohlwissend, dass sein Körper es ihm später danken würde, ergriff er vom Silbertablett einer Kellnerin mehrere mit tiefschwarzen Kaviar-Perlen höchster Qualität bedeckte *Blinis*, die er sich in hohem Tempo in den Mund stopfte. Die irritierten Blicke anderer Gäste ignorierte er gekonnt.

Anschließend beobachtete er, wie Étienne seine Runde im Saal drehte und dutzenden Menschen die Hand zum Abschied schüttelte. Als dieser sich, umgeben vom groß gewachsenen Kollegen zu seiner Linken und der rot gekleideten Frau zu seiner Rechten, seine Hand schamlos ihren Hintern greifend, die Treppe hinunter in Richtung Ausgang bewegte, rannte Laurent ihm nach.

»Monsieur Étienne! Äh, Étienne!«

Unten vor einer weißen Limousine stehend, drehte sich dieser sichtlich betrunken, wankelmütig um. Glücklicherweise waren keine Fotografen mehr anwesend, die die Szene hätten festhalten können. »Ach, Lamar! Nicolas, lass ihn mal durch. Also hör mal, machen wir's kurz. Denn ich muss dir ehrlich gestehen, dass ich heute nicht nur diesen Möchtegern-Champagner genippt habe. Haha, da bezahlt man das volle Monatssalär eines gewöhnlichen Arbeiters, um hier sein zu dürfen und diese geizigen Arschlöcher servieren bloß billigen *Perrier*, der nach Mineralwasser schmeckt. Darum haben wir das Zeug jeweils mit Vodka gemischt. Ist eine Erfindung von Hemingway. Kennst du Hemingway? Ernest Hemingway, den alten Schriftsteller. Kennst du sicher, oder? Oder? Natürlich kennst du den! Du scheinst mir schließlich wie ein Mann von Welt, haha! Na ja, jedenfalls das alte Schwein damals schon nachmittags mit Saufen begonnen. Darum nannte er die Mixtur von Vodka und Champagner auch ›Death in the afternoon‹. Death in the afternoon! Oder war es Champagner und Absinth? Egal. Ich meine, wie geil ist das denn?! Na ja, wie auch immer. Du verstehst, dass ich also schon ein bisschen hinüber bin, nicht wahr? Hey Nicolas, gib unserem Freund Lamar deine Nummer. Schick 'ne Textnachricht und wir melden uns dann bei dir, okay? Gut und jetzt verzieh dich! Husch, husch! Die Nacht ist jung, schau doch!« Étienne zeigte mit dem Finger in den dunklen bewölkten Himmel. »Man kann es zwar nicht sehen, aber heute ist Vollmond. Mach was draus!« Mit diesen Worten stieg er in die Limousine und fuhr mit quietschenden Reifen davon. Laurent stand alleine mit einem noch beinahe vollem Champagner-Glas in den Händen da. Was nun? Seine Anspannung wandelte sich in ein Gefühl einsamer Entspannung. Ohne viel Gedanken daran zu verschwenden, kippte den Inhalt des Glases sekundenschnell in seinen sich trocken anfühlenden Mund und gab mit geschlossenen Lippen einen leisen Rülpser von sich, nachdem er geschluckt hatte. Am liebsten hätte er das leere Glas in den Busch neben sich geworfen. Doch das war nicht seine Art. Stattdessen ging er zurück zum Eingang und suchte jemanden, der ihm den Schlüssel zu seinem Wagen geben konnte. Das gemietete Fahrzeug war immerhin selbstfahrend, weswegen er sich keine Sorgen um den Alkohol in seinem Blut zu machen brauchte. Der Garçon von vorhin trat hastig vor ihn hin und fragte, erneut in herablassendem Ton: »Monsieur, kann ich ihnen helfen?«

»Ja, hier. Bring dieses Glas nach oben und hol mir meine Autoschlüssel und meinen Mantel.«

Der Garçon zögerte einen Moment, bevor er das Glas mit einem schnippischen »Sehr wohl, Monsieur.« sachte an sich nahm und davon marschierte. Er ließ einige Minuten auf sich warten und Laurent wurde ungeduldig. Als er mit den Schlüsseln zurückkam, fragte er: »Der graue Mietwagen mit den schmutzigen Felgen, korrekt?« Laurent nahm die Schlüssel grob zu sich und erwiderte: »So ist es.« Autoschlüssel und Smartphone verbanden sich über Bluetooth und auf Knopfdruck aktivierte sich das Fahrzeug in der Tiefgarage, um von dort selbstständig zu Laurents Standort zu fahren. Er wollte weg, doch er drehte sich nochmals um und trat ganz nah an den Garçon ran, um sein Namensschild zu lesen. »张炜 Zhang Wei. *Natürlich* heißt du *Zhang Wei*.« Laurent sprach den Namen bewusst auf lächerlich wirkende, überschwänglich betonte Weise aus. »Genauso wie jeder Zweite von euch Scheiß-Chinesen, die hierherkommen und gleich das Gefühl haben sie seien jemand, kaum haben sie mal einen billigen Job gefunden. Lass mich dir was sagen, *Zhang Wei*. Du kommst mir noch einmal blöd und ich sorge dafür, dass du und deine reisfressenden Freunde mal ordentlich vom Migrationsamt in den Arsch gefickt werden. Ich habe dort nämlich ein paar gute Freunde, die mir noch einen Gefallen schulden. Hörst du? Dann sehen wir mal, wer hier das Sagen hat, du gelber Hurensohn. Hast du mich verstanden, *Zhang Wei?*« Dieser blieb stumm. »Ja, genau. *Das* habe ich mir schon gedacht!«, schnaubte Laurent und starrte ihm mit weit aufgerissenen Augen direkt ins Gesicht, bevor er sich umdrehte und sich endlich auf den Nachhauseweg machte.

Institutionelle Gewalt – eine andere Sprache versteht dieses verdammte Pack einfach nicht, dachte sich Laurent mit einem leichten Grinsen, als er spürte, wie sich seine Wut langsam in selbstgefällige Entspannung wandelte.

Als er zu Hause ankam, gelüstete es ihn nach einem weiteren Drink. Doch wie gewohnt, hatte er keinen Alkohol bei sich in der Wohnung. Also setzte er sich vor das große Fenster in der Küche und sah auf die *Stadt* herab. Er öffnete das Fenster und schloss die Augen, als er dem Summen der unzähligen Drohnen am Himmel lauschte. War dieses Treffen mit Étienne nun gut gelaufen oder nicht? Er sah auf die Karte, die ihm Étiennes Kollege Nicolas ausgehändigt hatte. Mehr als eine Telefonnummer stand nicht drauf.

– VIII –

Zusammen mit seinen drei besten Freunden stand Lou am Bahnhof unter einer Straßenlaterne. Am Boden lag ein Kasten kühles Bier und aus dem mobilen Lautsprecher in Alexandres Rucksack dröhnte Musik. Hip-Hop schenkte Lou und seinen Freunden stets das Gefühl, selbst *Gangster* zu sein. Obschon sie allesamt kleine Niemande waren, die zur Dorfjugend gehörten. So gaben sie sich auch visuell. Jeder von ihnen mit einer Kapuze über dem Kopf, Benoît sogar mit aufgesetzter Sonnenbrille. Die Köpfe im Takt nickend mit je einer Zigarette im Mund. Sie verbrachten mindestens einen Abend in der Woche an dieser Stelle. Ihr unausgesprochenes Hobby war es, den verschiedenen Leuten, die auf dem Nachhauseweg waren, zuzusehen und über deren Hintergründe und Motivationen zu spekulieren. So zelebrierten sie das, was sie als Kreativität betrachteten. Immerhin waren sie alle jung und so gemütlich es auch in Alexandres Stube war, man langweilte sich von Zeit zu Zeit dort. Auch wenn man bei ihm Zuhause ungestört einen Joint rauchen oder sich sonst welche Drogen reinziehen konnte, ohne Angst vor der Polizei haben zu müssen.

Auf dem gigantischen Werbeschirm gegenüber vom Bahnhof lief ein Werbespot:

Die Zeit fließt unbemerkt an uns vorbei.
Erinnern Sie sich. Gezielt und relevant.
Mit Mnemosyne Services.

Alle vier starrten mit zusammengekniffenen Augen auf das riesige LCD-Display und versuchten sich einen Reim daraus zu machen, worum es bei dieser Dienstleistung wohl ging.

Wir archivieren jede gewünschte Erinnerung für Sie und senden Sie Ihnen wieder zu, wann Sie es wünschen. In Wochen oder Jahren.

»Was für ein Scheiß! Wer braucht denn so was, ihr Deppen?!«, rief Lou laut der Anzeige entgegen. »Niemand braucht das! Niemand!«, fügte Alex mit stolz erhobener Faust hinzu. Sie lachten und wandten sich wieder ab.

Ein Bahnhof war schon etwas Faszinierendes, befanden sie kollektiv. Ein Schmelztiegel der Gesellschaft. Dick, dünn, schön, hässlich, arm, reich – alle Menschtypen befanden sich zu einem gewissen Zeitpunkt hier. Wenn auch nur kurz. Lous Truppe fühlte sich unter ihrer Laterne wortwörtlich *zeitlos*. Anwesend, aber inaktiv, still doch nicht ruhend. Die Gruppe verstand sich als unbeweglicher, alles sehender Monolith im Fluss des Lebens. Immer wenn sie beobachtend dort standen, erhaschte sie ein ihnen schwer in Worte zu fassendes Gefühl der Überlegenheit. Frei von Zeitdruck, Pflichtbewusstsein oder Tatendrang. Ganz im Gegensatz zu allen anderen Menschen an diesem Ort, die der Hektik des täglichen Lebens als scheinbar willenlose Sklaven erbarmungslos ausgesetzt waren. Abgesehen von den Personen, die sie persönlich attraktiv fanden, sprachen sie selten gut über die verschiedenen Passanten. Stattdessen dachten Sie sich über die vorbeigehenden Menschen irrwitzige, meist lächerliche Storys aus: Der alte Mann, der sich zu Hause von der Ehefrau herumkommandieren ließ. Das junge Mädel, das sich bei einer Freundin ausheulen würde, weil ihr Freund unsägliche zwei Stunden beanspruchte, um auf ihre blöde Textnachricht zu antworten und dies für sie deswegen ein klares Zeichen dafür war, dass er sie mit ihrer Rivalin betrog. Der Manager im Anzug, der es kaum erwarten konnte, sich von seiner Domina ordentlich verprügeln zu lassen. Der nervöse Typ mit dem schmutzigen Pullover, der sich ständig kratzt, weil er sehnsüchtigst auf seinen Dealer wartete. Insgeheim wussten sie alle, dass dies billige Klischees waren. Deswegen war die Sache aber keineswegs weniger amüsant. Und jeder weitere Schluck Bier ließ ihre Beobachtungen lustiger erscheinen. Was andere Leute, etwa solche die ebenfalls mehrere Minuten an Ort und Stelle verharrten, weil sie auf den Bus warteten, über Lous Truppe dachten, war ihnen gänzlich egal. Sollten die Leute doch denken, was sie wollten. Sie fühlten sich gemeinsam allen anderen überlegen.

Anderthalb Stunden später wurde ihre kollektive Entspannung aber durch zwei Umstände unterbrochen: Nachdem die Sonne untergegangen war, sank die Außentemperatur spürbar und Patrice hatte soeben mit einem wüsten Rülpser signalisiert, dass die letzte Bierdose nun leer war. Es war Zeit zu gehen. Da die Uhr aber noch nicht einmal sieben Uhr anzeigte, dachte keiner von ihnen an Abschied. Viel eher standen sie zusammen und kratzten die letzten Groschen zusammen, um noch einen weiteren Kasten Bier für unterwegs im Supermarkt nebenan zu kaufen. Zahltag war erst Ende Woche, sprich in drei Tagen, deswegen war jeder von ihnen knapp bei Kasse. Zusammen brachten sie hingegen den benötigten Betrag mühelos auf. Nun lag es an der Zeit, sich in Alexandres Stube zurückzuziehen.

Dort angekommen, freuten sich die Jungs ungemein über den beheizten Raum. Erst jetzt wurde ihnen richtig bewusst, wie kalt ihnen eigentlich geworden war. Wie meistens, hatte Alex noch ein Sixpack Bier im Kühlschrank, wofür sie alle sehr dankbar waren. Sie stießen, freudig im Kreis aufgestellt, in der Küche gemeinsam darauf an, bevor sie sich gemeinsam in die Stube verschoben. Alexandre entfernte sich nach den ersten zwei Schluck aus dem Raum und kehrte breit grinsend zurück. Er griff in seine Hosentasche und hielt der Gruppe einen kleinen, transparenten Plastikbeutel mit weißem Pulver vor die Nasen.

»What the fuck? Ich dachte, du bist *broke*?«, rief Patrice.

»Das ist mein Geheimvorrat, Leute. Und den gibts erst, wenn mir jemand folgende Frage beantworten kann: Wie kommt Kokain eigentlich zu uns ins Land?«

Irritiertes Schweigen.

Benoît gestand, dass er keine Vorstellung davon hatte und fragte, wie Alexandre auf die Frage kam?

Lou kratzte an seinem Kinn und warf ein: »Ja wohl über arme Schweine, die den Shit in Plastikbeuteln schlucken müssen, um ihn in ihrem Magen über die Grenze zu bringen!«

»Das glaube ich nicht. Ich meine, stell dir das mal vor: Es müssten hunderte, ja tausende arme Schlucker, hö hö, sein. Arme Schlucker, die jeden Tag über unsere Grenzen kommen. Das sind doch niemals so viele? Stell dir das doch mal vor. Wieviele Gramm Kokain kann ein Mensch in seinem Magen oder Arsch überhaupt transportieren? Das sind doch höchstens 200 Gramm pro Person. Oder etwa nicht?«

»Meinst du, es ist eine Verschwörung? Stecken die Freimaurer oder Illuminaten dahinter?«, fragte Benoît mit fixiertem Blick auf den kleinen Plastikbeutel.

»Keine Ahnung, Mann. Aber die Scheiße ist bereits in gewaltigen Mengen in unserem Abwasser. Ich bin zwar schlecht in Mathe, darum kann ich dir das jetzt nicht auf die Schnelle ausrechnen. Aber wenn in den Zeitungen mal wieder was von einem ›unglaublichen Großfund bei einer Razzia‹ steht und die von 100 Kilos labern, dann kann ich nur gähnen. Das ist nichts, Mann! Wenn wir den Shit in so einer hohen Konzentration im Abwasser haben, dann reden wir da monatlich von Tonnen, Mann! Tonnen!«

»Also muss sich irgendjemand hier bei uns im Land eine goldene Nase daran verdienen…«, ergänzte Patrice.

»Du hast es erfasst!«, rief Alexandre eifrig.

»Okay, gut. Wenn das so stimmt, dann kann der Transport nicht einfach über Reisekoffer oder die Mägen von armen Schluckern laufen. Sonst wären das ja monatlich Hunderttausende.«, wandte Benoît ein.

»Genau das meine ich!«, grinste Alex.

Lou ergriff nun endlich das Wort: »Das kann also nur eines bedeuten, wenn ich mich nicht komplett täusche. Große Fracht-Container.«

»Du bist der Fachmann, Lou!«, meinten Benoît und Patrice gleichzeitig.

Lou überlegte und stammelte: »Scheiße. Die Dinger werden streng überprüft. Es ist verdammt schwierig hier jemanden zu linken, um an einer Kontrolle vorbeizukommen. Wenn nicht sogar unmöglich!«

»Siehst du? Na? Stimmt's oder hab ich recht mit meiner Theorie?! Irgendwas stimmt hier einfach nicht!«, kreischte Alexandre.

Sie warteten auf eine plausible Erklärung seitens Lou, doch dieser grübelte stumm vor sich hin.

Zwei geschlagene Minuten vergingen, bis Ben die Stille nach einem lauten Räuspern unterbrach: »Und was machen wir jetzt?«

»Keine Ahnung, Mann. Aber da müsste doch jemand der Sache nachgehen, nicht?«, behauptete Patrice.

Alle vier fixierten den kleinen Beutel Kokain, der auf dem Tisch lag und schwiegen nachdenklich. Lou wippte nervös mit dem rechten Oberschenkel. Alexandre streckte demonstrativ seinen Oberkörper inklusive seiner Arme durch und legte an: »Tja, liebe Leute. Es sieht fast so aus, als ob niemand meine Frage beantworten kann. Ich fürchte, ich muss den Shit wieder zurück in meine geheime Ablage legen…« Entsetzen zeigte sich in den Gesichtern seiner Freunde, als er den kleinen Beutel theatralisch langsam wieder in seine Hosentasche gleiten ließ.

»Alter, red keinen Mist! Du brauchst gar nicht so zu tun. Hör mit dem Scheiß auf und pack das Zeug auf den Tisch. Du willst es genauso wie wir alle auch!«, schrie Ben.

Alexandre lachte vor sich hin: »Mist, jetzt hast du mich eiskalt erwischt!« Er zog eine unbeschriftete CD-Hülle unter dem Tisch hervor und verteilte das weiße Pulver sorgfältig auf dessen Oberfläche. Stirnrunzelnd stellte er fest: »Hm, das ist weniger als ich dachte, fällt mir gerade auf. Das sind höchstens drei kleine Lines pro Kopf. Sehr weit kommen wir damit wohl nicht…« Seine Freunde nickten betrübt und schwiegen.

»Easy! Wisst ihr was? Ich verzichte heute! Weil ich so ein großzügiger toller Mensch bin!«, rief Lou spontan in die Runde. Zwar hätte er gerade ungemein Lust auf Kokain. Doch das Wohlbefinden seiner Freunde sowie der Umstand, dass er den Abend nicht allzu bald ausklingen lassen wollte, motivierte ihn stärker – was ihn für einen kleinen Moment selbst überraschte. »Dafür gehört mindestens eines der verbleibenden Biere mir allein, okay?«, fügte er hinzu.

Alex zog eine Plastikkarte aus seiner Brieftasche, um das Kokain in linienförmige Portionen aufzuteilen, als er wohlgesinnt bemerkte: »Ach Lou… Danke. Aber glaubst du wirklich, im Kühlschrank liegen die letzen Dosen Bier? Im Keller liegen noch über 20 weitere. Die waren vor 'nem Monat im Sonderangebot. Ist zwar Billig-Bier, aber ich konnte nicht widerstehen. Wenn dich das nicht stört, kannst du heute noch so viel Bier trinken wie du willst, Alter. Ich hab sogar noch 'ne halbe Flasche *Moskovskaja* (russischer Vodka im unteren Preissegment) in meinem Schlafzimmer, wenn du magst.«

Lou warf Alexandre mit einer Handgeste einen Kuss entgegen und bedankte sich herzlich mit einer sogleich darauffolgenden Verneigung.

Ungefähr eine Stunde später schenkte Lou sich seinen zweiten Vodka in das kleine Glas und setzte an zu einer seiner regelmäßigen, alkoholisierten Tiraden: »Wisst ihr, wer mir richtig auf den Sack geht?« Benoît, der sich soeben eine Linie Koks über die Nase ins Gehirn gezogen hatte und stöhnte, fragte nach, obwohl ihm klar war, dass Lou auch ohne seine Einwilligung weiter gelabert hätte. Er täuschte sich nicht. Wie schon tausende Male zuvor, fuhr Lou unentwegt fort: »Reiche Säcke! Diese fetten Schweine wissen doch gar nicht zu schätzen, was sie haben! Die werden mit dem goldenen Löffel in der Schnauze in diese Welt geschissen und selbst dann machen die, wenn sie mal erwachsen sind und ihre dritte Scheidung hinter sich haben, irgendwelche Therapien bei Scharlatanen, weil sie sich ja ach so unglücklich fühlen. Dabei haben die keine Ahnung vom *Struggle*, den wir tagtäglich als ganz einfache Lohnsklaven erleben müssen! Und so ganz nebenbei: Danke, Alexandre, für den Vodka. Ohne Scheiß, Danke, Mann!

Moskovskaja ist eh viel besser als *Belvedere* oder sonst irgendwelchen Snob-Bullshit, glaub mir!«

»Vorsicht, der verwöhnte Junge aus reichem Hause spricht! Hört, hört!«, rief Patrice.

»Was soll das jetzt heißen?«, fragte Lou.

Patrice räusperte sich: »Schau, Lou. Das ist ja alles nett, was du hier laberst. Aber wir wissen alle, dass deine Mutter steinreich ist. Deinen Lifestyle hast du dir gewählt. Irgendwann wirst du im Geld schwimmen, wie all die sogenannten Bonzen, über die du gerade lästerst. Im Gegensatz zu uns. *No offense*, Bruder.«

»Fick dich doch, Pat! Du hast doch keine Ahnung. Erstens habe ich keine Ahnung darüber, wieviel meine Mutter überhaupt besitzt. Das große Haus könnte auch nur Fassade sein. Wer weiß, vielleicht ist die alte Bitch ja hoch verschuldet, okay? Zweitens, weiß ich, im Gegensatz zu den Arschlöchern die auf Privatschulen gegangen sind zu schätzen, was ich habe. Okay?«

»Reg dich ab, Lou. Alles easy. Ich meine ja nur, du könntest jederzeit deine Alte anpumpen. Dir geht es theoretisch finanziell in dieser Runde gerade am besten. Mehr sag ich ja gar nicht.«

»Außerdem weiß keiner von uns, was für einen *Struggle* die Reichen so haben. Bloß, weil sie sich nicht täglich fragen müssen, wie sie sich den Kühlschrank füllen sollen, heißt das doch nicht, dass die einfach so ein sorgloses Leben haben.«, warf Benoît zur Unterstützung seines Partners ein. Er schaltete die Musik aus und drückte einige Sekunden an seinem Handy herum, um einen Song von *Notorious B.I.G.* abzuspielen. Er lehnte sich selbstsicher zurück und zitierte den Songtitel: »Mo' money mo' problems, Lou! Mo' money mo' problems!«

Gelächter ging durch den Raum. Alexandre erhob sich vom Sessel und tanzte zum anregenden Groove des Songs.

Lou hingegen grinste kopfschüttelnd und erwiderte: »Bullshit, Ben! Und ich sage dir auch warum das Bullshit ist: Biggie Smalls war zu dieser Zeit schon steinreich und hat offensichtlich total vergessen, wie es war, zu den Ärmsten auf der Strasse zu gehören. *Biggie* in Ehren, aber…« Er klopfte sich dreimal auf die Brust und musste sich räuspern, bevor er den Satz zu Ende führte: »…auch er hat sich von der Kohle korrumpieren lassen. Sorry!«

Mittlerweile tanzten alle drei seiner Freunde zum auf Endlosschleife laufenden Song und forderten Lou dazu auf, es ihnen gleichzutun. Er ließ es geschehen, als Patrice lachend einwandte: »Und du Lou? Dir würde das nicht passieren?«

»Eh nicht! Ihr kennt mich! Ihr wisst, dass ich meinen Wurzeln immer treu bleiben werde, selbst wenn ich im Lotto gewinnen und steinreich werden sollte! Sollte ich tatsächlich irgendwann mal fett erben, dann werde ich nicht reich.«

Skeptisch erhoben die anderen Jungs die Augenbrauen und warteten darauf, dass Lou fortfuhr: »Ihr alle werdet *mit mir* reich! Ich ziehe euch alle mit! Denn es gibt eine Sache, die sich mit keinem Geld dieser Welt kaufen lässt: Glück, Gesundheit und wahre Freunde! Nichts auf dieser Welt ist so wichtig wie die Freundschaft! Auf euch!«

Seine Kumpels hoben alle ihre Bierdosen mit lautem Gelächter und riefen: »Auf Lou, den Ersten! Lou, der Unkorrumpierbare!« Dieser zog sich die Kapuze seines Pullovers feierlich über den Kopf, stieg auf die Couch und erhob feierlich die Arme: »So ist es! Ganz genau so ist es, Bitches!«

Letztlich hatten alle langsam die Ohren voll von *Notorious B.I.G.* Deswegen schaltete Benoît die Musik aus und nahm sich Zeit, neue, möglichst ebenbürtig coole Musik auf seinem Gerät hervorzusuchen. Die vier Freunde setzten sich wieder auf ihre jeweiligen Sitzgelegenheiten und es war für eine kurze Zeit wieder still im Raum. Bevor Ben einen neuen Track gewählt hatte, zwinkerte Alexandre Lou zu und forderte: »Hey Lou. Bitte bleib, wie du bist, okay?«

KAPITEL NEUN

Auf der nächtlichen Fahrt zu Étiennes Residenz am südlichen Rand der *Stadt* schaltete Laurent den Ambient-Jazz-Kanal ein. Meistens versetzte diese Art von Musik ihn in einen Zustand innerer Entspannung. Eine Stunde zuvor erhielt er eine Einladung für ein persönliches Gespräch, nachdem er frühmorgens eine unbeholfene Textnachricht an die ihm gestern ausgehändigte Nummer gesendet hatte. Nun ging es also los, dachte er sich. Der als Favorit gespeicherte Radiosender auf seinem Smartphone, welches bei der kabellosen Koppelung mit dem *on demand* gemieteten, selbstfahrenden Fahrzeug sein Benutzerprofil erkannte, bot geschmackvoll zusammengestellte Playlisten internationaler sowie auch lokaler Interpreten an. Laurents Wohnung befand sich mehr oder weniger direkt auf der anderen Seite der *Stadt*, im Norden. Die Fahrt würde also mindestens eine halbe Stunde dauern. Je nach Verkehrslage sogar noch länger. Die heutige Playlist schien etwas exotischer als üblich, spielten die verschiedenen Bands mit Klang- und Gesang-Elementen aus dem Orient. Als das Auto eigenständig an einer ampellosen Kreuzung stehen blieb, obwohl kein anderes Fahrzeug aus einer anderen Richtung zu kommen schien, fiel ihm auf, dass aus den

Lautsprechern ein für diesen Kanal ungewohnt düsterer Song spielte. Ein Blick auf das breite Display auf dem Armaturenbrett verriet ihm Titel und Interpret: »Disciples« von einer ihm bis anhin unbekannten Band namens *Mansur*. Es war kein schlechter Song, doch nicht der richtige für den jetzigen Moment, entschied er, als er auf einen alternativen Jazz-Kanal umschaltete, der heiterere Klänge im Programm anbot.

Rund vierzig Minuten später, sechs Minuten später als geplant, stieg er aus dem gemieteten Fahrzeug, welches wenige Sekunden darauf automatisch zur nächstgelegenen Ladestation fuhr, stand er vor Étiennes Haus. Was sich vor ihm offenbarte, entsprach überhaupt nicht dem, was er sich vorgestellt hatte. Statt eines prunkvollen, klassizistischen Herrenhauses oder einer modernistischen Designer-Villa stand hier ein erschreckend kleines, zweistöckiges Riegelhaus im ländlichen Stil mit alten, prominent platzierten Holzbalken in der Fassade verbaut. Daneben stand eine alte Scheune, in der er mehrere parkierte Autos sowie Motorräder erblickte. War das überhaupt die richtige Adresse? Langsam trat er zur Eingangstür, um das Namensschild zu prüfen. Bevor er dazu kam, öffnete sich die Tür und ein stämmiger Mann, der eine Lederjacke sowie schwere Stiefel trug, trat heraus. »Du musst Lamar sein. Ich bin Nicolas. Komm rein. Er wartet schon.«, sprach er, als er Laurent sanft aber bestimmt mit der flachen Hand am Rücken in das Haus wies. Laurent dachte über ein paar passende Worte nach, doch es fielen ihm in seiner Befremdung keine ein. Schweigend traten sie durch den langen Flur zur offenen Tür am anderen Ende in den nächsten Raum, der mit seiner unvorhergesehenen Höhe beinahe wie eine Halle wirkte. Drei kleine Hunde, ein Chihuahua, eine Bulldogge und ein Dackel rannten wild kläffend auf Laurent zu. Instinktiv verspürte er den Drang, sich die für ihre Körpergröße viel zu aggressiven Tiere mit gezielten Tritten vom Leib zu halten. Er konnte diese Art Hunde nicht ausstehen, empfand er sie eher als zu groß geratene Ratten, des Titels *Hund* unwürdig... Ein schriller Pfiff erklang aus dem Raum und die Geschöpfe wichen zurück. Der hölzerne Boden knarrte hörbar, als er langsam eintrat und die Situation musterte: Die Wände waren bedeckt von einem alten, brüchigen Gemälde einer Landschaft im romantischen Stil. Im Zentrum der Malerei ragte ein großer Baum hervor, hinter dem Sonnenstrahlen herausragten. Darüber stand mit verschnörkelten Lettern: »Why slave in heaven, when I could be lord in hell?« Zur linken Seite des Raums stand eine grosse Polstergarnitur, auf der eine Frau in einem roten Abendkleid lag und in sich versunken rauchte. In der Mitte des Raums stand ein kleiner runder Tisch, um den zehn unterschiedlich gekleidete Männer standen. Auf dem Ledersessel an der gegenüberliegenden Seite des Tischs saß Étienne, der sich mit offenen Armen erhob: »Lamar! Da bist du ja endlich! Willkommen in meinem Zuhause!«

»Guten Abend. Verzeihen Sie bitte die Verspätung, der Verkehr in der *Stadt*—«

»Keine Sache, Lamar! Und was habe ich dir gesagt? Nicht Sie, sondern du! Setz dich, setz dich!«, winkte er ihn zu sich. Er folgte der Anweisung und nahm auf dem kleineren Ledersessel vor ihm Platz.

»Magst du auch einen Kaffee?«, fragte Étienne freundlich.

Laurent zögerte. »Was hast du denn für einen da?«

»Nichts Spezielles. Normaler Espresso mit wenig Zucker. Sonst nichts. Du kannst aber auch gerne einen Cappuccino oder so haben, falls du auf so was stehst.«

»Nein, nein. Ich nehme gerne genau das. Espresso mit wenig Zucker, bitte. Keine Milch.«

Étienne lächelte breit und nickte, bevor er sich zur Seite wandte und ins nächste Zimmer rief: »Hey Ernesto! Ernesto! Bring unserem Gast Lamar hier auch einen Espresso ohne Milch!«

»Wie bitte?«, rief eine Stimme aus dem anderen Raum.

»Einen Espresso! Ohne Milch! Mit wenig Zucker! Bitte Ernesto!«, schrie Étienne.

Mehrere Sekunden lang kam keine Reaktion mehr von Ernesto. Étienne verwarf die Hände und Laurent wurde die Situation langsam unangenehm. Die Frau auf der anderen Seite des Raums zog schweigend an einer Zigarette und der von ihr ausgeatmete Rauch stieg zur Lampe empor, welche von einem Nachtfalter nervös umflattert wurde. Er spürte ihren Blick, starrte aber scheinbar gleichgültig und entspannt in die Leere. Schließlich kam ein älterer Herr mit Halbglatze zur offenen Tür hinein und meinte: »Entschuldigen Sie bitte, Monsieur Étienne. Aber Sie müssen schon etwas lauter sprechen.« Das war also Ernesto.

Laurent konnte hören, wie Étienne seinen Ärger runterschluckte und sich räusperte, bevor er mit verhaltener aber zugleich deutlicher Stimme einen erneuten Versuch anzettelte: »Würdest du unserem Gast bitte einen Espresso ohne Milch bringen, Ernesto?«

»Einen Espresso? Kaffee? Um diese Uhrzeit noch?«

»Ja, Ernesto. Einen Espresso bitte. Mit wenig Zucker und ohne Milch. Ginge das, Ernesto?«

Der alte Mann kratzte sich unbeholfen an seinem Hinterkopf und meinte zögerlich: »Monsieur Étienne... Es tut mir schrecklich leid, aber ich habe bereits mit der Reinigung der Maschine begonnen. Es ist ja auch schon nach 21 Uhr. Darum dachte ich, dass Sie keinen Kaffee mehr möchten. Sie trinken normalerweise nie mehr als einen Kaffee nach dem Abendessen. Und Sie wissen ja, wie das ist mit diesen modernen Geräten. Die sind zwar sehr schön, ja Sie haben ein wirklich vorzüglich schönes Exemplar erworben, aber auch empfindlich. Wenn man die nach Gebrauch nicht stets gut reinigt, kann man sie schon nach wenigen Jahren wegwerfen. Aber wenn Sie wollen, kann ich gerne für Sie und Ihren Gast an der Tankstelle einen Kaffee holen. Ich bin mir aber nicht sicher, ob der Kaffee dort gut ist. Und je nach Verkehr könnte es schon eine Weile dauern. Aber ich kann gerne in etwa einer Viertelstunde losfahren, sobald ich unsere Maschine fertig gereinigt habe. Soll ich das für Sie machen, Monsieur Étienne?«

Bevor dieser antworten konnte, warf Laurent ein: »Eine Cola! Monsieur Ernesto, haben Sie vielleicht eine Cola für mich?«

»Eine Cola? Meinen Sie Coca-Cola? Äh, also ja, das haben wir tatsächlich da.«

»Wunderbar! Dann nehme ich gerne ein Glas! Machen Sie sich bitte keine Mühe, ich brauche keinen Schnickschnack!«

»Sind Sie sich sicher? Wir haben auch frische Zitronen hier. Wollen Sie denn nicht mal ein wenig Eis, Monsieur?«

»Nein, nein. Das ist schon okay so!«

»Ich sehe, was ich tun kann…«, Ernesto begab sich gemächlich zurück in die Küche. Es dauerte geschlagene fünf Minuten bis Ernesto mit einem Silbertablett aus der Küche zurückkam und Laurent ein großes Glas Coca-Cola, mit viel Eis und geschmückt mit einer Scheibe Zitrone zittrig auf den Tisch legte. Freudig erblickte Laurent, dass das Getränk einer funkelnden Aluminiumdose entsprang, was seiner Meinung nach der Cola das höchste Maß an Frische verlieh. Der alte Ernesto lächelte selbstzufrieden, als er zu Laurent sagte: »Hier bitte, Monsieur. Aber passen Sie bitte auf. Coca-Cola ist sehr schädlich für die Zähne. Warten Sie bitte eine Stunde mit dem Zähneputzen, nachdem Sie Ihr Glas geleert haben, in Ordnung?«

»Vielen Dank, Monsieur Ernesto.«, seufzte Laurent mit gepresstem Lächeln.

»Na dann. Gut. Gut, gut, gut. Erzähl mir doch etwas von dir, Lamar.«, raunte Étienne.

»Was wollen, äh, was willst du denn wissen?«

Étienne lachte laut heraus: »Du meine Güte, meine Erinnerung hat mich nicht getrügt – du hast tatsächlich einen fetten Stock im Arsch! Entspann dich mal! Jungs, bringt uns eine schöne Kerze und schaltet dieses grelle Licht aus! Macht uns ein bisschen romantisches *Ambiente*, damit sich unser Gast wohlfühlt. Das ja ist schließlich kein Verhör hier, oder?« Kurz darauf stellte einer seiner Angestellten eine nicht sehr hohe, dafür außerordentlich breite Kerze mit mehreren Dochten in die Mitte des Tischs und zündete sie sorgfältig an. Darauf löschte ein anderer per Knopfdruck am Eingang zum Raum die mehreren Lampen im Raum. Es dauerte nicht lange, gewöhnten sich Laurents Augen an die neuen Lichtverhältnisse, worauf Étienne eröffnete: »Besser?« Laurent konnte nur noch dessen Gesicht sowie die regelmäßig aufflammende Glut der Zigarette der Frau auf dem Sofa dahinter erkennen.

»Magst du Hunde, Lamar?«

Nervös entgegnete er: »Wer mag schon keine Hunde?«

»Gute Frage! Lass mich überlegen… Böse Menschen mögen keine Hunde, glaube ich.«

Laurent wusste nicht, was er mit dem Thema anfangen sollte und stammelte bloß: »Vielleicht…«

»Bist du ein böser Mensch, Lamar?«

»Ich zähle mich zu den guten Menschen.«, schoss er entschieden zurück.

»Ach, wirklich? Das ist aber witzig. Ich habe nämlich genau gesehen, wie du meine Lieblinge angeschaut hast. Und überhaupt, wenn du ein guter Mensch bist, was machst du eigentlich hier?« Étienne griff unter den Tisch und hielt sogleich seinen Chihuahua in den Armen, welcher ihm liebevoll die Wange leckte. Laurent schwieg.

»Hast du Haustiere?«

»Nein.«

»Das ist ein Jammer. Wir sogenannt *zivilisierten* Menschen können viel von Tieren lernen. Sag mir, wenn du einen Hund hättest, was für einen würdest du dir wählen?«

»Keine Ahnung.« Er überlegte kurz. »Vielleicht einen großen Wolfshund?«

»Oho, so einer bist du also? Du weißt aber schon, dass diese Rasse täglich sehr viel Bewegung braucht?«

»Ich jogge täglich.«

»Du bist also eine Sportskanone – schön, sehr schön! Aber warum ausgerechnet ein Wolfshund?«

»Ich weiß nicht. Vermutlich weil Wolfshunde am ehesten dem ursprünglichen Wesen des Tiers ähneln?«

»Ein Purist und ein Traditionalist. Faszinierend. Bist du auch ein Rassist? Oder ein Sexist?«

»Nein, das bin ich nicht.«

»Gut. Denn solche Leute dulde ich nicht um mich herum, Lamar. Die Menschen sind alle gleich.«

Laurent erblickte den Aschenbecher auf dem Tisch und nahm sich die Freiheit, sich eine Zigarette anzuzünden.

»Habe ich dir erlaubt, hier drin zu rauchen?«

Er hielt inne, unsicher, was er nun tun sollte. Étienne kicherte: »Hey entspann dich, ich verarsch dich nur … Dir gefallen also Wölfe, hm?« Laurent nickte stumm.

»Lass mich dir etwas über den Wolf erzählen, Lamar. Wölfe werden heutzutage gejagt. Obwohl man sie bereits um ein Haar ausgerottet hat, ist es noch immer akzeptabel, oftmals sogar begrüßenswert, wenn man sie abknallt. Da hat es der kleine, schwache Chihuahua schon um einiges besser, findest du nicht?«

Laurent begriff nicht, was Étienne damit sagen wollte und zog weiterhin schweigend an seiner Zigarette, bevor dieser fortfuhr: »Wusstest du eigentlich, dass es nicht der Mensch war, der den Wolf gewaltvoll domestiziert hat? Nein, das ist bloss eine veraltete Legende, die den Menschen *über die Natur triumphierend* aussehen lassen soll. Wie lächerlich. In Wirklichkeit haben sich Wölfe freiwillig den Menschen angeschlossen, weil sie clevere Tiere sind. Sie haben uns studiert und erkannt, dass man es in menschlicher Obhut besser hat, als in der rauen Wildnis. Ich sehe schon, was du denkst, Lamar. Du siehst meinen Chihuahua und denkst dir, was für ein kleines minderwertiges Lebewesen das doch ist. Was dir dabei aber entgeht ist, dass der verhätschelte schwache Chihuahua eine beträchtlich höhere Lebenserwartung hat, als der große, starke und ach so edle Wolf. Wölfe sind die Vergangenheit, mein Lieber. Sterben sie nicht qualvoll an Hunger oder blutigen Kämpfen mit anderen Tieren, werden sie von Bauern oder Jägern erschossen, welche ihre wirtschaftlich bedeutsameren Schafherden schützen möchten. Der kleine domestizierte Hund muss sich zwar seinem Besitzer hingeben, auf Kommandos irgendwelche lustigen oder gar, für dein allzu menschliches Empfinden vielleicht, erniedrigende Tricks vorführen. Jedoch schläft das clevere kleine Tier, im Gegensatz zu seinem starken Vorfahren, in einem warmen, weichen Bett und frisst unter meiner Obhut sogar besseres Futter als manche Menschen. Mein kleiner Liebling hat sich irgendwo verletzt? Kein Problem, für medizinische Versorgung ist gesorgt. Und das sogar gesetzlich verankert, so nebenbei. Dies ist die Welt, in der wir leben. Hingabe und Unterwerfung werden dich weiter bringen als antiquierter Stolz. Der Chihuahua ist die Zukunft. Merk dir das, Lamar.«

Laurents Gesicht war wie in Stein gemeißelt. Nicht erstarrt, sondern wie von einer Ruhe gezeichnet, ähnlich einem Bild, welches nicht aus dieser Zeit stammte. Er zog an seiner Zigarette, doch sein Gesicht blieb regungslos. Seine dunklen Augen blieben weit offen, als der kalte Rauch zur Decke emporstieg, wie finstere Höhlen, die einen in sich hineinzuziehen versuchten. Über eine Minute dauerte das betretene Schweigen im Raum, bevor sich auf seinem Gesicht ein schmales Lächeln formte und er sprach: »Ich wäre mir nicht ganz sicher, ob deine kleinen Hunde tatsächlich die Zukunft verkörpern, Étienne.«

Étienne setzte seinen Hund sanft zu Boden und lehnte sich aufmerksam zuhörend nach vorne.

»Denn ... am Ende aller Tage werden die Wölfe zurückkehren. Voller Zorn. *Geri und Freki* werden den Vater aller Götter *Odin* verraten, indem sie Sonne und Mond verschlingen und der entfesselte Wolf aller Wölfe *Fenrir* wird *Odin* auffressen, auf dass die Welt wieder in Blut und grenzenlosem Chaos versinkt.« Laurent drückte seine Zigarette aus und blies darauf die Kerze aus. Stille.

Étienne begann zu klatschen. Doch Laurent wurde sofort klar, dass dies kein Applaus für seinen kleinen Exkurs in nordischer Mythologie war. Beim zweiten Klatschen erhellten sich nämlich die Lichter im ganzen Raum – aufgrund eines Klangsensors. Nun war auch Étiennes Grinsen sichtbar. »Nicht schlecht, nicht schlecht! Zugegeben, das war eine ziemlich coole Story, du kleiner Heide. Du bist ganz schön gut darin, irgendwelche Geschichten zu erzählen, fällt mir gerade auf. Leider machst du ein paar Denkfehler. Du hältst an alten, uralten Ideen und Idealen fest. Mann oh Mann. Das verschafft dir, sagen wir mal so, einen evolutionären Nachteil. Du verstehst wie Evolution funktioniert, oder? Neues, Innovativeres gedeiht, und Altes ... tja, Altes muss sterben. Denn wenn es nicht stirbt, müssen letztendlich alle das Zeitliche segnen. Es hält alle anderen zurück. Dies ist der Lauf des Universums. Verstehst du? Vergiss also den Bullshit, den du hier gerade verzapft hast, okay? Ich will, dass du mit mir, mit uns, in die Zukunft kommst. Was meinst du? Kommst du mit mir in die Zukunft?«

Laurent richte sich im Sessel auf, schluckte seinen bitteren Speichel hinunter und nickte knapp: »Gerne.«

»Wunderbar! Genug Small Talk, kommen wir zur Sache! Also, Lamar. Was kannst du für mich tun?«

Dieser drückte seine Zigarette aus und nahm einen ordentlichen Schluck Cola zu sich. Er hatte sich im Vorfeld lange Gedanken zu dieser Frage gemacht und wusste, dass seine Antwort entscheidend sein würde. Zurückgelehnt formulierte er eine Frage als Konter: »Ja… Was willst du denn, Étienne?«

Étienne hob eine Augenbraue und öffnete seinen Mund, doch Laurent erwartete keine Antwort, sondern fuhr fort: »Eines scheint mir klar – und bitte korrigiere mich, sollte ich falsch liegen… Mehr Geld ist nicht deine Motivation.«

Zusammen mit seinen Männern, die um den Tisch herum standen, lachte Étienne laut: »Wie zur Hölle kommst du denn auf so einen Scheiß? Ich führe hier ein sehr kostspieliges Unterfangen, mein Guter. Hast du überhaupt eine Ahnung, was mich all das täglich kostet? Ich bin Unternehmer, falls es dir noch nicht aufgefallen ist? Natürlich will ich mehr Geld. Jungs, wir wollen doch alle mehr Kohle, oder etwa nicht?« Seine Vasallen kicherten und nickten.

Laurents Herz fühlte sich an, als würde es langsam in seine Magengrube sinken. Er erinnerte sich an sein Script, welches er für wertlos hielt, doch riss er sich zusammen, um sich die plötzlich aufkommende Unsicherheit nicht anmerken zu lassen. Der Gedanke daran, dass dies der entscheidende Moment war, wurde in seinem Kopf immer lauter. »Bullshit!«, platzte aus ihm raus. Nun pokerte er.

Mit gerunzelter Stirn und eindringlichem Blick entgegnete Étienne nun langsam: »Ich kriege das Gefühl, dass meine Zeit verschwendet wird. Wenn ich etwas gar nicht mag, dann ist es, wenn meine Zeit verschwendet wird, Freundchen.« Der Blick seiner Angestellten verfinsterte sich nun und unter dem Tisch erklang ein leises Knurren seiner Hunde.

»Fassen wir doch mal zusammen, was du schon alles hast.«, erwiderte Laurent mit beiden Handflächen flach auf dem Tisch und fuhr fort: »Du bist konkurrenzlos. Sehen wir das doch alle mal ein. Ich weiß zwar nicht, wie genau du es hingekriegt hast und es interessiert mich auch nicht wirklich, aber kein anderer Typ hier in der *Stadt* nimmt dir auch nur einen kleinen Teil deines Geschäfts weg. Ich kann dir auch nicht die genaue Anzahl Bewohner der *Stadt* nennen, aber das spielt jetzt auch keine Rolle. Fakt ist, dass du im Geld schwimmst. Und da dein *Stoff* jeden Erstkonsument gleich abhängig macht, wächst dein Unternehmen wöchentlich, wenn nicht sogar täglich. Um das festzustellen, muss man kein Mathematiker sein. Du willst wissen, was ich für dich tun kann? Alles. Du willst dein Revier über die *Stadt* hinaus expandieren? Kein Problem. Wie du sicher weißt, bin ich Experte für Logistik. Ich kann dir gerne ein effizientes Vertriebskonzept zusammenstellen, mit allem Drum und Dran. Dein Vermögen würde sich mittelfristig vervielfachen. Boom. Aber weißt du was? Ich sehe mich hier um und erkenne keinen materiellen Exzess, der auf einen überaus gehobenen Lebensstandard hinweist. Nichts für ungut, aber so hübsch dein Häuschen hier auch ist, es ist keine prunkvolle Villa. Du trägst kaum Schmuck und außer dem guten Ernesto dort scheint sich niemand um diesen Haushalt zu kümmern. Sorry, bitte versteh mich nicht falsch. Ich will dir sicher nicht ans Bein pissen, aber du bist kein *Pablo Escobar*, der wortwörtlich Geld verbrennt. Sofern die Hauptzutaten deines *Stoffs* nicht exotisch wie Elfenbein oder Haifischflosse sind, glaube ich dir nicht, dass du an noch mehr Geld interessiert bist. So unfassbar hoch können die Kosten deiner benötigten Rohstoffe unmöglich sein. Also, lass mich bitte meine Frage wiederholen, Étienne: Was ist es, was du willst? Was du *wirklich* willst?«

Zwei von Étiennes Gefolgen traten bedrohlich an Laurent heran. Er konnte die Pistolengriffe erkennen, die aus ihren Hosen herausragten. Étienne wies sie mit einer knappen Handgeste weg und antwortete: »Jetzt schaut euch mal diesen Typen an. Unser Gast scheint ja ein ganz helles Köpfchen zu sein. Und mutig dazu!« Mit geschlossenem Mund kichernd, zündete Étienne sich entspannt eine Zigarette an und fuhr fort: »Sprich weiter, Lamar. Was denkst du, was es denn ist, was ich *wirklich* will?«

Um weniger nervös zu wirken, nahm Laurent langsam ein paar Schluck Coca-Cola zu sich und nutzte innerlich zitternd die wenigen Sekunden, um seine Gedanken zu sammeln. »Du willst nicht expandieren. Du hast dir hier in der *Stadt* ein leicht überschaubares Nest eingerichtet, über das du die volle Kontrolle hast. Ein größeres Verteilungsgebiet würde über kurz oder lang bedeuten, dass du Verantwortung und somit einen Teil deiner Macht jemand anderem abgeben müsstest. Mittel- bis langfristig käme es somit erneut zu konkurrenzbedingten Revierkämpfen. Das willst du nicht. König zu sein bedeutet letztendlich vor allem viel Stress und Angst. Sonst hättest du nicht sorgfältig alle anderen Player dieser *Stadt* eliminiert, auch wenn ihre Produkte mehr oder weniger reibungslos neben deinem *Stoff* hätten existieren können. Im Gegensatz zu heute war vor wenigen Jahren Koks noch fast an jeder Ecke zu anständigen Preisen zu bekommen. Mittlerweile kann sich nicht mehr jeder Penner ein paar Lines für zwischendurch leisten. Du hast also nicht nur deine Gegner eliminiert. Du verdrängst schrittweise auch deren Produkte vom Markt. Die Antwort muss also bei deinem *Stoff* liegen.« Erst während des Sprechens wird Laurent langsam die Schwere des Spiels klar, welches hier gespielt wurde. Seine wild zusammengewürfelten Gedanken und Schlussfolgerungen bildeten noch kein scharfes Bild der Sache, doch ein bedrohlich schwerer Druck baute sich in seiner Magengrube auf. Hastig zog er sich eine Zigarette aus der Packung, zündete sie sich an, zog den kalten Rauch bis in die untersten Gefäße seiner Lunge, sodass es ihn schmerzte, hob den Kopf und blickte Étienne direkt in die Augen: »Du willst deinen *Stoff* zur einzigen Droge in dieser Stadt machen.« Laurent bemerkte nicht, wie die Asche seiner Kippe auf sein Hosenbein fiel, als er weitersprach: »Und dann... und dann willst du... dass jeder Mensch in dieser *Stadt* süchtig nach deinem *Stoff* wird.«

Étienne saß zurückgelehnt da und schwieg Laurent, gemeinsam mit allen anderen, im plötzlich beklemmend stillen Raum an. Sein klarer, durchstechender Blick sprach jedoch Bände. Ein dicker Tropfen Schweiß floss Laurents Achselhöhle herunter, als dieser zögerlich das Schweigen brach: »Ich kann das für dich einrichten.«

Seine Lippen blieben noch immer verschlossen. Er schien nicht über Laurents Worte nachzudenken, sondern mit seinen Augen nach irgendwas zu *forschen*. Noch kein einziges Mal hatte er geblinzelt und sein Blick bohrte sich mit jeder Sekunde tiefer in Laurent hinein, der seine ganze Kraft dafür aufwandte, eine ruhige Statur zu erhalten.

»Gut. Das reicht für heute. Besuch mich in einer Woche wieder und zeig mir wie du vorhast das zu bewerkstelligen. Ich wünsche dir einen schönen Abend, Lamar.«

– IX –

Im TV lief eine Dokumentation über eine Forschungsexpedition in der tiefsten Arktis. Das in dickste, vor der Kälte schützende Kleidung eingepackte Team wirkte, abgesehen von der Farbgebung, auf eine Art beinahe wie Astronauten. Die Ausrüstung, die sie an ihren Körpern trugen, ließ ihre Bewegungen starr und irgendwie auch beinahe ulkig erscheinen. Mit schwerer Maschinerie bohrten die Geologen stangenförmige Bodenproben aus dem jahrtausendealten Eis, um sich ein Bild der Klimaverhältnisse aus Zeitaltern zu machen, welche der Menschheit um Äonen vorangingen. Dort, in der Tiefe des Bodens erhofften sie Erkenntnisse über die ungewisse Zukunft vorzufinden.

Lou, der an seiner Bierdose nuckelte, langweilte die Sendung zutiefst. Zu trocken schien ihm das Thema. Also schaltete er zum nächsten Kanal um, auf dem eine Reportage über einen Schönheitswettbewerb für Hunde ausgestrahlt wurde. Auch dieses Programm interessierte ihn nicht sonderlich. Aber immerhin war es visuell anregender, als Geologen im ewigen Eis beim Fachsimpeln zuzusehen. Diverse große wie auch kleine Hunde mit glanzvoll gepflegtem Fell stolzierten über den Schirm und wurden von kritischen Juroren aller Couleur begutachtet. Die verschiedenen Halterinnen und Halter der Hunde hätten mit ihrem teilweise exzentrischen Auftreten eine Show für sich selbst verdient, schmunzelte er still vor sich her.

Augenrollend, sich der erdrückenden Wirkung des THC widersetzend, griff Patrice Lous Aufmerksamkeit mit folgenden Worten an sich: »Yo, Lou. Hör mal. Woher kommen eigentlich Hunde, Lou?«

»Uff, keine Ahnung wie genau, aber wir haben Wölfe gefangen genommen und so lange an ihnen experimentiert, bis sie sich verändert haben, oder so.«

»Nein, das stimmt nur zur Hälfte! Die Wölfe sind freiwillig zu uns gekommen. Weil wir Futter mit ihnen geteilt haben. Hab ich gerade erst kürzlich in 'ner anderen Doku gesehen.«

Grinsend ergriff Lou den im Aschenbecher liegenden Joint, um einen tiefen Zug zu inhalieren. »Ohne Scheiß?«, fragte er mit knallroten Augen.

»Ohne Scheiß.«, erwiderte Patrice.

»Krass.«, meinte Lou, der seinen Husten zu unterdrücken versuchte.

»Voll krass.«, wandte sich Alexandre ein, der eine Viertelstunde zuvor noch vor sich hingedöst war.

»Ja, echt krass.«, fügte Benoît hinzu, der schon den ganzen Abend kaum ein Wort von sich gegeben hatte.

»Shit, Ben! Du lebst ja noch?«, röchelte Lou.

»Genau wie deine Mutter.«

»Fick dich.«, erwiderte Lou, worauf alle Jungs, vollkommen bekifft, leise aus der Lunge pfeifend vor sich hin kicherten.

Das Wohnzimmer wurde anschließend wieder still und ihre Aufmerksamkeit verlagerte sich erneut zum großen TV-Schirm. Gemeinsam betrachteten die vier Freunde die verschiedenen Tiere in der Sendung. Lang gezogene Schnauzen, zusammengepresste Mäuler, rundliche Körper, gertenschlanke Figuren, kurz geschorenes Fell aber auch wallende Mähnen, glatt wie auch gekraust – die präsentierte Hunde-Show schien die umfassende Vielfalt der Hundespezies zu bieten. Patrices kleiner Exkurs über die Evolution des Hundes aus der Wolfsspezies schien ihnen allen glaubwürdig und doch kniffen sie allesamt kritisch die Augen zusammen, als sie den Bildern der verschiedenen Hunderassen im Programm folgten. Zu abstrakt schien ihnen die Vorstellung, dass unter anderem ein Mops tatsächlich, irgendwann vor hunderten oder tausenden von Jahren, einem Wolf entsprungen sein sollte. Vom Konzept der selektiven Zucht hatten sie allesamt noch nie gehört. Für einen kurzen Augenblick erwägte Lou, das Thema erneut aufzurollen. Er verwarf den Gedanken gleich wieder, als Benoît ihm einen frisch gebauten Joint unter die Nase hielt. Zögerlich nahm er nur einen kurzen Zug davon zu sich, bevor er das Teil an Alexandre weiter reichte, der zu seiner Linken saß. Sein Harndrang, den er schon seit beinahe einer Stunde verdrängt hatte, war gerade wichtiger. Das dicke Polster des alten Sessels war über die Jahre so weich geworden, dass er gefühlt darin versank. Deswegen verlangte es in seinem derzeitigen Zustand auch enorme Kraft, sich von dort aufzurichten. Um ein Haar stolperte er über den kleinen Tisch vor sich, vermochte es jedoch in letzter Sekunde zu verhindern. Als er sich letztlich im Badezimmer mit beiden Händen am Waschbecken festhielt, fiel ihm auf, dass er schon lange nicht mehr so *stoned* war. Obwohl er schon seit Jahren zwei bis dreimal in der Woche kiffte. Er vermutete, es lag daran, dass der Hanf über die vergangenen Jahre so gezüchtet wurde, dass er einen höheren THC-Gehalt haben müsste. Die WC-Schüssel war offensichtlich schon seit längerer Zeit nicht mehr gründlich gereinigt worden. Ein hellbraun gefleckter Belag bedeckte den gesamten Teil, der sich unter der Wasseroberfläche in der Schüssel befand. Normalerweise sah er nie genau dorthin. Heute störte es ihn. Sein Spiegelbild grinste ihn mit klitzekleinen Augen an, als ihm eine Idee durch den Kopf schoss. Entspannt öffnete er seine Hose und legte seinen Penis in das sauber wirkende Waschbecken. *Das ist ja voll die perfekte Höhe ey*, dachte er sich, als er tief durchatmete und seinen Urin entspannt herauslaufen ließ. Nach Abschluss schüttelte er sein Glied ab und packte es wieder in die Hose, worauf er sich zufrieden die Hände wusch. *Wie geil ist das denn? Das muss ich öfters machen*, grinste er das Badezimmer verlassend vor sich hin. Zurück im Wohnzimmer blickte er auf seine Bierdose, die noch immer auf dem Tisch lag. Ihm war nicht bewusst, ob er sie leer getrunken hatte oder nicht. Ihm schien jedoch sonnenklar, dass das Bier in der Zwischenzeit schal geworden sein müsste. Also begab er sich zunächst in die Küche, um sich ein neues Bier zu holen. Der Kühlschrank war bereits leer geräumt.

Schnaubend ließ er sich im Wohnzimmer wieder in seinen Sessel fallen. Die zuvor beäugte Dose war tatsächlich leer, weshalb er erneut schnaubte. Seinen Freunden entging dies nicht, worauf Alexandre fragte: »Yo, was ist denn jetzt mit dir los, Lou?«

»Ach, nichts.« Lou traute sich nicht, sein Bedürfnis nach mehr Bier zu äußern. Zum einen war er zu faul, sich jetzt erneut aufzubäumen, um an der naheliegenden Tankstelle Nachschub zu kaufen. Zum anderen war er wieder einmal knapp bei Kasse – weswegen er das Thema komplett umgehen wollte.

»Was nichts? Bist du jetzt 'ne passiv-aggressive Frau, der man ihre Sorgen aus der Nase ziehen muss? Spuck's aus, Mann!«

Er musste kurz überlegen, bevor er antworten konnte: »Ach, ich weiß doch auch nicht. Scheiße. In zwei Wochen muss ich an ein fucking Klassentreffen.«

»Klingt nicht, als ob du wirklich Bock darauf hättest.«

»Ich hab so was von kein Bock darauf.«

»Warum gehst du dann hin?«

»Weiß nicht. Das gehört sich doch so. Oder etwa nicht?«

»Bullshit. Niemand kann dich zwingen, dort hinzugehen, wenn du keine Lust darauf hast.«

»Ja. Aber es haben bereits alle anderen zugestimmt. Ich will nicht der einzige sein, der nicht dabei ist. Das macht irgendwie 'nen beschissenen Eindruck.«

»Boah, Alter! Scheiß doch drauf, was diese Leute von dir denken! Du musst diesen Arschlöchern doch nichts beweisen!«

»Nein, das muss ich nicht. Aber ich hab irgendwie auch keinen Bock darauf, wenn die dann hinter meinem Rücken über mich reden.«

»Lass die Leute reden, das haben die immer schon gemacht.«, warf Patrice ein.

»Ja, echt. Mach dir nicht in die Hosen.«, unterstützte Benoît.

Darauf begann Lou zu kichern. Am liebsten hätte er seinen Freunden gesagt, dass er sich keineswegs in die Hosen machen würde. Aber, dass er ins Waschbecken gepisst hatte und dass dies sein persönliches Highlight des Abends war. Er entschied, es vorerst für sich zu behalten. Ein kleines dreckiges Geheimnis, das zwar niemandem schaden würde, aber zumindest vorerst ihm allein Freude schenken sollte. Grinsend zog er am Joint, richtete sich erneut auf und fragte: »Will sonst noch jemand ein Bier oder so? Ich würde mich opfern, kurz runter an die Tanke zu gehen.«

Alexandre griff unaufgefordert in seine hintere Hosentasche und reichte ihm einen Zwanziger: »Ja, hol doch bitte für uns alle noch Bier. Danke, Mann.«

»Null Problem.«, lächelte Lou. Glücklich darüber, dass seine Initiative die vorherige Angst in Luft auflösen ließ, schlenderte er aus der Wohnung. Es war ein toller Abend, dachte er sich zufrieden.

KAPITEL ZEHN

Kurz vor elf Uhr nachts leuchtete das Display von Laurents Smartphone auf. Soeben war eine Textnachricht eingetroffen. Inhalt: Uhrzeit und Koordinaten. Die Nachricht war von seinem Vorgesetzten. Es war an der Zeit, einen ersten Lagebericht zu liefern. Als er die gegebenen Koordinaten abrief, erkannte er den Treffpunkt auf der virtuellen Karte. Es handelte sich um das Parkhaus eines Warenhauses, welches ungefähr zehn Gehminuten von seiner Wohnung entfernt war. *Clever*, dachte er sich. Alle Geschäfte schlossen jeweils um zehn Uhr und spätestens ein bis zwei Stunden danach hatte im Normalfall auch das Personal das Gelände verlassen. Die Nachricht befahl ihm, exakt um Mitternacht dort in einer genau definierten Ecke des westlichen Gebäudeflügels zu sein. Unsicher darüber, was er überhaupt zu erzählen hatte, lag er auf dem Bett und starrte an die Decke über sich. Er schloss die Augen und hielt das Gerät an seiner Brust, als er die Minuten verstreichen ließ. Endlich erhob er sich schnaubend, um sich endlich anzuziehen. »Denk dran: Es ist ein Spiel und du weißt, wie man spielt.«, sprach er sich selbst zu.

Gähnend zog er sich bis auf die Schuhe an, worauf ihm der Gedanke an eine Tasse guten Kaffees durch den Kopf schoss. Koffein wäre jetzt genau das Richtige für ihn. Abgesehen davon, hatte er seine Kaffeemaschine schon seit rund zwei Monaten nicht mehr benutzt. Die Uhr tickte und er war sich im Klaren darüber, dass er sich um keine Sekunde verspäten dürfte. Dieser Umstand hielt ihn nicht davon ab, freudig den Kolben seiner glänzenden Maschine mit aromatisch riechendem dunklem Kaffeepulver aufzufüllen und auf dem kleinen Display das Symbol einer kleinen Kaffeetasse anzutippen, welches das Espresso-Programm starten sollte. Zuvor hatte er eine kleine weiße Keramiktasse auf das metallene Abtropfsieb gestellt. Statt von dem brummenden Geräusch begrüßt zu werden, welches die Maschine normalerweise während des Brauens von sich gab, erklang ein schriller Piepton, worauf das Display rot aufleuchtete:

错误维护代码E3.6 / ERROR MAINTENANCE CODE E3.6

Laut über diese *billige China-Scheiße* fluchend, stampfte er zurück ins Schlafzimmer und griff nach dem Polizeikoffer, worauf er sich ins Badezimmer begab. Vor dem Spülbecken stehend, zog er die beiliegende Maske aus dem transparenten Plastikumschlag. Er hatte noch nie eine *VB-Maske* in den Händen gehabt und wollte sich ein genaueres Bild davon machen. Es war eine befremdliche Angelegenheit. Selbst als er die Maske zwischen den Fingern hielt, vermochte er die Konturen des Stoffs nicht erkennen. Die Nanotechnologie und die Pigmente, welche den Stoff jegliches Licht absorbieren ließen, waren bemerkenswert. Langsam bückte er sich über das Waschbecken und zog sich die Maske über den Kopf bis in den Nacken hinunter, worauf er die Kapuze seines blutroten Pullovers zusätzlich von hinten über den Schädel zog. Als er sich langsam aufrichtete, um in den Spiegel zu blicken, wich er instinktiv zurück. An der Stelle seines Gesichts befand sich nun ein schwarzes Loch. Im Gegensatz zu einer schwarzen Sturmhaube, welche gewöhnlicherweise aus Baumwolle bestand und die Gesichtskonturen grob zu erkennen gab, erblickte er nun ein vollkommen finsteres Loch, welches in einen gähnenden Abgrund ohne Boden zu führen schien. Seine Atmung wurde schwer und sein leichter Tinnitus sprang ihm ins Bewusstsein, als er sich vorsichtig seinem Spiegelbild näherte, um auch nur das winzigste Detail seines Gesichts zu erkennen. Doch das Material erfüllte seinen Zweck. Als er wieder einen kleinen Schritt zurücktrat, blieb er einige Sekunden stehen, um die ovale Finsternis beinahe ängstlich zu bewundern, welche sich unter der Kapuze seines Pullovers befand. Ihm fiel auf, dass er leicht zitterte und dass ihm irrational kalt wurde, als er die Funktion des eingebauten Stimmverzerrers mit einem kurzen Satz testete: »Wer sind Sie?« Der Klang seiner Stimme glich einem mechanischen Knurren. Unheimlich, nicht menschlich. Für einen winzigen Moment zweifelte er an seiner eigenen Existenz. Schließlich schloss er seine Augen, bevor er die Maske wieder vom Gesicht bis knapp über der Stirn hochzog. Als er seine Augen wieder öffnete, erkannte er endlich wieder sein vertrautes Selbst im Spiegel vor sich. Langsam näherte er sich seiner Reflexion, um sicherzugehen, dass er sich das nicht einbildete. Es dauerte ein wenig. Doch letztlich trat er erneut zurück und war sich sicher, dass er nun bereit wäre für das vereinbarte Treffen.

Es regnete in Strömen, was ihn beruhigte. Durch den Regenschirm über seinem Kopf, würden die vielen Überwachungsdrohnen hoffentlich nicht erkennen, dass er eine illegale *VB-Maske* trug. Die Koordinaten führten ihn in einen für Kameras toten Winkel in der Garage neben dem Warenhaus. *Clever*, dachte er sich erneut. Pünktlich auf die Sekunde erschien ein Streifenwagen und Laurent horchte auf. Zu seiner Überraschung saß niemand im Fahrzeug. Er ging davon aus, das selbstfahrende Auto würde ihn wohl an einen weiteren, sichereren Standort bringen. *Echt clever*, schmunzelte er unter der Maske. Als er sich der Fahrertür näherte, fiel ihm auf, dass die Tür verriegelt war. Dasselbe galt für die Beifahrertür. Auch die hinteren beiden Türen ließen sich nicht öffnen. Er fragte sich, was das soll, bis sich plötzlich der Kofferraum öffnete. »Ihr verdammten Schweine!«, fluchte er. Bevor er in den Kofferraum stieg, streckte er der Kamera im Seitenspiegel seinen Mittelfinger entgegen. Gleich nachdem er die Tür zum Kofferraum über sich geschlossen hatte, fuhr der Wagen los.

Umhüllt von kompletter Dunkelheit verlor Laurent das Zeitgefühl. Es war ihm nicht möglich, die ungemütliche

Fahrt zeitlich einzuordnen. Doch jede verstrichene Sekunde fühlte sich an wie eine zu viel, befand er in seiner ungemütlich zusammengekauerten Position. Als das Auto endlich anhielt, geschah lange nichts. Die Tür zum Kofferraum war verriegelt und langsam erschlich ihn ein Gefühl der Klaustrophobie. Die Luft schien dünner zu werden und die Seite seiner Hüfte, auf der er lag, schmerzte ihn. Endlich öffnete sich die Tür und das grelle Licht blendete ihn. Bevor er sich regen konnte, drückte der Lauf einer Pistole gegen die Mitte seiner Stirn. Er erkannte die Stimme seines Vorgesetzten, die eine unmissverständliche Forderung von sich gab: »Code-Wort.«

»*Lykanthropos!*«, knurrte Laurents mechanisch verzerrte Stimme während er die Hände abwehrend hochhielt.

Wortlos zog sein Vorgesetzter die Waffe zurück, bevor er sie ins Holster steckte, welches seitlich an seinem Gürtel befestigt war. Laurent stieg aus dem Kofferraum und streckte als Erstes seine Glieder in alle Richtungen, bevor er erkannte, wo sie sich befanden. Sie waren im privaten Parkabteil des Polizeihauptquartiers. Das mechanische Tor war geschlossen, was ihnen nebst den zwei Kameras immerhin ein bisschen Privatsphäre schenkte. Zum Glück hatte er seine Maske nicht während der Fahrt abgestreift. Über die damit verbundenen Konsequenzen wollte er nicht nachdenken.

»Ich habe nicht viel Zeit. Kommen wir also gleich zur Sache. Was konnten Sie bisher in Erfahrung bringen?«, wurde er gefragt.

»Nun, wie soll ich sagen? Die Sache könnte komplizierter werden als gedacht.«

»Warum?«

»*Warum?* Fangen wir vielleicht damit an, dass Ihr Briefing beschissen war!«

»Welchen Teil von ›Ich habe nicht viel Zeit‹, haben Sie nicht verstanden? Verschonen Sie mich mit ihrem Gejammer und kommen Sie gefälligst zur Sache.«

Laurent ballte seine beiden Fäuste, lockerte seine Finger darauf aber langsam wieder, als er seinen gekränkten Stolz runterschluckte. »Ich musste improvisieren.«, begann seine nun sachlichere Darstellung der Geschehnisse im Zusammenhang mit seinem Infiltrationsauftrag bei Étiennes Organisation. Schritt für Schritt, mit allen Details, an die er sich zu erinnern vermochte, beschrieb er sein erstes Treffen im *Grand Hotel Olympe* bis zum formellen Treffen in Étiennes Landhaus und der damit verbundenen Mutmaßung dessen Motivation. Sein Vorgesetzter, der ihn mehrfach stumm nur mit knappen Handgesten dazu aufforderte schneller zu sprechen und sich nicht in Einzelheiten zu verlieren, zeichnete die Aussage auf einem alten analogen Mikrokassetten-Aufnahmegerät auf. *Clever*, dachte sich Laurent. Dies bot einen gewissen Schutz vor digitaler Verbreitung. Schließlich wurde das Gerät ausgeschaltet und sein Gegenüber ergriff wieder das Wort: »Okay, das ist nicht gut. Das ist gar nicht gut. Ihr Auftrag ist es, sein Labor zu lokalisieren und herauszufinden, womit der *Stoff* hergestellt wird, nicht für dieses Arschloch zu arbeiten. Ich blase die Operation ab.«

»Warten Sie! Ich habe eine Idee.«

»Ach ja? Dann lassen Sie hören.«

»Wir setzen Drohnen zur Distribution ein. Soweit wir wissen, setzt Étienne noch immer Fusspersonal als klassische Dealer ein. Wir bauen ein modernes effizienteres Verteilungsnetz auf. Das dauert Monate und sollte mir genügend Zeit verschaffen, sein Vertrauen zu gewinnen.«

»Sind Sie high oder was? Haben Sie eigentlich zugehört? Ich will nicht, dass sie ihm helfen effizienter zu werden. Ich will wissen, wo seine verfluchte Droge hergestellt wird und das nicht erst nächstes Jahr. Die Anzahl Süchtiger nimmt mit jeder Woche zu. Wir haben weder die Zeit noch die Ressourcen für eine langfristige Operation.«

»Und was die Alternative?«, rief Laurent mit verworfenen Händen.

»Wir lassen ihn verschwinden.«

»Damit ein anderer Irrer seinen Platz einnehmen kann? Hören Sie, wir wissen nicht wieviele andere Leute in seiner Organisation wissen, wie man den *Stoff* herstellt. Wahrscheinlich weiß er es nicht mal selbst, sondern nur jene, die in seinem Labor arbeiten. Scheiße, wir wissen noch nicht mal, ob es ein oder mehrere Labors gibt! Ob es Ihnen gefällt oder nicht, wir brauchen ein bisschen Zeit, okay?«

Sein Vorgesetzter blickte auf seine Armbanduhr, zuckte mit den Schultern und bemerkte in sarkastischem Tonfall:

»Fein. Und wie genau haben Sie sich die Sache vorgestellt?«

»Ich weiß noch nicht, wie die Distribution mit Drohnen im Detail funktionieren soll. Aber ich dachte, ein Lösungsansatz wäre, wenn die Drohnen gefälschte Identifikationssignaturen hätten.«

»Sie sind wirklich nicht der Hellste, oder? Was verstehen Sie denn schon von Drohnen? Der Luftraum wird permanent von einer künstlichen Intelligenz überwacht. Jede noch so kleine Anomalie wird registriert und löst bei uns einen Alarm aus. Nie und nimmer würde so was funktionieren.«

»Es würde funktionieren, wenn Sie dafür sorgen, dass es funktioniert. Stellen Sie sich nur vor, wie wir jede Bewegung des *Stoffs* aufgezeichnet in unserem System hätten. Das allein wäre bereits ein gewaltiger Fortschritt.«

Der Vorgesetzte musterte ihn schweigend, als ein Alarmsignal aus der Armbanduhr erklang. »Die Zeit ist um. Steigen Sie wieder ein.« Bevor er die Tür zum Kofferraum schloss, meinte er: »Ich muss das mit dem Chefinspektor besprechen. Sie hören morgen von mir.« Er schüttelte den Kopf und fügte an: »Vielleicht sind Sie doch nicht so dumm, wie ich es erst vermutete. Aber Sie spielen mit Feuer. Passen Sie auf. Ich kann ihnen nicht helfen, wenn sie sich dabei verbrennen.«

Wieder zu Hause angekommen, entledigte er sich gleich all seiner Kleidung und stieg in die Dusche. Er hatte im stickigen Kofferraum stark geschwitzt. Anschließend entschied er sich, gleich einen Waschgang zu starten. Zur Sicherheit legte er die VB-Maske in den Safe, nachdem er sie sorgsam mit einem speziell dafür bestimmten Spray gereinigt und gleich darauf zusammengefaltet hatte. Während seine Waschmaschine sanft summte, setzte er sich an seinen sperrigen Tisch in der Küche. Mit einem Sprachbefehl liess er sich die digitale Anzeige auf die Tischoberfläche projizieren. Er blickte mürrisch zur offenbar kaputten Kaffeemaschine, als er über sein Smartphone eine schriftliche Beschwerde an seinen Händler diktierte und versandte. Danach nahm er sich einige Zeit, das defekte Gerät zu putzen und stellte es in eine Ecke im Flur bei der Eingangstür. Als er die Maschine vor ein paar Jahren gekauft hatte, entsorgte er die Verpackung gleich. Er hoffte, der angeforderte Kurier, der das Gerät hoffentlich bald abholte, würde deswegen keine Probleme machen. Die Müdigkeit setzte ihm nun spürbar zu. Doch solange die Waschmaschine noch lief, weigerte er sich ins Bett zu gehen. Ihm war wichtig, dass seine Wäsche nicht zerknüllt in der Trommel liegen blieb. Sowas würden sich nur nachlässige Menschen erlauben und zu denen zählte er sich nicht.

Plötzlich fragte er sich, wie es Léna wohl ging? Die beiden hatten sich seit seiner Entlassung nicht mehr gesprochen, obwohl Sie es ihm angeboten hatte. Es war bereits nach drei Uhr morgens, weswegen er dem Drang, ihr zu schreiben, nicht nachgab. Das würde einen merkwürdigen Eindruck hinterlassen, befand er. Stattdessen programmierte er eine Nachricht, in der er um ein freundschaftliches Gespräch bat, sodass diese erst zur Mittagszeit versendet würde.

Knapp eine Stunde später signalisierte die Waschmaschine, dass seine Kleidung nun endlich gewaschen und getrocknet war. Während seine *Oldies-Playliste* leise den *Swandive*-Song »The Game« über die in der Wohnung verteilten Lautsprecher abspielte, nahm er sich Zeit, die frische Wäsche korrekt zusammenzufalten und im geräumigen Kleiderschrank zu verstauen. Der Anblick seiner makellos aufgeräumten Wohnung befriedigte ihn. Alles war an seinem Platz. Sein Leben hatte in der letzten Zeit chaotische Züge angenommen. Umso wichtiger schien es ihm deswegen, nicht die Kontrolle in den eigenen Wänden zu verlieren. Nur seine Bettwäsche störte ihn jetzt. Er hatte diese seit über einer Woche nicht mehr gewaschen und ausgewechselt, was gegen seine strenge Routine sprach. Doch aufgrund seiner bleiernen Müdigkeit entschied er, sich erst später darum zu kümmern. Diese winzige Ausnahme gönnte er sich, wenn auch widerwillig.

– X –

Heute Abend fand Lous Klassentreffen statt. Er lag noch immer im Bett und starrte auf das Display seines Handys. Dreizehn Uhr dreißig. Seit beinahe zwei Stunden wälzte er sich nun schon von der einen zur anderen Seite, vermochte aber nicht wieder einzuschlafen. Zwar war ihm noch ganz und gar nicht danach, doch er überwand sich nun endlich aufzustehen. In einer halben Stunde müsste er zum Termin beim Friseur erscheinen, den er gestern vereinbart hatte. Er konnte sich nicht mehr genau erinnern, wann er sich die Haare hatte schneiden lassen. Seiner Einschätzung nach war es schon fast ein Jahr her. Als er im Badezimmerspiegel mit verklebten Augen sein zerzaustes Haar betrachtete, befand er den Plan für gut, heute endlich mal zu handeln. »If your hair is wrong, your whole life is wrong.«, hatte irgendein berühmter Mensch einst behauptet, besann er sich. Nach einer kurzen Dusche suchte er im Schank, der gegenüber seinem Bett stand, nach sauberen Kleidungsstücken, die er für besondere Anlässe reserviert hatte. Normalerweise benutzte er den Kleiderschrank nur selten. Meistens würde er die saubere Wäsche auf den Stuhl am Fuß des Betts legen und sich von dort bedienen, bis nichts mehr darauf lag. Es war ein pragmatisches übersichtliches System, fand er. Ein Bügeleisen besaß er nicht. Wozu auch? Seine maschinengetrockneten T-Shirts müsste er ein paar Mal durchschütteln und den Rest des Glättungsprozesses würde sein Körper übernehmen, in dem sich der Stoff beim Tragen automatisch spannte. Das war zwar nie makellos, aber was war das schon je, fragte er, wenn sich seine Freunde, die selten ein Blatt vor den Mund nahmen, ihn auf die Knitter in seiner Kleidung hinwiesen. Als einziges Kleidungsstück in seinem Kleiderschrank hing das grau karierte Hemd an einem Bügel, welches er vor eineinhalb Jahren zum Abschluss seiner Ausbildung von seiner Mutter geschenkt erhalten hatte. Nur ein einziges Mal für vier Stunden getragen, war es noch immer in vorzüglicher Form. Zumindest auf den ersten Blick. Sicher, an den unteren Säumen sowie bei den Ellenbogenpartien zeigten sich einige Knitter. Doch das karierte Muster lenkte davon ab. Und eben, was war schon je perfekt? Er zog das Hemd aus dem Schrank und bemerkte, dass es einen schwer identifizierbaren, unangenehmen Geruch aufwies. Für einen Waschgang reichte die Zeit nicht mehr. Darum sprühte er es großzügig mit Deodorant ein, bevor er es zum Ausgleich auf dem windigen Balkon aufhängte. Anschließend ging er sich die Zähne putzen. Heute gab er sich Mühe, dies gründlicher als sonst zu tun. Als er in das Spülbecken spuckte, fiel ihm die rote Farbe seines Speichels auf. Sein Zahnfleisch blutete. Ihm fehlten Zeit und Lust, sich darüber Gedanken zu machen, also spülte er seinen Mund zweimal mehr mit Wasser aus, um sich danach anzuziehen. Seine Jeans war stark verwaschen, dafür immerhin sauber. Im Flur suchte er sich unter den quer durcheinander liegenden Schuhen das am saubersten wirkende Paar heraus: dunkelbraune Sneaker mit weißen Streifen an den Seiten. Als er auf dem Balkon erneut am Hemd roch, befand er dessen Geruch als *gut genug*. Zum Schluss zog er sich seine braune Lederjacke über und verließ die Wohnung.

Eineinhalb Stunden später stand er vor dem großen Ganzkörperspiegel des Friseur-Salons. Er hatte soeben zähneknirschend bezahlt. Die Preise hatten seit seinem letzten Besuch aufgeschlagen. Nichtsdestotrotz war er zufrieden mit dem Gesamtergebnis. Als er sein Erscheinungsbild von unten bis oben betrachtete, musste er lachen. Dunkelbraune Sneaker, verwaschene Jeans, grau kariertes Hemd, braune Lederjacke und ein strenger Kurzhaarschnitt, bei dem das Deckhaar durch viel Gel und Haarspray seitlich in die Höhe schoss. *Perfekt, so sehen Normalos aus*, grinste er, bevor er sich verabschiedete. Ein kurzer Blick in den Geldbeutel bestätigte ihm, dass er noch über genügend Bargeld verfügte, um heute Abend nicht in Not zu geraten. Es würde nicht für eine ausgelassene Nacht reichen, aber das war schon okay. Zwar hätte er noch genügend Zeit, um am Automaten noch mehr Scheine zu beziehen. Jedoch hatte er seinen Kontostand seit über einer Woche nicht mehr kontrolliert und er kannte sich gut genug, um zu wissen, dass eine allzu tiefe Zahl auf dem dortigen Display seine Stimmung den ganzen Abend lang trüben würde. Sowas konnte er heute nicht brauchen. Ihm blieb noch eine Stunde, bis er im italienischen *Ristorante Riviera* einzutreffen hatte. Das reichte noch, um nochmals kurz nach Hause zu gehen und sich dort einen Kaffee zu machen. Hiermit würde er noch zusätzlich Geld sparen, statt in einem Café einen Espresso zu bestellen…

Pünktlich auf die Minute erschien Lou im italienischen Restaurant. Draußen stand bereits seine komplette ehemalige Schulklasse bei Weißwein, Orangensaft und herzlichen Gesprächen. »Lou, altes Haus!«, kreischte Monique, eine frühere Klassenkameradin ihm winkend zu. »Hast du es auch endlich geschafft! Wir haben uns schon fast Sorgen gemacht, dass du nicht mehr kommst! Schick siehst du aus!«

Er konnte Monique nie ausstehen. Die fünfeinhalb Jahre, die mittlerweile vergangen waren, hatten nichts daran geändert. Mit gepresstem Lächeln fragte er zögerlich: »Seid ihr schon lange da? Ich dachte, wir hätten uns um halb sechs verabredet?«

»Ja schon, aber du weißt ja wie das ist! Garçon, Garçon! Wir sind nun endlich vollzählig! Bringen Sie uns bitte noch ein Glas Rotwein für den Monsieur!«, lachte sie.

Lou wusste nicht, wie *das* sei. Er wusste noch nicht mal, was Monique damit überhaupt meinte. Aus Verlegenheit unterließ er es, nach einer Erklärung zu fragen. Stattdessen nahm er sein Glas Rotwein entgegen. Er hasste Rotwein. Seine Mutter trank ausschließlich Rotwein. Doch er ließ es geschehen, dass sie ihn an der Hand in den Speisesaal zerrte und ihn neben sich am großen Tisch platzierte. Der Rest der ehemaligen Klasse setzte sich ebenfalls und begutachtete die Speisekarte. Er stellte fest, dass die Preise im *Riviera* höher waren als angenommen. Deswegen bestellte er lediglich einen Teller Pasta. Keine Vorspeise. Als Monique ihn fragte, ob er sich denn sicher darüber sei, gab er vor, einerseits nicht sehr hungrig zu sein und andererseits würde er seit einiger Zeit besser auf seine Fitness achten und deswegen grundsätzlich abends weniger zu sich nehmen. Er strich sich lachend über die leichte Wölbung seines Bauchs und log ihr ins Gesicht, er arbeite daran, sich wieder einen Waschbrettbauch anzutrainieren. Sie lachte: »Das ist grandios, Lou! Bei mir ist es genau das Gegenteil, schau doch!« Erst jetzt, als sie darauf hinwies, fiel ihm die Wölbung an ihrem Bauch auf. Sie erwartete ihr erstes Kind. Sein Kiefer presste sich hart zusammen, als diverse Erinnerungen an die Schulzeit durch seinen Kopf schossen. Er hatte sich in der fünften Klasse mal in Monique verliebt. Seinen Liebesbrief, den er unter Aufbringung all seines Muts verfasst und ihr zugeschoben hatte, wurde von ihr unter lautem Gelächter vor der ganzen Klasse zerrissen. Es dauerte Jahre, bis ihn niemand mehr in der Schule, über diesen Vorfall belustigt, ansprach. Das war der Grund, warum er Monique nicht ausstehen konnte. Er wollte auch heute, hier und jetzt, nicht neben ihr sitzen. Ihm schien jedoch klar, dass jedes noch so kleine Anzeichen von Protest, den Rest der Klasse gleich wieder an diese alte Geschichte erinnert hätte. Also blieb er so cool, wie er nur konnte. Ließ sich nichts anmerken. Stattdessen nahm er den für ihn bestellten Rotwein in winzigen Schlucken zu sich – in der Hoffnung, der Geschmack würde nach einer Weile angenehmer werden.

Erst ein Jahr war vergangen, seitdem sie alle ihre Berufsausbildungen abgeschlossen hatten und doch befanden sich bereits zwei Drittel seiner ehemaligen Klassenkameraden in der aktiven Familienplanung. »Besser früher als später! Wer will schon alte Eltern? Ist es nicht schöner, wenn man irgendwann noch vital genug ist, damit man mit seinen Kindern noch Fußball spielen kann? Nichts auf dieser Welt ist wichtiger als Familie, nicht wahr?«, sprach der scheinbare Konsens, mit Ausnahme jener, die erst gerade ein Studium angefangen hatten. Eine weitere aus seiner damaligen Klasse erwähnte stolz, wie sie und ihr Partner sich einen Hund gekauft hatten, um sich auf das Elternsein vorzubereiten. Hunde wären dafür angeblich bestens geeignet, da man mit ihnen Routine, Disziplin, Verantwortung, Geduld und Erziehung lernen könne. Lou hatte andere Vorstellungen vom Leben. Doch traute er sich nicht, Einsprache zu erheben. Befand er sich doch in der Minderheit der geselligen Runde.

Schließlich wurde es wieder etwas stiller im für die Gruppe reservierten Speisesaal. Alle waren mit ihren Desserts beschäftigt. Lou, der sich zuvor auf dem Klo einen Überblick seiner Finanzen verschafft hatte, hatte keine Nachspeise bestellt. Der Preis für den unfreiwillig bestellten Rotwein überstieg beinahe sein Budget. Stattdessen nippte er an einem Glas Leitungswasser. Das war immerhin kostenlos. Um die Stille zu brechen, fragte er in die Runde: »Sagt mal, kennt ihr diese Werbung, die aktuell überall läuft? Memo, äh, Mnemo? Ich kann diesen blöden Namen nicht aussprechen, sorry. Na ja, diese Firma, die Erinnerungen archiviert und so. Glaubt ihr, so was braucht jemand?«

Monique schlürfte den Rest ihres Zitronen-Sorbets laut aus und rief: »Ja, total! Stell's dir so vor: Wenn wir eine Video-Botschaft kurz vor oder nach unserem Schulabschluss aufgezeichnet hätten. Weißt du, so eine Art Video, in dem wir zum Beispiel etwas über unsere Zukunftsträume erzählt hätten. Oder einfach darüber geredet hätten, wie wir unsere Schulzeit in diesem Moment empfanden. Und dann hätten wir uns dieses Video heute am Klassentreffen angeschaut. Findest du nicht, dass das spannend gewesen wäre, Lou? Also ich könnte mir gut vorstellen, dass ich so eine Dienstleistung für meine neugeborene Tochter nutzen werde.«

Er blieb skeptisch. »Wozu? Du hast doch sicher selbst ein Archiv deiner Fotos und Videos, die du täglich mit deinem Handy aufnimmst? Nicht?«

»Ja, schon! Aber seien wir mal ehrlich. Wie oft durchstöbern wir all diese Datenberge? Wir produzieren fast täglich so viele Daten. Es ist toll, haben wir diese stets zur Verfügung. Aber ist dir klar, wieviel Zeit es braucht, um all das durchzuschauen? Ich glaube wirklich, es wäre eine klare Erleichterung, wenn du selbst nichts machen müsstest. Aber wenn zum Beispiel meine Kleine zum Ende ihrer Ausbildung automatisch eine Erinnerung daran, wie es zu Beginn war, zugeschickt bekäme, das wäre doch grandios!«

»Kannst du dir dafür nicht einfach eine Erinnerung im Kalender einspeichern? Tut mir leid, aber für mich klingt das nach der Lösung für ein Problem, das eigentlich gar keines ist?«

»Ach, mein Lieber! Es ist doch so: Die meisten Dienstleistungen, die wir heutzutage nutzen, drehen sich um Dinge, die wir auch gut selbst erledigen könnten. Ich meine, selbstverständlich könnte ich unser Haus auch selbst putzen. Deswegen habe ich aber trotzdem eine Putzfrau. Auch wenn es meinen Mann und mich teurer kommt, als wenn wir uns selbst darum kümmern würden. Darum geht es doch gar nicht.«

»Okay, einverstanden. Aber ich bin mir nicht sicher, ob die beiden Dienste so direkt vergleichbar sind.«

»Schau, bis meine Tochter irgendwann ihren Universitäts-Abschluss hat, geht es, glaube ich, sicher noch 20 Jahre. Kannst du dir vorstellen, wie viel bis dahin noch geschehen wird? Ich kann mich heute kaum noch an unsere Zeit in der Schule erinnern.« Sie schaute kurz in die Runde, bevor sie grinsend fortfuhr: »Aber dass du mal bis über beide Ohren in mich verknallt warst, werde ich *niemals* vergessen, mein kleiner Lou!«

»Oh, stimmt! Wow! Das hätte ich fast vergessen!«, klatschte die gegenüber sitzende Klassenkameradin gemeinsam mit dem Rest der Anwesenden. Lou lachte laut mit und hielt beide Hände in die Höhe, um ein Bild der inneren Gelassenheit vorzugaukeln. Schließlich wandte er sich mit breitem Lächeln zu Wort: »Ja ja, das war eine spezielle Geschichte, ich weiß. Aber was soll ich dazu schon sagen, liebe Monique? Damals warst du auch noch nicht so eine furchtbar fette Sau, wie heute!«

Der ganze Raum erstarrte. Monique lief rot an. Einige andere hielten sich die Hand vor den Mund. Der Abend war für ihn somit beendet. *Schade eigentlich*, dachte er sich kurz, bevor er sich vom Tisch erhob und sich mit einer theatralischen Verneigung verabschiedete. Im Rücken vernahm er, wie jemand etwas zu stammeln begann, doch er hatte den Speisesaal bereits verlassen, bevor er das Gesprochene aufnehmen konnte. Am Tresen beim Eingang des Restaurants fragte er höflich nach der Rechnung, für deren Begleichung sein letztes Bargeld auf den Punkt genau reichte. Er war froh, endlich hier rauszukönnen, um sich eine Zigarette anzuzünden. Die vergangenen drei Stunden hatte er sich dazu nicht getraut, waren doch all seine ehemaligen Kameraden Nichtraucher. Ohne einen Blick zurückzuwerfen, ging Lou zielgerichtet in die kühle Nacht hinaus.

Einige Minuten später betrat er Georges' Bar und seine Freunde, die bereits den ganzen Abend hier verbracht hatten, wandten sich ihm sogleich zu.

»Wie zur Hölle siehst du denn aus, Mann?«, fragte Benoît erstaunt.

»Wer bist du und was hast du mit unserem Lou gemacht?«, knurrte Patrice.

»Alter, was hast du mit deinen Haaren gemacht? Und seit wann trägst du Hemd und Lederjacke?« Alexandre rieb mit seiner Hand wild durch Lous Haar und grölte laut. Letzter hielt stumm seine zwei Mittelfinger in die Höhe: »Ich war am Klassentreffen, von dem ich euch erzählt hatte. Tut nicht so und bringt mir ein Bier, ich bin pleite.«

»Ein großes Bier für den jungen adretten Herrn bitte, Georges!«, rief Benoît.

»Kommt sofort!«

Egal, zu welcher Uhrzeit, an welchem Tag und zu welcher Stimmungslage – der erste Schluck frischgezapften Biers schmeckte immer am besten. Es lag etwas Magisches im Gebräu, fand er stets. Wenige Schluck später hob sich seine Stimmung merklich. Seine Freunde fragten ihn über das Klassentreffen aus. Spezifisch fragten sie ihn, wie sich seine alten Kameraden denn optisch verändert hatten. Ob man ihnen die vergangenen Jahre bereits ansähe. Oder ob gewisse von ihnen noch immer so hübsch oder hässlich waren wie damals. Auch wenn die Jungs nicht in derselben Klasse waren und Lous Mitschüler bloß flüchtig kannten. Schließlich meinte Alexandre abschließend, da er spürte, wie Lou unwohl war: »Ach scheiß auf diese Leute! Das sind doch eh alles hörige *System-Marionetten*, die nur meinen alles im Griff zu haben, weil sie ihre Eltern brav imitieren. Wir sind anders. Wir schwimmen gegen den Strom. Wir sind besser als die!«

Aus den Lautsprechern der Bar wummerten nun laute, elektronische Bässe der Band *Justice* und die begleitende Frauenstimme rief:

»Because we are your friends! You'll never be alone again! So come on!«

Lou stellte sein Bierglas auf den Tresen und begab sich gemeinsam mit seinen Kumpels in die Mitte des Raums, um zu tanzen. Hier in dieser Bar, umgeben von diesen liebenswürdigen Menschen, war seine Welt in Ordnung.

KAPITEL ELF

Als Laurent kurz nach Mittag erwachte, fühlte er sich nicht erholt, sondern wie gerädert. Nach einer kalten Dusche machte er sich dran, wie er es sich in der Nacht zuvor vorgenommen hatte, die Bettwäsche zu waschen. Er schüttelte Decke und Kissen ordentlich durch und legte beides auf seinen Sessel, um das Gewebe durchatmen zu lassen. Die beiden dicken Matratzen hievte er aus dem fast zwei Meter breiten Bettgestell an die Wand. Anschließend saugte er sorgfältig die hauchdünne, kaum sichtbare Staubschicht unter dem Bett weg. Erst als die Waschmaschine knapp eine Stunde später das Ende des Programms akustisch ankündigte, setzte er alles wieder zusammen und bezog das nun durchlüftete Gewebe mit frischen Stoffen aus dem Schrank. Kaum damit fertig, die Decke minutiös zusammengefaltet zu haben, freute er sich schon darauf, sich in der kommenden Nacht hier hineinzukuscheln.

Auf dem Display seines Smartphones fassten sich die eingetroffenen Meldungen zusammen:

- LIEFERBESTÄTIGUNG FOOD-BOX BESTELLUNG #673421 UM 09:34 UHR
- SPRACHNACHRICHT VON »LÉNA«

- E-MAIL »IHR SCHADENSFALL REF.-NR. 341960«
- TEXTNACHRICHT VON »UNBEKANNT«

Léna hielt kurz fest, dass sie sich sehr darüber freute von ihm zu hören. Da sie aber nächste Woche für vierzehn Tage endlich ihre Herbstferientage beziehen könnte, wäre ein Treffen erst später möglich.

Sein Händler schrieb ihm formell, dass seine Kaffeemaschine nicht mehr für Garantiefälle qualifiziert war und das Produkt nicht mehr hergestellt wurde. Deswegen könnte man ihm leider nur die Entsorgung des Geräts sowie drei alternative Produkte zum Sonderpreis anbieten (Promotion, sieben Tage gültig).

Die unbekannte Textnachricht stammte offensichtlich von seinem Vorgesetzten: »Grünes Licht. 23 Tage für Softwareanpassung. Salär wird um 18 % gekürzt, aufgrund Mehrkosten. Nächster Bericht in 14 Tagen.«

Am liebsten hätte er nach dem Lesen dieser Zeilen sein Smartphone an die Wand geschmettert. Er ließ es sein. Stattdessen zog er sich an, um vor der Haustür seine zweiwöchentlich gelieferte Box voller frischen Lebensmitteln in die Wohnung zu bringen. Er begutachtete die Qualität des frischen Gemüses sowie des vakuumierten Frischfleischs, bevor er es systematisch im Kühlschrank respektive der Tiefkühlschublade verstaute. Während er sich sein Mittagessen kochte, begann er damit, den Plan zum vorgeschlagenen Distributionskonzept für Étienne in seinem Kopf auszuarbeiten. Ihm war klar, dass es nicht bloß überzeugen müsste, sondern letztendlich auch eine messbare Effektivität mit sich bringen sollte.

Schließlich brach die neue Woche an und mit ihr der Tag, an dem er sich wieder bei Étienne einfand. Erneut wurde er von Nicolas an der Eingangstür in Empfang genommen. Es stellte sich heraus, dass Nicolas Étiennes engster Vertrauter war.

»Ah, der Mann der Stunde! Komm, Lamar, setz dich zu uns!«, rief Étienne freundlich. Neben ihm saß die Frau, die bei ihrem letzten Treffen schweigend im hinteren Teil des Raums geraucht hatte. »Übrigens, darf ich vorstellen? Das ist Jeanne. Jeanne, Lamar. Lamar, Jeanne. Sie ist mein bestes Pferd im Stall, nicht war, meine Liebe?«

Sie streckte ihm augenrollend ihre Hand entgegen und entgegnete kurz: »Freut mich.«

Étienne fuhr fort: »Wundervoll! Also, die Zeit läuft. Husch, husch, mein Schatz. Geh dich hübsch machen. Lassen wir den guten Lamar uns sein Projekt vorstellen. Es ist Freitagabend und langsam aber sicher habe ich Lust auf Feierabend. Du verstehst?«

Laurent war überrumpelt und stotterte: »Natürlich.«

»Oh, bitte verzeih! Wo bleiben nur meine Manieren? Willst du was zu trinken? Ich würde dir ja gerne einen Kaffee anbieten, aber die verdammte Maschine hat den Geist aufgegeben. Dabei habe ich ein halbes Vermögen für ein inländisch produziertes Qualitätsprodukt ausgegeben.

Glaub mir, heutzutage ist auf nichts mehr Verlass! Aber egal. Du hattest letztes Mal eine Cola, richtig? Ernesto! Ernesto bring unserem Gast bitte eine Cola!«

»Kommt sofort, Monsieur.«, entgegnete Letzterer aus der Küche.

Nachdem Ernesto die Cola vorsichtig auf den Tisch gesetzt hatte, klatschte Étienne in die Hände und fuhr fort: »Also! Lass hören, Lamar!«

Laurent räusperte sich und leitete seine Präsentation ein: »Okay. Sag mal, wie stehst du eigentlich zu Drohnen?«

»Drohnen?«

»Ja, Drohnen. Die Stadt ist voll von ihnen. Überwachungsdrohnen. Lieferdrohnen. Keine Sau hat da wirklich einen Überblick darüber.«

Étienne schüttelte den Kopf. »So ein Scheiß. Natürlich wird der Luftraum überwacht.«

Laurent wurde nervös, doch er gab sich alle Mühe, es sich nicht anmerken zu lassen. »Und wenn schon! Wir brauchen bloß den einen oder anderen IT-Spezialisten. Schau, wir machen es so: Wir modifizieren die Signatur der Drohnen einfach so, damit sie digital so aussehen, als würden sie zu einem beliebigen Lieferdienst gehören. Und wir können ihnen jedes Mal eine neue Signatur verpassen. Gar kein Problem! Nein, ich sag dir was. Wenn wir uns wirklich Mühe geben, können wir die Signatur sogar alle paar Sekunden automatisch ändern lassen. Oder noch besser: Stell dir vor, jede deiner Drohnen würde stets die Identifikationsnummer der Drohne neben ihr kopieren. Kein Mensch würde kapieren, was da abgeht!«

»Du scheinst eine wichtige Sache hier zu vergessen.«

»Die da wäre?«

»Was ist mit meinen Jungs und Mädels, die heute auf der Straße für mich arbeiten?«

»Wie meinst du das?«

»Wenn wir das ganze mit Drohnen automatisieren, wofür brauche ich die denn noch?«

»Das wäre doch eine Gelegenheit deine Kosten zu reduzieren.«

»Was für ein kaltblütiger Kapitalist du doch bist! Pfui, Teufel! Hör mal, den meisten meiner Leute dort draußen geht es nicht gut. Das sind Langzeitarbeitslose und teilweise sogar alleinerziehende Mütter. Alles Leute, die durch unser *System* gefallen sind. Ich werde diese Menschen sicher nicht einfach so herzlos im Stich lassen, klar?«

Nervös zündete sich Laurent eine Zigarette an. »Okay, das ist wirklich sehr nobel von dir ... Aber du brauchst noch immer Personal, das die Lieferungen in Empfang nimmt und die Drohnen überwacht.«

»Hmm.« Étienne schien hellhörig zu werden. Laurent hatte ihn fast dort, wo er ihn haben wollte. Also fuhr er fort, ohne Étienne Zeit zu lassen, seine berechtigten Zweifel am löchrigen Plan mental auszuformulieren: »Denk drüber nach! Deine Leute hätten noch immer einen Job, nur mit viel weniger Risiko. Und angenehmer wäre es auch, da man sich von zu Hause aus darum kümmern könnte. Der Sommer ist praktisch vorbei, wie vielen deiner Jungs und Mädels steht eine Zeit des Draußen-in-der-Kälte-Frierens und des Wartens bevor? Also ich könnte mir schönere Jobs vorstellen.«

»Wie lange würde es dauern, das alles instand zu setzen?«

»Gute Frage. Dafür müsstest du mir einen klaren Überblick über Volumen und Routen deiner Lieferungen geben.«

»Sollst du haben. Sag mir, wieviel Geld du brauchst. Ich will, dass die Sache noch vor Winterbeginn läuft. Haben wir einen Deal?«

»Deal.«

Als die beiden sich die Hand reichten, zog Étienne Laurent nah an sich und sprach mit eindringlichem Blick: »Enttäusch mich nicht, Junge.«

Laurent ließ sich keine Spur Nervosität anmerken und antwortete locker: »Das werde ich sicher nicht.« Vor seinem geistigen Auge sah er bereits Étiennes Leiche in einem schwarzen Sack, was ihm ein schmales Lächeln auf die Lippen zauberte.

Darauf begann Étienne auch zu lächeln. »Geil, ich freue mich! Leute, das nenne ich mal ein produktives Meeting. Ich hatte schon Angst, du laberst stundenlang. So, endlich Feierabend! Das müssen wir feiern!« Er schnippte mit den Fingern, bevor ihm einer seiner Männer eine edle, mit verschnörkelten Ornamenten versehene, kleine Holzkiste reichte. Étienne öffnete sie, worauf sich durch die sich darin eingebauten LEDs gleich sein Gesicht grell erhellte. »Du hast freie Wahl, Lamar. Wähle dein Gift. Geht aufs Haus.«

Kokain, Gras, Haschisch, MDMA, ja sogar Crystal Meth war da. Er hatte kein Interesse Drogen zu konsumieren. Doch er wusste, dass er mitspielen müsste, um Étiennes Vertrauen zu gewinnen. Also entschied er sich fürs Kokain. Es war die Droge, die seinen Geist am wenigsten beeinträchtigen würde, hoffte er. Auf keinen Fall wollte er riskieren, in Étiennes Anwesenheit die Kontrolle über sich selbst und sein Mundwerk zu verlieren. Zögerlich zog der den kleinen Beutel mit dem weißen Pulver mitsamt einem kleinen Spiegel aus der Schatulle. Er wollte sich eine kleine Linie zubereiten, entschied sich mittendrin jedoch anders. Alle Blicke im vollkommen stillen Raum hafteten an ihm. Das hier schien ein Vertrauenstest zu sein. Eine zu geringe Menge Kokain hätte Misstrauen schinden können. Deswegen bereitete er auf dem Spiegel, trotz innerlichem Unbehagen, zwei dicke Linien vor. Ohne mit der Wimper zu zucken, zog er sich das Pulver in raschem Tempo durch seine beiden Nasenlöcher und horchte laut auf.

Étienne brach das Schweigen in dem er laut lachend herausprustete: »Du kleines, gieriges Schwein! Wow! Zieht euch mal den Typen hier rein! Ernesto! Ernesto, bring uns Bier! Du meine Güte, Lamar! Sowas hab ich schon lange nicht mehr gesehen! Ich muss dir jetzt mal was gestehen: Weißt du, bis vorhin dachte ich du wärst ein verdammter Bulle!«

Er hatte also nicht Kokain, sondern Amphetamin zu sich genommen. Mit stark erweiterten Pupillen blickte er zu Étienne und fragte zögerlich, im vollen Bewusstsein darüber, wie schief dieses Treffen sich hätte entwickeln können: »Seh' ich etwa aus wie ein Scheiß-Bulle?«

»Nein! Du schaust aus wie, lass mich überlegen! Dein Puls muss wohl dem eines Rennpferds auf Steroiden gleichen. Aber mit diesen gigantischen Augen erinnerst du mich irgendwie, ja irgendwie an eine Eule…«

Nicolas, der neben Étienne einen Joint rauchend stand und Laurent ebenfalls genau beäugte meinte: »Eine Meule…«

»Was sagst du da?«, kreischte Étienne.

»Meule. Halb Mensch, halb Eule.«

Étienne konnte sich vor Lachen kaum auf seinem Sessel halten, als Ernesto gemächlich einen stattlichen Servierwagen mit einem Bierzapfhahn obendrauf in den Raum schob und ein großes Glas nach dem anderen füllte.

»Hier, trink ein Bier! Das bringt dich hoffentlich ein wenig runter, bevor dein Herz explodiert!«, grölte Nicolas.

Die gesamte Meute stieß mit ihren Biergläsern an, bevor Étienne Musik forderte. Offenbar war dies Nicolas' Aufgabe. Dieser verband sein Smartphone mit der an der Wand platzierten Stereoanlage und spielte von den *Monophonics* den Song »Last one standing«. Im selben Moment öffnete sich die Tür und Jeanne trat erneut in den Raum. Sie trug ein petrolfarbenes Seidenkleid, welches allen Konturen ihres Körpers schmeichelte.

»Jeanne, Baby! Du siehst bezaubernd aus! Komm, tanz mit mir!«, rief Étienne, der sie sogleich an der Hüfte zu sich riss. Optisch trafen zwei Gegensätze aufeinander. Sie war beinahe einen ganzen Kopf größer als er, selbst wenn sie keine hohen Schuhe getragen hätte. Ihr graziler Körper und ihr glänzendes, perfekt frisiertes Haar standen im Kontrast zu seiner dicklichen Figur und der ungenügend von schütterem Haar bedeckten kahlen Stelle an seinem Hinterkopf. Ihre beiden Bewegungen waren jedoch perfekt synchron. Laurent, der aufgrund seines rasenden Herzschlags lediglich unbeholfen hin und her wippte, konnte nicht verneinen, dass Étienne ein grandioser Tänzer war. So ging das fast eine Stunde lang, bis Laurent schließlich aufgab und sich dringend setzen musste, um durchzuatmen. Étienne trennte sich von Jeanne, die unbekümmert allein weiter tanzte und setzte sich zu ihm hin. Keiner von seinen Jungs nahm seinen Platz an ihrer Seite ein. Offensichtlich war Étienne der einzige, der ihr nahe kommen durfte, dachte sich Laurent als sein Blick ihrem perfekten Hüftschwung wie hypnotisiert folgte.

»Hey, Lamar. Junge, alles okay bei dir?«

»Ja, alles gut. Brauche nur eine kurze Pause.«

Étienne forderte Ernesto, der amüsiert neben dem Bierzapfhahn mit dem Kopf nickte, dazu auf ihre Biergläser nachzufüllen.

Laurent sammelte sich und fragte: »Sag mal, wie funktioniert das eigentlich mit dem *Stoff*? Was macht ihn so… einzigartig?« Er verzichtete darauf, die Worte *süchtig machend* zu verwenden.

»Mein *Stoff*? Nun ja. Ich will dir die Details ersparen. Aber sagen wir's mal so, um es stark vereinfacht auszudrücken: Das menschliche Gehirn ist so eine Art Netzwerk aus elektrischen Verbindungen. Strom folgt, grob gesagt, immer dem Weg des geringsten Widerstands. Das höchste Begehren eines Menschen bildet eine der neurologisch stärksten Verbindungen. Du kannst dir das wie eine fette Leitung vorstellen, die breiter und somit schneller ist, als die vielen anderen um sie herum. Weil die Leute eben auch in unbewusstem Zustand diese eine, sagen wir mal Straße im Hirn immer wieder befahren. Mein *Stoff* erkennt nicht nur die wichtigste, sondern vor allem auch die schönste Autobahn im Kopf und breitet sich genau dort aus. Was dazu führt, dass sich ihre sehnlichsten Träume vor ihnen manifestieren. Eine Stunde lang schenke ich Ihnen die Vorstellung, dass das, was sie am allermeisten Begehren, wirklich direkt vor ihnen steht. Sie sehen, hören, riechen, schmecken und fühlen es! Mein *Stoff* schenkt diesen armen Seelen genau das, was ihnen im echten Leben immer verwehrt bleibt. Einige andere synthetische Drogen versuchen genau dieses Kunststück zu vollbringen, aber nur mein *Stoff* macht dies gezielt. Und weißt du warum das so ist? Weil ich ein verdammtes Genie bin.«

»Bist du eigentlich Chemiker, oder so was?«

»Ich habe einst alle Berufe dieser Welt erlernt, mein Junge.«

»Wie bitte?«

Étienne lachte: »Das Internet, Mann! Wenn du was nicht weißt, kannst du dir das Wichtigste innert kürzester Zeit selbst aneignen.«

»Spannend.«, meinte Laurent, nachdem er einen weiteren ordentlichen Schluck Bier zu sich genommen hatte.

»Spannend? Ach, weißt du was? Ich hab 'ne Idee! Scheiß auf die Theorie, gehen wir doch die Praxis an! Nicolas, mach mal die Musik leiser!« Er griff in seine linke Westentasche und präsentierte einen Plastikbeutel mit kleinen, fünfeckigen Pillen, den *Stoff*.

Laurent erkannte ihn sofort und stellte eine Frage, die ihn bereits seit einiger Zeit beschäftigte: »Warum machst du die Pillen eigentlich fünfeckig?«

»Weil es viel teurer in der Herstellung ist als runde Pillen. Das leiste ich mir, um Nachahmungsprodukte zu verhindern. Ich will ja nicht, dass meine lieben Stammkunden auf irgendwelche Plagiate hereinfallen.«

»Das ergibt wohl Sinn.«

»Hier, nimm. Mach dir ein eigenes Bild davon, wie wunderbar mein *Stoff* ist.«

Sich der extrem suchtbildenden Wirkung bewusst, zögerte er. Die Substanzen, die bereits in seinem Blut tanzten, senkten jedoch erfolgreich seine Hemmschwelle. Er erinnerte sich daran, dass er überzeugend Étiennes Spielchen mitspielen musste, um sich vor jeglichem noch bestehenden Funken Verdachts zu befreien. Also spülte er die Pille mit Bier den Rachen hinunter. Ihm wurde unwohl beim Gedanken an einen baldigen schmerzhaften Entzug. Wenige Minuten später spürte er, wie sich in seiner Brust eine zunehmend intensive Wärme breit machte. Gleichzeitig fühlte er etwas, das sich wie eine unsichtbare sanfte Umarmung beschreiben ließ. Sein Atem wurde schwer und sein Herzschlag schien sich zu verlangsamen. Aus Reflex hob er seinen Kopf, um den Knick in seiner Luftröhre zu begradigen und blickte somit direkt in das Licht der Lampe über ihm. Sofort begannen seine weit aufgerissenen Augen zu tränen. Er weinte, doch war sein offener Mund zu einem breiten Lächeln geformt: »Oh …«

»Alles ist gut, Lamar. Alles ist gut. Jetzt wird alles gut, mein Freund.«, flüsterte Étienne.

»Oh …« Laurent begann leise zu wimmern und bemerkte nicht, wie er sich selbst mit beiden Armen umschloss und sanft streichelte: »Aber ich kann doch nicht …«

»Doch, du kannst. Lass los. Lass es geschehen. Nichts kann dir wehtun, das verspreche ich dir. Nichts kann dir wehtun. Du bist zu Hause.«

»NEIN … NEIN, NEIN, NEIN! ICH HABE NEIN GESAGT!«,
SCHRIE LAURENT.

Sein Körper krümmte sich nach vorne zusammen und zitterte wie im Schock, bevor er sich ruckartig vom Stuhl erhob. Er schnaubte laut und schien nahe an der Hyperventilation. Schließlich ergriff er das Glas Cola, wovon er mehrere grosse Schluck zu sich nahm, um danach gekünstelt zu grinsen: »Ganz schön heftig, dein *Stoff*. Das muss ich dir lassen. Geiler Scheiß.« Eine beklemmende Stille erfüllte den Raum. Das leise Knurren der drei kleinen Hunde, welche neben Étienne am Boden lagen, war das einzige hörbare Geräusch. Étienne blickte auf seine Uhr. Lediglich sieben Minuten und sechs Sekunden waren verstrichen. Laurent leerte das Glas und zündete sich eine Zigarette an. Sein Atem beruhigte sich nun wieder. Étienne sprach langsam: »Danke für deinen Besuch, Lamar. Ernesto wird dich jetzt nach Hause fahren.«

»Was ist los? Ich dachte, das wäre eine Party?«

»Ich denke, du hattest genug für heute.«

»Bullshit! Mir gehts blendend!«

Étienne zögerte, bevor er ihm entgegnete: »Nein, es wäre mir wirklich lieber, wenn du dich jetzt ausruhen gehst. Wir haben in den kommenden Wochen viel zu tun. Übertreiben wir's nicht.«

»Hier ihre Jacke, Monsieur Lamar.«, sprach Ernesto, der bereits hinter ihm stand.

»Schlaf gut, mein Freund.«, meinte Étienne bevor er mit zwei seiner Schergen die Treppe in den Keller hinunterstieg und eine Tür laut zuknallen ließ.

Auf der Rückfahrt im silbernen Rolls Royce sprach Ernesto kein Wort. Letztlich brach Laurent das Schweigen:

»Ernesto, bitte biegen Sie dort vorne links ab und lassen Sie mich raus.«

»Wohnen Sie da, Monsieur?«

»Nicht ganz. Aber von dort aus sind es nur noch fünf Minuten Fußweg. Ich brauche noch ein wenig frische Luft, bevor ich mich ins Bett lege. Die Bewegung wird mir guttun. Machen Sie sich bitte keine Gedanken.«

»Sehr wohl, Monsieur.«

Laurent hatte keineswegs im Sinn nach Hause zu gehen. Stattdessen suchte er, sobald er sichergestellt hatte, dass Ernesto ihn nicht mehr sehen konnte, den nächsten Club auf. Zu viele Gedanken schossen durch seinen Kopf und er wusste, dass er ohnehin nicht schlafen könnte. Außerdem hatte er schon lange nicht mehr getanzt. Die Nacht war noch jung und das würde er sich heute von niemandem nehmen lassen.

– XI –

»Minus 987« zeigte Lous Kontostand am Geldautomaten in dunkelroter Schrift an. Fuck. Und das an einem Samstag, was bedeutete, er könnte noch nicht einmal mit jemandem von der Bank sprechen, um vielleicht eine außerordentliche Erweiterung seiner Bezugslimite zu verhandeln. Die standardmäßige Bezugslimite bei seinem Konto betrug 1000. Dabei war doch erst der 18. des Monats. Er sinnierte kurz darüber, was er sich denn diesen Monat alles angeschafft hatte. Keine neue Kleidung, keine CDs oder DVDs, ebensowenig Kino- oder Konzerttickets. Mit ehrlichem Blick betrachtet, hatte er sein komplettes Gehalt, nach Abzug seiner monatlichen Grundkosten, wegkonsumiert. War es für Alkohol oder sonstige Substanzen. Heute hätte es nicht anders sein sollen, hätte sein Bankkonto denn mehr zu bieten gehabt. Er seufzte. Nicht, weil er auf dem Trockenen lag, sondern weil, was nun vor ihm lag, peinlich und unangenehm war. Mit unüblich langsamen Schritten ging er in Richtung Bushaltestelle. Als er seine zweitletzte Zigarette dort wartend rauchte, schirmte er alle sich anbahnenden Gedanken so gut es ging ab. Während der viertelstündigen Busfahrt fiel es ihm aber zunehmend schwerer.

Deshalb suchte er gezielt nach der Musik, die seiner momentanen Stimmung am entferntesten war. Diese Methode hatte sich bereits oft als erfolgreich erwiesen, um eine negative Gedankenspirale zu verhindern. Er versuchte, sich auf die an ihm vorbei zischenden Fahrzeuge zu konzentrieren, während aus seinen Ohrhörern mit voller Lautstärke *Yummy, yummy, yummy, I got love in my tummy* erklang. Es funktionierte. Statt Nervosität und ein sich anbahnendes Schuldgefühl, entfachte sich in seiner Vorstellung ein fantastischer Film, in dem alle Autos auf der Straße aus rosarotem Gebäck waren und dickliche, lachende Insassen ihm vor einer strahlend blauen Kulisse zuwinkten. »Die Kraft der Musik kommt manchmal der von LSD nah«, sinnierte er. Schließlich war er an der gewünschten Bushaltestelle angekommen und als er wenige Minuten später an der Tür eines großen Hauses stand, schaltete er die Musik aus. Sein Herz fühlte sich bereits schwer an, doch er verschwendete keine Zeit. Sekunden, nachdem er die Musik ausgeschaltet hatte, betätigte er die Türklingel und setzte sich sein fröhlichstes Lächeln auf das Gesicht. Obwohl die Tür sperrig und schwer war, konnte man die hastigen Schritte von innerhalb des Hauses hören. Eine alte Frau, die kurz vor der Rente stand, schloss die Tür auf und nahm ihn gleich in ihre Arme. Lou, der die Stärke seiner Umarmung, an die der Frau anpasste, rang nach Luft und sprach: »Hallo, Mama.«

Ihre Hände zitterten leicht, als sie sein Gesicht ergriff, um beide seiner Wangen zu küssen. »38 Tage, mein lieber Sohn, 38 Tage hast du mich wieder allein gelassen. Schäm dich.«

»Tut mir leid, Mama. Du weißt doch, ich habe viel um die Ohren.«, antwortete Lou mit gepresstem Lächeln.

Sie drehte sich um, ließ ihn die Tür schließen und führte ihn instinktiv gleich in die Küche. »Ja ja, ich weiß. Ich weiß. Junge erwachsene Männer haben immer ganz viel um die Ohren. Und einen Kopf voller Ideen! Setz dich, setz dich, um Himmels willen!« Lou setzte sich zögerlich auf einen schweren ockerfarbenen Ledersessel, gleich gegenüber von der breit gebauten Kochinsel. Neben ihm stand ein kleiner Esstisch, auf dem eine massive, braun-schwarz gemusterte Marmorplatte lag. Orchideen in einer Kristallvase schmückten den Tisch. Der edle Sessel, auf dem er saß, war zwar außerordentlich bequem, aber viel zu niedrig für diese Komposition, sodass die Tischkante bei einer aufrechten Sitzposition bei einem erwachsenen Menschen auf Brusthöhe war. Sie fragte ihn, ob er denn heute bereits etwas gegessen habe. Ohne ihn antworten zu lassen, schritt sie direkt zum prall gefüllten Kühlschrank, aus dem sie ein Steak, einen Plastikcontainer mit vorgekochtem Gemüsereis und zwei Eier holte. »Das Fleisch habe ich schon vor drei Tagen beim Metzger geholt, aber ich glaube, es ist noch nicht verdorben. Was meinst du?«, bemerkte sie, als sie ihm die Zutaten auf dem Tisch neben ihm präsentierte. Er betrachtete das saftige dunkelrote Rindfleisch und erkannte nicht die kleinste Spur eines Makels. »Ja, ich glaube, das ist noch gut.« Lou hatte sich selbst noch nie ein Steak von dieser Größe und Qualität geleistet. Schon gar nicht vom lokalen Metzger. Sein täglicher Fleischkonsum setzte sich hauptsächlich zusammen aus Aufschnitt, Bratspeck, Hackfleisch oder was auch immer es denn genau war, was an den Spießen in den Döner-Buden steckte. Steaks schienen ihm viel zu teuer, auch wenn sie manchmal zum Sonderangebot im Supermarkt gehörten. Ihn belastete das nie, schließlich schmeckte es ihm immer und es war, in seinen Augen, unumstritten noch immer besser, als Vegetarier zu werden.

Die alte Frau stand ihm mit dem Rücken zugewandt am Kochherd und es dauerte nicht lange, bis köstliche Röstaromen den Raum füllten. »Also, raus mit der Sprache. Wie heißt sie?«

Lou richtete sich in seinem Sessel auf und fragte: »Wie heißt wer?«

»Na deine neue Freundin! Es kann ja nur an einer anderen Frau liegen, wenn du mich so lange nicht mehr besuchst. Wie heißt sie? Und woher kommt sie? Ich hoffe, von hier! Hat sie einen Job? Sag mir nicht, dass du dir schon wieder so eine wie diese — Wie hieß sie schon wieder? — ach, du weißt schon, wen ich meine. Deine Letzte. Na, die war ja eine Nummer. So respektlos und ungepflegt mit ihren Ohrringen im Gesicht und den Tätowierungen. Die konnte mir ja nicht einmal richtig in die Augen schauen, als sie da war. Bedankt hat sie sich auch nicht, als ich extra für sie einen Gang ohne Fleisch gekocht hatte. Weißt du eigentlich, wieviel Zeit und Mühe mich das gekostet hatte? Was für ein billiges Flittchen! Widerlich, absolut widerlich! Entschuldigung, aber irgendjemand muss es mal sagen. Du weißt, du hast etwas Besseres verdient, nicht?« Sie drehte sich um und legte ihm einen großen Porzellanteller mit goldener Umrandung auf den Tisch, auf dem das Steak mit gebratenem Gemüsereis sowie zwei Spiegeleiern lagen, und küsste ihn sanft auf die Stirn. »Iss, mein Sohn.« Er stand auf, um sich Besteck aus der Schublade zu holen. Bevor er sich wieder setzte, gab er knapp von sich: »Ich habe keine neue Freundin.« Er musste seine Arme in einem unbequem hohen Winkel in die Höhe heben, um das Steak auf dem Teller durchzuschneiden und er bemerkte augenblicklich, wie das Fleisch zu lange in der Bratpfanne lag, wodurch es nun grau und vertrocknet war. *Schade um ein so teures Stück Fleisch*, dachte er sich. Natürlich aß er es trotzdem, indem er es zuvor in flüssiges Eigelb tunkte. Immerhin war alles ordentlich gewürzt, dachte er sich, als er die gewaltige Mahlzeit in hohem Tempo zu sich nahm.

Statt sich auf den zweiten Sessel zu setzen, griff sie zur kleinen Kassette auf der Küchenablage, in der ihre Medikamente lagen, und schluckte schnell drei verschiedene Pillen mit einem Glas kühlem Leitungswasser runter. Lou war auch Jahre später über die Menge an Pillen überrascht, die sie täglich zu sich nehmen musste. Immerhin wirkte sie, abgesehen von ihrem verlangsamten Schritttempo aufgrund der letzten Hüftoperation, noch immer vital. Rein optisch hatte sich sein Bild von ihr seit seiner Kindheit kaum verändert. Einzig die große Replik an der Wand eines Jugendfotos von ihr, erinnerte daran, dass diese korpulente alte Frau einst ein gertenschlankes und sportliches Mädchen war. Er hatte keine Erinnerung an den vor ihm abgebildeten Menschen, war er doch über ein Jahrzehnt nach der Produktion der besagten Aufnahme zur Welt gekommen. Lou sah schweigend auf seinen Teller während er aß und ignorierte, wie sie, an die Kochinsel gelehnt, ihn schweigend musterte. Endlich war der Teller leer und er bedankte sich bei ihr, bevor er Teller mitsamt Besteck in das Spülbecken legte und er sich wieder in den Sessel sinken ließ. »Hast du irgendwo einen Aschenbecher?« Von allen Zigaretten, die er täglich konsumierte, war jene nach einer Mahlzeit eine der befriedigendsten. Das wollte er sich auch hier nicht nehmen lassen. Ächzend bückte sie sich zur untersten Schublade der Küchenkombination, um einen dunkelblauen gläsernen Aschenbecher hervorzukramen. Sie legte ihn vor Lou auf den Tisch und sprach in spöttischem Ton, als sie den Dampfabzug auf die höchste Stufe einstellte und das Küchenfenster komplett öffnete: »Du weißt, dass ich das eine ganz widerliche Angewohnheit von dir finde. Dein Vater hatte nie geraucht. Ich rauche nicht. Woher kommt das eigentlich? Wann hast du eigentlich angefangen, dieses Gift zu dir zu nehmen?«

Lou setzte sich ein Lächeln auf und sagte selbstgefällig, da in diesem Moment alle seine körperlichen Bedürfnisse restlos befriedigt waren: »Ich kann mich nicht erinnern.«

»Warte hier.«, sagte sie, als sie sich in ein anderes Zimmer begab. Lou rauchte unbehelligt weiter und sah, wie sie eine Minute später zurückkam und ihm verstohlen, als ob sie etwas Illegales täte, zwei Hunderterscheine unter den Aschenbecher schob. Sein Lächeln wurde nun breiter: »Danke, Mama.« Er nahm die Scheine erleichtert zu sich, im Wissen, dass dieses Geld genügen würde, um ihm ein ausgelassenes Wochenende sowie genügend Mahlzeiten bis zum nächsten Zahltag zu bescheren.

Erneut lehnte sie sich gegen die Kochinsel. Nun wurde ihr Blick aber ernst: »Weißt du, mein Junge, ich muss dir jetzt mal etwas sagen. Ich habe über all die Jahre stets meinen Mund gehalten und dir nie eine schwere Zeit bereitet. Obwohl du genau weißt, dass ich mit vielen deiner Handlungen nicht einverstanden war. Nie habe ich etwas gesagt. Doch nun kann ich einfach nicht mehr anders. Als deine Mutter ist es meine Pflicht, dir Rat zu schenken. Schau, wie bleich du doch bist. Die Art wie du lebst, tut dir nicht gut. Bis heute hattest du stets Glück. Die Frauen sind dir erlegen und auch sonst lief es eigentlich mehr oder weniger gut. Aber was dich bisher begleitet hat, war das Glück der Jugend. Solange du noch schön und jung und stark bist, werden die meisten Dinge für dich irgendwie funktionieren. Wenn du willst, kannst du dich noch eine Weile durchschlängeln und durchmogeln. Denn die Welt ist der Jugend gegenüber stets versöhnlich eingestellt. Doch das hält leider nicht ewig. Leider. Glaub mir, ich habe es nicht nur selbst erlebt, sondern auch über all die Jahre bei den verschiedensten Menschen beobachten können. Es gibt einen Punkt im Leben, an dem sich das alles wendet. Wenn du mal älter bist und dein Körper nicht mehr alles mitmacht. Du nicht mehr jede einzelne Herausforderung, die dir das Leben entgegenwirft, einfach so locker anpacken oder wegstecken kannst. Wenn du an diesem Punkt noch nichts von Substanz erarbeitet hast, wirst du sehr hart aufs Maul fallen. Mehrmals nacheinander. Und mit jedem Mal wird das Aufstehen etwas schwieriger. Schau mich an und hör mir gefälligst gut zu! Ich will nicht, dass mein Sohn so endet. So wie alle anderen Nichtsnutze. Du bist besser als all diese Idioten. Ich habe dich nicht unter Schmerzen in diese Welt hinein geboren, dich jahrelang ernährt, um mitansehen zu müssen, wie du auf diese Weise untergehst. Dafür liebe ich dich zu sehr. Mein altes Herz würde es nicht ertragen. Bitte glaub mir, wenn ich dir nun sage: Der Zeitpunkt aufzuwachen, ist jetzt. Nicht morgen, nicht nächste Woche und nicht nächstes Jahr. Jetzt, mein Sohn. Tu etwas, bevor es zu spät ist.« Offenbar meinte sie das wirklich ernst. Es war keine der üblichen, sarkastischen oder überspitzten Moralpredigten, denn ihre Augen tränten und ihre rechte Hand krallte sich sichtbar an die Marmorplatte der Küchenablage.

»Mach dir keine Sorgen, Mama.«, setzte er an. »Das ist mein erster Job nach der Ausbildung. Sobald ich ein bisschen Berufserfahrung gesammelt habe, geht es dann schon bergauf. Dann brauchst du mir auch nicht mehr Geld zu geben.«

»Ach du meine Güte, ich rede doch nicht von Geld! Sondern von den Drogen! Und von deinen nichtsnutzigen Kumpels! Sieh dich doch nur einmal an!«

Nun wurde er laut, als er sich erhob: »Mama, ich nehme keine Drogen! Und du kennst meine Freunde nicht! Das sind gute Jungs, du hast doch keine Ahnung!«

»Ja, ich habe keine Ahnung! Ja, genau! Weil du mir nichts, aber auch gar nichts erzählst! Ist das denn zu viel verlangt? Ich bin deine Mutter, verdammt noch mal! Habe ich denn kein Recht darauf, an deinem Leben teilzuhaben? Nachdem ich die besten Jahre meines Lebens für dich, dich allein geopfert habe? Und meinen Körper! Sieh hin!« Wutentbrannt zeigte sie auf das große Jugendfoto an der Wand. »Du weißt ja gar nicht, wie das ist! Und das wirst du auch nie! Denn du bist ein Mann! Niemand kann dich zwingen, die Verantwortungen des Lebens mit Leib und Seele zu übernehmen! Mir hat man damals keine Wahl gelassen. Und doch habe ich dich nicht weggegeben. Obwohl ich die Möglichkeit gehabt hätte. Ich war nicht perfekt, aber ich habe meine Pflicht mit aller Liebe, die ich aufbringen konnte, erfüllt! Sieh mich gefälligst an, wenn ich mit dir rede! Schau, was aus mir geworden ist! Ich bin krank, verstehst du? Krank! Kannst du dir überhaupt vorstellen, wieviele Medikamente ich täglich zu mir nehmen muss? Wie oft ich zum Arzt muss? Nein, es interessiert dich noch nicht mal, du Taugenichts!«

Lou drückte seine Zigarette aus und wandte sich zum Flur, um sich seine Jacke zu greifen. Er entschied, sich diesen Monolog, den er über mehrere Jahrzehnte bereits unzählige Male gehört hatte, nicht weiter anzuhören. Aus Erfahrung wusste er zu gut, dass diese Konversation zwecklos war. »Ja, geh doch! Lauf davon! Geh doch und vergnüge dich mit einer deiner neuen Huren, von denen du mir nichts erzählen willst. Deine neue Hure, die ja so viel besser ist, als ich! Geh!« Um die Situation nicht unnötig eskalieren zu lassen, zog er die Tür nicht mit einem Knall zu, sondern schloss sie sanft hinter sich. So viel Dankbarkeit hatte er noch in sich. Im Stechschritt lief er in Richtung Bushaltestelle. Da er beinahe zehn Minuten bis zur nächsten Abfahrt warten musste, kaufte er sich am dortigen Kiosk zwei Packungen Zigaretten und eine Dose Bier. Bevor er die Dose öffnete und einen kräftigen Schluck zu sich nahm, entwirrte er leicht zitternd das Kabel seiner Ohrhörer, um seine Gedanken erneut mit lauter Musik zu bändigen: »Yummy, yummy, yummy, I got love in my tummy, and I feel like a-lovin you!«

Auf der Busfahrt scrollte er ziellos auf seinem Handy durch die verschiedenen Apps der sozialen Medien, was zusammen mit dem Bier eine beruhigende Wirkung auf ihn hatte. Letztlich wurde er aber durch eine eintreffende Nachricht unterbrochen:

»Bitte verzeih mir, mein Sohn. Ich hätte das alles nicht sagen dürfen. Ich hoffe, du verbringst ein wunderschönes Wochenende. Bitte besuche mich bald wieder öfters, damit wir über schönere Dinge reden können. Mir geht es nicht gut und ich will nicht, dass du eines Tages an meinem Grab stehst und dir wünschst, wir hätten mehr Zeit miteinander verbracht. Vergiss deine Mutter bitte nicht. Und vergiss nie, dass ich dich mehr als alles Andere auf dieser Welt liebe. Für immer und ewig. Versprochen.«

Lou atmete mit geschlossenen Augen einmal tief durch, bevor er in seinen Kontakten die Nummer seines Dealers suchte. Er würde vielleicht morgen auf die soeben empfangene Nachricht antworten.

KAPITEL ZWÖLF

Laurent wandte sich zur Seite, bevor er die weiche Decke fest um sich schlang. Zwar fühlte er sich entspannt, aber ihm war noch nicht nach Aufstehen. Als seine Sinne sich aber langsam von der Schlaftrunkenheit erholten, vernahm er plötzlich Musik. Goa, um genau zu sein. Er öffnete seine Augen und plötzlich wurde ihm klar: »Fuck! Das ist nicht mein Zuhause und das ist nicht mein Bett, sondern eine verdammte Couch!« Reflexbedingt stellte er sich blitzschnell auf und sah um sich. Auf den Sesseln gegenüber des Sofas, auf dem Laurent lag, saßen zwei Frauen. Dreadlocks zierten ihre Köpfe. Eine von ihnen zog sich gerade eine Linie weißes Pulver in die Nase. Die andere hatte nebst abwesendem Blick eine Tasse in der Hand. Auf einem antiquierten Flachbildschirm an der Wand hinter ihnen tanzten repetitive, psychedelische Muster in allen erdenklichen Farben. An der unteren Kante des Displays stand der Titel des aktuellen Songs: *Phaxe & Morten Granau* – »Long Story Short (Static Movement Remix)«.

»Hey, Schlafmütze. Gehts dir gut? Ich habe Tee gemacht, falls du auch einen magst?« Ihre vollkommen schwarze Augenfarbe befremdete ihn auf eine Art und Weise, für die er keine Worte fand.

Ihm war schwindlig, sein Mund war gefüllt mit einem metallischen Geschmack –trocken und stinkend, wie ein überfüllter Aschenbecher. Offenbar hatte er vergangene Nacht nicht nur zu viel geraucht. Nach einem tiefen Räuspern, antwortete er kopfkratzend: »Sorry, ich habe ein Blackout. Was ist passiert?«

»Ach, das macht doch nichts. Du warst gestern völlig hinüber, kleiner Mann. Hast ganz schön übertrieben. Anfangs hast du zwar noch versucht, dich zu unterhalten. Aber es ging nicht lange, bis du eingenickt bist. Wir dachten dann, es wäre am besten, wenn wir dich einfach mal ruhen lassen und so.«, entgegnete sie.

Die andere Frau wandte mit einem warmen Lächeln ein: »Du sahst so süß aus! Hast geschlafen wie ein Baby!« Er erkannte ihre fauligen Zähne, die im Kontrast zu ihren strahlend blauen Augen und den perfekt symmetrischen Gesichtskonturen standen.

»Ja echt, du hast glücklicherweise nicht mal geschnarcht. Pluspunkt für dich! Sag, wie heißt du eigentlich?«

»Ich bin Laurent, aber von mir aus könnt ihr mich auch … Ach, egal. Laurent, ich bin Laurent.« Er blickte auf sein Smartphone, um nachzuprüfen, wieviel Uhr es war. Batterie leer. Natürlich. Also sah er erneut zu den Frauen und fragte: »Wie spät ist es? Wie lange war ich weg?«

»Es ist kurz nach zwei Uhr nachmittags. Du warst über neun Stunden weg. Hast einen guten gesunden Schlaf, mein Lieber. Das beneide ich irgendwie. Weißt du, ich wache ständig auf, wenn irgendwas ist. Auch wenn ich nichts konsumiert habe. Es sei denn, ich nehm' die beschissenen Medikamente. Voll schräg, nicht? Hier, trink eine Tasse Tee. Die wird dir guttun. Ist für Körper und Seele und so.«, drängte die Schwarzäugige.

»Habt ihr auch Kaffee?«

Die beiden Frauen sahen einander grinsend an, bevor beide simultan antworteten: »Nein, nein, nein, Hübscher. In diesem Haus gibt es keinen Kaffee. Kaffee ist schlecht für die Seele, weißt du?«

Sie hielt ihm eine gelbliche Tasse mit der verwaschenen Karikatur einer Katze hin. Über der Katzenzeichnung stand ein Schriftzug: »LOTS OF LOVE«. Mit nicht spürbarer, doch sichtbar zitternder Hand, nahm Laurent die Tasse entgegen und musste aber die zweite Hand als Unterstützung ins Spiel bringen, als die Frau ihm den Tee einschenkte. Anhand der starken Hitze stellte er fest, dass das Gebräu offenbar frisch war. Laurent blies in die Tasse, bevor er sich erneut räusperte. Er zögerte zu trinken und überlegte sich, wie er die entscheidende Frage am geschicktesten formulieren könnte. Doch sein Kopf war nicht in der Verfassung für komplexe Denkvorgänge. Also stellte er die Frage ganz plump: »Was ist das für ein Tee? Ingwer? Kamille?«

Beide Frauen lachten laut und schauten sich an. Von der Mimik und Gestik her hätte man die beiden beinahe hysterisch nennen können. Schließlich meinte die eine, welche bisher nach ihrem Drogenkonsum nur passiv an der Konversation beteiligt war, kichernd: »Es ist ein mit viel Liebe gebrauter Tee nach Hausrezept. Trink, er wird dir sicher schmecken. Bis jetzt hat er allen Gästen hier geschmeckt. Du wirst dich wie neu geboren fühlen, das verspreche ich dir.«

Er setzte die Tasse erneut an seinen Mund, doch der Umstand, dass er den Geruch nicht identifizieren konnte, missfiel ihm. »Sorry, wenn ich so blöd frage, aber das ist wirklich nur Tee?«

»Schätzchen, es ist völlig okay, wenn du hier auf unserer Couch pennst und so. Aber Gratis-Drogen gibt es hier keine. Wir kennen dich ja nicht mal richtig. Wenn du was willst, bezahlst du genauso wie alle anderen. Okay?«

»Schon klar.« Als er die Tasse ein weiteres Mal ansetzte, begann sein Bauch unangenehm zu brodeln. Zu viel Säure letzte Nacht, die sich über den Magen in Form von Galle in den Darm geschlichen hatte. Er stellte die noch immer volle Tasse sachte auf die Tischplatte und entschuldigte sich, mit einer Hand am Bauch: »Entschuldigt bitte, aber ich habe gestern wohl echt zu viel gesoffen. Da will was raus. Wo ist euer WC?«

»Um die Ecke, am Ende des Flurs.«, antwortete die Frau mit den blauen Augen knapp.

Er bedankte sich und schritt rasch in Richtung Badezimmer. In seinem Rücken hörte er: »Mach das Fenster auf und mach nicht allzu lange! Dein Tee wird sonst kalt!«

Die Tür zum Badezimmer ließ sich nicht verriegeln, was ihm gar nicht gefiel. Über dem Waschbecken, aus dem er ein paar Schluck Wasser zu sich nahm, befanden sich statt eines Spiegels bloß filigran verschnörkelte, blutrote Letter an der Wand: *Du bist schön*. Er schnallte seinen Gürtel auf, zog sich die Hose jedoch nicht hinunter, um sich auf die WC-Schüssel zu setzen. Die Schüssel war mit schwarzen Flecken unklaren Ursprungs übersät. Ob es an seinem körperlichen Erschöpfungszustand lag oder an etwas anderem, war ihm nicht klar. Doch als er den Holzboden im Flur in verdächtig langsamen Rhythmus knarren hörte, schleichende Schritte, übermannte ihn der Entschluss blitzartig: »Ich muss hier raus. Sofort!« Ein Blick aus dem Fenster offenbarte ihm, dass er sich in einem Erdgeschoss befand. Mit einem schwerfälligen Quietschgeräusch bewegte sich die Türfalle in winzigen Schritten nach unten, während Laurent panisch das Fenster öffnete und über die Badewanne stieg, um herauszuspringen. Zweimal überschlug er sich, als er torkelnd, so schnell wie er nur konnte, davonrannte.

Hinter sich hörte er die lauten Rufe und schrilles Lachen der beiden Frauen: »Bis bald, kleiner Mann! Bis bald!«

Ähnlich einer Ohrfeige klatschte eine bissig kalte Windböe gegen sein Gesicht. Er sah um sich und musterte die gartenlosen, gräulichen Reihenhäuser. Diese Gegend war ihm völlig unbekannt. Er fragte sich, ob er noch immer in der *Stadt* war? Dem rauen Wetter trotzend, begab er sich auf den ungewissen Weg nach Hause. Ein dichter Nebel verschleierte alles, was weiter als fünfzig Meter vor ihm lag. Er verlor das Zeitgefühl, als er auf einer schmalen Landstraße, die von dichten, bedrohlich raschelnden Bäumen umgeben war, landete. Nun wurde ihm unwiderruflich klar, dass er gewiss nicht mehr in der *Stadt* war. Laurent hatte das letzte bisschen Orientierung verloren.

Ein dröhnendes Hupgeräusch aus nächster Nähe ließ ihn zu Boden fallen. Neben ihm hielt eine tiefschwarze, glänzende Stretch-Limousine. Die Scheibe auf der Fahrerseite senkte sich und ein alter Mann blickte ihm entgegen. Wie ein klassischer Chauffeur des frühen 20. Jahrhunderts war er in einen schwarzen Anzug gekleidet und trug eine dazu passende Mütze auf dem wohl kahlen Kopf. Seine Augen schienen von einer Art milchigem Film überzogen zu sein, als litte er unter grauem Star. Die Limousine war bestimmt selbstfahrend.

»Sie haben sich verirrt, Monsieur?«

Laurent schlotterte regelrecht und wusste nicht, wie er die Frage beantworten sollte. Ein unangenehmer Tinnitus meldete sich an, der trotz des lauten Winds klar hörbar war. Noch immer musterte er den alten Chauffeur, unter dessen eingefallenem, bleichen Gesicht sich die feinsten Blutgefäße offenbarten.

»Sie möchten bestimmt in die *Stadt?*«

Noch immer vermochte er nicht zu antworten. Ihm war nicht wohl. Die komplette obere Zahnreihe des alten Mannes wies mehrere Lücken auf, was ihn zutiefst anwiderte.

»Steigen Sie ein, ich fahre Sie gerne dorthin. Meine nächste Schicht beginnt erst in ein paar Stunden.«

Mit abgemagerten Fingern, an denen die Nägel abgenagt zu sein schienen, betätigte der Chauffeur einen Knopf, worauf sich die hinterste Tür der schwarzen Limousine von selbst öffnete. Laurent stand vor der Wahl, sich in seinem Zustand bei diesem grässlichen Wetter, auf gut Glück, orientierungslos zu Fuß einen Nachhauseweg zu suchen. Oder sich von diesem unbekannten, höchst suspekten Herrn womöglich irgendwo hin verschleppen zu lassen. Seine Zunge weigerte sich Worte zu Formen. Also stieg er wortlos ein. Er zuckte zusammen, als er das Geräusch der Türverriegelung hörte. Doch statt zu protestieren, hielt er inne. Der mit unkonventionell violettem Samt bedeckte Innenraum war wohlig warm, im Gegensatz zu draußen. Und die Absenz jeglicher Musik hüllte ihn in einen sich geborgen anfühlenden Kokon, der ihn den rauen Wind vergessen ließ. Sollte der Alte irgendwas versuchen, würde er sich schon zu wehren wissen, dachte er sich.

Was für eine Nacht. Könnte er doch nur sein Smartphone benutzen, um nach Hinweisen zu den vergangenen zwölf Stunden zu suchen. Laurent schob den Gedanken beiseite, da er nichts nützte. Er müsste geduldig akzeptieren, dass er sich zurzeit in einem undurchdringlichen Vakuum befand und es eine undefinierbare Zeit dauerte, bis er wieder zu Hause in der Normalität ankommen würde. Das Rauschen in seinem Kopf und die sanfte Vibration des Automotors wiegten ihn schlussendlich in einen tiefen Schlaf.

Sein Erwachen war nicht halb so angenehm. Der Regen klatschte ihm erbarmungslos ins Gesicht und ein eisig kalter Wind ließ seine Glieder verkrampfen. Flach auf dem Bauch, mit einer Gesichtshälfte auf dem Asphalt lag er von der Witterung völlig ungeschützt neben einer gewaltigen Lache, die wie Erbrochenes vermischt mit Blut aussah. Er sammelte seine Kräfte, um sich ganz langsam aufzurichten. Zu seiner Erleichterung befand er sich vor dem Eingang des Gebäudes, in dem sich seine Wohnung befand. Schlotternd sah er um sich und versuchte, Sinn aus dieser Situation zu erschließen. Wie war er hierhin gekommen? Wie spät war es? Überhaupt, welcher Tag war heute? Der reflexartige Griff in seine Hosentasche beruhigte ihn kurz, denn seine Schlüssel waren offenbar auf seiner Irrfahrt nicht verloren gegangen.

SPÄT NACHTS, EGAL AN WELCHEM WOCHENTAG, WENN DIE MENSCHEN AUF DER SUCHE NACH LIEBE AN DEN FALSCHEN ORTEN SIND UND DIE DEALER LÄNGST AUS IHREN LÖCHERN GEKROCHEN WAREN, WIE RATTEN, UM SICH AN DER VERWAHRLOSUNG DER SEELEN ZU NÄHREN. DANN SITZT DER ALTE MANN ALLEIN AUF EINER BANK, NERVÖS WIPPEND, MIT WEIT AUFGERISSENEM BLICK, DER SCHNURGERADE NACH VORNE GERICHTET IST.

ER ERINNERT SICH AN DAS SCHAUSPIEL VOR SEINEN AUGEN, MIT SCHEINWERFERN HINTER SCHWEREN VORHÄNGEN, AUF DASS NUR DIE SPIELER, DIE NICHT MEHR SPIELEN WOLLEN, ES ERKENNEN. IHRE WARNENDEN WORTE VERHALLEN IN RAUM UND ZEIT, LANGE BEVOR SIE AUF TAUBE OHREN TREFFEN KÖNNEN.

DIE SCHLOTTERNDEN TRÄUMENDEN SUCHEN SCHWEISSGEBADET DIE SCHULD FÜR IHRE SCHRECKEN IN DEN DUNKLEN ECKEN UNTER IHREN BETTEN. DOCH ERKENNEN SIE NICHT, DASS DORT UNTEN EIN LEERER ABGRUND LIEGT, DER NIEMALS ZURÜCKBLICKT. DER ENTSETZLICHE KLANG LANGER KRALLEN AUF ROSTIGEM METALL UND DAS TIERISCHE GEHEULE IN TIEFSTER NACHT ENTSPRINGEN NICHT DER FERNE, SONDERN DER ENTSETZLICHEN NÄHE DES EIGENEN VERWINKELTEN SCHÄDELS.

DAS UNGEHEUER, WELCHES NICHT BESCHRIEBEN WERDEN KANN, KENNT KEINEN APPETIT. ES WILL WEDER QUÄLEN NOCH FRESSEN.

STATTDESSEN FORDERT ES LEISE, STOCKEND UND VOLLER SCHMERZ, MIT VON NASS VERKLUMPTER ERDE BEDECKTER STIMME:

»SIEH MICH AN.«

KAPITEL DREIZEHN

Der Plan, den Laurent erarbeitet hatte, schien nach beinahe zwei Monaten intensiver Arbeit endlich aufzugehen. Die Anzahl Verhaftungen und der damit verbundene Materialverlust durch Étiennes Fußpersonal nahm bereits nach eineinhalb Monaten um fast ein Drittel ab. Währenddessen steigerte sich der Absatz des *Stoffs* um beinahe vier Prozent. Das war mehr als erwartet. Nach kleinen Anfangsschwierigkeiten in den ersten zwei Wochen, in denen die neu angeschafften Drohnen aufgrund von Software-Fehlern, zu früh leergelaufenen Akkus oder Bedienungsschwierigkeiten durch seine Leute doch in die Fänge der Polizei gerieten, schien das von Laurent erdachte neue Distributions-Modell wie versprochen zu funktionieren.

»Hier, bedien dich. Du hast es dir echt verdient.«

»Was ist das?«

»Spielt das eine Rolle?«

Laurent zögerte, bevor er antwortete: »Na ja, nicht wirklich.« Die Situation letzthin, als er zum vom *Stoff* probiert hatte und nicht die erwartete Reaktion darauf zeigte, schien noch immer in der Luft zu hängen. Ihm selbst war die Sache nicht geheuer, litt er trotz einmaligem Konsum unter keinem einzigen der bekannten Entzugssymptome. Dass irgendetwas ganz gewaltig nicht stimmte, spürte er zweifelsfrei, auch wenn Étienne die Angelegenheit zu Tode schwieg. Dessen bohrende Blicke zwischendurch ließen Laurent keine Zweifel darüber, dass man ihm nicht ganz traute. Gut gelaunter Gehorsam schien ihm daher als die klügste Überlebensstrategie.

Étienne musste laut lachen: »Genau das ist die richtige Antwort! Gönn dir, du kleine Koks-Nutte!«

Er inhalierte das weiße Pulver durch den gerollten Hunderterschein erst durch das rechte, dann durch das linke Nasenloch. Aufgrund seiner sich augenblicklich erweiternden Pupillen blendete ihn die Lampe über ihm, als er seinen Kopf hob und nach Luft schnappte. Musik erklang. Eine Melodie aus einer längst vergangenen Zeit. Eine Wiederholung von fünf kurzen Doppelbassschlägen in Begleitung einer sehr zurückhaltenden elektrischen Gitarre, bevor ein Synthesizer den Hauptpart des Stücks übernahm. Laurent grinste ob der Lächerlichkeit. *Was für eine kindische Retro-Scheiße!* Ihm war schleierhaft, wie man darauf kommen konnte jetzt die Titelmelodie von *Knight Rider* abzuspielen. Er sah auf Étienne herab, der gerade lächelnd dabei war, sich eine Sonnenbrille aufzusetzen und fragte: »Echt jetzt? Ist das wirklich–«

Étienne grinste nun vollends und unterbrach ihn mit zum Bass nickendem Kopf: »Ja, Mann! Ist das nicht der geilste Scheiß überhaupt?«

Nicht nur seinen Ohren, sondern auch den eigenen Augen wollte Laurent nicht trauen. Étiennes Lakaien, die rund um den Tisch standen, hatten alle auch ihre Sonnenbrillen aufgesetzt und nickten allesamt mit verschränkten Armen rhythmisch zum Bass der *Knight Rider* Titelmelodie. Laurent empfand ihre Bewegungen als puppenhaft-synchron und er fragte sich, in welchem schlecht geschriebenen Film er denn nun gelandet sei? Darauf musste er sich erst mal eine Zigarette anzünden, deren ersten Zug er in kurzen Stößen wieder ausatmete. Mit aller Mühe versuchte er sich davon abzuhalten, laut loszulachen. Doch hatte er nicht die totale Kontrolle über sein Zwerchfell. Da er keine Sonnenbrille dabei hatte – Warum sollte er nachts überhaupt eine Sonnenbrille dabei haben? – sah er zum Aschenbecher herab, um Blickkontakt zu vermeiden und kurz in sich zu kehren: »Ach du Scheiße. Ich bin umgeben von dämlichen Teenagern, die Drogen und billigen 80er-Jahre-Sound cool finden. Und mit Pennern wie denen soll ich arbeiten? What the fuck?«

Étienne erhob sich von seinem Sessel und augenblicklich verstummte die Musik, was auf seine eigene Weise wenig Sinn machte. Laurent sah nämlich niemanden an einem Gerät drücken, doch er schenkte der Frage danach keine Zeit, an Gewicht zu gewinnen. Stattdessen fragte er: »Und jetzt?«

»Genug der Arbeit. Es ist nun an der Zeit, unseren ersten Erfolg zu feiern!«

»Ich halte das für keine gute Idee.«, meinte Laurent, der als einziger im Raum noch sitzen blieb.

»Was hältst du für keine gute Idee? Party zu machen und auf den Putz zu hauen?«, erwiderte Étienne, der sich an der Nase rieb.

»Ja. Ich halte es sogar für eine unglaublich beschissene Idee, Étienne. Wenn ich das mal so offen sagen darf. Das ist viel zu auffällig. Genau auf diese Weise setzt du alles, was wir erarbeitet haben, aufs Spiel.«

»Junge, jetzt beruhig dich mal ganz schnell. Okay? Tief durchatmen. Ja, so ist gut. Also erstens fahre ich nicht in einem Maserati durch die Stadt und werfe zu lautem Hip-Hop Tausenderscheine aus dem Fenster. Zweitens, es ist nur eine Party in einem hübschen Club, der übrigens mir gehört. Ich habe das Lokal bauen lassen und es herrscht dort kein öffentlicher Betrieb. Also ziemlich unter dem Radar, okay? Ach, scheiß drauf. Du musst eines verstehen: Wir könnten morgen allesamt tot sein! *Tot, Mann!* Nicht durch die Polizei, sondern durch irgendeine andere höhere Macht. Du könntest in deiner kleinen Wohnung hinfallen und dir das Genick brechen. Ich könnte unachtsam von einem besoffenen Autofahrer überfahren werden. Und zack! Aus der Traum. Statistisch gesehen stehen die Chancen für so einen unglücklichen Abgang sogar ziemlich hoch. Also los! Du bist immer noch viel zu ernst, Mann. Wofür haben wir die ganze verdammte Kohle überhaupt? Um darauf sitzenzubleiben und uns wie Ratten im Untergrund zu verstecken? Um ein Leben in Angst zu führen? Ohne mich, das kannst du mir glauben! Nein, so läuft das bei mir nicht. Keine Ahnung, woran du so glaubst, aber ich habe nur dieses eine Leben. Und das werde ich in vollen Zügen genießen, solange es nur geht. Solltest du auch tun, mein Freund!«

Die Männer verließen das Haus, vor dem bereits mehrere Fahrzeuge mit geöffneten Türen bereitstanden. Laurent blieb stehen. Ihm war die Sache nicht geheuer. Schließlich hatte er keine Ahnung, wohin sie nun fahren würden. Nicolas, Étiennes bester Freund, führte ihn sanft aber bestimmt mit der Hand an der Schulter zu einem der schwarz glänzenden Geländewagen. Er hatte genügend Gangster-Filme gesehen um zu wissen, dass diese Fahrt in einen Nachtclub um zu feiern oder in ein verlassenes Maisfeld, um ihm mit Baseball-Schlägern das Hirn aus dem Schädel zu prügeln, hätte führen können. Ihm blieb keine Wahl. Als er auf dem Rücksitz Platz nahm, schloss sich die Tür mit einem lauten Knall. Der ihm unbekannte Fahrer blickte ihn finster durch den Rückspiegel an. Nicolas setzte sich auf den Beifahrersitz und verlangte nach Laurents Smartphone. Er traute sich nicht zu protestieren und setzte all seine Kräfte dafür ein, einen möglichst entspannten Eindruck vorzugaukeln. Daraufhin schaltete Nicolas das Gerät wortlos aus und legte es ins Handschuhfach. Die Seitenfenster waren dunkel getönt, was die Sicht nach draußen verunmöglichte. Laurent unterdrückte den immer stärker werdenden Drang, mit den Beinen zu wippen.

Als Étienne endlich lachend ins Auto neben ihn stieg, packte er Laurent am Hinterkopf und drückte seine Stirn gegen die seine. »Lamar! Du und ich! Ich sag's dir! Wir sind Monster! Wahre Monster! Gemeinsam, glaub mir, Mann – gemeinsam kann uns nichts aufhalten! Kapierst du?«

»Ja ja, ich verstehe.«

»Nein, nein, nein. Verstehst du es denn wirklich?«

»Ja, Mann!«

»Was bist du?«

»Ein Monster.«

»Ich kann dich nicht hören, du Wicht! Was bist du?!«

»Ein Monster! Ich bin ein verdammtes Monster! Und ich fresse euch alle auf!«

»Jawohl! Genau so schaut es aus. Du bist ein wildes Tier. Und genau darum liebe ich dich, mein Guter! Du gehörst nicht zu den Angepassten dort draußen, die das passive Verstreichen der Tage und Jahre als ›Leben‹ begreifen! Mach dich bereit, denn das wird dir gefallen! Wir fahren jetzt nämlich zu einer meiner geheimen Locations. Sowas hast du in deinem Leben noch nie gesehen. Nicolas, alle Smartphones sind wie immer ausgeschaltet, ja?«

»Yep«, nickte dieser.

»Also los! Musik, Nico, Musik! Schalt was ein, das uns in Stimmung bringt!«

WELL!
IT IS A WEEPING AND A MOANING AND A GNASHING
OF TEETH! IT IS A WEEPING AND A MOANING AND A
GNASHING OF TEETH! WHEN IT COMES TO MY SOUND
WHICH IS THE CHAMPION SOUND, BELIEVE BELIEVE!

…gab die Stimme von *Fuzzy Jones* schrill aus den dröhnenden Lautsprechern von sich, als Nicolas seine Playlist mit *Kanye West* anwählte und das Fahrzeug quietschend davonrollte.

Die Fahrt dauerte bloß die Länge dieses einen Songs, als die Autos umgeben von Lagerhäusern wieder anhielten. Étienne trat zu einer unscheinbaren Tür, vor der zwei stämmige Männer mit schwarzen Lederjacken standen. Man öffnete ihm wortlos nickend die Tür, hinter der sich ein kahl betoniertes Treppenhaus verbarg. Die gesamte Mannschaft trat zwei Stockwerke runter, wo er mit beiden Armen die sich vor ihm stehende Flügeltür schwungvoll aufstieß. Vor ihren Augen offenbarte sich eine Halle, deren hohe Decke mit pompösen Kronleuchtern dekoriert war, welche ein fahles Licht von sich gaben. Viel helleres, bläuliches Licht drang aus den sechs sprudelnden Pools, die symmetrisch im Raum verteilt waren.

Étienne ging mit offenen Armen auf die lächelnden Frauen zu, welche in obszön knappe Bikinis gekleidet waren und je eine Badehose sowie einen zusammengefalteten weißen Bademantel auf Silbertabletts trugen. Mit einer lockeren Selbstverständlichkeit, frei von jeglichem Schamgefühl, zog Étienne sich erst vor den Augen aller nackt aus und anschließend eine Badehose über. Er fügte mit einem kurzen Blick zu seinen Männern hinter sich an: »Und jetzt los, Abmarsch! Spaß haben und das Leben feiern. Das ist ein Befehl!«

Mit breitem Grinsen antworteten Étiennes Männer im Kanon, als sie es ihm gleich taten: »Sir, yes, sir!«

Darauf suchten alle ihren Platz in einem der sechs Pools, die in der Halle verteilt waren und genügend Platz für gut sechs Personen boten. Laurent versuchte nah bei Étienne zu bleiben. Dessen engste Vertraute kamen ihm im Gedränge jedoch zuvor. In seiner Unsicherheit zögerte er zu lange bei der Wahl seines Platzes, was zur Folge hatte, dass nur noch der Pool ganz hinten im Raum frei war. Zwei junge Frauen, womöglich Prostituierte, winkten ihm von dort bereits freudig zu. Mit aufgeplusterter Brust und einem schmalen Lächeln ging er gemächlich auf die beiden zu. Sein Blick war auf die beiden Frauen fixiert, weswegen er die Pfütze am Rand des Beckens nicht bemerkte. Statt lässig in den Pool zu steigen, fiel er kopfüber ins Wasser. Das entging dem Rest des Publikums natürlich nicht und der Raum füllte sich mit Gelächter, dessen Lautstärke sogar die Musik übertönte. Am liebsten hätte er sofort die Flucht ergriffen, um der Scham zu entgehen. Doch die beiden Frauen umgarnten ihn sanft von beiden Seiten und küssten seine Wangen, um ihn zu beruhigen. Es nützte nichts. Laurent stieß sie von sich und bat darum, für einen Moment in Ruhe gelassen zu werden. Sie kamen seinem Wunsch irritiert, doch wortlos nach. Am Pool neben ihnen jubelten zwei von Étiennes Kollegen, die sich darüber freuten, nun die doppelte weibliche Aufmerksamkeit zu erhalten. Er schloss seine Augen und atmete durch. Einerseits genoss er die momentane Ruhe, andererseits schien ihm klar, dass er sich zwingend in die Party integrieren müsste, um keinen falschen Eindruck zu erwecken. Eine der Kellnerinnen fragte ihn höflich mit gesenktem Blick nach seinem Getränkewunsch. Ohne zu zögern, bestellte er einen doppelten Whisky. Kein Eis. Normalerweise hätte er sich nach dem genauen Angebot erkundigt. Um die Kellnerin, die damit begann das Sortiment zu rezitieren, aber so schnell wie möglich wieder loszuwerden, wünschte er sich gedankenlos einfach den Teuersten. Erneut schloss er die Augen, um seine chaotischen Gedanken zu ordnen. Lediglich eine gefühlte Minute später wurde er erneut von der Kellnerin unterbrochen, welche ihm seinen Drink auf einem Silbertablett an den Rand des Pools legte. Ohne am Glas zu riechen, nahm er sogleich einen großen Schluck zu sich, worauf er sich instinktiv beinahe übergab. Er röchelte als ihm bewusst wurde, dass sein Glas mit einem überdurchschnittlich rauchigen Whisky (vermutlich aus der Brennerei *Ardberg* oder *Bruichladdich*) gefüllt war. Um nicht weiteres unnötiges Aufsehen zu erregen, unterdrückte er das verkrampfte Zucken seines Zwerchfells und zündete sich eine Zigarette an, um sich zu beruhigen. Sein Blick war auf das warme Wasser gesenkt, in dem er sein einsames verzerrtes Spiegelbild erkennen konnte. Rauchend und trinkend. Bis vor ungefähr drei Monaten hatte er über ein Jahrzehnt lang keinen Tropfen Alkohol zu sich genommen. Die Art, wie er das Glas mit einer spielerischen Selbstverständlichkeit in seiner Hand hin und her balancierte, zementierte langsam sein Bewusstsein darüber, wie leicht das Trinken erneut zu seiner Normalität geworden war. Statt gelegentlich zu bestimmten Anlässen das eine oder andere Glas zu sich zu nehmen, verwandelte sich sein Konsum in eine stupide, beinahe mechanische Angewohnheit. Sein Gesicht verhärtete sich, als er den Gedanken das Getränk auszuschütten, welches er ohnehin nicht mochte, im Keim erstickte. Letztlich wollte er kein Aufsehen erregen.

»Warum denn das grimmige Gesicht, mein Hübscher?«, hauchte eine vertraute weibliche Stimme in Laurents Ohr, als sie von hinten mit einem Finger seinen Schultern entlang fuhr.

Laurent ließ seine Zigarette zum Aschenbecher an seiner Seite sinken und drehte den Kopf nach links zu Jeannes nacktem Körper. *Na, was haben wir denn da?*, dachte er sich, als er oberhalb ihrer Muschi einen Streifen Schamhaare erblickte. Intimbehaarung hatte er bei einer Frau schon lange nicht mehr gesehen, erst recht nicht bei einer Prostituierten.

»Warum bist du nackt?«, fragte er.

»Mir ist aufgefallen, dass du nicht auf junge Mädels stehst. Sowas kommt nicht oft vor hier. Wie du siehst, bin ich kein Mädchen, sondern eine Frau.«, sprach Jeanne leicht lächelnd, als sie sich ihm gegenüber in den Pool setzte. Sie breitete die Arme auf beiden Seiten des Beckenrands aus und fuhr fort: »Du spielst besser ein bisschen mit mir, wenn du nicht verdächtig wirken willst.«

»Ach? Findest du denn, ich bin verdächtig?«

»Oh ja. Ich kann zwar noch nicht sagen, was genau du hier spielst. Aber ich kenne die Männer. Ich sehe ihnen genau an, wenn sie was verbergen. Und du verbirgst so einiges. Es trieft förmlich aus dir heraus.«

»Du scheinst ja eine ganz Weise zu sein. Bist du sicher, dass du den richtigen Beruf gewählt hast? Was hast du sonst noch für Talente? Esoterisches Handlesen?« Laurent musste ob seinem eigenen Witz kurz lachen und danach einen Zug von seiner zur Hälfte abgebrannten Zigarette nehmen, bevor er weitersprach: »Erzählen Sie mir doch bitte mehr, weise Dame. Was sagt Ihre Zauberkugel denn darüber aus, was ich verberge?«

Ihr Lächeln verschwand. »Schmerz. Tiefen unterdrückten Schmerz. Ich weiß nicht, was es ist. Aber mit dir stimmt irgendwas nicht, das sehe ich sofort. Spannend. Oder sagen wir mal, zumindest spannender als die meisten anderen Typen, mit denen Étienne so verkehrt.«

Laurent zog weiter an seiner Zigarette, gab sich aber alle Mühe, sich nichts anmerken zu lassen.

»Schmerz unterdrücken. Hm. Tun Leute wie du und ich, in Kreisen wie diesen hier, das denn nicht alle irgendwie?«

Sie schwieg für einen Moment. »Vielleicht. Vielleicht aber auch nicht. Du bist aber anders als die anderen Jungs. Wie soll ich sagen? Eine Art tiefes schwarzes Loch. Wer weiß, vielleicht sollte ich mich vor dir in Acht nehmen, bevor du mich in deinen Abgrund saugst und komplett verschlingst?«

»Sie haben eine sehr bildhafte Fantasie, Madame.«

»Tu nicht so. Ich kenne mich mit Männern aus. Du bist der Typ ›Wolf im Schafspelz‹. Vordergründig harmlos und ein wenig unbeholfen, ja beinahe ulkig. Étienne meint, du hättest 'nen fetten Stock im Arsch. Aber ich sehe die Dunkelheit, die hinter deinen schwarzen Augen hervorzukriechen versucht.«

Laurent lächelte kopfschüttelnd. »Verrate mir, was weißt *du* denn schon über Schmerz, du hübsches Ding? Wurdest du ein paarmal von einem Freier zu hart rangenommen? Hast du dann und wann vielleicht ungefragt einen Schwanz hinten reingekriegt? Oder nein, lass mich raten. Dein Papa hat dich nie wirklich anerkannt und geliebt, du hast deine besten Jahre nur mit Idioten im Bett verbracht und darum bist du schlussendlich zur Nutte geworden? Oh, verzeih, ich meinte Escort-Girl. Du bist ja keine Hure. Schließlich verlangst du bestimmt viermal so viel, wie die Mädchen am Strassenstrich und obwohl du wahrscheinlich 70 Prozent deines Erwerbs an Étienne ablieferst: Du hältst dich ganz klar für weniger armselig als die anderen Mädchen dort draußen. Hab ich recht?«

»Wenn du wüsstest... Immerhin versuche ich nicht zu verbergen, was ich bin. Im Gegensatz zu dir, du Schönling mit deinen geleckten Haaren und definierten Muskeln. Du hältst dich wohl für eine ganz große Nummer. Nun, da du Étiennes neuer Vertriebspartner bist. Sackst eine Menge Kohle ein und genießt dein kleines Leben. Nicht? Dabei merkst du gar nicht, wie die Kohle und die Parties und Drogen dich blind und dumm machen. Lass mich dir eines sagen, kleiner Mann. Du kennst Étienne nicht. Denkst du ersthaft, nur weil er dir schmeichelt und dir scheinbar sein Herz öffnet, dass du ihm irgendwas bedeutest? Du kennst ihn nicht. Nicht so wie ich. Merk dir meine Worte: Solltest du jemals unbequem oder gar ungehorsam werden, bist du tot. Du wirst es nicht kommen sehen. Das hier ist kein Hollywood-Film. Étienne vergibt keine zweiten Chancen, wenn du's mal verspielt hast. Glaub mir, dein Status ist hier, in dieser Welt, unserer Welt, noch niedriger als meiner. Also genieß die Zeit, die dir hier noch bleibt. Zum Aussteigen ist es nun zu spät. Ich hoffe doch, das ist dir bewusst.« Sie ließ ihren Kopf nach hinten fallen und rief: »*Cosmopolitan!*« Ihr Wunsch wurde unverzüglich erfüllt.

»Und nun möchte ich, dass du mir sagst, dass ich die schönsten Titten dieser Welt habe.«

Sein Blick schweifte für den Bruchteil einer Sekunde zu Étienne rüber, der umrundet von seinen Kollegen laut grölte, bevor er einen Zug von seiner Zigarette nahm und mit aufgesetztem, zusammengepressten Lächeln bemerkte: »Du hast in der Tat sehr, sehr schöne Titten, meine Liebe.«

»Nein, nein, nein, mein Kleiner. Du scheinst nicht zu begreifen. In Wahrheit täuschst du dich gerade sogar gewaltig. Das sind keine sehr schönen Titten. Das sind echte Titten, wie du sie noch nie in deinem Leben gesehen hast. Diese Titten sollten im *Louvre* in Paris abgebildet sein. Diese Titten sollten ein eigenes Studienfach an der Universität von Cambridge sein, in dem man ihre makellosen Konturen anatomisch, künstlerisch, philosophisch und mythologisch analysieren dürfte. Denn sie entziehen sich den Gesetzen der Natur, so unbeschreiblich schön sind sie. Diese Titten würden Goldmedaillen an den Olympischen Spielen gewinnen und das bloß durch ihre Anwesenheit. Meine Titten könnten Krebs heilen und den Hunger in der Dritten Welt beenden. Einen verdammten *Nobelpreis* sollte ich für diese Titten bekommen. Von meinen Brüsten sollte es Statuen in Kirchen geben und die Leute würden damit die Abbildungen des hässlichen Typen ersetzen, der dort am Kreuz hängt.« Jeanne zog den Strohhalm aus ihrem Cocktailglas heraus und setzte sich aufrecht hin. Sie platzierte den Strohhalm quer unter ihrer rechten Brust und ließ ihn los. Der Strohhalm fiel ins Wasser, statt unter ihrer Brust hängenzubleiben. »So großartig sind meine Titten.«

Laurent applaudierte langsam, in dezenter Lautstärke und dachte sich: *Der Stolz einer Hure. Wie niedlich.* Erneut blickte er kurz zu Étienne hinüber, bevor er Jeanne ein halbherziges »Wow« zur Antwort schenkte.

»Wow? Das ist alles? Willst du mir allen Ernstes sagen, dass du jemals etwas Schöneres gesehen hast, in deinem kleinen Leben? In dieser dreckigen *Stadt?*«

Ohne wirklich genau hinzusehen, entschied er sich dagegen, ihr aufgeblasenes Ego zu füttern. Für solche Spielchen fühlte er sich zu alt. »Ja, das habe ich.«

»Du lügst! Sieh mir in die Augen und sag mir, dass du in deinem Leben schon einmal schönere Titten gesehen hast als die, die vor dir sind.« Mit gespreizten Beinen setzte sie sich als Nächstes auf Laurents Schoß, legte ihre Hände auf seine Schultern, lehnte sich leicht zurück und fuhr fort: »Na komm. Keine falsche Scheu, mein Lieber. Du darfst sie anfassen und dich von meiner Aussage überzeugen lassen. Kostenlos, ausnahmsweise.«

Er griff nach ihrer linken Brust, schloss die Augen und drückte mehrmals grob zu, um das Gewebe zu untersuchen. In der Vergangenheit hatte er ein kurzes Verhältnis mit einer Frau, die Silikon-Implantate in sich trug. »Autsch!« Jeanne verpasste ihm eine Ohrfeige und zog sich wieder auf die andere Seite des Whirlpools zurück.

Laurent schaute schweigend auf seine Hand und analysierte, was er fühlte. *Ihre Brüste sind tatsächlich echt. Nicht schlecht*, dachte er sich. Dann erinnerte er sich an Frauen, die er in unzähligen Pornos gesehen hatte. Die meisten davon waren zwar auf die eine oder andere Weise chirurgisch optimiert, doch das spielte jetzt gerade keine Rolle. Diese *Schlampe*, auch wenn manche Leute sie als Edelnutte bezeichneten, würde ihn nicht dominieren. Schon gar nicht vor all diesen Leuten. Darum lehnte er sich nach vorne, ganz nah zu ihr; zog an seiner Zigarette, antwortete »Ja, Jeanne. Ich habe in meinem kleinen Leben, in dieser dreckigen Stadt, schon schönere Titten gesehen als deine.« und stieß den Rauch in seiner Lunge sanft nicht direkt in ihr Gesicht, sondern zur Seite. Indem er das tat, wollte er beweisen, dass er trotz allem bessere Manieren hatte als sie und er sich deswegen über ihrem Niveau befand. Schließlich lehnte er sich wieder zurück und lächelte.

»Du bist ein ganz schön respektloser Junge.«, meinte sie und streckte ihm langsam erst ihren linken, dann ihren rechten Fuß entgegen. »Los, küss meine Füße und vielleicht vergebe ich dir dein Verhalten.«

Jetzt wird's langsam wirklich lächerlich, dachte er sich. Doch er spürte die Blicke anderer an ihm haften, also machte er mit. Sie hatte durchaus schöne Füße mit Zehen, die gleichmäßig abgestuft kleiner wurden. Auch das sah er nicht oft. Sie trug keinen Lack an ihren Fußnägeln. Auf unerwartete Weise gefiel ihm das, musste er sich eingestehen. Also küsste er jeden einzelnen Zeh, Stück für Stück, blickte aber zwischendurch immer wieder zu Étiennes Gruppe rüber.

Ihr rechter Fuß sank langsam in Laurents Schoß, stieß aber zu ihrer Überraschung nicht auf eine Erektion. »Offenbar habe ich mich in dir getäuscht. Ich dachte, die anderen Mädchen sind nicht dein Typ und du stehst eher auf etwas Erfahreneres, etwas mit mehr Substanz. Aber wie mir scheint, stehst du überhaupt nicht auf Frauen. Hm?«

»Wenns dir beim Einschlafen hilft, kannst du dir gerne solche kleinen Geschichten einreden.«, antwortete er und blickte nun provokativ unbeschwert und offensichtlicher zu Étiennes Runde. Dieses Gespräch war für ihn hiermit beendet.

Jeanne schnippte zweimal mit den Fingern, um seine Aufmerksamkeit wieder auf sich zu richten. Sie griff nach einer Zigarette, die im kleinen Stahletui am Beckenrands lag und fragte: »Gibst du mir bitte Feuer?«

Laurent schnaubte, kam ihrem Wunsch jedoch entgegen. Achtsam darauf, sein Feuerzeug nicht nass zu machen, watete er langsam zu Jeanne rüber, um ihre Zigarette anzuzünden. Sie neigte ihren Kopf zur Seite, um den kalten Rauch aus ihrer Lunge zu blasen, bevor sie ihn nah zu sich zog und ihm ins Ohr flüsterte: »Ich kann dir helfen, an ihn ranzukommen, wenn du möchtest.«

Ihr Gesichtsausdruck war ernst, das konnte Laurent erkennen. Er zog sich wieder zurück an das andere Ende des Pools und meinte lächelnd: »Ich weiß nicht, wovon du sprichst. Ich bin ja schon hier. Wir beide sind Geschäftspartner, falls du es verpasst hast. Und wir sind hier, um meinen Erfolg zu feiern.«

»Klar doch. Darum sitzt du hier hinten allein im Pool, kleiner Mann.« Ihr Gesicht wirkte nun frei von jeglicher Emotion. Geschmeidig hob sie ihren Körper aus dem warmen Wasser und verließ elegant den Pool, bevor sie sich umdrehte und meinte: »Meld dich bei mir, wenn du mal reden willst. Oder falls dir doch noch klar werden sollte, was dir hier entgeht.« Ihre beiden Hände glitten provokativ den weichen Rundungen ihres Körpers entlang, bevor sie sich in Richtung eines anderen Pools mit laut grölenden anderen Gästen der Party begab. Ihre perfekt gerundeten Hüften schwangen hin und her bei jedem ihrer Schritte. Sie war gut, wirklich gut, dachte sich Laurent mit finsterem Blick. *Diese verdammte Hure*, dachte er sich. Seine plötzliche Erektion war nun so prall, sie schmerzte ihn.

– XII –

Endlich Feierabend, dachte sich Lou, als er die Tür seiner kleinen Wohnung hinter sich zuknallen ließ. Es war Donnerstagabend und er freute sich darüber, hatte er sich spontan den Freitag als Ferientag eingerichtet. Ohne seine Hände dabei zu benutzen, schlüpfte er aus seinen Sneaker und katapultierte sie mit seinen Füßen schwungvoll in die Ecke des Flurs, wo seine anderen Schuhe lagen. Er hatte sich nie Zeit dafür genommen, eine Garderobe zu installieren, um Jacken oder ähnliches ordentlich aufzuhängen. Stattdessen warf er seine dünne Jacke mit blinder Lockerheit auf das kleine Möbel in der anderen Ecke, über dem ein rechteckiger, leicht verschmierter Spiegel hing. »Verfickte Scheiße noch mal!«, rief er laut vor sich hin, als seine Jacke einen gewaltigen Haufen Umschläge laut zu Boden fallen ließ. Lous seit Monaten ungeöffnete Post war nun auf dem ganzen Fußboden verteilt. Wütend stampfte er um die Ecke, in die kleine Küche, zum Kühlschrank. Im Türfach standen neben einer trüb aussehenden Flasche (eine seit mehreren Wochen verdorbene Salatsoße) noch vier Dosen Bier, von denen er sich eine griff und darauf die quietschende Kühlschranktür wieder vorsichtig schloss. Das Scharnier wackelte leicht und Lou wollte nicht riskieren, dass es ganz kaputtging. Immerhin würde die Reparatur mühsamen administrativen und logistischen Aufwand bedeuten, worauf er absolut gar keinen Bock hatte. Er ließ sich auf die Couch fallen und schaltete den TV ein, bevor er einen kräftigen Schluck seines Biers zu sich nahm und sich eine Zigarette anzündete. Der riesige Aschenbecher auf dem breiten Tisch vor dem Sofa war randvoll und Lou verdrehte beim Anblick desselben kurz die Augen. Doch unter dem Tisch, auf dem gräulichen Teppich lag noch ein kleiner Aschenbecher, in dem nur zwei Stummel lagen. Lou grinste und setzte das filigrane Gefäß triumphierend auf den Tisch. Im TV lief irgend eine Talkshow, der er keine Beachtung schenkte. Das Gerät lief nicht, um ihn zu unterhalten. Der Fernseher lief einzig, um die unerträgliche Leere des Raums zu füllen. Während sinn- und bedeutungslose Worte aus den Lautsprechern des TV-Geräts erklangen, stöberte Lou im Newsfeed der sozialen Medien auf seinem Handy. Das schien ihm interessanter und er nippte entspannt an seinem Bier, als er die Bildstrecken halb nackter Models und Influencer durchstöberte. Er kannte keine einzige der attraktiven Frauen persönlich und er machte sich auch gar keine Illusionen darüber, auch nur eine von ihnen jemals kennenzulernen, da die Mehrheit von ihnen auf anderen Kontinenten lebten oder sich in für ihn unzugänglichen Milieus bewegten. Nichtsdestotrotz kommentierte er bei einem der vielen Bilder mit grinsender Miene: »Geiler Arsch, Babe!« Was dieser Kommentar bringen sollte, war ihm unwichtig. Plötzlich wurde er in seiner Routine durch einen Anruf unterbrochen. Alexandre rief an und gleich beim Annehmen des Anrufs schrie er laut durch das Gerät: »Ey Lou, du alte Sau! Was geht heute ab, Mann?!«

Lou zog genüsslich an seiner Zigarette und meinte ruhig: »Keine Ahnung, Brudi. Ich dachte, ich geh bald mal einen Döner fressen und dann schauen wir weiter, was so läuft.«

Alexandre antwortete: »Klingt nach einem Plan! So in einer halben Stunde am Stand von Ozan?«

Wie aus der Pistole geschossen, erwiderte Lou: »Kannst du Gift drauf nehmen!« Alexandre krächzte:

»Du bist der Geilste! Bis später!« und legte auf.

Lou schaute auf die Uhr. Um in einer halben Stunde bei Ozans Döner-Stand sein zu können, müsste er sofort das Haus verlassen und sich sputen. Er war müde und hatte noch nicht geduscht. Doch er ignorierte den Umstand. Hastig ging er ins Badezimmer und sprühte sich mehrere Sekunden lang Deodorant unter die Achseln. Die Dose war beinahe leer, aber durch mehrfaches Schütteln, gab sie schließlich doch noch genügend Gas von sich, um seinen penetranten Körpergeruch zu überdecken. Anschließend hastete er zurück in die Küche und wischte rasch die Brotkrümel von der glatten Oberfläche der Ablage neben dem Spülbecken. Darauf griff er in seine Hosentasche und holte einen kleinen Beutel mit Amphetaminen hervor. Mit einer abgelaufenen Geschenkkarte formte er sich eine kleine dünne Linie mit dem Pulver, welche er schließlich mit einem zusammengerollten Post-It-Zettelchen inhalierte. Er hüstelte leicht, denn er war zu schnell gewesen, wodurch einige winzige Körnchen in Speise- und Luftröhre gerieten. Wie schon unzählige Male zuvor, fiel ihm auf, dass er den bitteren Geschmack eigentlich verabscheute. Doch nun war er definitiv wach und fühlte sich wieder fit. »Woohoo!«, gab er von sich, als er im Flur über die Vielzahl ungeöffneter Briefe ging, um sich die Schuhe anzuziehen. Lou schloss die Tür hinter sich zu, entwirrte die Kabel seiner Ohrhörer geübt rasch, steckte sich die Stöpsel in die Gehörkanäle und ließ die Musik laufen. Er fühlte sich so stark und fit, er joggte den Weg zur Dönerbude.

> »It's getting faster, moving faster now, it's getting out of hand«, kommentierte *Ian Curtis* direkt in seine Ohrmuschel, als er an den Leuten vorbeisauste.

Sein zuvor müder und trüber Kopf fühlte sich nun absolut klar an und der Wind, der seinen Körper und sein Gesicht streifte, schenkte ihm ein vertrautes, triumphales Gefühl. Sein Grinsen war breit und als er ankam und Alexandre noch nicht da war, regte er sich nicht auf. Er bestellte sich lachend bei Ozan, dem türkischen Inhaber der Bude, ein Bier und einen Döner mit extra Fleisch und zusätzlich Chili. Als er kaum eine Minute später in das zusammengerollte und prall gefüllte Fladenbrot biss, dachte er kurz daran, wie dieses verlängerte Wochenende eine tolle Gelegenheit wäre, sich der in der Wohnung angesammelten unerledigten Post zu widmen. Ein kraftvoller Handschlag auf seine Schulter, von Alexandre, verdrängte den Gedanken augenblicklich. »Heute feiern wir, als gäbe es kein Morgen, Junge!« Alexandre war arbeitslos und hatte sich keine Gedanken darüber zu machen, ob morgen erst Freitag war. Lou war froh darüber. Nichts Schlimmeres, als einen guten Abend vorzeitig abbrechen zu müssen, weil irgendjemand irgendwelchen Pflichten nachgehen müsste, dachte er sich.

»Hey, ich bin gerade knapp bei Kasse. Übernimmst du heute den Abend? Kriegst es auch nächste Woche wieder, okay?«, fragte Alexandre.

Lou gestikulierte überschwänglich mit beiden Händen auf stereotypisch italienische Art, mit den Daumen an die anderen Finger gepresst: »Meine Bruder, du kannste absolut alles 'aben von mir und musste nicht so blöde fragen, *capisce*?«

Alexandre schüttelte lachend den Kopf ob dieser dezent rassistischen Impression, bevor auch er sich einen Döner *mit alles* sowie eine Dose Bier auf Lous Kosten bestellte. Die beiden setzten sich auf die kleine Terrasse der Dönerbude um zu essen und den Plan für den heutigen Abend zu besprechen.

»Was machen Ben und Patrice heute so?«, fragte Lou.

»Die beiden feiern heute ihren Jahrestag.«, entgegnete Alexandre schmatzend und mit vollem Mund.

Lou legte die übrig gebliebene Hälfte seines Döners auf den Tisch, als er feststellte: »Shit, das habe ich voll vergessen.« Er nahm sein Handy hervor und schrieb in ihren Gruppen-Chat: »Genießt euren Jahrestag, ihr Schwuchteln! Liebe Grüsse!«

Nur Sekunden später empfing er eine Antwort von Benoît: »Danke, du Arsch! Nicht zu wild heute!«

Lou steckte das Gerät grinsend zurück in die Hosentasche, bevor er wieder nach seinem Döner griff. Er zerkaute den Inhalt seiner Mundhöhle vor dem Schlucken nur zur Hälfte, bevor er Alexandre ansah und mit einem Rülpser ankündigte: »Fuck, hab ich's nötig! Gehen wir heute noch in den Puff?« Ein kleines, doch sichtbar herausstechendes Stück Salat steckte zwischen seinen Schneidezähnen.

Alexandre verschluckte sich beinahe und sah verlegen zu den Leuten drumherum. Wie erwartet, sahen ein paar Personen sichtlich angewidert, aber wortlos zu ihnen herüber. Er nahm sich Zeit für einen weiteren Bissen, kaute diesen langsam und spülte die Reste mit etwas Bier herunter, bevor er sich Zeit für eine Antwort nahm: »Du, mein guter Mann, beruhigst dich zuallererst. Und sprich etwas leiser, Brudi. Es ist noch nicht mal acht Uhr und du drehst jetzt schon durch. Chill mal, Kollege, chill!«

Lou vermochte nicht den ganzen Döner essen. Die Amphetamine hatten ihm ohnehin jegliches Hungergefühl geraubt. Also schmiss er den verbliebenen Drittel seines gefüllten Fladenbrots in den nahe gelegenen Abfallkorb. Er setzte sich zurück an den Tisch, zündete sich eine Zigarette an und griff erneut zu seinem Bier. »Verzeihen Sie, Eure Exzellenz, es lag mir fern, die Grenzen des guten Geschmacks durch meinen obszönen Bruch der *Contenance* zu sprengen. Könnt Ihr mir diesen schrecklichen *Fauxpas* jemals verzeihen, oh guter Herr?«, posaunte er augenklimpernd mit theatralisch platziertem Handrücken an der eigenen Stirn. Eine junge Frau am Tisch nebenan runzelte die Stirn.

Alexandre vermochte seinen Döner ebensowenig aufessen. Er erhob sich vom Tisch, warf die Essensreste in denselben Abfalleimer und signalisierte Lou mit einer kleinen Kopfbewegung, dass es nun Zeit war zu gehen. »Du bist manchmal echt peinlich, Mann.«, meinte er, als sie beide aus der Dönerbude heraustraten.

Lou klopfte ihm kurz auf den Rücken und entgegnete knapp: »Reg dich ab. Ich habe alles im Griff. Komm, ich besorg uns ein wenig Schnee.« Als sein bester Freund ihn fragte, ob er überhaupt Geld für Drogen hatte, antwortete er schelmisch: »Zeit ist Geld. Beides hat man nicht. Man nimmt es sich.«

Eine Strasse weiter lehnte sich Lou an eine Gebäudeecke und nahm sein Telefon hervor: »Was meinst du? Wen soll ich anrufen? Bilal oder Milos? Wer reagiert wohl besser auf eine spontane Anfrage an einem Donnerstag?«

Alexandre zog an seiner Zigarette und kicherte: »Völlig egal. Beide sind total paranoid und können dich nicht ausstehen, weil du ein unzuverlässiger Wichser bist. Lass mich das machen. Wieviel willst du?«

Lou verwarf die Hände in der Luft und nannte die Zahl 200. Alexandre zwang Lou, den Betrag erst in bar von einem Automaten ein paar Ecken weiter abzuheben, bevor er den Anruf von seinem Handy aus tätigte. Zuvor fragte er nicht zwei, sondern dreimal, ob er sich absolut sicher wäre, dass er dieses Geld mit gutem Gewissen ausgeben könne. Zu oft musste er sich Lous Gejammer anhören, wenn er mal wieder pleite war, da er seine Finanzen nicht im Griff hatte. Lous jugendliche Sorglosigkeit mag zwar in unzähligen vergangenen Situationen erfreulich gewesen sein, doch nach einigen Jahren verlor sie letztlich ihren Glanz. Er packte das Geld in die eigene Hosentasche und tätigte den besprochenen Anruf, um Kokain zu besorgen. 21 Minuten später fand die Übergabe des Stoffs auf einem Parkplatz zwischen Alexandre und Bilal statt. Lou hatte letzteren in der Vergangenheit mehrfach versetzt, deswegen versteckte er sich wie ein Kind in einem Gebüsch, um die Transaktion nicht durch seine Anwesenheit vielleicht doch noch zu verhindern.

Nachdem der unauffällig graue Kleinwagen das Gelände langsam verlassen hatte, begaben sich die beiden in Lous Wohnung.

»Fuck, schaust du deine Post eigentlich nie durch?«, fragte Alexandre gleich, als sie in den Flur traten.

»Doch, doch.«, entgegnete Lou knapp, als er seine Jacke auf dem Weg ins Wohnzimmer zu Boden fallen ließ.

Hastig wischte er den Tisch vor seiner Couch frei und holte einen kleinen Spiegel hervor: »Also komm, zeig her.« Alexandre setzte sich Lou schräg gegenüber auf das eckförmige Sofa und kramte einen kleinen Beutel mit weißem Pulver hervor. »Willst du mich etwa verarschen?«, fragte Lou. Alexandre verneinte. Nun wurde Lou laut: »Alter, ich habe dir 200 gegeben! Das ist zu wenig für 200, Mann!«

»Beruhig dich Lou! Bilal hat gerochen, dass du dafür bezahlt hast. Du schuldest ihm noch Geld, hat er gesagt!«

Alexandre ging zur Küche, um sich ein Bier aus dem Kühlschrank zu holen. Er hörte, wie Lou sich eine Linie zog und vor sich hin murmelte: »Ich reg mich nicht auf, nein, ich reg mich jetzt gerade nicht auf. Fuck! Was für ein verdammter Hurensohn! Fuck, fuck, fuck!« Alexandre stellte ein zweites Bier für seinen Freund auf den Tisch und bereitete unbeeindruckt eine Linie Kokain für sich selbst vor. »Also gehen wir heute doch nicht in den Puff, was?«

»Fick doch deine Mutter! Ich habe für deinen Arsch heute schon genug Geld ausgegeben! Im Gegensatz zu dir habe ich immerhin einen Job!«, schnauzte Lou zurück. Das wollte Alexandre nicht kommentieren, also schaltete er Musik ein und nahm noch einen Schluck kühles Bier zu sich. Er nahm ihm die beleidigenden Worte nicht weiter übel. Zu gut kannte er den Effekt, den das Pulver auf das Verhalten der meisten Leute hatte. Stattdessen schloss er die Augen und klopfte rhythmisch zur Musik auf seine Schenkel. Dann schaute er auf die Uhr: Zehn vor neun. Mehrere Minuten vergingen, in denen die beiden schwiegen. Schließlich brach Alexandre die Stille zögerlich, in dem er fragte, wieviel Geld Lou denn noch hatte. Statt zuzugeben, dass er sein Konto bereits um mehrere Hundert überzogen hatte, messerscharf an der Bezugslimite war und nur noch einen läppischen Zwanziger in der Brieftasche hatte, entgegnete Lou lediglich, dass es ihn nichts anginge. »Warum fragst du so blöd?«

»Ich meine ja nur. Statt in den Puff zu gehen oder hier in deiner Bude zu versauern, könnten wir in eine Bar und ein paar Mädels aufreißen. Käme wahrscheinlich um einiges billiger.«

Lou musste lachen. »Mann, Mann, Mann. Ich kann zwar nicht gut mit Geld umgehen, aber du bist echt beschissen in Mathe.«

»Keine Ahnung, wie du das gerade meinst. Aber ich meine es ernst. Wir könnten beide mal wieder etwas Seriöses brauchen. Weißt du, wie ich meine? Eine Beziehung mit allem Drum und Dran. Es bringt doch nichts, wenn wir hier sitzen bleiben.«

Lous Lachen wurde nun noch lauter. »Hast du echt das Gefühl, eine normale Frau kostet dich weniger als eine Nutte, bevor du zum Schuss kommst? Alter, die kostet dich sogar mehr, glaub mir. In einer Beziehung musst du den ganzen Scheiß mit Blumen, Abendessen und sonstigen Geschenken machen, das weißt du ganz genau!«

Alexandre hielt sich sein Handy ans Ohr und rief laut: »Hallo, hallo? Erde an Lou! Erde an Lou! Hören Sie mich? Durchsage! Frauen sind mehr als nur Ficklöcher! Ich wiederhole, Frauen sind mehr als nur Ficklöcher!«

Mit verdrehten Augen und ausgestrecktem Mittelfinger an der einen Hand, drückte Lou seine Zigarette mit der anderen aus und hielt inne, bevor er sich eine weitere Linie vorbereitete. Er hielt den zusammengerollten Zettel in der Hand und meinte leise: »Hast ja recht. Sorry.« Endlich zog er den Stoff in seine beiden Nasenlöcher. Alexandre tat es ihm gleich und fragte: »Du bist immer noch nicht über sie hinweg, oder?«

»Du verstehst das nicht. Du hast ja keine Ahnung, wie es ist, beim Flirten nichts, aber auch gar nichts zu fühlen. Egal, wie geil die Bitch ist. Ich will ja, verstehst du? Ich will ja. Aber es geht einfach nicht mehr. Kannst du dir das überhaupt vorstellen, wie das ist, Mann? Kannst du?«

»Hey kein Stress. Ich meine ja nur. Wie lange ist das jetzt her? Ein Jahr? Zwei Jahre?«

»Ein Jahr und neun Monate.«

»Hör zu, ich bin nicht dein Boss und ich schreibe dir sicher nicht vor, wie du dein Leben führen sollst. Aber ich bin dein bester Kumpel. Und ich sage dir, dass du nun langsam loslassen musst, Lou. Die Bitch hat dich nicht betrogen, weil du ein schlechter Typ bist. Du bist einer der besten überhaupt. Du hast ein gutes Herz. Aber sieh dich mal um.« Alexandre schwang seinen Arm langsam durch das unordentliche Wohnzimmer. »Du kannst von einer Frau nicht erwarten, dass sie geile Sau und fürsorgliche Mutter zugleich ist und du dabei selbst immer nur das Mindeste in eine Beziehung bringst. Sorry, wenn ich das so direkt sage, Mann. Krieg dich endlich mal ein und mach was aus dir. Und hör verdammt noch mal auf, deinen Hass auf andere Frauen zu übertragen, die nichts dafür können. Dein Selbstmitleid wird dich nirgendwo hinführen.«

»Danke für die Psychoanalyse, Herr Doktor Freud.«, entgegnete Lou sarkastisch.

»Fick dich, du weißt genau, ich habe recht!«

Lou knirschte nun mit den Zähnen. »Ja, ja. Du hast bestimmt recht. Du hast *immer* recht, Alex. *Immer!* Nicht wahr? Das wolltest du doch hören, oder?«

»Ich mein ja nur.«

»Ja und weißt du, was ich meine? Ich meine, du solltest nun langsam gehen.«

Alexandre seufzte und erhob sich. »Darf ich noch eine Linie?«

»Mach doch was du willst.«, entgegnete Lou mit versteinertem Blick nach vorne. Darauf zog sich Alexandre noch ein wenig Stoff durch die Nase, bevor er Lou auf die Schulter klopfte und sich mit den Worten »Danke und sorry.« aus der Wohnung verabschiedete. Lou zündete sich eine weitere Zigarette an und wippte mit einem Bein stumm zur Musik. Etwas mehr als eine Stunde verbrachte er in diesem Zustand, bis der kleine Plastikbeutel auf dem Tisch kein Pulver mehr beinhaltete. Schlafen konnte er nicht. Also verbrachte er mehrere Stunden damit, sich zufällige Videos, pornografische und nichtpornografische, im Internet anzusehen. Fünfmal scheiterte er, bevor es ihm endlich gelang, einen unbefriedigenden Orgasmus aus seinem Schwanz zu schütteln. Schließlich erwachte er um drei Uhr nachmittags, unsicher, ob er überhaupt wirklich geschlafen hatte. Sein Mund war trocken, sein Schädel brummte und sein Kiefer pochte vor Schmerzen. Auf dem Weg zum Badezimmer stolperte er über einen ungeöffneten Briefumschlag. Er würde sich vielleicht morgen darum kümmern, wenn es ihm etwas besser ginge.

KAPITEL VIERZEHN

Wie es schien, war der Anlass nun in die nächste Phase getreten. Laurent beobachtete, allein vom hintersten Pool aus, wie sich die Party in eine Orgie gewandelt hatte. Die meisten Männer ließen sich nun frei jeglicher Scham von den angeheuerten Prostituierten befriedigen. Alleine Jeanne, die sich einen Bademantel über den Körper gezogen hatte, saß einsam rauchend und an einem Martini nippend in der Ecke neben dem Pool, in dem sich Étiennes Gruppe befand. Étienne selbst hatte es sich auf dem Liegestuhl neben ihr gemütlich gemacht, um sich einen blasen zu lassen.

Sein bester Freund Nicolas tat es ihm auf der gegenüber liegenden Seite des Pools gleich. Als dieser den Kopf der ihm gewidmeten Prostituierten über die gesamte Länge seines Schwanzes runterdrückte, jaulte er auf: »Aua! Du Bitch! Ich habe dir gesagt, du sollst mit deinen verdammten Zähnen aufpassen, wenn du mir einen bläst! Bist du eigentlich blöd oder was?!« Von stämmiger Kraft, wie er war, riss er die Frau von sich weg und schlug ihr mit der geballten Faust direkt ins Gesicht. Ihr greller Schrei übertönte jegliche Musik sowie alle anderen Geräusche. Étienne horchte langsam auf: »Nicolas. Was soll das?«

»Nicolas, das reicht.«, rief Étienne rüber. Doch Nicolas, gefangen in seiner Hasstirade, nahm Étiennes Stimme nicht wahr. Unentwegt schlug er weiter auf die Frau ein.

»Nicolas!«, rief Étienne erneut, nun etwas lauter, aber ohne dabei richtig zu schreien. Nicolas prügelte weiter auf die Frau ein.

Er wies die junge Frau, die gerade an seinen Schwanz lutschte, sanft weg und streifte sich seine lange weiße Stoffhose über, verzichtete aber auf die Unterhose. Danach zog er sich mit leerem Blick zu Boden, still seine Schuhe an. Lautlos bewegte er sich hinter Nicolas, legte seine linke Hand auf dessen Schulter und sprach mit ruhiger Stimme: »Nicolas.«

»Was?!«, kläffte dieser kurz bevor er sich umdrehte.

Étiennes Faust traf Nicolas hart an der Wange, was ihn gleich die Balance verlieren und über die Prostituierte hinüberfallen ließ. Étienne drückte die junge Frau, ohne sie dabei anzusehen, zur Seite und trat Nicolas direkt in die Magengrube. Dann eins ins mitten in die Visage, flach mit der Ferse. Er wehrte sich nicht, was Laurent eigentlich als die natürliche Reaktion erachtet hatte. Eine beträchtliche Menge Blut spritzte auf den Boden sowie über Étiennes weißes Hosenbein. Laurent erhob sich hastig aus dem Pool, doch bevor er auch nur einen Schritt anstellen konnte, stellte sich der Scherge Raphaël vor ihn und schüttelte stumm den Kopf. Nicolas rang nach Atem und röchelte aufgrund des Blutes, das durch sein unwillkürliches Schlucken in seine Atemwege geraten war. Étienne griff nach Nicolas' Haaren und sprach leise, aber noch immer klar hörbar:

»SHHHH, ALLES IST GUT.
SIEH MICH AN, NICO.
SIEH MICH AN.«

Es folgte ein weiterer Faustschlag. Das Geräusch von Nicolas' brechendem Nasenbein war für alle Anwesenden deutlich zu hören, trotz der noch immer laut dröhnenden Musik und während die Prostituierten ihre Kreischgeräusche hinter vorgehaltenen Händen zu unterdrücken versuchten, standen nun alle Männer stumm aber mit weit aufgerissenen Augen da, als sie die Szene beobachteten. Die Körperbehaarung jedes Einzelnen hier stand zu Berge. Étienne verpasste Nicolas, der auf bemerkenswerte Weise noch nicht sein Bewusstsein verloren hatte, noch zwei laute Ohrfeigen. Dann erhob sich Étienne. Seine blauen Augen bildeten einen grotesk ästhetischen Kontrast zu den dunkelroten Blutspritzern in seinem Gesicht. Von dort tropfte die warme, rote Substanz auf seinen dicken Bauch und von seiner rechten Hand tropfte es auf den Boden. Seine Augen waren weit geöffnet, doch er sah niemanden an, noch sprach er auch nur ein einziges Wort, als er sich langsam zum Pool bewegte. Er griff nach dem nächstbesten Handtuch, befeuchtete es im Wasser und wusch sich damit das Blut vom Körper. Nicolas, der mit dem Rücken gegen die

Bar hinter sich gelehnt in seinem Blut und, dem Gestank nach zu urteilen, Urin lag, stöhnte leise und hustete zuweilen. Niemand rührte sich.

Als Étienne sich genügend gesäubert fühlte, schlenderte er zu seinem Jackett und fischte ein Bündel Geldscheine aus der Innentasche. Er beugte langsam sich über das aufgeschwollene Gesicht der einen Prostituierten und zählte vom dicken Bündel, mehrere Tausenderscheine ab, als er mit kleinen, verletzt wirkenden Augen in die ihrigen schaute und sanft sprach: »Es tut mir von Herzen leid, was heute passiert ist. Bitte glaub mir das. Ich hoffe, du kannst meinem Freund eines Tages verzeihen. Nimm das hier. Solltest du medizinische oder psychologische Behandlung brauchen, möchte ich, dass du uns die Rechnung zukommen lässt. Okay? Geh dich nun waschen und verschwinde hier, damit du dich erholen kannst, meine Liebe.«

Danach ergriff er ein weiteres der vielen daliegenden weißen Badetücher und nässte es im nächstgelegenen Pool. Sachte näherte er sich Nicolas, der sogleich zurückwich in der Befürchtung, noch weitere Schläge einstecken zu müssen. Étienne zog ihn sanft und zugleich kraftvoll näher an sich und begann, das Blut im Gesicht seines Freunds wegzutupfen. Dieser stöhnte leise, rührte sich aber nicht von der Stelle. Diese kleine Erstversorgung nützte wenig. Seine Nase blutete noch immer und mit jedem Röcheln drang weiteres Blut aus seinem Mund. Schließlich gab Étienne auf. Er winkte eine Kellnerin, die wie versteinert nah dem

Ausgang stand, zu sich und bestellte einen Rum mit Cola, den sie ihm hastig brachte. In einem einzigen Zug leerte er das halbe Glas, bevor er herab blickte und seufzte: »Schäm dich, Nicolas. Schäm dich. Verpiss dich jetzt und zwar schnell. Wir werden uns morgen gründlich über dein inakzeptables Verhalten unterhalten. Hast du mich verstanden?«

Nicolas kroch röchelnd in Richtung Umkleidekabine davon, ohne ein Wort zu verlieren.

»Was ... Was wirst du mit ihm machen?«, fragte Laurent zögerlich.

Étienne runzelte offensichtlich verständnislos die Stirn. »Wie du vielleicht beobachtet hast, habe ich meinem besten Freund soeben ordentlich die Fresse poliert und ihn vor allen anderen Anwesenden gedemütigt. Findest du nicht, dass das bereits genug ist? Morgen werden wir lediglich über das Geschehene reflektieren.«

Laurent wusste nicht, was er dazu überhaupt sagen könnte.

Étienne fuhr fort: »Mir scheint, du hast nur sehr wenig Ahnung von Freundschaft. Und noch viel weniger darüber, wie Menschen funktionieren. Sag mir eines, Lamar ... Hast du eigentlich Freunde? Richtige Freunde, meine ich?«

Er hielt inne und dachte an Léna, seine einzige Vertraute in den vergangenen Jahren, zu der er eine Art freundschaftliche Beziehung aufgebaut hatte. Doch war sie wirklich seine Freundin? Sie hatte ihm gesagt, er könne sie zu jeder

Uhrzeit anrufen, würde er jemals etwas brauchen. Qualifizierte dies ihr Verhältnis als Freundschaft? Er haderte und entschied sich letztlich, die Frage mit versteinerter Miene nicht zu beantworten.

»Dachte ich es mir doch.«, flüsterte Étienne. »Du tust mir leid. Du hast ja keine Ahnung und bist noch kaputter als ich es bin.«

Inmitten aller anderen Leute fühlte Laurent sich nun ausgestellt wie im Scheinwerferlicht auf einer Bühne zu einem unzureichend einstudierten Theaterstück vor unerbittlich kritischem Publikum. Unsicher darüber, was er mit seinen Händen anstellen sollte, sehnte er sich nach einer Zigarette. Diese waren jedoch am Rand des Pools von vorhin, einige Meter entfernt. Sich dorthin zurückzubegeben, schien ihm ungewöhnlich taktlos. Also blieb er wie angewurzelt stehen und stammelte unbeholfen: »Okay und jetzt?«

Étienne zog sich gemächlich das Jackett über und richtete sich auf. »Das überfordert dich sehr, nicht?«

Der Rest der Gesellschaft zog sich in kleinen Stücken zurück an ihre vorherigen Positionen und tat so, als wäre soeben nichts geschehen. Ihr gemeinsames Schweigen wurde durch das Anstossen ihrer neu gefüllten Gläser überspielt. Für sie alle schien die Sache bereits vergessen, was ihn zutiefst befremdete.

»Die Menschen sind grundsätzlich dumm. Erwachsensein bedeutet für die meisten Leute bloß, dass sie körperlich gealtert sind und besser auf Befehle reagieren. Aus Angst, weil sie auf sich allein gestellt sind und überleben möchten. Doch, zumindest wenn es ums Lernen geht, bleiben die meisten Menschen ihr Leben lang kleine Kinder. Ich meine damit, dass sie nur aus eigenen Fehlern lernen. Du kennst ja das ewige Beispiel dazu. Es reicht meistens nicht, wenn man Kindern erzählt, dass die heiße Kochplatte gefährlich ist. Nein, sie müssen sich erst selbst die Finger verbrennen, bevor sie es wirklich begreifen. Die Anzahl vergangener Lebensjahre ändert nichts an diesen primitiven Mustern. Ausnahmen und Talente gibts zwar immer wieder, aber du weißt ja genau, in meinem Geschäft brauche ich die Masse. Würde ich also jedes Mal denen, die etwas verkacken, einen Tritt in den Arsch geben, tja, dann stünde ich ziemlich schnell ziemlich allein da. Nicht zuletzt ist Gnade ein sehr mächtiger Motivator. Sofern man sie richtig einsetzt. Mein bester Freund Nicolas hat diese Motivation heute zu spüren gekriegt. Er wusste, es würde nicht viel mehr dazu brauchen, dass ich ihn töte. Verdammt, womöglich hat er sogar damit gerechnet und sich deswegen in die Hosen gemacht. Doch ich habe es nicht getan. Dafür wird er mir ewig dankbar sein. Denn bis zum allerletzten Moment habe ich keine Unsicherheit gezeigt. Nicht ein einziges Mal habe ich auch nur angedeutet, dass für ihn eine Chance besteht, sich aus dieser Situation herauszuschlängeln. Und das macht mich effektiv. Ich verhandle nicht. Ich bestimme. Meine Gnade ist rein und deswegen mächtiger als die Gnade, die durch Jammern und Flehen erbeten wird. Begreifst du es nun?«

Er nickte stumm. *Er hält sich für einen Gott*, dachte er sich, während er sein Stirnrunzeln zu unterdrücken versuchte.

»Ich sehe schon. Du kannst es nicht abschütteln. Mach dir keinen Kopf darum, okay? Geh heim und ruh dich aus. Raphaël fährt dich. Nimm dir 'ne Woche frei. Du hast es dir verdient. Wir haben die Situation unter Kontrolle. Ich danke dir für deine ausgezeichnete Arbeit, Lamar.«

Einige Meter hinter Étienne konnte er Jeanne in einer Ecke erblicken, welche auf einer Liege ausgestreckt, nun in einen roten Bikini gehüllt, stoisch vor sich hin rauchte. Sie schenkte dem Geschehen keine Aufmerksamkeit und blieb starr, wie in Marmor gemeißelt. Ihr gesenkter Blick galt dem sprudelnden, von unten beleuchteten Wasser, dessen bläuliches Licht auf ihrem Gesicht wilde Muster tanzen ließ.

– XIII –

Es war kurz nach Mittag. Auf der Rückseite der mächtigen Lagerhalle stand Lou allein. Dies war bereits seine sechste Rauchpause heute. Ziellos scrollte er die Feeds der sozialen Medien hoch und runter, als plötzlich eine Stimme zu ihm sagte: »Ah hier bist du, Lou!« Es war sein neuer Mitarbeiter, an dessen Name er sich noch immer nicht erinnern konnte. »Du, der Chef will dich in seinem Büro sehen.« Lou schnaubte die Luft laut durch seine gepressten Lippen und entgegnete desinteressiert: »Ich komme gleich.« Zunächst wollte er noch in Ruhe seine erst zu einem Drittel abgebrannte Zigarette zu Ende rauchen. Doch der Neue stammelte: »Ähm, sorry. Er hat gesagt, sofort …« Lou verdrehte die Augen und drückte die Kippe langsam im bereits überfüllten Aschenbecher, der an der Wand montiert war, aus. Schließlich schleppte er sich wieder ins Gebäude hinein und schlenderte mit den Händen in den Taschen ruhig zum Büro seines Vorgesetzten. Die Tür stand bereits offen, was sie selten tat.

»Sie wollten mich sprechen?«, fragte er mit müdem Blick.

»Ja. Bitte komm hinein. Mach die Tür zu. Setz dich.«, erwiderte sein Vorgesetzter sachlich. Lou tat exakt das und ließ sich auf den mit schwarzem Leder gepolsterten Stuhl fallen.

Sein Vorgesetzter schwieg einige Sekunden lang, als müsste er erst noch darüber nachdenken, was er denn eigentlich sagen wollte. »Erklär mir doch bitte eine kleine Sache…«, begann er, worauf Lou den Kiefer anspannte und den Stuhl zurechtrückte. »Was ist eigentlich dein Problem, Lou?«

»Nichts. Alles okay. Warum?«, entgegnete Lou schulterzuckend.

»Nichts? Aha. Spannend. Bist du dir da ganz sicher? Dass alles ›okay‹ ist?«

»Wieso meinen Sie?«

»Wieso ich meine?«, warf der Vorgesetzte nun laut ein. »Wieso ich das meine? Was denkst du wohl? Muss ich das denn wirklich aussprechen?«

Er kratzte sich am Hinterkopf, bevor sein Chef fortfuhr: »Du kommst jeden zweiten verdammten Tag zu spät! Und trotzdem scheinst du das Gefühl zu haben, es sei okay bis zu einer Stunde früher Feierabend zu machen! Kein anderer in dieser Firma macht mehr Rauchpausen, die übrigens bis zu einer Viertelstunde dauern, als du! Und deine Arbeit weist fast täglich Flüchtigkeitsfehler auf.

Fehler, die dann von anderen Mitarbeitern ausgebügelt werden müssen. Hast du eigentlich eine Vorstellung dessen, was dein Verhalten aufs Jahr gerechnet unser Unternehmen kostet?« Er schwenkte seinen Monitor in Lous Richtung. Der Bildschirm zeigte im Vollbild ein umfassendes Excel-Dokument, auf dem Lou nichts Konkretes erkennen konnte. Doch er konnte sich denken, was es anzeige. »Hier ist alles dokumentiert, siehst du?« Der Vorgesetzte seufzte und fuhr fort: »Weißt du, ich könnte all das verzeihen und darüber hinwegschauen. Dein notorisches Zuspätkommen und deine schlampige Arbeitsweise. Aber mir scheint, du hast gar kein Interesse hier zu arbeiten? Oder täusche ich mich da etwa? Also frage ich dich erneut: Was ist eigentlich dein Problem, Lou? Bist du krank? Hast du irgendwo Ärger? Findest du, wir bezahlen dich nicht gut genug? Oder hast du ganz einfach keinen Bock? Sag es mir, Herrgott noch mal!« Er klopfte mit den Fingern sanft auf die Tischoberfläche und versuchte eindringlich Augenkontakt mit Lou herzustellen. Doch dessen Blick war auf den Boden gerichtet und langsam fühlte er, wie das Blut in seinen Kopf schoss und diesen heiß werden ließ, bevor er laut ein- und ausatmete und fragte: »Habe ich jemals etwas richtig verbockt, das sich nicht schnell wieder hinbiegen ließ? Hat sich jemals wegen eines Fehlers von mir ein Kunde beschwert, weil er die falsche Ware erhalten hat? Oder weil wir, wegen meiner Arbeit, zu spät geliefert hatten?«

Sein Vorgesetzter lächelte kopfschüttelnd, sichtlich fassungslos: »Darum geht es doch nicht. Hast du mir nicht zugehört, Lou? Siehst du denn nicht, dass du eine schlicht unmögliche Attitüde hast? Was soll das? Du bist doch keine 15 mehr?«

»Ich arbeite, um zu leben! Und nicht umgekehrt! Okay?!«, schrie Lou.

Schockiert und amüsiert zugleich, lehnte sich sein Chef nun zurück und verschränkte die Arme. Er schüttelte noch immer den Kopf, als er leise zu lachen begann. Danach erhob er sich von seinem Stuhl und setzte sich direkt vor Lou auf die andere Seite des Schreibtischs, bevor er ihm erklärte: »Was denkst du eigentlich, wie es mir und den meisten anderen hier drin geht? Hm? Ich habe zwei kleine Töchter, Lou. Nicht nur eine, sondern zwei! Denkst du, ich würde nicht gerne mehr Zeit mit ihnen und meiner Frau verbringen? Statt dir täglich auf die Finger zu schauen? Statt neun bis zwölf Stunden täglich hier am Computer zu sitzen und Tabellen auszufüllen und zu kontrollieren? Du kannst mir ruhig glauben, wenn ich dir sage, dass auch ich lieber Zuhause wäre, als hier. Aber ich habe meinen Arbeitsvertrag dieser Firma gegenüber unterschrieben. Freiwillig. Genau wie du, Lou! Genau wie du! Und im Gegensatz zu dir übernehme ich Verantwortung für meine Entscheidungen! Denkst du, ich mache meinen Job immer gerne? Dass ich nicht auch mal Kopfschmerzen kriege von all diesem Zeug? Von diesem nicht kleiner werden wollenden Stapel auf meinem Tisch? Doch, Lou, das kriege ich manchmal auch! Aber im Gegensatz zu dir bin ich ein Mann und beiße mich da durch! So wie ein normaler Mensch! Weil es meine Pflicht ist!«

Lou hatte genug. Er stand auf, sah dem Mann direkt in die Augen und fragte mit ruhiger Stimme, obwohl sein Kragen nah dran war zu platzen: »Sonst noch was? Chef?!«

Dieser fasste sich an den Kopf und suchte erneut die Distanz auf der gegenüber liegenden Seite des Schreibtischs. Als er sich setzte, änderte sich seine Stimmlage. Mit verachtungsvoll bedrohlicher Miene sprach er langsam: »Weißt du, warum ich länger leben werde als du? Weil ich nicht nur begriffen habe, wie die Welt um mich herum funktioniert. Ich habe es akzeptiert und verinnerlicht. Ich bin ein Organismus, der sich seiner Umgebung perfekt angepasst hat. Und sollte sich meine Umwelt erneut ändern, werde ich dasselbe tun. Mein Wesen ist wie Wasser. Nicht starr wie deines mit deinem – ach, wie soll ich das schon nennen? – pubertierenden Stolz. Das ist bloß unnötiges Gewicht, das du da mit dir herumschleppst. Du und ich, wir haben eine klare, schriftlich dokumentierte Rolle in dieser Welt. Wir müssen uns gemäß des für uns formulierten Auftrags verhalten. Dafür bekommen wir jeden Monat Geld. Und wenn wir unsere Aufgaben gut machen, gibt es vielleicht, mit der Zeit, noch mehr als das. Einfacher geht es nicht, Lou. Du hast deinen Arbeitsvertrag genauso unterschrieben wie jeder andere bei uns. Deine Aufgaben sind sehr klar definiert und als scheinbar erwachsener Mensch müsstest du eigentlich ein Gefühl dafür haben, wieviel Spielraum du hast. Hör auf, dir das Leben selbst schwer zu machen.« Lou schnaubte, was seinen Vorgesetzten nun dazu veranlasste, laut auf den Tisch zu klopfen. »Mach deinen verdammten Job! Pünktlich und sauber! Niemand erwartet von dir mehr als das. Mach deinen verdammten Job! Es ist verdammt noch mal einfach, nicht schwierig! Einfach, Lou! Es ist einfach, einfach, einfach! Ich kann es wirklich nicht fassen, dass ich mit dir wie mit einem kleinen dummen Schuljungen sprechen muss! Was zur Hölle soll das eigentlich?!«

Seit seiner Kindheit, hatte es niemand mehr gewagt, so mit Lou zu sprechen. Seine Fäuste waren geballt und der Kiefer schmerzhaft zusammengepresst. Dennoch gab er sich alle Mühe, nicht die Kontrolle zu verlieren. Auch wenn ihm Bilder durch den Kopf schossen, wie er den Mann vor sich windelweich prügelte. Er fragte sich, wofür der Typ sich eigentlich hielt, als er ihn mit brennenden Augen fixierte. Letztlich jedoch fragte er mit ruhiger und gleichzeitig bedrohlicher Stimme: »Ist das jetzt etwa der Moment, in dem Sie mich feuern?«

Der Vorgesetzte lehnte sich lächelnd zurück und legte beide Handflächen auf den Tisch. Sein Kopf, den Lou in diesem Moment am liebsten zertrümmert hätte, schüttelte noch immer. »Tja, Lou. Wie soll ich dazu sagen? Ich denke, es macht keinen Sinn–«

Bevor er seinen Satz beenden konnte, streckte Lou ihm seinen ausgestreckten Mittelfinger fünf Zentimeter nah vor die Nase. Er hatte genug und verweigerte, sich auch nur ein einziges weiteres Wort von diesem herablassenden Monolog anzuhören. »Du Hund kannst mich nicht feuern! Denn ich kündige!« Ohne eine Reaktion abzuwarten, stürmte Lou aus dem Büro. Er schloss die Tür hinter sich nicht. Kein einziges Wort traf ihn in den Rücken. Obwohl er insgeheim erwartete, sein Vorgesetzter würde ihm zumindest etwas ansatzweise Beleidigendes nachrufen. Nichts kam. »Da ist dieser verdammte Hurensohn wohl sprachlos? Dem hast du's gegeben!«, dachte er sich still, als er sich den Flur entlang auf den Weg zum Umkleideraum machte. Dort angekommen, entledigte er sich seiner Arbeitskleidung, die er achtlos am Boden liegen ließ. Sollte sich jemand darum kümmern, den es interessierte, war sein Gedanke, als er das Gebäude verließ und sich sogleich eine Zigarette anzündete. Draußen vor dem Eingang konnte er frontal in das Büro von vorhin blicken. Direkt vor der Eingangstür war Rauchen strikt untersagt, so zeigte es die übertrieben große Metalltafel an der Wand. Für einen kurzen Augenblick, spielte er mit dem Gedanken, hier genüsslich seine Zigarette fertig zu rauchen, um zu demonstrieren, wie egal ihm all dieser Mist hier war. All diese

Regeln, bei denen es für ihn nicht um die Sache, sondern um irgendein antiquiertes, ja sogar menschenfeindliches Prinzip ging. Er spuckte auf den Boden. In die Mitte des Platzes statt irgendwo an den Rand des Gebäudes und machte sich auf den Weg zur Bushaltestelle. Unterwegs dorthin hörte er *Nirvana* und er stellte sich selbstgefällig vor, wie Kurt Cobain ihm für seine heutige Entscheidung auf die Schulter klopfen würde. Immerhin bestätigte ihn sein Handeln darin, dass er nicht *wie alle anderen* ein willenloser Sklave *der Gesellschaft* war. »Fuck the system! Ihr könnt mich alle mal am Arsch lecken!«, murmelte er vor sich hin und schnippte seine bis auf den Filter herunter gebrannte Kippe auf die Strasse. Sofort zündete er sich eine weitere Zigarette an und ließ seinen wütenden Gedanken schrittweise freien Lauf: Vor seinem geistigen Auge formten sich Bilder des Mannes, der nun endlich nicht mehr über ihn bestimmen würde. Szenen, wie er in einer bieder eingerichteten Küche, umgeben von seiner langweiligen Familie, schweigend irgend eine fade Mahlzeit zu sich nahm. Bilder, wie er seine sogenannte Ehefrau, die ihn mit Sicherheit betrügen würde, im Bett nicht befriedigen könnte. Nicht zuletzt stellte er sich genüsslich vor, wie in ein paar Jahren seine beiden Gören ihm mitten ins Gesicht sagen, wie sie ihn in Wirklichkeit aus tiefstem Herzen hassen würden, weil er doch so ein unerträglich dummes Arschloch ist, der seinen hirnverbrannten Job über alles andere im Leben stellt. »Was für ein verdammter

Loser! Der hat doch keine Ahnung!«, dachte sich Lou, als er seinen Bus gemächlich anrollen kommen sah. Er stieg ein und noch bevor die Bustür sich automatisch wieder schloss, fühlte er sich befreit von einer Last, die ihm im vergangenen Jahr noch nie so direkt bewusst war. Seine Gesichtsmuskulatur befreite sich vom vorherigen Druck und formte sich unwillentlich zu einem breiten Lächeln. Vor Freude entglitt ihm ein lautes Seufzen und er lehnte sich entspannt zurück. Da fiel ihm ein, dass der Monat gerade erst zu Ende war. Was folglich bedeutete, dass er sich momentan keine Sorgen um seinen Kontostand machen müsste. »Perfektes Timing!«, dachte er sich, bevor er die Uhrzeit auf seinem Handy prüfte. Es war erst kurz nach zwei Uhr nachmittags und die Frühlingssonne strahlte mild über ihm am hellblauen Himmel. Für ihn stimmte gerade alles auf dieser Welt. Fast alles. Es dürstete ihn nach einem *kühlen Blonden*. Zwar kam es selten vor, dass er schon um diese Zeit an einem Wochentag zu trinken begann, aber er rechtfertigte den Gedanken damit, dass es heute etwas Außergewöhnliches zu feiern gab. Freiheit und die Tatsache, dass er, wie man so schön sagt, *seinen Mann gestanden* hatte. Sowas kam gewiss nicht alle Tage vor. Heute würde er sich so richtig volllaufen lassen, entschied er breit grinsend, weil er sein Gewissen als rein empfand.

KAPITEL FÜNFZEHN

Sieben Tage Urlaub. Étienne hatte Laurent signalisiert, dass die Operation soweit unter Kontrolle sei und lobte ihn für seine glänzende Leistung. Es war zwei Monate her, seitdem er seine Undercover-Mission angetreten war und mehr als zwei Tage am Stück freibekommen hatte. Er hatte sie sich in der Tat verdient, befand er. Die vergangenen Wochen waren sehr aufreibend. Abgesehen davon, dass er seine sportliche Routine komplett begraben hatte, schlief er schlecht. Diese paar Tage würden ihm guttun und ihm helfen, wieder eine gewisse Stabilität unter den Füßen zu erlangen, erhoffte er sich.

Laurent saß an der Bar im *La Fin* und nippte an einem halb leeren Glas Cranberry-Saft, in dem die kaum mehr erkennbaren Überreste von Eiswürfeln schwammen. Aus den Lautsprechern erklang *Tony Bennets* Song vom scheinbar guten Leben. Es war sein drittes Glas am heutigen Abend und obwohl er den Gedanken bekämpfte, dürstete es ihn nun nach etwas, das weniger Säure in seinen Gaumen schwemmen würde. Sein Blick schweifte über die beträchtliche Sammlung schottischer und irischer Whiskys auf dem Wandregal hinter der Bar. Mehr als zwei Drittel dieser hochprozentigen Delikatessen hatte er in den vergangenen

Wochen gekostet, wurde ihm beim Lesen der einzelnen Etiketten bewusst. Erinnerungen schossen ihm durch den Kopf, eine Kleinstmenge Speichel sammelte sich in seinem Mund und plötzlich fühlte er eine fahle Leere in seiner Kehle. Hastig stürzte Laurent den Rest der rötlichen Flüssigkeit vor ihm seinen Rachen hinunter. Doch es nützte nichts. Er erhob sich von seinem Barhocker und ging zielgerichtet, aber sehr darauf bedacht nicht panisch zu wirken, Richtung Ausgang. Seinen Geldbeutel hatte er auf dem Tresen vergessen. Beim Hinaustreten rempelte er eine ihm unbekannte kleine Frau an. Er schenkte ihr keinen Blick, entschuldigte sich aber mit einer beiläufigen Handgeste. Schließlich zog er die Packung Zigaretten aus der linken Brusttasche seines Hemds und kaum eine Sekunde später schoss kalter Rauch durch seinen Gaumen in seine Lungen. Sosehr er sich auch mit frischer Luft und blauem Rauch abzulenken versuchte, er konnte es nicht länger verleugnen: Sein innerstes Bedürfnis war nun ein alkoholisches Getränk.

Ein dicker Mann ging an ihm vorbei und drehte sich Sekunden später zu ihm um: »Laurent?« Es war Frédéric, der bei der Polizei das Archiv der Asservatenkammer verwaltete. Die beiden hatten in den vergangenen Jahren ein freundschaftliches Verhältnis aufgebaut. Laurent trat unbewusst einen kleinen Schritt zurück und ließ es aus zu antworten.

»Mann, Laurent! Was machst du denn hier in dieser abgefuckten Gegend der *Stadt*?«

»Hallo Fréd. Lange nicht gesehen.«

»Hast du mal Feuer?« Laurent reichte ihm schweigend sein Feuerzeug. »Als ich gehört habe, dass sie dich gefeuert haben, ist mir fast der Kragen geplatzt. Was für Arschlöcher! Ich kann dir zwar nichts Genaueres sagen, aber ich weiß, dass vor dir schon Dutzende andere Typen *nicht* gefeuert wurden. Obwohl die echt üble Scheiße angerichtet hatten. Richtige üble Bastarde waren das, die ordentlich Dreck am Stecken hatten. Wenn du nur wüsstest, wieviele Geheimnisse von korrupten Arschlöchern unter den Teppich gekehrt werden. Da würde dir ganz schön übel. Das kannst du mir ruhig glauben. Aber was red ich da? Tut mir leid. Wie geht es dir? Bleibst du gerade hier in dieser Bar? Komm, lass mich dir einen ausgeben!«

Die beiden traten ins *La Fin*. Frédéric ging direkt auf Mathilde zu und bestellte zwei große Bier. Laurent, der hinter ihm stand, gab ihr schweigend mit einem hoch gestreckten Daumen ein Zeichen, dass es in Ordnung war. »Sorry, ich habe dir aus Reflex auch ein Bier bestellt. Ich weiß, du trinkst eigentlich keinen Alkohol. Ist das trotzdem okay? Wir haben uns schon so lange nicht mehr gesehen!«

»Schon okay, Fréd. Ich trinke wieder.«

Sein ehemaliger Arbeitskollege seufzte: »Shit. Ja, was soll ich dazu schon sagen? So läuft es wohl im Leben, nicht? Aber egal, ein Bierchen in Ehren hat noch niemandem weh getan, richtig?«

»Auf das Leben.«

»Auf das Leben!«

Mehrere Stunden lang unterhielten sich die beiden über den Polizeialltag. Laurent überließ hauptsächlich Frédéric das Wort, um dem Risiko zu entgehen, ungewollt aufgrund des Alkohols etwas Verdächtiges über seine derzeitige Tätigkeit heraus zu plappern. Schließlich war der gewohnt späte Moment eingetreten, in dem Frédéric, wie die meisten Betrunkenen auch, im eigenen Selbstmitleid versank und nur noch von den negativen Aspekten des Lebens lallte. Frédéric war seit über einem Jahr geschieden, was ihm stark zusetzte. Laurent empfahl ihm, sich mal mit einem Psychologen auszutauschen. Gemessen an seinen Lebensumständen und dem damit verbundenen Geisteszustand, könne dies hilfreich sein. Oder ihm zumindest eine neue Sichtweise schenken. »Man munkelt es zumindest.«, lachte er, um der Konversation wieder ein wenig Leichtigkeit zu verleihen. Er war erleichtert, als Mathilde endlich die alte Zinnglocke hinter der Bar erklingen ließ. Hiermit verkündete sie den Gästen, dass die letzte Getränke-Runde anstünde und dass die Bar in spätestens einer halben Stunde schließen würde. »Feierabend. Zeit, nach Hause zu gehen. Es war schön, dich mal wieder zu sehen, mein Freund.«, sprach er sanft, während er Fréd leicht auf die Schulter klopfte.

»Warte!«, schnaubte letzterer und durchsuchte seinen Geldbeutel nach physischen Credits.

»Lass uns doch noch ein paar Dosen Bier mitnehmen und wir lassen den Abend bei mir zu Hause ausklingen. Na, wie wärs?«

Laurent hatte gewiss nichts Besseres vor und obwohl ihm der Alkohol langsam spürbar in den Kopf stieg, genoss er gerade Fréds Gesellschaft. Die leichtfüssigen Gespräche schenkten ihm ein Gefühl der Normalität. Sowas taten *normale* Menschen im Urlaub. Spontan mit Freunden über den Durst hinaus trinken und in vertrauter Zweisamkeit über Belangloses sprechen. »Ja, okay. Warum eigentlich nicht?«

»Guter Mann!«, rief sein Kollege.

Frédérics Wohnung lag nur wenige Fußminuten, einige Blocks vom *La Fin* entfernt in einem der vielen heruntergekommenen Wohnblöcke, welche über 20 bis 30 Stockwerke in den schwarzen Himmel ragten. Der Aufzug roch nach altem Urin. Hier wohnten grösstenteils Migranten, Familien mit prekärer Finanzsituation oder blauäugige Studenten. Frédéric passte nicht hierhin, sinnierte Laurent schweigend vor sich hin. Schließlich war sein Job bei der Polizei mit hoher Verantwortung verbunden und er ging davon aus, dass er deswegen ein der oberen Mittelschicht entsprechendes Salär erhalten müsste. Als sich die Tür zur Wohnung direkt ins Wohnzimmer öffnete, zeichnete sich vor ihm ein Bild ab, das er so nur von jenen Menschen kannte, die ganz unten angekommen waren: Der gesamte Raum war gespickt von leeren oder halb leeren Bierdosen. In der direkt anliegenden offenen Küche stapelte sich schmutzig eingetrocknetes Geschirr. Am Boden lagen Plastiksäcke, deren Inhalt nach vergammeltem asiatischen Fast-Food roch. Neben den zwei überfüllten Aschenbechern auf dem runden Tisch in der Mitte des Raums lagen diverse abgebrannte Kippen. Ohne Laurents Nase rümpfen zu sehen, hastete Frédéric direkt zum Fenster, um frische Luft in den modrigen Raum zu lassen. Es half kaum. Doch Laurent ließ sich nichts anmerken. Stattdessen sah er ihn, den Tisch hastig vom Abfall freizuschaufeln und ergriff sich eine der sechs noch kühlen Dosen Bier, die sie vor ihrem Abgang im *La Fin* erworben hatten.

»Nette Wohnung.«, bemerkte er aus einem kurzen Anflug der Höflichkeit.

»Ach was! Kein Grund für Floskeln, mein Freund. Ich weiß, dass es ein verschissenes Loch ist. Aber so ist das Leben nun mal. Man kann es sich nicht immer aussuchen und man kann nicht immer gewinnen.«

»Hast du Kaffee da?«

»Normalerweise schon, aber er ist mit gerade gestern ausgegangen und ich hatte noch keine Gelegenheit neuen zu kaufen. Sorry!«

»Schon gut. Auf das Leben.«

»Auf das Leben! Auch wenn es zum Kotzen ist!«

Die beiden nahmen je einen Schluck Bier zu sich und schwiegen vor sich hin. Frédéric zog einen kleinen gefalteten Stoffbeutel aus seiner Westentasche und fragte, ob es ihn stören würde, wenn er sich einen Joint drehen würde. Es würde ihn keineswegs stören, gab Laurent an. »So schlecht gehts dir offenbar nicht, Fréd, wenn du dir so viel

Gras leisten kannst.«, meinte er schließlich. Er hatte einen überraschend großen Plastikbeutel mit Marihuana auf der Couch neben ihnen erblickt. Laurent kniff die Augen konzentriert zusammen. Auf den ersten Blick schätzte er die Menge Gras auf mindestens ein halbes Pfund. Eine Menge, die gemäß seiner Erfahrung kaum ein normaler Konsument besäße. Er blinzelte mehrmals, um sich zu vergewissern, dass er nicht träumte.

Frédéric lächelte verlegen. Sich der Lage nicht ganz sicher, räusperte er sich, bevor er seinen Joint fertig rollte, der gemessen an der Uhrzeit und dem Alkoholpegel erstaunlich gut gelungen aussah. Er inhalierte einen tiefen Zug, bevor er Laurent fragte: »Wir sind ja Freunde und du bist sowieso nicht im Dienst, oder?«

»Klar doch.«, gab Laurent beiläufig von sich, die Wahrheit in seinem Hinterkopf lauernd.

»Okay, dir kann ich es ja sagen.«, fuhr Frédéric fort, nachdem er eine große Rauchvolke direkt in Laurents Gesicht geblasen hatte. Laurent rümpfte die Nase. Er mochte den Geruch nicht sonderlich, blieb aber ruhig. »Behalt das bitte für dich, aber ich kaufe den Stoff nicht.« Frédéric hob den prall gefüllten Beutel hoch und präsentierte Laurent eine Kontrollmarke der Polizei. Der Stoff war aus der Asservatenkammer. Gestohlenes Beweismaterial. Immer wieder hörte man im Revier davon, wie manchmal Dinge verschwanden. Doch Laurent schob die Schuld immer darauf zurück, dass das Archiv-System veraltet, das Personal überlastet oder schlicht schlampig war. Bei der Menge an Material, das täglich durch die hohe Anzahl Vorfälle in der Asservatenkammer landete, wunderte es ihn nicht. Man kam bereits mit dem restlichen administrativen Aufwand kaum voran. Aber der Zugang zur Kammer erforderte eine erhöhte Sicherheitsstufe. Nur wer regelmäßig strenge Sicherheitsüberprüfungen mit voller Punktzahl besteht, würde dort arbeiten dürfen. Zudem war alles mit Kameras überwacht und selbst die Bewegungen der Beamten würden während den Schichten überwacht. Laurent stellte sich den Diebstahl eines derart dicken Beutels Gras als enorm komplexes Unterfangen vor. Doch Frédéric, so versifft er da saß, mit seinem Joint in der Hand, ihm traute Laurent niemals zu, so etwas bewerkstelligen zu können. Er setzte sich ein Lächeln auf das Gesicht und fragte, nachdem er einen Schluck von seinem Bier nahm und sich eine Zigarette anzündete: »Oho! Nicht schlecht, nicht schlecht, Herr Specht! Und wie geht das? Ich meine, die Bude wird doch brutal überwacht, oder?«

Frédéric grinste: »Ich könnte dir das schon sagen.« Er setzte eine gespielt dramatische Stimme auf, bevor er fortfuhr: »Aber dann müsste ich dich umbringen!«

Beide lachten laut los. Frédéric klopfte auf den Tisch, Laurent hielt sich vor Lachen die Brust und lachte noch einige Momente weiter, nachdem Frédéric bereits damit aufgehört hatte. Frédéric räumte die Sachen auf dem Tisch wieder vorsichtig in die Schatulle und Laurent lachte noch immer. Er wischte sich die Tränen weg und lachte ununterbrochen weiter, als Frédéric langsam die Schatulle zurück in die Schublade der Kommode legte und verschwinden ließ. Er trank die letzten paar Tropfen Bier aus, schlug die leere Dose auf den Tisch und grölte noch immer. Frédérics Miene wirkte nun beunruhigt und der Joint brannte allein im Aschenbecher vor sich hin. Laurent hörte auf zu lachen, hustete zweimal und sprach: »Keine Sorge, du musst mich nicht umbringen. Du musst es mir natürlich nicht erzählen, wenn du nicht willst.«

»Ja, nein. Lassen wir das lieber.«, meinte Frédéric verlegen, der nun überraschend nüchtern wirkte.

Laurent wischte mit den Fingern durch sein Haar, bevor er Frédéric direkt in die Augen sah und sagte: »Du bist wirklich ein selten dämlicher Idiot, Frédéric.«

»Was?!«

Laurent erhob sich von seinem Stuhl und richtete seine Kleidung. »Mir musst du es nicht erzählen. Aber du weißt ganz genau, dass ich diese Scheiße auf keinen Fall für mich behalten kann. Sowas ist keine Lappalie, die mal vorkommen kann, sondern ein schweres Vergehen.«

»Was redest du da, Mann?!«

»Als ehemaliger Kollege gebe ich dir zwölf Stunden, dich auf diesen Sturm vorzubereiten, der jetzt auf dich zukommt. Mehr kann ich nicht für dich tun. Ich glaube, ich muss dir nicht erzählen, dass es eine schlechte Idee wäre zu flüchten. Die Sache ist so schon schlimm genug, das weißt du.«

Frédéric stand nun auf und gestikulierte mit seinen Händen abwehrend vor sich hin. »Warte, warte, warte! Bitte beruhig dich und mach jetzt keinen Scheiss, Mann!«

Laurent bewegte sich zur Wohnungstür, bevor er sich nochmals umdrehte und seinen Kollegen mitleidig ansah: »Nein, Frédéric. Ich mache keinen Scheiß. Ich mache das Einzige, was richtig ist.«

»Bitte hör mir zu, Laurent! Bitte!«

Die Müdigkeit in seinen Gliedern saß tief und die Trunkenheit in seinen Organen summte ein grausames Lied. Er hatte keine Lust, sich noch eine weitere in Selbstmitleid getränkte Story anhören zu müssen. Sein letztes Fünkchen Anstand gebot es aber.

»Meine Ex hat mir alles genommen. Wirklich alles. Dabei war ich gut zu ihr. Ja, ich war gut zu ihr. Ich habe alles für unsere Familie getan. Sie nörgelte zwar stets, dass ich zu wenig zu Hause war. Aber sag mir, was hätte ich tun sollen? Dachte sie, ich arbeite so viel, weil es mir Spaß macht? Nein, verdammte Scheiße. All die Überstunden habe ich geleistet, um ihr und unserer Tochter ein tolles Leben ohne Mangel bieten zu können. Und wie dankt sie es mir? Indem sie mit meinem Bruder ins Bett geht. Meinem eigenen Bruder! Wie krank ist das denn? Diese verdammte Hure. Auf frischer Tat habe ich sie erwischt, diese Hure. Sag mir, welcher Mann hätte bei so was ruhig bleiben können? Welcher, Laurent? Eine Ohrfeige hat sie kassiert, eine einzige. Das ist der Grund, warum sie mich vor Gericht fertig machen konnte. Alles hat sie mir genommen. Wirklich alles.« Frédéric zitterte am ganzen Körper und sah Laurent mit weit aufgerissenen, flehenden Augen an. »Du weißt ja nicht, wie das ist, so leben zu müssen.«, wimmerte Frédéric. »Nebst meiner Arbeit und meinen finanziellen Pflichten habe ich nichts. Gar nichts. Verstehst du das? Gar nichts! Und du verdammtes Arschloch willst mich noch tiefer in mein Loch hineindrücken, weil ich ein wenig *Gras* habe mitgehen lassen, welches sowieso vernichtet worden wäre? Für wen hältst du dich eigentlich?«

Laurent sah Frédéric direkt in die Augen, seine schmalen Lippen blieben ohne jegliche Regung geschlossen.

»Mir geht es am Arsch vorbei, ob du kiffst oder sonst was zu dir nimmst. Fakt ist, du hast Beweismaterial geklaut, statt dir den Mist sonst wie zu besorgen, wie alle anderen. Tu also nicht so, als ob du hier das Opfer wärst. Weisst du, was tragisch an der Sache ist? Nicht die Umstände, unter denen du leben musst. Sondern die Tatsache, dass ich ein Lügner wäre, würde ich behaupten, dass es tragisch ist. Denn an deiner Situation ist genau gar nichts tragisch. Nicht mal ein klein wenig. Weißt du, was tragisch ist? An Krebs zu erkranken, obwohl man stets gesund gelebt hat. Mit einer schweren Behinderung zur Welt zu kommen. Familienmitglieder durch einen Verkehrsunfall zu verlieren. Und so weiter und so fort. Du hingegen hattest stets eine Wahl. Komm mir also nicht so. Niemand wird zur Heirat gezwungen. Nicht in diesem Land und schon gar nicht als

Mann. Kein Mann wird gezwungen, ungeschützt rumzuficken und dabei ein Kind zu zeugen, für das man dann logischerweise jahrelang aufkommen muss. Nein, Frédéric. Du bist zwar nicht unbedingt der Hellste, aber ganz dumm bist du auch nicht. Du wusstest, dass alles, was du momentan erleiden musst, im Rahmen des Möglichen stand. Trotzdem hast du es getan. Ich hoffe also, du verstehst, dass sich mein Mitleid mit dir in Grenzen hält.«

Die sich zuvor angestaute Wut wucherte nun von Fréds Hals schrittweise über dessen ganzes Gesicht, als er rot anlief: »Du! Du mieser Wichser! Du hältst dich wohl für einen ganz tollen Typen! Mister Perfect! Der große Laurent der in seinem Leben immer alles richtig gemacht hat! Ein ganz Toller bist du! Ja, wirklich!«

»Nein. Wenn du wüsstest. Ich war nie–«, setzte Laurent an, als aus dem Schlafzimmer ein unerträglich schriller Piepton erklang.

»Verdammt, mein neuer Wecker!«, rief Frédéric unterbrechend, der gleich aufsprang, um dem Geräusch ein Ende zu bereiten. Mehrfach drückte er hörbar auf irgendwelche Knöpfe, doch das Gerät weigerte sich zu verstummen. »Fuck!«, rief er, als er sich letztlich dazu entschloss das Gerät vom Strom zu trennen. Endlich kam er zurück ins Wohnzimmer, setzte sich und öffnete eine neue Dose Bier. Die vorherige blieb nur zur Hälfte leer getrunken.

Laurent fuhr unentwegt fort und ignorierte das plötzliche Vibrieren seines Smartphones in der Hosentasche:

»Ich war nie perfekt. Ganz im Gegenteil. Ich war in den verruchtesten Bars und in den dreckigsten Clubs, stets in der Hoffnung, dass mir jemand doch bitte die Seele aus dem Leib prügelt. Doch statt mit einer Alkoholvergiftung in einem Krankenhaus aufzuwachen, umgeben von mehr oder weniger fürsorglichem Pflegepersonal, wachte ich jedes Mal in meiner eigenen Wohnung auf. Manchmal im Bett, die Schuhe noch angezogen; manchmal auf der Couch und einem abgebrannten Zigarettenstummel noch zwischen den Fingern oder manchmal am Boden neben der voll gekotzten Kloschüssel. Immer allein. Ich habe das zu viele Jahre lang, mehrmals wöchentlich durchgezogen und mich dabei zwischendurch sogar noch für einen harten Kerl gehalten.«

Laurent überlegte sich kurz, ob er sich auch eine neue Bierdose greifen wollte. Er ließ es sein und fuhr mit sichtlich angewidertem Blick fort: »Eines Tages ging mir dann aber ein Licht auf. Es war kein modernes, sofort zündendes LED-Licht und auch keine warm leuchtende Wohnzimmerlampe. Oder gar ein edler Kronleuchter. Nein. Es war das Licht einer alten, verstaubten Neonröhre, die dutzendfach erst nervös aufblinken musste, bevor sie widerlich grell und leicht flackernd ein versifftes, grässlich stinkendes Autobahnklo erhellte und ungeschönt dessen gesamte Hässlichkeit offenbarte. Da wurde mir langsam klar, dass das, wonach ich suchte, gar nicht da draußen zu finden war. Nicht unter diesen Umständen. Bevor ich von der Welt irgendwas erwarten dürfte, müsste ich hier erst mal aufräumen. Und das mit bloßen Händen, ohne professionelles Reinigungsgerät, ohne schützende Gummihandschuhe oder sogenannt ›besonders effizienten‹ chemischen Reinigungsmitteln, wie sie in der Werbung zwischendurch prominent angepriesen werden. Das war hart. Du kannst dir vermutlich nicht mal vorstellen, wie hart das war. Aber es hat sich gelohnt. Sieh mich an. Sieh mich an und erkenne meine Überlegenheit Gesindel wie dir gegenüber. Willst du mein Geheimnis kennen? Willst du wissen, was mich von dir unterscheidet? Es ist ganz einfach, aber ich erkläre es dir trotzdem, du dummer Hund. Ich habe meine Finger nicht im eigenen Arsch vergraben.«

»Was erzählst du für wirren Unsinn? Du elender Wichser hast sie doch nicht mehr alle.«

»Vergiss es. Du würdest es sowieso nicht verstehen. Fakt ist, du bist ein Dieb, der keinen Respekt vor Regeln hat. Das war ich tatsächlich nie. Aber ich wäre ein verdammtes Arschloch, würde ich zulassen, dass man dich dafür nicht belangt. Und weißt du, wem werden sie glauben? Mir. Denn im Gegensatz zu dir bin ich kein schäbiger Junkie. Hast du mal genau in den Spiegel geschaut? Tu das mal. Oder nein, tu es besser nicht. Dein Anblick ist widerlich, du fette Sau. Aber das weißt du bestimmt. Deswegen ziehst du dir ständig diese Scheiße rein. Um die Tatsache zu verdrängen, dass du ein hässliches Schwein bist und niemand dich leiden kann. Wie gesagt, ich schenke dir 12 Stunden, um die Unordnung in deinem Leben aufzuräumen. Mehr kann ich für dich nicht tun. Gute Nacht, Fréd.«, sprach Laurent mit kalter Stimme, als er seine Zigarette achtlos auf den Fußboden fallen ließ und mit der Ferse ausdrückte.

Laurent befand sich bereits im Treppenhaus – er wollte den nach Urin stinkenden Fahrstuhl nicht noch einmal betreten, für heute hatte er mehr als genug Unrat über sich ergehen lassen müssen – und hörte Frédérics Schreie aus der Ferne: »Ich dachte, du bist ein guter Mensch! Ich dachte, wir sind Freunde! Ich dachte, wir sind Freunde! Freunde, du Arschloch!«

Er reagierte nicht. Auf dem Weg nach Hause dachte er sich: »Besser ein Arschloch, als ein Vollidiot, Fréd.«

– XIV –

Ein ganzer Monat war vergangen, seitdem Lou sich beim Arbeitslosenamt angemeldet hatte. Er gab sich nicht mal einen Hauch von Mühe, sein Desinteresse gegenüber den amtlichen Maßnahmen auf irgendeine Weise in den persönlichen Gesprächen bei seiner Beratungsperson zu verschleiern. Mehrfach wurde er gefragt, ob er denn überhaupt zuhöre, worauf er stets dieselbe Antwort mechanisch von sich gab: »Ja, ja.« Die stumme Entrüstung seines Gegenübers ließ ihn vollkommen kalt. Nichtsdestotrotz hielt er seinen Teil der Abmachung ein, indem er exakt die geforderte Anzahl Bewerbungen für eine neue Stelle fristgerecht absandte und pünktlich, wenn auch frei jeglicher Motivation, an allen verordneten Weiterbildungskursen teilnahm. Umso mehr fiel es ihm am Ende des Monats schwer, seinen Ärger am Telefon zurückzuhalten:

»Wo bleibt mein Geld?«

»Monsieur, ich verstehe Ihre Frage nicht. Was meinen Sie damit?«, sprach eine tiefe, männliche Stimme ruhig am anderen Ende der Leitung.

»Ich habe alles getan, was ihr von mir wolltet! Alle geforderten Bewerbungen sind pünktlich raus und ich habe an all euren Zirkusveranstaltungen teilgenommen! Es ist bereits der 29. Warum hab ich von euch noch kein Geld bekommen?!«

»Bitte beruhigen Sie sich, Monsieur. Grundsätzlich gibt es hier zwei Dinge zu berichten: Erstens erhalten Sie nicht von uns, sondern von Ihrer Arbeitslosenkasse ihre monatliche Entschädigung. Wir sind bloß für berufliche Beratung und Beurteilung Ihrer Bemühungen hier. Zweitens gelten in Ihrem Fall dreißig Arbeitstage Sperrfrist, weil Sie Ihr Arbeitsverhältnis aus freien Stücken beendet haben. Wir haben Sie auf diese beiden Punkte bei Ihrem Eintrittsgespräch hingewiesen. Können Sie sich denn nicht daran erinnern?«

Das vermochte er in der Tat nicht. Zugeben wollte er seinen Verständnisfehler jedoch nicht. Also schnaubte er weiter: »Und was heißt das nun genau? Wann bekomm ich endlich Geld?«

»Lassen Sie mich sehen. Dreißig Arbeitstage bedeuten sechs Wochen. Vier davon sind bereits durch. Die zwei verbleibenden Sperrwochen werden dem Folgemonat angerechnet. Konkret bedeutet das, Sie erhalten Ihre erste Auszahlung in frühestens eineinhalb Monaten. Ich kann Ihnen aber aus Erfahrung sagen, dass sich die erste Zahlung meist verzögert. Weil Sie neu im System erfasst werden müssen und an vielen Stellen Personalengpässe herrschen. An Ihrer Stelle würde ich also erst in zwei Monaten mit einer Auszahlung rechnen. Mein persönlicher Ratschlag an Sie? Betrachten Sie es am besten als Motivation, um möglichst schnell wieder eine neue Arbeitsstelle zu finden. Beantwortet das Ihre Frage?«

»Ist das euer Ernst?!«

»Wenn Sie mir nicht glauben, können Sie alles nochmals in den Unterlagen nachlesen, die wir Ihnen ebenfalls bei Ihrem ersten Besprechungstermin mitgegeben haben.«

Er schäumte vor Wut. »Ja, dann kann ich die nächsten zwei Monate auf eure dämlichen Forderungen scheißen, wenn ich sowieso kein Geld bekomme!«

»Die Nichteinhaltung von Bewerbungskontingenten oder Kursteilnahmen bedeutet weitere Sperrtage. Ungeachtet des Zeitraums. Ich empfehle Ihnen dringend, sich an die Vorgaben zu halten.«

In einem verzweifelten Versuch, seinen Ärger herunterzuschlucken, sammelte er sich innerlich und suchte nach den richtigen Worten, in der Hoffnung, die Situation doch noch ändern zu können. Die Amtsperson am anderen Ende der Leitung warf ungeduldig bereits nach wenigen Sekunden ein: »Wäre das alles, Monsieur? Oder haben Sie sonst noch weitere Fragen? Sie müssen entschuldigen, aber es befinden sich auch noch andere Klienten in der Warteschleife.«

Diese eiskalte, kalkulierte Aussage, die frei von jeglicher Empathie war, ließ ihn letztlich die Kontrolle vollends verlieren. Seine Stimme blieb ruhig. Er erlaubte es sich nicht, in verzweifelte Hysterie zu verfallen, als er fragte: »Wer glauben Sie eigentlich, wer Sie sind?«

»Verzeihung?«

»Ich frage Sie, wer Sie wohl glauben, wer Sie sind.«

Lou vernahm einzig das dezente, technisch bedingte Rauschen aus dem Hörer.

»Hallo?«

»Ich höre Sie, Monsieur.«

»Gut! Also, sagen Sie mir doch bitte: Wer glauben Sie eigentlich, wer Sie sind?«

Nach weiteren Sekunden des Schweigens setzte die Person an: »Hören Sie, ich kann nichts für Sie tun. Nun, wenn Sie kein relevantes Anliegen mehr haben, wünsche ich Ihnen noch einen schönen Tag.«

Das Fass in Lous Kopf lief nun vollends über. »Nein! Nein, so nicht! Hören Sie mich? So nicht! Sie verdammtes Schwein! Wissen Sie eigentlich, wer Sie sind? Ich sage es Ihnen! Sie sind *mein* Angestellter! Verstehen Sie? Meine Steuergelder und meine jahrelangen Arbeitslosenbeiträge finanzieren Ihr verdammtes Gehalt, Sie dreckige Made! Also tun Sie gefälligst nicht so, als ob ich ein beschissener Bettler bin, der bei Ihnen um Almosen fleht! Wir sprechen hier von *meinem* Geld, das mir zusteht! Kapiert? Sie sind *nichts* außer einem *Diener im öffentlichen Dienst*, also stecken Sie sich Ihre überhebliche und abweisende Attitüde tief in Ihren fetten Arsch und machen Sie Ihren verdammten Job! Verstanden? Ob Sie verstanden haben, frage ich, verdammt noch mal?«

Die Person seufzte und ließ sich einen Augenblick Zeit. Zeit, um sich zu sammeln. Und damit sich Lou hoffentlich beruhigen würde. Danach formulierte sie eine gefasste Antwort: »Monsieur, ich weise Sie freundlich darauf hin, dass Ihre emotional geladene Wortwahl Ihrem Interesse nicht dient. Aus *Goodwill* werde ich eine Ausnahme für Sie machen und diesen Vorfall nicht in Ihrem Dossier vermerken. Ich möchte Sie jedoch wohlwollend warnen. Es liegt in meinem dienstlichen Ermessensraum auch für solche Vorkommnisse Konsequenzen einzuleiten. Deswegen bitte ich Sie höflich, in Zukunft auf solche Ausbrüche zu verzichten. Ansonsten sehe ich mich leider gezwungen, die Sperrfrist für Ihre Zahlungen zu erweitern. Sollte Ihr Verhalten beziehungsweise Ihre Wortwahl weiter eskalieren, kann dies im schlimmsten Fall zu einem amtlichen Ausschluss jeglicher Leistungen oder sogar einem polizeilichen Verfahren aufgrund *Hostilität gegenüber Beamten* führen. Haben Sie das verstanden, Monsieur?«

Die Worte trafen ihn wie ein harter Faustschlag direkt in die Magengrube. Ihm fiel auf, wie er zu schwitzen begann und wie sein Atem stockte. Seine Hoden fühlten sich nun an, als wären sie in einem Schraubstock eingeklemmt, der ganz langsam zugedreht wurde. Dieser Schuss war zweifelsfrei nach hinten losgegangen. Offensichtlich brauchte er nicht zu antworten: »Wenn das denn nun alles gewesen wäre, wünsche ich Ihnen einen schönen Tag, Monsieur. Wir freuen uns, in drei Wochen wieder von Ihren Bewerbungsbemühungen zu hören.« Unfähig, sich zu regen, hörte er beinahe eine halbe Minute lang dem mechanischen Tuten am Apparat zu. Wortlos ließ er sich auf die Couch fallen und schaltete umgehend den Fernseher ein, um nicht mit der Spiegelung auf dem schwarzen Glas des Schirms konfrontiert sein zu müssen. Auf dem Kinderkanal lief, wie nachmittags gewohnt, *Spongebob*. Mit nervösem Finger erhöhte er die Lautstärke des TV-Programms, um es lauter als seine Gedanken dröhnen zu lassen. Ein Blick in die auf dem kleinen Tisch liegende Zigarettenschachtel offenbarte ihm, dass er nur noch vier Kippen übrig hatte. Nun waren es noch drei. Und sein Konto war leer, für mindestens zwei weitere Monate. Hustend, weil er den blauen Dunst zu schnell und zu tief eingeatmet hatte, rang er mit seinen Gedanken. »Spüren Sie's, Mister Krabs?«, fragte *Spongebob* auf voller Gerätelautstärke mit einem breiten Grinsen, bevor Lou den Fernseher mit einem flinken Knopfdruck ausschaltete. *Spongebob* müsste sein tollkühnes Abenteuer, für das

Lou gerade keine Aufmerksamkeit übrig hatte, nun ohne ihn weiterführen. Ihm schien klar, dass er kaum Optionen hatte. Seine Freunde hatten ihre Finanzen nur ansatzweise besser im Griff, als er es tat. Genau wie er lebten sie jeden Monat von der Hand direkt in den Mund. Das schien ihm klar, obwohl sie nie ernsthaft über das Thema Geld gesprochen hatten. Die einzige finanzbedingte Frage, die sie sich einander regelmäßig stellten, war jene, ob Geld für irgendwelchen Konsum vorhanden war oder nicht. Und immer wieder meinte der eine oder andere, dass dies leider nicht der Fall war. Meistens dann, wenn die jährlichen Steuerbeträge vom Staat eingefordert wurden oder wenn irgend eine andere Rechnung (beziehungsweise Mahnung) per Post herein geflattert kam, die nicht bei den monatlichen Ausgaben einberechnet war. Seine Zigarette war bereits bis auf den Filter heruntergebrannt, als ihm langsam klar wurde, dass ihm nur eine Möglichkeit blieb, um an genügend Geld für die kommenden Monate heranzukommen: seine Mutter. Obwohl er wusste, dass sie wohlhabend genug war und daher seine derzeitigen finanziellen Bedürfnisse kein Problem für sie darstellen würde, wollte er sich auf keinen Fall an sie wenden. Zu sehr würde sie den Moment genießen, in dem ihre Befürchtungen bezüglich dessen, ob er sein Leben im Griff hätte, bewahrheiten würden. Diese Genugtuung wollte er ihr um jeden Preis verwehren. Er erhob sich seufzend und begab sich auf die Toilette, um etwas gegen das unangenehm blähende Gefühl in seinem Bauch zu unternehmen. Minutenlang saß er, den Kopf in die Hände gelegt, auf dem Klo, doch außer heißer Luft entglitt seinem Körper nichts. Seine letzte Mahlzeit, eine Dose Ravioli, lag bereits einen ganzen Tag zurück. Mit geschlossenen Augen und rhythmischer Atmung versuchte er dem unausweichlichen Gedanken, seine Mutter erneut um Geld zu bitten, zu entfliehen. Das unerwartete Vibrieren seines Handys in der Hosentasche erlöste ihn endlich.

»Yo Lou! Was geht?«, rief Alexandre in den Hörer.

»Nicht viel. Sitze gerade auf'm Klo und versuche zu kacken. Und bei dir?«

»Das trifft sich gut! Heute Abend steigt bei mir 'ne spontane *Fajita-Nacht*. Ich koche. Du weißt, meine Chili-Fajitas sind besser als eine Darmspülung. Die putzen das Rohr richtig sauber. Bist du dabei oder bist du dabei?«

Instinktiv musste er einen fahren lassen. Sein Körper konnte sich offenbar zu gut an die Folgen von Alex' letzter *Fajita-Nacht* erinnern, bei denen die Jungs sich stets daran massen, wer am meisten Schärfe ertrug. »Bin dabei. Wann?«

»In einer Stunde. Sei pünktlich. Ich hab keinen Bock mit dem Essen auf dich zu warten.«

»Geht klar, bis dann.«

Als er bei Alexandre zu Hause eintraf, meinte dieser als Erstes: »Du bist zu spät.«

Ein Blick auf das Handydisplay bestätigte die Aussage, worauf Lou, der sogleich in die Wohnung eintrat, lässig entgegnete: »Nur fünf Minuten, mach dir nicht in die Hose, Mann.«

Im Wohnzimmer auf der Couch saßen Benoît und Patrice, die sich bereits den Mund mit Fajitas vollstopften. Die beiden winkten ihm laut schmatzend zu, als er sich zur Küche wandte, um sich selbst etwas zu Essen zu holen. Sein Magen knurrte laut und das Wasser lief ihm bereits im Mund zusammen.

»Und weil du mal wieder zu spät aufgekreuzt bist, gibts für dich gleich einen ganzen Chili.«, grinste Alexandre während er ihm ein besonders dickes Exemplar auf das offene Fladenbrot warf.

Lou ließ sich dadurch nicht beeindrucken und bat noch um einen zweiten Chili, im vollen Bewusstsein, dass sein Körper sich deswegen spätestens morgen früh für seinen Hochmut rächen würde. Er bereute schon den ersten Bissen in seinen mit Fleisch und Gemüse gefüllten Fajita aufgrund der unerwarteten Schärfe. Doch er verzehrte das zusammengefaltete Fladenbrot, ohne einen Kommentar darüber zu verlieren. Seine Freunde erkannten, wie sich sein Gesicht zunehmend rötete und wie sich kleine Schweißperlen auf seiner Stirn formten. Auch sie schwiegen darüber. Kurz darauf begab er sich erneut in die Küche, während sein Magen hörbare Klagelaute von sich gab. Ob es an den Chili lag oder am Verlangen nach mehr, konnte er nicht genau sagen. Als er sich einen zweiten Fajita zusammenrollte, diesmal auf die scharfe Beilage verzichtend, hörte er Alexandre aus dem Wohnzimmer rufen: »Im Kühlschrank steht 'ne frische Packung Milch!« Darauf fielen Ben und Pat in lautes Gelächter.

»Ich nehm ein Bier!«, sprach Lou in gespielter Gelassenheit, obwohl er genau wusste, dass ein Glas kühle Milch in diesem Moment die sinnvollere Wahl gewesen wäre. Zurück im Wohnzimmer spülte er seinen vollen Mund mit dem kühlen Gebräu aus der Dose und vertilgte den Rest des Fajitas. Zufrieden lehnte er sich auf dem Couchsessel zurück und griff in seine Hosentasche nach der Packung Zigaretten. Erst jetzt fiel ihm auf, dass er seine verbliebenen Kippen bereits vor seinem Eintreffen geraucht hatte und nun in eine leere Schachtel blickte. »Hat mir einer von euch 'ne Zigarette?« Patrice warf ihm wortlos eine noch beinahe volle Packung entgegen. Im Zustand vorläufiger Sättigung, rauchte Lou genüsslich und schloss die Augen, als er sich heute zum ersten Mal richtig entspannt fühlte. Als er die Zigarette ausdrückte brach Alexandre das Schweigen: »Und wie läufts auf dem Amt?«

Lou schnaubte: »Alter, ey. Die fordern von mir so viel unnötigen Scheiß. Da komm ich mir vor wie ein kleiner Köter, der brav das Stöckchen holen und auf Kommando die Pfote hinstrecken soll.«

»Wuff, wuff!«, bellte Benoît, worauf er mit Lous ausgestrecktem Mittelfinger konfrontiert wurde.

»Leute, bald ist Nationalfeiertag. Da müssen wir was Geiles unternehmen.«, unterbrach Alexandre.

Lou zögerte mit seiner Reaktion und sinnierte darauf: »Weisst du, ich habe irgendwie kein Gefühl mehr für große Anlässe, Feiertage und so. Weisst du, Dinge wie Weihnachten zum Beispiel. Damals, als kleiner Junge, gab es kaum etwas Schöneres. Fast das ganze Jahr lang hat man sich auf diesen Tag gefreut. Und heute? Man freut sich zwar kurzfristig, weil man weiß, dass man dann nicht arbeiten muss. Also je nach Job, meine ich. Aber sonst? Es ist ein riesiger Stress. Und teuer dazu. Spätestens nach dem festlichen Essen, wünsche ich mir jeweils, ich könnte gleich die Musik ausschalten und mich ins Bett verziehen. Pflicht erledigt, Sache abgehakt. Mann, wenn ich so Gedanken habe, fühl ich mich voll beschissen. Ich meine, das ist doch nicht normal? Alle anderen freuen sich doch auch über Feiertage und so, nicht? Oder meinst du, die tun nur so?«

»Ist das dein Ernst?«, fragte Benoît.

»Sag doch gleich, dass du pleite bist, Mann!«, warf Alexandre ein.

»Dafür musst du dich bei uns doch nicht schämen, Alter!«, beteuerte Patrice.

Obwohl die Worte seiner Freunde ihm wohl gestimmt waren, fühlte sich Lou in eine Ecke gedrängt und wusste nicht, wie er reagieren sollte.

Endlich sprach Alexandre den Elefanten im Raum an: »Wieviele Sperrtage haben die Wichser dir gegeben?«

»Ich bekomme frühestens in zwei Monaten Kohle von der Kasse.«

»Motherfuckers!«, rief Patrice.

Alexandre seufzte und verließ den Raum. Als er zurückkam, streckte er Lou fünf Hunderterscheine entgegen. Dieser traute seinen Augen kaum: »Woher hast du denn plötzlich so viel Cash?«, fragte er ernst. Die beiden anderen erstarrten und sahen Alex an, als ob er ein Geist wäre.

»Geht dich 'n Scheiß an! Willst du meine Hilfe oder nicht?«

»Nein, ernsthaft woher–«, stammelte Lou.

»Brauchst du die Kohle nun oder nicht?«, bellte Alexandre.

Mit dem vor ihm präsentierten Geld müsste er sich zumindest für ein paar Wochen keine Sorgen um Essen oder Trinken machen. Die Entlastung wäre erheblich. Es fühlte sich in vieler Hinsicht falsch an und doch ergriff er langsam die Scheine vor ihm, bevor er sich leise bedankte. Erneut füllte Schweigen den Raum. Patrice und Benoît rauchten kommentarlos und synchron vor sich hin, bis Alexandre erneut der Stille ein Ende bereitete. Bevor er den Raum ein weiteres Mal verließ, setzte er an: »Wunderbar! Nun, da wir diesen Teil geklärt hätten, können wir zum schönen Teil des Abends übergehen.« Eine Minute später kehrte er aus seinem Schlafzimmer mit aufgesetzter Sonnenbrille und einer kleinen Schatulle zurück: »Hört ihr das?«

Lou, der nichts von all dem verstand, fragte: »Was? Ich höre nichts.« Auch Ben und Pat schienen mit der Situation überfordert.

»Spitz die Ohren, Mann! Hörst du das denn nicht?«

»Alter, ich kapiere gerade gar nichts! Was sollen wir denn hören?«

»Das, meine lieben Freunde …«, Alexandre setzte sich wieder an seinen gewohnten Platz und offenbarte den Inhalt der Schatulle: Kokain, in einer ungewohnt hohen Menge. Auf den ersten Blick schätzte Lou die Menge auf über 10 Gramm. Bevor irgendjemand sich dazu äußern konnte, fuhr Alex fort: »...ist der Klang einer richtig geilen Party! Ben! Hol den Tequila aus dem Schrank!«

Eine halbe Stunde später dröhnte aus den Lautsprechern deutscher Hip-Hop. Lou riss sich sein T-Shirt vom Leib und zog sachte Alexandre die Sonnenbrille vom Gesicht, um sie sich selbst aufzusetzen. »Dieser Song ist allen Hurensöhnen die auf den Ämtern dieser Welt arbeiten gewidmet!« Er rieb sich die Nase, bevor er einen weiteren von vielen Tequila-Shots runterwürgte und mit dem aus den Lautsprechern anklingende Rapper *Haftbefehl* zu einer theatralischen Karaoke-Inszenierung antrat: »Ihr Hurensöhne! Was Beef? Lass die Kugeln reden! Klick!« Während seiner wilden Tanzeinlage streckte er abwechslungsweise seine Mittelfinger in die Höhe oder er imitierte die Schussabgabe mit imaginären Pistolen. Seine Freunde taten es ihm gleich und in ihrem Exzess interessierte es sie nicht die Bohne, ob sie vielleicht mit ihrem Gepolter die Nachbarschaft um den Schlaf bringen würden.

Als der Song verklang, schnappte Lou nach Luft, bevor er sich die gefühlt hundertste Zigarette anzündete. »Okay, okay. Jetzt aber wirklich, Alex. Woher hast du plötzlich so viel Kohle? Sag schon.«

»Ich hab 'ne GmbH gegründet und schon jetzt ziemlich viel Cash von meinen Kunden bekommen.«

»Ne GmbH?«, fragte er.

»Ja, 'ne GmbH! Weißt du noch, was GmbH heißt?«

Lou verdrehte die Augen. Er kannte die Antwort, doch sein Schulunterricht war schon zu lange her, um die korrekte Antwort in seinem derzeitigen Zustand hervorzukramen. Alexandre half ihm auf die Sprünge: »GmbH heißt ›Geh mal Bier holen‹!« Natürlich hatte er keine Firma gegründet. Das wäre vollkommen aus der Luft gegriffen gewesen. Alexandre war nicht auf den Kopf gefallen, aber eine Firmengründung traute ihm keiner seiner Freunde ernsthaft zu. Dafür fehlten ihm Fachwissen, Geld und vor allem Disziplin. Schon in der Schule gehörte er stets zu jenen, die nur das Nötigste erledigten, um knapp durchzukommen.

Fassungslos griff sich Lou an den Kopf und begab sich schnaubend in die Küche: »Wenn du es wagst, jetzt Ballermann-Schlager abzuspielen, hau ich dir so was von eins in die Fresse, Freundchen!« Er griff vier Dosen Bier aus dem Kühlschrank und füllte den frei gewordenen Platz unverzüglich mit weiteren Bierdosen aus den Kästen, die am Boden lagen, wieder auf. Beruhigt stellte er fest, dass die Party noch lange nicht vorbei sein würde. Der ursprünglich bedrückende Tag hatte sich auf wundersame Weise in ein Fest sondergleichen verwandelt.

KAPITEL SECHZEHN

Die Schlagzeile des Artikels auf der einschlägigen Webseite lautete: »Polizist begeht Selbstmord. Frédéric H. (Name der Redaktion bekannt) hinterlässt Tochter (12) und Ex-Frau (42).« Er hatte sich in seiner eigenen Wohnung erhängt. Frédéric ließ keinen Abschiedsbrief zurück, nur einen Haufen Schulden und eine auffallend unordentliche Wohnung. In seinem Blut fand man bei der Autopsie Rückstände von Heroin.

»Sehen Sie nur, was diese verdammten Drogen alles anrichten!«, wetterte eine alte Dame am Tisch gegenüber im Straßencafé, als sie ihr Tablet auf den Tisch knallen liess.

Laurents Blick blieb starr auf dem Display, das in die Tischplatte integriert war und stellte sich seinen Kaffee zusammen. Espresso, schwarz, wenig Zucker. Er hatte nun schon so lange keinen Kaffee gehabt, der genau seinem Geschmack entsprach, dass er sich nur noch schwach daran zu erinnern vermochte. Bei Abschluss der Bestellung erklang ein kurzes Warnsignal, worauf eine Meldung den Rest der Anzeige überblendete: »Der gewünschte Artikel ist zurzeit leider nicht verfügbar. Es tut uns sehr leid. Bitte wählen Sie eine der folgenden Alternativen oder gönnen Sie sich eines unserer limitierten saisonalen Angebote.« Der Herbst war bereits eingebrochen und unter den Sonderangeboten gab es unter anderem *Pumpkin Spice Latte* sowie *Spooky Halloween Lungo*. Beide Alternativen zu seinem Lieblingskaffee widerten ihn an. Er entschied sich schweren Herzens das Lokal wieder zu verlassen, um sich physische Credits zu verschaffen. Wenn schon keinen ordentlichen Kaffee, dann halt guten Whisky, dachte er sich.

Auf dem fünfzehnminütigen Fußweg zu einem der wenigen noch bestehenden Automaten, die Bargeld ausspuckten, konnte er sein inneres Bild von Frédérics von Verzweiflung und Wut zerfressenes Gesicht nicht länger abschütteln. »Ich dachte, du bist ein guter Mensch! Ich dachte, wir sind Freunde! Ich dachte, wir sind Freunde! Freunde!«, hallten Frédérics letzte Worte in seinem Kopf nach. Worauf sein innerer Monolog begann:

»Freunde … Wer braucht schon Freunde? Ich scheiß auf deine Freundschaft, Fréd. Du warst ein Verlierer und nicht mehr. Ein verdammter Verlierer. Was kann ich dafür? Du kanntest die Regeln genauso gut wie ich. Scheiß auf dich. Wenn nicht ich dich verpfiffen hätte, dann wäre es bloß eine Frage der Zeit gewesen, bis dich sonst jemand verpfiffen hätte. Oder dass du dich noch tiefer ins Elend gestürzt hättest. Sei froh, ist es nun für dich vorbei. Immerhin warst du ein einziges Mal in deinem Leben Manns genug, die richtige Entscheidung zu treffen und durchzuziehen. *RIP. Rot in Pieces, Fréd!*«

Bei der besagten Bank angekommen, musste er beinahe eine Viertelstunde warten, bis er den Automaten bedienen durfte. Dutzende zwielichtige Gestalten entnahmen dort ihre physischen Credits für Dinge, über die er heute nicht nachdenken wollte. Seine Gleichgültigkeit fand nur dann ein Ende, wenn die Leute zu viel Zeit an der antiquierten Maschine verbrachten. Schon seit Jahren fragte er sich regelmäßig, was denn so kompliziert bei einem Geldbezug sein sollte? Karte einstecken, PIN-Code eingeben, Betrag wählen, Geld beziehen und Platz für die nächste Person machen. Spontan fiel ihm kein einziger Prozess auf dieser Welt ein, der simpler hätte sein können. Als er endlich an der Reihe war, gab er seinen PIN-Code blind ein. Hätte jemand ihn in diesem Moment gefragt, wie dieser lautete, hätte er keine Antwort zu geben gewusst. Die Erinnerung an diese Zahlenkombination lag nicht in seinem Kopf, sondern in seinen Muskeln. Exakt 23 Sekunden später öffnete sich der Schlitz unter dem Display, um physische Credits auszuspucken. Laurent packte das Geld in seine Brieftasche und drehte sich um. Er schaute auf den beinahe einen Kopf kleineren jungen Mann herab und sprach mit ruhig wirkender Stimme: »Ernsthaft? Machen wir das jetzt wirklich?«

»Sei still! Gib mir dein Geld oder ich mach dich kalt!«

Das scharfe Metall einer Messerklinge drückte bedrohlich gegen seinen Hals und es tat ihm richtig weh.

»Nur zu. Zieh die Klinge durch meine Kehle. Ich beginne zu bluten und innert Sekunden bin ich tot. Aber diese paar Sekunden reichen mir vollkommen, um dich kaputtzumachen. Wenn ich heute sterbe, dann du auch. Darauf kannst du dich verlassen. Es ist ein wunderschöner Abend. So muss er nicht enden.«

Mit voller Wucht kassierte er einen linken Haken mitten ins Gesicht. Sein Blut spritzte von der Lippe auf den Gehweg. Er taumelte. Trotz seiner körperlichen Fitness und beruflichen Erfahrung als Polizist auf der Straße, umwickelte ihn ein unübliches Schwindelgefühl. Es war Jahre her, seitdem er einen Faustschlag ins Gesicht bekam. Dass sein Körper diesen Sinneseindruck nicht gespeichert hatte, um damit leichter umgehen zu können, überraschte ihn tief. Er sah dem kleinen Mann nach, wie er davon rannte und zündete sich eine Zigarette an. Warum ausgerechnet jetzt kein anderer Mensch anwesend war, wunderte ihn. Die Haut an seiner Kehle schmerzte noch immer. Nachdem der Mann in eine Seitenstraße abgebogen und somit außer Sicht war, wartete er noch eine gefühlte Minute, bevor er die Kippe aus seinen nun sichtlich zitternden Fingern fallen ließ und in die Knie ging. Schließlich flossen Tränen frei aus seinen Augen und das Tempo seiner Atmung nahm rasant zu.

NEIN. NEIN. NICHT HYPERVENTILIEREN, JETZT JA NICHT HYPERVENTILIEREN! ALLES IST GUT. ALLES IST GUT. NEIN, VERDAMMT. VERFICKT NOCHMAL, NEIN. KEINE TRÄNEN. ES IST NICHTS PASSIERT. GAR NICHTS. BLEIB COOL. BLEIB EINFACH COOL.

Statt wie üblich an der Bar sitzend, trank er heute draußen, an der dunklen Ecke zur Seitengasse. Weder Mathilde noch die anderen Stammgäste sollten ihn lange genug beobachten dürfen, um seinen emotionalen Zustand deuten zu können. Nach drei doppelten Whiskys verließ er das *La Fin* dann auch wieder. Ihm war kalt und unwohl – trotz Alkohol.

Zu Hause angekommen, spuckte er als Erstes den gelblichen Schleim, der sich von zu viel Nikotin in seinem Rachen angesammelt hatte in das Spülbecken im Badezimmer. Er zog sich nackt aus, legte seine nach Rauch stinkende Kleidung in die Waschmaschine und begab sich in die Duschkabine, um diesen Tag eiskalt vom Leib zu waschen. Das verlieh ihm ein erneutes, kurzfristiges Gefühl der Nüchternheit. Als er sich ins Bett legte, vernahm er von draußen mehrere schrille Sirenen. Er schloss die Augen und kuschelte sich in seine Decke ein und er spürte sogleich wieder, wie der Alkohol seinen Kopf drehen ließ. Sein Atem wurde schwer und für einen kurzen Augenblick fürchtete er, dass er sich vielleicht übergeben müsste, als sich eine beträchtliche Menge Speichel bereits in seinem Mund ansammelte. Doch er weigerte sich, den Signalen seines Körpers nachzugehen. *Von zu hohem Alkoholkonsum kotzen ist Teenager-Bullshit.*, dachte er sich. Es nützte nichts. Sein Magen drehte sich um und mit allerletzter Willenskraft vermochte er das Schlimmste zu verhindern, indem er sich im Bett aufrichtete um mehrmals seine frei fließende Spucke herunterzuschlucken. Die Sirenen kreischten noch immer in den Straßen. Irgendwo in der Nähe müsste ein Großbrand oder sonst ein außerordentlicher Feuerwehreinsatz stattfinden. Er war nun wieder hellwach und hatte seine vorherige Müdigkeit vollkommen vergessen. Schließlich griff er zu seinem Smartphone auf dem kleinen Nachttisch zu seiner Rechten und ließ sich seinen persönlichen Newsfeed an die Wand gegenüber des Betts projizieren. Wie gewohnt, präsentierte ihm der Algorithmus auf ihn oder genauer gesagt auf seinen Standort bezogene News-Artikel. Laurent schnaubte laut, als die zwei ersten Vorschläge sich als Links über Frédérics Suizid offenbarten. *Fuck it*, dachte er sich, als er den ersten Link auf dem Touch-Screen öffnete. Mit einer geschickten Fingerbewegung scrollte er die Seite weiter, um den Anblick von Frédérics Gesichts zu vermeiden. Als sich schrittweise eine visuelle Vorstellung eines im Wohnzimmer erhängten Körpers in sein Bewusstsein drängte, erinnerte er sich daran, was ihm vor einigen Jahren, als er noch ganz neu bei der Polizei seinen Posten angetreten hatte, ein Kollege aus der Forensik erzählt hatte:

Von allen Leichen, die ein Polizist während seiner Karriere durchschnittlich antreffen würde, waren jene von Erhängten die angenehmsten: Da sich nach dem Tod Blase und Darm entleeren, fließe in den meisten Fällen bereits alles vor Eintreffen der Einsatzkräfte ab. Blut, welches auf seine eigene Weise unappetitlich war, gab es in der Regel keines. Die Leiche entwickelt keine Druckstellen wie z. B. durch langes Liegen, was einen relativ einheitlichen Verwesungsprozess sowie weniger Reinigungsaufwand ermöglicht. Nicht zuletzt ließe sich die Leiche eines Erhängten am einfachsten transportieren. Man brauchte lediglich das Seil durchzutrennen und der Kadaver würde sich auf die Schulter des jeweiligen Beamten beugen, der ihn letztlich meist mühelos flach auf die Bahre mit dem offenen Leichensack ablegen könnte. Laurents Atem entspannte sich unwillkürlich aufgrund dieser Vorstellung. Und doch wollte er diese inneren Bilder möglichst rasch wieder abschütteln.

Schließlich öffnete er seit über einer Woche zum ersten Mal seine Mailbox. 32 ungelesene Nachrichten. Vor einigen Jahren hatte ihm mal jemand gesagt, dass man allerspätestens ab 20 ungelesenen Nachrichten ein Problem hätte. Auch diesen Gedanken legte Laurent zur Seite in eine mentale Schublade, die er vorerst ignorieren könnte. Unter den diversen Werbebotschaften und den üblichen Newslettern entdeckte er eine ungewöhnliche Betreffzeile eines ihm nicht bekannten Absenders: »Einladung zur Beerdigung« von einem Pierre Boucher der Anwaltskanzlei Boucher & Partenaires (pb@boucher-partenaires.com).

Die bereits drei Tage alte Nachricht lautete:

SEHR GEEHRTER MONSIEUR
MEIN KLIENT, A. LEROY, IST AM 22. SEPTEMBER VER-
STORBEN. IN SEINEM NACHLASS BAT ER DARUM,
SIE ZU SEINER KREMATION UND ANSCHLIESSENDER
BEISETZUNG EINZULADEN. DA MEIN KLIENT KEINE
WEITEREN PERSONEN ERWÄHNT HATTE UND AUCH
ÜBER KEINE UNMITTELBARE FAMILIE MEHR VER-
FÜGT, WÜRDE ICH ES HÖCHST SCHÄTZEN, WÜRDEN
SIE AN DER ZEREMONIE AM 26. SEPTEMBER UM
9:30 UHR TEILNEHMEN.
HOCHACHTUNGSVOLL
P. BOUCHER

Laurent schaltete das Gerät aus und verließ das Bett, um sich im Badezimmer von seinem unmittelbar angekündigten Harndrang zu befreien. Die Beerdigung fand bereits morgen statt und die digitale Anzeige im Spiegel zeigte schon 3:11 Uhr an. Er vergeudete keine Sekunde, um sich wieder ins Bett zu legen.

Für die Zeremonie musste er ins Gefängnis am westlichen Rand der *Stadt* fahren. Mittellose Häftlinge ohne Nachlass wurden dort aus Kostengründen nach ihrem Tod *entsorgt*, wie man unter Polizisten gerne sagte.

Das heute war nicht Laurents erste Beerdigung von alten Bekannten. Eigentlich hatte er keine Lust, dort hinzugehen und doch nahm er sich kurzfristig einen halben Tag dafür frei. Aus Anstand. Étienne meinte, es sei kein

Problem und er solle sich alle Zeit nehmen, die er benötigte. Eine Träne hat er schon sehr lange nicht mehr deswegen vergossen. So tragisch er jeden Tod eines ihm bekannten Menschen empfand, so beruhigt war er, von diesen Leuten nicht mehr beansprucht zu werden. Der Gedanke ließ ihn eine tiefe Schwere empfinden, doch er hatte nicht vor, diese schmerzliche Wahrheit zu verneinen. Dafür kannte er sich zu gut. Die anderen Besucher der Beerdigungen kannten ihn nicht. Um Angehörige musste er sich also auch nicht mehr kümmern. Soweit war er also gekommen. Alles war wie ein Film. Manche Filme waren unglaublich schön, andere hingegen zutiefst traurig. Es gab jedoch auch mehr als eine Handvoll Szenarien, die voraussehbar waren. Anders als im Kino hätte er vielleicht die Möglichkeit einzugreifen gehabt. Hat er aber, aus welchen Gründen auch immer, nicht.

Laurent erkannte das Gesicht des im Sarg liegenden Menschen nicht. Er versuchte sich zu erinnern, wie die Person vor vielen Jahren aussah, doch das verschwommene innere Bild weigerte sich scharf zu werden. Gedanklich schien ihm bewusst, dass diese Person ihm einst, vor vielen Jahren, sehr nah stand. Für einen kurzen Augenblick flammte der Gedanke daran auf, nun ein paar Tränen zu vergießen. Doch wie fest er auch die Augen zusammenpresste, es kam nichts. Seine rationale innere Stimme diktierte ihm den Zustand, den er eigentlich zu fühlen hatte: von schwerer Trauer erfüllt. Stattdessen fühlte er nichts.

Eine vollkommene Absenz jeglicher Emotion. Das Ticken des riesigen Uhrwerks im Saal erzeugte jedoch allmählich ein unbehagliches Gefühl von Nervosität. Er drehte sich um, richtete seinen Anzug und verließ den Raum ohne zurückzublicken. Auf die Zeremonie verzichtete er. Für seinen Teil hatte er Abschied genommen und er sah keinen Zweck darin, seinen Aufenthalt in diesen Mauern unnötig in die Länge zu ziehen.

Wieder Zuhause angekommen, fiel ihm eine drückende Stille auf. Neu war das nicht. Aufgrund der vierfach verglasten Fenster wurden die Geräusche der Stadt seit dem Umbau vor ein paar Jahren immer ausgeblendet. Er hatte die Wohnung vor Jahren gezielt so isolieren lassen, damit er zu jeder Uhrzeit seine Ruhe hätte, wie eine Art schützender Kokon. An den meisten Tagen genoss er den Moment, in dem endlich alles still wurde. Heute war es erstmal anders. Jede seiner Bewegungen erzeugte einen gellenden Lärm. Ob es nun der Klang seiner Sohlen auf dem Steinboden war, das Niederlegen seiner Schlüssel auf dem Tisch oder gar sein eigener Atem. Als er sich auf das Bett setzte, missfiel ihm zum ersten Mal die Größe des Raums. Eine Loft-Wohnung mit hohen Räumen war stets sein Traum und als er diese Wohnung vor Jahren zugesprochen bekam, war er überglücklich. Nun jedoch störte es ihn, wie hoch diese Räume gebaut waren. Seine minimalistisch eingerichtete Wohnung schien ihm jetzt zu geräumig, um ein Gefühl der Geborgenheit zu erzeugen. Die Weitläufigkeit und Höhe der Zimmer ließen ihn nun erstmals seine Einsamkeit spüren. Jene tiefe Einsamkeit, die er all die Jahre zuvor erfolgreich verdrängt hatte. Frédéric hatte ihn, wenn auch unter Alkoholeinfluss, seinen *Freund* genannt. Laurent war sich darüber bewusst, dass er schon lange keine Freundschaften mehr pflegte. Nicht einmal Léna konnte er mit gutem Gewissen seine *Freundin* nennen. Obwohl er mit ihr ein unausgesprochenes, wenn auch loses Gefühl der Verbundenheit und des Vertrauens teilte. An den letzten intimen Kontakt zu einer Frau vermochte er sich erst recht nicht mehr genau erinnern. Davon waren nur noch verschwommene und verzerrte Bilder in seinem Kopf – unfähig, die zarte Emotion körperlicher oder seelischer Wärme in ihm hervorzurufen. Zu weit weg war das. Die Zeiten, in denen er eine Frau zufälligerweise an einer Bar oder in irgend einem Club kennenlernen könnte, schienen schon damals vorbei, als er frisch in die *Stadt* gezogen war. Seine Abstinenz minderte sein Interesse am Nachtleben drastisch. Darüber hinaus isolierte ihn seine Nikotinsucht mit jedem Jahr stärker, seitdem in den gängigen Dating-Apps Informationen über Drogenkonsum (Alkohol, Zigaretten, THC/CBD, andere Rauschmittel – Ja/Nein?), gemeinsam mit dem Essverhalten (Omnivor/Vegan – andere Optionen verschwanden schrittweise über die Jahre, es gab nur noch Schwarz oder Weiß) als Pflichtfelder definiert wurden. Mit seinem für heutige Maßstäbe unüblichen Konsumverhalten, das Alkohol und sonstige Rauschmittel ausschloss, jedoch nicht von den Zigaretten ablassen wollte, manövrierte er sich unbewusst selbst zwischen Stühle und Bänke. Während der Alkohol sich vermutlich bis in alle Ewigkeit in allen Schichten bewährte, verschob sich der Konsum von Nikotin schrittweise beinahe komplett an den äußersten Rand der Gesellschaft. Dort, wo er nicht sein wollte. Nicht nur aufgrund seines Berufs. Vor Jahren hatte er mit dem Gedanken gespielt, die Erfüllung des urmenschlichsten aller Bedürfnisse nach Nähe bei einer Prostituierten zu suchen. Es kam nie dazu. Zu tief saß die Angst vor beruflichen Konsequenzen, würde ans Licht kommen, dass er als Polizist solche Dienstleistungen in Anspruch nähme. Er blickte auf das Display seines Smartphones, um die aktuelle Raumtemperatur im Schlafzimmer zu kontrollieren: 23,1 Grad – eine angenehme Temperatur, welche über der empfohlenen Heizleistung zu dieser Jahreszeit lag. Deswegen überraschte es ihn umso mehr, dass er sich unterkühlt fühlte. Eine schier frostige Kälte umschloss all seine Glieder, obwohl er noch immer Kleidung und Schuhe trug. Eine Sekunde dachte er darüber nach, ob er joggen gehen sollte. Seine letzte Tour war bereits Monate her und er wusste, es würde ihm körperlich und geistig nützen, indem es seinen Körper erhitzen und seinen Kopf leeren würde. Er verwarf den Gedanken. Stattdessen verließ er die Wohnung, um ins *La Fin* einzukehren. Von den dortigen Stammgästen hielt er noch immer nichts und er hatte auch nicht vor, sich heute plötzlich zu integrieren. Immerhin vermutete er dennoch zumindest *die Idee von Leben und Nähe* dort zu finden.

– XV –

Lou saß auf der großen Couch im Wohnzimmer von Alexandre, zusammen mit Patrice und Benoît, in einem derart niedrigen Winkel, es sah vielmehr aus, als würde er liegen. Umgeben von seinen Freunden nahm er einen tiefen Zug aus dem Schlauch des *Vaporizers*, der das Gras nicht verbrannte, sondern lediglich erhitzte, bevor der heiße Rauch durch Wasser gefiltert wurde. Da kein Tabak beigemischt war, hielten sie den Konsum auf diese Weise für gesünder. Nicht zuletzt war die Wirkung des Stoffs mit dieser Methode um ein Vielfaches stärker. Im großen, stumm geschalteten Fernseher lief eine Doku-Sendung über den Ursprung der Religionen im Nahen Osten. So wie meistens, wenn die Jungs zu Hause herumhingen und kifften. Heute lief das Gerät aber bloß für sich selbst. Das präsentierte Thema interessierte sie kaum. Trotzdem nahm sich keiner die Mühe, von der langweiligen Sendung auf einen spannenderen Kanal umzuschalten. Sie hockten oder lagen einfach entspannt da und lauschten den Hip-Hop-Bässen von Kendrick Lamars »The Recipe«, die aus dem kabellosen Lautsprecher klangen, der auf dem Tisch in der Mitte des Raums stand. Es war ein heiterer Frühlingsnachmittag, doch die Jalousien waren heruntergezogen und gekippt, sodass kaum

Sonnenlicht in das verrauchte Wohnzimmer dringen konnte. Sie hatten sich zuvor darauf geeinigt, dass das grelle Licht nur die Ruhe stören würde. Zudem fielen dadurch Staub, Dreck, Tabakreste und die Papierfetzen auf dem dunkelgrauen Teppich nicht so sehr auf. Alle trugen noch ihre Schuhe, so wie sie es sich bei Alexandre zu Hause gewohnt waren. Seit knapp einer halben Stunde hatte keiner ein Wort gesprochen und das war auch okay so. *Freundschaft bedeutet, man kann auch gemeinsam schweigen*, wurde irgendwann mal als Zitat auf einem sozialen Medium geteilt. Wer wollte da schon widersprechen?

Der TV zeigte eine nachgestellte Szene, wie Jesus mit seinen Jüngern durch eine Wüstenlandschaft pilgerte. Lou schien als einziger zumindest passiv von Zeit zu Zeit auf den Bildschirm zu schauen. Als er einen ordentlichen Schluck Wasser aus der großen Plastikflasche vor ihm nahm, weil seine Mundhöhle vom Kiffen stark ausgetrocknet war, kam ihm eine Idee: »Jungs, wollen wir mal Wandern gehen?«

Alexandre schnaubte, als er sich aufrichtete und die Augen zusammenkniff, als ob er aus dem Schlaf gerissen worden wäre. Er gähnte, kratzte sich kurz an der Wange und entgegnete: »Wandern? Also wie? Jetzt? Warum?« Patrice legte ein Handy aus der Hand und schaute mit gerunzelter Stirn zu Lou. Benoît neigte seinen Kopf leicht zur Seite, um zu signalisieren, er höre zu.

Lou räusperte sich und versuchte seine zerstreuten Gedanken in gesprochenen Sätzen zu bündeln: »Also ich meine nicht so wandern, wie es alte Leute tun. Und ich meine ja auch nicht jetzt. Aber stellt es euch mal vor.« Seine Zunge fühlte sich klebrig und gelähmt an, also nahm er nochmals einen großen Schluck Wasser bevor er sich erneut räusperte und fortfuhr: »Ich meine ja nur. Bald kommt der Sommer. Wenn das Wetter schön ist, könnten wir mal zusammen ein bisschen in die Natur und so. Wir müssen es ja nicht wandern nennen. Nennen wir es eher eine Art Mini-Road-Trip oder so. Wäre doch mal was Anderes, oder etwa nicht? Würde auch nicht viel kosten und doch hätten wir was erlebt. Also ich weiß ja nicht, ist nur so ein Gedanke.«

Die Runde schwieg für einen kurzen Moment. Alexandre runzelte mit der Stirn und fragte: »Hm, meinst du mit Zelt und allem Drum und Dran?«

»Shiiiiiiiit, wir könnten ein Feuer machen und uns unter dem Sternenhimmel richtig fett eine Tüte nach der anderen teilen.«, grinste Benoît mit halb geschlossenen Augen.

»Wie fucking Indianer.«, gab Patrice dazu, mit dem Blick zur Decke gerichtet. »Wie fucking Indianer!«, wiederholten die anderen Jungs darauffolgend gemeinsam, laut lachend, ohne ihre jeweilige Sitz- oder Liegeposition zu verändern. Einer nach dem anderen, reichten sie den Schlauch des Vaporizers herum, um daran zu ziehen. Auf ihren Gesichtern zeichnete sich eine wohlige Ruhe ab und sie schwiegen. Erst einige Minuten später meinte Alexandre: »Ich glaube, meine Eltern haben irgendwo im Keller noch ein großes Zelt.« Patrice, dessen Augen nun geschlossen waren, fragte leise: »Habt ihr alle einen Schlafsack?« Diese Frage mussten sie sich alle erst durch den Kopf gehen lassen. Ganz sicher war sich darüber im Moment gerade keiner. Also schwiegen sie erneut und ließen das THC in ihren Körpern seine Arbeit erledigen. Benoît gähnte und Alexandre las eine Nachricht auf seinem Handy. Lou, der die letzten paar Minuten denkend und eben doch nicht denkend, die Wasserflasche auf dem niedrigen Tisch fixiert hatte, entschied sich schon wieder, einen weiteren großen Schluck zu sich zu nehmen. *Scheiße, bin ich hinüber*, fiel ihm ein. Einen winzigen Augenblick lang, war er sich nicht ganz sicher, ob er diesen Gedanken für seine Freunde hörbar ausgesprochen hatte oder ob einfach die eigene Stimme im Kopf so laut klang. Ihm wurde unerwartet kalt, darum griff er zur dünnen beigen Decke, auf der er saß und legte sie sich über die Schultern, bevor damit in die Küche schlenderte. Auf dem Tresen lag eine offene Packung Schokolade, von der er sich ein kleines Stück abbrach und es sich in den Mund stopfte. Er öffnete den Kühlschrank und musterte dessen Inhalt. Nebst diversen Plastikbehältern, deren Inhalt er zwar nicht erkannte, aber davon überzeugt war, dass nichts Gutes drin sein könnte; entdeckte er in den verschiedenen Fächern bloß die Standardausstattung von Alexandre, der selten für sich selbst kochte: eine offene Packung geschnittener Schinken, bei dem sich die Ränder des Fleischs bereits braun verfärbt und verhärtet hatten; halb leere Tuben Senf und Mayo, ein in der noch versiegelten Verpackung verwelkter Fertig-Salat sowie unbeschriftete Pillen. Lou war sich spätestens jetzt nicht mehr sicher, ob er überhaupt Lust auf etwas zu Essen hatte. Immerhin lagen im Kühlschrank noch einige Dosen Bier, wie es sich seiner Meinung nach für einen anständigen Haushalt gehörte. *Ein Bierchen fürs Pläsierchen, warum nicht?*, flüsterte ihm die Stimme im Kopf fröhlich zu. Als er danach griff, entdeckte er ganz hinten in der Ecke des Fachs aber etwas viel Verlockenderes: eine schlanke, rote Dose Coca-Cola. Sowas hatte er schon lange nicht mehr gesehen. Schließlich wurde das Getränk meistens in Plastikflaschen oder offen in Gläsern angeboten. Alexandre hatte bereits vor Jahren deklariert, dass er mit seinen Freunden keine sinnlosen Diskussionen darüber halten möchte, ob jemand etwas aus seinem Kühlschrank nehmen dürfe oder nicht. Der Inhalt seines Kühlschranks stände seinen Freunden offen und damit wäre das Thema beendet, so seine Worte. Nichtsdestotrotz blickte Lou kurz um sich, bevor er nach der Dose Cola griff. Einen Moment lang bewunderte er die schlichte Gestaltung Dose. Das Aluminium war matt gebürstet und der Aufdruck schlicht. Keine Promotionscodes oder saisonalen Bildelemente waren darauf abgebildet. Einzig das

Logo sowie die Deklaration der Herkunft und der Zutaten. Lou war wie hypnotisiert, als er die Dose im Licht des geöffneten Kühlschranks mehrmals langsam drehte und bewunderte. Es schien ihm, er hätte schon sehr lange nichts mehr so Schönes gesehen. Erneut warf er einen verstohlenen Blick über die Schulter ins Wohnzimmer. Seine Freunde schwiegen noch immer, doch die Musik lief weiter. Ohne länger nachzudenken, öffnete er vorsichtig, um möglichst nicht zu viel auffälligen Lärm zu machen, die Dose und schluckte zweimal gierig vom prickelnd kühlen Getränk. Die Aufregung, kombiniert mit dem Zucker, ließ ihn seine vorherige körperliche Trägheit vollkommen vergessen und er schlenderte lächelnd mit erhobener Brust zurück zu den anderen. Er blieb vor dem Fernseher stehen und verkündete: »Leute, lasst uns das wirklich machen. Sobald der Sommer richtig da ist, machen wir einen Camping-Trip. Versprochen?«

Benoît griff mit der Hand in den Schritt, um sich zu kratzen, bevor er zustimmte. »Ja, voll.«, gab Patrice passiv von sich. Alexandre wandte sich erneut von seinem Handy ab, musterte Lou mit zugekniffenen Augen und fragte nach kurzem Zögern: »Ist das meine letzte Cola-Dose?« Worauf Lou ihm seinen Mittelfinger entgegenstreckte und meinte: »Ja und jetzt lenk nicht ab. Bist du dabei oder bist du dabei? Wir machen das, okay?«

»Ja, ja, ist gut. Machen wir.«, stöhnte Alexandre, bevor er sich langsam aufrichtete, um sich schleppend in der Küche ein Bier zu holen.

Ein Gefühl von Euphorie packte Lou und verschiedenste Bilder von einem abenteuerlichen Ausflug in die Natur mit seinen Freunden zogen vor seinem inneren Auge an ihm vorbei. Zufrieden und noch immer mit der Dose Coca-Cola in der Hand setzte er sich wieder auf die Couch, bevor er erneut zum Fernseher sah. Jesus sprach, stummgeschaltet, zu einer Menge sichtbar begeisterter Menschen.

Als Alexandre mit seiner Bierdose in der Hand zurück ins Wohnzimmer trat, fragte Lou grinsend: »Wisst ihr eigentlich, was ich auch irgendwann machen werde?«

»Oje, was denn?«, schnaubte Patrice, der sich mittlerweile der Rückenlehne des Sofas zugewandt hatte.

»Ich werde die Welt retten. Ich werde irgendwas tun. Irgendwas ganz Großes. Ihr Arschgeigen werdet euch noch wundern! Das sag ich euch jetzt mal!«

»Alter, du bist so was von bekifft! Heilige Scheisse, ist das guter Stoff. Das ist so was von filmreif. Hey hat das jemand per Zufall gerade aufgenommen? Äh, übrigens, danke für das Gras, Lou. Nächstes Mal übernehme ich das.«, bemerkte Alexandre kopfschüttelnd.

»Ähm, ja, bin ich! Ich bin verdammt noch mal so richtig hart bekifft. Aber noch viel wichtiger: Ich bin fucking Jesus von Naza, äh Na–, fuck, wie hieß das? Nazareth! Genau, Nazareth! Und ich führe euch alle ins Licht, meine Brüder! Versteht ihr? Ach, vergesst es. Ihr seid doch eh alles Idioten, ey.«, lachte Lou laut und nahm nochmals einen tiefen Zug aus dem Schlauch. Darauf schlief er augenblicklich ein. Sein fragiler Kreislauf hatte genug. Seine Kumpels lachten sich kaputt. Benoît musste sogar in Angst, sich die Hosen vollzumachen, rasch ins Badezimmer torkeln. Die einst kühle Cola-Dose lag nun, nur zur Hälfte geleert, auf dem Tisch und nahm langsam die Zimmertemperatur an.

»Keine Drogen mehr für diesen Mann hier!«, verkündete Alexandre, worauf Patrice und Benoît in Gelächter verfielen. Letzterer war gerade dabei, ein am Boden liegen gebliebenes Biskuit unbekannten Alters in Lous weit geöffneten, schnarchenden Mund zu stecken, doch Alexandre hielt ihn davon ab. »Lass den Scheiß, Mann.«, meinte dieser und klopfte sanft Lous Schulter.

»Hey, jetzt mal ehrlich. Der kleine Lou ist schwer in Ordnung.«, bemerkte Patrice. Kunstpause. »Aber er hat sie echt nicht mehr alle!« Gemeinsam mit Benoît lachte er laut, bevor er husten musste. Alexandre schwieg nachdenklich und wandte ein: »Jetzt hört mal, ihr Mongos. Der Typ hat eben noch Träume, lasst ihn doch. Im Gegensatz zu euch beiden hat er immerhin noch welche. Der hat sein Herz eben noch am richtigen Fleck. Glaubt mir, für diesen schlafenden kleinen Penner dort würde ich mein Leben hingeben, Mann.«

»Ach ja? Alter Schwede. Ist heute der Tag, an dem du voll bekifft endlich dein Coming-out machst? Du bist ja eine krasse Nummer!«, grölte Benoît, Patrice auffällig zuzwinkernd. Dieser verdrehte die Augen, bevor er sich nun auch in Richtung Küche bewegte, um dort eine Dose Bier aus dem Kühlschrank zu holen.

Alexandre verdrehte kurz die Augen und fragte, »Wie kommst du jetzt auf diesen Bullshit? Willst du mir etwa einen blasen? Nur keine falsche Scheu, wir sind hier ja unter uns.«, bevor er sich provokativ in den Schoß griff.

»Whoa, bleib cool, Mann. War ja nur ein Witz. Musst nicht gleich primitiv werden. Immer diese fragilen Heteros mit ihren Abwehrmechanismen. Hey, Patrice! Bring mir bitte auch ein Bierchen!« Patrice kam mit zwei Dosen Bier aus der Küche zurück, reichte eine Benoît, bevor er Alexandre einen verständnisvollen Blick zuwarf. Anschließend setzte er sich neben Benoît auf die Couch. Lou schnarchte beinahe obszön laut, ähnlich einer verrosteten Motorsäge, die sich weigerte, korrekt anzuspringen. Alle drei schwiegen und betrachteten ihn für einige Augenblicke. Schließlich fragte Alexandre: »Also wegen nächster Woche. Das ziehen wir durch, oder?«

Benoît zündete eine Zigarette an und antwortete: »Ja, geht klar.« Darauf zündete sich Patrice ebenfalls eine an und nahm einen tiefen Zug, bevor er anfügte: »Aber bist du dir sicher, dass wir das ohne ihn machen?« Er zeigte auf ihren schlafenden Freund. Alexandres Miene verfinsterte sich. »Ich meine ja nur, wir könnten wirklich noch einen Mann brauchen, der zusätzlich Schmiere steht. Es wäre sicherer.«, fuhr Patrice fort. Alexandre streckte seine Arme über dem Kopf durch und wandte ein: »Muss ich es dir denn wirklich nochmals erklären? Das ist eine kleine Tankstelle auf dem Land. Die Lage ist locker, ich sag's dir, locker überschaubar. Kein Grund, dir in die Hosen zu machen. Zudem wird die Beute nicht riesig sein. Es lohnt sich einfach nicht, diese paar Tausender nochmals aufzuteilen. Und Lou… Ach, sieh ihn dir doch an. Der hätte schon Tage zuvor Gewissensbisse. Wenn's hart auf hart käme – Was es übrigens nicht wird, okay? – würde er sich sofort ergeben und den Bullen jedes Detail erzählen. Nicht, weil er ein Verräterschwein ist. Nein, Lou ist eine treue Seele. Lou ist der Beste. Aber wir wissen alle, dass er nicht so ist, wie wir. Okay? Das ist nichts für ihn. Versteht ihr das?« Beide schwiegen. Schließlich stellte Benoît fest: »Ja… Lou ist schwach.« Alexandres Blick verfinsterte sich erneut ablehnend. Darauf reagierte Benoît mit: »Was? Das war nicht böse gemeint, schau mich nicht so an. Schau dir unseren kleinen Lou mal an.« Patrice schaute Alexandre in die Augen und neigte seinen Kopf, um ihm ohne Worte mitzuteilen, dass er Benoîts Meinung teilte. Alexandre schüttelte den Kopf und gab, den Blick zum Aschenbecher gerichtet, dazu: »Er ist cleverer als wir. Und seine alte Mutter hat ordentlich Kohle auf der hohen Kante. Er hat solche Scheiße nicht nötig. Alleine schon darum ergibt es keinen Sinn, ihn da reinzuziehen.« Die beiden ihm gegenüber sitzenden Jungs nickten.

Lou schlief noch immer tief und fest. So fest, dass der Speichel vom Mundwinkel auf seinen Kapuzenpullover tropfte. Erneut erschallte Gelächter durch das Wohnzimmer, worauf Benoît einwarf: »Pssssst, ihr Arschlöcher! Er genießt gerade den Schlaf der Gerechten.« Alle hoben ihre Bierdosen und sprachen an: »Auf den kleinen bekifften Lou. Einen der wenigen Guten, die es noch gibt auf dieser Welt.«

KAPITEL SIEBZEHN

Laurent saß seit über einer Stunde allein im *La Fin* und nippte an seinem Whisky, während er über das Geschehene nachdachte. Nicht nur versuchte er, all die Ereignisse der vergangenen Tage zu verarbeiten. Weitaus mehr Mühe bereitete ihm der Gedanke, wie er die Geschehnisse an Étiennes Feier in seinen Bericht einarbeiten müsste? Oder wie er Étienne das nächste Mal begegnen sollte? Sollte er so tun, als wäre nichts passiert gewesen? Und was würde ihn bei der weiteren Zusammenarbeit erwarten? Sein Job schien fürs Erste getan. Das neue Drohnen-Netz lief mehr oder weniger stabil. Was, wenn Étienne keinen Nutzen mehr in Laurent hatte? Beinahe drei Monate waren vergangen und noch immer hatte sich ihm keine Tür geöffnet, die ihm die Möglichkeit bieten würde, Étienne das Handwerk zu legen. Noch immer wusste er nicht, wo der *Stoff* produziert wurde. Zwar war er nun Zeuge eines Gewaltdelikts geworden, doch er wusste genau, dass Nicolas niemals Anklage erheben würde. Ohne Kläger, kein Richter. Damit musste sich Laurent abfinden. In zwei Tagen würde er seinen nächsten Lagebericht abliefern müssen und nicht mal den Eröffnungssatz hatte er sich ausgedacht. Die ganze Aktion war ein einziges Desaster. Und langsam kam in ihm die Frage auf, ob es daran lag, dass die Situation verzwickt war oder ob er einfach nicht der richtige Mann für diesen Job war. Dieser verdammte Étienne. Wie ein Fisch war er. Glitschig. Welche Fragen auch immer gestellt wurden, Étienne wandte sich stets darum herum, konkrete Antworten zu liefern. Stattdessen gab er stets irgendwelche schlechten Witze von sich oder lenkte die Aufmerksamkeit auf die Drogen, die er allen anbot. In den wenigen Situationen, in denen klare Worte von ihm geäußert wurden, handelte es sich um Gegebenheiten, in denen er sich ohnehin unangreifbar gab. Ob er deswegen ein Feigling oder ein Genie war, wusste Laurent nicht. In jedem Fall schien er ihm stets einen Schritt voraus. Was, wenn Étienne sogar um Laurents geheime Identität wusste? Nein, das konnte nicht sein. Wenn dem so wäre, könnte er kaum hier so unbehelligt alleine einen guten Whisky trinken. Mit jedem weiteren Glas und jeder weiteren gedanklichen Windung zu diesem Thema, wurde die Angelegenheit nicht nur wirrer, sondern auch beunruhigender. Er begann, immer stärker an sich zu zweifeln.

Ohne ein Wort zu sagen, setzte sich Jeanne direkt neben ihn an die Bar und zündete sich eine Zigarette an. Sie sah ihn nicht an und gab gleich ihre Bestellung auf: »Dasselbe wie er, bitte.«

Als Mathilde wortlos den Whisky auftischte, und Jeanne gleich einen ordentlichen Schluck davon kostete, begann sie schließlich: »War ein schönes Theater. Die Party letzthin, nicht?« Die beiden sahen sich indirekt, über den grossen Spiegel hinter der Bar an und stießen schweigend an.

»Ich wusste gar nicht, dass du Whisky trinkst?«, bemerkte er.

»Jedes Getränk hat seine Zeit und seinen Ort.«, erwiderte sie. Er nickte zustimmend.

Sie tauschten sich nicht aus. Laurent hatte ihr nichts zu sagen und er wünschte sich, sie würde wieder gehen. Denn hier war er nicht Lamar, sondern Laurent. Sein Blick war die meiste Zeit entweder auf sein Glas oder den Aschenbecher gerichtet. Sie tat es ihm gleich, was seine Anspannung, einen Whisky später, langsam löste. Es gefiel ihm, wie sie sein Schweigen scheinbar nicht bloß respektierte, sondern teilte. Seiner Erfahrung nach, waren die wenigsten Menschen in der Lage, die Stille anderer zu ertragen. Besonders an einer Bar, schien dies dem unausgesprochenen sozialen Konsens zu widersprechen. Nur traurige Figuren am Rand der Gesellschaft taten so was bewusst, vermutete er. Bei diesem Gedanken entglitt ihm ein kleines Schmunzeln. Traurige Figuren am Rand der Gesellschaft – waren sie das denn nicht beide auf ihre eigene Art und Weise? Infiltrator im Auftrag der Polizei und Prostituierte im Auftrag eines Drogenbarons. Er stellte sich vor, wie er in einer anderen Welt einen *normalen* Job und ein *normales* Leben hätte. Als Buchhalter oder Bauarbeiter mit routiniertem Tagesablauf und einem gesicherten sozialen Umfeld. Ihre Blicke kreuzten sich erneut im breiten Spiegel und als er Jeanne musterte, versuchte er sie sich als Lehrerin oder Köchin vorzustellen. Es gelang ihm nicht, weshalb er seinen Blick wieder auf sein Glas richtete. Zu seiner Freude brach sie das Schweigen nicht. Sie tat es ihm sogar gleich, indem sie wie er wortlos mit nur einer knappen Fingerbewegung Mathilde darum bat, ihr Glas erneut aufzufüllen. So vergingen die Stunden. Aus der alten Jukebox sang *Sadé* von ihrem »Smooth Operator« und als er seine Zigarette ausdrückte und seinen vierten Whisky entgegennahm, hielt er zum zweiten Mal seit ihrer Ankunft sein Glas zur Seite, um mit ihr anzustoßen. Ihre Blicke kreuzten sich im Spiegel und sie nickten einander zu. Diesmal blieb Laurent an ihren Augen haften. Der Alkohol hatte bereits seine Sehfähigkeit leicht getrübt, deswegen kniff er die Augen leicht zu. Sie blieb stumm, als er in ihrem Blick, der weder musternd noch urteilend schien, versank und sich an ihre Worte von letzter Woche erinnerte: »Ich sehe die Dunkelheit, die hinter deinen schwarzen Augen hervorzukriechen versucht.« Er trank seinen Whisky aus und erhob sich. »Es ist schon spät, ich muss gehen.«

Indem er mit seinem Zeigefinger beide Gläser, seines und Jeannes, umrundete und mit der anderen Hand den Daumen hochstreckte, signalisierte er Mathilde, dass sie die Getränke beider nicht einkassieren würde. Sie nickte ihm knapp zu und wandte sich wieder den anderen Stammgästen zu. Er zündete sich eine Zigarette an und verließ das Lokal. Jeanne folgte ihm und fragte: »Hey, warte! Wie funktioniert das? Warum hast du gerade nicht bezahlt?«

»Weil ich der Chefin mal das Leben gerettet habe.«, meinte er knapp.

»Du siehst nicht aus wie einer, der anderen das Leben rettet.«

»Und du siehst nicht aus wie eine, die sich in heruntergekommenen Bars schweigend betrinkt. Müsstest du nicht bei Étienne sein?«

»Étienne kümmert sich um Nicolas und will gerade niemand anderen sehen. Ihm ist offenbar klar, dass er zu weit gegangen ist.«

»Verrate mir bitte eines. Wie oft passiert so was?«

»Es kommt fast nie vor, dass Étienne die Kontrolle verliert. Aber es kommt vor. Manchmal, ja manchmal macht er mir Angst.«

Er wusste nicht, was er dazu sagen sollte. Schweigend blickten sie gleichzeitig auf ihre Smartphones, um die Uhrzeit zu kontrollieren.

»Es ist schon nach Mitternacht. Ich will nicht alleine durch diese Gegend nach Hause gehen, Lamar. Begleitest du mich bitte bis vor die Tür?«

Ach, scheiß drauf. Warum eigentlich nicht?, dachte er sich.

Jeanne residierte im obersten Penthouse des *Blue Hotel*, dem teuersten Hotel der *Stadt*. Exakt 59 Sekunden vergingen zwischen dem Eintreten in die Suite und dem Eindringen ineinander. Laurent steckte bereits tief in Jeanne drin, als sie sich ihr dünnes Kleid über den Kopf streifte. Das war weder die Art, welche sie sich gewohnt war, noch die Art, die sie bevorzugte. Ohne Aufwärmung so rasant penetriert zu werden, war für sie grundsätzlich nie eine lustvolle Erfahrung. Doch sie sah davon ab, den Moment kaputtzumachen. In ihren Blutbahnen kreiste genügend Alkohol, um darüber hinwegzusehen. Glücklicherweise dauerte es schließlich auch nicht lange, bis ihre warme Spalte genügend Säfte ausschied, um den Akt zumindest ansatzweise genussvoll zu gestalten. Verhütung schien kein Thema zu sein. Wozu auch? Bereits morgen könnten beide tot sein. Indem sie ihr rechtes Bein anwinkelte und das Becken anhob, signalisierte sie ihm, dass sie einen Positionswechsel wünschte. Nun lag sie auf ihm drauf. Sie richtete sich auf und griff nach hinten, um ihren BH zu öffnen. Doch Laurent riss ihre Hand weg und öffnete ihr letztes Kleidungsstück am Körper mit einem geschickten Griff zweier Finger selbst. Sie musste grinsen, bevor sie sich des BHs entledigte, indem sie ihn in eine wahllose Ecke des Zimmers warf und anschliessend den Rhythmus seiner Penetration mit geschmeidigen Hüftbewegungen erhöhte. »Fuck! Fuck bist du gut!«, stöhnte Laurent wenige Sekunden, bevor er sich tief in ihr ergoss. Er hielt sie kraftvoll fest und küsste sie, bevor jede Faser seines Körpers sich langsam entspannte. Ihre Hüften kreisten noch langsam ein paarmal, bevor sie seinen erschlafften Schwanz wieder von sich gab. Mit einem hastigen Küsschen verabschiedete sie sich darauf ins Badezimmer. Laurent entdeckte die Box Taschentücher auf dem Nachttisch und begann langsam, die Rückstände ihrer beiden Körpersäfte von seinem Glied wegzuwischen. Er warf das Taschentuch seitwärts zu Boden, wo es irgendwo zwischen Schuhen und Kleidungsstücken landete. Mit geschlossenen Augen entledigte er sich dann von seinen restlichen Kleidern, bevor er vollkommen nackt und entspannt in der Mitte des Betts lag.

Sie ließ sich offenbar genügend Zeit in der Dusche, damit Laurent eine Zigarette rauchen konnte. Auf der kleinen Kommode vor dem großen Fenster lag ein breiter Kristallaschenbecher, in dem drei Stummel lagen. Er roch zwar nichts, trotzdem ging er davon aus, dass sie regelmäßig hier drin rauchte. Trotzdem wollte er dem Risiko eines allfälligen Feueralarms entgehen und öffnete das Fenster. Er rauchte nach draußen und blickte in den dunkelgrauen Nachthimmel. Nach Mitternacht waren meistens weniger Drohnen unterwegs als tagsüber, doch das Gebrumme war zu jeder Uhrzeit unweigerlich hörbar. Über die vielen Jahre hatte er sich noch immer nicht an den permanenten Lärm gewöhnt. Der grosszügige Umriss des Penthouse schien ihm enorm luxuriös und er fragte sich, wieviele tausend Credits diese Residenz wohl wöchentlich kostete und ob Jeanne hier ganz alleine wohnte?

Nur in ein kurzes Badetuch gehüllt, trat sie aus dem Badezimmer an ihn heran. Sie entnahm ihm seine Zigarette, um selbst zwei Züge davon zu rauchen. »Hör mal, Hübscher. Ich muss dir was sagen. Aber bitte bleib cool, okay?«

»Was denn?«

Sie blickte ihn direkt an und sprach sanft lächelnd: »Ich bin kein Auto oder Motorrad, das an der Tankstelle steht und in das man den Schlauch einfach schnell reinstecken kann, um es aufzufüllen. Keine Frau ist das wirklich. Auch wenn viele so was über sich ergehen lassen. Bitte merk dir das, mein Lieber.«

»Tut mir leid.«

»Alles okay, entspann dich. Du bist nicht der Erste, der sich in Gegenwart meiner Präsenz vergisst. Ich wusste doch, dass du mich unwiderstehlich findest.«

Sein linker Mundwinkel zog sich herauf, vermochte er doch nicht ihr zu widersprechen. »Wann bist du eigentlich hier hingezogen? In diese grässliche *Stadt?*«, fragte er.

»Keine Ahnung. Das ist sicher schon über zehn Jahre her.«

»Ist dir schon mal aufgefallen, dass man von hier aus nie die Sterne sieht?«

»Nein, nicht wirklich. Aber jetzt, wo du's sagst, fällt es mir auf. Das liegt bestimmt auch an den vielen Drohnen.« Sie bemerkte, dass dies das falsche Thema war, als sie beobachtete, wie sich seine Miene verfinsterte und wechselte es sogleich: »Und was hat dich dazu bewogen, hierherzukommen?«

Er schnaubte und meinte: »Ich habe es vergessen.« Tatsächlich schien er es nicht mehr zu wissen. Es war zu lange her und er mochte in seinem jetzigen Zustand auch gar nicht darüber nachdenken. Die Frage schien ihm belanglos. Zweckloser Small Talk.

»Wie sieht's bei dir aus?«

»Du wirst lachen, aber so genau weiß ich es, ehrlich gesagt, auch nicht mehr. Ich hatte mal diesen großen Traum davon, in einem Theater zu spielen oder Tänzerin und berühmt zu werden. Wie es mich schlussendlich in dieses verdammte Loch verschlagen hat, ach, was soll's? Nun sind wir hier.«

»Ja, nun sind wir hier.« Er küsste sanft ihre Lippen. »Nun sind wir hier.«

Seine sich erneut aufbäumende Erektion überraschte ihn selbst. Zweimal hintereinander in so kurzem Abstand zu vögeln, das kannte er nur noch von früher, als er um die 20 Jahre alt war. Vielleicht lag es daran, dass Jeanne die attraktivste Frau war, mit der er je im Bett gewesen war. Ihr Körper entsprach in seiner Vollkommenheit, seiner ultimativen sexuellen Fantasie. Jede Facette ihres Leibs und ihrer koketten Bewegungen schrien nach Sex, ohne obszön oder billig zu erscheinen. Sie hatte das Spiel der Verführung perfektioniert, dachte er sich, ohne genau mit dem Finger darauf halten zu können, wodurch ihre Anziehung auf ihn eigentlich begründet war. Ihr Erscheinungsbild imitierte die ihm geläufige Pornografie nicht, sie verkörperte diese mit einer scheinbar beiläufigen Leichtigkeit. Jedes Atom ihres Körpers schien ihm auf natürliche Weise lustvoll. Sie kicherte, als er sie zurück zum Bett führte, ihre Schenkel sanft öffnete und begann, ihren Hals zu liebkosen. Bevor er in sie eindringen konnte, drehte sie sich um, wodurch er erneut auf dem Rücken lag.

Sie griff sein Glied und führte es in langsamen Stößen, nach und nach, tiefer und tiefer in ihre zunehmend feuchter und heißer werdende Muschi. Er unterdrückte den brennenden Trieb, mit beiden Händen ihre prallen Hüften zu greifen und sie kraftvoll in einem Zug auf seine wild zuckende Erektion herunterzudrücken. Das machte ihn wahnsinnig. Seine Lust nahm noch weiter zu, als er sich darauf konzentrierte, ihre beiden Brüste zu massieren. Nur um ein Haar explodierte er nicht, als sie ihn endlich komplett in sich hatte und ein verspieltes Stöhnen von sich gab.

In langsamem Rhythmus, mit den Hüften kreisend, ritt Jeanne seinen Schwanz, während ihre beiden Zungen einander streichelten. Sie löste den Kuss und wanderte mit ihrer Zunge schrittweise seine Kehle herunter, bis sie schließlich sanft in seine linke Brustwarze biss, wodurch Laurent ein leises, doch klar hörbares Stöhnen entglitt. Sein Glied reagierte, indem es spürbar in ihr drin pulsierte. »Oh, magst du das?«, grinste sie verspielt.

»Nein, ich mag das nicht. Tu das nie wieder.«, schoss er abrupt zurück.

Sie ließ sich nichts anmerken und kreiste ihren Unterkörper unentwegt weiter. Obschon seine Lüge mehr als offensichtlich war. *Der Körper ist ehrlich*, dachte sie sich aufgrund ihrer Erfahrungen mit anderen Männern. »Okay, sorry.«, flüsterte sie, bevor sie sanft mit beiden Händen durch sein Haar strich und ihn erneut küsste. Dieser kleine Zwischenfall schien einen negativen Einfluss auf seine

Erektion gehabt zu haben. Jeanne wusste, was in solchen Situationen zu tun war, worauf ihre Zunge nun gröber in seinem Mund herum probte und sie die für die meisten ihrer Klienten magischen Worte zischte: »Fick mich härter, Lamar. Ich bin nah dran.« Was das anging, schien er sich kaum von anderen Männern zu unterscheiden. Wie die meisten anderen reagierte sein Penis stark auf die Vorstellung der Dominanz. Augenblicklich grub er seine Finger in ihre Arschbacken und rammte seinen Schwanz schneller und tiefer in sie hinein, was feuchte Schlaggeräusche erzeugte, die den ganzen Raum durchdrangen. Er fletschte die Zähne und knurrte laut, als er knapp eine Minute später grollend so tief in sie abspritzte, wie es ihm körperlich nur möglich war. Jeanne war nicht gekommen, was sie ihm in einer keuchenden, schweißbedeckten Umarmung verschwieg.

Als Laurent eine halbe Stunde später das Hotelzimmer zufrieden und von einer in jedem einzelnen Muskel merkbaren Entspannung erfüllt verließ, wie er es schon seit Jahren nicht mehr erlebt hatte, hielt er vor dem Fahrstuhl inne und blickte vorsichtig zurück. Die beiden hatten kein Wort darüber verloren, doch nun fragte er sich, was ihn diese Nacht wohl kosten würde?

– XVI –

Es war ein warmer Mittwochmorgen um zwanzig nach fünf Uhr. Heute war Nationalfeiertag, was bedeutete, dass nur wenige unglückliche Seelen heute arbeiten müssten. Während diese noch tief schliefen oder darauf warteten, dass der Wecker sie für einen unangenehm früh beginnenden Arbeitstag aus den Träumen reißen würde, ließen Lou und seine Freunde erst langsam die Nacht ausklingen. Der Club, in dem sie zuvor waren, musste nur der gesetzlichen Vorschriften wegen die Gäste nach Hause schicken. Stimmungsmäßig wäre selbst das Personal dazu motiviert gewesen, die Bässe noch unzählige weitere Stunden brummen zu lassen. Doch das würde weder Lous Truppe noch viele andere junge und junggebliebene Nachtschwärmer davon abhalten, noch ein wenig länger Party zu machen. Zu Hause hatten sie noch ein paar Pillen, ein wenig Pulver und das eine oder andere Bierchen gelagert. Spätestens hier endete die Macht des Gesetzes. Kein systemtreuer, langweiliger Beamter würde sie davon abhalten können, das Leben zu feiern. *Fuck the System*, oder so. Es ging ihnen gut.

Es war die schönste Tageszeit überhaupt, sinnierte Lou in seinem Rausch, still lächelnd vor sich hin. Sogar noch schöner, als die paar Stunden zuvor, als sie ihre Zeit tanzend, quatschend und liebkosend im Club verbrachten, befand er. Nun, als sich die ersten scheuen Sonnenstrahlen über sie legten und eine sanfte Brise ihre zuvor verschwitzten Körper streichelte. Mit einem geklauten Einkaufswagen, in dem Lou entspannt drin saß, und in Begleitung von Hip-Hop-Beats, die aus einem billigen Handy-Lautsprecher krächzten, schlitterten sie durch das noch schlafende Dorf und machten sich weder Gedanken über den anbrechenden Tag noch über den Rest der ungewissen Zukunft. Während seine Freunde, high wie Wolkenkratzer, über die Schönheit mancher Bäume sprachen, ließ Lou seinen Kopf nach hinten sinken und schaute sporadisch in eines der vielen vorbeiziehenden Fenster, bloß um wieder zu vergessen, was er sah. Was zählte, war der Moment. Hätte man ihm in diesem Augenblick eine Schlagzeile über einen Terroranschlag ganz in ihrer Nähe vor die Nase gehalten, hätte es ihn nicht im geringsten interessiert. Die Straßen waren leer gefegt. Kein einziges Auto, noch nicht mal ein Straßenputzer war unterwegs. Für ihn und seine Freunde stand die Welt gerade komplett still und darum waren sie alle in stillschweigendem Einverständnis davon überzeugt, sie gehöre ganz und gar ihnen allein.

Die Jungs waren auf dem Weg zur *After-Party* bei Alexandre ausnahmsweise nicht nur unter sich. Eine junge Frau begleitete die Gruppe. Keiner mochte sich an ihren Namen erinnern. Aber das machte nichts. Wichtig war in diesem Moment, dass man sich gut verstand. Und das taten sie. Mit einer bedauernden Umarmung verabschiedeten sie sich alle einzeln von Patrice, der sich frühzeitig zurückzog. Er hatte zu viel konsumiert und leider war seine zuvor positive Stimmung gekippt. Sie respektierten die Entscheidung und Selbsteinschätzung bezüglich seines Ruhebedürfnisses.

Bei Alexandre angekommen, machten es sich gleich alle auf den verschiedenen Sitzgelegenheiten gemütlich. Viel zu viele Stunden waren vergangen, während denen sie beinahe pausenlos gestanden waren. Alexandre hob die kleine Holzkiste unter dem Tisch in der Mitte hervor und bereitete sogleich ein paar Linien Kokain vor. Doch statt sich, wie gewohnt, als Erstes selbst davon zu bedienen, erhob er sich und sprach: »So, das wär's für mich. Ich muss ins Bett. Bedient euch ruhig und tobt euch aus, okay?«

Ungläubig rief Lou, bevor er sich hastig, gegen die eigene Müdigkeit ankämpfend, eine Linie Pulver durch die Nase zog: »Willst du uns verarschen? Du bist sowieso noch nicht müde!«

»Doch, das bin ich. Gute Nacht.« Er zwinkerte Lou zu und schlenderte zur Tür hinaus in Richtung seines Schlafzimmers.

Benoît hatte sich kurz auf die Toilette verabschiedet, als Lou die Gelegenheit ergriff, die junge Frau, die neben ihm saß grob zu umarmen und zu küssen. Ihre Lippen schmeckten nicht nach Liebe, sondern nach Abenteuer, doch das störte ihn nicht, sondern törnte ihn nur zusätzlich an. Es war exakt das, wonach er in diesem Moment suchte. Seine Hose wurde enger im Schritt. Wild griff er nach ihrer Brust, bevor sie ihn vorsichtig aber zugleich bestimmt von sich wies: »Sorry, Lou. Ich mag dich ja, aber ich habe meine Tage. Und ich bin auch vollkommen fertig. Tut mir echt leid. Es war ein toller Abend, aber ich kann wirklich nicht mehr. Ist es in Ordnung, wenn ich mich hinlege und schlafe?«

»Schade, echt schade. Aber na ja, was soll's.«, antwortete er und machte ihr Platz, indem er sich auf den gepolsterten Sessel neben dem breiten Sofa setzte.

Keine Minute verging, nachdem sie sich auf der breiten Polstergruppe mit der darauf liegenden dünnen Decke zugedeckt hatte, dass sie in einen schier komatösen Schlaf fiel und sanft aber hörbar zu schnarchen begann. Als ihn der Gedanke daran, dass er schon lange keine richtige Liebesbeziehung mehr hatte, streifte, dachte er sich: »In den Filmen wird immer nur gezeigt, wie man das Mädchen bekommt – nie, wie man es hält.« Die Feststellung, dass er selbst in ersterem, einmal mehr, gescheitert war, verdrängte er mit zusammengepresstem Kiefer, als er nun hasserfüllt auf ihren schlafenden Körper herabsah.

Es dauerte verdächtig lange, bis Benoît von der Toilette zurückkam. Dieser bediente sich sogleich am Koks, das vorbereitet auf dem Tisch lag. Die beiden sprachen eine Weile lang kein Wort. Zu ausgebrannt fühlten sich die beiden. Aus dem Lautsprecher drang noch immer Musik, der sie nur passiv zuhörten. Lou sah nach langem wieder auf die Uhr und las, dass es nun schon wieder nach sieben Uhr morgens war. Gemessen an seinem Zustand, in dem er Dinge wie Zeit ohnehin nicht mehr konkret einschätzen konnte, störte ihn das nicht weiter. Stattdessen überraschte es ihn einfach für einen kurzen Moment, dass *erst* nach sieben Uhr morgens war. Den Gedanken verwarf er aber schnell wieder. Nachdem er sich nach viel zu langer Zeit (ungefähr eine Stunde) erneut eine Line vom kleinen Spiegel auf dem Tischlein in die Nase zog, legte er seinen Kopf wieder zurück, um der Musik zu lauschen.

»Oh no, not me. I never lost control.«, sang David Bowie sanft aus den Lautsprechern von Benoîts Stereoanlage. Da fragte Benoît Lou: »Hey, das ist doch eine Cover-Version von einem Nirvana-Song, oder?«

»Wie bitte? Hast du jetzt gerade behauptet, dass ›The man who sold the world‹ aus Kurt Cobains Feder stammte und dass David Bowie dies gecovert hatte?« Ohne auf eine Antwort zu warten, sprang Lou auf: »Hey, was laberst du da nur für eine verdammte Scheiße?! Das Lied ist von David Bowie! Hallo?! Was für eine dämliche Schwuchtel bist du eigentlich, um zu glauben, dass Nirvana diesen endgeilen Song geschrieben hätten?!«

»Whoa, beruhig dich, Alter! Es ist nur ein Lied!«, meinte Benoît.

Lou stand auf und schrie: »Was soll ich mich beruhigen?! David Bowie war ein musikalischer Gott, an den der verdammte Penner Kurt Cobain nie und nimmer herangekommen wäre, selbst wenn er sich die Birne nicht weggeblasen hätte! Ey echt, was soll die Scheiße hier gerade!«

»Hey beruhig dich mal, Kurt Cobain war auch ein ganz genialer Musiker, Mann.«

»Nein, echt nicht! Nicht im Vergleich zu David Bowie! Bist du eigentlich behindert oder was?!«

Die junge Frau erwachte ab dem Geschrei, packte instinktiv ihre Handtasche und stolperte zum Ausgang: »Spinnt ihr eigentlich so rumzubrüllen? Was läuft eigentlich bei euch? Mir wird's hier echt zu blöd, sorry. Gott, seid ihr Idioten.«

Und noch bevor sie die Wohnungstür zuknallen konnte, schrie Lou: »Ja, mach's dir doch einfach, so wie immer. Lauf davon, statt dich zu stellen.

Schon klar, ist ja nichts Neues. Geh! Hau doch ab, du dumme Fotze! Auch du hast keine Ahnung von guter Musik!«

Lou zündete sich eine Zigarette an und meinte zu Benoît: »Nein echt, ohne Witz. Ein klein wenig Allgemeinbildung wird man ja wohl von seinen Mitmenschen erwarten dürfen, vor allem von dir, Ben! Oder etwa nicht?«

Ben wandte ein: »Whoa, also ich finde–«, bevor Lou ihm ins Wort fiel und lautstark meinte: »Halt deine Fresse! Du bist besser ruhig, denn du hast offensichtlich keine Ahnung von all dem. Kapiert?!«

Benoît zündete sich einen Joint an und sprach mit ruhiger Stimme, seinen Stolz herunterschluckend: »Ja easy, Lou. Ich weiß doch, was du meinst. Bowie ist ein musikalisches Urgestein und das hat einen gewissen Respekt verdient.«

»Eben das meine ich! Hey von mir aus muss nicht jeder ein Fan von ihm sein. Geschmäcker sind verschieden, aber ein wenig Kultur darf man ja wohl von seinen Mitmenschen erwarten, finde ich.«

Auf der Suche nach versöhnlichen Worten, die die aggressive Stimmung brechen könnten, antwortete Benoît: »Ja, das stimmt. Ist sowieso schlimm heutzutage mit dem musikalischen Allgemeinwissen, denk ich mir manchmal…«

»Genau, man! Musikalisches Allgemeinwissen! Hallo? Was soll nur aus unserer Welt werden, wenn all die guten Dinge in Vergessenheit geraten? Das kann's doch wohl nicht sein?!«

Benoît meinte: »Ja voll, Allgemeinwissen. Ist generell ein verdammtes Problem heutzutage, oder?«

»Echt! Das ist wirklich ein verdammtes Problem heutzutage!«, entgegnete Lou.

Die Musik spielte weiter, während die Jungs nun für ein paar Momente mit ihren Zigaretten oder Joints beschäftigt waren und schwiegen. Lou zog sich eine weitere Linie ins rechte Nasenloch. Schließlich fuhr er fort: »Glaub mir, Ben, es ist gut, ist diese Bitch gegangen. Die geht mir schon seit Längerem auf den Sack.«

Benoît, der sich nach den letzten paar Zügen seines Joints geistig gerade kurz sammeln musste, warf nach ein paar Sekunden ein: »Echt, Mann? Ich dachte, du findest die Kleine ziemlich scharf?«

»Für wen hältst du mich eigentlich? Alter, pass mal auf. Okay? Logisch finde ich sie scharf. Ich meine, sieh sie dir doch an. Bei dieser zierlichen Figur und dem runden Arsch in knappen Hotpants wird doch jeder normale Mann gleich scharf! Aber ich sag dir, die ist ein verlogenes Miststück. Glaub mir, Mann. Die ist doch nur mitgekommen, weil sie genau wusste, dass sie sich bei uns kostenlos die Birne wegknallen kann. Ist doch so, oder etwa nicht?«

Benoît spielte kurz mit dem Gedanken, Lou daran zu erinnern, dass er das Mädchen nicht bloß zu ihnen eingeladen, sondern sogar fast eine Stunde lang dazu überreden musste, mit ihnen nach der Clubschließung um fünf Uhr noch mitzukommen. Doch er war zu müde, um sich jetzt auf eine längere, vermutlich sehr hitzige Diskussion einzulassen. Morgen, genauer gesagt dann, wenn sie alle irgendwann für eine gewisse Zeit geschlafen hätten, wäre das Thema ohnehin wieder vergessen. Das wusste er aus Erfahrung. Also entgegnete Benoît nur halbherzig: »Ja, ja, wie auch immer.« Doch insgeheim ahnte Benoît, dass es nur eine Frage von Wochen und der dann herrschenden Stimmung beziehungsweise dem Rauschzustand war, bis Lou wieder versuchen würde, bei der Kleinen zu landen.

Benoîts Kopf drehte sich langsam beinahe unerträglich. Seine Augen brannten und deswegen wusste er, dass er sich nun ziemlich schnell in Richtung Bett zurückziehen musste. Er war auch nicht mehr in der körperlichen Verfassung, noch lange mit Lou zu diskutieren. Die Uhr an der Wohnzimmerwand deutete auf eine, selbst für ihre Maßstäbe, mittlerweile zu fortgeschrittene Tageszeit nach so einer langen Nacht hin. Darum schluckte er leer, bevor er seine letzten Worte formte: »Hey, Lou. Sieh mich an. Es gibt da was, das wollte ich dir schon lange mal sagen… Auf Koks bist du ein echt unausstehlicher Drecksack. Tut mir leid, aber das musste jetzt endlich mal raus. Kindern bringt man normalerweise bei: Mit vollem Mund spricht man nicht. Erwachsenen wie dir sollte man mal beibringen: Mit voller Nase spricht man nicht. Komm verdammt noch mal runter, Mann. Okay?«, schnaubte Benoît, bevor er sich mit erhobenem Mittelfinger verabschiedete.

»Fick dich doch, du dummer Hurensohn!«, knurrte Lou ihm nach.

Somit war Lou nun allein. Doch bevor er sich seinen Schlafplatz auf dem Sofa bereit machte, holte er sich noch ein letztes Bier aus dem Kühlschrank und rauchte dazu noch eine halbe Packung Zigaretten, bis er sich letztlich bereit fühlte, sich hinzulegen und die Augen für ein paar Stunden zu schließen. Gedanklich war er noch immer an einem ganz anderen Ort: Als er mit halb geschlossenen Augen einige weitere Songs von David Bowie hörte, dachte er darüber nach, wie sehr er die junge Frau von vorhin gerne ficken würde. Wie hart er es ihr geben würde. Richtig hart. Härter, als in den Pornos. In seiner Vorstellung würde er sie nicht nur schnell und beiläufig ficken, sondern ihr einen richtigen *Hassfick* verpassen, den sie ihr Leben nicht mehr vergessen würde. Oh ja, der Kleinen würde er es so richtig zeigen, sodass sie nie mehr auf den Gedanken kommen würde, ihre dumme Schnauze so blöd aufzureißen, dachte er sich.

Doch bevor er den Gedanken so richtig konkret werden lassen konnte, füllte sich sein Kopf mit einem unüberwindbaren Rauschen und er wusste, er konnte nicht mehr viel länger wach bleiben. Also drückte er die Zigarette aus und legte sich ohne Decke hin. Dass seine Bierdose erst zur Hälfte leer war, interessierte ihn nicht mehr. Seine Erschöpfung war, trotz des Kokains, viel zu stark und er wusste, dass er sich auch noch morgen um die Unordnung im Raum kümmern konnte. Darum legte er sich mit dem Gesicht zur Rückenlehne der Couch und ließ nur wenige Minuten vergehen, bevor sein Geist in den wohlig warmen Abgrund des hoffentlich traumlosen Schlafs fiel. Zwei Stunden später, als er noch immer nicht einschlafen konnte, schlenderte er zu sich nach Hause. In den Ohren hatte er auf voller, beinahe schmerzhafter Lautstärke den Song »No Love« von *Death Grips*. Ihm war klar, er hatte keinen Bock dazu, seine blöden Freunde oder irgendwen, ganz besonders nicht die Kleine von vorhin, diese Woche noch zu sehen.

KAPITEL ACHTZEHN

Es war Jahre her, seitdem Laurent vollkommen erholt erwachte. Vergangene Nacht hatte er vor dem Schlafen zu duschen vergessen und es schien ihm, als ob Jeannes Duft noch immer an ihm haften würde. Er hielt die Augen geschlossen, als er Bilder ihres nackten Körpers aus den tiefen seiner Erinnerung hervor zu fischen versuchte. Seine Hand wanderte instinktiv in seinen Schritt und begann seine sich aufbäumende Erektion langsam zu reiben. Vor seinem inneren Auge wiederholte er die Szenen von letzter Nacht im Penthouse mehrfach, als er lächelnd leise stöhnte.

Vielleicht lag es daran, dass er schon so lange nicht mehr gevögelt hatte. Aber Sex war nie *einfach nur Sex*. Das war ihm schon seit einigen Jahren klar. Egal, wie unverbindlich dieser jeweils zu sein schien. Sex hatte stets emotionale Folgen – gewollt oder ungewollt, bewusst oder unbewusst. Er fragte sich, ob Jeanne dies auch so empfand, gehörte unverbindlicher Sex mit Fremden doch zu ihrem beruflichen Alltag. Den Gedanken daran, mit wie vielen anderen Männern sie zahlenmäßig bereits das Bett teilte, verdrängte er. Nicht, weil er der Meinung war, dass der Wert einer

Frau mit der Anzahl Sexpartner abnahm. Dafür wusste er zu viel über die Anatomie des weiblichen Geschlechts und über die körperliche Lächerlichkeit vom noch immer gängigen Jungfräulichkeitsideal. Nichtsdestotrotz streifte ihn der fragile Gedanke vom Ideal romantischer Einzigartigkeit kurz wie eine eisige Bise.

Auf dem Display seines Smartphones offenbarte sich plötzlich in Begleitung eines schrillen Warngeräuschs die Echtzeitaufnahme der Kamera, die vor seiner Wohnungstür installiert war. Léna stand vor seiner Tür. »Gib mir zwei Minuten, ich komme gleich! Bitte warte im Auto!« Es lag ihm fern, Léna in seine Wohnung eintreten zu lassen. Seine Wohnung war sein Rückzugsort, ähnlich einer sakralen Stätte, der niemandem Zutritt gewährt wurde. Dafür hielt er Wort: Exakt 120 Sekunden später stieg er bei Léna ins Auto. Sie benötigte einige Momente, um ihn zu analysieren. So hatte sie ihn noch nie gesehen, mit zerzaustem Haar, Kapuzenpullover und mit dem Geruch verschiedener Körperflüssigkeiten behaftet.

»Wow, also damit hätte ich echt nicht gerechnet, mein Guter!«, bemerkte sie mit leicht gerümpfter Nase.

»Womit denn?«

»Na, *damit*. Meine Güte, bist du direkt aus dem Bett gestiegen?«

»Ja, tut mir leid.«

»Laurent, es ist helllichter Nachmittag, nach zwei Uhr. Ist bei dir alles in Ordnung? Muss ich mir Sorgen machen?«

»Nein, natürlich nicht. Mir geht's blendend!«, lachte er etwas unbeholfen.

Léna fand daran nichts auch nur ansatzweise komisch. Als sich die beiden das letzte Mal vor rund drei Monaten an ihrem letzten Einsatz sahen, war Laurent in ihren Augen ein bewundernswertes Exemplar eines soliden, gepflegten Mannes. Heute erkannte sie ihn kaum. Wären sie sich zufällig auf der Straße begegnet, hätte sie ihn gewiss mit einem Obdachlosen verwechselt. Wortlos, um ihm nicht auf die Füße zu treten, schaltete sie die Lüftung ein; in der Hoffnung, dass sich somit der ihr unangenehme Geruch von Schweiß und Sex ein wenig verflüchtigen würde. Anschließend fragte sie vorsichtig, mit gerunzelter Stirn: »Wie läuft die Therapie? Ist die noch immer im Gange?«

Ihm entging ihr Unwohlsein nicht, deswegen versuchte er, die Stimmung mit einer gekünstelten *Clint-Eastwood*-Nachahmung zu lockern: »Ach, du meinst wegen der Shit-Show vor ein paar Monaten in der Gasse? Da bin ich nie hin. Männer wie ich brauchen so was nicht.« Er scheiterte.

»Wie du bist nie in die Therapie? Soll das ein Witz sein? Denn falls ja, ist er überhaupt nicht lustig. Alle Polizisten müssen nach jedem Gebrauch ihrer Dienstwaffe zur Therapie. Das ist Vorschrift!«

Er schluckte, bevor er ihr Antwort gab: »Vielleicht hast du mitbekommen, dass ich nicht mehr Polizist bin?«

»Das hat doch damit nichts zu tun! Du hast ein Recht auf diese Stunden, auch wenn dein Anstellungsverhältnis aufgelöst wurde. Laurent, das ist wichtig. Okay?«

»Okay. *Alles* ist okay!«, fügte er mit erhobenen Händen und hochgezogenen Augenbrauen hinzu.

»Nein. Nein, das ist es nicht. Ich werde morgen mit dem Chef reden, dann–«

Laurent unterbrach sie: »Hey, hey, Léna! Léna! Beruhig dich erst mal. Okay? Übrigens, schön dich zu sehen, Léna. Du siehst toll aus. Geht's dir denn auch gut? Mir geht es blendend. Es tut mir leid, dass du mich in diesem Zustand sehen musst. Aber ich versichere dir, dass alles okay ist. Du hast vollkommen recht mit der Therapie und ich werde mich gleich morgen darum kümmern. In Ordnung? Jetzt beruhig dich doch mal, bitte.«

Die beiden kannten sich nun schon so lange, dass er der einzige Mann war, der nicht augenblicklich eins aufs Maul bekommen würde, wagte er es, von ihr zu fordern, sie solle sich *beruhigen*. Nach einem tiefen Atemzug schluckte Sie ihren Ärger ausnahmsweise hinunter und musterte sein Gesicht genau. Tatsächlich wirkte er zufrieden und emotional ausgeglichen, sofern sie seine mangelnde Hygiene zu ignorieren vermochte. Sein überraschend charmantes Lächeln wirkte authentisch. Ansatzweise erleichtert, fragte sie: »Du rufst morgen wirklich beim psychologischen Dienst an? Versprochen?«

»Versprochen!«

»Also gut… Dann mal raus mit der Sprache: Wer ist deine Freundin?«

»Meine was?«

»Du riechst nach Muschi und Damenparfüm, erzähl mir also nichts.«

»Léna, Léna, Léna… Du bist eine wirklich verdammt scharfsinnige Polizistin.«

»Schmeichelnde Worte werden dir nichts nützen, du Ex-Polizist.«, schmunzelte sie.

Er wollte die Frage nicht beantworten. Einerseits wollte er nicht, dass sie Wind von seinem Job erfährt. Andererseits wusste er nicht, ob er Jeanne überhaupt als *Freundin* bezeichnen sollte, bloß wegen dieser einen Nacht. Deswegen fabrizierte er eine nichtssagende Antwort: »Eine Zufallsbekanntschaft. Wir haben uns gestern Abend kennengelernt. Ich weiß noch nicht, ob ich sie wieder sehen werde.«

»Natürlich wirst du das. So verträumt wie du wirkst. Mich schockiert schon mal die Tatsache, dass du überhaupt ausgehst. Ich dachte, neben der Fitness gäbe es keine Freizeitaktivitäten für dich. Hm. Vielleicht kenne ich dich ja nicht so gut, wie ich es glaube?«

»Vielleicht.«

Sie hielt inne, bevor sie bemerkte, dass es sie freute, ging es ihm offenbar gut.

»Sag, Léna, wann warst du eigentlich das letzte Mal glücklich? Ich meine, so richtig?«

»Wie meinst du das?«

Er lachte: »Was meinst du mit ›Wie meinst du das‹? *Wann* warst du das letzte Mal glücklich? Einfach glücklich? Frei von Sorgen? Einen ganzen Tag lang. Ohne Hilfe von irgendwelchen Substanzen. Frei von jeglichen Gedanken an die anstrengenden Pflichten die morgen vor dir liegen könnten. Einfach ein einziger Tag an dem die Welt zumindest innerhalb deiner kleinen *Bubble* in Ordnung zu sein schien?«

In einer Mischung aus Unglaube und peinlicher Berührung antwortete sie: »Laurent, ich weiß nicht, was gerade mit dir los ist? Aber … Wir sind doch keine Kinder mehr?«

»Was hat das denn damit zu tun?«, fragte er kopfschüttelnd.

Darauf musste sie mit vorgehaltener Hand laut lachen: »Tut mir leid. Aber meine Güte. Was für eine kindische Frage! Sorry. Die Arbeitslosigkeit tut dir gar nicht gut. So viel steht fest. Du heiliger Bimbam. Mir scheint, du hast zu viel Freizeit um auf absurde Gedanken zu kommen?«

Nun sichtlich irritiert, schoss er zurück: »Absurde Gedanken? Was soll daran denn absurd sein?«

»Hey, hey. Sieh mich an. Schau mir mal kurz in die Augen. Bist du etwa high oder was? Ist etwas vorgefallen oder was stimmt nicht mit dir?«

Er wurde nun laut: »Léna, es war eine ganz simple Frage! Wo liegt das Problem? Ich wollte nur wissen, wann du das letzte Mal so richtig glücklich warst?«

»Okay, wow! Du willst wirklich, dass ich so was beantworte? Ernsthaft, Laurent?«, konterte sie in derselben Lautstärke.

»Ja, warum sollte ich die Frage denn sonst stellen? Natürlich möchte ich gerne dass du mir eine Antwort darauf gibts? Was ist nur los mit dir, Léna?«

»Du fragst mich, was mit *mir* los ist? Laurent, hörst du dich denn überhaupt sprechen?«

In geteiltem Unverständnis zueinander schwiegen die beiden schnaubend vor sich hin. Er war fassungslos darüber, wie sie sich weigerte, auf seine Frage einzugehen. Sie konnte nicht begreifen, warum sie sich mit ihrem Ex-Partner wie mit einem pubertierenden Teenager unterhalten musste. Schließlich räusperte sie sich und schaltete den Motor ihres Wagens ein. »Lass uns eine kleine Spritztour machen. Vielleicht hilft dir das ja.«

Vom Industriegebiet am Stadtrand, wo sich Laurents Wohnung befand, fuhren die beiden etwas länger als eine Viertelstunde gen Zentrum der *Stadt* und hielten an einer Kreuzung auf einem Behindertenparkplatz an. Léna legte an der Konsole des Autos einen Schalter um, welches die digitale Signatur ihres privaten Fahrzeugs auf jene eines Polizeiwagens änderte. Somit würden sie von Kontrolldrohnen der Verkehrspolizei nicht behelligt werden. Die Kreuzung, an der sie hielten, stellte einen besonderen Schmelztiegel der *Stadt* dar. Hier verbanden sich Großbanken mit Szene-Bars sowie Casinos und der Straßenstrich. Alle sozialen Schichten waren hier zu beinahe jeder Uhrzeit co-existent – meist friedlich, manchmal aber auch in offenem Konflikt. Das hing größtenteils vom Kalender ab. Feiertage, Sommernächte sowie Monats- und Wochenenden waren klimatisch, emotional wie auch einkommensbasiert heikler als gewöhnliche Wochentage in der Mitte des Monats.

Mit dem Zeigefinger auf die demografisch wild durchmischte sich bewegende Menschenmasse gerichtet, meinte sie: »Sieh sie dir an. Hier sind sie mehr oder weniger alle. Arm, reich, gesund oder krank. Kein einziger dieser Menschen ist *glücklich*, so wie du es geschildert hast. Glückseligkeit ist etwas für kleine Kinder und Fantasiefiguren. Oh Gott, dass ich dir das wirklich erklären muss? Jede dieser Personen ist tagtäglich mit Dingen konfrontiert, die unangenehm oder zumindest ärgerlich sind. Aber statt darüber zu jammern, betäuben wir uns gezielt und maßvoll. Jeder auf seine eigene Weise. Schau, die beiden Joggenden dort drüben. Meinst du die haben's immer nur leicht im Leben und sie sind immer glücklich? Garantiert nicht. Aber sie kümmern sich aktiv und auf eine gesunde Weise um ihre Ausschüttung von Glückshormonen. Das knutschende Paar dort in der Ecke. Die gehen vermutlich heute noch miteinander ins Bett. Sex löst keine Probleme, lässt sie aber für eine kurze Zeit in den Hintergrund treten. Das müsstest du heute ja wissen. Oft tut's auch mittelmäßiger Sex. Die Erwartung daran, jedes Mal ein großes Feuerwerk im

Bett zu erleben, habe ich persönlich bereits mit 19 abgelegt. Und das, obwohl mein damaliger Freund es mir oft relativ gut besorgt hat. Um es dir ganz verständlich zu machen: Ideale sind schöne Worte. In der richtigen Welt bringt dir Pragmatismus aber viel mehr. Schau dort: Siehst du die beiden Typen? Der mit der blauen Jeans-Jacke und der andere mit der roten Mütze? Die haben soeben etwas gedealt. Und weißt du was? Es ist mir völlig egal. Erstens, weil die beiden keine Szene machen und zweitens, weil heute mein freier Tag ist. Das macht mich nicht zu einer schlechten Polizistin. Ganz im Gegenteil, es macht mich zu einer noch viel besseren Polizistin. Denn ich teile meine Kräfte klug ein. Ich schaue, dass ich meine Ruhezeiten knallhart einhalte, wodurch ich morgen dann mit voller Konzentration meinen Job machen kann. Du verstehst das, oder etwa nicht?«

Ihre Worte schienen ihm vollkommen logisch und für einen Moment fühlte er sich tatsächlich etwas dumm. Doch auch wenn ihre Aussage rational betrachtet Sinn machte, fühlte sie sich im Grundsatz *falsch* an. Deswegen hakte er zögerlich nach: »Was ist mit dem Gesetz, Léna? Das Gesetz, dem du dich gegenüber verpflichtet hast, genauso wie ich damals.«

»Das Gesetz? Das Gesetz interessiert doch niemanden! Es ist eine Richtlinie, nicht mehr und nicht weniger. Was wirklich zählt, ist Ordnung. Ordnung ist das halbe Leben, wenn nicht sogar mehr. Das müsstest du doch wissen. Wen stört es wirklich, ob Drogen konsumiert werden? Die allerwenigsten. In dieser Straße allein hat jeder schon mindestens einmal in seinem Leben sogenannt illegale Substanzen gekauft und zu sich genommen. Darum geht es nicht. Es ist auch kein Problem. Ein Problem ist es dann, wenn die Sache auf den Straßen zu klar sichtbar wird und die Leute sich gehen lassen. Suchtpatienten sind eine Belastung für unsere Gesellschaft. Wenn Leute wegen ihrer Drogensucht nicht zur Arbeit gehen oder krank werden und somit Kosten für die Allgemeinheit erzeugen, muss eingeschritten werden. Die Ordnung darf nicht gestört werden. Ansonsten kümmert es mich doch einen Dreck, ob jemand nun kifft oder sich Pulver in die Nase zieht. Macht doch alle, was ihr wollt. Aber macht es im Verborgenen. Na ja, vielleicht nicht ganz im Dunkeln, aber zumindest im Zwielicht. Solange sie nicht dazu beitragen, dass dieses Gift *offiziell* salonfähig wird, ist ziemlich vieles akzeptabel, selbst wenn das Gesetz es eigentlich verbieten würde.«

»Meinst du das ernst? Verdammt, wie lange arbeiten wir nun schon zusammen? Woher kommt das?«

»Schau, ich mache diesen Job nun schon etwas länger als du. Okay? Wie wir alle, hatte ich bis nach meiner Ausbildung die Ansicht, dass es Schwarz und Weiß gibt, beziehungsweise geben muss. Richtig und falsch. Aber irgendwann muss man halt pragmatisch denken. Niemand von uns wird die Welt retten. Ich meine, echt jetzt? Muss ich dir das wirklich erklären? Nochmals: Es geht um die Ordnung. Nichts anderes. Diese Welt war schon immer ein wackeliges Konstrukt. Deine und meine Aufgabe ist es, oder war es, dafür zu sorgen, dass zumindest ein kleiner Teil davon nicht zusammenbricht. Leider haben wir nun mal nicht immer die Wahl zu entscheiden, ob wir nun die professionelle, saubere Lösung anwenden – oder ob wir einfach mit Klebband irgendwo etwas zusammenflicken, weil es eben schnell gehen muss. Und was spielt es für eine Rolle? Wir machen unseren Job und am Ende des Monats wird uns dafür der Lohn überwiesen. Das hat doch echt keinen Wert, sich über die Details den Kopf zu zerbrechen. Was zählt ist, dass es im Ermittlungsbericht sauber wirkt und vor allem, dass die verdammten Medien kein unnötiges Futter bekommen.«

Erneut schweigen die beiden. So ehrlich war sie zuvor noch niemandem gegenüber gewesen, was in ihr ein Gefühl der Erleichterung aber auch der Verletzlichkeit aufkommen ließ. Sie brach das Schweigen, indem sie ihn fragte, ob er einen Kaffee wollte. Mit einem ungewöhnlich belustigtem Schnauben fiel ihm auf, dass er schon sehr lange keinen Kaffee trank, der genau seinem Geschmack entsprach. Deswegen willigte er sanft ein. Das Auto sprang erneut an und fuhr in Richtung eines der besten Coffee-Shops der *Stadt*. Dort angekommen, ließ sie ihn im Auto warten, während sie den Kaffee holte. Sie wusste, wie er den seinen am liebsten hatte. Da es aber aufgrund der hohen Besucherzahl im kleinen Lokal länger dauerte, stieg er aus dem Fahrzeug aus und zündete sich an der frischen

Luft eine Zigarette an, während er sich an die Tür lehnte. Es war bereits später Herbst, weswegen die Sonne bereits untergegangen war. Der Himmel bildete eine größtenteils graue, durch künstliche Beleuchtung teilweise rötliche Fläche unter der die unzähligen Drohnen jegliche Sicht auf das, was hinter der dicken Schicht von Abgasen und Smog liegen könnte. Endlich kam Léna mit zwei kleinen Pappbechern in den Händen zurück und sagte: »Vorsicht, heiß.«

Die Becher schienen im Kontrast zur kalten Abendluft tatsächlich glühend heiß, weswegen beide auf die Motorhaube gestellt wurden. Sie unterhielten sich kurz über Frédéric. Léna erklärte ihm, wie schockiert sie über die Enthüllungen um dessen Privatleben sowie seines diebischen Verhaltens war: »Sowas hätte ich nie von ihm gedacht. Irgendwie macht es mich nachdenklich. Da kennt man jemanden schon fast ein Jahrzehnt und letztendlich stellt sich heraus, dass man den Menschen in Wahrheit überhaupt nicht kannte.«

»Ja.«, fügte er knapp hinzu. Er musste sich darauf konzentrieren, die Tatsache seiner Beteiligung im Fall Frédéric zu verbergen.

»Aber weißt du was? Obwohl seine Taten und sein Lebensstil falsch waren – Wer auch immer ihn verpfiffen hat, war ein verdammtes Kameradenschwein! Denn abgesehen von all dem, war er ein zuverlässiger und herzensguter Mensch. Wen interessierte schon, ob er ein bisschen Stoff mitgehen ließ. Er war eine arme Sau, die niemandem

Schaden zufügte.« Ihre Worte trafen Laurent wie eine Faust in den Magen. Er ließ sich nichts anmerken und nickte nur still.

Schließlich wandte er sich den Kaffeebechern zu und gab Léna den ihrigen, bevor er mit ihr anstieß: »Auf Fréd.«

»Auf den armen Fréd.«, entgegnete sie nachdenklich.

Der Kaffee hatte eine angenehme Temperatur erreicht, worauf er einen kräftigen Schluck zu sich nahm – den er sofort wieder ausspuckte! Während die beiden sich unterhielten, war ein grässlicher Käfer in seinen Becher gekrochen. Laurent war außer sich, begann am ganzen Körper zu zittern und spuckte einmal mehr auf den Boden. Der Ekel war ihm tief ins Mark gefahren und Léna versuchte erschrocken ihn zu beruhigen. Obwohl sie keine Schuld daran trug, entschuldigte sie sich und bot eilig an, ihm einen neuen Kaffee oder eine Flasche Wasser zu holen. Wie in Panik geraten, stieß er sie grob von sich weg und rannte so schnell er nur konnte davon. Ihre Rufe wurden vom Summen der Drohnen am Himmel übertönt.

– XVII –

Es war halb elf Uhr morgens am Sonntag, als die penetrant oft betätigte Türklingel Lou mit schrillem Klang gewaltsam aus seinem Schlaf riss. Mit verschwommenem Blick kontrollierte er auf dem Display seines Handys die Zeit und konnte die unerwartete Störung zu dieser Uhrzeit kaum fassen. Wütend schrie er, »Ich komme ja, ich komme ja, du Arsch!«, als die Klingel immer nur für wenige Sekunden Ruhe gab. Er legte sich seine kurzen Jogging-Hosen sowie seine Hausschuhe aus Plastik an, bevor er zur Wohnungstür schlenderte. Sein Blick war auf den Boden gerichtet, als er laut gähnte und sich zwischen den Beinen kratzte, während er die Tür langsam öffnete. Sein zuvor lockerer Körper versteifte sich und seine Augen weiteten sich komplett, als er zwei uniformierte Polizisten vor seiner Tür stehen sah.

»Guten Morgen. Kriminalpolizei.«

Lou traute keinen Laut von sich zu geben. Einer der beiden Beamten las vom Papier auf dem Reißbrett, das er bei sich hatte, Lous komplette Personalien ab und verlangte eine mündliche Bestätigung. Somit konnte sichergestellt werden, dass sie sich nicht in der Haustür irrten. Lou stand noch immer wie versteinert da, bis der andere Beamte ihn mit mehrfachem, lautem Fingerschnippen aus der Trance riss. »Wir wollen Ihnen ein paar Fragen stellen. Hallo? Verstehen Sie meine Sprache?«

»Ja, ja! Entschuldigung. Worum geht es denn?«, fragte Lou perplex.

»Wir möchten Ihnen ein paar Fragen auf dem Polizeipräsidium stellen. Würden Sie uns bitte begleiten?«

»Warum denn? Bin ich etwa verhaftet?«

»Nein, Sie sind nicht verhaftet. Wir haben nur ein paar Fragen an Sie und es wäre einfacher für uns, könnten wir das auf dem Präsidium tun. Sie müssen sich keine Sorgen machen.«

»Okay … und wenn ich nicht will?«

Die beiden Beamten seufzten und sahen einander an, bevor nun der andere weitersprach: »Hören Sie, wir können auch wieder gehen und in ein paar Stunden wieder mit einem richterlichen Beschluss zurückkommen. Spätestens dann müssen Sie uns aufs Präsidium begleiten. Glauben Sie mir, es wäre definitiv zu Ihrem Vorteil, wenn wir im Bericht nicht vermerken müssen, dass sie sich geweigert haben, mit uns zu kooperieren. Verstehen Sie das?«

Er musste leer schlucken, bevor er einwilligte und den beiden sagte, er würde sich kurz anziehen. Einer der Beamten hinderte ihn daran, die Wohnungstür zu schließen. Der blieb Lou direkt auf den Fersen, um sicherzustellen, dass dieser nicht versuchte, irgendwas zu verstecken oder gar zu flüchten. Kurz darauf wurde er schweigend zum vor dem Haus stehenden Streifenwagen eskortiert. Sie legten ihm keine Handschellen an, doch der hintere Teil des Fahrzeugs war vergittert und verfügte über keinen Hebel, die Tür von innen zu öffnen. Die uneingeschränkte Bewegungsfreiheit seiner Arme, änderte nichts daran, dass er ein Gefangener war. Sein Herzschlag glich dem eines Presslufthammers und er schwitzte stark, als ihm auf der kurzen Autofahrt alle möglichen und unmöglichen Gründe für diese Situation durch den Kopf schossen. Er war davon überzeugt, er hätte nichts *Schlimmes* getan. Komplett frei von latenter Schuld war sein Gewissen dennoch nicht.

Auf dem Polizeirevier bat man ihn höflich, aber in entschiedenem Tonfall, seine persönlichen Gegenstände in eine dunkelblaue Plastikschale zu legen. Er wehrte sich nicht, sondern übergab den Beamten ohne zu zögern sein Mobiltelefon, seine Schlüssel sowie seine Brieftasche. Diese bedankten sich und führten ihn anschließend in ein Büro, in dem er an einem Tisch Platz nahm. Sie fragten ihn, ob er ein Glas Wasser oder einen Kaffee wolle, bevor sie die Tür hinter ihm schlossen. Lou verneinte. Zwar hörte er genau, wie sich die Tür von selbst elektronisch verschloss. Trotzdem war er ein kleines Stück erleichtert, als er den Raum analysierte und feststellte, dass dies kein bedrohlich wirkendes Verhörzimmer war, wie er es aus Filmen kannte. Stattdessen war der Raum ausgestattet, wie ein langweiliges Büro: ein Computermonitor mit Docking-Station auf einem hellen Holztisch, mit Ordnern gefüllte Regale, ein Telefon, eine große Uhr wie auch ein neutral gestalteter Wandkalender an der Wand. Nicht zuletzt fiel ihm auf, dass die Fenster nicht vergittert waren. Das ließ die Situation weniger bedrohlich erscheinen.

Die Tür hinter ihm öffnete sich mit einem lauten Knackgeräusch und ein weiterer, alter sowie leicht rundlicher Beamter höheren Grades trat hinein: »Guten Tag, Monsieur! Mein Name ist Michel.« Sein Händedruck tat Lou beinahe weh, so fest drückte er zu. »Nun, bevor wir beginnen und ich Ihnen erkläre, warum Sie hier sind, möchte ich mit Ihnen kurz ein paar Formalitäten klären. Erstens einmal, ein herzliches Dankeschön für Ihre Kooperation. Das kommt in solchen Situationen nicht immer vor. Zweitens, ist es meine Pflicht, Sie darauf hinzuweisen, dass Sie das Recht haben, die Aussage auf jede unserer Fragen zu verweigern. Drittens haben Sie selbstverständlich das Recht auf rechtlichen Beistand, wenn Sie das möchten. Ist dies für Sie soweit klar?« Für Lou war gar nichts klar. Trotzdem bestätigte er knapp und nervös die Frage. Auf die Frage, ob er einen Anwalt anrufen wolle, wusste er nicht zu antworten. Er hatte keinen. Der Beamte erklärte ihm, dass er einen Pflichtverteidiger anfordern könnte. An einem Sonntag würde sich dies aber in der Regel als relativ schwierig gestalten, was bedeuten würde, er müsse im schlimmsten Fall die Nacht hier in einer Zelle verbringen. Aus Sicherheitsgründen. Da Lou nur so schnell wie möglich hier wieder wegwollte, verzichtete er auf das Angebot, worauf der Beamte lächelnd einmal in die Hände klatschte und ihm eine Einverständniserklärung für die polizeiliche Vernehmung zur Unterschrift vorlegte. »Machen Sie sich keine Sorgen. Ich will das auch lieber kurz halten, an so einem wunderschönen Sonntag wie heute.«

Während Lou das Formular erst langsam durchlas, schloss der Beamte seinen Laptop an den Monitor an und fuhr die Maschine hoch. Von seiner Seite des Tischs konnte er nicht erkennen, was der Beamte genau machte. Es folgte eine Reihe von Fragen darüber, wo Lou gestern Nacht gewesen war und was er gemacht hatte; welche er soweit es ihm möglich war, seiner teilweise verschwommenen Erinnerung nach, alle wahrheitsgetreu beantwortete. Nur was seinen Konsum anging, blieb Lous Aussage lückenhaft; und er war froh, hakte der Beamte bei diesen Details nicht nach. Alle Aussagen wurden von letzterem simultan ins Computersystem getippt. So verging bereits fast eine Stunde, bemerkte Lou.

»Gut.«, meinte der Beamte und klopfte mit dem Finger einige Male auf die Tischoberfläche. Sein Gesichtsausdruck, der bis jetzt entspannt und beinahe herzlich wirkte, verhärtete sich nun so stark, dass er auf Lou bedrohlich wirkte. Er zog die oberste Schublade unter dem Tisch hervor und knallte eine dicke Akte auf den Tisch. Er öffnete die Akte so, dass Lou deren Inhalt nicht sehen konnte, bevor er drei Fotos auf dem Tisch ausbreitete. Lous Augen weiteten sich: Es waren Portraits von Alexandre, Benoît und Patrice. »Sie sind mit diesen drei Männern befreundet, richtig? Wann haben Sie sie zuletzt gesehen? Und worüber haben Sie sich unterhalten?« Lou zitterte und schwieg. »Hören Sie mir jetzt ganz gut zu, Monsieur. Die nächsten paar Fragen, die ich Ihnen stellen werde, sind entscheidend. Also passen Sie gut auf und denken Sie nicht einmal daran, mich anzulügen. Verstanden?« Dicke Schweißperlen liefen an beiden von Lous Achselhöhlen herunter.

Seine Freunde hatten vergangene Nacht einen bewaffneten Raubüberfall auf eine 24-Stunden-Tankstelle verübt. Statt ihm die Tatsachen offen auf den Tisch zu legen, versuchte der Beamte, mit Fangfragen herauszufinden, ob Lou davon wusste. In den darauffolgenden Stunden erklärte der Beamte ihm schließlich in kleinen Schritten, dass der Angestellte der besagten Tankstelle von einem seiner Freunde erschossen wurde. Benoît und Patrice wurden bei einem Fluchtversuch von der Polizei angeschossen und erlagen im Krankenhaus ihren Verletzungen. Alexandre befand sich wegen Raubmords in Haft. Da er bereits wegen Besitz illegaler Substanzen vorbestraft war, würde ihn eine sehr lange

Haftstrafe erwarten. Lou verneinte jegliches Wissen darüber und gab sich alle Mühe, seinen eigenen Drogenkonsum zu verneinen. Der Beamte zeigte keinen Funken Sympathie und veranlasste eine Hausdurchsuchung. Nichtsdestotrotz fragte er Lou ein einziges Mal, ob er hungrig sei, es ihm körperlich schlecht ginge und er eine Zigarettenpause wolle. Da der Abend schon hereinbrach, entschied der Polizist, dass Lou in Untersuchungshaft kommen und somit die Nacht auf dem Präsidium verbringen würde. Der Beamte betonte, dies sei auch zu seiner eigenen Sicherheit, wirkte er doch psychisch enorm stark angeschlagen. Lou betonte mehrfach, er würde alles tun, was von ihm verlangt würde und kein Grund für solche Maßnahmen bestünde. Vergeblich.

Erst am nächsten Abend, nachdem er weitere Stunden verhört wurde, kam die Polizei zum Schluss, dass Lou tatsächlich nichts von den Plänen des Überfalls wusste und auf keine Weise involviert war. Es war kurz nach sechs Uhr abends, als ihm seine persönlichen Gegenstände wieder übergeben wurden und er seelisch zerschlagen in die kühle Abendluft trat. Gleich neben dem Präsidium befand sich eine Bushaltestelle, doch Lou wollte keine zehn Minuten hier warten, darum begab er sich zu Fuß auf den Heimweg. Der Akku seines Handys war leer, also konnte er niemanden kontaktieren. Er dachte kurz darüber nach, etwas zu Essen zu kaufen, solange die Geschäfte noch geöffnet hatten. Doch der Gedanke an Nahrung war ihm in diesem Moment vollkommen fremd. Deswegen kaufte er am Kiosk lediglich zwei Schachteln Zigaretten und drei Dosen Bier. Die erste Dose leerte er auf seinem Weg in nur drei Zügen. Am liebsten hätte er die leere Dose wütend auf die Straße geworfen. Das traute er sich aber nicht und hielt darum das Behältnis anständig in den Händen, bis er an einem öffentlichen Abfalleimer vorbeikam. Immer wieder blickte er über die Schulter, um sicherzugehen, dass die Polizei ihm nicht folgte.

Zu Hause angekommen, ließ er sein Gepäck zu Boden fallen und ging direkt ins Badezimmer. Er hatte seit beinahe 48 Stunden nicht mehr geschissen. Trotz der gefühlten Dringlichkeit, schien sein Darm stressbedingt verschlossen und als er sich zu entspannen versuchte, kullerten ihm erstmals Tränen die Wangen runter. Benoît und Patrice waren tot. Tot! Und sein bester Freund Alexandre sass nun wegen Raubmord im Gefängnis. Wie konnte das nur sein? Er griff mit aller Gewalt das Haar an seinen Schläfen und schrie laut heraus, in der Hoffnung, aus diesem absurden Albtraum aufzuwachen. Doch es war kein Traum. Sosehr er es sich auch wünschte. Dies war die nackte Realität, die er sich vor zwei Tagen nie hätte vorstellen können. Und es gab nichts in seiner Macht Stehende, das er hätte tun können, um irgendetwas daran zu ändern. Er dachte an die letzten Stunden zurück, in denen sie alle gemütlich in Alexandres Wohnzimmer chillten und die Welt in Ordnung zu sein schien. Über den Campingausflug, der nie, nie so stattfinden würde, wie sie es sich gewünscht hatten. An all die schönen Abende, die sie gemeinsam und frei von Sorgen verbracht hatten.

Daran, dass dies nun vorbei war. Endgültig. Womit er das nur verdient hatte, fragte er sich. Das konnte doch nicht wahr sein!

Er wischte sich den Hintern ab und spülte, bevor er das Ladekabel suchte, um sein Handy aufzuladen, und öffnete sein zweites Bier. Das Gerät schaltete sich nach einer Minute automatisch ein und nachdem er seinen PIN-Code eingegeben hatte, erschienen dutzende Benachrichtigungen von verpassten Anrufen. Alle von Nummern, die er nicht abgespeichert hatte. Für einen kurzen Moment dachte er darüber nach, einen seiner beiden Dealer Bilal oder Milos zu kontaktieren. Er dürstete ihn nach mehr als Bier. Etwas, was ihn von seiner verstörten Stimmung wegbringen würde. Das innerliche Bild der Polizeibeamten hinderte ihn jedoch daran. Da er beide noch immer Geld schuldete und ihm eine lange Diskussion darüber zuwider war, entschied er sich jedoch, keinen der beiden anzurufen. Er schnaubte kurz und entschied sich schließlich dazu nachzuprüfen, woher denn all die unbeantworteten Anrufe auf seinem Handy stammten. Eine unbekannte Stimme begrüsste ihn am Telefon. Es war das örtliche Krankenhaus. Nachdem er sich mit der Beantwortung einiger Kontrollfragen identifiziert hatte, schaltete man ihn für einige Minuten in die Warteschlange. Endlich nahm eine Frau ab und sprach ganz langsam zu ihm: »Monsieur… Es tut mir unfassbar leid, Ihnen dies am Telefon mitteilen zu müssen… Es geht um Ihre Mutter. Die Polizei hat sie heute Nachmittag um eins hergebracht, weil Sie einen Myokardinfarkt erlitt... Ihr Herz... Wir haben alles in unserer Macht Stehende getan... Es tut mir leid... Monsieur? Monsieur? Sind sie noch dran?« Lou legte wortlos auf und zündete sich eine Zigarette an, bevor er laut zu schluchzen begann. Die Zigarette brannte zwischen seinen Fingern nieder, ohne dass er mehr als zwei Züge von ihr genommen hatte. Letztlich erhob er sich vom Sofa und stampfte zurück ins Badezimmer. Er ließ sich in der Dusche schluchzend eiskaltes Wasser über den Kopf laufen, vergass sich die nassen Haare zurückzukämmen, zog sich an, packte seine Jacke und verließ die Wohnung.

Trotz seiner Haare, die aufgrund der Nässe im nächtlichen Wind zunehmend kälter wurden, fühlte sich sein Kopf beunruhigend heiß an. Jeder seiner grossen Schritte war laut hörbar, als er sich seinen Weg zum 24-Stunden-Shop am Dorfrand bahnte. Mit Bilal und Milos als Optionen ausgeschlossen, wusste er, dass er dort finden würde, wonach er suchte. Ein allererstes kleines Lächeln entfloh ihm, als er vor dem Eingang des Shops den Menschenschlag am Boden sitzen erkannte, den er sonst immer mied. Da sich dieses kleine Geschäft, welches 24 Stunden lang, sieben Tage in der Woche, Alkohol verkaufte, am äußersten Rand des Dorfes befand, war die Polizei hier selten präsent. Man tolerierte, dass Randständige sich hier trafen, solange sie nicht für Tumult sorgten.

Zwei gesund wirkende Hunde bellten laut, als er sich der Gruppe näherte und sich auf den Boden setzend dazugesellte. Diese Leute schenkten ihren Tieren oft mehr Zuwendung als sich selbst, wusste Lou aus Erzählungen. Er weiteres kurzes Lächeln entglitt ihm, als der große Schäferhund winselte und seine Hand leckte und er stellte sich vor, nachdem er sich räusperte: »Hey zusammen. Alles klar? Geht's euch allen gut?« Die Leute ignorierten ihn. Doch er machte sich nichts draus. Selbstsicher ging er zum Eingang des 24-Stunden-Shops und kaufte dort zwei Sechserpackungen vom billigsten Bier. Er setzte sich an den Rand der Gruppe und öffnete eines. »Hat jemand Lust auf ein Bier? Ich bin übrigens Lou. Stört es euch, wenn ich ein wenig hier sitze?« Zögerlich zog ein Mann, dessen Alter er aufgrund des struppigen Vollbarts nicht bestimmen konnte, eine der Bierpackungen langsam zu sich und verteilte es unter seinen Freunden. Sein Haar war lang und fettig. Vielleicht war er 52 Jahre alt und obdachlos. Vielleicht war er aber auch bloß 22 Jahre alt. Es interessierte Lou nicht im Geringsten. Eine abgemagerte Frau, deren schlaffe Brüste beinahe aus dem lädierten Top fielen, erhob sich nun aus ihrer liegenden Position und wandte sich Lou zu. Der Schäferhund lag nahe bei ihm und wedelte entspannt mit dem Schwanz, während der kleinere Dachshund sich mit geschlossenen Augen an sein bärtiges Herrchen schmiegte. Die Frau, deren Alter er ebenfalls nicht festlegen konnte, reichte ihm die Hand und kicherte: »Hi Lou. Ich bin Sue.« Lou presste seine Gesichtsmuskeln zu einem weiteren Lächeln zusammen: »Freut mich.« Er erkannte sofort, dass sie unglaublich high war, wovon auch immer. Sue sah ihm tief in die Augen und bemerkte, dass diese von Tränen blutunterlaufenen waren: »Oh Baby, dir geht es ja gar nicht gut! Was ist denn mit dir passiert?«

»Zwei meiner besten Freunde wurden gestern von den Bullen abgeknallt, der Dritte ist in den Knast gekommen und meine Mutter ist heute an einem Herzinfarkt verreckt.«

Der Bärtige lachte laut heraus und merkwürdigerweise musste auch Lou ob der Absurdität seiner Aussage und der Situation laut lachen. Sue streichelte ihm sanft über die Wange und fragte, ob das denn wirklich wahr sei? Er zündete sich eine Zigarette an und nickte nur lächelnd, als er sich alle Mühe gab, die sich anbahnenden Tränen davon abzuhalten, auszutreten. Es schien sie ehrlich mitzunehmen: »Kann ich irgendwas für dich tun?« Lou rauchte drei Züge von seiner Zigarette und sagte in beinahe flüsterndem Ton: »Ich will einfach nur vergessen.«

Sue drehte sich zum Bärtigen um, der gleichgültig mit den Schultern zuckte. Sie wandte sich wieder Lou zu und fragte: »Hast du Geld?«

Lou blies den kalten Rauch aus seiner Lunge in den klaren Nachthimmel und antwortete: »Ja, das habe ich.« Er erkannte ihr fauliges Gebiss, als sie ihn anlächelte.

KAPITEL NEUNZEHN

Ohne Ziel rannte Laurent bereits seit mehreren Minuten quer durch die Stadt. Sein Kopf pulsierte schmerzhaft, doch seine Beine fühlten sich federleicht an. Er war schon lange nicht mehr joggen und sein Körper wies ihn auf diese Weise darauf hin, wie gut ihm diese Tätigkeit jeweils tat. Mit jeder Abzweigung, die er nahm, steigerte sich sein Tempo. Bis er das Gefühl bekam, er würde beinahe fliegen und sich langsam wieder ein Lächeln auf seinem Gesicht zu formen begann. Der Höhenflug wurde abrupt beendet, als er an einer Gebäudeecke mit voller Wucht in einen stämmig gebauten Mann knallte. Er prallte mit der Schulter hart auf den Asphalt und noch bevor er begreifen konnte, was geschehen war, fühlte er wie ein kalter Pistolenlauf direkt an seine Stirn gepresst wurde.

»Du gottverdammter Idiot! Hast du eigentlich keine Augen in deiner verfickten Birne!«

Mit weit aufgerissenen Augen hob er abwehrend die Hände, bevor sein Sichtfeld wieder scharf wurde und er ungläubig fragte: »Nicolas?« Sein Gesicht war übersät von Pflastern, doch Laurent erkannte ihn sofort, nicht zuletzt aufgrund der Stimme. Er erinnerte sich an den Vorfall an Étiennes Pool-Party letzthin.

»Lamar? Verfluchte Scheiße, was machst du denn hier?« Er steckte seine Pistole wieder ein und half ihm auf.

»Äh Joggen? Sorry, das war keine Absicht.«

Nicolas beäugte ihn von oben nach unten und war sichtlich irritiert über sein außergewöhnlich ungepflegtes Aussehen. »Du meine Fresse, wie siehst du denn aus?«

Noch immer leicht außer Atem entgegnete er mit aufgesetztem Grinsen: »Dasselbe könnte ich dich fragen…«

Mit einer kurzen Drohgeste seiner Faust und darauf folgendem Schulterklopfen, begann er zu lachen: »Na du bist mir aber eine komische Sportskanone. Komm mit, lass uns einen trinken!« Zwei Häuserecken später traten sie an den hell beleuchteten Eingang eines Edel-Clubs. »Er gehört zu mir.«, schnaubte Nicolas, als die beiden dicken Sicherheitsangestellten Laurent aufgrund seines zerzausten Auftretens zunächst nicht einlassen wollten. Auch der junge Page, der für die beiden den Lift per Knopfdruck in das oberste, 23. Stockwerk, befördern ließ, rümpfte die Nase, blieb jedoch aufgrund Nicolas' bedrohlicher Mimik stumm. Die beiden goldenen Lifttüren öffneten sich und sogleich drang laut einer der vielen generischen Club-Hits von *David Guetta* in ihre bis vorhin verschonten Ohren. Zögerlich lief Laurent Nicolas hinterher, während er sich umsah: Es schien eine illustre oder zumindest sehr privilegierte und gepflegte Gesellschaft hier oben zu sein. Die Gäste jeglichen Geschlechts waren allesamt perfekt gestylt, was ihm in Anbetracht seines eigenen Auftretens mit jeder verstreichenden Sekunde unangenehmer wurde, bis er sich effektiv nackt fühlte.

In der Mitte des weitläufigen Raums befand sich eine erhöhte Lounge, in der Étienne thronte. Mit strahlendem Lächeln erhob sich dieser und rief: »Nico! Da bist du ja endlich!« Sie nahmen sich in die Arme und Étienne küsste ihn auf beide Wangen, bevor er ihm sagte: »Schön, bist du da, mein Freund!« Darauf neigte er sich zur Seite und fragte mit zusammengekniffenen Augen: »Lamar? Bist du das? Heilige Scheiße, wie siehst du denn aus?«

Verlegen antwortete er: »Ich war joggen und bin zufällig Nicolas begegnet. Er bestand darauf, dass ich mitkomme.«

»Ach ja, stimmt! Du bist ja insgeheim eine Sportskanone! Das vergesse ich immer!«, lachte Étienne. Mit mehrfachem Schnippen seiner Finger wies er das Personal darauf hin, dass er unverzüglich bedient werden wollte. Man ließ ihn keine dreißig Sekunden warten. Er verweigerte Laurent, seinen Getränkewunsch zu äußern und bestellte für ihn mit einer lockeren Selbstverständlichkeit ein großes helles Bier. Da sein Magen heute noch vollkommen leer war, zögerte Laurent. Doch Étienne klopfte ihm fordernd auf die Schultern und lachte laut: »Elektrolyten! Soll gut für nach dem Sport sein, habe ich gehört!« Er gehorchte. Mehrere Minuten lang widmete sich Étienne Nicolas in einem sichtlich freundschaftlichen Gespräch. Seine drei kleinen Hunde knurrten Laurent an. Die sich ebenfalls in der Lounge befindenden Call-Girls ignorierten ihn strikte, während er sich wie ein Schuljunge fühlend, sein helles Bier sporadisch in kleinen Schlucken schweigend zu sich nahm. Schließlich beendete Étienne sein Gespräch, in dem er die jungen Frauen darum bat, Nicolas an einen anderen Ort zu eskortieren. Nun saßen die beiden allein in der Lounge.

»Eine Sache wundert mich noch immer, Lamar. Warum weiß ich eigentlich nichts über deine Freunde? Hast du wirklich keine?«, fragte Étienne.

Laurent korrigierte instinktiv seine Körperhaltung und richtete sich auf, bevor er mit aufgesetzter Lässigkeit antwortete: »Männer wie ich brauchen keine Freunde.«

Unbeeindruckt kicherte er zur Antwort: »Na, wenn du dich da mal nicht täuschst, Monsieur einsamer Wolf!« Ohne auf eine Reaktion zu warten, fuhr er gleich mit einem anderen Thema fort. Sein Blick schweifte über das unbesorgt feiernde Publikum, als er nachdenklich fragte: »Wusstest du das eigentlich? Die Bevölkerung dieses Landes gibt jährlich über zwei Milliarden, nein, nicht Millionen, sondern Milliarden dafür aus, high zu werden. Sich die Birne wegzudröhnen. Tendenz steigend. Das ist bloß ein Bruchteil dessen, was ich mit unserem kleinen Verein an Umsatz in einem Sonnenzyklus generiere. Und neben mir gibt es kaum jemanden, der das in noch größerem Stil aufzieht. Glaub mir, ich weiß, wovon ich spreche. Nimm Proben vom Abwasser, Lamar. Bring diese in ein ernst zu nehmendes Labor und du wirst beträchtliche Mengen an verschiedensten Drogen feststellen können. Die Ratten in der Kläranlage und in der Kanalisation sind verdammte Junkies. Die Bullen versuchen schon seit Jahren an mich heranzukommen und ehrlich gesagt, weiß ich gar nicht wirklich warum? Siehst du es nicht, mein Freund? Ich bin nicht das Problem, verstehst du das? Meine Crew, du und ich – wir könnten morgen alle in einem tragischen Unfall umkommen und es würde sich nichts, aber auch gar nichts ändern und das weißt du auch.«, sprach Étienne sanft.

»Nein, das wusste ich nicht.«

»Das wissen die wenigsten. Und diejenigen, die es wissen, vergessen es meist wieder – gewollt oder ungewollt.«

Er hatte Étienne noch nie so still und nachdenklich erlebt. Sein Schweigen dauerte so lange, ein klammes Unbehagen erschlich ihn. Also stellte Laurent die erste Frage, welche ihm spontan in den Sinn kam: »Hey, wo ist eigentlich Jeanne?«

»Jeanne? Arbeiten. Was interessiert dich das?«

»War nur 'ne Frage. Sie ist doch sonst auch immer an deiner Seite.«

Étienne sah ihm einen langen Moment funkelnd in die Augen, lächelte dann aber: »Sie gefällt dir, was? Ich kann's dir nicht übel nehmen. Sie ist in der Tat die heißeste Braut in dieser *Stadt*.«

»Na ja, ich weiß nicht. Ich habe schon schönere Frauen gesehen.«

»Junge«, schnippte er, »erlaube mir bitte eine Feststellung unter Kollegen: Du bist ein verdammt schlechter Lügner.«

Sein Bier war nun leer und Laurent wurde die Situation zunehmend unbehaglicher. Deswegen entschuldigte er sich: Er hätte dringend eine Dusche nötig. Étienne, der auf unergründliche Weise noch immer in Gedanken verflossen zu sein schien, hatte keine Einwände und meinte beiläufig: »Ja klar, schönen Abend noch! Wir sehen uns nächsten Donnerstag wieder, okay? Ich muss dir was Tolles zeigen.«

Laurent drehte sich um und fragte: »Dein Labor?«

Mit leicht verärgertem Blick entgegnete Étienne: »Nein, nicht das Labor. Zum letzten Mal: Das Labor hat dich nicht zu interessieren, Junge.«

Tatsächlich hatte er über die vergangenen Monate wiederholt vergeblich um eine Besichtigung des Labors gebeten, in dem der *Stoff* hergestellt wurde, wie es sein Vorgesetzter bei der Polizei befohlen hatte. Er spürte, wie Étienne mit jedem Mal ein Stück irritierter auf die Frage reagierte. Also spielte er ihm, um die Situation zu entschärfen, den Idioten vor, der zu dumm dafür war, sich gewisse Dinge zu merken: »Sorry, sorry! Hab nix gesagt! Schönen Abend noch!«

Als er wieder unten am Haupteingang des Gebäudes ankam, lief er Jeanne direkt in die Arme. *Wenn man vom Teufel spricht*, dachte er sich. Zum vierten Mal wurde er heute gefragt, wie er denn eigentlich aussehe? Diesmal lachte er, beteuerte aber, dass es eine sehr lange Geschichte sei.

»Étienne ist gerade mit Nicolas beschäftigt. Er meinte, wir sollten ihn für heute Abend alle in Ruhe lassen. Darf ich dich auf einen Drink einladen?«

Sie lachte herzhaft, bevor sie ihm einen kleinen Kuss auf die Wange gab: »Geh du erst mal duschen, dann kannst du dich bei mir melden, okay?« Währenddessen schob sie geschickt eine Karte mit ihrer Telefonnummer in seine Hosentasche. Darauf wandte sie sich von ihm ab und schlenderte grazil in Richtung Fahrstuhl. Schweigend bewunderte er ihren Hüftschwung, bevor er sein Smartphone aus der Hosentasche zog. Gemäß Navigations-App würde sein Heimweg zu Fuß 18 Minuten dauern.

Zehn Minuten später trat er keuchend in seine Wohnung und sprang direkt unter die Dusche. Weitere 30 Minuten später war er sauber, angezogen und frisiert. Auf die Frage, ob sie noch immer Lust auf einen *Drink* hätte, schrieb sie überraschender Weise beinahe unverzüglich zurück, er solle in einer halben Stunde direkt ins *Blue Hotel* auf ihr Zimmer kommen. Ihre Mini-Bar sei bestens ausgerüstet.

Laurent stand eine Viertelstunde zu früh unten am Eingang des Hotels und rauchte eine Zigarette nach der anderen, bevor er drei Minuten vor der vereinbarten Uhrzeit in das Gebäude trat und sich zwei intensive Pfefferminz-Tabletten gegen schlechten Atem einwarf. Vor der Zimmertür schüttelte er all seine Glieder durch, um nicht verkrampft zu wirken, bevor er anklopfte. Als Jeanne die Tür öffnete, sang *Etta James* aus den Lautsprechern der Stereoanlage den Song »At last«.

»Hey«, flüsterte er.

»Hey«, flüsterte sie zurück.

Die gut bestückte Mini-Bar in Jeannes Hotelsuite blieb die ganze Nacht unberührt. Stunden waren vergangen, als sie aus der Dusche trat und sich nackt seitlich auf seinen noch immer heißen Körper legte.

Er drückte seine Zigarette im Aschenbecher auf dem Nachttisch aus, zog das weiße Leintuch sanft über ihren Körper und fragte: »Was für ein Parfum trägst du eigentlich, Jeanne?«

»Wie kommst du denn auf diese Frage?«, fragte sie leise, mit geschlossenen Augen, kurz davor einzuschlafen.

»Nur so aus Interesse.«

»Ich besitze über 30 verschiedene Parfums, die ich je nach Klientel trage. Leider erinnere ich mich nicht daran, welches ich letzte Woche trug.«, murmelte sie.

Ihre Aussage erinnerte ihn scharf an die von ihm unbewusst verdrängte Tatsache, dass Jeanne eine Prostituierte war. Er konnte die Emotion, die dies in ihm hervorrief, nicht exakt einordnen. Ekel war es nicht. Zu stark fühlte er sich dafür von ihr angezogen. Viel mehr störte ihn die Tatsache, offensichtlich nicht *der Einzige* zu sein, für den sie ihre Schenkel öffnete. Eifersucht schien aber ebensowenig der treffende Begriff. Aus seiner eigenen Erfahrung brauchte es dazu eine gehörige Portion Unklarheit. Er vermutete nicht, dass sie mit anderen Männern und wahrscheinlich auch Frauen das Bett teilte. Er wusste es. Immerhin war dies, seit die beiden sich kennengelernt hatten, kein Geheimnis.

Und doch missfiel ihm seine Empfindung deswegen. Bis er letztlich erkannte, was es denn genau war. Jeanne hatte kein Geld von ihm verlangt, obwohl er sie gleich zweimal in derselben Nacht gevögelt hatte. Was für einen Status hatte er eigentlich ihr gegenüber, fragte er sich? Sie schienen sich zu verstehen, weit über die sexuelle Ebene hinaus, fand er. Andererseits könnte dies auch bloß daran liegen, dass sie ein Profi war, überlegte er. Männern (oder Frauen) ein Gefühl der Vertrautheit und der Wertschätzung zu schenken, gehörte zum Kern ihres Berufs. Warum zum Teufel schien sie kein Interesse an seinem Geld zu haben? Erwartete ihn in den kommenden Tagen eine saftige Rechnung? Er hatte keine Erfahrung mit so was. Aber eine schriftliche Rechnung von einer Edelhure zu erhalten, schien ihm absurd. Am liebsten wollte er sie danach fragen. War er in ihren Augen nichts anderes als ein weiterer Klient? Oder war er in Ihren Augen vielleicht mehr. Seine eigenen aufsteigenden Emotionen unterdrückend, verwarf er die Frage gleich wieder. Ihm schien klar, die Frage könnte der Situation, die er ja genoss, einen unguten Beigeschmack verleihen. Trotzdem vermochte er sich nicht davon abzuhalten, sanft ihr Haar zu streicheln, während sie friedlich an seiner Brust einschlief.

Entgegen seinem Versprechen gegenüber Léna, hatte Laurent keineswegs vor, am morgigen Tag einen Therapeuten zu kontaktieren.

– XVIII –

Nach unzähligen Stunden rastlosen Herumwälzen hatte Lou genug. Er war sich unsicher, ob er auch nur eine einzelne Minute geschlafen hatte. Doch seine Muskeln und Gelenke schmerzten. Die nackte, unangenehm riechende und viel zu weiche Matratze am Boden, auf der er lag, war ihm nun zuwider. Seine Gelenke knackten hörbar, als er sich langsam aufrichtete. Irgendwo aus der Wohnung dröhnten leise, aber dennoch hörbare Goa-Bässe. Das fahle Licht, dass vom Flur in das dunkle Zimmer fiel, offenbarte einen großen gelben Fleck auf der nackten Matratze. Instinktiv kontrollierte Lou seinen Schritt. Glück gehabt. Es wies nichts direkt darauf hin, dass er das Bett genässt hätte. Bei genauerer Betrachtung handelte es sich wohl eher um Schweiß, der sich in die Matratze eingefressen hatte. In der anderen Ecke des Raums lag ein regloser Körper eines übergewichtigen Mannes, der keine Geräusche von sich gab. Lou überlegte sich, ob er kurz kontrollieren sollte, ob der Mann okay war? Er schien nicht zu atmen, da sein Körper regungslos war und auch keinen Laut von sich gab. Doch sein eigener Mund war so trocken, er musste erst mal etwas trinken, sonst müsse er selbst sterben, dachte er sich. Die Reste von Alkohol oder was auch immer er vor ein paar Stunden zu sich nahm, ließen ihn um ein Haar über die eigenen Füße stolpern, als er sich auf die Suche nach dem Badezimmer machte. Seine Atemzüge waren kurz, weil die Luft dick, verbraucht und mit einem schweren, üblen Geruch vermählt war. Metallisch, fettig und leicht süßlich, so schien es ihm. Eine Mischung aus natürlicher Verrottung und künstlicher Chemie. Vor dem geschlossenen Wohnzimmerfenster standen zwei zigarettenrauchende Männer, die lauthals darüber debattierten, warum Fürze eigentlich stanken. In der einen Ecke des Raums, die nicht komplett mit leeren und noch nicht ganz leeren Bierdosen, zerknüllten Papieren oder Zigarettenstummeln bedeckt war, lag ein zusammengekauerter Hund, mit der Schnauze zur dunkel verschimmelten, einst weißen, nun gelben Tapete gerichtet. Lou wollte nur eines, so schnell wie möglich hier raus. Zunächst brauchte er aber dringend ein paar Schluck frisches Wasser. Glücklicherweise stand die Tür zum Badezimmer offen und anscheinend befand sich auch niemand gerade dort. Doch beim Anblick des Spülbeckens drehte sich ihm der Magen um. Dunkelrot verklebtes, teilweise bereits getrocknetes Erbrochenes bedeckte das gelblich verfärbte Porzellan und schien den Abfluss vollständig zu blockieren. Er zögerte und musterte den Raum nach Klopapier oder einem Handtuch. Beides schien hier zu fehlen. Bevor er sich dazu überwinden konnte, mit nackten Fingern, den Abfluss von der ranzigen Masse aus Essenresten und Rotwein – oder war es Blut? – zu befreien, drehte er sich um und stürmte durch den langen Flur zur Wohnungstür. Die kleine Menge eigenen Mageninhalts, die ruckartig ihren Weg seine Speiseröhre herauffand, schluckte er so schnell wie möglich wieder runter. Durch die Säure brannte seine Kehle nun unerträglicher als zuvor. Erst war er froh, endlich an die frische Luft zu gelangen. Doch aufgrund seines ausgemergelten Zustands schnitt sich diese jedoch wie hunderte hauchdünne Klingen tief in seine gequälte Lunge. Er musste sich abstützen und mit der anderen Hand Mund und Nase bedeckt, vorsichtig eine winzige Menge Luft durch die Nase einatmen. Gleichzeitig gegen seine Übelkeit ankämpfend, wiederholte er dies einige Male langsam. Ein bissiger Wind blies um seine Ohren.

Lou hatte keine Vorstellung der aktuellen Uhrzeit. Sein Handy befand sich in keiner seiner Kleidungstaschen und eher würde er sich vor einen Güterzug werfen, als in diese versiffte Wohnung zurückzugehen. Der farblose Himmel gab ihm auch keine Hinweise über die Tageszeit. Er war nicht bewölkt, sondern wirkte wie eine uniforme, graue Fläche. Irgendwie unecht. Gemessen am Verkehr wie auch den Passanten allen Alters auf der Straße könnte es neun Uhr morgens sein, genauso gut aber auch vier Uhr nachmittags. Die Frage kümmerte ihn nicht sonderlich. Um wieder nach Hause zu kommen, musste er zum Bahnhof. Spätestens dort würde er sich wieder orientieren können. Sein Körper ließ ihn noch immer ohne Erbarmen spüren, wie schlecht es ihm gerade ging. Je mehr Leute an ihm vorbeigingen, desto drohender erschien ihm der Verdacht, jede einzelne Person, deren Blick ihn zufällig streifte, würde seinen körperlichen Zustand nicht nur visuell wahrnehmen, sondern auch aus mehreren Metern Entfernung seine vernachlässigte Hygiene am Geruch erkennen können. Und jeder einzelne dieser Menschen würde ihn dafür verachten. Er fühlte sich, außerhalb vom vergebenden Schutz der nächtlichen Dunkelheit, ausgestellt. Unbeholfen zog er den Kragen seiner Jacke ins Gesicht, um sich zu verstecken. Dies jedoch verlieh ihm erst recht das Gefühl abstoßender Nacktheit. *Normale Menschen* verhielten sich nicht so in der Öffentlichkeit. Mit zunehmend schnelleren Schritten suchte er sich einen Umweg zum Bahnhof. Vor ihm zeichnete sich eine Seitengasse ab, die möglicherweise von weniger Leuten benutzt wäre. Nichts wie dorthin. Statt auf viele Passanten traf er auf etwas weitaus Schlimmeres: Zwei sich gegenüberstehende Familien, die lautstark lachend schwatzten. Die Gasse war eng und der einzig freie Pfad führte mittendurch die beiden Gruppen. Links wie auch rechts standen jeweils Mama, Papa und zwei Bälger, davon eines im Kinderwagen. Plötzlich schwiegen sie. Mit dem Blick starr auf den Boden gerichtet, rannte er an beiden Familien vorbei. Die Mutter mit dem Kinderwagen sah ihn kommen und räusperte sich entsetzlich laut, als sie den Buggy mit ihrem Baby ein Stück weiter zur Seite schob – obwohl Lou auch so problemlos an ihnen vorbeigekommen wäre. Das Gespräch dieser Leute kam erst wieder ins

Rollen, als er einige Meter weiter geschritten war. Nun lachten sie laut, was sich anfühlte, als ob tausend Speere sich in seinen Rücken bohren würden. Für ihn bestand nicht der geringste Zweifel, dass ihr höhnisches Lachen ihm allein galt. Sein Kiefer schmerzte.

Wieder auf einer etwas exponierteren Straße, entdeckte er einen Brunnen. Dieser befand sich in einer Nische am Rand des Gehwegs, umrundet von einer niedrigen Mauer und kahlen Büschen und würde somit nicht nur seinen Durst löschen, sondern ihm auch ein wenig Zuflucht schenken. Lou konnte nur winzige Mengen in behutsamem Tempo zu sich nehmen, weil das Wasser so kalt war. Aber es half. Er lehnte sich langsam gegen die niedrige Steinmauer der Nische, schloss die Augen und versuchte, sich endlich für einen Moment zu entspannen. Ihm war immer noch übel und er zitterte leicht. Nichtsdestotrotz fühlte er sich nun ein klein wenig besser. Instinktiv griff er in seine linke Westentasche, bloß um zu entdecken, dass er keine Zigaretten mehr dabei hatte. Ohne die geringste Erinnerung daran, wieviel Geld er vergangene Nacht verprasst hatte, konnte er nicht mit Gewissheit sagen, ob sein Kontostand den Kauf einer neuen Packung zulassen würde. Dabei war doch erst Mitte Monat. Er schaute zu seinen schmutzigen Schuhen herab und fühlte sich wie gelähmt vor Ratlosigkeit und Selbstverachtung anhand seines derzeitigen Zustands. Wie oft? Wie oft war er schon in einer Situation dieser Art?

Zehnmal? Zwanzigmal? Etwa schon hundertmal? Der pochende Kopfschmerz hielt ihn davon ab, schon nur eine grobe Schätzung darüber anzustellen. Sein rechter Fuß wippte nervös auf und ab, während die Finger seiner beiden Hände sich etwas langsamer zu Fäusten ballten und sich anschließend wieder spreizten. Es fiel ihm schwer, den stärker gewordenen Schmerz im Kiefer zu ignorieren, also drehte er seinen Kopf nun zur Straße hin und begann, die verschiedenen Passanten zu mustern.

Heute ist Sonntag, überlegte er kurz. Doch die vielen in Geschäftskleidung gehüllten und Aktentaschen tragenden Leute sowie auch die verschiedensten mit Unternehmenslogos gekennzeichneten Fahrzeuge ließen darüber Zweifel in ihm aufkommen. Hastig legte er den Gedanken beiseite, sein Zeitgefühl im Rausch komplett bis zum Filmriss über mehrere Tage verloren zu haben. Also konzentrierte er sich auf die Körper und Gesichter der verschiedenen Menschen, die scheinbar an ihm vorbeigingen, ohne ihn zu bemerken. Die meisten dieser fremden Gesichter wirkten auf ihn entspannt. Bis auf die vereinzelten Rentner, welche auf eine Gehhilfe angewiesen waren, schienen ihre Körper eine gesunde Haltung zu haben. Eine der zahllosen Frauen wies beim Telefonieren einen konzentrierten, aber keineswegs schlecht gelaunten Gesichtsausdruck auf. Zwei joggende Männer rauschten, lächelnd in ein Gespräch vertieft, an ihm vorbei. Weit entfernt war ihm nun die Erinnerung an die stickige Wohnung, in der er heute zu sich kam. Diese Welt existierte hier nicht. Halbwegs durch die Nische wie auch durch das Desinteresse der Menschenmenge geschützt, fühlte sich Lou nun nicht mehr wie ein herausstehender knallroter Pickel in einem eigentlich hübschen Gesicht, sondern wie eine dicke Warze am dicht behaarten Hinterkopf eines Topmodels: Unsichtbar und doch widerlich.

Jede einzelne dieser Personen schien fitter, glücklicher und auf ihre eigene Weise produktiver als Lou. Für ihn waren das alles zweifelsfrei Leute, die tagtäglich ihre Wecker früh genug stellen würden und die Schlummerfunktion praktisch nie nutzten, auf dass sie entspannt in den Tag starten würden. Leute, die nie zu viel tranken, weder am Wochenende noch an einem außergewöhnlichen Anlass unter der Woche. Leute, die auf ihre Körper achteten, sei es durch regelmäßige Besuche im Fitnessstudio oder schon nur bei gelegentlichen Spaziergängen in der Natur. Mindestens dreimal in der Woche nähmen sie sich Zeit dafür. Das schienen Leute zu sein, die ein funktionierendes Netzwerk pflegten – beruflich, wie auch privat. Ohne dabei ihre sozialen Verpflichtungen je als Last zu empfinden. Leute, die sich ausgewogen ernährten und wann auch immer möglich auf Mikrowellengerichte oder gesättigte Fettsäuren verzichteten. Er konnte sich sogar vorstellen, wie jede dieser Personen sich am Steuer ihrer umfassend versicherten Autos stets geduldig und achtsam verhielten. Er stellte es sich wie in einem Werbespot vor, mit einem lachenden Baby auf dem Rücksitz. Gut schlafen würden diese Leute bestimmt auch, dachte er sich. Frei von Albträumen oder nächtlicher Paranoia aufgrund von unheimlichen Geräuschen in der Nacht. Und Tierfreunde, ja Tierfreunde waren diese Leute vermutlich alle auch. Nicht bloß gegenüber Haustieren. Diese Leute würden selbst einer über ihrem Bett sitzenden Spinne mit dickem, haarigem Körper nichts antun, sondern alles daran setzen, dass das *arme* Tier auch ja unversehrt zurück in die Natur käme. Davon würden sie dann ihren besten Freunden erzählen, zu denen sie seit frühster Kindheit den Kontakt achtsam pflegten. An gelegentlichen Treffen würden sie dann ein, höchstens zwei leichte alkoholische Getränke zu sich nehmen. Zuvor würden sie aber gewissenhaft ihre Kontostände überprüfen, um den in minutiös gepflegten Excel-Tabellen festgehaltene Monatsbudget auf keinen Fall zu überziehen.

Lou steigerte sich immer stärker in seine Fantasievorstellungen hinein, sodass er gar nicht merkte, wie seine Faust gegen den rauen Stein hinter sich pochte, als ob er ein Loch in die Mauer schlagen wollte. Der langsam aufbrodelnde Zorn in ihm, verdrängte seinen körperlichen Schmerz effizient. Endlich löste sich sein zunehmend warm werdender Körper von der Nische und er schritt in Richtung Bahnhof. Sein Blick war nun nicht mehr nach unten gerichtet, sondern er schaute jeder Person, die ihm entgegenkam, mit unverhohlener Verachtung direkt in die Augen.

»Was wissen diese Arschlöcher schon über wahre Freundschaft? Die meinen wohl, der regelmäßige Austausch von Gefälligkeiten wäre der Beweis von Freundschaft?«, fragte er sich innerlich. All das schien ihm wie eine gewaltige Farce, ein verlogenes Schauspiel. Seine Vorstellung spannte sich weiter: Diese Leute verhielten sich in Beziehungen zwar augenscheinlich zärtlich, aber ohne einen einzigen Funken wahrer Liebe. An wohltätige Zwecke würden sie blind über Lastschriftverkehr spenden, einzig um ihre Steuerveranlagung zu optimieren. Jeden Sonntag würden sie ihre Autos putzen. Nicht weil es nötig wäre, sondern weil sie sonst über keine sinnvollen Hobbys verfügten. Sie hielten sich alle für so erwachsen und klug, weil sie sich durch Vermeidung und jahrelanger Konditionierung einredeten, keine Angst mehr vor der Dunkelheit zu haben. Das Unbehagen anderer verurteilten sie als lächerlich, verzweifelt oder gar kindisch. Lou fiel nun auf, dass er in höherem Tempo durch das Dorf stampfte, als die anderen Menschen. Innerlich spottete er über das langsamere Tempo der anderen und fluchte über ihre gesellschaftlich gemäßigte Sonntagsträgheit. Der soziale Druck lag so schwer auf ihren Schultern, dass er in die tiefsten Fasern ihrer Körper gedrungen war und selbst wenn sie es wollten, würden sie sich nie wieder aus diesem Korsett befreien können. Auch nicht jene, die einer selbstständigen beruflichen Tätigkeit nachgingen, welche ihnen nur auf dem Papier mehr Freiheiten schenkte, als gewöhnlichen Arbeitnehmern. Dann erblickte er eine ältere Dame, die sich mit besorgter Miene mit einem Spendensammler unterhielt. Wirkte sie betrübt wegen der Schilderungen über das Leid von Tieren in industriellen Mastbetrieben? Oder war es ein kurzer Anflug von Erkenntnis über die eigene Machtlosigkeit in Bezug auf ihre Position in der Welt sowie gegenüber ihrer eigenen Angewohnheiten, lag unten in ihrer Einkaufstasche doch ein vakuumiertes Stück Rindfleisch? Fühlte sie sich im Moment, als sie ihre Brieftasche hervorkramte, wie ein informiertes Mitglied der Gesellschaft, das einen kleinen, aber keineswegs bedeutungslosen Beitrag leistet? Er glaubte keine Sekunde daran. Diese Leute hätten keine Ideale und gäben bloß vor, welche zu haben, sofern diese ihnen praktisch nützten. Für ihn waren das keine Menschen, sondern Maschinen, die einem fix programmierten Ablauf folgten. Ein Programm, das ihnen befahl, unter keinen Umständen jemals in der Öffentlichkeit aufzufallen. Selbst im schlimmsten aller Momente, würden diese Leute alles daran setzen, einen Tränenausbruch außerhalb der eigenen vier Wände zu verhindern. Jedem Zeichen von Schwäche, auch der körperlichen, würden sie entschieden und mit starrer Disziplin präventiv entgegentreten. Körperliche Krankheiten würden sie bei den winzigsten Symptomen unverzüglich mit Medikamenten im Keim ersticken und für psychische Beschwerden würden sie Meditationskurse und Selbsthilfebücher ohne auch nur den Ansatz von vertieftem Verständnis konsumieren. Nur wenige positive Emotionen würden sie sich öffentlich erlauben. Wie etwa das Vergießen ein paar weniger Tränen bei einem guten Film im Kino oder den heimlichen Zungenkuss in einer Ecke, die nur wenige sehen können, um nicht obszön zu wirken. Für diese Leute waren jene schwach, die sich nicht an solche Konventionen hielten. Und man durfte sie mit gutem Gewissen belächeln.

Lou war am Bahnhof angekommen und so aufgebraust, dass er seine Angst vor dem möglicherweise zu niedrigen Kontostand verlor. Zielgerichtet trat er an die Kasse des Kiosks und bat um gleich zwei Packungen Zigaretten. Seine Karte funktionierte. Das Glück schien ihn nicht gänzlich verlassen zu haben. Als er mit einem schmalen Lächeln heraustrat und sich gleich eine Kippe anzündete, sah er hoch zur gläsernen Fassade des Gebäudes auf der anderen Straßenseite, in dem sich (unterhalb einer massiven Werbefläche) auf zwei großzügigen Etagen ein Fitnessstudio befand. Obwohl helllichter Tag war, wurde das Studio innen strahlend beleuchtet, sodass man alle dort trainierenden Menschen glasklar erkennen konnte. Doch was er bei genauerem Blick erkannte, widerte ihn an. Die Rahmen der Laufbänder vor den Fenstern schienen ihm geformt wie Käfige. Käfige, nicht aus rostigem Stahl, sondern aus weitaus harmloser wirkendem, weich geformtem, mattem Plastik.

Mit elegant gepolsterten Seitenprofilen. Unauffällig schlicht, für die gelegentliche, nicht allzu lange Verschnaufpause. In diesem Moment sah er sie zum ersten Mal richtig. Sie alle. Diese fitten, gesunden und scheinbar glücklichen Menschen. Wie gefangen sie waren. Willige Mastschweine, in industriell zusammengeschraubten Käfigen, zu optimaler Leistung gebracht. Das Diktat, welches sie in ihre Käfige getrieben hatte, war kein laut drohendes – sondern ein leises, verführerisch flüsterndes, das ihnen die Illusion schenkte, aus eigenem Willen zur Schlachtbank zu treten. Dazu gehören, einfach dazu gehören. Gesicht wahren. Image war alles. Sie allein waren die Schweine, die *wahren Schweine*, sich selbst und anderen gegenüber und niemand anderes. In seiner Vorstellung stöhnten und prusteten sie nicht während ihres Trainings, sie grunzten. Nur wenige Prozente Körperfett verteilt an den vom medial verbreiteten Schönheitsideal als *richtig* definierten Körperstellen. Keines dieser Schweine war in Gefangenschaft geboren und dazu gezwungen, tonnenweise Antibiotika zu sich zu nehmen. Das Begehren, sich leistungsfördernde Präparate zuzuführen, um bessere Ergebnisse zu erzielen, entsprang keiner offen ausgesprochenen Weisung. Ergebnisse, von denen letztlich nicht sie selbst profitieren würden. Niemals! – Besäßen sie doch nur die Kapazität, all diese verdammten Prozesse zu begreifen. Ihre kabellosen Kopfhörer erleichterten es, den Fokus zum Ziel zu halten. Er selbst empfand es als nichts anderes als Tunnelblick. – Und trotz des Schweißes, des rasenden Herzschlags und des offensichtlichen Schmerzes in ihren Muskeln sowie dem schleichenden, sich erst viel später offenbarenden Schmerzes in ihren Gelenken, trugen sie alle ein Lächeln. Ein leeres und verkrampftes Lächeln, erzeugt durch die Ausschüttung von Glückshormonen, was eigentlich bloß eine Schutzreaktion des Körpers war. In gänzlichem Unwissen dessen, dass sie all die Qualen einander noch nicht mal für sich selbst auferlegten. Sondern einzig dafür, um sich ausnehmen und verkaufen zu lassen. Motorisch lächelnd auf dem Weg zum Schlachthof. Ungeachtet der Mühe. Auch, wenn sie sich andere Dinge einredeten. Selbstliebe, als ob sie auch nur einen Hauch von Ahnung hätten, was Liebe zu sich selbst oder anderen überhaupt bedeutet. Das war nicht Körperpflege, sondern Gewinnmaximierung. Wie ein Krebsgeschwür, das unaufhaltsam wächst und nie aufhört, bis der Mensch auf jämmerlichste Weise verreckt ist. Hier waren sie alle, diese Schweine. Bereit oder zumindest auf dem Weg zur Bereitschaft für nichts Anderes als die Schlachtbank. Ihre sogenannten Partnerschaften, Vorgesetzten, Banken, Versicherungen und Kunden rieben sich, wissend oder unwissend, bereits die Hände. Gleichzeitig schmerzte seine Kehle wie auch seine linke Niere, war er doch noch immer stark dehydriert nach dieser durchzechten Nacht. Nun kam der Moment, in dem er seinen eigenen, widerlichen Körpergeruch bewusst wahrnahm. Es war Zeit zu gehen. Er würde alles ändern, das Fundament dieses Affentheaters zum Beben bringen. Und er würde es all den dummen Schweinen beweisen. Zuvor würde er sich aber eine Sechserpackung Bier kaufen.

KAPITEL ZWANZIG

Das Strahlen von Étiennes breitem Lächeln wurde einzig durch die bräunlich verfärbten Oberkanten nahe dem Zahnfleisch getrübt, bevor er Laurent fest in seine Arme schloss: »Du bist ein Genie, Lamar! Meine Hochachtung!« Er erklärte dem überrumpelten Laurent, der erst gerade gemäß ihrer Verabredung an der Tür des alten Hauses klingelte, dass das neue Distributionskonzept für den *Stoff* alle seine Erwartungen übertraf. Ein ihm unbekannter Scherge mit verschwitzter Visage streckte ihm einen dicken Ringordner entgegen. Laurent war irritiert. Es war lange her, seitdem er einen klassischen Ordner in den Händen hielt und er fragte sich kurz, in welchem Jahr er denn soeben gelandet war. Étienne klopfte ihm auf die Schulter und wies ihn zu einem der schwarzen Geländewagen: »Los komm, du kannst die Früchte deiner Arbeit während der Fahrt studieren.«

Mittlerweile routiniert reichte er sein Smartphone dem Fahrer und setzte sich ins Auto. Unbewusst hatte er sich an die Ungewissheit darüber wohin sie fahren würden gewöhnt, bevor er auf dem Rücksitz den Ordner öffnete und die sich darin befindenden Unterlagen zu studieren begann. Geistesabwesend, während er sich einen Überblick über die ihn befremdlich wirkende Menge an bedrucktem Papier verschaffte, fragte er Étienne: »Hast du das Zeug nicht auch digital?« Er vermisste die Suchfunktion, die er stets zur schnellen Navigation durch umfangreiche elektronische Dokumente zu brauchen pflegte.

»Natürlich nicht. Ich bin doch kein Vollidiot, der sich von Trojaner-Apps der Bullen hochnehmen lässt. Wir benutzen für alle Dokumente dieser Art einen alten PC aus den 90ern, der über kein Modem verfügt und sobald alles Nötige gedruckt ist, löschen wir es wieder. Wir sind doch keine Amateure, die sich infiltrieren lassen.«

Laurent reagierte darauf nicht. Er gab sich Mühe cool zu bleiben, als sich seine Augen langsam beim Anblick der Dokumente vor ihm weiteten. Die Nachfrage nach dem *Stoff* war allein in den vergangenen fünf Monaten um 32,11 % gestiegen, während der Streuverlust des Produkts um 101,72 % zurückging. Diese Zahlen konnten nicht stimmen. Sie *durften* nicht stimmen. Ihm war bewusst, dass in diesem Moment lautes Jubeln die einzig richtige Reaktion seinerseits gewesen wäre. Stattdessen begann sein rechtes Bein zu zittern. Als Étienne kurz nach ihrer Bekanntmachung seine Idee für eine effizientere Verteilung des *Stoffs* annahm, war er einfach nur froh, eine wichtige Hürde in seinem polizeilichen Auftrag überwunden zu haben. Selbst während der Planungs- und Entwicklungsphase hatte er den Gedanken daran, wie effizient das Vorhaben tatsächlich sein würde, stets verdrängt. Ihm ging es stets nur darum, ein weiteres Treffen zu überstehen, ohne Verdacht zu erregen. Überleben, mit anschließender Betäubung, sei es mit Alkohol im *La Fin* oder anderen Drogen an einer von Étiennes Partys. Nun sah er aber schwarz auf weiß, auf Papier, das er fühlbar in den Händen halten konnte: Er hatte wesentlich dazu beigetragen, innert kürzester Zeit, einen Großteil der Menschen dieser *Stadt* drogenabhängig zu machen. Als er weiter blätterte und sich ein Deckblatt mit dem Titel »Demografie« offenbarte, klappte er den Ordner wieder zu. Um nichts in der Welt wollte er erfahren, welcher Herkunft, sozialer Schicht und schon gar nicht welchen Alters Étiennes *neue Kunden* waren. Er wischte sich den sich angesammelten Schweiß vom Kinn und schob den Ordner zur Seite. Étienne lachte laut und klopfte ihm mehrmals auf die Schulter: »Junge, du bist der Beste! Ich bin zwar der König dieser *Stadt*, aber du bist zweifelsfrei der König der Dealer! Das müssen wir feiern!«

Der Club pulsierte mit wilden Bässen, den ekstatischen Tanzbewegungen und dem Gekreische der Gäste. Laurent erkannte das uralte Stück, das gerade vom DJ abgespielt wurde: »King of Snake« von *Underworld*. Der Raum war gefüllt von einem überwältigenden Gestank nach billigem Parfüm und Schweiß. Laurent schwitzte. Nicht nur war ihm unwohl und schwindlig. Panisch beobachtete er, wie der Club sich langsam mit Wasser füllte. Doch ein Blick auf die anderen Party-Gänger verriet ihm, dass er sich das bloß einbildete. In verschiedenen Ecken des Raums erkannte er *Stoff*-Konsumenten, die mit weit geöffnetem Blick, lachend und weinend zugleich in die Höhe starrten. Sein Herz hämmerte wie verrückt. *Palpitation* nannte sich das, fiel ihm rasch ein. Wenn man den eigenen Herzschlag bewusst wahrnimmt. Das hatte ihm vor Jahren irgendjemand erzählt. Mit Schweißperlen auf der Stirn und leicht zitternden Händen riss er sich zusammen und bestellte an der Bar ein großes Glas Wasser. Schließlich lehnte er sich an einen der breiten Pfeiler im dunklen Raum und versuchte den blitzenden Neonlichtern so wenig Beachtung, wie nur möglich, zu schenken. Nach einigen Minuten – Oder waren es erst Sekunden? Oder bereits Stunden? Er konnte es nicht sagen. – schien sich sein Körper spürbar wieder zu beruhigen. Sein Smartphone lag noch immer im Auto und selbst wenn dem nicht so gewesen wäre, hätte er keinen Anhaltspunkt über die Dauer dieses Abends in den digitalen Zahlen gefunden, weil seine Wahrnehmung durch die vielen Drogen so verschwommen geworden worden war. Sein Glas war nun leer und doch fühlte sich dessen Gewicht so schwer an, dass es seinen Arm nach unten zu ziehen vermochte. Doch er gab sich alle Mühe, sich nichts anmerken zu lassen, als er mit rausgestreckter Brust nochmals zur Bar ging, um das Glas erneut randvoll mit eiskaltem Wasser zu füllen. Nachdem er es in großen Schlucken seine Kehle hinunterspülte, raste sein Herz erneut, doch er schwitzte nicht mehr und sein Atem schien sich ebenfalls zu normalisieren. Ein drittes Mal bat er den Barkeeper darum, sein Glas aufzufüllen, bevor er zusammenzuckte, weil fremde Hände grob beide seiner Schultern ergriffen und seinen Körper durchschüttelten. »Hier versteckst du dich also, Lamar! Wir haben dich schon überall gesucht! Du meine Güte, trinkst du hier etwa Wasser? Was ist denn mit dir los?«, rief Étienne in sein linkes Ohr. »Wir dachten schon, du hättest schlapp gemacht und seist abgehauen!«, rief Nicolas, dessen Gesicht noch immer mit Pflaster und Schürfwunden überdeckt war, in sein rechtes Ohr. Laurent wusste keine Antwort, außer mit aufgesetztem Lächeln mit den Schultern zu zucken. Der Barkeeper stellte ein frisches Glas Wasser direkt vor Laurent, worauf Étienne und Nicolas ihn von beiden Seiten schräg ansahen und im selben Takt ihre Köpfe schüttelten. Étienne ergriff Laurents Glas und streckte es blind dem Barkeeper entgegen. Dieser nahm es schweigend wieder zu sich.

»Wir wissen alle: Wasser ist Leben! Aber Vodka heißt übersetzt Wässerchen. Und dieses Wässerchen lässt dich so richtig lebendig werden! Oder warum sonst steht auf so vielen anderen Schnapsflaschen ›Eau de vie‹? Verstehst du, was ich meine?« Étienne erwartete keine Antwort, sondern rief sogleich dem Barkeeper zu: »Drei Vodka pur! *Belvedere!*«

»Nicht für mich!«, rief Nicolas.

»Bitte was? Warum nicht?«, schrie Étienne zurück.

»Von dem Zeug wird mir immer schlecht!«, schrie Nicolas über Laurents Kopf Étienne zu.

»Von dem Zeug wird mir immer schlecht!«, äffte Étienne Nicolas nach, Laurent anblickend und mit beiden Fäusten an den äußeren Augenwinkeln drehend, um mit einer Geste theatralisches Weinen darzustellen.

»Kann ich doch nichts dafür!«, schrie Nicolas.

»Stell dich nicht so an und sei für einmal ein Mann, Nico!«, antwortete Étienne noch etwas lauter als zuvor.

»Was hat denn das damit zu tun?!«, fragte Nicolas nun wütend.

Laurent bemerkte, wie er wieder zu schwitzen begann und wie sich sein Kiefer verkrampfte. Das Streitgespräch zwischen Étienne und Nicolas vermischte sich akustisch mit den viel zu lauten Techno-Bässen. Unbewusst öffnete er einen weiteren der oberen Knöpfe in seinem Hemd. Die beiden stritten noch immer von links nach rechts über ihn hinweg, als er sich plötzlich zum Barkeeper vorbeugte und laut die Bestellung aufgab: »Drei Zitronenscheiben! Eine Schale Zucker! Eine Schale Kaffeepulver! Drei Vodka! *Moskovskaja!* Und ein großes Glas eiskaltes Wasser!«

Die beiden Streithähne verstummten und sahen Laurent fragend an. Es dauerte gute zwei Minuten, während denen keiner der drei ein Wort sprach, bis der sichtlich verwirrte Barkeeper alle gewünschten Dinge auf den Tresen legte. Laurent wies mit dem Daumen zu seiner Linken und rief, mit Blick auf die verschiedenen Objekte vor ihm gerichtet: »Er hier zahlt!« Étienne widersprach nicht, sondern streckte dem Barkeeper nur langsam und stirnrunzelnd seine Karte hin. Mit seinem Zeigefinger vermengte Laurent Zucker und Kaffeepulver, bevor er alle drei Zitronenscheiben auf beiden Seiten in der Mischung wandte. Anschließend setzte er diese auf je ein Shot-Glas, welches mit Vodka gefüllt war und wandte sich Nicolas zu: »Du magst keinen Vodka, aber das hier wirst du lieben! Dieser Drink trägt nämlich deinen Namen! Heißt ›Nikolaschka!‹«*

Danach drehte er sich nach links zu Étienne: »Vodka mag zwar ein belebendes Wässerchen sein, aber ein anderer Name für Nikolaschka ist auch ›Cocaina Rusa‹! Russisches Kokain, verstehst du?! Diese vier Zutaten geben eine explosive Mischung ab. Ich gehe davon aus, du bist Manns genug dafür! Oder?« Wortlos griff Étienne sein Glas, bevor Laurent ihnen den korrekten Konsum demonstrierte. Er nahm die Zitronenscheibe komplett in den Mund, zerbiss sie und schluckte deren Fleisch, bevor er die Schale aus dem Mund zog und sogleich die Überbleibsel in der Mundhöhle mit dem eiskalten Vodka hinunterspülte. Während die anderen beiden es ihm gleich taten, trank er sein Glas Wasser in einem Zug leer. Nicolas würgte kaum erkennbar, bevor sich ein Lächeln auf seinem Gesicht formte und er überrascht meinte: »Geiler Scheiß! Danke, Lamar!« Laurent klopfte ihm freundlich nickend auf die Schulter. Danach wandte er sich wieder Étienne zu und sprach ihm direkt ins Ge-

---

* Im Ostdeutschen Originalrezept wird Nikolaschka mit Cognac zubereitet. Die Variante mit Vodka wurde mutmasslich in Buenos Aires populär, wo Cognac den meisten Leuten für den regelmäßigen Konsum viel zu teuer war.

sicht: »So, Eure Majestät! Ich gehe jetzt tanzen! Denn der Sound ist zu geil!« Étienne schwieg mit versteinerter Miene, als Laurent sich abwandte und sich in die Mitte der prall gefüllten Tanzfläche begab. Als er sich langsam den Rhythmen hingab (es dröhnte nun »Moaner« von *Underworld* aus den Lautsprechern), kamen zwei Frauen auf ihn zu, eine junge und eine etwas älter wirkende. Beide lachten und hoben ihre Zeigefinger in seine Richtung. »Was ist so verdammt witzig, hm? Ja, ich habe so einiges konsumiert heute. Na und?«, dachte er sich. Beide Frauen näherten sich ihm, streichelten je eine seiner Schultern und sie kreischten überlaut synchron, aufgrund der Musiklautstärke, welche die gesetzlich vorgeschriebenen 100 Dezibel weit überschritt: »Übertreib's nicht, kleiner Mann!«

»Wie bitte?!«, fragte Laurent mit gesenktem Blick. Er hatte die beiden akustisch nicht verstanden. Die Musik war zu laut. Es war ihm einerlei. Doch abgesehen davon, dass beide Frauen einen für ihn schwer zu identifizierenden Mundgeruch aufwiesen, gefielen ihm die beiden. Mit je einer seiner Hände an ihren Hüften führte er sie sanft ein paar Schritte weiter zu einer Stelle der Tanzfläche, die nicht nur mehr Raum für Bewegung, sondern auch bessere Beleuchtung bot und lud sie mit geschickten Schritten, elegantem Hüftschwung und einladenden Handgesten zu einem ekstatischen Tanz ein. Parallel in fließend synchroner Bewegung schmiegten sie sich an ihn, bevor auch sie sich von den dröhnenden Bässen in stampfende und hüpfende Ekstase versetzen ließen. Die anderen Gäste wichen instinktiv zwei Schritte zurück und feuerten die drei im Kreis an.

»Du hast ja Feuer im Blut!«, keuchte die eine zu seiner Rechten.

»Und in den Hüften! Wie wär's mit einer erfrischenden Abkühlung?«, fragte die kleinere der beiden und bot ihm ihren Flachmann an, den sie aus einer ihrer hinteren Hosentaschen hervorzog. Laurent wimmelte sie mit einer Handbewegung ab, worauf sie beteuerte: »Es lässt dich all deine Sorgen vergessen! Deswegen bist du doch hier? Um deine Sorgen zu vergessen!« Die zweite Frau gab hinzu: »Deswegen sind wir doch alle hier! Oder etwa nicht? Um unsere Sorgen zu hinter uns zu lassen!« Er gab nicht nach. Zu tief war er in der Musik versunken.

In der Zwischenzeit lehnte sich Jeanne von hinten an Étienne, der an der Bar sass und die Tanzfläche beobachtete, legte ihre beiden Arme um seine Schultern und lachte: »So fett ist der Stock in seinem Arsch wohl doch nicht. Der Mann hat sogar richtig Rhythmus in sich!« Er gab ihr einen kleinen Kuss auf die Wange und flüsterte ihr etwas ins Ohr, worauf sie ihn fragend ansah. Wortlos nickte er nach vorne. Mit dem Blick zu Boden gerichtet, entgegnete sie sein Nicken und begab sich langsam in die vor ihnen tanzende Menschenmenge.

Laurent erblickte ihre harten Nippel durch das hauchdünne, blutrote Seidenkleidchen, das nur knapp unterhalb ihres Hinterns endete. Er sah ihr tief in die Augen und fletschte für den Bruchteil einer Sekunde die Zähne, bevor er gänzlich an sie herantrat, mit einer Hand ihren Arsch ergriff, mit der anderen ihren Hinterkopf, um schließlich seine Zunge grob und ungebändigt in ihren Mund zu schieben. Blitzartig befreite sich Jeanne aus seinem Griff und verpasste ihm eine harte Ohrfeige: »Hast du sie nicht mehr alle?!« Bevor er reagieren konnte, verließ sie die Tanzfläche und begab sich hastig wieder zu Étienne, der sich, umgeben von seinen Schergen, gegen einen Pfosten lehnte. Die Lampe direkt über ihm umrandete seinen Körper mit grellem Licht, der steile Winkel hüllte seine beiden Augenhöhlen in finstere Schatten. Er hielt ein großes Glas Wasser in seiner Hand und lächelte.

— XIX —

Lous Schädel dröhnte ungemein und trotz seines Zustands konnte er die abschätzigen Blicke der Passanten auf seinem Weg wahrnehmen. Man sah ihm den Kater an und man roch seine körperlichen Ausdünstungen, die durch sein schäbiges Deodorant offenbar nicht zu überdecken waren, aus mehreren Metern Entfernung. Für eine kurze Dusche hatte er sich keine Zeit genommen. Um ein Haar wäre er in die automatische Glastür der Postfiliale getreten, da sich diese langsamer als erwartet öffnete. Eine alte Dame sah ihn kopfschüttelnd, aber mit mitleidigem Blick an. Nachdem er sich vom kleinen Automaten per Knopfdruck eine Kundennummer ausspucken ließ und jene achtlos in die Hosentasche einsteckte, wurde ihm plötzlich bewusst, was für einen Anblick er darstellen musste. Nun roch er sich selbst, was gemessen an seinem Zustand ungewöhnlich war. Gewöhnlicherweise würde ihm so was gar nicht erst auffallen, geschweige denn überhaupt nur ansatzweise kümmern. Doch dies war ein bedeutungsvoller Moment. Die Alkoholpromille in seinen Blutbahnen ermöglichten es ihm zwar nicht, die Schwere der vor ihm stehenden Taten in ihrer Gesamtheit zu erfassen, doch instinktiv war ihm klar, dass etwas Großes, etwas *Wichtiges*, ja etwas *Richtiges* hier passierte. Was auch immer das bedeuten mochte. Auf einer der sperrigen digitalen Anzeigen konnte er ablesen, dass er – zumindest was die Theorie anging – noch ungefähr acht Minuten warten musste, bevor er an einen freien Schalter gelangen würde. Also setze er sich auf die karge Holzbank am Ende der Posthalle, lehnte sich zurück und schloss die Augen. Doch bevor die temporär erlösende Müdigkeit seinen Nacken ergreifen konnte, stand Lou wieder auf. Gäbe er sich letzterer hin, würde sein Vorhaben scheitern. Das wusste er. Unwissend, was er sonst tun könnte, ging er deshalb nun wie ein Tier in Gefangenschaft den Flur auf und ab, ungeachtet der Blicke anderer.

Endlich erklang ein sanftes Gong-Geräusch und das große Display zeigte seine Nummer an. Am Schalter schob er seinen Umschlag der Frau dahinter zu, welche sichtlich die Nase rümpfte. Trotz des dicken Glases zwischen ihnen schien sein Gestank bis zu ihr zu dringen. Schweigend legte sie den kleinen braunen Umschlag auf die Waage und nannte ihm den Preis für die Sendung. Es kostete minimal mehr, als er erwartete, doch glücklicherweise stellte es sich heraus, dass er genügend Bargeld dafür in seiner Brieftasche hatte. Beinahe rennend verließ er die Postfiliale, flüchtend vor den verurteilenden Blicken der anderen Leute. Er wollte nur noch nach Hause ins Bett.

Kurz vor Mitternacht erwachte er schweißgebadet unter der feuchten Bettdecke. Er fühlte sich mehr oder weniger erholt, aber unglaublich durstig.

Nachdem er einen halben Liter Leitungswasser die Kehle runtergestürzt hatte, sah er sich in der Wohnung um, worauf er aus dem Fenster blickte. Er musste sich eingestehen, dass er nicht wusste, welcher Wochentag heute war. Dienstag, verkündete ihm sein Handy. *Na, toll. Mitten unter der Woche und mein Rhythmus ist komplett im Arsch*, dachte er sich. Als er sich eine Zigarette anzündete, begann er sich zu fragen, was er denn nun als Nächstes tun sollte? Ziellos stampfte er durch die ganze Wohnung, sah sich hier und da ein paar herumliegende Dinge wie Briefe oder Kleidungsstücke an, worauf er schließlich beim Kühlschrank landete. Dessen Inhalt offenbarte sich als nichts Weiteres als eine nahezu leere Tube Senf, eine noch halb volle Tube Mayonnaise, eine Frischhaltebox mit nicht identifizierbarem, verschimmeltem Inhalt und drei Dosen Bier. *Hm, warum eigentlich nicht?*, schoss ihm durch den Kopf. Doch als er die Dose zischend öffnete, hielt er inne. *Nein!*, sprach seine innere Stimme. Bevor er den Gedanken ergründen konnte, öffnete er die anderen zwei Dosen und spülte sie allesamt das Waschbecken hinunter. »Jetzt ist Schluss damit, verdammte Scheiße!«, rief er sich selbst zu. Er setzte sich, innerlich aufgewühlt, auf die Couch und schaltete den Fernseher ein. Auf keinem der verschiedenen Kanäle lief ein Programm, welches ihn zu interessieren vermochte. Also schaltete er das Gerät wieder aus und verharrte still vor sich hin. Mehrere Minuten vergingen, in denen er nichts anderes tat, als dazusitzen und zwischendurch den Blick durch die Wohnung schweifen zu lassen. Die

Stille wurde zunehmend unerträglich. Alle sogenannt *normalen* Leute, schienen nun zu schlafen und er fühlte sich wie ein Idiot. Aufgeregt und gelangweilt zugleich.

Sein Blick blieb immer wieder am vollkommen überfüllten Aschenbecher haften, auf dem kleinen Tisch vor der Couch, umringt von weißgrauen Aschepartikeln und zerdrückten, losen Zigarettenstummeln. Dieser Anblick widerte ihn immer stärker an, bis er sich endlich dazu entschloss, dem ganzen ein Ende zu bereiten. Er erhob sich vom Sofa und leerte den Aschenbecher in den in der Küche verstauten Abfallsack. Danach sammelte er die losen Kippen zusammen und warf auch diese fort. Schließlich griff er zum hart vertrockneten Waschlappen, benetzte ihn mit Wasser und reinigte die verstaubte Tischplatte zumindest oberflächlich. Dabei stolperte er über einen herumliegenden Hausschuh, den er als Nächstes wütend aufgriff und in den Flur zu seinen anderen Schuhen brachte. Auch dort herrsche eine wirre Unordnung, also setzte er den Hausschuh erst mal ab, bevor er alle verschiedenen Paare zusammenlegte. Anschließend dachte er sich ein einfaches Anordnungssystem für seine Schuhe aus, bevor er sie alle dementsprechend, mehr oder weniger ordentlich nebeneinander stellte. Zufrieden mit sich selbst, ging er ins Badezimmer, um seine mittlerweile volle Blase zu entleeren. Kaum hatte er gespült, fiel ihm auf wie widerlich gelb ihn die Urinablagerungen in der WC-Schüssel angrinsten. Unter dem verstaubten Spülbecken fand er zu seiner Überraschung eine noch ungeöffnete Flasche WC-Reiniger, die er vermutlich vor Jahren beim Einzug in diese Wohnung einmal gekauft, aber noch nie benutzt hatte. Er verbrachte die ganze nächste Stunde damit, das Badezimmer von oben bis unten, so gut er es vermochte auf Vordermann zu bringen. Der frisch gereinigte Spiegel offenbarte ihm, dass er irgend eine grüne Ablagerung in seinem selbstzufriedenen Grinsen hatte. Nach mehreren Tagen putzte er sich nun endlich die Zähne, was dazu führte, dass sein wundes Zahnfleisch zu bluten begann. Lou ignorierte es und spülte so oft nach, bis sein Speichel, im neuerdings glänzenden Spülbecken, nicht mehr rot gefärbt war. Er fühlte sich prächtig, ähnlich, wie in einem Rausch. Nur ohne zugeführte Substanzen. Nachdem er in der Küche den wochenalten, verkrusteten Abwasch endlich erledigt hatte, entdeckte er an diversen Oberflächen, an den Schränken, auf dem Herd, im Spülbecken und am Boden, Flecken, die er nun für inakzeptabel hielt. Er verlor jegliches Zeitgefühl, als er mit Wasser, Seife, Schwamm, Lappen und Bürsten jedes schmutzige Detail auszumerzen versuchte. Als er sich schließlich auf der Couch eine Pause gönnte, fiel ihm auf, dass der einst beigefarbene Teppich unter seinen Füßen von der heruntergefallenen Asche ganz grau verfärbt war. Sich der ungefähren Uhrzeit und der daraus folgenden Konsequenz bewusst werdend, zögerte er kurz, bevor er sich euphorisch selbst zusprach: »Scheiß auf die Wichser. Ich mach das jetzt einfach.« Ein erschreckend lautes Heulen ging durch den Raum, als er damit begann, die ganze Wohnung mit dem Staubsauger zu reinigen. Immer wieder knallte die Bürste gegen eine Leiste an der Wand und es vergingen nur wenige Minuten, bis er energische Klopfgeräusche von irgendwoher vernahm. Er liess sich nicht beirren und schrie nur »Fick deine Mutter, ich arbeite hier!«, während er sein Werk vollbrachte. Die Vorstellung der blöden Gesichter seiner Nachbarn erheiterte ihn. Nachdem er den Staubsauger wieder ordentlich im Einbauschrank seines Flurs verstaut hatte, ging er zurück ins Schlafzimmer, wo er sein ungepflegtes Bett vorfand. Er hatte keine sauberen Bezüge für Matratze, Decke und Kissen. Doch das Mindeste, was er in diesen frühen Morgenstunden tun könnte, war alles schön durchzuschütteln und das Zimmer durchzulüften. Mit strahlendem Lächeln ging er mehrmals durch die ganze Wohnung und freute sich über den neuen, besseren Zustand seines Daheims. Die Uhr teilte ihm mit, dass es kurz nach vier war und er war noch lange nicht müde. Also setzte er sich mit seinem Laptop auf die Couch und überlegte sich, was er denn nun tun könnte. Er könnte sich zur Belohnung einen runterholen, dachte er kurz und öffnete den Browser. Doch bevor er eines der vielen pornografischen Videoportale aufrief, kam ihm eine andere Idee. Die Finanzen gehörten zwar mittlerweile nicht mehr zu seinen direkten Sorgen, doch früher oder später würde er wieder einen richtigen Job brauchen. Deswegen suchte er nach Stellenangeboten, die ihn interessieren könnten. Schon seit Jahren war er nicht mehr im Ausland für lange Ferien. Fände er einen befristeten Job, in dem er schnell zu zusätzlicher Kohle kommen könnte, wäre das vielleicht ein erreichbares Ziel, dachte er sich. Aber das war nicht sein Hauptmotiv. Viel wichtiger erschien es ihm, einen langfristigen Plan zusammenzustellen. Ein Plan, der ihn von den mühsam drängenden Forderungen irgendwelcher Ämter befreien würde. Schließlich hatte er bereits seit Langem die Nase gestrichen voll davon, sich an irgendwelchen Schaltern von irgendwelchen Beamten erniedrigen zu lassen. Die Zeit schien ihm nun endlich reif dafür, sich von diesen unsäglichen Ketten zu befreien. Sein Erbe würde ihm einen angenehmen Start in dieses neue, selbstbestimmte Leben schenken. Doch er wusste zu gut, dass es nicht für immer reichen würde. Über eine Stunde lang verbrachte er auf verschiedenen Stellenportalen und bewarb sich lässig auf alle möglichen Angebote, bis ihm langsam die Augen zufielen. Er schloss den Laptop und stellte fest, dass die Sonne bereits aufging, bevor er sich lächelnd in sein frisch hergerichtetes, kuscheliges Bett fallen ließ.

KAPITEL EINUNDZWANZIG

Jeanne ignorierte seine Nachrichten nun schon seit drei ganzen Tagen. Laurent hatte in der Zwischenzeit weder von Étienne noch von seinem Vorgesetzten ein Wort gehört. Keiner der beiden reagierte auf seine Anrufe, weswegen sich ein unerklärliches Gefühl der Bedrohung in seiner Brust breit machte. Er ging in seiner Wohnung auf und ab, versuchte sich mit dem endlosen Streaming-Programm abzulenken. Doch es nützte nichts. Schließlich erkannte er auf der digitalen Uhr am oberen rechten Rand der Projektion an seiner Schlafzimmerwand, dass bereits 23 Uhr war. Das Zeitfenster, in dem er an einem Wochentag noch irgend jemanden erreichen würde, schloss sich ganz langsam. Also wählte er mit einem sich anbahnenden schlechten Gewissen, Lénas Nummer. Sie nahm nicht ab. Enttäuscht, aber nicht überrascht, legte er sein Smartphone auf den Nachttisch. Vermutlich wäre Léna gerade im Einsatz oder bereits im Bett, um morgen in aller Früh in den Einsatz zu gehen. *Fuck*, schoss es durch seinen zunehmend nervöser werdenden Kopf. In der Vergangenheit wäre er joggen gegangen, bevor er überhaupt in einen solchen Zustand geraten wäre. Das half ihm fast immer, den Kopf von allen Gedanken zu befreien. Er vermochte es sich nicht zu erklären, aber die Idee allein, sich nun wegzuziehen und im strömenden Regen durch die *Stadt* zu rennen, stieß ihn ab. Wild schwirrten die Gedanken durch seinen brummenden Schädel. Unausgesprochene Gedanken und Ängste, die er irgendwie sortieren müsste, um nicht an ihnen dem Wahnsinn zu verfallen. Soweit er sich erinnern konnte, hatte er nie laute Selbstgespräche geführt. Alle seine sporadischen Dialoge mit sich selbst hatten stumm in seinem Kopf stattgefunden. Deswegen schockierte es ihn und er hielt sich augenblicklich die Hand vor den Mund, als er unkontrolliert in das Schlafzimmer rief: »Verdammt, tu doch was!« Er biss sich auf die Lippen, als er sich selbst krampfhaft mit dem Rücken gegen die Wand drückte. Nah an der Panik, zog er sich hastig Schuhe, Jacke, Schal und Mütze an, um schließlich aus der Wohnung zu stürmen.

Die Tür zum *La Fin* knallte auf und er stürmte, bis aufs Fleisch vom starken Regen eingenässt direkt zur Bar. Ihm war alles egal, als er den älteren Herrn, der es offensichtlich wagte, an seinem Stammsitz zu hocken, gewaltvoll zu Boden riss.

»Hast du sie noch alle?! Was zur Hölle ist in dich gefahren!«, schrie Mathilde.

»Whisky!«, war das einzige Wort, welches er ihr mit dem Zeigefinger ins Gesicht entgegenbrüllte.

Sie wich zurück und hielt inne. In den vergangenen Monaten hatte sie ihren Stolz oft heruntergeschluckt. Zu oft. Dies war der allerletzte Tropfen, der das Fass zum Überlaufen brachte. Mathilde nahm einen Schritt zur Seite und zeigte mit ihrem linken Daumen auf den Spiegel hinter ihr, bevor sie sprach: »Sie dich nur an. Was aus dir geworden ist.«

Während sein Blick unkontrolliert kurz auf den Spiegel traf, bemerkte er nicht, was Mathilde mit ihren Händen tat. Ohne das Bild im Spiegel wirklich zu betrachten, wandte er seinen Kopf zurück zu Mathilde, um erneut nach einem Whisky zu fragen. Diesmal etwas lauter. Doch bevor er auch nur ein Wort äußern konnte, blickte er direkt in den Lauf einer abgesägten, doppelten Schrotflinte und erstarrte.

»Mach keinen jetzt Scheiß, grosse Frau.«, knurrte er.

»Verschwinde sofort aus meiner Bar und lass dich hier nie wieder blicken. Kleiner Mann!« Ihre Augen waren gerötet und Tränen bildeten sich an deren äußeren Rändern. Die Stammgäste der Bar waren vollkommen verstummt und blickten alle wie versteinert zu Boden.

»So dankst du mir also? Du verfluchte-« Seine lauten und heiseren Worte wurden durch das Durchladegeräusch der Schrotflinte unterbrochen und sie schrie: »Du hast es verspielt! Selbst meine Dankbarkeit hat Grenzen! Ich sag's dir nicht noch einmal, verschwinde jetzt!« Über den Spiegel erkannte er schockiert, dass sich ihr Zeigefinger am Abzug tatsächlich anzog. Fassungslos erhob er sich vom Barhocker, bevor er langsam mit dem Rücken zur Tür stumm aus dem Lokal trat. Als sich die Tür hinter ihm schloss, griff er nach seiner unkontrolliert zitternden linken Hand, bevor er durch den Schnee davon lief. Beinahe panisch suchte er sich eine dunkle Seitengasse, in der er sich für einen Moment verstecken konnte. Schlotternd pisste er an einen Müllcontainer. Da die Gasse unbeleuchtet war, konnte er nicht erkennen, was neben dem Container lag. Vermutlich war es nicht ordnungsgemäß entsorgter Müll. Die von seinem Schienbein erfühlte Form des Objekts ließ ihn jedoch rätseln. Es fühlte sich nicht an wie ein Abfallsack, sondern eher wie eine Art dicker Ast, was keinen Sinn ergab. In diesem Teil der *Stadt* stand kein einziger Baum. Einen gestutzten Ast hier vorzufinden war absurd. Vielleicht war es eine Art Leitungsrohr? Er musste wissen, was da lag. Deswegen zog er sein Smartphone aus der Hosentasche und aktivierte die Taschenlampe. Vor ihm offenbarte sich die erfrorene kreidenbleiche Leiche eines Menschen, der mit weit gespreiztem Kiefer in die Höhe zu blicken schien. Einer der vielen Menschen, die süchtig nach *Stoff* waren. Dieser hier hatte wohl noch einige andere Betäubungsmittel konsumiert und war deswegen noch während des Trips bei extremen Minusgraden dem Kältetod erlegen. Laurent wich zurück, stolperte und fiel nach hinten auf etwas, das sich weich und warm anfühlte. Eine weibliche Stimme krächzte schwächlich: »Bitte hilf mir. Ich brauche *Stoff!*« Ein schriller Schrei entglitt ihm, als er auf allen Vieren davon kroch, bevor er sich aufrichtete und panisch zurück zur Hauptstraße rannte. Sein Körper war unterhalb seiner Kleidung klatschnass, als er irgendwann im Wahn am *Blue Hotel* vorbeirannte und augenblicklich wieder umkehrte. Vollkommen außer Atem lehnte er sich gegen die

Wand, worauf der uniformierte Garçon, der stets vor dem Eingang stand, ihn darauf hinwies, dass dies nicht erlaubt war. Laurent regte sich erneut auf, erinnerte sich jedoch daran, dass er den jungen Mann kannte und es sich mit ihm nicht verspielen wollte. Eine gebrochene Beziehung reichte an diesem Abend. Also atmete er tief durch und richtete sich von der Wand weg: »Verzeihung. Selbstverständlich gehört sich das nicht, Monsieur. Der Name war Antoine, richtig?«, improvisierte er, mit einem kurzen Blick auf das Namensschild des jungen Mannes.

»Das ist korrekt, Monsieur.«, antwortete dieser mit einem kurzen Nicken.

»Wir kennen uns. Ich war bereits zweimal hier. Mögen Sie sich erinnern, Antoine?«, fragte Laurent.

»Gewiss, Monsieur.«

Er griff in die Innentasche seiner Winterjacke und zückte 8000 physische Credits heraus, bevor er fortfuhr: »Hören Sie, Antoine. Ich möchte Sie um einen indiskreten Gefallen bitten…«

Zwanzig Minuten später öffnete sich die Fahrstuhltür im obersten Stockwerk des *Blue Hotel* und Laurent stolzierte frisch geduscht und in einem Anzug aus der hauseigenen Reinigung heraus, der ihm nicht ganz wie angegossen passte, weil er nicht ihm, sondern einem unwissenden Hotelgast gehörte. Auf die dazugehörige Krawatte hatte er lächelnd verzichtet. An der Tür des Penthouse hielt er inne und atmete mehrfach durch, bevor er sich traute, anzuklopfen. Keine Reaktion. Doch er konnte durch den Türspion erkennen, dass innen Licht brannte. Also klopfte er nochmals, worauf eine gedämpfte Stimme rief: »Gehen Sie weg!« Er ließ nicht ab und klopfte erneut. Seinen Hemdkragen richtend, stellte er sich frontal mit verschränkten Armen vor den Türspion und lächelte.

Endlich öffnete Jeanne die Tür ein Spaltbreit und er erkannte nebst ihren blutunterlaufenen Augen ein blaues Veilchen in ihrem sonst makellosen Gesicht, als sie flüsterte: »Jetzt ist kein guter Zeitpunkt. Bitte gehen Sie wieder.«

Ein Zorn, den er lange nicht mehr gefühlt hatte, ergriff ihn, als er die Tür gewaltvoll aufstieß. »Wer hat dir das angetan?«, verlangte er zu wissen.

»Lassen Sie es gut sein, das geht Sie nichts an. Bitte gehen Sie jetzt!« Sie wich mit erhobenem Zeigefinger vor dem Mund zurück und schüttelte langsam den Kopf.

Laurent war klar, das irgendwas hier ganz gewaltig faul war. Solches Verhalten kannte er aus seiner Zeit als Polizist zu gut von Menschen, die sich beobachtet fühlten. Deswegen unterdrückte er den brennenden Drang, weitere Fragen zu stellen. Er blieb stehen, legte den eigenen Zeigefinger vor seinen Mund und öffnete mit weit aufgerissenen Augen seine Arme, ohne sich von der Stelle zu bewegen. Gefühlte Minuten vergingen, in denen sich die beiden schweigend gegenüber standen und nichts geschah. Schließlich sprach er demonstrativ laut mit theatralisch-unnatürlich tiefer gestellter Stimme: »Na gut, ich bitte um Verzeihung! Ich gehe jetzt und werde Sie nicht länger belästigen! Guten Abend!« Doch statt zu gehen, schloss er die Tür zum Penthouse und schlich anschließend geschickt und geräuschlos zum antiquierten Plattenspieler, der sich auf der Kommode beim Fenster befand. Ohne ein weiteres Wort zu sprechen, drehte er die Lautstärke der analogen Stereoanlage auf die höchste Stufe, bevor er die Nadel auf die Schallplatte legte und *Alicia Bridges'* uralter Disco-Song »I love the Nightlife« erklang. Erneut stand er ihr gegenüber und öffnete seine Arme mit eindringlichem Blick.

Jeanne näherte sich ihm nun zögerlich. Doch statt ihn in die Arme zu nehmen, drehte sie seinen Körper um und führte ihn ganz langsam zu einem der großen Fenster, welches sie wortlos öffnete. Augenblicklich drang das dröhnende Geräusch aller Drohnen am Nachthimmel in den Raum und erzeugte, gemeinsam mit *Alicia Bridges'* Gesang einen beinahe unerträglich lauten Klangteppich. Sie drückte sich fest an seinen Rücken und umarmte ihn. Er ließ es geschehen. Obwohl er noch immer nicht genau begriff, was gerade geschah. Seitlich von hinten flüsterte sie ihm ins rechte Ohr: »Wir können uns nicht mehr sehen.« Und doch hielt sie ihn noch immer fest.

Er drehte seinen Kopf, soweit es ihm körperlich möglich war, ohne seinen Oberkörper aus ihrer Umarmung zu lösen, ihrem Gesicht zu und flüsterte zurück: »Warum?«

»Weil Étienne dich getötet hat.«

Ein lächelndes Schnauben entglitt ihm, bevor er kopfschüttelnd antwortete: »Was erzählst du da?«

»Weißt du eigentlich, warum ich nie von dir verlangt habe, dass du ein Kondom trägst? Étienne hat es so befohlen. Ich bin HIV-26* positiv.«

»Wie bitte?«, er traute seinen Ohren nicht.

Sie sprach nun etwas lauter und deutlicher: »Hast du dich denn nie gefragt, warum ich von dir kein Geld verlangt hatte? Ich hatte mehrfachen, ungeschützten Sex mit dir, um dich mit HIV-26 zu infizieren.«

Mit all seiner Kraft entriss er sich ihrer Umarmung, drehte sich um und warf sie, wie eine Puppe, in weitem Bogen auf das Bett, das hinter ihnen lag. Blitzschnell griff er mit der linken Hand ihre Kehle und hob seine rechte Faust in die Höhe, als er ein tiefes Grollen von sich gab.

Röchelnd lag sie flach auf dem Bett, ohne sich zu wehren. »Tu es! Schlag mich doch! Schlag mich windelweich! Schlag mich krankenhausreif! Lass mich deinen ganzen Hass spüren! Gib's mir! Lass alles raus! Es wird mir vielleicht das Herz brechen. Aber nicht meinen Körper oder meine Seele. Dafür habe ich schon zu viel durchgemacht. Du kannst mir nicht wehtun. Du kannst nicht brechen, was bereits gebrochen ist.

---

* HIV-26 war eine Mutation des HI-Virus, welche im Jahr 2026 entdeckt wurde und sich über die seit 2015 international etablierten Behandlungsmethoden noch immer nicht im Körper des Trägers isolieren ließ. Der Krankheitsverlauf verlief bei 92,7 % aller Infizierten, die keine Behandlung in den ersten zwölf Stunden erfuhren, tödlich und führte besonders in der Dritten Welt, nebst mehreren weiteren Pandemien, zu einer starken Dezimierung der Bevölkerung.

Oder bring mich doch gleich um! Na, los! Dann wäre dieser Albtraum endlich vorbei! Worauf wartest du noch? Tu es, verdammt noch mal! Oh Gott!« Die Tränen liefen ihren Schläfen entlang durch ihr Haar auf die Seidendecke darunter.

Im großen Spiegel hinter Jeanne erkannte Laurent sich selbst mit erhobener, zitternder Faust und geöffnetem Maul. Angewidert vom Anblick wandte er sich ab und stemmte sich an die Kommode beim geöffneten Fenster. Er bekam kaum Luft und schnaubte laut, nahe der Hyperventilation, als er sich das Jackett vom Körper streifte und beinahe panisch mehrere Knöpfe seines Hemdes mit verschwitzten Fingern zu öffnen versuchte. Sein ganzer Körper schlotterte in unkontrolliert verwirrter Verzweiflung. Sosehr er sich auch bemühte, es war ihm unmöglich, auch nur ein Wort von sich zu geben. Zunehmend spürte er, wie sein Schädel immer heißer und der Mund immer trockener wurde, während er mit Blick auf die Holzoberfläche der Kommode desorientiert seine chaotischen Gedanken zu ordnen versuchte. Doch plötzlich sah er, noch immer mit gesenkten Augen, wie Jeanne ihm ein Tumbler-Glas randvoll mit Whisky füllte und ihm Zigaretten, Feuerzeug und Aschenbecher hinstellte. Vorsichtig streichelte sie erst seinen Rücken, bevor sie ihn, diesmal sanfter erneut von hinten umarmte. Erst jetzt fiel ihm auf, dass der Plattenspieler offenbar eine Wiederholungs-Funktion hatte, als *Alicia Bridges* zum dritten Mal denselben Song begann. Er nahm einen zu gierigen Schluck Whisky zu sich und musste husten. Gleich darauffolgend zündete er sich eine Zigarette an. Ungewiss darüber, was er überhaupt sagen wollte, spürte er, wie sich sein Körper ganz langsam wieder beruhigte.

»Willst du die Wahrheit hören? Die ganze Geschichte?«, fragte Jeanne sanft.

Unsicher darüber, wieviel seine Psyche nun noch ertragen könnte, gab er ihr keine Antwort und hörte sich schweigend ihre Geschichte an. Wort für Wort. Zunehmend nervöser nahm er alle neun Sekunden einen Schluck Whisky zu sich. Sie ging ins Detail, tief ins Detail, als sie ihm davon erzählte, wie sie Étienne zuerst begegnete. Wie verträumt sie eine Karriere in der *Stadt* als professionelle Tänzerin verfolgte. Sie zeigte ihm auf ihrem Smartphone ein Bild von sich, welches zu dieser Zeit aufgenommen wurde. Jeanne hatte damals einen flachen Busen, krumme Zähne und eine breite Nase. Ihr war stets klar, dass sie nicht dem gängigen Schönheitsideal entsprach und als sie eines Tages Étienne begegnete, schwur sie blauäugig alles dafür zu tun, zur *Schönsten im ganzen Land* zu werden. Zu Beginn schien alles harmlos. Jeanne musste einfach ganz viel essen. Sie wurde regelrecht gemästet. Darauf folgten die ersten Operationen. Eigenfett wurde ihr regelmäßig in Po und Brüste injiziert. Deswegen vermochte Laurent weder an der Pool-Party noch während die beiden miteinander schliefen Implantate erspüren. Mit jeder grausamen Operation, der sie sich ergeben musste, beteuerte Étienne stets: »Ich gebe dir lediglich das, wonach du gebeten hast. Du hast mir geschworen, ein braves Mädchen zu sein. Wage es nun nicht, dich zu beklagen.« Er ließ die besten Tanzlehrer der

Welt für Sie einfliegen und unterwarf sie einem erbarmungslosen Drill, auf dass sie alle gängigen Tanzformen bis zur Perfektion beherrschen würde. Eines Tages zwang er sie dann in die Prostitution. Immerhin hatte er viel Geld in sie investiert und wollte davon etwas zurück. Das Geräusch von Laurents schwerem Atem nahm nun den Raum ein, trotz der Musik und der Drohnen. Er stützte nun mit den Fäusten geballt sein gesamtes Gewicht auf die Kommode. Sie sprach weiter. Seine Atmung setzte kurz aus und er klopfte voller Wut gegen die Tischkante. Vergewaltigung und Erpressung waren keine Themen, mit denen er bisher als Polizist noch nie in Berührung gekommen war. Folter und darauffolgende rekonstruktive Operationen hingegen schon. Étienne verfügte über alles Geld der Welt. Nichts von all dem hinterließ sichtbare Spuren an ihrem Körper. Sie versuchte mehrfach davonzulaufen. Jedes Mal wurde sie von Étiennes Männern aufgefangen, verprügelt und zigfach sogar vergewaltigt. Wann immer Jeanne sich selbst verletzte oder ihrem Leben ein Ende bereiten wollte, ließ Étienne sie reparieren, wie ein *Gerät*, auf dass Jeanne nicht nur wie neu, sondern sogar noch schöner aussah, als zuvor. Laurent klopfte nochmals hart und laut gegen den Tisch. Die Haut an seinen Fingergelenken öffnete sich nun langsam. Jeanne hatte 49 Schönheitsoperationen hinter sich, durchgeführt von den besten Spezialisten auf ihrem jeweiligen Gebiet. In ihrem Körper waren 4 Stücke Metall versteckt, die mehrfach gebrochene Knochen zusammen hielten. Von Verletzungen, die Étienne ihr in seinen unzähligen Wutanfällen zugefügt hatte. Es waren schon mal mehr. Étiennes Lust an ihrer Qual eskalierte über die Jahre schrittweise. Einmal hatte er ihre Leber in Rage gezielt mit einer dünnen, besonders schmerzhaften Klinge zerstochen. Die Leber war das einzige Organ im menschlichen Körper, welches sich bei entsprechender Pflege vollständig fast von allein regenerieren könne. Étienne entschied, dass sie nie Kinder zur Welt bringen soll. Dort, wo ihr Uterus sein sollte, befand sich ein anatomisch akkurat geformtes Stück körperverträgliches Silikon. Étienne hatte ein 3D-Modell ihres Uterus nachbilden lassen, bevor er das eigentliche Organ samt Eierstöcken vor ihren Augen in Flammen aufgehen ließ. Weil besonders gut bestückte Freier etwas spüren sollten, wenn sie sie fickten. Kein gewöhnlicher, sexuell erregter Mann würde den Unterschied erfühlen können. Étienne scheute keine Kosten für sein *Produkt*. Denn das war sie für ihn, ein *Produkt*. Ein *Objekt*, das seinen Zweck zu erfüllen hatte. Nicht zuletzt machte er sie krank. Er hatte sie an einen Stuhl gefesselt und erklärte ihr in vollem Bewusstsein, dass er ihr nun mit einer Spritze HIV-26 injizieren würde. Somit sollte sie zur *Waffe* werden, hatte er ihr erklärt. Ausgewählten Freiern – Geschäftspartnern, die ihm unlieb waren – bot er sehr gerne an, Jeanne *ausnahmsweise* frei von Kondom sowie ohne Gleitmittel in den Arsch zu ficken. Zuvor schwor er den Herrschaften stets, der Schmerz mache sie geil und man solle ihre Schreie und ihr Flehen ignorieren. Es gehöre bloß zum Spiel, für den perfekten Service. Das erhöhte die Ansteckungsgefahr massiv und bei jeder erfolgreichen Krankheitsübertragung belohnte Étienne Jeanne mit unzähligen teuren Geschenken und einem sanften Kuss auf die Stirn. Laurents Hände bluteten nun sichtbar über den Tisch und sein Kiefer schmerzte vom Druck, ausgelöst durch das krampfhafte Zusammendrücken der Zähne. Von der Kante des Möbels tropfte sein warmes Blut auf den hellgrauen Teppich.

Jeanne löste ihre Umarmung und bat ihn, sie anzusehen, als sie fortfuhr: »Das habe ich noch nie jemandem erzählt. Es tut mir unendlich leid. Das musst du mir bitte glauben.«

Erneut begann er zu zittern: »Warum? Warum erzählst du mir das? Du hättest mich heute einfach ignorieren und sterben lassen können.«

Tränen kullerten ihre Wangen hinunter, als sie nach Atem ringend mit verschränkten Händen flüsterte: »Ich weiß es nicht. Es tut mir leid. Ich weiß es wirklich nicht. Aber irgendwas sagt mir, dass du *anders* bist. Du hast weder Angst noch Respekt vor Étienne. Ich kenne ihn. Étienne duldet keinen Ungehorsam. Nie. Aber du... Du hast... Ich weiß nicht... Es sind schon so viele Leute gestorben vor dir. Leute, die nicht mal im Ansatz so frech zu ihm waren wie du. Es ist, als ob... Wie soll ich sagen? Warum hast du keine Angst vor ihm?«

Sie hatte sich ihm offenbart. Es ihr gleichzutun, schien ihm in diesem Moment nur fair: »Jeanne, ich muss dir etwas gestehen. Mein Name ist nicht Lamar. Mein Name ist –« Er versuchte, ihr von seinem Polizeischutz zu erzählen. Jeanne nahm ihn in ihre Arme und drückte ihren Körper mit aller Kraft gegen den seinen.

»Ich weiß! Ich weiß, Laurent!«, weinte sie.

Ruckartig versuchte Laurent sich von ihrem Griff zu befreien, doch sie ließ ihn nicht los und fuhr fort, nachdem sie seine Wange geküsst hatte: »Wir alle wussten es. Von Anfang an. Es tut mir leid. Bitte glaub mir. Und deswegen frage ich dich. Warum hast du keine Angst vor ihm? Ich verstehe es nicht! Étienne spricht in deiner Abwesenheit stets davon, wie besonders du seist. Aber ich kann mir nicht erklären, warum. Weil du nicht auf den *Stoff* reagierst? Vor dir habe ich schon sechs andere Bullen erlebt, die Étienne infiltrieren wollten. Sie alle sind tot, ohne meine Beihilfe. Das macht doch alles keinen Sinn!«

Laurent löste ihre Umarmung nun sanft und begab sich in das Badezimmer. Er spürte, wie der Whisky in seinem Schädel seine Runden drehte. Der Versuch, seine Gedanken zu ordnen scheiterte. Ohne Pflichtgefühl, sich hinzusetzen, pisste er im Stehen und sah zum ersten Mal, seit Langem direkt dem Spiegelbild in die Augen. *Das ist alles bloß ein Spiel*, dachte er sich. Sein rechter Oberschenkel zuckte. *Morituri te salutant*, war sein nächste Gedanke beim Anblick seines Spiegelbilds. Da erschien Jeanne im Spiegel, die sich an den Türrahmen lehnte. Eine stoische Gleichgültigkeit ergriff ihn, gefolgt durch Lust, als er durch den dünnen Seiden-Bademantel jede Kontur ihres Körpers zu erkennen vermochte. Sie sah ihn fragend an, als er sich ihr näherte, um sie zu küssen. Irgendwas war anders, doch er konnte es nicht zuordnen. Ihre bisweilen süßen Lippen schmeckten bitter und statt auf eine Wolke des Glücks zu steigen, versank Laurent im Fluss der Begierde. Sie erwiderte seinen Kuss und legte ihre Arme um ihn, während er mit seiner offenen Hand rhythmisch ihre Scham rieb. Die beiden legten sich aufs Bett und Laurent drang mit seinen Fingern schließlich sanft in sie ein. Mit geschickten Kreisbewegungen massierte er kraftvoll, aber nicht zu grob das Zentrum ihrer Lust während sie sich küssten und ihre Spalte von Moment zu Moment heißer und feuchter wurde, sie ihn darauf jedoch von sich stieß: »Warte!« Jeanne zog aus der Schublade ein Kondom. Er steckte tief in ihr drin, als er mit seinen Armen unter ihre gespreizten Schenkel glitt und mit seinen Händen ihren schmalen Brustkorb ergriff, um sie hochzuheben. Ihr warmer Körper war leichter, als er es zunächst vermutete. Er balancierte ihren Rücken zur Wand zu seiner Rechten und nahm seine Stoßbewegungen wieder auf. Fest, aber nicht hastig. Ihre Arme hatten ihn fest umschlossen und ihre Fingernägel bohrten sich in seinen Rücken. Als sich ihr Mund dem seinen näherte, umkreisten ihre beiden Zungen einander leidenschaftlich. Jeannes erregte Nippel drückten rhythmisch gegen seine Brust. Ihre Körper verschmolzen und Laurent würde erst in einigen Stunden bewusst werden, was in diesem Augenblick gerade geschah. Nach langer Zeit hat er nicht einfach gefickt, im Sinne einer mechanischen Tätigkeit zur Triebbefriedigung, sondern das getan, was ahnungslose Jugendliche als *Liebe machen* bezeichnen würden. Trotz der dünnen Latexschicht um seinen Penis fühlte er sich vollkommen mit ihr verbunden. Und er war frei von allen rationalen Zweifeln, dass sie in diesem Moment exakt dasselbe fühlen musste, bis hin zum Moment, in dem er sich mit einem lauten Knurren in den Gummi ergoss und endlich die ganze Welt um sich herum vergaß.

Greg Gonzalez hauchte verführerisch in einer *unplugged* Version die Strophen seines Songs »Apocalypse« durch die Lautsprecher, während die beiden nackt vor dem geöffneten Fenster rauchten.

»Was bedeutet für dich das Wort ›Liebe‹, Laurent? Sag es mir.«, fragte Jeanne mit klarem Blick, als sie mit ihren weichen Händen seine Wange berührte.

»Sag du es mir.«, antwortete Laurent leise, in auf die im Dunkeln fahl leuchtende Stadt hinausblickend.

Sie setzte sich hinter ihn aufs Bett und umarmte ihn, bevor sie sanft seine nackte Brust streichelte. Sein Herzschlag war klar spürbar. Für beide. »Liebe bedeutet, sich nicht aufhalten zu lassen. Von niemandem. Es bedeutet das zu tun, was getan werden muss. Füreinander.«

Laurent löste sich aus ihren Armen und küsste sie.

»Nichts führt daran vorbei. Ich bitte dich darum. Mein Liebster. Bitte versteh das.«, flüsterte sie, während ihre Hand sanft über seinen Rücken strich. Laurent blickte stumm aus dem Fenster auf das verregnete Stadtpanorama. Er hätte bei der nächsten Gelegenheit, die möglichst bald sein müsste, einiges mit seinem Vorgesetzten zu klären.

– XX –

Lou konnte nicht schlafen. Diese Nüchternheit war ihm neu. Es war schon zu lange her, seitdem er ohne einen Tropfen Alkohol im Blut an einem Abend vor Mitternacht im Bett gelegen war. Von weit draußen vernahm er die lauten Stimmen der feiernden Wochenendgesellschaft. Und es nervte ihn. Genauso wie die scheinbar unnötig hupenden Autos, zusammen mit ihren schrillen Bremsgeräuschen. Nach einer gefühlten Viertelstunde verließ Lou das Bett, um auf dem Balkon eine Zigarette zu rauchen. Jeden Zug inhalierte er tiefer als gewohnt, um so mehr Nikotin aufzunehmen – in der Hoffnung, er würde durch das dadurch entstandene Schwindelgefühl eher die gewünschte Müdigkeit erlangen. Als die Zigarette bis auf den Filter heruntergebrannt war, drückte er sie aus und legte sich danach wieder ins Bett, ohne zuvor auf die Uhr zu schauen. Der Trick schien zu funktionieren. In Kürze überfiel ihn ein Gefühl von Schwindel, gefolgt von einer tief greifende Schwere, welche zunehmend intensiver wurde, bis er schlussendlich einschlief.

Weil sein Mund ausgetrocknet war, wachte Lou wieder auf. Kurz nach drei Uhr. Wieso war es eigentlich immer kurz nach drei Uhr? Nachdem er ein großes Glas Wasser zu sich genommen hatte, nahm er seinen Laptop zu sich ins Bett, um der Frage nachzugehen. Er musste sich durch unzählige, irrelevante Verschwörungstheorien durchkämpfen, bevor er auf einen zumindest gefühlsmässig seriösen Artikel stieß, der ihm die Sache auf bodenständige Weise erklärte:

In der christlichen Mythologie des 13. Jahrhunderts nannte man die Zeit zwischen drei und vier Uhr morgens die *Teufels- oder Hexenstunde*. Man ging damals davon aus, dass in diesem Zeitfenster magisch-okkulte Aktivitäten am wirkungsvollsten seien, da diese Stunde am weitesten von den täglichen christlichen Glaubensaktivitäten entfernt war. Frauen, die sich um besagte Uhrzeit draußen allein aufhielten, wurden gerne der Hexerei beschuldigt. Medizinische Studien im 20. Jahrhundert haben aber herausgefunden, dass dieses global weitverbreitete Phänomen am menschlichen Biorhythmus liegt, der dafür sorgt, dass Organe wie die Leber ungefähr um drei Uhr morgens am aktivsten arbeiten. In der Regel ließen sich solche Beschwerden, sollten sie regelmässig auftreten, mit einem gesunden körperlichen Lebensstil wie auch regelmässiger psychischer Hygiene bewältigen.

Lou kicherte kurz und merkte an: »Ja, ja. Ich habs schon begriffen. Bin ja dran.« Obwohl die rationale, medizinische Begründung ihn fürs Erste beruhigte, schenkte sie ihm doch ein sanftes Gefühl der Kontrolle über die Situation; hinterließen die zuvor betrachteten Bilder von Hexen und Dämonen ein sich langsam anschleichendes Unbehagen. Dieser Umstand überraschte ihn selbst. Schließlich glaubte er noch nie an solchen Unfug, rein abgesehen vom wissenschaftlichen Konsens, dass diese Dinge nicht existierten. Doch als ihm plötzlich auffiel, dass seine Umgebung vollkommen still war, verstärkte sich sein Unwohlsein. Kein einziges Geräusch war zu hören. Keine Autos in der Ferne, kein Rascheln von nächtlichem Getier, noch nicht einmal ein dezentes Rauschen der Kühlungsventilatoren in seinem Laptop konnte er hören. Selbst von seinem sporadisch auftretenden, dezenten Tinnitus war nichts wahrzunehmen. So absurd ihm der Gedanke erschien, erwägte er doch für einen winzigen Augenblick, ob er auf unerwartete Weise taub geworden war. Er wusste ganz genau, dass er diese unheimliche Stille mit einem einzigen laut ausgesprochenen Wort brechen könnte. Aber er traute sich nicht. Mehrere Minuten lag er vollkommen regungslos, mit flachem, möglichst geräuschlosem Atem in seinem Bett und wagte es nicht den Blick vom Laptop-Display abzuwenden. Er fühlte sich beobachtet. Was auch immer in der ihn umgebenden Finsternis lag, stand oder hing – er wollte es auf keinen Fall sehen. Als kleiner Junge hatte er einst die Überzeugung entwickelt, dass die Monster in der Nacht ihn nicht fressen könnten, wenn er sich tot stellen würde. Daran erinnerte er sich jetzt. Beinahe zeitgleich kündigte sich eine weitere Kindheitserinnerung an, welche thematisch direkt anknüpfte und ihm ein erschreckend lautes Kichern entlockte: Im Film »Jurassic Park« erklärte der Protagonist, Dr. Alan Grant (gespielt von

Sam Neill), dass die Sicht des Tyrannosaurus Rex angeblich bewegungsbasiert sei. Die verängstigten Kinder, Tim und Lex (gespielt von Joseph Mazzello und Ariana Richards), müssten folglich nur wie versteinert und stumm stehen bleiben, um vom riesigen Dinosaurier, der direkt vor ihnen stand, nicht aufgefressen zu werden. Nun lachte Lou beim Gedanken daran, dass Geister und Dämonen dieselben Eigenschaften wie Dinosaurier hätten, laut heraus: »Was für ein Scheiß!« Er legte den Laptop beiseite und streckte auf dem kurzen Weg zum Lichtschalter beide Mittelfinger in die Höhe. Die Feststellung, tatsächlich einsam in seinem Schlafzimmer zu sein, beruhigte ihn endlich, obwohl er sich schon zuvor darüber im Klaren war, dass sein vorheriger Angstzustand kindischer Dummheit entsprang. Nach einem weiteren kühlen Glas Leitungswasser legte er sich erneut ins Bett. Zuvor hatte er das Licht wieder ausgeschaltet. Sein Unbehagen war zwar verflogen, doch nun beschäftigte ihn erneut das nicht anwesende Müdigkeitsgefühl. Er konnte sich nicht dazu motivieren, das Bett schon wieder zu verlassen, um auf dem Balkon eine weitere Zigarette zu rauchen. Obwohl sein Geist hellwach zu sein schien, fühlten sich seine Glieder schwer wie Blei an. Also ging er zur nächstbesten Strategie über und packte erneut seinen Laptop, um sich einen Porno anzuschauen. Weniger als fünf Minuten später, schlief er bereits tief und fest, während die Boxershorts an seinem Körper das noch immer warme Sperma langsam in sich aufsogen.

Kurz nach Mittag erwachte Lou von selbst, tief entspannt. Die Sonne schien sanft durch die Jalousien in sein Zimmer und er spürte, dass heute ein guter Tag zu sein schien. Er griff frische Kleidung aus dem Schrank, bevor er die weißlich verkrusteten Boxershorts abstreifte und in die Dusche trat. Nachdem er sich abgetrocknet, angezogen und die Zähne geputzt hatte, erkannte das eigene Spiegelbild, so entspannt, wie schon lange nicht mehr. Nur eines störte ihn. Obwohl er sich soeben gekämmt hatte, zeigten vereinzelte seiner mittellangen Haare in alle Himmelsrichtungen. Sein letzter Friseurbesuch lag bereits Monate zurück, stellte er soeben fest. Er klatschte laut in die Hände, als er entschloss dies heute zu ändern und sich endlich wieder einen ordentlichen Haarschnitt verpassen zu lassen. In der Küche kochte er schwarzen Kaffee, zu dem er sich einen einfachen Buttertoast mit Spiegelei zubereitete. Eine Viertelstunde später verließ er zufrieden und erfrischt mit aufgesetzter Sonnenbrille die Wohnung. Weitere zwei Stunden später sass er vor einem großen runden Spiegel und bestaunte seinen neuen Kurzhaarschnitt, der ein wenig streng, aber keineswegs verkorkst wirkte. Das Bild, das sich in der Reflexion vor ihm offenbarte, gefiel ihm durchaus. Obwohl er ohne konkrete Vorstellungen in den Friseur-Salon getreten war. Also gab er auch lächelnd ein ordentliches Trinkgeld, bevor er das Gebäude wieder verließ.

»Und jetzt?«, fragte er sich. Vom Gefühl vereinnahmt, ein neuer Mensch zu sein, wünschte er etwas

Neues auszuprobieren. Also begab er sich in ein kleines Straßencafé, das er zuvor noch nie betreten hatte. Die Sonne schien hell am wolkenlosen Himmel, was ihn dazu veranlasste, an einem kleinen Tisch draußen Platz zu nehmen. Er hatte keinen Plan, was er bestellen wollte. An den Tischen neben ihm tranken verschiedene Leute Weißwein oder Bier. Kurz bevor die junge Kellnerin an ihn herantrat, um seinen Getränkewunsch aufzunehmen, überlegte er sich, ob er es den anderen gleich tun sollte. Ein kleines Gläschen würde wundervoll zu diesem grandiosen Wetter passen. Beklommen entschied er sich jedoch dagegen und bestellte stattdessen einen Espresso. Stolz auf seine neu entdeckte Willenskraft zündete er sich eine Zigarette an, als er auf seinen Kaffee wartete. Die Kellnerin stellte ihm freundlich lächelnd die kleine Tasse zusammen mit einem kleinen Biskuit sowie einem kleinen Papierbeutel Zucker auf den Tisch und fragte: »Verzeihung, kenn ich dich nicht irgendwo her?«

Lou musterte die junge Frau. Ihr blondes, schulterlanges Haar war leicht chaotisch frisiert, wirkte deswegen aber nicht ungepflegt und ihre strahlend grünen Augen erinnerten ihn an irgendjemanden. Doch er konnte sich nicht erinnern, an wen genau. Darum entgegnete er unbeholfen aber herzlich: »Möglich. Ich bin an den verschiedensten Orten unterwegs. Ich bin Lou.« Er reichte ihr die Hand.

»Alice, freut mich.«

Nachdem er seinen Espresso ausgetrunken und die Zigarette zu Ende geraucht hatte, lehnte er sich für einige Momente zurück und schloss seine Augen, um die warmen Sonnenstrahlen in vollen Zügen entspannt zu genießen. Da er wenige Minuten später von einem Gefühl der Müdigkeit übermannt wurde, trotz Koffein, unterbrach er das Ganze aber wieder, um nicht an Ort und Stelle einzuschlafen. Er winkte Alice freundlich zu: »Zahlen, bitte.«

Als sie mit dem Rechnungszettel erneut an seinen Tisch trat, lachte sie: »Ich glaube, jetzt weiß ich's! Warst du nicht öfters in der Bar von Georges?«

Lou schluckte, bevor er mit gepresstem Lächeln antwortete: »Ja, gut möglich, haben wir uns dort mal gesehen.«

»Du und deine Kumpels wart doch oft die lautesten!«

»Ja … Ja, das waren wir.«

Sie schien zu spüren, dass ihm nicht ganz wohl war und meinte: »Ich war jedenfalls schon lange nicht mehr dort. Seitdem ich keinen Alkohol mehr trinke, meide ich solche Orte lieber, wenn ich ehrlich bin.«

Seine Augen leuchteten nun auf: »Ach du trinkst keinen Alkohol? Wie lustig! Ich habe auch damit aufgehört! Wie kam es denn bei dir dazu?«

»Ach weißt du, einerseits ist man mit einem Job in der Gastronomie ständig von Alkohol umgeben. Da muss man schon aufpassen, dass man nicht in die Sucht rudert. Ich musste das lernen. Andererseits habe ich mich in der letzten Zeit stark mit mir selbst und dem Leben generell auseinandergesetzt und–« Mitten im Satz wurde Sie von einem anderen Gast unterbrochen: »Zahlen, bitte!«

»Bin gleich da!«, rief sie zurück, bevor sie knapp fortfuhr: »Hey, meine Schicht endet um sieben. Wollen wir zusammen was essen gehen?«

»Absolut! Wo willst du hin?«

»Wie wär's mit dem neuen veganen Lokal um die Ecke dort hinten?«

Lou war sich gewohnt, zu jeder Mahlzeit Fleisch oder zumindest eine andere Form von tierischem Protein zu sich zu nehmen. Vegane Ernährung erschien ihm bisher als unzureichende und vor allem unappetitliche Alternative. Nichtsdestotrotz antwortete er wie aus einer Pistole geschossen, als er ihr das Geld für seinen Kaffee reichte: »Klingt fabelhaft! Sagen wir halb acht?«

»Hallo?! Zahlen, bitte!«, rief dieselbe Person hinter ihnen erneut.

»Halb acht.« Sie zwinkerte ihm zu, bevor sie sich hastig dem lauten Gast zuwandte.

Es fiel ihm schwer, sein Grinsen zu unterdrücken, als er sich vom Tisch erhob und das Café verließ. Kaum war er in die nächste Straße abgebogen, in Sicherheit vor Alices Blick, sprang er hoch in die Luft und rannte so schnell er konnte zu sich nach Hause. »Bleib cool, Mann, bleib cool!«, keuchte er, zurück in der Wohnung angekommen, sich selbst zu. Er wusste nicht, ob es an der prallen Sonne oder an seiner Nervosität lag, aber der Achselschweiß triefte spürbar seinen Körper herunter. Seine Uhr wies ihn darauf hin, dass ihm noch über vier Stunden blieben, bis er im besagten veganen Restaurant zu sein hatte. Diese verbrachte er damit, orientierungslos durch die Wohnung zu stampfen, zweimal zu duschen sowie jede noch so kleine Unordnung in den Räumen zu beseitigen. Schließlich wollte er für alle Fälle gewappnet sein, obschon er sich alle Mühe gab, seine Fantasien zum bevorstehenden Abend in Schach zu halten.

Um Viertel vor acht wippte Lou nervös mit den Beinen. Alice war noch immer nicht aufgetaucht. Ein Teil von ihm wollte ins Straßencafé von heute Nachmittag gehen, um nachzusehen, wo sie denn war? Ein anderer Teil wollte den reservierten Tisch im überraschend vollen Restaurant nicht freigeben, sollte sie doch gleich erscheinen. Ein weiterer, tief verborgener Teil in ihm wollte am liebsten in die nächstbeste Bar, um sich maßlos zu betrinken und diese ihm zunehmend peinliche Situation einfach zu vergessen. Doch bevor er dieser Idee mehr Raum geben konnte, setzte sich Alice mit Schweißperlen auf der Stirn zu ihm hin: »Sorry, sorry, sorry! Mein Chef hat nicht aufgehört zu labern und ich konnte deswegen nicht pünktlich in den Feierabend!« Lous Miene erhellte sich augenblicklich und er versicherte ihr, dass das überhaupt gar kein Problem wäre. Er gab ihr vor, sich selbst auch um einige Minuten verspätet zu haben und dass Pünktlichkeit ohnehin nicht seine größte Stärke war, worauf beide in gemeinsamer Erleichterung lachten.

Die darauffolgenden anderthalb Stunden verbrachten die beiden mit anregenden Gesprächen über alles Mögliche. Lou war positiv überrascht darüber, dass einerseits die vegane Küche viel mehr zu bieten hatte, als ungewürzte Salate oder trockenes Fladenbrot und andererseits über Alice, die ihm von ihrer spirituellen Selbstfindung erzählte, ein Jahr nachdem sie um ein Haar in den Alkoholismus geglitten war. Sie erklärte ihm ihre Hobbys, die Yoga, Meditation und ein kleines bisschen politischen Aktivismus beinhalteten. Sie gab sich offenbar Mühe, einen vertretbaren Teil zu einer besseren Welt für sich und die Menschen um sie herum beizutragen. Er selbst hielt sich in der Unterhaltung leicht zurück und vermied es, auf unangenehme Erlebnisse einzugehen, welche die Stimmung trüben konnten. Alice belohnte seine Zurückhaltung mit dem Kompliment, er sei ein toller Zuhörer und mit jedem ihrer Worte gefiel sie ihm besser. Nachdem die beiden fertig gegessen hatten, bestand Lou darauf, die Rechnung zu übernehmen. Sie protestierte zunächst, da für sie derartiges Verhalten absolut nicht mehr zeitgemäß war. Schließlich verdiente sie ihr eigenes Geld. Doch Lou beruhigte sie höflich, in dem er ihr versicherte, er verstünde ihren Standpunkt und würde sie sehr gerne das nächste Mal bezahlen lassen, sofern Sie sich vorstellen konnte, sich wieder mit ihm zu treffen. Diese Antwort stellte sie glücklicherweise zufrieden.

Als die beiden aus dem Restaurant traten, zündete sich Lou als Erstes gleich eine Zigarette an. Alice meinte sanft: »Das ist eine sehr unschöne Angewohnheit, mein lieber Lou.«

Lou erwiderte: »Ich weiß, ich weiß. Aber man kann nicht mit allem sofort aufhören, oder?«

Sie stellte sich vor ihn hin und schaute ihm in die Augen: »Schau, ich mache dir einen Vorschlag. Du drückst jetzt gleich deine Kippe aus und dafür nehme ich dich zu mir nach Hause. Na? Wäre das was?« Schon eine Stunde zuvor war er ihr restlos verfallen, sodass er jetzt keinerlei Widerstand zeigte.

Bereits im Fahrstuhl des nahe gelegenen Gebäudes, in dem Alice wohnte, küssten sie sich hemmungslos und ertasteten mit gierigen Händen ihre glühend heißen Körper. In der Wohnung angekommen, versuchte Lou seine Hand in ihr Höschen zu stecken. Doch sie schob ihn von sich und flüsterte neckisch: »Nicht so schnell, Süßer.« Sein Blick fixierte ihren verführerischen Hüftschwung, als sie ihn an der Hand ins Wohnzimmer führte und auf die Couch schubste.

»Warte hier, ich bin gleich wieder da. Machs dir schon mal gemütlich.«, zwinkerte sie ihm zu. Lou richtete die Erektion in seiner Hose, als er sich zu beruhigen versuchte und sich in der Wohnung umsah. Alices Einrichtung war ein stilvoller Mix aus Möbeln im Vintage-Stil und ethnisch vielfältiger Dekoration. Nicht nur war sie klug und sexy, sondern sie hatte obendrauf auch noch einen tollen Stil, dachte sich Lou. Endlich kam Alice zurück ins Wohnzimmer und legte eine CD-Hülle mit mehreren vorbereiteten Linien weißen Pulvers sowie einen gekürzten Strohhalm auf den Tisch. Er erstarrte, als sie ihm erklärte: »Das Zeug macht mich immer total scharf. Kennst du sicher gut, oder?«

Als er ihr zusah, wie sie das Kokain in die Nase hochzog, erhob er sich wortlos vom Sofa. Seine Erektion war nicht mehr. Alice sah fragend zu ihm auf und wunderte sich mit weit aufgerissenen Augen und erweiterten Pupillen: »Was ist denn mit dir los?«

»Den Scheiß kannst du ohne mich machen.«, antwortete er knapp.

Sie stand auf und strich ihm über die Wange: »Hey! Alles klar bei dir? Beruhig dich. Ich habe dir nicht mal was angeboten. Bleib cool, okay? Es ist nur ein wenig Koks, mein Gott!«

»Du und dein beschissener Lifestyle. Einen auf Vegan, Öko und politisch korrekt machen. Aber dann koksen? Du weißt schon, wieviel Blut an jedem verdammten Gramm Koks klebt, oder?«

»Hey! Jetzt komm mal ganz schnell von deinem hohen Ross runter, Junge! Niemand ist perfekt, okay? Und überhaupt, musst du dich gar nicht so aufspielen! Ich weiß nämlich, wer du bist, Lou! Tu also nicht so, als ob du ein Heiliger wärst. Bloß, weil du seit Kurzem nicht mehr säufst, okay?!«

Er griff nach ihrem Kinn und schnauzte sie an: »Du weißt nicht, wer ich bin! Du hast doch keine Ahnung! Keine Ahnung hast du, hörst du, du blöde Bitch?!«

Darauf fing er sich eine Ohrfeige ein. »Verpiss dich aus meiner Wohnung, du Freak!«

Lous Kopf lief heiß, als er nach Hause stampfte. Er presste die Zähne fest zusammen und gab sich alle Mühe, die Tränen zu unterdrücken, die aus ihm herauswollten. Schließlich setzte er sich auf einen Treppenabsatz in einer Seitengasse und zündete sich eine Zigarette an. Die akute Lust nach einem Drink war so stark, es schmerzte ihn. Doch er unterdrückte die Schreie tief in sich drin. Stattdessen rauchte er sechs Zigaretten und lenkte sich durch die Musik von Portisheads Song »Biscuit« ab. Letztlich übermannte ihn ein stumpfes Gefühl von latenter Müdigkeit, gekoppelt mit Übelkeit. Eine einzige Träne floss ihm die Wange herunter. Er ließ sie von der Luft im Schlafzimmer trocknen, während er sich, auf der verzweifelten Suche nach Schlaf, stumm einen runterholte.

KAPITEL ZWEIUNDZWANZIG

Laurent stieg aus dem Kofferraum des selbstfahrenden unmarkierten Polizei-Autos und wollte sich sogleich die VB-Maske nach Luft ringend vom Gesicht reißen. Sein Vorgesetzter griff grob nach seinem Handgelenk: »Stop! Was ist denn in Sie gefahren?«

Sie befanden sich unter einer Brücke am Rand der *Stadt*. Er stand in einer Ecke, in der er von den Überwachungskameras nicht erfasst werden konnte.

»Er weiß es, da bin ich mir sicher. Er weiß, dass ich ein Polizist bin!«, rief Laurent.

»Jetzt beruhigen Sie sich erst mal, Herrgott! Also, ganz langsam. Was ist los? Was haben Sie in Erfahrung gebracht?«

»Sind Sie taub oder was? Er weiß Bescheid! Da bin ich mir vollkommen sicher! Ich will da raus, okay? Ich hab die Schnauze voll!«

Sein Vorgesetzter lehnte sich ruhig an das Brückengeländer hinter ihm und zündete eine Zigarette an, welche er Laurent mit beinahe freundschaftlicher Miene reichte. »Drehen Sie sich gegen die Wand, damit die Kameras sie nicht erkennen, während Sie rauchen. Kommen Sie runter, Lamar.«

Er fauchte: »Ich heiße–«

»Nein, das tun Sie nicht! Hören Sie?! Nicht hier, nicht jetzt! Kriegen Sie sich verdammt noch mal ein! Verstanden?!«, bellte sein Vorgesetzter energisch zurück, bevor der Satz beendet werden konnte.

Laurent brodelte innerlich. Und doch gehorchte er – wie ein ordentlich dressierter Hund. Er drehte sich mit dem Gesicht zur Wand, zog seine VB-Maske knapp über die Nase und begann an der ihm angebotenen Zigarette tief zu ziehen. Man ließ ihm ein paar kurze Minuten, damit er sich wieder fangen konnte. Währenddessen war das einzige hörbare Geräusch der starke Regen, der auf den Asphalt nebst der Brücke klatschte. Schließlich warf er den Stummel zu Boden, zog sich die Maske wieder über das Gesicht und drehte sich langsam wieder seinem Vorgesetzten zu.

»Ich habe meinen Mund gehalten und alles getan, was sie von mir verlangt haben. Nun ist es an der Zeit, dass ich *Ihnen* ein paar Fragen stelle. Sagen Sie mir eines: Wer hat den Kontakt zwischen mir und Étienne hergestellt? Wer ist die andere Person dort, die insgeheim für die Polizei arbeitet?«

»Das werden sie niemals erfahren und das wissen Sie ganz genau. Es gibt auf dieser Welt nur zwei Personen, die Zugriff auf solche Information haben und Sie sind keine davon.«, antwortete sein Vorgesetzter ruhig und fuhr formell fort: »Konnten Sie nun endlich herausfinden, wo sich das Labor befindet?«

»Nein, verflucht noch mal! Hören Sie mir eigentlich zu? Ich habe ihn schon zu oft gefragt! Er will es mir nicht sagen und jedes Mal mache ich mich noch verdächtiger! Diese ganze beschissene Operation ist zwecklos!«

»Passen Sie jetzt mal gut auf, Lamar. Wir sind ein gewaltiges Risiko für Sie eingegangen und haben keine Kosten für diese Operation gescheut. Seit Monaten liefern Sie uns nichts, außer nutzlose Details über seine feierlichen Eskapaden. Sie wurden nicht von uns dafür rekrutiert, dass Sie mit ihm Party machen oder seine Geschäfte noch effizienter werden lassen. Wir wollen wissen, wo der *Stoff* hergestellt wird, damit wir der Sache ein Ende bereiten können. Haben Sie verstanden? Strengen Sie sich gefälligst an. Sie haben 72 Stunden Zeit. Wenn Sie's vermasseln, lassen wir Sie als Kriminellen hochgehen. Dann wird sich entweder Étienne oder der Staatsanwalt um Sie kümmern. Ich hoffe, das dient Ihrer Motivation!«

Laurent schnaubte: »Hören Sie, ich bin in Gefahr! Ich bin mir sicher, dass er weiß, dass ich zur Polizei gehöre. Sie müssen mich da herausholen. Bitte!«

Der Vorgesetzte kniff die Augen zusammen, als er ihm direkt ins Gesicht sah. Die lichtschluckende, schwarze Fläche, auf die er traf, bestärkte ihn in seinem Gedanken, dass effektiv *niemand* vor ihm stand. Deswegen fielen ihm die nächsten Worte umso leichter: »Dieses Gespräch ist beendet. Sie wissen, was Sie zu tun haben. Vermasseln Sie es nicht. Guten Tag.«

Fassungslos stand Laurent gegen die Wand gelehnt und beobachtete, wie der einzige Mensch, dem gegenüber er noch ein klein wenig Vertrauen hegte, in der Ferne vom Regen durchströmt in einer gesichtslosen Menschenmasse unterging. Der Kofferraum des Autos öffnete sich und zwei kurze Warngeräusche erklangen als direkte Aufforderung, sich wieder hinten ins Fahrzeug zu kauern. Er vermochte sich nicht zu bewegen. Zweimal mehr erklangen die schrillen Warngeräusche. Beim dritten Mal knallte er die Tür des Kofferraums zu, ohne dabei eingestiegen zu sein. Da der Kofferraum über keine Sensoren verfügte, die registrieren würden, ob Laurent tatsächlich eingestiegen war, fuhr das Auto in einer Selbstverständlichkeit automatisch davon. Vor Wut schäumend, riss er sich die VB-Maske vom Gesicht und knüllte diese in eine seiner Hosentaschen. Darauf zog er die Kapuze seines Pullovers weit über den Kopf und rannte unter der Brücke hervor in das wenig entfernte Gedränge. Es dauerte nicht lange, bis er erkannte, wo er sich geografisch befand und so suchte er seinen Weg zu einem Quartier, in dem das Nachtleben toben würde. Sosehr seine innere Stimme auch schrie, er veränderte sein Schritttempo nicht im Geringsten, als er am *La Fin* vorbeistampfte. Drei Häuserecken weiter, nachdem er an mehreren Bars vorbeigegangen war, die komplett von Gästen überrannt waren, entdeckte er ein ihm zuvor unbekanntes Lokal namens *Genièvre*, in dem sich bislang erst wenige Leute vorfanden. Unter der Markise zog er sich die Kapuze vom Haupt, bevor er eintrat und sich sogleich an den Tresen setzte. Der Raum war in ein für sein Empfinden geschmacklos wirkendes Gestaltungskonzept, einer Mischung aus *Art Déco* und aufdringlich neonbeleuchteten *Cyberpunk Chic*, gehüllt.

Noch bevor der Barkeeper ein Wort äußern konnte, schnaubte Laurent: »Den teuersten Whisky, den Sie haben. Kein Eis.«

Ersterer räusperte sich verständnisvoll: »Verzeihung, Monsieur. Aber wir führen keinen Whisky in unserer Bar. Wir sind auf Gin spezialisiert.«

Seufzend sah er über die Schulter des Kellners zum hellen Display, welches das Angebot präsentierte. Die digitale Schrift war für ihn zu klein, um die Getränkekarte aus dieser Entfernung zu entschlüsseln. Das musste am Stress und an der Müdigkeit liegen, redete er sich ein. Weil er den Kellner nicht zu lange warten lassen wollte, entschied er sich ohne Umschweife für das prominent dargestellte Wochen-Angebot, welches auf dem Schirm nebenan mit einem animierten Video-Modell angepriesen wurde: »Nostalgia Week! Nur diese Woche erhältlich: Old Style Dirty Martini (inkl. 3 Oliven aus nachhaltigem Anbau)«

»Vorzügliche Wahl, Monsieur.«

Während er auf seinen Drink wartete, schloss er die Augen. Im *La Fin* brannten antiquierte, warme Glühbirnen und das ausschließlich von oben, erinnerte er sich. Dass grelles Neonlicht von oben, frontal sowie aus der gläsernen

Bar unter ihm selbst leuchtete, überreizte seine Augen. Als er vernahm, wie das Glas seines Martinis auf die ebenfalls gläserne Oberfläche der Bar stiess und er die Augen wieder öffnete, musste er nichtsdestotrotz feststellen, dass die schrille Beleuchtung den Drink auf überaus ästhetische Art und Weise präsentierte. Sein Martini wurde in einem filigranen Glas mit dünnem Stiel serviert, der geschwungen in einer niedrigen Halbkugel mündete. Es wirkte um ein Vielfaches eleganter als das typisch konische Martini-Glas mit den harten Kanten. Seine spontan aufflammende Neugierde bot ihm ein willkommenes Fenster der Ablenkung: »Verzeihung, wie nennt man diese Glasform?«

Der Kellner, der soeben dabei war, maschinell frisch gewaschene Gläser auf ihre Sauberkeit zu überprüfen, drehte sich um und meinte: »Das ist eine klassische *Coupette*, Monsieur. Sie wurde vor 1930 typischerweise für Cocktails gebraucht, bevor sie dann vom heute noch immer gängigen Martini-Glas ersetzt wurde. Deswegen nennen wir diesen Drink auch *Old Style Dirty Martini*.«

Laurent drehte das Glas zwischen Daumen und Zeigefinger hin und her. Irgendwie kam ihm das bekannt vor, doch er konnte die Erinnerung weder visualisieren noch einem konkreten Ereignis zuordnen. Es musste schon sehr lange her gewesen sein. Gleich nach dem ersten Schluck, stellte er fest, dass dieser Drink überhaupt nicht seinem Geschmack entsprach. Mit zusammengekniffenen Augen versuchte er, sich daran zu erinnern, wann er denn letztes

Mal einen Martini getrunken hatte. Dass ihm dies nicht gelang, verlieh ihm ein unangenehmes Gefühl, dessen Ursprung er nicht zu deuten wusste. Noch immer starrte er auf das Glas, als er sich mit einer weiteren Frage an den Barkeeper aus der sich anbahnenden Gedankenspirale zu befreien versuchte: »Entschuldigung, aber warum wurde die *Coupette* eigentlich durch das moderne Martini-Glas ersetzt?«

Schulterzuckend entgegnete dieser: »Ganz genau lässt sich das leider nicht sagen. Man vermutet, es liegt am größeren Fassvermögen des Martini-Glases. Ich persönlich denke aber eher, dass das Martini-Glas einfacher in der Produktion und somit billiger war. Ist es nicht immer so im Leben? Sei es in der Kunst oder im ganz normalen Alltag von uns Menschen: Es sind nicht immer die besten, sondern öfters die einfacheren Dinge, die bestehen bleiben. Und wenn wir etwas Schönes für etwas Einfaches aufgeben, dann vergessen wir ersteres meist schneller, als uns lieb ist. Aber was weiß ich schon? Verzeihen Sie meine melodramatische Ausschweifung. Genießen Sie Ihren Drink, Monsieur.«

Eigentlich war er hergekommen, um vor seinen Gedanken zu flüchten, erinnerte er sich. Mittlerweile akzeptierte er, dass es zwecklos war. Ob es ihm gefiel oder nicht, es war an der Zeit sich den Dingen zu stellen. Da die Bar sichtlich die maximale Kapazität an Gästen erreicht hatte, unterdrückte er sein brennendes Verlangen nach einer Zigarette. Er wollte verhindern, dass ihm jemand anderes seinen Platz an der Bar streitig machte. Also kniff er erneut die Augen zu und erwägte seine Optionen: Das sicherste Vorgehen wäre vermutlich *Davonlaufen* gewesen. Geld hatte er mehr als genug. Er könnte noch heute Nacht sein Vermögen in physischen Credits einpacken, untertauchen und irgendwo an einem anderen Ort ein neues Leben beginnen. An seinem Martini schlürfend, malte er sich das Ganze im Detail aus. Es könnte schön werden. Sich in eine andere *Stadt*, in ein anderes, wärmeres Land abzusetzen. Ein verfrühter Ruhestand, von dem angeblich viele andere Leute nur träumten, wäre für ihn eine realistische Möglichkeit. Sofern er genügend schnell handeln würde, bevor die Polizei oder Étienne ihm auf die Schliche kommen konnten. Rasch mit dem Zeigefinger über der *Coupette* drehend, signalisierte er dem Barkeeper, dass er nochmals einen Drink haben wollte. Dieser gab ihm mit einem Kopfnicken zu wissen, dass er verstand.

Plötzlich vibrierte sein Smartphone in der Hosentasche. Schnaubend zog er das Gerät heraus und bereitete sich auf eine schriftliche Hasstirade vor, weil er mit einer Nachricht von seinem Vorgesetzten rechnete. Er täuschte sich gewaltig. Die Nachricht kam von Jeanne und lautete so schlicht wie auch verwirrend:

INVISIBLE LAKE OF VICIOUS EMOTIONS:
YELL OR UNFOLD.

Eine gefühlte Viertelstunde versuchte er, auf dem Barhocker, nun leicht schwankend, in ihren Worten Sinn zu finden, doch es nützte nichts. Was jedoch blieb, war ihr Abbild vor seinem geistigen Auge. Dabei dachte er nicht einfach an ihren unwiderstehlichen Körper, sondern an das schmerzlich vermisste Gefühl der Geborgenheit, die der Gedanke an sie ihm schenkte. Als er die Gedanken, die er vor wenigen Momenten noch durchspielte, wieder zu ergreifen versuchte, wurde ihm nun deren Lächerlichkeit bewusst. Nein. Davonlaufen war keine Option. Trotz aller Logik, die scheinbar dahinter stand. Zwar fühlte er sich noch auf eine gewisse Weise jung. Jung genug, um noch Potenzial im Leben, statt nur verhärtete Sachlagen in allen Dingen zu erkennen. Doch wie oft war er bereits an diesem Punkt? Dem Moment des Fallenlassens. Der Augenblick, in dem er nach vorne preschen würde, ohne zurückzuschauen. Bloß, um weiteren Jahren der Reue zu begegnen. Nein. Diesmal würde er es nicht so weit kommen lassen. Er weigerte sich, Jeanne zu einer der Frauen werden zu lassen, denen er insgeheim nachtrauerte. Vom oberen Teil des Rückgrats krabbelte die eiskalte Gewissheit darüber, was er tun müsste, eiskalt zu seinem Schädel empor, um im Zentrum seines Hinterkopfs in Zeitlupe zu explodieren, auf dass der nicht mehr ausweichliche Gedanke alles andere vereinnahmen würde. Laurent ignorierte den Drang, seine Zähne zu fletschen, kippte seinen Martini in einem Schluck hinunter und verlangte mit einem lauten

Fingerschnippen nach der Rechnung, bevor er in der eiskalten Nacht verschwand.

– XXI –

Schon seit fast zwanzig Minuten stand Lou unter der warmen Dusche und ließ Alices Worte von vorheriger Nacht endlos in seinem Kopf nachhallen:

»Und überhaupt, musst du dich gar nicht so aufspielen! Ich weiß nämlich, wer du bist, Lou!«

Bis gestern wusste er noch nicht, wer Alice war, auch wenn sie ihm auf den ersten Blick irgendwie bekannt vorkam. Sie konnte sich aber offensichtlich sehr genau an ihn erinnern. Die Frage drängte sich ihm auf, wieviele weitere Alices es im Dorf sonst noch gab. Menschen, die sein wildes Treiben in der Vergangenheit registriert hatten. Menschen, die seine Exzesse nie vergessen würden, egal wie sehr er sich darum bemühen würde, sich zu ändern. Er drehte das Wasser ab, rieb seinen Körper trocken und zog sich an, bevor er auf den Balkon schritt und auf seinen Heimatort blickte. Soweit er wusste, lebten hier ungefähr 20'000 Menschen. 20'000 Menschen klangen für ihn nach viel. Gleichzeitig war ihm aber auch bewusst, dass Zahlen ohne einen genauen Kontext meist ohne bedeutungsvolle Aussage waren. Tausend Leute in einem kleinen Festzelt waren viel. Tausend Leute in einem Wohnblock hingegen nicht unbedingt. Ihm schien zudem klar, wie Dörfer funktionieren. Immerhin kannte jeder jeden über mehrere Ecken und das führte stets zu Getratsche. Das war ihm schon immer klar. Nur kümmerte es ihn bisher noch nie. Er dachte zurück an die sorglose Zeit, als er noch mit Alexandra, Patrice und Benoît um die Häuser zog. Es war nicht immer einfach, sei es aus zwischenmenschlichen oder finanziellen Gründen. Doch die Erinnerung war von einer bittersüßen Leichtigkeit ummantelt. Egal, was für Schwierigkeiten sie jeweils hatten, gemeinsam überstanden sie alles. Niemand vermochte ihnen ernsthaft wehzutun. Sie waren die Könige der Welt. Manchmal fehlte es ihnen an Kohle, doch sonst hatten sie alles. All das war aber vorbei. Innerhalb von weniger als nur einem Monat platzte diese Seifenblase. Für immer. Nichts würde sie jemals wieder zusammenführen, nun da Alexandre im Knast hockte und Patrice und Benoît unter der Erde lagen. Lou sank zu Boden und kauerte sich zusammen, die Beine eng umklammert, bevor er zu weinen begann. *Warum nur? Warum?*, fragte er sich. Obwohl er die Antwort darauf genau kannte. Es waren keine mysteriösen Umstände, die hierhin führten. Alles was nachvollziehbar. Und doch konnte er diese neue Realität noch immer nicht akzeptieren. Trotz der sachlichen Gerechtigkeit der Lage, empfand er sie als unfair. Obwohl er selbst theoretisch beinahe unbehelligt davongekommen war. Immerhin hatte er gesetzlich betrachtet eine weiße Weste. Sein Schmerz war nicht auf Papier zu bringen und ebensowenig an eine Tür zu nageln. Er sammelte sich wieder, erhob sich und ging zurück in die Wohnung. Das Sonnenlicht erhellte das ganze Wohnzimmer. Wohin er auch schaute, sah er Bilder vergangener Abende, lustiger Szenen, die er mit seinen Freunden in diesem Raum erlebt hatte. Selbst in neuem Zustand, der mittlerweile so ordentlich war, wie in den vergangenen Jahren nie zuvor, erinnerte ihn alles an die schöne wie auch schmerzliche Zeit von damals. Erneut fühlte er das Bedürfnis, etwas Alkoholisches zu trinken in sich aufflammen. Er schüttelte den Kopf, denn er wollte diesem Begehren keine Kraft mehr schenken. Doch es nützte nichts. Ratlos darüber, was er nun tun sollte, begann er nervös mit dem Bein zu wippen. Er musste hier raus. So schnell er konnte, zog er sich seine Schuhe an und rannte weder mit Handy noch mit Brieftasche aus der Wohnung. Ohne jegliches Ziel rannte und rannte und rannte er. Dabei ignorierte er alle Leute, an denen er vorbeistreifte. Sein Herz pochte immer heftiger, sein Atem begann zu brennen und seine Glieder wurden schwerer und schwerer. Doch er hielt nicht an. Er rannte weiter und weiter. Bis er an einer kleinen wilden Wiese am örtlichen Fluss zusammenbrach und sich nach einem brachialen Hustenanfall übergeben musste. Um sich die Kotze von Mund und Händen wegzuwaschen, kroch er zum fließenden Gewässer neben ihm. Nachdem sich die Oberfläche wieder etwas geglättet hatte, sah er sich selbst in der Spiegelung. Vielleicht lag es an der Bewegung der Wasseroberfläche, doch er erkannte sich nicht.

Trotzdem wurde ihm mit jeder verstrichenen Sekunde klarer, dass ihm nicht gefiel, wen er da sah und zerschmetterte das Bild, indem er mehrfach mit der flachen Hand auf die Wasseroberfläche einschlug. Seine Schläge wurden immer heftiger, bis er schließlich einen grellen Schrei von sich gab, der in den umgebenden Bäumen verhallte. Die umliegend rastenden Vögel flogen allesamt davon. Erneut hatte er die Kontrolle verloren und so ließ er den Tränen freien Lauf, begleitet von lautem Schluchzen, dessen Lautstärke er diesmal nicht zu unterdrücken versuchte. Vollkommen erschöpft und unfähig auch nur noch einen einzigen Tropfen oder Laut von sich zu geben, verharrte er letztlich verstummt auf den Knien mit verkrampften Händen vor den Augen. Er verlor jegliches Zeitgefühl und erst als eine klirrend kalte Bise seinen Körper streifte, wurde ihm langsam bewusst, dass es an der Zeit war zu gehen. Lou hob seinen Kopf und richtete seinen Blick, sodass er die Wasseroberfläche nicht mehr erkennen konnte. Schweigend und mit verhärteter Miene joggte er in der unbehaglich kühlen Abendluft zurück. In seiner Wohnung angekommen, überkam ihn ein Gefühl, das er zuvor noch nie erfahren hatte: vollkommene Leere. Sein zuvor pochender Körper war taub und alle wilden und schmerzhaften Gedanken schienen wie ausgelöscht. Beinahe mechanisch begab er sich ins Badezimmer, um zu duschen und sich die Zähne zu putzen, ohne dabei in den Spiegel zu blicken. Nur wenige Sekunden später schlief er tief und fest, ohne in dieser Nacht zu träumen.

Als Lou zwölf Stunden später am nächsten Tag wieder erwachte, spürte er als allererstes den Schmerz seines Muskelkaters, der ihn aufstöhnen ließ. Er setzte sich zur Bettkante und streckte seinen Oberkörper. Dass man vom Rennen Muskelkater nicht bloß in den Beinen, sondern auch in den Armen bekommen konnte, war ihm vollkommen neu. Unerwartet fasziniert, drehte und wendete er seine verschiedenen Körperteile, um dezenten aber bisher nie gekannten Schmerz in Muskeln zu erkennen, von denen er bisher noch nicht mal gewusst hatte, dass er sie besaß. In seinem Kühlschrank lag noch eine ungeöffnete Flasche Orangensaft. Ob diese helfen würde, wusste er nicht. Aber Vitamine waren nie verkehrt, dachte er. Er drehte sich zu den Fenstern und sah über den Balkon zum Dorf, als sich seine Miene verhärtete. Die Flasche war nun leer und er wusste, was er zu tun hatte.

Bis in die frühen Morgenstunden organisierte Lou an seinem Laptop alles Nötige, um von hier wegzuziehen. So ein Wegzug an einen anderen Ort war erschreckend viel Arbeit. Umfassende Prüfung der Finanzen, Wohnungssuche in der *Stadt*, Kündigungsschreiben für die alte Wohnung (obwohl er erst auf die Zusage eines neuen Vermieters hätte warten sollen), Organisation des Transportunternehmens sowie der Reinigungskräfte (enorme Zusatzkosten, wenn man in der Wohnung jahrelang geraucht hatte), Planung von Terminen mit verschiedenen Ämtern für die örtliche An- und Abmeldung und nicht zuletzt die Suche nach einem neuen Job. Noch war er immer arbeitslos und beim sich anbahnenden Gedanken daran, dass dies möglicherweise eine unkluge Hals-über-Kopf-Aktion war, begann er zu schwitzen. Doch sein Erbe schenkte ihm ein komfortables, temporäres Polster, sollte er nicht auf Anhieb eine neue Anstellung finden. Nichts hielt ihn mehr hier. Er wollte einfach nur fort und das so schnell es ging. Schließlich waren alle seine Freunde weg, seine Mutter tot und diejenigen, die er hier noch kannte würden seine Veränderung niemals vollkommen akzeptieren. Für ihn steckten sie allesamt in ihren beschränkten kleinen Seifenblasen fest und je länger er darüber nachdachte, desto stärker wurde seine Überzeugung, dass er unter allen Bewohnern dieses Dorfs der einzige war, der überhaupt die fundamentale Fähigkeit besaß, sich persönlich weiterzuentwickeln. Würde er jemals wieder mit gutem Gewissen in den Spiegel blicken wollen, wäre dieser Wegzug der einzige Weg, befand er.

KAPITEL DREIUNDZWANZIG

Das selbstfahrende Mietfahrzeug hielt auf Kommando exakt 200 Meter vor Étiennes Haus am Waldrand. Laurent griff in die Seitentasche seines Mantels und überprüfte deren Inhalt: Pistole, Magazin und Schalldämpfer. Er präparierte die Waffe so, damit sie einsatzfähig war. Dann fiel ihm auf, dass er die VB-Maske vergessen hatte. Für einen kurzen Moment überlegte er sich, ob er zurückkehren sollte? Doch dafür war es nun zu spät, dachte er sich. So lautlos wie möglich stieg er aus dem Auto und machte sich auf den Weg durch das schneebedeckte Dickicht zum Haus. Auf keinen Fall durfte seine Ankunft bemerkt werden, sonst würde der ganze Plan ins Wasser fallen. Von einem seiner früheren Besuche wusste er, dass die Küche im Erdgeschoß über einen Hinterausgang verfügte. Das war sein Ziel.

Eine widerlich kalte Bise ging und als er endlich am Haus ankam und sich gegen die Wand neben der Hintertür lehnte, bemerkte er, wie seine Beine schlotterten. Plötzlich öffnete sich die Tür: »Monsieur Lamar? Womit haben wir denn diesen unerwarteten Besuch verdient?« Ernesto ließ Laurent nicht antworten und geleitete ihn umgehend in die Küche. »Sie haben Glück! Ich habe die Kaffeemaschine noch nicht gereinigt. Wenn Sie möchten, kann ich Ihnen gerne einen frischen Kaffee zubereiten. So, wie Sie ihn am liebsten haben. Wissen Sie, mir ist schon aufgefallen, dass Sie eine kleine Leidenschaft für guten, geschmacklich unverfälschten Kaffee hegen. Alle guten Männer von Welt hegen diese. Und dass es Ihnen am Herzen liegt, den Kaffee exakt nach Ihren Vorstellungen zu bekommen. Ja, solche Dinge entgehen mir in der Regel nicht. Nein, nein.«

»Danke, Ernesto. Sehr gerne.«, antwortete er knapp.

»Setzen Sie sich! Setzen Sie sich doch an den Ofen und wärmen Sie sich am Feuer! Ihnen muss bestimmt kalt sein? Der Winter ist dieses Jahr wieder mal ganz besonders garstig. Furchtbar! Es dauert nur noch ein paar kurze Minuten, bis Ihr Kaffee bereit ist. So, wie sie ihn am liebsten haben.«

Laurent setzte sich im Rücken von Ernesto an einen kleinen Tisch neben einem antiquierten Holzofen. Er schlotterte noch immer, doch war er sich nicht sicher, ob es an der Kälte in den Gliedern oder der Nervosität lag. Die Situation war bereits vor Beginn seines Vorhabens vollkommen außer Kontrolle geraten. Auf dem Tisch stand eine kleine Kerze, deren Flamme vor ihm tänzelte. Die Tür schien offensichtlich nicht ganz dicht zu sein, weswegen ein dünner Luftzug in den Raum drang. Während Ernesto liebevoll den Kaffee vorbereitete, blickte er wie hypnotisiert in das Feuer der Kerze und ging alle möglichen Optionen für die ihm bevorstehenden Minuten durch. Der Kampf schien ihm bereits verloren, war sein Plan doch im Keim erstickt worden. Ein schwerer Zorn begann in ihm zu brodeln. Zorn auf Ernesto, Étienne und auf sein eigenes, irrationales Wunschdenken, dass sich sein Vorhaben als einfach gestalten würde.

»Wissen Sie, Monsieur Étienne ist ein guter Mann. Als er mich fand, hatte ich alles verloren. Meine Familie, mein Vermögen, ja sogar meine Selbstachtung. Dieses Haus hat einmal mir gehört. Monsieur Étienne hat es gekauft und mir erlaubt, hierzubleiben. Ich durfte sogar das große Schlafzimmer völlig unverändert beibehalten. Und für all das verlangte er nichts Anderes, als dass ich das Haus sauber halte und zwischendurch ein paar Besorgungen für ihn tätige. Er ist ein guter Mann, Monsieur Lamar, das können Sie mir wirklich glauben.«, beteuerte Ernesto sanft, während er eine kleine Menge Zucker geschickt mit dem frisch gebrauten Kaffee verrührte.

Laurent schloss schmerzlich die Augen und seufzte kurz. Ein dunkelroter und partiell rosa gefärbter Brei spritzte mit einem lauten Klopfgeräusch an den Küchenschrank. Ernestos lebloser Körper knallte auf den weiß gepflasterten Boden, als die Überreste seines Gehirns langsam von der Schranktür tropften. »Es tut mir leid.«, flüsterte Laurent bevor er eines der vielen scharfen Messer von der Wand krallte.

Wohl riechender Dampf stieg aus der unberührten Kaffeetasse empor, als Laurent mit nun entschlossenem Schritt die Küche verließ.

Hämmern, Hämmern, Hämmern, nichts als dröhnendes Hämmern hörte Laurent in seinem Kopf, als er mit dem Küchenmesser hinter dem Rücken den Korridor entlang schlich. Einer von Étiennes Vasallen trat aus einer Tür auf der rechten Seite des Flurs und fragte sogleich: »Was machst du denn hier?« Laurent ließ nur einen Bruchteil einer Sekunde vergehen, bevor er dem jungen Mann das Messer mit aller Kraft in den Hals rammte und sogleich wieder herauszog. Das warme Blut spritzte über Laurents verfinsterte Visage, an die durch Nikotin vergilbte Wand und schließlich auf den Boden. Nicht der Mund, sondern die Augen des Mannes schrien Unwissenheit und Verzweiflung heraus. Doch Laurent ließ sich keine Zeit, sich in den sterbenden Menschen hineinzuversetzen. Er sah mit weit aufgerissenen leeren Augen zu, wie das Leben aus diesem menschlichen Körper wich und sich innert Sekunden in ein blutendes Stück Fleisch verwandelte. Um sicherzugehen, dass der Typ auch wirklich tot war und somit keine potenzielle Gefahr mehr darstellen könnte. Obwohl nur wenige kurze Momente verstrichen, dauerte die Situation für ihn zu lange. Ihm schien klar, dass die Zeit nicht sein Freund war. Deswegen ließ er die Klinge fallen, griff zu seiner Pistole und preschte zur Tür, die zum Hauptraum führte, in dem sich Étienne üblicherweise abends aufhielt. Mit einem gezielten Tritt ins Schloss brach er sie auf und erledigte mit mehreren Pistolenschüssen sogleich die ihm unbekannten Männer, die bei Étienne am Tisch saßen.

»Oh, hallo Lamar, mein Freund. Oder sollte ich *Laurent* sagen? Mit dir habe ich heute aber gar nicht gerechnet. Komm rein, mach's dir gemütlich! Möchtest du einen Kaffee? Ernesto! Bring unserem Gast bitte einen Espresso! Ohne Rahm und mit wenig Zucker!«

Étiennes Gelassenheit machte ihn fassungslos. Nichtsdestotrotz spielte er mit: »Lass gut sein. Ernesto hat Feierabend.«

»Wirklich? Ernesto hat Feierabend? ... *Feierabend?* Meinst du das ernst? Du bist schon ein ziemlich widerliches Arschloch, das weißt du, oder?« Étienne erhob sich von seinem Sessel und machte einen Schritt hin zu Laurent. »Du bist sehr hochgewachsen. Was sind das? Ein Meter Neuzig? Aber gleichzeitig bist du noch immer so verdammt klein. Du leidest unter – Wie heißt es schon wieder? – *Megalomanie*. Ist dir das eigentlich bewusst?«

Das Feuer in Laurent loderte nun bis in seine Augen. Und doch blieb er ruhig. Er steckte seine Waffe zurück in das Holster und winkte ihm mit beiden Händen zu. »Komm schon, du größenwahnsinniges Arschloch. Trau dich. Ich zeig dir jetzt mal, was Sache ist.«

Étienne fasste sich vor Lachen an seinen dicken Bauch, bevor er nach vorne preschte, um Laurent zweimal direkt ins Gesicht zu schlagen. Der augenblickliche Schmerz ließ ihn kalt. Die Erinnerung daran, Faustschläge einzustecken war noch frisch. Mit einem donnernden Kinnhaken konterte er Étiennes Attacke.

»Au, du Arsch!«, ächzte dieser.

Dieser kurze Augenblick des Triumphs wurde durch einen harten Schlag in Laurents Niere beendet. Darauf folgten drei weitere, schnell aufeinander folgende Fäuste ins Gesicht. Laurents Haut über dem linken Auge platzte auf. Er spürte, wie Blut von seiner Nase in den Mund tropfte, als er sich vor Schmerz plötzlich auf allen vieren am Boden befand. Statt sofort wieder aufzustehen, erlag er dem Schmerz in der Seite und nahm sich keuchend eine Sekunde Zeit, um den süßlich-metallischen Geschmack auf seiner Zunge zu kosten.

»Du schaust echt zu viele Filme, kleiner Mann!«, lachte Étienne. »Ich habe wirklich mehr von dir gehalten. Dass du so dämlich bist, hätte ich nicht gedacht. Glaubtest du echt, du könntest es im Kampf, Mann gegen Mann, mit mir aufnehmen? Du hättest mich abknallen sollen, als du noch die Chance dazu hattest. Aber vielleicht habe ich eine kleine Schwäche dafür, Menschen zu überschätzen. In ihnen mehr zu sehen, als wirklich da ist. An ihr Potenzial zu glauben.«

Étienne stand nun stolz erhoben direkt über ihm. Der große Kronleuchter über ihm erleuchtete die Kanten seiner Silhouette prominent, doch der Rest seines Körpers stellte durch das Gegenlicht eine finstere Gestalt dar. Laurent rang nach Atem, als die Kraft seinen Gliedern entwich und er sich erschöpft flach zu Boden sinken ließ.

»Hast du wirklich geglaubt, ich lasse mich von einem kleinen Bullenschwein, wie dir, fertig machen?«

»Ich bin kein Bulle.«, zischte Laurent.

»Oh, Verzeihung. Natürlich bist du kein Bulle. Du bist noch viel erbärmlicher als ein Bulle. Nämlich einer, der gerne ein Bulle *wäre* und darum einen auf *Saubermann* macht.«

Étienne spuckte mit gerümpfter Nase auf den Boden, als ihm auffiel, dass er in eine der Blutlachen der erschossenen Männer getreten war: »Hast du überhaupt eine Vorstellung davon, warum du hier bist? Denk mal nach!«

Er vermochte gerade nicht zu denken, weswegen er die erste Frage formulierte, die ihm in den Sinn kam: »Wer ist der Kontakt? Wer hat uns in Verbindung gebracht?«

»Oh mein lieber Gott, ist das denn nicht offensichtlich?«, rief Étienne mit erhobenen Armen. Unfähig den Schmerz zu ignorieren und gedanklich zu folgen, gab Laurent keine Antwort. Stattdessen starrte er Étienne bloß wütend an, bevor dessen Geduldsfaden riss und er zu schreien begann: »Das Arschloch, von dem du deine Befehle entgegennimmst, du Vollidiot! Dein Vorgesetzter! Wie konnte dir das nur entgehen? Du bist ein wirklich selten dämlicher Möchtegern-Polizist! Hast du echt das Gefühl, die Polizei würde ein Projekt unterstützen, das den Drogenhandel in der *Stadt* effizienter macht, wenn wir nicht von Anfang an unter einer Decke stecken würden? Wie blöd bist du eigentlich?«

Laurent rollte sich ächzend wieder auf die Knie. Der geistige Nebel löste sich nun langsam auf. »Das ergibt keinen Sinn. Wofür braucht ihr mich denn? Wozu all dieser Aufwand?«

Étiennes Grinsen formte sich breit über die ganze Visage. Gleichzeitig schienen seine Augen jedoch eine Art Mitgefühl abzubilden: »Weil ich mich langweile, Laurent ... Ich erwarte nicht von dir, dass du das verstehst. Aber glaub mir, wenn ich dir sage, dass sich das Leben vollkommen verändert, wenn man einmal genügend Geld und Macht hat und alle Leute stets ohne Widerspruch tun, was man von ihnen verlangt. Wenn es nichts mehr auf dieser Welt gibt, das man nicht kaufen kann. *Mo' money, mo' problems.* Das alles ist ein Spiel. Ich sehne mich nach Unterhaltung und Nervenkitzel. Deswegen lasse ich immer wieder mal einen naiven Typen wie dich in meine Reihen. So einfach ist das, sorry.« Während Laurent langsam röchelnd nach Atem zu ringen begann, fuhr er mit gütiger Stimme fort: »Ach, schau mich bitte nicht so an. Sei nicht so betrübt, du *bist* etwas Besonderes, mein Kleiner. Ich habe mich zwar gerne darüber lustig gemacht, dass du einen Stock im Arsch hast. Aber all die Typen, die vor dir kamen, waren noch viel verkorkster. Das kannst du mir glauben. Echte Polizisten eben. Im Gegensatz zu denen warst du nicht nur kreativ, sondern auch mehr als bereit, dir alle möglichen Drogen reinzuziehen. Ich musste dich nicht mal dazu überreden, du kleiner Junkie. So viel Spaß wie mit dir hatte ich schon lange nicht mehr. Ich habe mir ernsthaft durch den Kopf gehen lassen, dich zu einem festen Mitglied meiner Crew zu machen. Ehrlich!«

»Jeanne. Warum Jeanne?«, knurrte er wütend.

»Warum nicht? Du hattest ganz offensichtlich mal wieder einen ordentlichen Fick nötig, so verklemmt wie du warst!«

Laurents Wut schien jetzt flammend aus seinen Augen zu sprühen.

Étienne fuhr gelassen, mit einem versöhnlichen Lächeln fort: »Es mag für dich nicht so aussehen, wie soll es auch? Aber ich habe das nur für dich in die Wege geleitet. Wollte ich dich töten? Nein, um Gottes willen, nein! Ganz im Gegenteil! Zumindest nicht sofort, okay? Ich wollte dich aus dem Schlamm deiner jämmerlichen Existenz aufheben. Hinauf zu uns! Hinauf zu mir! Verstehst du das denn nicht? Siehst du es nicht? Hättest du dich tatsächlich mit HIV-26 infiziert, als du sie gefickt hast, wäre aus dir etwas Neues geworden. Etwas Größeres. Etwas Stärkeres. Du hättest dich *endlich* von deinem alten, festgesessenen Ich befreien können. Schluss mit dem ewigen Zaudern! Schluss mit dem Zweifeln! Du hättest nichts mehr zu verlieren gehabt. Weil du dann endlich erkannt hättest, wie wertvoll unsere stark begrenzte Zeit hier wirklich ist. Nichts, das von außen kommt, hätte dir jemals wieder wehtun können! Du wärst zu einem verdammten Superhelden geworden. Eine Art Halbgott. Und gemeinsam hätten wir über all das hier herrschen können. Aber wie du sicher auch weißt, hat Macht stets seinen Preis. Opfer gehören zu jeder tollen Heldengeschichte. Lernt man so was denn nicht mehr in der Schule?«

»Du hast völlig den Verstand verloren, Étienne. Du bist doch total irre!«

»Ach, bin ich das? Na ja. Ich bin hier nicht die Bestie, die gerade kaltblütig mehrere Männer ermordet hat.«

Laurent sah zum großen Spiegel zu seiner Rechten. Sein Herzschlag war ruhig. Doch sein Kiefer hing herunter, sodass seine Zähne hervorschienen und ein bisschen Speichel hing am Winkel seines Mundes. Sein eigener Anblick widerte ihn an. Mit einem flinken Ruck, drehte er sich wieder Étienne zu und versuchte ihn mit einem Tritt zwischen die Beine zu Boden zu kriegen. Doch er verfehlte ihn um ein Haar. Blitzschnell richtete sich Laurent wieder auf die Beine und setzte zu einem weiteren Hieb an. Étienne zog geschickt einen kurzen Dolch aus einer Halterung, die hinter seinem Rücken am Gürtel befestigt war und bohrte ihn durch Laurents linken Oberschenkel, was diesen wie einen Sack auf den Boden knallen ließ. Er rotierte die Klinge, bevor er sie aus dem blutigen Bein zog und bäumte sich über Laurent auf: »Es ist vorbei, Laurent! Ich habe die Überhand. Ich habe immer die Überhand, verstehst du? Egal, was du tust. Denn ich bin größer, als du es je sein wirst. Und nun ist es an der Zeit für dich zu sterben. Denn ich bin –«

Warmes Blut und spritzte direkt auf Laurents furchtverzerrtes Gesicht, als Étiennes Körper auf den seinen fiel. Nicolas hatte ihm von hinten in die Brust geschossen. Mit letzter Kraft keuchte Étienne, während er sich an Laurents Kragen festgriff: »Du bist nichts. Leb dein schäbiges Leben weiter. Werde alt und schwinde dahin. Du bist nichts, Laurent ...« Schließlich sackte er schlaff zur Seite und seine weit aufgerissenen, toten Augen starrten zur Decke. Sein letztes Abbild glich dem eines Menschen, der high vom *Stoff* war.

»Warum? Du warst ... Du warst doch sein bester Freund?«

Nicolas verpasste Étiennes Leiche einen harten Tritt zwischen die Beine und spuckte sichtlich hasserfüllt auf den toten Körper. »Glaubst du das wirklich? Sieh mir ins Gesicht,

Mann. Ich und die anderen, wir hatten sein endloses Gelaber schon lange satt. Aber wir machten gutes Geld und lebten ein fettes Leben außerhalb der Reichweite des Gesetzes.«

»Aber er sagte doch, du seist sein bester Freund?«

»Sein bester Freund? In welchem Film lebst du denn? Ich habe den Arsch erst vor zwei Jahren in einem Club kennengelernt. Keine Ahnung, wo der herkam. Der war plötzlich einfach da, als wäre er vom Himmel gefallen. Scheiß auf den.«

Er reichte Laurent die Hand und half ihm auf die Beine. »Komm mit.« Letzterer keuchte schmerzerfüllt und fragte: »Wohin gehen wir?«

Gemeinsam stiegen sie in den Keller hinunter, wo sich hinter einer schweren Tür das Labor offenbarte. Nicolas richtete dort wortlos zwei an irgendwelchen Papieren arbeitende Frauen mit präzisen Kopfschüssen hin, während er vorwärts durch den Raum schritt. Im hinteren Teil des Labors befand sich der weit geöffnete Tresor-Raum. Laurent sah zu, wie Nicolas Bündel um Bündel physische Credits überraschend langsam und geordnet in schwarze Sporttaschen Taschen packte. Diese kaltblütige Ruhe ließ einen grauenhaften Schauer über sein Rückgrat fegen. Ihm war klar, was Nicolas vorhatte. Das Ziel war offensichtlich, so viel Geld wie möglich einzupacken. Wieviel würden sie zu zweit wohl tragen können? Ein paar hundert Tausend? Eine Million? Mehrere Millionen? Wie würden sie dieses Geld verwenden können? Das Geld müsste gewaschen werden.

Laurent hatte keine Ahnung von Geldwäsche und der Gedanke daran ließ ihn schwindlig werden. Ein anderer Geistesblitz verknotete ihm plötzlich den Magen. Welche Sicherheit hatte er, dass Nicolas ihn nicht auch umbringen würde, sobald er seinen Teil hier erledigt hatte? Wie konnte er ihm trauen? Vor ihm saß ein Mann der vor wenigen Augenblicken seinen angeblich besten Freund sowie weitere Menschen erschossen hatte, zu denen er sehr wahrscheinlich ein kollegiales Verhältnis pflegte. Laurent zog ganz langsam das Magazin aus der Pistole. Es war leer. Noch viel langsamer zog er den Schlitten zurück, bloß um festzustellen, dass auch im Lauf keine Patrone lag. Sein Oberschenkel blutete noch immer und ihm schien gewiss, er würde Nicolas in einem Handgemenge nicht überwältigen können. Ein Gefühl von Übelkeit überkam ihn und sein Kopf wurde ganz heiß. Nicolas hatte bereits zwei Taschen komplett aufgefüllt und meinte: »So. Die Hälfte ist geschafft. Noch zwei weitere, dann sind wir hier raus.« Wie versteinert stand Laurent mit Schweißperlen an der Stirn da und stotterte: »Wa-, warte mal.« Nicolas drehte sich um und fragte lächelnd: »Was ist los? Alles klar? Du bist ganz bleich.« Darauf antwortete Laurent: »Ja, alles gut. Aber ich habe eine Idee. Wie wäre es, wenn du noch zwei weitere Taschen füllst? Die Dinger haben doch alle einen breiten Riemen. Wir könnten je noch eine volle Tasche auf den Rücken tragen. Da würde noch viel mehr mitkommen.« Nicolas schnippte mit dem Finger und lachte: »Logisch, warum bin ich nicht selbst darauf gekommen? Guter Mann!« Nicolas packte weiter Geld in Taschen. Laurent atmete leise mehrmals tief durch, bevor er so sachte, wie er nur konnte, den ersten Schritt rückwärts machte. Nicolas war zu konzentriert, um die Schritte hinter ihm zu vernehmen. Am Eingang des Labors angekommen, sah Laurent einen riesigen Kanister mit einem orangen Piktogramm, welches darauf hinwies, dass dessen Inhalt leicht entflammbar war. Ohne seine Augen je vom beschäftigten Nicolas abzuwenden, drehte er den Deckel des Kanisters auf und entleerte die beißend riechende Flüssigkeit auf den Boden vor ihm. Das Gewicht des Kanisters verlagerte sich so, dass er zu schwer wurde, um ihn mit einer Hand zu halten und so fiel der Behälter laut hörbar auf den Linoleumboden. Nicolas drehte sich um und schrie: »Was machst du da?!« Laurent zündete die ausgelaufene Chemikalie an und rannte, so gut es ging, zur Labortür raus, bevor er diese mit dem sich außerhalb befindenden Klappriegel verschloss. Er nahm sich nicht die Zeit sicherzustellen, ob die Tür wirklich halten würde. Sein Ziel war es, so schnell wie möglich hier rauszukommen. Das gewaltvolle Klopfen und die durch die schwere Tür gedämpften Schreie ließen ihm das Blut in den Adern gefrieren. Der Schweiß lief nun spürbar seine Achseln hinunter, als er unter Schmerzen versuchte, die Treppe so schnell wie möglich hinaufzukommen. Mit einem lauten Knall schleuderte die zuvor verschlossene Tür heraus. Laurent blickte hastig zurück in das sich ausbreitende Flammenmeer. Ein brennender Nicolas kroch aus der Tür in

Richtung Treppe, nicht schreiend, sondern bedrohlich tief knurrend. Seine Finger schienen nach Laurent krallen zu wollen, bevor sie erstarrten und der dunkle Körper auf den Stufen zusammensackte.

Laurent taumelte. Ob es an der Hitze, den eingeatmeten Gasen oder dem Blutverlust war, konnte er nicht sagen. Es war wohl eine Mischung aus allem. Er vermochte nur wenige Schritte in Richtung Ausgang machen, bevor seine Beine nachgaben. Das Feuer wanderte erschreckend schnell vom Keller ins Erdgeschoss empor und mit allerletzter Kraft kroch er um Atem ringend aus dem immer heftiger brennenden Gebäude, bis er endlich von der gleißenden Hitze in die bittere Kälte der winterlichen Nacht gelang. Im dreckigen Schnee zog er seinen Leib weitere Meter vom bereits lichterloh brennenden Haus fort, bis er schließlich liegen blieb. Stumm schlotternd sah er dem Inferno zu, dem er sich zugewendet hatte. Wie vom Anblick hypnotisiert ließ er einige Minuten verstreichen, in denen er dem außer Kontrolle geratenen Feuer zusah, wie es bis in die oberen Stockwerke wanderte und letztlich die nächtliche Szenerie erhellte. Überall klebte Blut, vor und an ihm. Der eiserne Geschmack war noch immer in seinem Mund und er wusste mit grässlicher Bestimmtheit, dass auch sein Gesicht noch immer befleckt davon war. Dass ihm kalt war, erkannte er nur am spastischen Zucken seiner Glieder. Endlich zog er sein Smartphone aus der Hosentasche und wählte die Nummer seines Vorgesetzten: »Wir müssen reden.«

– XXII –

Es war Freitagabend und ein letztes Mal wollte Lou durch die Straßen seines kleinen Dorfs schlendern, bevor er in die *Stadt* zog. In all den schönen Erinnerungen schwelgen, auf dass er sie niemals vergessen würde. Um nicht bloß die negativen Beweggründe für die bevorstehende Reise mitzunehmen. Es sollte ein schöner Abschied in eine ungewisse, aber prachtvolle Zukunft werden. Mit einem wehmütigen Lächeln sah er auf die vielen Kisten in seiner leeren Wohnung, die morgen früh von Transportpersonal abgeholt würden, bevor er die Haustür hinter sich schloss und in die Nacht hinaus ging. Auf seinem Weg in die Altstadt fühlte er sich leicht. Er hielt zu Beginn auf der Brücke am Fluss, die aus dem Dorf führte und zündete sich eine Zigarette an, als er in die Ferne zu den Lichtern der *Stadt* am Horizont schaute. Sein Kopf war leer und die Abwesenheit tragischer Erinnerungen erfüllte ihn mit einer wohligen Leichtigkeit, als eine frische Brise seinen Kopf sanft streichelte. Vereinzelte Menschen auf Fahrrädern fuhren an ihm vorbei, als er sich gemütlich mit dem Rücken an das Brückengeländer lehnte. Mit geschlossenen Augen und frei von Gedanken schnippte er den Stummel seiner Zigarette rückwärts in den Fluss. *Shit, das musst du dir in Zukunft wirk-*

lich abgewöhnen, dachte er sich augenblicklich. Er drehte sich um und sah ins Wasser. Das fahle Licht der Straßenlaterne offenbarte das Wasser unter ihm und seine Miene verdunkelte sich. Der Fluss schien beinahe stillzustehen, stellte er ungläubig fest. Wie in einer dreckigen Suppe schwamm sein Zigarettenstummel direkt unter ihm und bewegte sich unnatürlich langsam vorwärts. Sein Blick weitete sich und je länger er hinsah, desto mehr Abfall konnte er im Wasser erkennen. Ein verrostetes Fahrrad, Verpackungsreste verschiedenster Art, gebrauchte Spritzen und tote Fische. Langsam entfernte er sich vom Geländer, drehte sich um und versuchte, das Gesehene wieder zu verdrängen. Es sollte nicht das sein, woran er sich erinnerte, wenn er irgendwann zurück an sein geliebtes Dorf denken würde. Ruckartig drehte er sich von der Brücke weg, um sich mit raschen Schritten in Richtung Altstadt zu begeben.

Lou stand unter derselben Laterne an der Bushaltestelle beim Bahnhof mit einem *Latte Frappuccino* in der Hand, unter der sich seine Freunde vor noch nicht so langer Zeit regelmäßig trafen. Er kam sich ein wenig lächerlich vor mit diesem riesigen Behälter voller Süßgetränk in der Hand, das nur noch ansatzweise etwas mit richtigem Kaffee zu tun hatte. Kaffee hatte für ihn bisher eigentlich immer schwarz, kurz und nur minimal gesüßt zu sein. Doch er hatte sich vorgenommen, hier eine Zeit lang zu verweilen. Und wer wollte schon einfach so unter einer Straßenlaterne, wie ein nackter Psychopath, ohne etwas in den Händen zu haben, stehen? Die Idee schien ihm absurd und er wollte sich nicht ausdenken, was die Passanten von ihm denken würden. Nicht zuletzt musste er sich nach ein paar Schluck eingestehen, dass die Mischung aus Milch, Zucker, Schokolade, Karamell und einer Restmenge Kaffee eigentlich ziemlich lecker war.

Mehrere Minuten vergingen und er musterte eine kleine Gruppe, die offenbar aus drei Paaren bestand. Die Mädels trugen so knappe Kleidung, wie er es nur aus Pornos oder trashigen Science-Fiction Filmen kannte. Trotz der nächtlichen Kälte trug niemand in der Gruppe eine Jacke. Zwei der Jungs schienen eingeölte, überdurchschnittlich muskulöse Arme zu haben. Der Dritte war eher fettleibig, dafür größer als die anderen beiden. Lou war fasziniert und angewidert zugleich, deswegen verfiel er in ein regelrechtes Starren.

Einer der muskulösen zwei drehte sich ihm zu und rief: »Was schaust du so blöd? Bist du etwa schwul?«

Wie aus einer Trance gerissen, schüttelte Lou den Kopf und presste die Augen zusammen, bevor er sich hastig umdrehte, um in eine andere Richtung zu blicken.

»Hey, ich rede mit dir!«, rief der Mann, als er Lou grob an der Schulter packte. Die gesamte Gruppe stand nun direkt hinter ihm. Er hob beide Hände, sah dem Muskelprotz aber nicht direkt in die Augen, als er antwortete: »Sorry, es war nicht meine Absicht zu starren! Tut mir echt leid, ich war in Gedanken!« Schnell wandte er sich wieder ab und wollte davongehen. Doch der Typ ließ ihn nicht los. Stattdessen packte er Lou und drehte dessen ganzen Körper mühelos zu sich. »Sieh mich gefälligst an, wenn du mit mir sprichst!«

Die anderen beiden Männer sahen ihn bedrohlich an, während die Frauen kicherten und eine von ihnen bemerkte: »Klar ist der 'ne Schwuchtel, sieh ihn dir doch mal an. So ein schmächtiger Knirps, das ist doch kein richtiger Kerl.« Lou wurde nun gegen den Laternenmast gedrängt. Sie trat näher an ihn heran und drückte ihm ihre Brüste regelrecht ins Gesicht. »Na, gefällt dir das, Kleiner? Hm? Bekommst du etwa einen Steifen?« Ihre langen künstlichen Fingernägel bohrten sich in seine Hose, als sie in seinen Schritt griff. »Oh la la! Du bist wohl schon nah dran abzuspritzen? Oder etwa nicht?« Die Gruppe verfiel in schallendes Gelächter, während sich die Gesichter der anderen Leute drumherum peinlich berührt verhärteten. Keiner sah direkt hin. Niemand wollte sich einmischen. Inmitten von mindestens fünfzig Personen war er vollkommen auf sich allein gestellt. Er vermochte sich nicht zu rühren und als sie hart nach seinen Hoden krallte, entglitt ihm ein wenig Urin. Seine blaue Jeans verfärbte sich dunkel um die Spitze seines Penis. Ruckartig wich sie zurück und kreischte: »Igitt, das ist ja widerlich! Dieses kleine Schwein hat mich angepisst! Er hat mich angepisst! Baby, mach was!«

Der Muskelprotz griff Lou an die Gurgel und schlug ihm mit einem lauten Knall eine Ohrfeige direkt ins Gesicht. »Entschuldige dich gefälligst bei meiner Freundin, du behinderter Knirps! Sofort!«

Er zitterte und schluchzte: »Es tut mir leid.«

»Entschuldige dich ehrlich!«, schrie der Mann, der ihn festhielt.

»Es tut mir leid!«, sagte Lou nun etwas lauter.

Der große Fette erhob nun seine Stimme: »Ich glaub dem kein Wort. Glaubt ihr dem etwa?«

»Also ich finde, das kann er doch sicher besser.«, wandte eine der anderen Frauen ein. Alle lachten laut, auch jene, die mit Lous Urin in Kontakt gekommen war.

»Letzte Chance, du kleine Schwuchtel. Entschuldige dich bei ihr, diesmal aber richtig. Sag ihr, dass du sie nie wieder anstarren wirst. Sonst machen wir dich richtig fertig. Du wirst dir wünschen, nie geboren worden zu sein.«, sprach der Typ, der ihn festhielt mit eiskaltem Blick, als er aus seiner Hosentasche ein Klappmesser packte und vor Lous Augen dessen Klinge aufblitzen ließ.

»Es tut mir leid, es tut mir leid! Bitte, ich werde nie wieder starren! Oh Gott, bitte. Bitte. Es tut mir doch leid! Bitte!«, schrie Lou nun lauthals. Tränen, Nasenschleim und Speichel trieften aus seinen Körperöffnungen über seine rot angelaufene, schmerzverzerrte Visage.

»Na, geht doch!«, lachte der Typ vor ihm, als er Lou losließ und sein Messer wieder einpackte. Er wandte sich breit grinsend wieder seinen Freunden zu und schlug ihnen vor nach Hause zu gehen. »Scheiß Dorfjugend, was machen wir hier überhaupt in diesem dämlichen Kaff? Lass uns zurück in die *Stadt* fahren.«

Die Gruppe war längst weg und noch immer kam Lou kein Mensch zu Hilfe. Er weinte still weiter und presste seine Finger zu schmerzhaften Fäusten zusammen, als er schließlich nach Hause rannte. Weg von den Blicken anderer Passanten, die ihn schlimmstenfalls sogar erkennen könnten. Mit jedem seiner laut stampfenden Schritte wuchs eine zuvor noch nicht dagewesene Emotion in ihm. Es war brennender Hass. Abgrundtiefer Hass auf Menschen, die der Meinung waren, sie können anderen wehtun und damit einfach so davonkommen. Hass auf Menschen, die rücksichtslos waren und keinen Anstand kannten. Hass auf Menschen, die es nicht verdient hatten, sorglos durch die Welt zu stolzieren, als wären sie adelig. Denn es war nicht gerecht und es konnte nicht sein, dass alle stets nur wegschauten. Er würde es keinen Tag länger akzeptieren. Endlich schien ihm klar, glasklar, was er tun müsste.

KAPITEL VIERUNDZWANZIG

Drei Nächte waren vergangen, als Laurent aus dem Krankenhaus entlassen wurde. Jeanne hatte seine Seite in dieser Zeit nur dann verlassen, wenn jemand der Polizei mit ihm unter vier Augen sprechen wollte oder um ein paar Besorgungen zu machen. Sie wich nicht von seiner Seite und schlief stets auf dem Sessel neben seinem Bett auf der Krankenstation. Nicht nur, um ihm beizustehen, sondern auch aus Angst, jemand könnte ihr in ihrem Hotelzimmer auflauern. Das Feuer hatte lediglich Étiennes innersten Kern eliminiert. Draußen in der *Stadt* lauerten noch unzählige seiner Komplizen.

Seinen hohen Blutverlust außer Acht gelassen, war die Verletzung an seinem Oberschenkel ernst: Ungleich einer gewöhnlichen Stichwunde hatte Étienne den Muskel durch das gewaltvolle Drehen der Klinge weit aufgerissen und den Knochen darunter verletzt. Dadurch gestaltete sich der Heilungsprozess langwierig und überaus schmerzhaft. Es würde Monate oder gar Jahre dauern, bis die Wunde nicht mehr schmerzen würde und die hinterlassene Narbe würde markant sein, bemerkte der Oberarzt trocken.

Ein Polizei-Konvoi von vier Fahrzeugen begleitete Laurent endlich zu sich nach Hause. Auf Verlangen von Jeanne wurde seine Wohnung erst von zwei Beamten gesichert, bevor sie ihn langsam stützend die Treppe hinauf begleiteten. Abgesehen vom unordentlichen Bett, befand sich das Loft noch immer in einem makellosen Zustand. Der Putzroboter hatte gemeinsam mit dem automatischen Ventilationssystem wie programmiert, für saubere Oberflächen gesorgt. Es war ihr nicht recht, doch Laurent weigerte sich, Jeanne das Bett frisch beziehen zu lassen. Er wollte nur noch schlafen und es war ihm egal, dass die Decke noch leicht nach Schweiß roch. Widerwillig ließ sie ihn gewähren und nachdem er sich zur Seite gerollt hatte, kuschelte sie sich sanft von hinten an ihn heran und streichelte ihn, bis er einschlief. Es dauerte nicht lange. So leise es ihr möglich war, schlich sie aus dem Bett ins Badezimmer. Auch sie hatte seit Tagen nicht mehr geduscht. Ein überraschtes Gefühl der Erleichterung überkam sie, als sie erkannte, wie ordentlich und gut ausgerüstet Laurent offenbar war. Schließlich war sie noch nie in seiner Wohnung gewesen und hatte kein Bild davon, wie er lebte. Mit leuchtenden Augen sah sie, dass er über eine systematisch geordnete Reserve an Shampoos, Lotionen, frischen Tüchern und anderen Hygieneprodukten verfügte. Auch wenn letztere logischerweise eher an Männer gerichtet waren. Nach einer überaus langen, warmen Dusche zog sie sich aus dem geräumigen Schrank im Badezimmer einen von drei frisch gewaschenen Bademänteln über. Dieser fühlte sich an wie neu, doch die Saugfähigkeit des Stoffs wies darauf hin, dass er bereits mehrfach gewaschen wurde. Sie ging nie davon aus, dass Laurent bei sich zu Hause *versifft* war. Dafür demonstrierte er, selbst in betrunkenem Zustand, zu oft nahezu zwanghaft ordnungsbesessene Verhaltensmuster. Doch dieses kleine Detail am kuscheligen Bademantel, den sie nun trug, überraschte sie vollkommen. Einen derart sorgfältigen Umgang mit Wäsche, kannte sie nur von den professionellen Dienstleistern, welche sie zu nutzen pflegte. Jeanne legte sich sachte wieder zu ihm ins Bett und sah zur Decke. Er hatte sich mittlerweile zur Bettmitte gedreht. Das durch die halb geöffneten Jalousien hereindringende Licht von naheliegenden, spiegelnden Gebäuden; Fahrzeugen und Drohnen, erzeugte ein farbenfrohes Lichterspiel auf dem Sichtbeton im Schlafzimmer. Lächelnd ergriff sie seine Hand, als sie den an der Decke tanzenden Lichtern zusah und flüsterte: »Weißt du was, mein Schatz? Ich glaube, ab jetzt könnte wirklich alles gut werden.« Laurent vernahm ihre Worte im Halbschlaf nur unbewusst, stöhnte aber kurz, um zu antworten.

Als er am nächsten Tag allein im Bett erwachte, war bereits Nachmittag. Das erkannte er am strahlenden Licht, welches durch die Fenster in das Zimmer drang. Er gab sich keine Mühe, die Uhrzeit zu überprüfen. Dafür fühlte er sich zu erschöpft, obwohl er glaubte, über zwölf Stunden am Stück geschlafen zu haben. Ihm fehlte auch die Lust, sich irgendwelchen Nachrichten und verpassten Anrufen zu widmen. Der Gedanke an weitere Gespräche mit der Polizei oder der Staatsanwaltschaft graute ihm. Ein komplexes Untersuchungsverfahren stand ihm aufgrund der Anschuldigungen gegenüber seinem mittlerweile verhafteten Vorgesetzten bevor. Langsam und vor Schmerzen in seinem linken Oberschenkel auf die Zähne beißend, schleppte er sich ins Badezimmer, um sich zu erleichtern. Er schluckte eine Schmerztablette und leerte darauf gleich zwei Gläser frisches Wasser den Rachen hinunter. Anschließend putzte er sich gründlich die Zähne. Jeanne war nicht mehr da. Nun würde er also doch sein Smartphone prüfen müssen, dachte er sich. Bloß um sich darüber zu vergewissern, ob eine Nachricht von Jeanne auf ihn wartete. Es würde ungefähr eine Stunde dauern, bis die Tabletten wirkten, weswegen der Weg zurück ins Bett und zu seinem Smartphone sich erneut als überaus schmerzhaft erwies. Das Gerät lag mit dem Display nach unten auf dem Nachttisch und er war überrascht, es ausgeschaltet vorzufinden. Seit über einem Jahr hatte er es höchstens im Stand-by-Modus gehalten. Als er es einschaltete und die Kamera seine Gesichtskonturen erkannte, erschien eine Meldung, er solle den digitalen SIM-Code eingeben. Er saß mit dem Rücken zur Wand und starrte stumm auf den blinkenden Strich und das Zahlenfeld auf dem leuchtenden Display. Um Strom zu sparen, verdunkelte sich der Schirm nach zwei Minuten um 50 %. Sosehr er auch in seinem Kopf zu bohren versuchte, sein Gedächtnis verwehrte ihm den Zugang zur geforderten vierstelligen Zahlenkombination.

Kurz darauf wurde das Display ganz schwarz. Sein Blick schweifte nun zum Schrank am anderen Ende des großen Schlafzimmers. In einer Kiste dort verstaut, befand sich irgendwo ein Zettel mit dem SIM-Code. Das wusste er. Doch die Idee ermüdete ihn abgrundtief. Sein Bein pochte noch immer vor Schmerz. Also ließ er sich auf den Rücken sinken, um wieder einzuschlafen.

»Hey, Schlafmütze.«, flüsterte Jeanne ihm zu. Er erwachte und bemerkte sogleich, dass sie sich von hinten an ihn geschmiegt hatte und ihn sanft an der Brust streichelte. Der Oberschenkel tat ihm jetzt nicht mehr weh. Ihre Hand glitt langsam in seinen Schoß, wo sie zu ihrer Überraschung auf sein bereits hartes Glied traf. Zum ersten Mal seit über einer Woche musste Laurent grinsen, als sich die beiden einander kurz aber intensiv hergaben. Wie gewohnt, suchte sie wenige Momente danach die Dusche auf. Währenddessen streifte er das gebrauchte Kondom ab und knöpfte es zu. Da fiel ihm auf, dass er im Schlafzimmer gar keinen Abfalleimer stehen hatte. Ihm war weder danach sich nun aufzurichten noch sich in die Küche zu quälen. Also warf er den Gummi einfach in die Ecke des Zimmers. Er würde sich zu einem späteren Zeitpunkt darum kümmern.

Als Jeanne in einen Bademantel gekleidet und mit einem Handtuch über um Kopf gewickelt zurück ins Zimmer kam, meinte sie: »Du hast übrigens Post bekommen. So richtig altmodisch, aus Papier. Schau!« Sie händigte ihm den Umschlag aus, worauf er erstarrte. »Los, mach ihn auf!

Das ist bestimmt was total Spannendes und Wichtiges. Heutzutage verschickt doch sonst niemand mehr Briefe. Der Absender sagt mir jedenfalls gar nichts, rein abgesehen davon, dass ich ihn nicht mal aussprechen kann.«

Mit aufgesetztem Lächeln, erklärte er ihr, dass er heute noch nicht einmal die Energie dafür hatte, sich seine digitalen Nachrichten anzuschauen. Und vor wenigen Minuten hatte sie das letzte bisschen Kraft erfolgreich aus ihm herausgesogen. Deswegen gab er vor, nun besonders viel Ruhe zu brauchen. Die Korrespondenz würde warten können. Widerwillig und irritiert akzeptierte sie letztlich seine Bitte, für ein bis zwei Tage allein zu sein. Er gab ihr Lénas Nummer, damit sie sich mit ihr in Verbindung setzen würde. Léna hätte Zugriff auf eine sichere Unterkunft für Jeanne. Schließlich verabschiedete sie sich mit einem zärtlichen Kuss und der Forderung, er solle mindestens einmal täglich ein digitales Lebenszeichen von sich geben. Er versprach es ihr und kurz nachdem sie die Wohnung verlassen hatte, hüllte er sich bis zum Kopf in die Bettdecke. Der ungeöffnete Brief lag auf der Matratze in seinem Rücken.

Sein Magen knurrte laut, als er am nächsten Tag wieder erwachte. Soeben fiel ihm auf, dass er seit über einem Tag keine feste Nahrung mehr zu sich genommen hatte. Er überlegte sich kurz, ob er sich eine Pizza bestellen sollte, verwarf den Gedanken beim Anblick des altmodischen Briefumschlags auf dem Bett neben ihm aber wieder.

Laurent öffnete den Umschlag langsam. Er kannte den Absender. Auf dem Kopf des Briefbogens standen prominent die Worte:

DIE ZEIT FLIESST UNBEMERKT AN UNS VORBEI.
ERINNERN SIE SICH. GEZIELT UND RELEVANT.
MIT MNEMOSYNE SERVICES.

Sehr geehrter Kunde

Heute ist ein ganz besonderer Tag für Sie wie auch für uns von Mnemosyne Services. Sie halten in Ihren Händen den Entschlüsselungs-Code für die von Ihnen hinterlassene Erinnerung. Mit einer Rückdatierung von *11 Jahren* gehört Ihre Erinnerung zu den *Top 10 %* der ältesten archivierten Erinnerungen. Es erfüllt uns mit großem Stolz, Ihnen diese gespeicherte Botschaft nun endlich übergeben zu dürfen.

Verlieren Sie keine Zeit! Besuchen Sie unbedingt noch heute unsere Website (https://mnemosyne.store) oder laden Sie unsere App herunter und schauen Sie sich Ihre gespeicherte Erinnerung mit folgendem persönlichen Schlüssel sowie ihren Personalien an:
PXMppfmTBj4WNw=@k72W

Beste Grüße
Mnemosyne Services

Es dauerte fast eine halbe Stunde, bis er den Zettel mit seinem SIM-Code auffinden konnte, um erneut Zugriff zu seinem Smartphone zu erlangen. Dabei hielt er sich stets für ordentlich organisiert. Verärgert und unter Schmerzen schob er seinen massiven Ohrensessel mühselig von der Zimmerecke ins Zentrum des Raums, zur leeren Wand gerichtet. Schließlich nahm er Platz und schaltete per Sprachbefehl den Deckenprojektor an, um sich die Webseite von *Mnemosyne Services* prominent vor ihm darstellen zu lassen. Hastig gab er seine Personalien zusammen mit dem Zugriffscode aus dem Brief ein. Als auf schwarzer Fläche in fetten Lettern eine Meldung erschien, zögerte er einige Momente:

ERINNERUNG JETZT AUFRUFEN

Er atmete tief ein, bevor er der Aufforderung mit einem Fingertippen auf dem Display folgte.

Auf dem an der Wand projizierten Schirm offenbarte sich ein unbesetzter schwarzer Klappstuhl, auf dem ein schwarz gekleideter, junger Mann Platz nahm. Laurent betrachtete mit versteinerter Miene sein elf Jahre jüngeres Ich, das kichernd einen Schluck aus einer Bierdose nahm und sich anschließend eine Zigarette anzündete.

»Puh, also gut. Scheiße, das ist so unfassbar creepy! Wo fang ich nur an?«

Der jüngere Laurent, der sich auf dem Schirm präsentierte, räusperte sich kurz und schaute denkend zur Decke.

»Ach egal. Also! Mein Name ist Laurent, aber die meisten meiner Freunde nennen mich Lou.«

Der Mensch in der Aufzeichnung rülpst und es fällt ihm offensichtlich schwer, das Lachen zu unterdrücken. Er trägt ein süffisantes, breites Grinsen.

»Nun, was gibt es über mich zu sagen? Mal schauen … Ich arbeite als Angestellter in einem nicht nennenswerten kleinen Logistik-Unternehmen. Oder sagen wir mal, bis vor Kurzem arbeitete ich dort. Ich hab gekündigt und nun keine Ahnung, was jetzt kommen soll. Der Job war zwar beschissen und mein Chef war ein Hurensohn, aber immerhin musste ich nicht so wie die meisten Loser da draußen Überstunden schieben oder sonst so einen Mist machen. Ach, was soll's? Ich hoffe, wenn du dieses Video siehst, dass du einen guten Job hast, der dich nicht zu sehr fickt. Oder dass zumindest die Kohle mehr oder weniger stimmt.«

Laurent rollte die Augen und pausierte das Video, bevor er sich langsam erhob, um im Badezimmer erneut eine Schmerztablette zu sich zu nehmen. Auf dem Weg dorthin fiel ihm jedoch eine Flasche Whisky unter dem Tisch in der Küche auf. *Lagavulin*, 16 Jahre alt. Er konnte sich nicht daran erinnern, wann er diese Flasche erworben hatte. Zumal er rauchigen Whisky eigentlich gar nicht mochte. Doch die Flasche war bereits halb leer. Offenbar hatte er sie in einem der zahllosen exzessiven Nächte in den vergangenen sechs Monaten mit nach Hause genommen. Mit trockener Kehle gestand er sich ein, dass ihm viel mehr nach einem Drink, als nach einer Tablette war. Mit den Zähnen zog er den Korken aus der Flasche und spuckte diesen in eine Ecke der Küche, bevor er einen kleinen Schluck direkt zu sich nahm. Die goldene Flüssigkeit brannte vom Mund bis in den nüchternen Magen. Nichtsdestotrotz stellte er fest, dass es ganz und gar kein schlechter Tropfen war. In der Tat überraschte es ihn, dass er wohl unbewusst ein Näschen für rauchigen Whisky entwickelt hatte. Er ließ sich erneut auf den grossen Sessel fallen und liess Lou per Knopfdruck weitersprechen:

»Wozu erzähle ich das alles? Ich will jetzt nicht zu philosophisch werden oder so, aber ... Wenn ich schon nicht weiß, wer ich bin ... Na ja, wer weiß das denn schon? Vielleicht kann ich immerhin herausfinden, wer ich einmal war?«

»Ach, was erzähle ich da bloß für Müll? Das ist nicht der Grund für dieses Video. Nein. Fuck. Jedenfalls ist letzte Woche Mutter gestorben. Weißt du, was das Komische daran ist? Ich habe mich auf den Moment gefreut, an dem es endlich passieren würde. Der Tag, an dem das ständige Genörgel und das Nicht-ernst-genommen-werden endlich ein Ende haben würde. Mach dies, mach das. Werd endlich erwachsen. Sei endlich mal seriös. Lern eine *anständige* Frau kennen und gründe eine Familie. Vielleicht erinnerst du dich ja daran?«

»Doch jetzt, da es endlich passiert ist … Jetzt fühle ich nicht die Erleichterung, die ich mir erhofft hatte.«

»Seien wir doch ehrlich. Sie war nicht die beste Mutter. Ich will ja nicht böse sein. Schließlich habe ich als junger Typ ohne eigene Kinder keine Ahnung davon, wie es ist, Vater zu sein. Du bist inzwischen sicher schon glücklicher Vater. Hoffe ich zumindest für dich. Aber ich meine ja nur. Wenn ich mir die Verhältnisse anderer Familien so anschaue und anhöre, dann war dort schon viel mehr Positives im Raum. Glaube ich jedenfalls. Und immerhin gab es dort keine Gewalt. Zumindest nicht als Stressabbau. Na ja, wie soll ich das schon erklären? Du weißt das doch alles. Und es tut mir verdammt leid, wenn ich dir nun alte Wunden aufreiße. Aber ganz ehrlich? Wenn dir diese kleine Videobotschaft wehtun kann, dann hast du's nicht anders verdient, Mann. Das heißt nämlich, dass du nichts überwunden hast und noch immer am selben Punkt stehst wie ich. Scheiße, hoffentlich ist das nicht so.« Laurent sog an der Flasche, während sich der junge Mann im Video aufs Klo begab.

Als Lou von der Toilette zurückkam, zündete sich dieser eine weitere Zigarette an: »Fuck … Wozu mache ich dieses Video überhaupt? Was will ich überhaupt sagen? Scheiße, ey!« Er verließ erneut den Sichtbereich der Kamera, um mit einer neuen Dose Bier zurückzukehren, welche er auf den Tisch vor sich hinstellte. Während er sich mit einer Hand im linken Auge rieb, drückte er mit der anderen an seinem Handy herum, sodass mit wirrem Anfangslärm der Song »Lost« von *Crim3s* hörbar wurde. Die darauffolgenden zweieinhalb Minuten beobachtete Laurent, wie Lou schweigend und kopfnickend von der Musik begleitet rauchte und trank. Auf Wiederholung eingestellt, schleifte der grelle Klang des Lieds sich sechs weitere Male durch die Aufnahme, während denen Lou mal sitzend, mal wie ein eingesperrtes Tier, hin und her durch den Raum stampfend, sich unentwegt Lunge und Magen füllte. Schließlich setzte er sich wieder gerade vor die Kamera, drückte die Kippe aus und murmelte: »Den Teil muss ich dann wohl noch rausschneiden.«

Gleichzeitig, wie der Mensch in der Aufnahme, zündete sich nun auch Laurent eine Zigarette an, als ersterer endlich fortfuhr: »Also, warum mache ich dieses Video überhaupt? Jetzt weiß ich's wieder. Es geht gar nicht um Mutter!« Sein Blick war nun frontal zur Kameralinse gerichtet: »Dieses Video soll mir oder besser gesagt dir helfen. Du bekommst dieses Video hoffentlich dann, wenn du …« Die Musik war nach dem Intro des sich noch immer wiederholenden Songs zu laut geworden, um seine gesprochenen Worte zu hören, was Lou offensichtlich zu spät merkte, um es zu korrigieren.

»Scheiße, der Lautstärke-Knopf auf der Fernbedienung ist verklemmt. Egal. Weißt du, wie ich meine? Noch nicht zu alt, um an sich zu arbeiten. Falls du es nicht geschafft hast. Du weißt, was ich meine, nicht? Na ja, vielleicht nicht.

Deswegen sitze ich ja gerade vor dieser Scheiß-Kamera. Vielleicht hast du es ja vergessen. Vergessen, was geschehen ist. Vergessen, dass wir uns verdammt noch mal ändern müssen.« Lou musste kurz lachen. »Weißt du, was ich mir erhoffe? Ich hoffe, dass wenn du das hier siehst... Du mich nicht erkennst. Ich hoffe, dass du dich ekelst, verdammt noch mal. Ich hoffe, du lebst ein tolles anständiges Leben und hast dich von all dem Müll hier befreit. Vielleicht sogar, dass du ein bisschen spießig geworden bist. Dass du endlich den Punkt erreicht hast, an dem du zu jeder Tageszeit direkt in den Spiegel schauen kannst, ohne dich zu schämen. Schluss mit den verdammten Parties, Schluss mit dem Saufen und dem Konsumieren. Dass deine Fresse morgens nicht mehr wie ein feuchter, übervoller Aschenbecher stinkt, wenn du aus dem Bett steigst. Ich hoffe, du hast eine feste, glückliche Beziehung zu einer netten, anständigen Frau. Ohne blödes Drama und all den mühseligen Scheiß, weisst du? Vielleicht sogar eine, die nicht unserem *Beuteschema* entspricht? Ich hoffe echt, du bist nun in deinem Alter weiser als ich und gibst einen Fick auf das Aussehen. Wichtig ist doch eigentlich nur, dass sie dich liebt. Ich meine so richtig liebt. Oder etwa nicht? Und dass du in der Lage sein wirst, ihre Liebe zu erwidern und sie nicht nur zum Vögeln benutzt. Weißt du? So richtig, wie es in den Büchern und Filmen beschrieben wird. Mit gemeinsamem Frühstück und sonstigem Haushalts-Zeug. Vielleicht sogar mit Kindern, was weiß ich? Etwas spießig, ja, aber erfüllt. Nein, echt jetzt. Ich wünsche mir wirklich sehr, dass du das gefunden hast. Sag, hast du? Du hattest bestimmt viel zu tun. Mit mir als Ausgangslage war das sicher nicht leicht. Ich weiß, sorry. Wirklich, es tut mir leid. Aber–, fuck, sorry, ich muss schon wieder aufs Klo.« Lou erhob sich erneut vom Stuhl in Richtung WC. Aus der Ferne war noch ein Satz hörbar: »Das muss ich alles rausschneiden. Shit, das gibt verdammt viel Arbeit!«

Laurent packte die Gelegenheit, die Aufnahme zu pausieren und sich ebenso ins Badezimmer zu begeben. Er versuchte sich zu entspannen, doch als er vor der Kloschüssel stand, kam nichts. Obwohl er das für Harndrang typische Kribbeln unterhalb der Spitze seiner Eichel klar spürte. Wiederholt schloss er die Augen und atmete tief durch. Der Druck war höchst unangenehm, doch er konnte einfach nicht pissen. Endlich gab er knurrend auf und wusch sich die Hände, obwohl kein Tropfen Urin an seine Finger geraten war. Zögerlich hob er den Blick zum Spiegelbild, um sich kurz darauf wieder davon abzuwenden und sich zurück im Schlafzimmer wieder in den Sessel fallen lassen.

Das Video spielte nun weiter. Lou trat wenige Augenblicke später zurück vor die Kamera, nahm gierig einen Schluck Bier zu sich und verharrte still, bevor er erneut direkt in die Kamera blickte und zu sprechen begann: »Und weißt du, warum du das alles getan haben wirst? Weil du es *schuldig* bist, Laurent!«

Seine Finger krallten sich langsam in die gepolsterten Lehnen des Sessels, als Laurents Atem unbemerkt flacher wurde. »Du bist es *schuldig*.«, wieder holte Lou mit eisernem Blick durch die Kamera hindurch.

»Nein, nicht Mutter bist du es schuldig. Sondern mir. Denn ich will nicht, dass sie im Grabe Recht behält. Ich bin kein Taugenichts. Auch wenn es mir egal sein könnte. Oder müsste. Aber noch viel mehr als all das, bist du es deinen Freunden schuldig. Benoît und Patrice waren Taugenichtse. Deswegen sind sie nun tot.« Lou begann zu schluchzen. »Verdammte Scheiße, was rede ich da? Ben und Pat waren meine Freunde! Deine Freunde! Und Alexandre! Wie geht es Alex? Ist er nun wieder draußen? Hat er sich sehr verändert? Du besuchst ihn doch so oft du kannst, nicht wahr? Du hast bestimmt viele neue Freundschaften geschlossen, aber trotzdem. Alex war unser bester Freund. Weißt du noch, wie oft er und auch Ben und Pat uns auf ein Podest gehoben haben? Egal, wie versifft, verspätet oder mal wieder pleite wir waren. Für sie war stets klar, dass ich, also *du*, etwas Besonderes bist. Besser als all die anderen Idioten. Dass du und ich *gute Menschen* sind, trotz all unserer Fehler. Dass wir es im Leben viel weiter bringen würden, als alle anderen. Weiter als alle Idioten aus unserer Klasse von früher. Weiter als unser verdammter Chef. Weiter als all die anderen Stammgäste aus Georges Bar. Fuck. Fuck! Ich hoffe, dieses verdammte Video ist nichts anderes als eine peinliche Erinnerung an etwas, das du längst hinter dir gelassen hast. Dass du jetzt gerade, wenn du das siehst, nur den Kopf schüttelst, weil meine Worte für dich so lustig sind.« Laurent spürte seinen Atem nicht mehr, als er wie versteinert weiter zuschaute.

Lou aus der Aufzeichnung nahm einen tiefen Zug von seiner Zigarette und schnippte den Stummel, ohne ihn vorher auszudrücken, in die linke Ecke des Raums. Dann bewegte er sich so nah an die Kamera, dass man den Raum um ihn herum nicht mehr sah und er ganz unscharf abgebildet wurde. Mehrere Sekunden starrte er mit blutunterlaufenen, weit aufgerissenen Augen direkt in die Linse des Aufnahmegeräts.

»Aber vergiss niemals: Du bist es schuldig! Hörst du? Du bist es schuldig, verdammt noch mal! Du darfst deine Freunde nicht enttäuschen. Sonst wäre alles für nichts gewesen? Alles was passiert ist, wäre für nichts, verstehst du? Beweise es allen, die an dich geglaubt haben und auch denen, die nicht an dich geglaubt haben. Zeig ihnen, dass du ein guter Mensch bist, der mit erhobenem Haupt durch die Welt gehen kann! Lebe ein Leben, für das du dich nie wieder schämen musst!«

Es folgte ein weiterer tiefer Rülpser und Lou lehnte sich wieder zurück. Laurents Blick war nun zur Seite gerichtet und er griff zur Whiskyflasche, aus der er einen neuen grossen Schluck nahm. Dann zündete er sich eine neue Zigarette an und für mehrere Minuten war es still, bevor Lou fortfuhr: »Sieh mich an. Sieh mich genau an. Du weißt genau, wohin diese Scheiße führen wird, wenn wir uns nicht ändern. Wollen wir so in Erinnerung bleiben? Nein. Wenn du versagst, solltest du dir eine Kugel durch den Schädel jagen. Sieh mich an, du verdammtes Arschloch!«

Die Figur im Bild trat ein weiteres Mal erdrückend nah an die Kamera, die sie aufnahm. Es wirkte fast, als ob Lou aus der Projektion treten möchte. Schließlich beruhigte er sich wieder und setzte sich erneut auf den Stuhl, bevor er fortfuhr: »Wie war eigentlich die Therapie? Hast du sie schon hinter dir oder bist du nach all der Zeit noch mittendrin? Ich weiß, dass du eine brauchst. Nach all dem, was geschehen ist, meine ich. Ich sag's ja nicht gerne, aber kein Mensch verarbeitet so eine Scheiße auf eigene Faust, ohne dabei kaputtzugehen. Sag mir eines. Hast du neue Freunde gefunden? Wie sind die denn so? Du bist ein toller Typ. Ich bin mir sicher, deine neuen Freunde sind vielleicht nicht so abgefuckt wie die Jungs von früher. Aber du hast bestimmt neue liebenswerte Menschen kennengelernt, mit denen du dein Leben teilst. Leute, für die du da bist und mit denen du durch dick und dünn gehst. Richtig? Anders kann es ja kaum sein, oder? Du und ich wissen doch, wie wichtig gute Freundschaften sind.«

Lous Blick in der Aufnahme war nun klar. Seine Stimme wurde nun sanfter und hätte man seinen Konsum in den vergangenen Minuten nicht mitverfolgt, hätte man ihn für vollkommen nüchtern halten können: »Versagen ist keine Option. Wenn du versagst, hast du nicht einfach mich enttäuscht, sondern im Leben an sich versagt. Dann hast du nämlich bewiesen, dass du nichts anderes bist als ein

Opfer und dass all das Leid, das wir durchleben mussten, für nichts und wieder nichts war. Denn du hättest nichts dazu gelernt. Du bist das Leid nicht losgeworden und steckst immer noch fest. Wir haben nur dieses eine Leben. Tick, tock, tick, tock. Sieh mich an. Du weißt, was du tun musst, wenn du versagst. Hast du versagt? Hast du?!«

Nun kullerten Tränen seine Wangen hinunter: »Ich hoffe es nicht. Wirklich nicht. Denn obwohl es dir vielleicht schwer zu glauben scheint. Fuck, mir selbst fällt es schwer zu glauben. Aber ich liebe dich. Verstehst du das? Deswegen mache ich heute den Anfang für uns beide. Ich werde aufhören zu saufen und versuchen, nie wieder die Kontrolle zu verlieren. Egal, wie schwer es wird. Ich beginne heute damit, ein anständiges, geordnetes Leben zu führen. Weil ich es meinen Freunden schulde. Und wenn du nach all den Jahren noch immer am selben Punkt stehst wie ich, dann hab ich nur eines dazu zu sagen: Fick dich! Hörst du? Fick dich! Du weißt ganz genau, was du zu tun hast. Du verdammter–«

An der unteren Kante sah Laurent, dass das Video noch weitere drei Minuten dauern würde. Nichtsdestotrotz schaltete er die Wiedergabe aus, indem er mit einer Fingerbewegung am Gerät dem Schauspiel ein Ende bereitete. Er hatte genug gehört und gesehen und er ließ sich beschämt in seinen Sessel sinken und fühlte sich so klein. Kleiner, als er sich seit Langem je gefühlt hatte. Genau so klein wie in seiner Jugend. Egal, wie sehr er sich zu verändern versucht hatte: Im Kern, für niemanden erkennbar, war er noch immer Lou. Alkoholsüchtig und ohne Plan. Verändert hatte sich nur die Fassade. Sein Atem war ganz flach, als ob er sich nicht trauen würde, nach Luft zu schnappen. Gleichzeitig schien es ihm, als ob der Raum ebenfalls kleiner wurde und die Wände langsam auf ihn zukommen würden, um gemeinsam mit ihm zu implodieren. Sein nach Whisky und Nikotin stinkender Atem versetzte ihn in Übelkeit. Er starrte mit leerem Blick zu Boden, als Tränen widerstandslos seine Wangen herunter kullerten und seine Blase sich nun, durch seine Boxershorts, den Bademantel und letztlich über den Sessel, mit einem gleichmäßigen Tropfgeräusch, das dem Ticken einer Uhr glich, auf den Fußboden entleerte. Unaufhaltsam formte sein Urin einen dünnen Fluss, der sich unterhalb des Sessels nach hinten schlängelte, während ihm schleichend ins Bewusstsein kroch, was er tun musste. Ihm war über all die Jahre nie aufgefallen, dass der Boden in seiner Wohnung uneben war.

EPILOG – DAS ENDE VOM ANFANG

Der eiskalte Wind wehte beißend um Laurents unbedeckte Körperstellen – Gesicht, Ohren, Hals, Hände – und ließ diese unnachgiebig den Zorn des Winters spüren. Doch Laurent blendete sein Unbehagen aus und dachte zurück an all das, was gewesen war. Er erinnerte sich an die kindliche Zeit der Unschuld. Seine erste Liebe. Die ereignisreiche Schulzeit. Die wilde Jugend voller Freude aber auch Verlust. Wie sehr er sich verändert hatte. Die schmerzliche Tatsache, dass er keinen einzigen Menschen auf dieser Welt zu seinen Freunden zählen konnte. Noch nicht einmal Léna.

Er öffnete seine Augen. Sachte zog er den Lauf der Pistole aus seiner Mundhöhle heraus. Das eiskalte Metall schabte erneut an seinen Zähnen, wodurch ihm ein widerlicher Schauer den Rücken herunterlief. Sein Mund war taub, der Kiefer verkrampft. Vollkommen erstarrt verharrte er, die Waffe zu Boden gerichtet, bevor er sie letztlich losließ. Der weiche Schnee fing sie beinahe geräuschlos auf, als die Last von tausend Felsen von seinen Schultern fiel. Leicht über sein Gesicht kitzelnd, kullerte eine letzte Träne von seinem Kinn und nun spürte er nichts mehr. Die Kälte in seinen Gliedern, die ihn zittern ließ. Der Druck in seiner Brust, der ihm das Atmen erschwerte. Die Trockenheit in seinem Mund, die ihn brennend schmerzte. Selbst das ferne Summen der Drohnen über der Stadt dort unten. All das versank in einem tiefen Wasser, aus dem er sich langsam erhob. Sein offener Blick war nach vorne gerichtet, doch sah er die *Stadt* nicht. Vor seinen Augen spielten sich Bilder der jüngsten Vergangenheit ab.

    NEIN, DAS DARF NICHT SEIN.

Schleppend kamen seine Gedanken wieder ins Rollen und endlich erblickte er die Idee, sich das Leben zu nehmen, in seiner vollkommenen Absurdität. Was für eine Verschwendung es doch wäre! Sein Leben hatte seinem Empfinden nach doch erst gerade begonnen. Die polizeilichen Ermittlungsergebnisse der Geschehnisse der vergangenen Monaten sprachen für ihn. Er hatte eine wunderschöne Frau, die schönste Frau der *Stadt*, an seiner Seite, deren Liebe er als eines der wenigen Dinge empfand, die in dieser Welt *wahr* zu sein schienen. Bereits heute Abend würde er eine Auszeichnung für seinen Dienst im Namen der Gerechtigkeit erhalten. Keiner der Menschen, die ihm schaden wollten, war noch übrig. Mit reinem Gewissen konnte er behaupten, zu den beliebtesten Menschen in der Stadt zu gehören. Schließlich war er doch ein *Held*. Ein richtiger Held, wie er im Buche steht. Er hatte Étienne mitsamt dem Labor für den *Stoff* ein für alle Mal vernichtet. Zu hart hatte er dafür gearbeitet. Zu groß war all das Leid, das er dafür durchleben musste.

Mit zitternder Hand zog er sein Smartphone aus der Hosentasche und schoss ein Selfie. Mehrere Minuten lang betrachtete er das Bild, musterte die eigenen Augen genauestens. Wer war dieser Mensch? Ein durch Selbsthass zerfressener, verzweifelter Mann mit von Tränen unterlaufenen Augen und tiefen, dunklen Augenringen. Doch so viel wusste er: Mit jeder Kamera ließ sich nur die Vergangenheit, nicht die Gegenwart oder gar die Zukunft einfangen. Er löschte das Foto gleich wieder. Dies war keine Erinnerung, die es wert war, gespeichert zu bleiben.

An den Ärmeln seiner Jacke wischte er sich die Tränen vom Gesicht und begann lautstark röchelnd vor sich hin zu lachen, bevor er den Hügel wieder hinunterstieg. Er zog den Flachmann aus seiner Westentasche und nahm mehrere kräftige Schluck zu sich. »Das ist ja bloss Leitungswasser? Dieses alte Stück hat mir warmes Wasser abgefüllt? Was meint die eigentlich, mit wem sie es zu tun hat? Na warte, dich knöpf ich mir vor, du verdammte Hexe.«

Um sicherzugehen, dass es sich nicht doch um stark verdünnten Alkohol handelte, trank er den Flachmann aus, bevor er diesen mit seliger Lockerheit über die Schultern hinter sich warf. Eine letzte Zigarette zündete er sich noch an, bevor die Packung mitsamt seinem alten Feuerzeug dasselbe Schicksal erwartete wie der Flachmann. Jeanne würde vor Freude außer sich sein zu hören, dass er nicht nur das Rauchen, sondern auch das Trinken aufgegeben hatte. Diesmal für immer. Drei weitere Schritte später hielt er erneut inne. Er zog sein Smartphone aus seiner Tasche und löschte alle Fotos in seiner Mediathek. Anschließend löschte er alle Nachrichten, welche sich über die vergangenen Jahre im Gerätespeicher verwurzelt hatten. Alles musste weg, selbst die Kontakte. Einzig die Nummer von Jeanne blieb verschont. Nichts Anderes zählte in diesem Moment, was ihn mit einer unermesslichen Leichtigkeit erfüllte. Er spürte die Wunde an seinem Oberschenkel nicht, als seine Schritte schneller wurden. Nicht aus latenter Angst davor, was in seinem Rücken lauern könnte, sondern aus langsam aufflammender Freude gegenüber dem, was sich vor seinem geistigen Auge entfaltete.

Die schwere Vergangenheit lag nun endgültig verwahrlost hinter ihm, im finsteren unbewirtschafteten Wald; die Zukunft vor ihm, in der in neuem Glanz erstrahlten *Stadt*, die er eigenhändig aus Étiennes Krallen befreit hatte. Nach einer gefühlten Ära des Lebens in der Nacht sah er sie nun erstmals wieder bei vollem Tageslicht. Ihm schien es, als wären Jahre vergangen, seit er vereinzelte Sonnenstrahlen durch die dichten Wolken dringen sah. Die Flut, welche alles verschlingen und wegschwemmen würde, war endlich gekommen. Das Feuer, welches beinahe alles vernichtet hätte, war erloschen. Er lächelte.

Von nun an würde ihn niemand mehr aufhalten können.

DER ALTE MANN STEHT NACKT AM FLUSS. IM WASSER ERBLICKT ER SICH SELBST, IN DER SPIEGELUNG SEINES GESCHUNDENEN, VON ZAHLLOSEN WUNDEN ÜBERSÄTEN KÖRPERS. JEDE SCHRAMME UND JEDE NARBE ERZÄHLT EINE GESCHICHTE.

MIT JEDER VERSTREICHENDEN STUNDE REISST EIN UNSICHTBARER, HÖLLISCH BRENNENDER PEITSCHENSCHLAG EINE WEITERE SEINER LÄNGST VERHEILT GEGLAUBTEN WUNDEN ERNEUT AUF. WIE VERSTEINERT STEHT ER DA UND ERTRÄGT DEN SCHMERZ NICHT BLOSS. ER LACHT. UND MIT JEDEM TROPFEN BLUT, DER AUS SEINEM VERKRAMPFTEN FLEISCH SPRITZT, WIRD SEIN LACHEN LAUTER. BIS ER SEINE EIGENE, VOLLKOMMEN ROT GEFÄRBTE, GRINSENDE FRATZE IM GEWÄSSER NICHT MEHR ERKENNT. ALSO STEIGT ER INS NASS UND BEGINNT ZU SCHWIMMEN. WOHIN, DAS WEISS ER NICHT. DAS WASSER IST HEISS UND KOCHT DAS BEREITS GERONNENE BLUT HINFORT. IM MUND JEDOCH BEFREIT ES IHN KÜHL VON SEINEM UNSÄGLICHEN DURST. ER SCHWIMMT WEITER, ZIELLOS, BIS ER WEDER DAS UFER HINTER NOCH VOR SICH MEHR ZU ERKENNEN VERMAG. GEMEINSAM MIT DEM SINN FÜR ZEIT VERLÄSST IHN SCHLEICHEND DIE KRAFT IN SEINEN GLIEDERN. FREI JEGLICHER ANGST LÄSST ER ES LETZTLICH GESCHEHEN, DASS DAS FLIESSENDE GEWÄSSER IHN SCHLIESSLICH VERSCHLINGT.

IM SELBEN MOMENT, ALS ER SEINE AUGEN ENDLICH SCHLIESST, SPÜLT DAS WASSER EIN NACKTES KIND AN DAS UFER, UM EMPFANGEN ZU WERDEN. DIE SCHMERZERFÜLLTEN, NACH ATEM RINGENDEN SCHREIE VERSETZEN DAS GEHÖR DER GANZEN WELT IN NACKTES ENTSETZEN UND SOGLEICH KOMMEN MENSCHEN ANGERANNT, UM DAS KIND ZU STILLEN.

NOCH WEISS ES NICHT, WIE MAN VERGISST.

LÉTHE
(MYTHOLOGISCH, »VERGESSENHEIT«):
griechischer Fluss, aus dem die in die Unterwelt
eintretenden Verstorbenen trinken müssen,
um die Erinnerung an ihr früheres Leben zu verlieren.

MNEMOSÝNE
(MYTHOLOGISCH, »ERINNERUNG«):
griechische Göttin und Personifikation des
Gedächtnisses.

DANKE

Béatrice, deren Liebe mich getragen hat.

Allen anderen, die mir tausendfach Mut schenkten.

ÜBER DEN AUTOR

Foto: vdpictures.ch

Amon Adamantos, der ohne ärztliche Aufsicht auf einer schmutzigen Couch, an der Straße zum wütenden Hans, im Aarau der 1980er-Jahre zur Welt gekommen ist, arbeitet seit über einem Jahrzehnt als Pianist in einem Bordell und zieht für sein kreatives Schaffen Inspiration aus subjektiven Alltagsbeobachtungen sowie mystischen Träumen.

»Léthe« ist sein erster Roman, zugleich aber zweites Werk, nachdem er mit »Pluto« im Jahr 2015 eine erste Novelle auf eigene Faust produzieren ließ.

ADAMANTOS.NET